거장과
마르가리타

대산세계문학총서 069_소설

거장과 마르가리타

지은이 미하일 불가코프
옮긴이 김혜란
펴낸이 이광호
펴낸곳 ㈜문학과지성사
등록번호 제1993-000098호
주소 04034 서울 마포구 잔다리로7길 18(서교동 377-20)
전화 02) 338-7224
팩스 02) 323-4180(편집) 02) 338-7221(영업)
전자우편 moonji@moonji.com
홈페이지 www.moonji.com

제1판 1쇄 2008년 5월 30일
제1판 7쇄 2025년 1월 20일

ISBN 978-89-320-1864-5
ISBN 978-89-320-1246-9(세트)

이 책은 대산문화재단의 외국문학 번역지원사업을 통해 발간되었습니다.
대산문화재단은 大山 愼鏞虎 선생의 뜻에 따라 교보생명의 출연으로 창립되어
우리 문학의 창달과 세계화를 위해 다양한 공익문화사업을 펼치고 있습니다.

대산세계문학총서 069

거장과 마르가리타

МАСТЕР и Маргарита

미하일 불가코프 지음
김혜란 옮김

문학과지성사
2008

차례

제2부

"······그래서 결국 너는 누구란 말이냐?"
"나는 영원히 악을 원하면서, 영원히
선을 행하는 힘의 일부이지요."

──괴테, 『파우스트』

제 1 부

제1장

낯선 자들과는 절대 이야기를 나누지 마라

어느 무더운 봄날 해질 무렵 파트리아르흐 연못[1]가에 두 시민[2]이 나타났다. 그중 한 시민은 마흔쯤 되어 보이는 나이에 옅은 회색 여름 양복을 입고 있었으며, 키가 작고 짙은 갈색 머리에 살집이 좋은 대머리였다. 그는 한 손에 제법 고상해 보이는 중절모를 들고 있었으며, 깔끔하게 면도를 한 얼굴에는 부자연스럽게 큰 검은 뿔테 안경이 장식처럼 얹혀 있었다. 나머지 한 시민은 어깨가 넓고 텁수룩한 붉은 머리의 젊은 사람으로, 체크무늬 챙 모자[3]를 뒤통수까지 젖혀 쓰고, 체크무늬 셔츠에 잔뜩 구겨진 흰 바지를 입고 검은 운동화를 신고 있었다.

첫번째 사람은 다름 아닌 미하일 알렉산드로비치 베를리오즈, 두툼한 문학잡지의 편집장이자 모스크바에서 가장 큰 규모의 문학협회 중 하나로 줄여서 마솔리트[4]라 불리는 문학협회의 회장이었고, 그의 젊은 동반자는 베즈돔니[5]라는 필명으로 글을 쓰고 있는 시인 이반 니콜라예비치 포니레프였다.

이제 막 초록빛으로 물들기 시작한 보리수 그늘로 들어선 두 작가는 누가 먼저라고 할 것도 없이 '맥주와 음료'라는 간판을 내걸고 알록달록 칠을 해 꾸며놓은 가판대 앞으로 달려갔다.

여기서 그 무서운 오월 저녁의 첫번째 이상한 점을 지적해야겠다. 가판대 앞은 물론이고, 말라야 브론나야 거리를 따라 이어진 가로수 길 어디에도 사람들의 모습이 전혀 보이지 않았다. 숨을 내쉬는 것조차 힘들 것 같은 그 시간, 모스크바를 뜨겁게 달구던 태양이 마른 안개에 싸여 사도바야 원형도로⁶ 뒤 어디론가 사라져버린 그 시간, 보리수 아래로 다가선 사람은 단 한 사람도 없었으며, 벤치에 앉아 쉬고 있는 사람도 전혀 없었다. 다시 말해 가로수 길은 텅 비어 있었다.

"나르잔' 탄산수 하나 주시오." 베를리오즈가 말했다.

"없어요." 가판대 안의 여자가 대답했다. 여자는 왠지 모욕감을 느낀 듯했다.

"맥주는 있습니까?" 베즈돔니가 갈라지는 목소리로 물었다.

"맥주는 저녁에 와요." 여자가 대답했다.

"그럼 뭐가 있소?" 베를리오즈가 물었다.

"살구 주스요, 그것도 뜨듯한 것밖에 없어요." 여자가 말했다.

"주시오, 그냥 줘요. 그걸로 줘요!"

살구 주스는 부글부글 노란 거품을 일으키며 이발소 냄새를 풍겼다. 주스를 마신 두 작가는 곧바로 딸꾹질을 하기 시작했고, 계산을 마치고는 브론나야를 뒤로하고 연못이 바라다보이는 벤치로 가서 앉았다.

두번째로 이상한 일이 벌어진 것은 바로 그때였다. 그리고 그 일은 베를리오즈 한 사람에게만 일어났다. 갑자기 딸꾹질이 멎고, 심장이 쿵 하고 내려앉더니 어디론가 사라져버린 것이다. 잠시 후 심장은 제자리로 돌아왔지만, 그때 그의 심장에는 묵직한 바늘 하나가 꽂혀 있는 듯했다. 그뿐만 아니라 아무 이유 없는 공포가, 지금 당장 뒤도 돌아보지 않고 파트리아르흐에서 도망치고 싶을 만큼 강한 공포가 베를리오즈를 사로잡았다.

베를리오즈는 우울하게 주위를 둘러보았다. 하지만 그는 자신을 그처럼 공포로 몰아넣은 것이 무엇인지 알 수 없었다. 그는 얼굴이 창백해진 채 손수건으로 이마를 닦으며 생각했다. '내가 왜 이러지? 이런 적이 없었는데…… 심장이 제멋대로 날뛰고…… 너무 무리를 한 거야…… 그래, 모두 악마한테 던져버리고[8] 키슬로보츠크로 갈 때가 됐어…….'

그리고 바로 그때 베를리오즈 앞에서 후텁지근한 공기가 응축되더니, 그 공기에서 아주 괴상하게 생긴 투명한 시민이 빚어져 나왔다. 그는 작은 머리 위에 기수(騎手)들이 쓰는 챙이 뾰족한 모자를 올려 쓰고, 공기로 만든 짧은 체크무늬 재킷을 입고 있었으며, 키가 2미터는 족히 넘어 보였다. 하지만 어깨가 좁고 지독하게 말랐으며, 그 인상은, 이 점을 주목하시길, 조롱을 즐기는 듯했다.

베를리오즈는 이런 기이한 현상을 익숙하게 받아들일 만한 삶을 살아온 사람이 아니었다. 그는 얼굴이 더욱 창백해졌고, 눈은 휘둥그레진 채 어쩔 줄을 몰라 하며 생각했다. '이건 있을 수 없는 일이야……!'

그러나 어쩌겠는가. 그 있을 수 없는 일이 벌어진 것이다. 그뿐만 아니라, 투명하고 길쭉한 그 시민은 발을 땅에 디디지 않은 채로 베를리오즈 앞에서 몸을 좌우로 흔들어대고 있었다.

공포에 사로잡힌 베를리오즈는 눈을 감아버렸다. 그리고 그가 다시 눈을 떴을 때, 모든 것은 끝나 있었다. 신기루는 사라졌고, 체크무늬의 사내도 사라졌으며, 그와 함께 묵직한 바늘도 그의 심장에서 떨어져 나갔다.

"빌어먹을!" 편집장이 흥분하며 말했다. "이반, 이거 너무 더워서 그런가, 난 심장마비라도 일어나는 줄 알았다네! 헛것이 다 보이고……"

그는 웃음을 지으려고 애를 썼지만, 그의 눈에는 여전히 불안이 뛰어놀았고, 손은 떨리고 있었다. 하지만 그는 점차 안정을 찾아갔고 손수건으로 부채질을 하며, "자아, 그럼……" 하고 짐짓 아무렇지도 않은 듯 말을 하고는 살구 주스로 인해 중단되었던 이야기를 이어갔다.

그 이야기는 나중에 알려진 대로 예수 그리스도에 관한 것이었다. 일인즉슨 얼마 전 편집장이 그의 잡지 다음 호에 실을 장편의 반(反)종교적 서사시를 시인에게 주문했고,[9] 이반 니콜라예비치는 매우 빠른 속도로 그 서사시를 완성했다. 그런데 유감스럽게도 편집장은 그 서사시가 전혀 만족스럽지 않았다. 베즈돔니가 서사시의 중심인물, 즉 예수를 아주 어두운 색채로 묘사했음에도 불구하고, 편집장의 견해에 따르면, 서사시 전체가 다시 씌어져야 했다. 그래서 지금 편집장은 시인의 근본적인 오류를 주지시키기 위해 예수에 대한 일종의 강의 같은 것을 하고 있었던 것이다.

이반 니콜라예비치를 곤경에 빠뜨린 것이 무엇이었는지, 표현력과 같은 재능의 문제였는지, 아니면 자신이 다루고 있는 문제에 대한 지식이 전무한 데서 비롯된 것인지를 정확히 말하기는 어렵다. 다만 분명한 것은 그의 작품 속에서 예수가 너무나도 생생한 모습으로, 그러니까 마치 실제로 존재했던 인물처럼 그려져 있었다는 점이었다. 물론 온갖 부정적인 특징들을 지닌 예수이기는 했지만 말이다.

따라서 베를리오즈가 시인에게 증명하고자 했던 것은 다음과 같은 것이었다. 즉 중요한 것은 예수가 어떤 인물이었는지, 형편없는 인물이었는지 혹은 훌륭한 인물이었는지가 아니라, 그 예수라는 인물 자체가 이 세상에 결코 존재한 적이 없었다는 것이며, 그에 대한 이야기들은 모두 그저 꾸며낸 이야기, 그것도 아주 평범한 신화에 불과하다는 점이다.

편집장은 확실히 책도 많이 읽고 아는 것도 많은 사람이었다. 그는 이야기를 풀어가면서 예수의 존재에 대해서는 단 한마디도 언급하지 않은 고대 역사가들, 이를테면 그 유명한 알렉산드리아의 필론[10]과 빛나는 교양의 소유자 요세푸스 플라비우스[11]를 아주 적절하게 거론했을 뿐만 아니라 자신의 견고한 식견을 과시하며, 타키투스의 그 유명한 『연대기』[12] 제15권 제44장에 나오는 예수 처형 이야기는 나중에 사람들이 지어서 끼워넣은 것일 뿐이라는 점도 시인에게 알려주었다.

편집장이 해주는 모든 이야기들이 새롭기만 했던 시인은 반짝이는 초록빛 눈을 미하일 알렉산드로비치에게서 떼지 않은 채로 열심히 그의 말을 들었다. 그리고 가끔씩 딸꾹질을 하면서 작은 소리로 살구 주스에 대고 욕설을 퍼부었다.

"동방의 종교들 중에," 베를리오즈가 말했다. "처녀가 신을 낳지 않았다는 종교는 하나도 없어. 그러니까 기독교인들은 결코 새로운 것을 생각해낸 것이 아니라, 다른 종교들과 똑같은 방식으로 이 세상에 존재하지도 않았던 그들의 예수를 만들어낸 거지. 바로 이런 점을 중심축으로 삼아야 한단 말이네……."

텅 빈 가로수 길에 베를리오즈의 높은 테너 음성이 울려 퍼졌다. 그리고 미하일 알렉산드로비치가 정말로 교양 있는 사람만이 좌절하지 않고 헤쳐갈 수 있는 모든 난해한 문제들을 파헤쳐감에 따라, 시인은 하늘과 땅의 아들인 자비로운 이집트의 신 오시리스와 페니키아인들의 신 타무즈, 마르두크, 그리고 그렇게 유명하지는 않지만, 언젠가 멕시코 아스텍인들이 숭배했던 무시무시한 신 비츨리푸츨리에 대한 아주 많은 흥미롭고 유익한 사실들을 알 수 있게 되었다.

그리고 미하일 알렉산드로비치가 아스텍인들이 비츨리푸츨리 상(像)을 어떻게 반죽해서 만들었는지 시인에게 설명해주던 바로 그 순간 가로

수 길에 처음으로 한 사람이 나타났다.

나중에, 사실 그때는 이미 모든 것이 늦어버린 뒤였지만, 여러 기관들이 그에 대한 보고서를 작성했다. 그런데 그 보고서들을 비교해보면 정말이지 놀라지 않을 수가 없다. 이를테면, 그중 한 보고서에는 그 사람이 키가 작았고, 금니에, 오른쪽 다리를 절고 있었다고 씌어 있었다. 그런데 또 다른 보고서에는 그 사람의 키가 굉장히 컸고, 백금 치관(齒冠)을 하고 있었으며, 왼쪽 다리를 절고 있었다고 씌어 있었다. 그런가 하면 그에게는 아무런 특이한 점도 없었다고 일축해버린 보고서도 있었다.

분명히 말해두지만, 그 보고서들은 아무짝에도 쓸모없는 것들이었다.

무엇보다도 그 보고서에 묘사된 자는 어느 쪽 다리도 절지 않았으며, 그의 키는 작지도 굉장히 크지도 않은, 그저 약간 큰 정도였다. 또한 치아에 대해 말하자면, 왼쪽은 백금 치관을 하고, 오른쪽은 순금 치관을 하고 있었다. 그는 고급 회색 양복을 입고, 외국에서 산 것으로 보이는 회색 구두를 신고 있었으며, 한쪽 귀 위로 멋지게 구부러진 회색 베레모를 쓰고, 복슬개 머리 모양의 검은 손잡이가 달린 지팡이를 겨드랑이 밑에 끼고 있었다. 나이는 마흔이 좀 넘어 보였고, 입은 어딘가 비뚤어진 것 같았다. 얼굴은 말끔히 면도를 하고 있었으며, 머리는 갈색이었다. 오른쪽 눈은 검은색이었고, 왼쪽 눈은 어떻게 된 일인지 초록색이었다. 눈썹은 검은색이었는데, 한쪽이 다른 쪽보다 올라가 있었다. 한마디로, 그는 외국인이었다.

편집장과 시인이 앉아 있는 벤치 옆을 지나던 그 외국인은 두 사람을 힐끔 쳐다보고는 걸음을 멈추더니 갑자기 그들로부터 두서너 걸음 떨어진 바로 옆 벤치에 가서 앉았다.

'독일인이군…….' 베를리오즈는 생각했다.

'영국 사람이야…….' 베즈돔니가 생각했다. '쳇, 덥지도 않나. 상갑까지 끼고.'

외국인은 정방형으로 연못을 둘러싸고 있는 높은 건물들을 바라보았다. 그는 이곳에 처음 왔으며, 이 장소가 그의 흥미를 끌고 있음이 분명했다.

그는 미하일 알렉산드로비치에게서 영원히 떠나가고 있는 부서진 태양을 눈이 부시도록 비추고 있는 그 건물들의 위층 창에서 시선을 멈추었다. 그리고 잠시 후 초저녁의 어둠이 내리기 시작하는 아래쪽 유리창들로 시선을 옮긴 그는 왠지 비웃는 듯한 미소를 지으며 눈을 찡그리더니, 지팡이 손잡이 위에 손을 올려놓고 그 위에 턱을 괴었다.

"이반, 자네는," 베를리오즈가 말했다. "아주 훌륭하게, 그리고 아주 풍자적으로 묘사했어. 이를테면 신의 아들, 예수의 탄생 장면이 그렇지. 그런데 문제는 예수 이전에도 페니키아의 아도니스나 프리기아의 아티스, 페르시아의 미트라 같은 신의 아들들이 줄을 지어 늘어설 만큼 태어났다는 거야. 다시 말해서, 그 어떤 신의 아들도 태어나지 않았고, 그들 중 누구도 존재하지 않았다는 거지. 예수도 마찬가지고. 그러니까 자네는 예수의 탄생이나 동방박사들이 어떻게 도착했는지가 아니라, 그 소문들이 얼마나 터무니없는 것인가를 묘사해야 하는 거야. 그런데 자네가 쓴 걸 보면, 정말로 예수가 태어난 게 되어버린단 말이야……!"

여기서 베즈돔니는 자신을 괴롭히던 딸꾹질을 멈추게 하려고 숨을 멈추었다. 하지만 그로 인해 그는 더 고통스럽고 더 크게 딸꾹질을 해버렸고, 그 순간 베를리오즈가 말을 멈추었다. 갑자기 외국인이 자리에서 일어나 그들 쪽으로 다가왔기 때문이었다.

두 사람은 놀라서 그를 쳐다보았다.

"실례합니다." 그는 외국인 억양으로, 그러나 더듬거림 없이 말하기 시작했다. "초면에 실례인 줄은 알지만…… 두 분의 학술적인 대화가 무척 흥미로워서……."

그리고 그는 정중하게 베레모를 벗었다. 작가들도 일어나 인사를 하지 않을 수 없었다.

'아니야, 프랑스 사람인 것 같아……' 하고 베를리오즈는 생각했다.

'폴란드 사람인가……?' 베즈돔니가 생각했다.

여기서 다음과 같은 사실을 덧붙여야겠다. 즉, 외국인은 그 첫마디부터 시인에게 혐오스러운 인상을 주었다. 그러나 베를리오즈는 오히려 그가 마음에 들었다. 아니, 마음에 들었다기보다는…… 뭐라고 할까…… 흥미를 갖게 되었다고나 할까.

"잠깐 앉아도 되겠습니까?" 외국인의 정중한 부탁에 두 친구는 자신들도 모르게 조금씩 자리를 벌려 앉았고, 외국인은 그 사이를 교묘하게 비집고 들어가 앉으며, 곧바로 문제의 대화에 끼어들었다.

"혹시 제가 잘못 들은 것은 아니라면, 예수가 이 세상에 존재하지 않았다고 말씀하신 것 같은데, 맞나요?" 외국인은 초록색 왼쪽 눈을 베를리오즈에게 돌리며 물었다.

"맞습니다. 잘못 듣지 않으셨습니다." 베를리오즈는 예의를 갖추며 대답했다. "제가 방금 얘기한 게 바로 그겁니다."

"아하, 정말 흥미롭군요!" 외국인은 탄성을 질렀다.

'이 작자 대체 뭘 원하는 거야?' 베즈돔니는 이렇게 생각하면서 인상을 찌푸렸다.

"그래서 당신은 이분의 견해에 동의하셨습니까?" 낯선 사람이 이번엔 오른쪽에 앉은 베즈돔니 쪽으로 고개를 돌리며 물었다.

"백 퍼센트!" 베즈돔니가 단호하게 대답했다. 그는 쓸데없이 과장된

16

수사와 비유적인 표현을 좋아했다.

"놀랍군요!" 난데없이 대화에 끼어든 불청객이 탄성을 질렀다. 그리고 무엇 때문인지 조심스럽게 주위를 살피고는 안 그래도 낮은 목소리를 더욱 낮게 깔며 말했다. "자꾸 귀찮게 해서 죄송합니다만, 그렇다면 당신들은 신을 믿지 않는 겁니까?" 그는 눈을 동그랗게 뜨며 덧붙였다. "맹세컨대, 누구에게도 말하지 않겠습니다."

"그렇습니다. 우리는 신을 믿지 않습니다." 외국인의 놀라움에 엷은 미소를 지으며 베를리오즈가 대답했다. "그리고 우리는 그 문제에 관해 완전히 자유롭게 이야기할 수 있습니다."

외국인은 벤치의 등받이로 몸을 젖히며, 호기심에 거의 비명이라도 지를 듯이 물었다.

"당신들은 무신론자입니까?!"

"그렇습니다. 우리는 무신론자입니다." 베를리오즈는 미소를 지으며 대답했다. 하지만 베즈돔니는 화를 내며 다음과 같이 생각했다. '외국산 거위 같은 놈, 정말 질기게도 달라붙는군!'

"오, 정말 놀랍군요!" 놀란 외국인은 탄성을 지르며 두 작가를 번갈아 쳐다보았다.

"우리나라에서 무신론은 전혀 놀랄 것이 못 됩니다." 베를리오즈는 마치 외교관이라도 된 듯 정중하게 말했다. "우리 국민의 대다수는 이미 오래전부터 의식적으로 신에 대한 전설을 믿지 않고 있습니다."

여기서 외국인은 뜻밖의 행동을 했다. 갑자기 자리에서 벌떡 일어나 다음과 같이 말하면서 편집장의 손을 덥석 잡은 것이다.

"진심으로 당신에게 감사드립니다!"

"대체 뭐가 감사하다는 거죠?" 베즈돔니가 눈을 껌뻑거리며 물었다.

"여행객인 저에게 무척 중요하고, 또 대단히 흥미로운 정보를 주셨기 때문이지요." 외국에서 온 괴상한 자는 의미심장하게 손가락을 들어 올리며 설명했다.

정말로 그 중요한 정보는 여행객에게 강한 인상을 준 것 같았다. 그는 놀란 눈으로 주위의 건물들을 다시 한 번 둘러보았다. 마치 그 창문 하나하나에서 무신론자를 보게 되지는 않을까 조심하면서 말이다.

'아니야, 영국인은 아니야…….' 베를리오즈는 생각했다. 그러나 베즈돔니는 다른 생각을 하고 있었다. '어디서 저렇게 러시아어를 유창하게 익힌 거지? 정말 알 수 없군!' 그러고는 다시 눈살을 찌푸렸다.

"그런데 한 가지 질문을 드려도 되겠습니까?" 뭔가 걱정스러운 듯 골똘히 생각에 잠겨 있던 외국인 손님이 다시 말을 이었다. "그렇다면 신의 존재에 대한 증거들은 어떻게 되는 거지요? 아시겠지만, 다섯 가지 증거가 있지 않습니까?"

"이런!" 베를리오즈는 안타깝다는 듯이 대답했다. "그 증거들 중 쓸 만한 것은 하나도 없습니다. 게다가 인류는 벌써 오래전에 그 증거들을 기억에서 지워버렸습니다. 다시 말해 이성의 영역에서 신의 존재를 증명한다는 것은 절대 불가능한 일이라는 것이지요."

"브라보!" 외국인이 탄성을 질렀다. "브라보! 당신은 다혈질적인 노인 임마누엘[13]의 사상을 그대로 반복하고 계시는군요. 하긴 그의 경우는 좀 특별한 데가 있었지요. 그 다섯 가지 증거를 하나하나 완벽하게 뒤엎고 나서, 마치 자신을 비웃기라도 하듯이 스스로 여섯번째 증거를 내세우지 않았습니까!"

"칸트의 증거도," 교양 있는 편집장이 엷은 미소를 지으며 반박했다. "그렇게 믿을 만한 것은 못 됩니다. 실러[14]가 칸트의 추론은 단지 노예들을 만족시킬 뿐이라고 말한 것도 다 그럴 만한 이유가 있었던 것이지요. 슈트라우스[15]도 그 증거에 대해선 비웃은 바가 있고."

베를리오즈는 그렇게 말하면서 다음과 같은 생각을 했다. '그런데 대체 이 사람은 뭘 하는 사람일까? 그리고 러시아어를 어떻게 저렇게 잘하는 거지?'

"그따위 증거들을 갖다 대다니, 그 칸트라는 작자는 당장 체포해서 솔로프키[16]에서 한 삼 년쯤 썩혀야 돼!" 그야말로 느닷없이 이반 니콜라예비치가 불쑥 말을 내뱉었다.

"이반!" 당황한 베를리오즈가 속삭였다.

하지만 칸트를 솔로프키로 보내자는 제안은 외국인을 조금도 놀라게 하지 않았다. 오히려 그는 환호성을 지르기까지 했다.

"그렇지요, 바로 그거예요." 그는 외쳤다. 베를리오즈를 바라보고 있는 그의 초록빛 왼쪽 눈이 반짝거렸다. "거기가 바로 그 사람의 자리지요! 그래서 제가 아침 식사를 하며 그분에게 말씀드렸었답니다. '교수님, 교수님 뜻이 정 그러시다면 뭐 어쩔 수 없겠지만, 아무래도 앞뒤가 맞지 않는 데가 있어요! 글쎄, 현명하신 생각이긴 한데, 그게 아주 난해하단 말입니다. 사람들이 교수님을 비웃을 겁니다.'"

베를리오즈는 놀라서 눈을 휘둥그레 뜨며 생각했다. '아침 식사를 하며…… 칸트에게……? 지금 무슨 헛소리를 하고 있는 거야?'

"그런데," 외지에서 온 사람은 베를리오즈가 놀라는 것에는 아랑곳하지 않고, 시인 쪽을 바라보며 이야기를 계속했다. "그를 솔로프키로 보내는 것은 다음과 같은 이유로 불가능합니다. 우선 그는 이미 백 년이 넘도록 솔로프키보다 훨씬 더 먼 곳에서 지내고 있습니다. 그리고 무슨 수를 쓴다고 해도 그를 그곳에서 끌어내는 것은 절대 불가능합니다. 절대로!"

"그것 참 유감이로군요!" 싸움꾼인 시인이 말했다.

"저도 유감스럽게 생각하고 있습니다." 낯선 자는 눈빛을 반짝이며 계속해서 말을 이었다. "그런데 저를 불안하게 하는 것은 바로 이런 문제입니다. 만일 신이 없다면, 그렇다면 누가 인간의 삶과 이 지상의 모든 질서를 주관하지요?"

"인간이 직접 하지요." 사실, 그렇게 단순하다고는 할 수 없는 그 질문에 베즈돔니는 화를 내듯 성급하게 대답했다.

"죄송합니다만," 낯선 자는 부드럽게 말을 받았다. "그러려면 일정 기간, 그러니까 적어도 어느 정도의 기간에 대해서는 정확한 계획을 세울 수 있어야 합니다. 그런데 웃음이 나올 만큼 짧은 기간, 글쎄, 한 천 년이라고 해두지요, 그 짧은 기간에 대해 아무 계획도 세우지 못할 뿐만 아니라, 내일 당장 자신에게 무슨 일이 벌어질지조차 장담하지 못하는 인간이 어떻게 인간의 삶과 지상의 모든 질서를 주관한다는 것이지요? 그리고 실제로," 여기서 낯선 자는 베를리오즈 쪽으로 몸을 돌렸다. "생각해보십시오. 예를 들어, 당신이 당신 자신과 다른 사람들의 삶을 주관하고 질서를 잡으려고 하는데, 갑자기 당신의…… 음…… 그러니까…… 폐에 종양이……" 외국인은 자신이 폐종양이란 단어를 생각해낸 것이 만족스러웠는지, 여기서 달콤한 웃음을 지어 보였다. "바로 그 종양이," 그는 고양이처럼 눈을 가늘게 뜨며 종양이라는 단어를 반복했다. "당신의 통치를 단번에 끝내버리는 겁니다! 그렇게 되면 당신은 자신을 제외한 그 누구의 운명에도 관심을 갖지 않게 될 것입니다. 친척들은 당신에게 거짓말을 하기 시작하겠죠. 그리고 당신은 뭔가 잘못되었다는 것을 느끼면서, 학식이 높은 의사들, 그다음에는 돌팔이 약장수, 어쩌면 점쟁이들한테까지 달려가겠지요. 첫번째의 의사나, 두번째의 약장수, 그리고 마지막 점쟁이도 아무 소용없다는 건 당신도 잘 알고 계실 겁니다. 그리고 이 모든 것은 비극적으로 끝납니다. 바로 얼마 전까지만 해도 자신이 뭔가를 주관하고 있다고 생각했던 사람이 갑자기 나무 상자 속에 꼼짝없이 누워 있게 되는 겁니다. 그렇게 누워 있는 사람에게는 아무것도 얻어낼 게 없다는 것을 알고 있는 주위 사람들은 그를 불 속으로 내던져버리겠죠. 더 나쁜 경우도 있습니다. 지금 막 키슬로보츠크로 떠나려고 했던 사람이," 여기서 외국인은 베를리오즈를 향해 눈을 찡긋해 보였다. "별것도 아닌 것 같은 그 일조차 할 수 없게 되는 경우가 있습니다. 어떻게 된 일인지 갑자기 발을 헛디뎌서 미끄러지고, 전차 밑에 깔리기 때문이지요! 그래도 당신은 그 사람이 그 모든 일을 주관했다고 하시겠습니까? 누군가 전혀 다른 존재가 그의 삶을 주관하고 있다고 생각하는 것이 옳지 않을까요?" 그리고 여기서 낯선 자는 이상한 웃음을 터뜨렸다.

베를리오즈는 종양과 전차에 대한 그 기분 나쁜 얘기들을 아주 주의 깊게 듣고 있었다. 그리고 왠지 모를 불안한 생각이 그를 괴롭히기 시작했다. '외국인이 아니야…… 이자는 외국인이 아니야……' 그는 생각했다. '정말 특이한 인물이야…… 대체 뭘 하는 작자일까……?'

"담배 생각이 나시는 것 같은데, 그렇죠?" 낯선 사람이 뜬금없이 베즈돔니를 돌아보며 말했다. "어떤 담배를 좋아하십니까?"

"당신은 담배를 종류별로 가지고 다니기라도 하는 모양이죠?" 마침 담배가 떨어진 시인이 뚱한 목소리로 물었다.

"어떤 걸 좋아하십니까?" 낯선 사람이 다시 물었다.

"그럼 나샤 마르카[7]로 주시오." 베즈돔니가 심술궂게 대답했다.

낯선 사람은 즉시 주머니에서 담배 케이스를 꺼내 베즈돔니에게 내밀었다.

"자, 나샤 마르카입니다."

편집장과 시인은 깜짝 놀랐다. 그러나 두 사람이 놀란 것은 그의 담배 케이스에 정말로 나샤 마르카가 있어서가 아니라, 바로 담배 케이스 때문이었다. 순금으로 만들어진 그 담배 케이스는 어마어마하게 컸고, 케이스를 여는 순간 뚜껑 위의 삼각형 다이아몬드가 푸르고 흰빛을 내뿜었다.

여기서 두 작가는 각기 다른 생각을 했다. 베를리오즈는 '아니야, 외국인이야!'라고 생각했고, 베즈돔니는 '제길, 악마한테나 잡혀가라……!'라고 생각했다.

시인과 담배 케이스의 주인은 담배를 피워 물었고, 담배를 피우지 않는 베를리오즈는 사양했다.

'저자에게 이렇게 반박해야 한다.' 베를리오즈는 속으로 생각했다. '그렇습니다. 인간은 죽습니다. 그 점에 대해선 누구도 반박하지 않고 논쟁을 벌이지도 않습니다. 하지만 문제는…….'

그러나 그는 그 말을 할 수 없었다. 바로 그때 외국인이 말을 시작했기 때문이다.

"그렇습니다. 인간은 죽습니다. 그리고 그 사실만으로 그렇게 불행하다고까지는 할 수 없겠지요. 문제는 때로 인간이 갑자기 죽음을 맞이한다는 데 있습니다. 핵심은 바로 거기에 있는 거지요! 게다가 대개의 인간들은 오늘 저녁 자신이 무엇을 할 것인지조차 말할 수 없습니다."

'문제를 제기하는 방식하고는…….' 베를리오즈는 이렇게 생각하며 반박했다.

"글쎄, 그건 좀 과장된 것 같군요. 적어도 난 오늘 저녁 일은 어느 정도 정확히 알고 있습니다. 그야 물론 브론나야에서 내 머리 위로 벽돌이 떨어지지만 않는다면……."

"벽돌은 아무 이유 없이," 낯선 자는 단호하게 말을 끊었다. "절대 누구의 머리 위로도 떨어지지 않습니다. 특히, 분명히 말씀드리지만, 당신에겐 절대 벽돌이 위험하지 않습니다. 당신은 다른 죽음을 맞게 될 것입니다."

"그럼 당신은 내가 어떻게 죽게 될지 알고 있기라도 하다는 겁니까?" 베를리오즈는 빈정거리듯 묻고 있었지만, 자신도 모르게 어이없기 짝이 없는 그 대화 속으로 끌려 들어가고 있었다. "그렇다면 나한테 그걸 말해주실 수 있습니까?"

"물론이지요." 낯선 자가 대답했다. 그러고는 마치 베를리오즈에게 옷을 맞춰주기라도 하려는 듯, 눈으로 그의 몸을 재며 들릴 듯 말 듯 다음과 같이 중얼거렸다. "하나, 둘…… 두번째 집에 수성이…… 달은 떠났고…… 여섯은 불행…… 저녁은 일곱……" 그리고 큰 소리로 기뻐하며 판결을 내렸다. "당신은 목이 잘릴 것입니다!"

도무지 거리낌이라고는 없는 낯선 자를 향해 베즈돔니가 거칠고 적의에 찬 눈을 부릅떴고, 베를리오즈는 일그러진 미소를 지으며 물었다.

"대체 누가 그런 짓을? 적들입니까? 아니면 외국의 간섭자들입니까?[18]"

"아닙니다." 대화의 상대자가 대답했다. "러시아 여인, 여성청년공산당원이 당신의 목을 벨 것입니다."

"음……" 낯선 자의 농담에 기분이 상한 베를리오즈가 웅얼거리듯 말했다. "죄송하지만, 그건 좀 믿기가 어렵군요."

"저도 죄송하게 생각합니다." 외국인이 대답했다. "하지만 그렇게 될 겁니다. 혹시 비밀이 아니시라면, 오늘 저녁에 무엇을 하실 건지 말씀해주실 수 있겠습니까?

"비밀일 게 뭐가 있겠습니까. 난 지금 사도바야에 있는 집에 잠시 들를 겁니다. 그리고 저녁 열 시에 마솔리트에서 회의가 있는데, 그 회의는 내가 주재할 겁니다."

"아니, 절대 그렇게 되지는 않을 겁니다." 외국인은 단호하게 부정했다.

"그건 왜죠?"

"왜냐하면," 외국인은 눈을 가늘게 뜨고 저녁의 한기를 예감한 검은 새들이 소리 없이 날고 있는 하늘을 바라보며 대답했다. "안누시카가 벌써 해바라기 기름을 샀고, 그 기름을 쏟았기 때문입니다. 따라서 회의는 없을 것입니다."

당연한 얘기지만, 그 순간 보리수 아래로 침묵이 흘렀다.

"실례지만," 한동안 말을 잇지 못하고 있던 베를리오즈가 계속해서 말도 안 되는 소리를 지껄여대고 있는 외국인을 쳐다보며 말했다. "거기서 왜 해바라기 기름이…… 그리고 안누시카라니요?"

"거기서 왜 해바라기 기름 얘기가 나온 건지, 그건 내가 말해주지요." 갑자기 베즈돔니가 말을 시작했다. 제멋대로 대화에 끼어든 자에게 전쟁을 선포하기로 작정한 것이 분명했다. "이봐, 당신 정신병원에 갔다 온 적 있지?"

"이반……!" 미하일 알렉산드로비치가 작은 소리로 외쳤다.

그러나 외국인은 조금도 화를 내지 않았으며, 오히려 아주 유쾌하게 웃음을 터뜨렸다.

"있었지요, 있었어. 그것도 여러 번!" 그는 웃으면서, 그리고 웃음기 없는 한쪽 눈을 시인에게서 떼지 않은 채 큰 소리로 말했다. "제가 어딘들 가보지 않은 데가 있겠습니까! 한 가지 안타까운 것은 정신분열증이 어떤 병인지 교수에게 물어볼 시간이 없었다는 거지요. 당신이 교수에게 한번 물어봐주시겠습니까, 이반 니콜라예비치!"

"내 이름을 어떻게 알았죠?"

"이런, 이반 니콜라예비치, 당신을 모르는 사람이 어디 있겠습니까?" 여기서 외국인은 주머니에서 어제 자 『문학 신문』을 꺼냈고, 이반 니콜라예비치는 그 신문 제1면에 사진과 함께 실린 자신의 시를 보았다. 그런데 어떻게 된 일인지 어제까지만 해도 그를 기쁘게 했던 영광과 인기의 증거가 지금은 조금도 시인을 기쁘게 하지 않았다.

"죄송합니다만," 다시 입을 연 시인의 얼굴은 전과 달리 어두웠다. "잠깐 실례를 해도 되겠습니까? 친구와 몇 마디 나누고 싶은데."

"아, 그러시죠!" 낯선 자가 소리를 높여 말했다. "여기 보리수 아래는 정말 좋군요. 마침 전 서둘러 갈 데도 없고."

"이것 봐요, 미샤,[19]" 시인은 베를리오즈를 옆으로 잡아당기며 속삭였다. "저자는 절대 외국인 여행객이 아니에요. 저자는 스파이예요. 망명했다가 다시 우리 쪽으로 넘어온 러시아인이 분명해요. 신분증을 가지고 있는지 물어보세요. 저러다 그냥 가버리면……."

"그럴까?" 베를리오즈는 불안하게 속삭였다. 그리고 생각했다. '이 사람 말이 맞아…….'

"제 말이 맞다니까요." 시인은 그의 귀에 대고 씩씩거렸다. "뭔가를 캐내려고 멍청한 척하는 거예요. 러시아 말 하는 걸 좀 보세요." 그렇게 말하면서 시인은 곁눈질로 낯선 자가 도망치지 않도록 감시했다. "가요, 붙잡아둬야 돼요, 저러다 그냥 가버리면……."

그리고 시인은 베를리오즈의 팔을 잡아 벤치로 끌고 갔다.

낯선 자는 이미 자리에 앉아 있지 않았다. 그는 짙은 회색 가죽이 씌워진 작은 수첩과 고급 종이로 만들어진 빳빳한 봉투, 명함을 들고 벤치 옆에 서 있었다.

"죄송합니다. 논쟁에 빠져 제 소개를 잊었군요. 여기 제 명함과 여권, 자문을 위해 모스크바로 와달라는 초청장입니다." 낯선 자는 날카로운 눈빛으로 두 작가를 바라보며 진지하게 말했다.

두 사람은 당황했다. '제길, 다 들었군…….' 베를리오즈는 생각했다. 그리고 정중한 태도로 신분증까지 보여줄 필요는 없다는 뜻을 전했다. 외국인이 신분증을 편집장에게 내밀고 있는 동안 시인은 명함에서 외국 문자로 인쇄된 '교수'라는 단어와 성(姓)의 첫 글자, 즉 V자 두 개가 겹쳐진 W자를 볼 수 있었다.

"이렇게 만나뵙게 되어 정말 반갑습니다." 편집장이 당황하며 어물거리는 사이 외국인은 신분증을 다시 주머니 속에 집어넣었다.

그렇게 세 사람의 관계는 회복되었고, 그들은 다시 자리에 앉았다.

"자문위원으로 초청을 받아서 오셨다고 하셨나요, 교수님?" 베를리오즈가 물었다.

"예, 그렇습니다."

"독일인이십니까?" 베즈돔니가 물었다.

"제가요……?" 교수가 되물었다. 그리고는 잠시 생각에 잠겼다가 말을 이었다. "예, 아마 독일인일 겁니다……."

"러시아어를 아주 잘하시는군요." 베즈돔니가 말했다.

"아, 저는 여러 나라의 말을 할 줄 압니다. 아주 많은 언어를 알고 있지요." 교수가 대답했다.

"그렇다면 전공은?" 베를리오즈가 물었다.

"제 전공은 검은 마술[20]입니다."

'그랬었군……!' 미하일 알렉산드로비치는 그제야 수수께끼가 풀린 듯했다.

"그렇다면…… 우리나라에 초대되신 것도 그 일과 관계된 것이겠군요?" 더듬거리며 그가 물었다.

"그렇습니다. 그 일로 초대를 받았습니다." 교수가 설명했다. "이곳 국립도서관에서 10세기에 살았던 마법사 오리야크 제르베르[21]의 원본 수고(手稿)가 발견되었다고 합니다. 그래서 제가 그 원고를 검토해봐야 합니다. 저는 그 원고를 확인할 수 있는 유일한 전문가입니다."

"아하! 그럼 역사가시로군요?" 베를리오즈가 이제야 안심이 된다는 듯 존경을 표하며 물었다.

"나는 역사가입니다." 학자가 대답했다. 그리고 난데없이 이렇게 덧붙였다. "오늘 저녁 파트리아르흐에서 흥미로운 사건이 벌어질 것입니다!"

편집장과 시인은 다시 한 번 크게 놀랐고, 교수는 그 두 사람을 자기 쪽으로 가까이 오게 한 뒤, 그들의 귀에 대고 작은 소리로 속삭였다.

"그런데 말이죠, 예수는 존재했습니다."

"저, 교수님," 베를리오즈는 억지로 미소를 지으며 말했다. "저희는 교수님의 학식을 존중합니다. 하지만 그 문제에 관해서는 다른 시각을 갖고 있습니다."

"여기에 시각 같은 건 필요 없습니다." 이상한 교수가 대답했다. "그는 존재했고, 그 이상은 아무것도 필요 없습니다."

"그래도 무슨 증거가 있어야……." 베를리오즈가 다시 말을 이었다.

"아무 증거도 필요 없습니다." 교수는 그의 말을 잘라버리고는 크지 않은 목소리로 말하기 시작했다. 그의 말투에서 더 이상 외국인 억양이 느껴지지 않았다. "모든 것은 아주 간단합니다. 춘월(春月) 니산 14일[22] 이른 아침, 발을 끄는 기병 특유의 걸음걸이로, 핏빛 안감을 댄 흰 망토를 입은……."

제2장

본디오 빌라도

춘월 니산 14일 이른 아침, 발을 끄는 기병 특유의 걸음걸이로, 핏빛 안감을 댄 흰 망토를 입은 유대 총독 본디오 빌라도가 헤롯 대왕 궁전의 두 익벽(翼壁) 사이 주랑으로 나왔다.

총독은 세상에서 장미 기름 냄새를 제일 싫어했다. 그리고 지금 모든 것이 불길한 하루를 예고하고 있었다. 동이 틀 무렵부터 그 냄새가 총독을 따라다니기 시작한 것이다. 총독은 정원에 있는 측백나무와 종려나무가 장미향을 내뿜고 있으며, 그 저주스러운 장미향이 호위대의 가죽 군장(軍裝)과 땀 냄새에 뒤섞이고 있다고 생각했다. 총독과 함께 예르살라임[1]에 도착한 제12번개군단 제1보병대가 머물고 있는 궁전 안쪽 곁채에서 가는 연기가 피어올라 정원 위 뜰을 거쳐 주랑으로 넘어왔고, 백인대(百人隊) 취사병들이 아침 식사를 준비하기 시작했음을 말해주는 그 매운 연기 역시 짙은 장미향과 뒤섞였다.

'오, 신들이여, 신들이여, 왜 저를 벌하시는 겁니까……? 그래, 무얼 의심하겠는가, 견딜 수 없는 그 끔찍한 병이 다시 시작된 것이다……

헤미크라니아,² 머리 반쪽이 쪼개지는 것 같다…… 이 병은 약도, 피할 길도 없다…… 머리를 움직이지 말아보자…….'

분수대 옆 모자이크 바닥 위에는 벌써부터 의자가 준비되어 있었다. 총독은 아무도 쳐다보지 않고 의자로 가서 앉았다. 총독이 손을 옆으로 내밀자 서기관이 그 위에 양피지 두루마리를 공손히 올려놓았다. 총독은 고통으로 얼굴을 일그러뜨리며 양피지에 적힌 것들을 흘기듯 대충 훑어보았다. 그리고 양피지를 서기관에게 돌려주며 힘겹게 입을 열었다.

"갈릴리³에서 온 미결수라고? 분봉왕(分封王)⁴에게 이 사건을 전달했었나?"

"예, 총독님." 서기관이 대답했다.

"그런데 뭐야?"

"분봉왕은 이 사건에 대한 판결을 거부했습니다. 또한 시네드리온⁵의 사형 판결은 총독님의 승인을 받도록 되어 있습니다." 서기관이 설명했다.

총독은 뺨을 씰룩거렸다. 그리고 조용히 말했다.

"피고를 데려와."

이 말이 떨어지기가 무섭게 주랑 아래 정원 뜰에 있던 두 명의 로마 군병이 스물일곱 살가량의 한 사내를 발코니로 끌고 들어와 총독의 의자 앞에 세웠다. 사내는 다 낡아 누더기가 된 하늘색 키톤⁶을 입고 있었고, 머리에는 군데군데 가죽 끈으로 동여맨 흰 띠를 두르고 있었다. 두 손은 등 뒤로 묶여 있었으며 왼쪽 눈 밑에 커다란 멍 자국이 있었고, 입가에는 피가 엉겨 붙은 상처가 나 있었다. 끌려온 사내는 불안과 호기심이 섞인 눈으로 총독을 바라보았다.

잠시 아무 말도 하지 않고 있던 총독이 아람 말로 조용히 물었다.

"그래, 네가 민중들에게 예르살라임 성전을 파괴하라고 부추긴 자인가?"

총독은 석상처럼 미동도 없이 앉아 있었다. 단어들을 내뱉을 때마다 그의 입술이 아주 조금씩 움직일 뿐이었다. 총독이 그렇게 굳어 있었던 것은 지옥과도 같은 고통으로 타 들어가고 있는 머리를 움직이기가 두려웠기 때문이었다.

손이 묶인 사내가 몸을 앞으로 움직거리며 말하기 시작했다.

"선량한 분이시여! 제 말을 믿어주십시오……."

그러나 바로 거기서, 전과 다름없이 조금도 움직이지 않고, 목소리도 전혀 높이지 않은 채로, 총독이 그의 말을 끊었다.

"선량한 사람이라는 건 나를 두고 하는 말인가? 잘못 알고 있군. 예르살라임 사람들은 모두 내가 광포한 괴물이라고 쑤군대고 있지. 그리고 그건 전적으로 맞는 말이다." 총독은 역시 같은 어조로 덧붙였다. "백인대 대장 쥐잡이꾼을 들라 하라."

쥐잡이꾼이라는 별명을 가진 제1백인대 대장 마르크가 총독 앞에 서자, 사람들은 발코니가 어두워졌다고 생각했다. 쥐잡이꾼은 군단 병사들 중 제일 키가 큰 자보다도 머리 하나가 더 컸고, 그의 어깨는 아직 높이 떠오르지 않은 태양을 완전히 가릴 만큼 넓었다.

총독은 백인대 대장을 향해 라틴어로 말했다.

"죄인이 나를 선량한 사람이라고 부르고 있다. 저자를 잠시 여기서 데리고 나가, 나와 이야기할 때 어떻게 말해야 하는지 가르쳐줘라. 병신을 만들 필요는 없다."

그 순간, 여전히 꼼짝도 하지 않고 있는 총독을 제외한 모든 사람들의 시선이 쥐잡이꾼 마르크를 따라갔고, 그는 죄수에게 자신을 따라오라는 손짓을 했다.

쥐잡이꾼이 가는 곳마다 사람들의 시선을 끄는 것은 그의 큰 키 때문이기도 했지만, 그를 처음 본 사람들이 그를 쳐다보는 것은 백인대 대장의 얼굴이 흉측하게 일그러져 있기 때문이었다. 그의 코는 언젠가 게르만인들의 곤봉에 맞아 뭉그러져 있었다.

마르크의 무거운 장화가 모자이크 바닥을 두드리는 소리가 났고, 결박된 자는 조용히 그의 뒤를 따라갔다. 그리고 그 순간 주랑으로 완전한 침묵이 찾아왔다. 발코니 옆 정원에서 비둘기들이 구구거리는 소리, 분수대의 물이 그 뜻을 알 수 없는 기분 좋은 노래를 부르는 것까지 다 들려왔다.

총독은 일어나 그 물줄기 아래에 관자놀이를 대고 멈춰 서 있고 싶었다. 하지만 그렇게 한다 해도 아무 소용 없으리라는 것을 그는 알고 있었다.

죄수를 주랑에서 정원으로 데리고 나간 쥐잡이꾼은 청동 동상의 받침돌 옆에 서 있는 군병의 손에서 채찍을 뺏어 들었다. 그리고 힘을 주지 않고 채찍을 휘둘러 죄수의 어깨를 내리쳤다. 백인대 대장의 동작은 애쓰는 기색 없이 태연하고 가벼웠다. 그러나 그 순간 손이 묶인 자는 마치 다리가 잘려나간 것처럼 바닥으로 무너져내렸고, 숨이 막힌 듯 헐떡였으며, 얼굴의 핏기가 가시고, 눈의 초점을 잃어버렸다.

마르크는 왼손으로 텅 빈 자루를 들어 올리듯 가볍게 쓰러진 사내를 공중으로 들어 일으켜 세웠다. 그리고 비음 섞인 어눌한 아람 말로 말했다.

"로마 총독은 헤게몬[7]이라고 불러야 한다. 다른 말로 불러선 안 된다. 똑바로 서 있어야 한다. 내 말을 알아들었나? 아니면 내가 너를 더 때려야 하겠나?"

죄수는 휘청거렸다. 하지만 곧 몸을 가눌 수 있게 되었고, 얼굴색도 돌아왔다. 그는 숨을 몰아쉬며 잠긴 목소리로 대답했다.

"알아들었소. 때리지 마시오."

잠시 후 그는 다시 총독 앞에 서 있었다.

병색이 짙은 탁한 목소리가 울려왔다.

"이름은?"

"제 이름 말인가요?" 죄수는 더 이상 노여움을 일으키지 않고 분명하게 대답할 준비가 되어 있음을 온몸으로 나타내며 서둘러 대답했다.

총독은 크지 않은 소리로 말했다.

"내 이름은 내가 알고 있다. 지금의 너보다 더 어리석게 보이려고 애쓰지 말라. 네 이름."

"예슈아*입니다." 죄수는 재빨리 대답했다.

"또 다른 이름은 없나?"

"하-노츠리*라고도 합니다."

"태어난 곳은?"

"가말라¹⁰ 시입니다." 죄수는 머리로 자신의 오른편 북쪽 어딘가 먼 곳에 가말라라는 도시가 있다는 것을 가리키며 죄수가 대답했다.

"태생은?"

"잘 모르겠습니다." 죄수가 생기를 띠며 대답했다. "저는 제 부모님을 기억하지 못합니다. 사람들은 제 아버지가 시리아 사람이었다고 하는데……."

"사는 곳은 어디인가?"

"제겐 머물러 사는 집이 없습니다." 죄수가 부끄러운 듯 대답했다. "저는 이 도시 저 도시를 여행하고 있습니다."

"그런 걸 한마디로 부랑자라고 하지." 총독은 그렇게 말을 하고 나서 다시 물었다. "친척들은 있나?"

"아무도 없습니다. 저는 혼자입니다."

"글을 읽을 줄 아는가?"

"예."

"아람 말 이외에 어떤 말을 할 줄 알지?"

"그리스어를 할 줄 압니다."

부어오른 한쪽 눈꺼풀이 들어 올려지고, 고통으로 흐려진 한쪽 눈이 죄수를 응시했다. 다른 한쪽 눈은 여전히 감겨져 있었다.

빌라도는 그리스어로 말하기 시작했다.

"그래, 네가 성전을 파괴하려 하고, 민중들에게 그것을 선동했다고?"

죄수는 다시 생기를 띠었고, 그의 눈은 더 이상 두려움을 드러내지 않았다. 그는 그리스어로 말했다.

"저는, 선량……" 순간, 하지 말아야 할 말을 내뱉을 뻔한 그의 눈에 공포가 어른거렸다. "저는, 헤게몬, 결코 성전을 파괴하려 하지 않았고, 그런 무의미한 행동을 하도록 그 누구도 선동하지 않았습니다."

낮은 책상 앞에 쭈그리고 앉아 죄수의 진술을 기록하고 있던 서기관의 얼굴에 놀라움이 스쳐갔다. 그는 고개를 들어 올렸지만, 이내 양피지 쪽으로 다시 고개를 숙였다.

"축제를 맞아 온갖 부류의 수많은 자들이 이 도시로 흘러 들어오고 있다. 그중에는 마술사, 점성가, 예언자, 그리고 살인자들도 있지." 총독의 말투는 단조로웠다. "거짓말쟁이들도 있고. 너와 같은 거짓말쟁이들 말이다. '성전의 파괴를 선동했다'라고 분명히 적혀 있다. 사람들도 그렇게 말하고 있다."

"그 선량한 사람들은," 죄수는 말했다. 그리고 서둘러 '헤게몬'이라는 말을 덧붙이고는 이야기를 계속했다. "아무것도 배운 것이 없는 자들로, 제 말을 계속 혼동하고 있습니다. 그러한 혼동이 아주 오래 계속될 것 같아 걱정입니다. 그리고 그건 모두 그가 제 뒤를 따르며 사실과 다르게 적고 있기 때문입니다."

침묵이 흘렀다. 병색을 띤 두 눈이 죄수를 무겁게 바라보고 있었다.

"다시 한 번, 그리고 마지막으로 말하겠다. 미치광이 흉내는 그만둬라, 강도 같은 놈." 빌라도의 말투는 여전히 단조롭고 부드러웠다. "너에 대해 많은 것이 기록되어 있지는 않지만, 네 목을 매달기에는 여기 적혀 있는 것만으로도 충분하다."

"아닙니다. 그렇지 않습니다, 혜게몬." 죄수는 온몸으로 자신의 말을 믿게 하려고 애쓰면서 말했다. "그는 혼자 양피지를 들고 다니면서 계속해서 기록했습니다. 한번은 제가 그 양피지를 보고 얼마나 놀랐는지 모릅니다. 거기에 적혀 있는 것들 중 어느 하나도 절대 제가 말한 것이 아니었습니다. '제발 그 양피지를 태워버리게!'라며 부탁을 했지만, 그는 제 손에서 양피지를 가로채 달아나버렸습니다."

"누굴 말하는 것이냐?" 빌라도는 성가시다는 듯 물으며 손으로 관자놀이를 문질렀다.

"레위 마태오입니다." 죄수는 기꺼이 설명해주었다. "그는 세리(稅吏)였고, 제가 그를 처음 만난 것은 벳바게[1]의 어느 길에서였습니다. 길모퉁이에 무화과 동산이 있던 곳이었는데 그곳에서 그와 이야기를 나누었습니다. 처음에는 저를 싫어해서 욕을 하기도 했습니다. 그러니까 저를 개라고 부르면서 저에게 모욕을 주고 있다고 생각했던 것입니다." 죄수는 이 말을 하면서 엷은 웃음을 지었다. "사실 저는 그 짐승을 조금도 나쁘게 생각하지 않습니다. 그런데 그 말로 제게 수치심을 느끼게 하려고……."

서기관은 받아쓰기를 멈추었다. 그리고 놀란 시선을 죄수가 아닌, 총독에게로 슬며시 던졌다.

"……하지만 제 이야기를 다 듣고 나서 그의 태도는 부드러워졌습니다." 예슈아는 말을 계속했다. "그리고 결국 돈을 길에 내던지고, 저와 함께 다니겠다고 말했습니다……."

빌라도는 누런 이를 드러내고 한쪽 뺨을 씰룩거리며 웃었다. 그리고 서기관 쪽으로 몸을 돌리며 말했다.

"오, 예르샬라임이여! 대체 이곳에서 무슨 소리인들 듣지 못하겠는가! 세리가 돈을 길에 내던졌다고 하는군!"

서기관은 뭐라고 대답해야 할지는 몰랐지만, 빌라도의 미소는 따라해야 한다고 생각했다.

"그는 이제 돈이 싫어졌다고 했습니다." 레위 마태오의 이상한 행동을 설명하면서 예슈아가 말했다. "그리고 그때부터 그는 제 길동무가 되었습니다."

총독은 여전히 이를 드러낸 채로 죄수를, 그리고 멀리 오른편 아래로 보이는 히포드롬[12]의 마상(馬像)들 위로 어김없이 떠오르고 있는 태양을 바라보았다. 예의 지긋지긋한 고통 속에서 갑자기 다음과 같은 생각이 떠올랐다. 이 이상한 강도를 발코니에서 쫓아내기만 하면 된다. 그러려면 단 두 마디면 된다. '이자를 매달아라.' 호위대도 물리고, 궁전 안으로 들어가 방 안을 어둡게 하도록 하고, 침상에 몸을 던진 후 냉수를 가져오게 하고, 푸념 섞인 목소리로 애견, 반가를 불러 헤미크라니아를 호소하는 거다. 그때 갑자기 독(毒)에 대한 생각이 총독의 아픈 머릿속에 유혹하듯 희미하게 떠올랐다.

그는 흐릿한 눈으로 죄수를 바라보았다. 그리고 잠시 아무 말 없이, 무자비한 태양이 내리쬐는 이 예르샬라임의 아침에, 매질을 당해 추하게 일그러진 얼굴의 죄수가 왜 자신 앞에 서 있는 것인지, 또 어떤 쓸데없는 질문들을 그에게 던져야 하는지를 고통스럽게 떠올렸다.

"레위 마태오라고?" 병자가 쉰 목소리로 물었다. 그리고 그는 눈을 감았다.

"그렇습니다. 레위 마태오입니다." 그를 고통스럽게 하는 가늘고 맑은 목소리가 들려왔다.

"어쨌든 네가 장터에서 군중들에게 성전에 대한 이야기를 한 것은 사실이 아니냐?"

이어 대답하는 사내의 목소리가 빌라도의 관자놀이를 찌르는 듯했다. 그것은 말할 수 없이 고통스러웠다. 그 목소리는 다음과 같이 말했다.

"저는, 헤게몬, 낡은 신앙의 성전이 무너지고, 진리의 새로운 성전이 세워질 것이라고 말했습니다. 제가 그렇게 이야기한 것은 조금이라도 더 잘 이해되도록 하기 위함이었습니다."

"부랑자여, 너는 어찌하여 네가 알지 못하는 진리에 대한 말로 장터의 군중들을 혼란케 하는 것이냐? 진리가 무엇이냐?"

그리고 총독은 생각했다. '오, 나의 신들이여! 나는 재판에 불필요한 것을 그에게 묻고 있다…… 나의 이성은 더 이상 나를 위해 움직이지 않는다…….' 다시 그의 눈앞에 검은 액체가 담긴 잔이 어른거렸다. '나에게 독을, 독을…….'

그리고 그는 다시 목소리를 들었다.

"진리는 무엇보다도 당신의 머리가 아프다는 것에, 나약한 마음으로 죽음을 생각할 만큼 아주 많이 아프다는 것에 있습니다. 당신은 나와 이야기를 나눌 기력이 없을 뿐만 아니라, 나를 쳐다보는 것조차 힘들어하고 있습니다. 그러니까 저는 지금 제 의지와 상관없이 당신의 잔혹한 고문자가 되고 있으며, 그 사실이 저를 슬프게 합니다. 당신은 지금 그 어떤 것에 대해서도 생각조차 할 수 없으며, 당신의 개, 아마도 당신이 유일하게 애착을 가지고 있는 그 존재가 이곳으로 오기만을 바라고 있습니다. 하지만 당신의 고통은 이제 끝날 것입니다. 머리는 맑아질 것입니다."

서기관은 죄수의 말을 받아 적다 말고 죄수를 향해 눈을 휘둥그레 떴다.

빌라도는 고통으로 가득한 눈을 들어 죄수를 바라보았다. 그리고 태양이 이미 히포드롬 위로 꽤 높이 솟아 있는 것을, 그 빛이 주랑으로 스며들어와 예슈아의 낡은 샌들 앞으로 기어들고, 예슈아가 태양을 피하고 있는 것을 보았다.

갑자기 총독이 의자에서 몸을 일으키며 두 손으로 머리를 움켜쥐었고, 순간 말끔하게 면도를 한 그의 누런 얼굴에 공포가 떠올랐다. 하지만 그는 이내 공포를 억누르고 다시 의자에 앉았다.

죄수는 이야기를 계속했지만, 서기관은 더 이상 아무 말도 받아 적지 않았으며, 거위처럼 목을 잡아 늘인 채 한마디도 놓치지 않으려고 애쓰고 있었다.

"자, 보십시오. 모든 것이 끝났습니다." 죄수가 부드러운 눈빛으로 빌라도를 바라보며 말했다. "저도 무척 기쁩니다. 헤게몬, 저는 당신께 잠시라도 궁을 떠나 이 근처 어딘든, 헬레오나 산[13]의 언덕까지라도 걸어서 산책을 하시라고 권하고 싶습니다. 뇌우가 시작될 것입니다……." 죄수는 몸을 돌려 태양을 향해 눈을 찡그렸다. "…… 좀더 있다가, 저녁 무렵에. 산책은 당신에게 큰 도움이 될 것입니다. 원하신다면 제가 기꺼이 같이 가드리도록 하겠습니다. 지금 제게 한 가지 새로운 생각이 떠올랐는데, 당신도 흥미롭게 여기실 것이라는 생각이 듭니다. 저는 기꺼이 그 생각들을 당신과 나눌 것입니다. 당신은 무척 현명한 사람이라는 인상을 주기 때문입니다."

서기관은 얼굴이 사색이 되어 두루마리를 바닥에 떨어뜨렸다.

"문제는," 결박된 자는 말을 계속했고, 누구도 그의 말을 중단시키지 않았다. "당신이 너무나도 폐쇄적이고, 사람들에 대한 믿음을 완전히 잃었다는 데 있습니다. 당신도 동의하시겠지만, 모든 애착을 개 한 마리에 바쳐서는 안 됩니다. 헤게몬, 당신의 삶은 가난합니다." 이 말과 함께 그는 미소를 지어 보였다.

서기관은 이제 자신의 귀를 믿어야 할지 말아야 할지, 그 한 가지만을 생각했다. 아무래도 믿어야 했다. 그는 신경질적인 총독의 노여움이 이 전례 없는 죄수의 무례함에 과연 어떤 괴팍한 형식으로 터져나올지 상상해보려고 애썼다. 그러나 총독을 아주 잘 알고 있었음에도 불구하고, 서기관은 그것을 상상해낼 수가 없었다.

그때 총독의 탁하고 갈라진 목소리가 라틴어로 울렸다.

"그의 손을 풀어줘라."

호위대 군병 중 하나가 창을 툭툭 쳐서 옆에 있는 군병에게 맡기고는, 죄수에게로 다가가 밧줄을 풀었다. 서기관은 두루마리를 주워 들고, 당분간 아무것도 받아쓰지 말고, 절대 놀라지도 말아야겠다고 결심했다.

"사실대로 말하라." 빌라도는 그리스어로 조용히 물었다. "너는 대단한 의사인가 보지?"

"아닙니다, 총독님. 저는 의사가 아닙니다." 비틀어지고 검붉게 부어오른 팔목을 기쁜 듯 문지르며 죄수가 대답했다.

빌라도는 눈썹을 잔뜩 찌푸리며 뚫어질 듯 죄수를 바라보았다. 그 눈에는 이미 흐릿함 같은 것은 없었고, 모든 사람들이 익히 알고 있는 불꽃이 번득이고 있었다.

"내가 물었던가?" 빌라도가 말했다. "너는 라틴어도 할 줄 안다고 했나?"

"예, 할 줄 압니다." 죄수가 대답했다.

빌라도의 누르스름한 뺨에 홍조가 떠올랐고, 라틴어로 그가 물었다.

"내가 개를 부르고 싶어한다는 걸 어떻게 알았지?"

"그건 아주 간단합니다." 죄수도 라틴어로 대답했다. "당신은 손으로 허공을 어루만졌습니다." 죄수는 빌라도의 제스처를 반복했다. "마치 개를 쓰다듬어주고 싶어 하는 것처럼, 그리고 입술이……."

"좋다." 빌라도가 말했다.

두 사람은 잠시 아무 말도 하지 않았다. 그리고 이번에는 그리스어로 빌라도가 질문을 던졌다.

"그래, 의사라고 했나?"

"아니오, 그렇지 않습니다." 죄수는 분명하게 대답했다. "제 말을 믿어주십시오. 전 의사가 아닙니다."

"그래, 좋다. 비밀로 하고 싶다면, 그렇게 하라. 이 사건과는 아무 상관없으니까. 그래, 네 말은 성전을 부수고…… 불을 지르거나, 혹은 다른 어떤 방식으로 성전을 파괴할 것을 선동하지 않았다는 말이지?"

"헤게몬, 다시 말씀드리지만, 저는 절대 누구에게도 그런 짓을 하라고 부추기지 않았습니다. 제가 그렇게 어리석은 사람으로 보이십니까?"

"오, 그래, 넌 어리석은 자로 보이지 않는다." 총독은 조용히 대답했다. 그리고 왠지 무서운 미소를 띠었다. "그렇다면, 그런 일은 없었다고 맹세하라."

"제가 무엇을 걸고 맹세하길 바라십니까?" 결박에서 풀려난 자가 한결 활기를 띠며 물었다.

"글쎄, 네 목숨을 걸고라도." 총독이 대답했다. "바로 지금이 네 목숨을 걸고 맹세할 때이지. 지금 네 목숨은 실오라기 하나에 매달려 있으니까."

"혹시 그것을 붙잡아 맨 것이 당신이라고 생각하시는 건 아니겠지요, 헤게몬?" 죄수가 물었다. "만일 그렇다면 당신은 완전히 잘못 알고 계신 것입니다."

빌라도는 몸을 움찔거렸다. 그리고 분명치 않은 소리로 말했다.

"나는 그 실오라기를 끊을 수 있다."

"그것도 당신이 잘못 알고 계신 것입니다." 죄수가 환하게 미소를 지으며, 그리고 한 손으로 태양을 가리면서 말했다. "그 실오라기를 끊을 수 있는 것은 분명 그것을 매신 분, 한 분뿐이라는 것은 당신도 동의하실 것입니다."

"그래, 그래." 빌라도가 미소를 지으며 말했다. "이제 나는 예르샬라임을 빈둥대는 얼빠진 자들이 줄을 지어 네 뒤를 따라다녔으리라는 것을 의심하지 않는다. 누가 네 혀를 붙잡아 매었는지 모르지만, 훌륭하게 매어놓았다. 그렇다면 말해봐라. 네가 나귀를 타고 수사 문⁴을 거쳐 너를 선지자라 외치며 환호하는 천민들의 무리에 둘러싸여 예르샬라임에 나타났다는 것은 사실인가?" 여기서 총독은 양피지 두루마리를 가리켰다.

죄수는 이해할 수 없다는 듯이 총독을 바라보았다.

"제게 나귀 같은 건 없습니다, 헤게몬." 그가 말했다. "수사 문을 거쳐 예르샬라임으로 온 것은 맞습니다. 하지만 저는 걸어서 왔고, 제 옆에는 레위 마태오 한 사람뿐이었습니다. 그리고 누구도 저를 보고 뭐라고 외치지 않았습니다. 그때 예르샬라임에 저를 아는 사람은 아무도 없었으니까요."

"그렇다면 너는 그자들," 빌라도는 죄수에게서 눈을 떼지 않은 채로 말을 이었다. "디스마스와 게스타스, 그리고 바르-라반⁵이라는 자를 아는가?"

"저는 그 선량한 사람들을 모릅니다." 죄수가 대답했다.

"정말인가?"

"정말입니다."

"그런데 너는 언제나 '선량한 사람들'이라는 말을 쓰는가? 그러니까 너는 모든 사람들을 그렇게 부르는가?"

"그렇습니다." 죄수가 대답했다. "이 세상에 악한 사람은 없습니다."

"그건 처음 듣는 얘기로군." 빌라도가 엷은 미소를 지으며 말했다. "하긴, 어쩌면 내가 인생을 아직 많이 모를 수도 있지……! 이제 받아쓰지 않아도 좋다." 그는 이미 아무것도 쓰고 있지 않은 서기관을 향해 말을 하고는 계속해서 죄수에게 물었다. "그 얘기는 그리스인들의 책에서 읽은 것인가?"

"아닙니다. 제 스스로 터득한 것입니다."

"그래서 넌 그걸 설교하고 다니는가?"

"그렇습니다."

"그렇다면 예를 들어, 쥐잡이꾼이라는 별명을 갖고 있는 백인대 대장 마르크, 저자도 선량한 사람인가?"

"그렇습니다." 죄수가 대답했다. "그가 불행한 사람이라는 것은 사실입니다. 선량한 사람들이 그의 모습을 추하게 만든 후, 그는 잔인하고 냉혹한 사람이 되었습니다. 누가 저 사람에게 저런 상처를 준 것인지 궁금하군요."

"그건 내가 기꺼이 알려주지." 빌라도가 대답했다. "내가 그 증인이었으니까. 선량한 사람들이 개들이 곰에게 달려들 듯 그에게 달려들었다. 게르만인들이 그의 사지를 붙잡고 물어뜯듯 곤봉을 휘둘러댔지. 보병 중대는 완전히 포위되어 있었고. 만약 내가 지휘하던 기병대가 측면에서 치고 들어가지 않았더라면, 철학자여, 너는 저 쥐잡이꾼과 이야기를 할 수 없었을 것이다. 처녀 계곡, 이디스타비조 전투[16]에서 있었던 일이지."

"제가 그와 잠시 이야기를 나눌 수 있다면," 갑자기 뭔가 생각난 듯 죄수가 말했다. "분명히 그는 아주 많이 달라질 것입니다."

"내 생각에," 빌라도가 말했다. "만약 네가 군단의 장교나 병사들 중 누군가와 이야기를 나누려고 한다면, 군단 사령관은 너를 달갑게 여기지 않을 것이다. 하지만 다행스럽게도 그런 일은 일어나지 않을 것이다. 내가 먼저 그 달갑지 않은 일을 주의시키게 될 테니까."

그때 제비 한 마리가 돌진하듯 주랑으로 날아 들어왔다. 황금빛 천장 아래를 한 바퀴 돌고 아래로 내려온 제비는 벽감(壁龕)에 세워둔 청동 동상의 얼굴에 뾰족한 날개를 거의 스치듯 지나, 이어 주랑의 기둥머리 뒤로 사라졌다. 그곳에 둥지를 틀 모양이었다.

제비가 날고 있는 동안, 어느덧 맑고 가벼워진 총독의 머릿속에 다음과 같은 생각들이 차례대로 떠올랐다. 헤게몬은 하-노츠리라는 별명을 가진 떠돌이 철학자 예슈아의 사건을 검토해보았으나 그에게서 범죄를 입증할 만한 사실들을 찾아볼 수 없었다. 특히 최근 예르샬라임에서 벌어진 무질서와 예슈아의 행동 사이에는 아무런 연관도 찾을 수 없었다. 떠돌이 철학자는 정신에 이상이 있는 것으로 밝혀졌다. 따라서 총독은 소(小) 시네드리온이 내린 하-노츠리의 사형 선고를 승인하지 않는다. 다만, 하-노츠리의 무분별하며 유토피아적 말이 예르샬라임 소요에 원인이 될 수도 있음을 고려하여, 총독은 예슈아를 예르샬라임에서 추방하여 지중해에 있는 스트라톤 카에사리아, 다시 말해 총독의 관저가 있는 곳에 머물도록 금고형에 처한다.[17]

이제 남은 것은 서기관에게 이것을 받아 적게 하는 것뿐이다.

헤게몬의 머리 바로 위에서 제비가 날개를 푸드득거렸다. 제비는 분수대 옆까지 날아들었다가 이내 밖으로 날아가버렸다. 총독은 눈을 들어 죄수를 바라보았다. 그리고 그의 옆으로 먼지 기둥이 타오르는 것을 보았다.

"이것이 저자에 대한 기록의 전부인가?" 빌라도가 서기관에게 물었다.

"안타깝게도 그렇지가 않습니다." 서기관은 전혀 예기치 못한 대답을 했다. 그리고 빌라도에게 다른 양피지 한 꾸러미를 내밀었다.

"또 뭐가 있다는 거야?" 빌라도가 얼굴을 찌푸리며 물었다.

서기관이 내민 것을 읽고 나서 그의 얼굴에는 더욱 많은 변화가 일어났다. 마치 검은 피가 한꺼번에 목과 얼굴로 흘러 모이는 것 같았다. 아니, 어쩌면 다른 어떤 일이 일어났는지도 모르겠다. 다만 분명한 것은 그의 얼굴이 노란빛을 잃고 암갈색으로 변했으며, 두 눈은 마치 어디론가 꺼져버린 것 같았다는 것이다.

아무래도 관자놀이께로 몰려 거기서 뛰놀고 있는 피가 총독의 눈에 이상을 일으킨 것 같았다. 그의 눈앞에 있던 죄수의 머리가 어디론가 사라지고, 그 자리에 갑자기 다른 사람의 머리가 나타난 것이다. 군데군데 머리털이 빠진 그 머리 위에는 이가 빠진 황금관이 씌워져 있었으며, 이미 살가죽을 파고든 궤양이 둥글게 자리하고 있는 이마 위에는 연고가 덧발라져 있었다. 이가 빠져 안으로 오므라든 입과 변덕스럽게 처진 아랫입술도 보였다.[18] 빌라도에게는 발코니의 장밋빛 주랑과 멀리 정원 아래에 있는 예르샬라임의 지붕들이 사라지고, 그 모든 것이 카프리에 있는 정원의 짙푸른 나무들 사이로 가라앉아버린 것처럼 느껴졌다. 이어 그의 청각에도 뭔가 이상한 일이 벌어졌다. 멀리서 나팔 소리가 위협하듯 낮게 울리는 것 같았고, 비음 섞인 목소리가 단어 하나하나를 오만하게 늘이며 다음과 같이 말하는 것이 아주 분명하게 들렸다. '황제 모독에 대한 법……'

이어 서로 연결되지 않는 짤막하고 기이한 상념들이 총독의 머릿속을 스쳐 지나갔다. '끝났다……!' '이제 다 끝난 것이다……!' 그리고 그 상념들 사이로 불멸에 대한 생각이 그야말로 난데없이 떠올랐으며, 그 생각은 왠지 참을 수 없는 쓸쓸함을 불러일으켰다.

빌라도는 있는 힘을 다해 환영을 몰아내고 발코니로 시선을 돌렸다. 그러자 그의 앞에 다시 죄수의 두 눈이 나타났다.

"하-노츠리는 들어라." 총독은 어딘지 이상한 눈빛으로 예슈아를 바라보며 말을 시작했다. 총독의 표정은 단호해 보였지만, 눈은 불안으로 가득 차 있었다. "위대한 카이사르"에 대해 네가 무슨 말인가를 한 적이 있느냐? 대답하라! 했는가? ……아니면…… 말하지…… 않았는가?" 빌라도는 법정에 어울리지 않게 '않았는가'라는 단어를 길게 늘이면서, 마치 죄수에게 어떤 생각을 불어넣고 싶은 듯 예수아를 응시했다.

"진실을 말하는 것은 쉽고 기분 좋은 일입니다." 죄수가 말했다.

"네가 진실을 말하는 것이 기분 좋은지 아닌지는," 빌라도가 화를 억누르며 분노에 찬 목소리로 대꾸했다. "내 알 바가 아니다. 그러나 너는 진실을 말해야 한다. 그리고 고통스러운 죽음을 원하지 않는다면, 한마디 한마디를 가려서 말해야 할 것이다."

그때 유대의 총독에게 무슨 일이 일어났는지는 아무도 모른다. 다만 그는 태양빛을 피하려는 듯 손을 들어 올렸고, 그 손 뒤로, 마치 방패 뒤에서 신호를 보내듯 죄인에게 뭔가를 암시하는 듯한 눈길을 보냈다.

"그럼," 그가 말했다. "이 질문에 대답해봐라. 너는 키리아트에서 온 유다라는 자를 알고 있느냐, 그리고 그자에게, 그러니까 만일 말을 했다면, 카이사르에 대한 무슨 말인가를 했느냐?"

"그 일은 이렇게 된 것입니다." 죄수는 기다렸다는 듯 거침없이 이야기했다. "엊그제 저녁 성전 옆에서 키리아트 시에서 온 유다라는 젊은이를 만났습니다. 그는 도시 남쪽에 있는 자신의 집으로 저를 초대하여 대접해주었습니다……."

"그자도 선량한 사람이었겠지?" 빌라도가 물었다. 그의 눈이 불꽃이 타오르듯이 이글거렸다.

"무척 선량하고 호기심이 많은 사람이었습니다." 죄수가 대답했다. "그는 제 생각에 아주 큰 관심을 보였고, 매우 정성스럽게 저를 맞아주었습니다……."

"작은 촛불들도 켜두었고……."[20] 빌라도는 거의 입을 벌리지 않고 죄수와 같은 어조로 말했다. 그리고 그때 그의 두 눈이 희미하게 반짝거렸다.

"그렇습니다." 예슈아는 총독이 그 사실을 벌써 알고 있다는 것에 다소 놀라며 말을 계속했다. "그리고 국가 권력에 대한 제 생각을 말해달라고 했습니다. 그는 그 문제에 무척 관심이 많았습니다."

"그래서 뭐라고 했나?" 빌라도가 물었다. "아니면, 무슨 말을 했는지 기억이 나지 않는다고 할 텐가?" 빌라도의 어조에는 이미 절망이 담겨 있었다.

"저는," 죄수가 말했다. "모든 권력은 인간에 대한 폭력이며, 카이사르들의 권력도, 그 외의 다른 어떤 권력도 존재하지 않는 시대가 올 것이고, 그때가 되면 인간은 그 어떤 권력도 필요 없는 진리와 정의의 왕국으로 들어서게 될 것이라고 말했습니다."

"계속하라!"

"그게 전부입니다." 죄수가 말했다. "그때 사람들이 뛰어 들어와 저를 묶기 시작했고 감옥으로 끌고 갔습니다."

서기관은 한마디도 놓치지 않으려고 애를 쓰며 재빨리 그의 진술을 양피지에 옮겨 적었다.

"티베리우스 황제의 권력보다 더 위대하고, 더 아름다운 권력은 이 세상에 없었고, 지금도 없으며, 앞으로도 없을 것이다!" 빌라도의 쉬어 갈라지고 병든 목소리가 점점 더 격해졌다.

총독은 무슨 이유 때문인지 적의에 찬 시선으로 서기관과 호위대를 바라보았다.

"또한 그 문제는 너 같은 미치광이 범법자가 판단할 일이 아니다!" 빌라도가 외쳤다. "호위대는 발코니에서 물러가라!" 그리고 서기관을 돌아보며 덧붙였다. "죄인과 단둘이 있고 싶다. 이건 국가적인 사안이다."

호위대는 창을 들어 올리고 징이 박힌 칼리가[21]로 바닥을 구르며 발코니에서 정원으로 물러갔다. 서기관도 호위대의 뒤를 따라 밖으로 나갔다.

한동안 발코니에는 분수대의 물이 재잘거리는 소리만 들려올 뿐이었다. 빌라도는 가는 관 위로 물기둥이 솟아올랐다가 그 끝이 꺾이고 잔물결이 되어 떨어지는 것을 지켜보았다.

먼저 침묵을 깬 것은 죄수였다.

"제가 키리아트에서 온 그 젊은이와 이야기를 나눈 것 때문에, 뭔가 안 좋은 일이 벌어진 것 같습니다. 헤게몬, 그에게 불행한 일이 일어날 것이라는 예감이 듭니다. 저는 그 사람이 무척 불쌍합니다."

"내 생각엔," 총독이 뜻 모를 웃음을 터뜨리며 대답했다. "키리아트에서 온 유다보다도 네가 더 불쌍히 여겨야 할 다른 사람이 있을 것 같다. 그는 유다보다 훨씬 더 불행해질 것이다……! 그래, 냉혹하고 철저한 고문자인 쥐잡이꾼 마르크, 그리고 그렇게……" 총독은 예슈아의 흉측하게 일그러진 얼굴을 가리키며 말했다. "너의 설교를 이유로 너를 구타한 자들, 자신들의 앞잡이들과 함께 네 명의 병사를 살해한 강도 디스마스와 게스

46

타스, 그리고 마지막으로, 그 더러운 배반자 유다, 그들 모두가 선량한 사람들이라는 건가?"

"그렇습니다." 죄수가 대답했다.

"그리고 진리의 왕국이 올 것이고?"

"올 것입니다, 헤게몬." 예슈아는 확신에 찬 음성으로 대답했다.

"절대 오지 않을 것이다!" 갑자기 예슈아가 깜짝 놀라 뒤로 물러설 만큼 무서운 목소리로 빌라도가 소리쳤다. 수년 전 처녀 계곡에서 빌라도는 그와 똑같은 목소리로 자신의 기마대 병사들을 향해 외쳤었다. '저들을 쳐라! 저들을 쳐라! 거인 쥐잡이꾼이 함정에 빠졌다!' 빌라도는 외침으로 갈라진 목소리를 더욱 높였고, 정원까지 들리도록 큰 소리로 같은 말을 외쳤다. "범법자! 범법자! 범법자!"

잠시 후 그는 목소리를 낮추며 물었다.

"예슈아 하-노츠리, 너는 신들을 믿나?"

"신은 오직 한 분뿐이십니다." 예슈아가 대답했다. "저는 그분을 믿습니다."

"그럼 그에게 기도하라! 간절히 기도하라! 하긴 그런다고 해도……" 여기서 빌라도의 목소리가 약해졌다. "도움이 되지는 않을 것이다. 아내는 있나?" 빌라도는 자신에게 무슨 일이 일어나고 있는지 알지 못한 채, 왠지 슬픈 목소리로 물었다.

"없습니다. 저는 혼자입니다."

"역겨운 도시……" 갑자기 총독이 말을 얼버무렸다. 그리고 한기를 느낀 듯 어깨를 부르르 떨었고, 마치 손을 씻는 것처럼 두 손을 비볐다. "네가 키리아트의 유다와 만나기 전에 네 목을 베었더라면, 차라리 그게 더 나았을 것이다."

"헤게몬, 만약 당신이 저를 풀어주신다면," 죄수가 뜻밖의 요청을 해왔다. 그의 목소리가 떨리고 있었다. "제 생각에 사람들이 저를 죽이려고 하는 것 같습니다."

빌라도의 얼굴이 경련으로 일그러졌다. 그는 붉게 충혈된 눈의 흰자위를 예슈아에게 돌렸다. 그리고 말했다.

"불쌍한 놈, 너는 로마인 총독이 지금 네가 했던 그따위 말을 한 자를 풀어줄 것이라고 생각하나? 오, 신들이여, 신들이여! 아니면 너는 내가 지금 네가 앉아 있는 그 자리에 앉을 준비가 되어 있다고 생각하나? 나는 너의 사상에 동의하지 않아! 그리고 내 말을 명심하라. 만약 지금 이 순간부터 네가 한마디라도 더 내뱉게 된다면, 누구하고든 이야기를 나누게 된다면, 내가 너를 가만히 두지 않을 것이다! 다시 한 번 말하겠다. 입을 함부로 놀리지 마라!"

"헤게몬……."

"잠자코 있어!" 빌라도가 외쳤다. 그리고 분노로 가득한 시선을 다시 발코니로 날아든 제비에게 돌렸다. "이리 들라!" 빌라도가 소리쳤다.

서기관과 호위대가 제자리로 돌아오자, 빌라도는 소 시네드리온 회의에서 범법자 예슈아 하-노츠리에 대해 내린 사형 선고를 확정한다고 밝혔고, 서기관은 빌라도가 한 말을 받아 적었다.

잠시 후 총독 앞에는 쥐잡이꾼 마르크가 서 있었다. 총독은 그에게 죄인을 비밀호위대장에게 인도하고, 다음과 같은 총독의 명령 사항을 전달할 것을 지시했다. 예슈아 하-노츠리를 다른 수인들과 격리시켜야 한다. 예슈아와의 어떤 대화도, 그의 어떤 질문에 대한 대답도 금하며, 이를 어길 시 비밀호위대에 중벌이 내려질 것이다.

마르크의 신호에 따라 호위대가 예슈아를 에워쌌고, 그를 발코니에서 데리고 나갔다.

잠시 후 총독 앞에 독수리 깃털이 달린 투구를 쓰고 아마빛 수염을 기른, 잘생긴 한 남자가 나타났다. 그의 가슴에서는 황금빛 사자의 머리가 번쩍이고 있었으며, 역시 황금빛의 작은 글귀가 새겨진 검대(劍帶)를 차고, 끈이 무릎까지 올라오는 삼중 겹창 칼리가에 왼쪽 어깨 위로 검붉은 망토를 걸치고 있었다. 그는 로마군단을 지휘하는 군단장이었다.

총독은 그에게 세바스티아 보병대가 지금 어디에 있는지를 물었다. 군단장은 세바스티아 보병들은 범법자들에 대한 판결이 공표될 히포드롬 앞 광장에 저지선을 두르고 있다고 보고했다.

총독은 군단장에게 로마 보병대에서 2개 백인대를 차출할 것을 지시했다. 그중 1개 백인대는 쥐잡이꾼의 지휘 아래 죄인들과 사형 집행에 필요한 물건들을 싣고 갈 마차와 민둥산²²으로 출발할 형리들을 호송해야 한다. 그리고 산에 도착하면 곧바로 저지선을 둘러야 한다. 나머지 1개 백인대 역시 지금 바로 민둥산으로 출발시켜, 즉시 저지선을 두르도록 해야 한다. 또한 같은 목적으로, 다시 말해 산의 경비를 위해, 총독은 시리아 기병대를 예비부대로 출발시킬 것을 군단장에게 지시했다.

군단장이 발코니를 떠나자 총독은 서기관에게 시네드리온 의장과 두 명의 의원들, 그리고 예르샬라임 성전수비대 대장을 궁으로 모실 것을 지시했다. 그리고 그들 모두와의 회의에 앞서 시네드리온 의장과 따로 이야기를 나눌 수 있도록 시간을 만들라고 덧붙였다.

총독의 명령은 신속하고 정확하게 수행되었다. 그리고 최근 며칠 동안 전에 없는 광폭함으로 예르샬라임을 태워버릴 듯 내리쬐고 있는 태양이 아직 그 정점에 다가서기 전에, 정원 위쪽 단상의 계단 앞을 지키고 있는 두 마리의 흰 대리석 사자 앞에서 총독과 시네드리온 의장직을 맡고 있는 유대 제사장 요세프 카이파[23]가 만났다.

정원은 조용했다. 그러나 주랑에서 나와, 코끼리처럼 거대한 다리를 뻗고 있는 종려나무 정원의 위쪽, 태양이 내리쬐는 단상으로 가면서(그 단상은 총독이 증오하는 예르샬라임 전체를, 구름다리와 요새들, 그리고 무엇보다도, 지붕 대신 황금으로 된 용의 비늘을 뒤집어쓰고 있는, 묘사하기조차 어려운 거대한 대리석 덩어리인 예르샬라임 성전을 총독 앞에 펼쳐놓고 있었다) 총독은 그의 예민한 귀로 멀리 아래쪽에서 들려오는 소리들을 감지하고 있었다. 돌로 만든 벽이 궁전의 정원 아래쪽 테라스들과 도시의 광장을 갈라놓고 있는 그곳에서 낮게 그르렁거리는 소리가 들려왔고, 그 위로 약하고 가느다란 신음 소리가 고함 소리에 뒤섞여 간간히 터져나오고 있었다.

총독은 그 아래 광장에 최근의 소요들로 흥분해 있는 예르샬라임 주민들이 벌써 무수한 군중을 이루며 모여 있다는 것을, 그리고 그들이 판결을 성마르게 기다리고 있으며, 그 속에서 물장수들이 시끄럽게 소리를 질러대고 있다는 것을 알아차릴 수 있었다.

총독은 먼저 무자비한 폭염을 피할 수 있도록, 발코니 안으로 들어가는 게 어떻겠느냐고 제사장에게 물었다. 하지만 카이파는 축일 전야에 그럴 수는 없다며 정중하게 거절했다.[24] 빌라도는 듬성듬성해진 머리에 두건을 뒤집어쓰고 이야기를 나누기 시작했다. 그들의 대화는 그리스어로 진행되었다.

빌라도는 예슈아 하-노츠리 사건을 검토했으며, 사형 선고를 승인했다고 말했다.

그리하여 오늘 세 강도, 디스마스, 게스타스, 바르-라반과 예슈아 하-노츠리에 대한 사형 집행이 이루어질 것이다. 카이사르에 반대하는 민중 폭동을 사주하고, 로마 병력과 대치하다 체포된 앞의 둘은 총독의 재량권 내에 있다. 따라서 이 자리에서 그 둘에 대한 이야기를 나눌 필요는 없다. 나머지 둘, 바르-라반과 하-노츠리는 지방 병력에 의해 체포되었고, 시네드리온에 의해 구형을 받았다. 법과 관습에 따라, 오늘 유월절 대제의 전야를 맞이하여, 이 두 범법자들 중 한 명은 풀어주어야 한다.

총독은 시네드리온이 그 두 범법자 중 누구를 풀어주고자 하는지를 알고 싶다. 바르-라반인가? 아니면 하-노츠리인가?

카이파는 질문을 이해했다는 표시로 고개를 숙였다. 그리고 대답했다.

"시네드리온은 바르-라반을 풀어줄 것을 청하는 바입니다."

총독은 제사장이 그렇게 대답하리라는 것을 알고 있었다. 하지만 그는 그 대답이 자신을 놀라게 했다는 것을 보여주어야 했다.

빌라도는 그것을 너무나도 능숙하게 해보였다. 거만한 얼굴의 눈썹이 치켜 올라갔고, 총독은 놀란 표정으로 제사장의 눈을 똑바로 쳐다보았다.

"그건 정말 의외인데요." 총독은 부드럽게 말을 시작했다. "뭔가 착오가 있는 건 아닌지요?"

빌라도는 자신의 입장을 설명했다. 로마 당국은 지방 종교계의 권한을 절대 침해하지 않을 것이다. 그 점은 제사장도 잘 알고 있을 것이다. 하지만 이번 사건의 경우 명백한 착오가 있음이 분명하다. 그리고 물론, 로마 당국은 그 착오를 바로잡는 데 관심을 가지고 있다.

사실, 바르-라반과 하-노츠리의 죄는 그 무거움이 비교조차 되지 않는다. 후자, 즉 정신이상자가 분명한 그자의 죄가 터무니없는 말로 예르샬라임과 그 외 몇몇 지역에서 군중들을 혼란에 빠트린 데 있다면, 전자의 죄는 그보다 훨씬 더 무거운 것이다. 그는 폭동을 직접 선동했을 뿐만 아니라 체포 과정에서 경비대를 살해하기까지 했다. 바르-라반은 하-노츠리와는 비교할 수 없을 만큼 훨씬 위험하다.

이 모든 점을 감안하여 총독은 시네드리온의 결정을 재고하고, 두 피고자 중 덜 해로운 자를 풀어줄 것을 제사장에게 요청한다. 물론 그 덜 해로운 자는 하-노츠리이다. 어떻게 생각하시는지……?

카이파는 조용히, 그러나 단호한 목소리로 말했다. 시네드리온은 이번 사안을 면밀히 검토했다. 다시 말하지만, 바르-라반을 풀어주고자 한다.

"그래요? 내가 이렇게 청원을 하는데도? 로마 당국을 대변하는 자의 청원인데도? 제사장, 세번째로 다시 묻겠소."

"세번째로 말씀드리겠습니다. 우리는 바르-라반을 풀어줄 것입니다." 카이파가 조용히 말했다.

모든 것이 끝났다. 더 이상 이야기할 것은 아무것도 없다. 하-노츠리는 영원히 떠났다. 이제 총독의 무섭고 지독한 고통, 죽음 이외에 벗어날 방법이 없는 그 고통을 치료해줄 사람은 없다. 그런데 지금 빌라도를 덮친 것은 그 생각이 아니었다. 이유를 알 수 없는 쓸쓸함(그것은 이미 발코니에서부터 그를 찾아온 것이었다)이 그의 온몸을 휩쓸고 지나갔다. 그는 그 쓸쓸함의 정체를 자신에게 설명하고자 애를 썼다. 그런데 그 답은 이상한 것이었다. 총독은 분명하지는 않지만, 뭔가 피고와 다 이야기하지 못한 것이 있다는, 아니 어쩌면 뭔가 아직 다 듣지 못한 것이 있다는 생각이 들었다.

빌라도는 그 생각을 떨쳐버렸다. 그러자 그 생각은 찾아왔을 때처럼 순식간에 날아가버렸다. 하지만 그 생각이 날아가버린 후에도 쓸쓸함은 설명되지 않은 채로 남아 있었다. 그리고 그 순간 다른 짧은 생각이 번개처럼 빛을 내고는 다시 꺼져버렸다. '불멸…… 불멸이다…….' 그런데 누구의 불멸이라는 것인가? 총독은 그 답을 알 수 없었다. 그러나 수수께끼 같은 그 불멸에 대한 생각은 뜨겁게 내리쬐는 태양 아래서도 그를 오싹하게 만들었다.

"좋소." 빌라도가 말했다. "그럼 그렇게 하시오."

그리고 그는 고개를 돌려 눈앞에 펼쳐진 세계를 둘러보았고, 그사이 벌어진 변화에 놀랐다. 흐드러지게 피어 있던 장미 덤불은 사라졌고, 위층 테라스를 에워싸고 있던 측백나무도, 석류나무도, 풀밭의 흰 동상도, 풀밭도 사라져버리고 없었다. 그 모든 것 대신 검붉고 끈적끈적한 무언가가 흘러 떠다녔고, 그 속에서 수초들이 흔들리며 어디론가 움직여가고 있었다. 그리고 그 소용돌이와 함께 빌라도도 움직였다.[25] 지금 그의 목을 조르고 불길 속으로 몰아넣으며 그를 끌고 가는 것은 이 세상에서 가장 끔찍한 분노, 즉 무기력함에서 비롯된 분노였다.

"답답하군." 빌라도가 중얼거렸다. "숨이 막힐 것 같아!"

그는 차갑고 축축해진 손으로 망토 깃의 버클을 잡아 뜯었다. 버클이 모래 위로 떨어졌다.

"오늘은 날이 후텁지근하군요. 어디선가 뇌우가 치고 있을 겁니다." 붉어진 총독의 얼굴에서 눈을 떼지 않은 채로 카이파가 말했다. 그리고 아직 남아 있는 모든 고통을 예감한 듯 중얼거렸다. "오, 올해의 니산은 정말 끔찍한 달이야!"

"아니오." 빌라도가 말했다. "후텁지근해서가 아니오. 내가 답답한 것은 당신과 있기 때문이오, 카이파." 빌라도는 눈을 가늘게 뜨며 미소를 지었다. 그리고 이렇게 덧붙였다. "제사장, 조심하는 게 좋을 거요."

제사장의 검은 두 눈이 반짝거렸다. 그리고 조금 전의 총독 못지않게 얼굴에 놀라는 표정을 지어 보였다.

"총독, 그게 무슨 소리지요?" 카이파는 거만하면서도 침착하게 말했다. "당신 스스로 승인한 판결을 가지고 이제 와서 나를 협박하시는 겁니까? 그런 거요? 우린 무슨 말이든 내뱉기 전에 단어를 선별할 줄 아는 로마 총독에게 익숙해져 있습니다. 누가 우리 얘기를 듣기라도 하면 어쩌시렵니까, 헤게몬?"

빌라도는 생기 없는 눈으로 제사장을 쳐다보았다. 그리고 이를 드러내며 미소를 지었다.

"무슨 소리를 하는 거요, 제사장! 지금 여기서 누가 우리 얘기를 들을 수 있단 말이오? 내가 그 젊은 부랑자, 오늘 사형 선고를 받은 그 실성한 놈처럼 보이시오? 카이파, 내가 어린애요? 나는 내가 지금 무슨 말을 하는지, 내가 어디서 말을 하고 있는지 잘 알고 있소. 정원의 경비는 철통같소. 궁도 마찬가지요. 쥐새끼 한 마리 기어 들어올 틈도 없소! 쥐새끼뿐만 아니라, 그자, 키리아트 시에서 온 그자라 해도 절대 들어오지 못할 거요. 제사장, 그자를 아시오? 물론 알고 계시겠지…… 만약 그자가 이곳으로 기어 들어온다면, 그자는 자신의 신세를 몹시 한탄하게 될 것이오. 그 점은 물론 당신도 동의하시겠지요? 그런데 한 가지 더, 당신이 알아야 할 것이 있소. 제사장, 당신에게 앞으로 평온은 없을 것이오! 당신에게도, 당신의 민족에게도." 빌라도는 멀리 오른편으로 높이 성전이 불길처럼 타오르고 있는 곳을 가리켰다. "나, 황금의 창(槍)의 기사(騎士),[26] 본디오 빌라도의 말을 명심하시오!"

"압니다. 알고 있습니다!" 검은 수염을 기른 카이파가 아무 두려운 기색 없이 대답했다. 그의 눈이 반짝거렸다. 그는 손을 하늘로 들어 올리면서 말을 계속했다. "유대 민족은 당신이 얼마나 그들을 증오하는지, 당신이 그들에게 얼마나 많은 고통을 주고 있는지를 잘 알고 있습니다. 하지만 당신은 결코 그들을 파멸시키지 못할 겁니다! 신이 그들을 보호하고 계시기 때문입니다! 신께서 우리의 기도를 듣고 계십니다. 전능하신 카이사르께서도 우리의 호소를 듣고, 파괴자 빌라도로부터 우리를 지켜주실 것입니다!"

"오, 아니오!" 탄성을 지르듯 빌라도가 소리쳤다. 말 한마디 한마디를 내뱉을수록, 그는 점점 더 마음이 편안해지는 것을 느꼈다. 이제 더 이상 연기를 할 필요도, 단어를 선별할 필요도 없었다. "당신은 카이사르에게 나에 대한 너무 많은 불평을 했소. 이젠 내 차례요, 카이파! 이제 곧 나의 전령이 떠날 것이오. 안티오크의 지방장관에게도, 로마로도 아니오. 카프리에 있는 황제 폐하께 직접 전해질 것이오. 당신이 예르샬라임의 무자비한 폭도들을 싸고돌며, 어떻게 살려주었는지를 고하게 될 것이오. 또한 내가 당신들을 위해 사용하려 했던 솔로몬 연못[27]에서 이제 예르샬라임이 마시게 될 것은 물이 아닐 것이오! 오, 절대 물이 아닐 것이오! 똑똑히 기억해두시오. 난 당신들 때문에 황제의 이름이 새겨진 방패를 벽에서 떼어냈소.[28] 난 당신들 때문에 병력을 이동시켜야 했고, 당신들이 이곳에서 저지르고 있는 짓거리를 보기 위해 이렇게 직접 여기까지 와야 했소! 내 말을 기억하시오, 제사장. 당신이 이제 예르샬라임에서 보게 될 것은 1개 보병대가 아닐 것이오, 절대 그렇지 않을 것이오! 도시의 성벽 아래로 풀미나타 군단 전체가 도착하고, 아랍 기마대가 도착할 것이오. 그때 당신은 쓰라린 눈물과 신음 소리를 듣게 될 것이오! 그때 당신은 당신이 살려준 바르-라반을 기억하고, 평화를 설교하던 철학자를 죽음으로 몬 것을 후회하게 될 것이오!"

제사장의 얼굴이 온통 붉어지고 두 눈에 불길이 타올랐다. 그는 총독이 그랬던 것처럼 이를 드러내며 미소를 지었다. 그리고 대답했다.

"총독, 당신은 지금 당신이 하고 있는 말을 정말로 믿고 있습니까?

아니, 그렇지 않을 겁니다! 평화가 아니지요. 민중을 현혹하는 그자가 우리 예르샬라임에 가져온 것은 절대로 평화가 아닙니다. 그리고 그건, 기사님, 당신도 잘 알고 계시는 바이지요. 당신이 그를 풀어주고 싶어하는 것은 그로 하여금 민중을 현혹케 하고 신앙을 조롱하며, 로마의 검 아래 복종케 하기 위한 것 아닙니까! 하지만 나, 유대의 제사장은 내가 살아 있는 한, 신앙에 대한 그 어떤 조롱도 허락하지 않을 것이며, 민중을 보호할 것입니다! 빌라도, 저 소리가 들리시오?" 여기서 카이파는 다시 한 번 준엄하게 손을 들어 올렸다. "자, 들어보시오, 총독!"

카이파는 말을 멈추었다. 총독은 다시 헤롯 대왕의 정원을 둘러싸고 있는 벽 바로 앞까지 밀려오고 있는, 해일과도 같은 소리를 들었다. 그 소음은 총독의 발아래까지, 총독의 얼굴까지 치고 올라왔다. 그리고 그의 등 뒤, 궁전의 익벽 뒤에서 불안한 나팔 소리와 수백 명의 무거운 발걸음 소리, 쇠붙이가 철거덕거리는 소리가 들려왔다. 처형에 앞서 폭동 주도자들과 강도들이 겪어야 할 끔찍한 행렬을 위해 로마 보병대가 총독의 명령에 따라 출발 준비를 하고 있는 것이었다.

"들리시오, 총독?" 제사장이 작은 소리로 다시 물었다. "당신은 이 모든 것을," 여기서 제사장은 두 손을 들어 올렸고, 검은 두건이 그의 머리에서 흘러내렸다. "그 불쌍한 강도 바르-라반이 일으킨 것이라고 하시겠소?"

총독은 손등으로 축축하고 차가워진 이마를 닦고 바닥을 쳐다보았다. 그리고 잠시 후 눈을 찡그리며 하늘을 올려다보았다. 달구어진 구체(球體)가 그의 머리 바로 위에서 이글거리고 있었다. 카이파의 그림자는 사자의 꼬리 옆에 완전히 움츠러들어 있었다. 총독은 조용히, 그리고 무심하게 말했다.

"정오가 다 되었군요. 우리가 너무 이야기에 빠져 있었던 것 같습니다. 이제 일을 진행시켜야지요."

총독은 세련된 말로 제사장에게 용서를 구한 뒤 목련나무 그늘에 놓여 있는 의자에 앉을 것을 권하고는 마지막으로 남은 짧은 회의에 필요한 사람들을 부르고, 사형 집행과 관련된 일을 한 가지 더 처리할 때까지 잠시 기다려줄 것을 부탁했다.

카이파는 손을 가슴에 올려놓으며 정중하게 고개를 숙였다. 빌라도는 그를 정원에 남겨두고 혼자 발코니로 돌아갔다. 거기서 그는 자신을 기다리고 있던 서기관에게 뜰 아래쪽 분수가 있는 둥근 정자에서 호명을 기다리고 있는 로마 군단장과 보병대 군단사령관, 시네드리온의 두 의원과 성전수비대 대장을 뜰로 모실 것을 명령했다. 그에 덧붙여 빌라도는 자신도 곧 나갈 것이라고 말하고는, 궁전 안쪽으로 사라졌다.

서기관이 회의를 소집하는 동안 총독은 검은 휘장이 태양빛을 가리고 있는 어두운 방에서 한 사내를 만났다. 그 방에서라면 태양빛도 사내를 성가시게 할 수 없었음에도, 그의 얼굴은 두건으로 반쯤 가려져 있었다. 만남은 극히 짧게 이루어졌다. 총독은 그에게 낮은 목소리로 몇 마디를 던졌고, 그는 물러갔으며, 총독은 주랑을 지나 뜰로 나갔다.

총독은 그가 만나고자 했던 사람들이 모두 모인 자리에서 예슈아 하-노츠리의 사형 선고를 최종적으로 확정한다고 엄숙하고 건조하게 공표했다. 그리고 죄인들 중에 누구를 살려줄 것인지를 시네드리온 의원들에게 공식적으로 물었다. 이어 바르-라반이라는 대답을 듣고, 총독이 말했다.

"좋습니다." 총독은 그 자리에서 시네드리온 의원들의 대답을 서기관에게 기록하도록 했고, 서기관이 모래에서 주워준 버클을 손에 움켜쥔 채로, 엄숙하게 말했다. "시간이 되었소!"

이어 그 자리에 있던 사람들은 널찍한 대리석 층계를 따라 일제히 아래로 내려갔다. 계단 양옆에는 총독의 정신을 혼미하게 했던 향의 근원인 장미 넝쿨이 벽을 만들고 있었다. 사람들은 궁전의 벽을 따라 평평하게 다듬어진 넓은 광장(그 끝에 서면 예르살라임 마상 경기장의 동상들과 원주들이 보였다)으로 난 문이 있는 아래쪽을 향해 계속해서 내려갔다.

뜰에서 광장으로 나온 일행이 광장 한가운데 우뚝 선 거대한 석조 연단으로 올라섰을 때야 비로소 빌라도는 거의 감겨지다시피 한 눈꺼풀 사이로 주위를 둘러보았다. 그가 지금 막 지나온 곳, 다시 말해 궁전 벽과 연단 사이의 공간은 비어 있었다. 하지만 그는 자신의 눈앞에 있는 광장을 볼 수 없었다. 군중들이 광장을 삼켜버렸기 때문이었다. 빌라도 왼쪽으로 삼중 방어선을 치고 있는 세바스티아 병사들과 오른쪽 이투리아 예비보병대 병사들의 저지가 없었더라면, 군중들은 연단과 그 텅 빈 공간까지도 밀치고 올라왔을 것이다.

빌라도는 손에 쥐고 있던 버클을 자신도 모르게 움켜쥐었고, 눈을 찡그리며 연단으로 올라갔다. 총독이 눈을 찡그린 것은 태양이 그의 눈을 내리쬐었기 때문이 아니었다. 아니, 절대로, 그 때문이 아니었다! 그가 눈을 찡그린 것은 이제 그의 뒤를 따라 연단으로 끌어 올려질(총독은 이 모든 순서를 너무나도 잘 알고 있었다) 죄수들을 왠지 보고 싶지 않았기 때문이었다.

인해(人海)의 가장자리 위로 깎아지른 벼랑 끝에 검붉은 안감을 댄 흰 망토가 나타나자, 함성의 파도가 눈먼 빌라도의 귀를 때렸다. '와아-아-아……' 멀리 히포드롬 근처 어딘가에서 일어난 그 파도는 크지 않게 시작되었지만, 잠시 후 우레처럼 커졌고, 그렇게 몇 초를 넘실거리다 다시 잦아들었다. '나를 보았군.' 총독은 생각했다. 파도는 최저점에 다다르지 못한 채, 갑자기 다시 커지기 시작했고, 요동을 쳤으며, 첫번째 파도보다 더 높이 솟아올랐다. 그리고 바다의 큰 파도들이 그런 것처럼 그 두번째 파도 속에는 거품이 들끓고 있었다. 휘파람 소리, 우레 사이로 여기저기서 터져나오는 여자들의 신음 소리가 들끓었다. '단상 쪽으로 몰려들고 있다⋯⋯.' 빌라도는 생각했다. '저 신음 소리는 군중들이 앞으로 밀려가면서 여자들이 짓밟혀서 나는 소리야.'

그는 잠시 기다렸다. 군중들이 그들 내부에 쌓여 있는 것을 다 토해내기 전에는, 어떤 힘으로도 그들을 잠잠케 할 수 없음을 그는 잘 알고 있었다.

마침내 그 순간이 다가오자 총독은 오른손을 치켜들어 군중들의 마지막 소음을 날려버렸다.

빌라도는 뜨거운 공기를 가슴속에 한껏 들이마시고 외치기 시작했다. 갈라진 그의 목소리가 수천 명의 머리 위로 퍼져갔다.

"황제 카이사르의 이름으로⋯⋯!"

그 순간 단속적으로 끊어지는 날카로운 외침이 그의 귓가를 내리쳤다. 기병대 병사들이 창과 기장을 치켜 올리며 무섭게 소리를 질렀던 것이다.

"카이사르 만세!!"

빌라도는 고개를 들어, 똑바로 태양을 향해 치켜들었다. 눈꺼풀 아래로 초록빛 불덩이가 타올랐고, 그 불은 뇌로 옮겨 붙었다. 그리고 쉰 목에서 나오는 다음과 같은 아람 말들이 군중들 위로 날아갔다.

"살인과 폭동 교사, 법과 신앙을 모독한 죄로 예르샬라임에서 체포된 네 명의 죄인들에게 치욕스러운 처형, 기둥에 매달 것을 선고한다![29] 처형은 민둥산에서 집행될 것이다! 그 죄인들의 이름은 디스마스, 게스타스, 바르-라반, 하-노츠리다. 여기 그들이 당신들 앞에 있다!"

빌라도는 손으로 오른쪽을 가리켰다. 그는 죄인들을 쳐다보지 않았지만, 그들이 그곳, 자신들이 있어야 할 자리에 있다는 것을 알고 있었다.

군중들은 놀라움, 혹은 안도감의 긴 웅성거림으로 답했다. 그들은 다시 조용해졌고, 빌라도는 말을 계속했다.

"그러나 처형은 저들 중 세 죄인에 대해서만 이루어질 것이다. 법과 관습에 따라 유월절을 기념하여 소 시네드리온이 선택하고 로마 당국이 승인한 한 죄인에게 관대하신 카이사르께서 그 수치스러운 목숨을 돌려주게 될 것이다!"

빌라도는 그렇게 외치면서 웅성거림이 찬물을 끼얹은 듯한 침묵으로 바뀌는 것을 들었다. 이제 한숨 소리도, 옷자락이 스치는 소리도 그의 귓가에 들리지 않았다. 이윽고 주위의 모든 것들이 사라져버린 듯한 순간이 왔다. 그가 증오하는 도시는 죽었고, 곧게 내리쬐는 태양빛으로 다 타버린 빌라도, 오직 그 한 사람만이 하늘로 고개를 치켜든 채 서 있었다. 빌라도는 정적을 좀더 붙잡고 있었다. 그리고 잠시 후 그는 다시 외치기 시작했다.

"이제 당신들 앞에 자유를 얻을 자의 이름은……."

그는 이름을 부르지 않은 채로, 다 말한 것인가를 생각해보며, 다시 말을 멈추었다. 그 행복한 자의 이름이 불리고 나면, 죽은 도시가 다시 살아날 것이며, 더 이상 아무 말도 들리지 않게 될 것이라는 것을 알고 있기 때문이었다.

'이제 다 끝난 건가?' 빌라도는 소리를 내지 않은 채 속으로 중얼거렸다. '다 끝났다. 그 이름은!'

그리고 숨죽인 도시 위로 '르' 소리를 우레처럼 쏟아내며 외쳤다.

"바르-라반!"

그 순간 날카로운 쇳소리와 함께 그의 머리 위의 태양이 터지면서 그의 귓속으로 불길을 쏟아 붓는 듯했다. 그 불길 속에는 성난 외침과 비명, 신음, 웃음, 휘파람 소리가 미친 듯이 날뛰고 있었다.

빌라도는 몸을 돌려 층계가 있는 단상 뒤쪽으로 걸어갔다. 그는 발을 헛디디지 않기 위해, 바둑판 모양으로 깔아놓은 발아래 색색의 돌 이외에는 아무것도 보지 않았다. 그는 지금 그의 등 뒤 연단 위로 동전과 종려나무 열매들이 수없이 날아오르고, 으르렁거리는 군중들 속에서 사람들이 서로 밀치며, 자신들의 눈으로 기적을 보기 위해 앞 사람의 어깨 위로 기어오르고 있다는 것을 알고 있었다. 그들은 죽음의 손아귀에서 벗어난 자를 보고 싶어했다! 심문을 받는 동안 비틀어진 팔에 끔찍한 고통을 주었던 밧줄을 로마 병사들이 풀어주는 것을, 그가 얼굴을 찡그리고 한숨을 내쉬며 아무 의미 없이 미친 사람처럼 웃음을 흘리는 것을 사람들은 보고 싶어했던 것이다.

그러는 사이 호송대가 양팔이 묶여 있는 세 명의 죄수를 옆 층계로 끌고 가고 있다는 것도 빌라도는 알고 있었다. 그들은 도시 밖, 민둥산이 있는 서쪽 길로 향하게 될 것이다. 빌라도는 단상 끝에 다 와서야 눈을 떴다. 이제 안전하다는 것을, 그곳에서는 사형수들을 볼 수 없다는 것을 알고 있었기 때문이었다.

잦아들기 시작한 군중들의 신음 소리에 뒤섞여 포고자들의 날카로운 고함 소리가 들려왔다. 그들 중 몇몇은 아람 말로, 또 다른 몇몇은 그리스어로 총독이 단상에서 외쳤던 말들을 반복하고 있었다. 멀리서 다가오는 기마대의 단속적인 말발굽 소리와 왠지 유쾌하게 터져 나오는 나팔 소리도 그의 귓가에 들려왔다. 그리고 그 나팔 소리에 답하듯, 장터에서 히포드롬으로 난 거리의 집 지붕들 위에서 소년들이 불어대는 기분 나쁜 휘파람 소리와, '조심해라!' 하는 외침들도 들려왔다.

군중들이 빠져나간 광장 한쪽에 작은 깃발을 들고 혼자 서 있던 병사가 불안하게 깃발을 흔들어댔고, 총독과 로마군단장, 서기관, 호송대는 멈춰 섰다.

기병대는 속도를 점점 더 높이면서 광장을 향해 달려갔다. 그들은 군중들을 피해 광장 한쪽, 포도나무가 우거진 돌담 아래 골목길을 따라 최대한 빨리 민둥산으로 달려가야 했다.

소년처럼 작고, 혼혈인 듯 검은 얼굴의 시리아인 기병대 사령관이 질주하듯 빌라도 앞을 지나며 뭔가 날카롭게 소리를 지르며 칼집에서 칼을 뽑아 들었다. 땀에 흠뻑 젖은 그의 사나운 검은 말이 갑자기 뒷걸음질을 치며 앞발을 치켜 올렸다. 그러자 사령관은 칼을 칼집에 찔러 넣고, 채찍으로 말의 목을 내리쳐 말을 진정시킨 뒤, 속도를 높여 골목으로 달려갔다. 그의 뒤를 따라 기수들이 먼지 구름을 일으키며 삼열 종대로 달려 나갔고, 대나무로 만든 가벼운 창끝이 뛰놀았으며, 흰 터번 아래로 더욱 검게 보이는 얼굴들이 유쾌하게 드러낸 이를 번쩍이며 총독 옆을 지나갔다.

기병대는 하늘 높이 먼지 구름을 일으키며 골목 안으로 달려 들어갔고, 태양빛으로 이글거리는 나팔을 등에 진 한 병사가 마지막으로 빌라도 앞을 지나갔다.

빌라도는 손으로 먼지를 가리고, 자신도 모르게 얼굴을 찡그리면서 궁전 뜰의 입구를 향해 계속해서 걸어갔다. 그리고 그를 따라 군단장과 서기관, 호위대도 움직였다.

그때가 아침 열 시경이었다.

제3장

일곱번째 증거

"그렇습니다. 그때가 아침 열 시경이었습니다, 존경하는 이반 니콜라
예비치." 교수가 말했다.

시인은 막 잠에서 깨어 일어난 사람처럼 손으로 얼굴을 문질렀다. 파
트리아르흐는 이미 저녁이 되어 있었다.

연못의 물은 거뭇해졌고, 그 위로 미끄러지듯 작은 배 하나가 떠다니
고 있었다. 노가 찰싹거리는 소리, 작은 배에 탄 여시민의 낮은 웃음소리
가 들려왔다. 가로수 길을 따라 늘어선 벤치에 사람들이 앉아 있는 것도
보였다. 하지만 이 모든 것은 이야기를 나누고 있던 우리의 세 친구들이
앉아 있는 쪽이 아닌, 정방형의 다른 세 측면에서 일어나고 있는 일들이
었다.

모스크바의 하늘은 마치 탈색이 된 듯했고, 아직은 황금색이 아닌,
하얀 둥근달이 하늘 높이 분명하게 그 모습을 드러내고 있었다. 숨을 쉬
기가 훨씬 편해졌고, 보리수 아래에서 울리는 목소리도 저녁 공기 속에서
훨씬 부드럽게 들려오고 있었다.

'뭐야, 지금까지 저자가 다 지껄여댄 거였어? 내가 왜 그걸 눈치 채지 못했지……?' 베즈돔니가 놀라며 생각했다. '벌써 저녁이 다 됐잖아! 혹시 저자가 이야기한 게 아니라, 내가 깜빡 잠이 들어서, 그 모든 걸 꿈에서 본 것은 아닐까?'

하지만 역시 교수가 이야기한 것이라고 보아야 했다. 그렇지 않으면 베를리오즈도 똑같은 꿈을 꾸었다고 해야 할 테니까. 베를리오즈는 외국인의 얼굴을 주의 깊게 살피면서 말했다.

"당신의 이야기는 정말 흥미로웠습니다, 교수님. 복음서의 이야기들하고는 전혀 일치하지 않지만 말입니다."

"이런," 교수는 짐짓 겸손한 웃음을 지으며 말했다. "다른 사람이라면 몰라도 당신은 알고 계실 줄 알았는데. 복음서에 적힌 것들 중 실제로 일어난 일은 단 한 가지도 없습니다. 만일 우리가 복음서를 역사적인 근거로 인용하고자 한다면……." 그는 여기서 다시 한 번 엷게 웃음을 지었고, 베를리오즈는 말문이 막혀버렸다. 그의 말은 브론나야에서 파트리아르흐 연못으로 걸어오면서 베를리오즈가 베즈돔니에게 했던 말과 토씨 하나 다르지 않았기 때문이었다.

"그야 그렇지요." 베를리오즈가 대답했다. "하지만 당신이 지금 한 이야기도, 그것이 실제로 일어났다는 것을 확인해줄 사람은 없지 않을까 싶은데요."

"오, 그렇지 않습니다! 그 점은 확인해줄 사람이 분명히 있습니다!" 정확하지 않은 발음으로 시작된 교수의 말은 너무나도 확신에 차 있었다. 그리고 그는 갑자기 무슨 비밀 이야기라도 하려는 듯 두 친구에게 자기 쪽으로 더 가까이 오라고 손짓을 했다.

"사실은……" 여기서 교수는 놀란 사람처럼 주위를 둘러보았다. 그리고 속삭이듯 작은 소리로 말했다. "그 모든 일이 일어나는 동안 내가 그곳에 있었습니다. 본디오 빌라도가 있던 발코니에도 있었고, 그가 카이파와 이야기를 나눌 때도 저는 그 정원에 있었습니다. 물론 단상에도 있었지요. 하지만 아무도 모르게, 말하자면 인코그니토'로 갔었던 것이지요. 그러니까 이 얘긴 절대 아무에게도 이야기하시면 안 됩니다. 극비사항이니까요……! 쉿!"

순간 침묵이 흐르면서 베를리오즈의 얼굴이 창백해졌다.

"당신은…… 그러니까 모스크바에는 얼마나 머무르실 계획이시죠?" 베를리오즈가 떨리는 목소리로 물었다.

"전 지금 막 모스크바에 도착했습니다." 반쯤 정신이 나간 표정으로 교수가 대답했다. 그리고 그제야 두 친구는 교수의 눈을 제대로 쳐다보았으며, 그의 초록빛 왼쪽 눈은 완전히 실성한 사람의 눈이고, 오른쪽 눈은 텅 빈 채로 검게 죽어 있는 것을 알아차렸다.

'바로 저거야!' 베를리오즈는 머릿속이 온통 뒤죽박죽이 된 채로 생각했다. '독일에서 미치광이가 하나 온 거야. 아니면 파트리아르흐에 와서 미쳤거나. 그래, 그렇게 된 거였어!'

그렇다. 이제 모든 것이, 고인이 된 철학자 칸트와의 말도 안 되는 아침 식사도, 해바라기 기름과 안누시카에 대한 황당한 이야기도, 머리가 잘릴 것이라는 예언도, 그 외의 다른 모든 이야기들도 모두 분명해졌다. 교수는 미친 것이다.

베를리오즈는 이제 무엇을 해야 할지를 생각했다. 그는 벤치의 등받이로 몸을 젖히고, 교수의 등 뒤로 베즈돔니에게 눈짓을 했다. '가만 있어. 저 사람 말에 반박하지 마.' 하지만 흥분한 시인은 그의 눈짓을 이해하지 못했다.

"그렇습니다. 예, 그렇지요." 베를리오즈가 잔뜩 긴장된 음성으로 말했다. "하긴, 모두 가능한 얘기지요……! 정말 가능한 얘기입니다. 본디오 빌라도도, 발코니도, 그 외에 다른 얘기들도…… 그런데 모스크바에는 혼자 오셨습니까? 아니면 배우자분과 함께?"

"혼자 왔습니다. 혼자, 난 언제나 혼자입니다." 교수가 씁쓸한 표정으로 대답했다.

"그럼 짐은 어디에 두고 오셨지요, 교수님?" 베를리오즈가 아첨 섞인 목소리로 물었다. "메트로폴?[2] 아니면 어디에 머물고 계시지요?"

"저 말입니까? 아무 데도." 미치광이 독일인이 우울하고 광기 어린 초록색 눈을 파트리아르흐 연못 위로 이리저리 굴리며 대답했다.

"그래요? 그렇다면…… 어디서 지내실 생각이시죠?"

"당신 아파트에서요." 미치광이는 난데없이 너무나도 아무렇지 않게 대답했다. 그리고 눈을 찡긋해 보였다.

"저는…… 저로서는 정말 기쁜 일입니다." 베를리오즈는 우물거리기 시작했다. "그런데, 그게, 저희 집에 계시는 건 아무래도 좀 불편하실 텐데…… 메트로폴에 아주 멋진 방들이 있는데, 그곳은 일급 호텔이니까요……."

"그럼 악마도 없는 겁니까?" 갑자기 이반 니콜라예비치를 바라보며 재미있다는 듯 환자가 물었다.

"악마도……."

"반박하지 마!" 베를리오즈는 교수의 등 뒤로 몸을 젖히고 온갖 표정을 지어가며 입술을 움직여 속삭였다.

"악마 같은 것도 없어요!" 이 모든 복잡한 이야기들로 잔뜩 화가 나 있던 이반 니콜라예비치는 필요 이상으로 크게 소리를 질렀다. "이런 빌어먹을! 이따위 정신병자 놀음은 그만 집어치워!"

갑자기 미치광이가 깔깔거리며 웃기 시작했고, 그 소리에 벤치 위 보리수에 앉아 있던 참새 한 마리가 푸드득 하고 날아갔다.

"이거 정말 재미있는데요." 웃느라고 온통 몸을 들썩이며 교수가 말했다. "당신은 무슨 말을 하든, 그런 건 절대로 없다고 하시는군요!" 그리고 갑자기 웃음을 멈추더니 마음의 병을 앓고 있는 사람들이 대부분 그렇듯이 정반대의 극단으로 빠져들었다. 즉, 그는 아주 신경이 예민해져서 차가운 목소리로 외쳤다. "그럼 아무것도 존재하지 않는다는 겁니까?"

"진정하십시오, 교수님. 진정하세요, 진정하세요." 베를리오즈는 혹시라도 환자를 흥분시키게 될까 걱정하면서 작은 소리로 말했다. "여기서 잠시 베즈돔니 동무와 앉아 계십시오. 제가 얼른 가서 전화를 하고 오겠습니다. 그런 다음에 저희가 교수님을 교수님이 원하시는 곳으로 모시겠습니다. 교수님은 이 도시를 잘 모르시니까……."

베를리오즈의 계획이 그럴듯한 것이었음은 인정해주어야 한다. 그러니까 거기서 제일 가까운 공중전화로 달려가, 외국에서 온 자문위원이라는 자가, 분명 비정상적인 상태로 파트리아르흐 연못가에 앉아 있다는 것을 외국인 관리국에 보고해야 했다. 다시 말해서, 어떻게든 조치를 취해야 했다. 그러지 않으면 뭔가 좋지 않은 일이 일어날 수 있다.

"전화를 하시려고요? 정 그러시다면 할 수 없지요. 전화하십시오." 환자는 슬픈 목소리로 동의했다. 그리고 갑자기 다시 흥분을 하며 부탁했다. "하지만 헤어지기 전에 다시 한 번 부탁드리겠습니다. 악마가 존재한다는 것만이라도 믿어주십시오! 그 이상은 더 바라지 않겠습니다. 일곱번째 증거는 바로 거기에 있다는 것을, 그리고 그것이 가장 믿을 만한 증거라는 것을 아셔야 합니다! 이제 곧 당신 앞에 그 증거가 드러나게 될 것입니다."

"좋습니다, 좋아요." 베를리오즈는 짐짓 친절한 목소리로 말했다. 그리고 그 미치광이 독일인을 지키고 있어야 한다는 생각에, 영 미소를 짓지 못하고 있는 낙담한 시인에게 눈짓을 한번 해보이고는 브론나야와 예르몰라옙스키 골목의 교차로에 위치한 파트리아르흐 입구를 향해 달려갔다.

그런데 그 순간 교수는 갑자기 병이 다 나아 정신이 돌아온 것처럼 보였다.

"미하일 알렉산드로비치!" 교수가 베를리오즈의 뒤에 대고 소리쳤다.

베를리오즈는 흠칫하며 뒤를 돌아보았다. 하지만 교수가 자신의 이름과 부칭(父稱)을 알고 있는 것은 무슨 신문을 통해서였을 것이라는 생각으로 스스로를 안심시켰다. 그런데 그 순간 교수가 손을 확성기처럼 모으고 다음과 같이 소리쳤다.

"제가 지금 키예프에 있는 당신 고모부한테 전보를 칠까요?"

베를리오즈의 얼굴이 다시 일그러졌다. 대체 저 미치광이가 키예프에 고모부가 있다는 걸 어떻게 알았지? 키예프에 있는 고모부 얘기는 신문에도 나지 않았는데. 정말 베즈돔니 말이 맞는 게 아닐까? 그렇다면 그 증명서들은 다 위조한 것이었단 말인가? 아, 정말 도무지 알 수 없는 존재다…… 전화를 해야 한다, 전화를! 지금 당장 전화를 해야 한다! 그럼 바로 정체가 드러날 것이다!

베를리오즈는 더 이상 아무 말도 듣지 않고, 계속해서 앞으로 달려갔다.

그리고 바로 그때 브론나야로 이어지는 출구 바로 앞 벤치에서 한 시민이 편집장을 보고 일어섰다. 그는 태양이 아직 남아 있던 오후의 후텁지근한 공기가 빚어낸 바로 그 시민이었다. 다만 이제 그는 공기가 아닌 평범한 몸뚱이를 가지고 있었고, 베를리오즈는 이미 시작된 어스름 속에서도 닭의 깃털처럼 생긴 그의 콧수염과 반쯤 취해 빈정거리는 듯한 작은 눈, 지저분한 흰 양말이 보일 만큼 치켜 올라간 체크무늬 바지도 똑똑히 알아볼 수 있었다.

미하일 알렉산드로비치는 뒤로 몇 걸음을 물러섰다. 하지만 이건 말도 안 되는 우연의 일치이며, 지금은 그런 걸 따지고 있을 시간이 없다는 생각으로 자신을 안심시켰다.

"시민, 회전문을 찾으십니까?" 체크무늬의 괴짜가 갈라지는 테너 음성으로 물었다. "이쪽입니다! 이쪽으로 곧장 가시면 됩니다. 길을 알려드렸으니…… 이 전직 성가대 지휘자의 갱생을 위해…… 술 한잔만 할 수 있게 도와주십시오!" 그 괴상한 인물은 얼굴을 찡그리며 팔을 휘둘러, 쓰고 있던 승마용 모자를 벗었다.

베를리오즈는 걸인의 구걸이나 성가대 지휘자의 주정 따위를 듣고 있을 시간이 없었다. 베를리오즈는 회전문 쪽으로 달려가 손잡이를 잡고 돌렸다. 그리고 레일 위로 한 걸음을 막 내디디려고 하는 순간, 붉은빛과 흰빛이 그의 얼굴 위로 번쩍거렸다. 유리판에 불이 들어온 것이다. '전차를 조심하시오!'

그 순간 새로 놓인 예르몰라옙스키-브론나야 선로를 따라 전차가 쏜살같이 달려왔다. 굽은 선로를 돌아 마침내 정면으로 모습을 드러낸 전차는 갑자기 실내등을 환하게 켜고 경적을 울리며 전속력으로 달려오고 있었다.

조심성이 많은 베를리오즈는 안전한 곳에 서 있었지만, 가로 막대 뒤로 아예 물러서야겠다는 생각에 회전문에 다시 손을 올려놓고, 뒤로 한 발자국 물러섰다. 그런데 그 순간, 손이 미끄러지면서 균형을 잃고, 마치 빙판 위에서처럼 한쪽 발이 제멋대로 선로로 난 경사진 자갈길로 미끄러졌으며, 다른 한쪽 발은 공중으로 솟구쳤다. 그리고 베를리오즈는 레일 위로 던져졌다.

베를리오즈는 무엇이든 붙잡으려고 버둥거리다 나자빠지면서 자갈 더미에 뒤통수를 약하게 부딪쳤다. 그의 오른쪽, 혹은 왼쪽(그는 이미 방향을 분간할 수 없었다) 하늘 높이 황금빛으로 물든 달이 보였다. 그는 몸을 돌려 재빨리 다리를 배 쪽으로 당겨 붙였다. 그리고 고개를 돌려 자신을 향해 무서운 속도로 달려오고 있는 여자 전차 운전사의 하얗게 질린 얼굴과 그녀의 빨간 완장을 보았다. 베를리오즈는 비명을 지르지 않았지만, 그를 둘러싸고 있던 거리 전체에 절망에 가득 찬 여자들의 비명 소리가 울려 퍼졌다. 여자 운전사가 제동기를 힘껏 잡아당겨 급정거시키자, 덜컹하면서 전차가 순간적으로 튀어 올랐고, 쨍그랑거리는 요란한 소리와 함께 차창의 유리들이 튀어 날았다. 바로 그때 베를리오즈의 머릿속에서 누군가 절망적으로 소리를 질렀다. '어떻게 저럴 수가······.' 그리고 다시 한 번, 마지막으로 달빛이 반짝거렸다. 하지만 달은 이미 조각조각 부서져 있었고, 잠시 후 완전히 캄캄해졌다.

전차가 베를리오즈를 덮쳤고, 파트리아르흐 가로수 길 담장 아래 경사진 자갈 더미 위로 둥글고 검은 물체가 내던져졌다. 물체는 경사면을 굴러 브론나야의 자갈 더미 위로 다시 튀어갔다.

그것은 잘려진 베를리오즈의 머리였다.

제4장
추격

여자들의 히스테릭한 비명 소리가 잦아들고, 귀청을 찢는 듯한 경찰들의 호루라기 소리도 잠잠해졌으며, 두 대의 구급차가 떠났다. 한 대는 목이 없는 몸과 잘려진 머리를 싣고 시체안치소로 떠났고, 다른 한 대는 유리 파편으로 부상당한 미모의 여자 운전사를 싣고 떠났다. 흰 앞치마를 두른 청소부들이 유리 조각을 치우고, 모래로 피 웅덩이를 덮었다. 하지만 이반 니콜라예비치는 회전문에서 멀지 않은 벤치에 그대로 주저앉아 있었다.

그는 몇 번이나 일어서려고 했지만, 다리가 말을 듣지 않았다. 베즈돔니에게 뭔가 마비 증세 같은 것이 일어난 것이다.

시인은 첫번째 비명 소리가 들리자마자 회전문 쪽으로 뛰어갔고, 포장도로 위로 굴러 떨어진 머리를 보았다. 그 모습에 정신이 아득해진 시인은 벤치에 주저앉아 피가 나올 때까지 자기 손가락을 깨물고 있었다. 물론 그는 미친 독일인 따위는 잊어버렸고, 한 가지만을 이해하려고 애썼다. 어떻게 이런 일이 벌어질 수 있는가, 조금 전까지만 해도 자신이 베를리오즈와 이야기를 하고 있었는데, 불과 몇 분 사이에 머리가……

홍분한 사람들이 가로수 길을 따라 뭐라고 소리를 지르며 시인 옆을 지나갔지만, 이반 니콜라예비치에게는 그들의 말이 들리지 않았다.

그런데 그때 그의 등 뒤에서 난데없이 두 여인이 만나더니, 그중 코가 오똑하고 머리에 아무것도 쓰지 않은 여자가 마치 시인의 귀 바로 뒤에 대고 말하듯 다른 한 여자에게 다음과 같이 외쳤다.

"안누시카, 역시 우리 안누시카였어! 사도바야에서 나오다가! 이게 다 그 여자 때문이라니까! 가게에서 해바라기 기름을 사 가지고 오다가 회전문에 부딪혀서 병을 깬 거야! 치마도 다 버리고…… 그래놓고 혼자 욕은 얼마나 해대던지! 그런데 그 불쌍한 양반이 거기서 미끄러져서 선로 위로……."

시끄럽게 떠들어대는 여자의 말 중 한 단어가 이반 니콜라예비치의 혼란스러운 머릿속에 꽂혔다. '안누시카…….'

"안누시카…… 안누시카……?" 시인은 조심스럽게 주위를 둘러보며 중얼거렸다. "잠깐, 잠깐만……."

'안누시카'라는 단어는 '해바라기 기름'이라는 단어와 연결되었고, 그 말은 무엇 때문인지 '본디오 빌라도'로 이어졌다. 시인은 빌라도를 제쳐두고, 다시 '안누시카'에서부터 연결고리를 찾기 시작했다. 그러자 그 고리는 아주 빠르게 연결되었고, 곧바로 미치광이 교수에게로 이어졌다.

이럴 수가! 그래, 안누시카가 기름을 쏟아서 회의는 이루어지지 않을 거라고, 그자가 말했어. 오, 세상에, 이제 회의는 이루어지지 않을 거야! 그뿐이 아니야. 그는 베를리오즈의 목을 여자가 자르게 될 거라고 정확하게 말했어! 그래, 맞아, 맞아! 운전사가 여자였다고 했어! 그런데 대체 어떻게?

그 비밀스러운 자문위원이 베를리오즈의 끔찍한 죽음을 미리 정확하게 알고 있었다는 것은 조금도 의심할 여지가 없었다. 여기서 두 가지 생각이 시인의 머리를 스쳤다. 그 하나는 '그는 절대 미친 사람이 아니다! 왜 그런 바보 같은 생각을 했을까!'라는 것이었고, 다른 하나는 다음과 같은 것이었다. '그렇다면 그자가 이 모든 일을 뒤에서 조종한 것이 아닐까?!'

하지만 대체 어떻게 그럴 수가 있단 말인가?!

"아니야, 아니야! 여기엔 분명히 뭔가 있어!"

이반 니콜라예비치는 있는 힘을 다해 벤치에서 몸을 일으켜 교수와 이야기를 나누던 곳으로 달려갔다. 다행히 그는 아직 떠나지 않고 그 자리에 있었다.

브론나야 거리에는 벌써 가로등이 켜지고, 파트리아르흐 위로 황금빛 달이 빛나고 있었다. 늘 그렇듯이, 속임수를 감추고 있는 듯한 달빛 속에서 그 교수는 지팡이가 아닌 장검을 겨드랑이에 끼고 서 있는 것처럼 보였다.

조금 전까지만 해도 이반 니콜라예비치가 앉아 있던 자리에는 퇴직하여 속세의 사람이 된 성가대 지휘자가 앉아 있었다. 전과 달리 성가대 지휘자는 한쪽 유리알은 아예 없고, 나머지 한쪽은 금이 가서 아무짝에도 쓸데없어 보이는 코안경을 코 위에 걸치고 있었다. 그리고 그 코안경으로 인해 체크무늬의 시민은 베를리오즈에게 선로로 난 길을 가르쳐주었던 때보다도 더욱 혐오스러운 인상을 주고 있었다.

이반은 가슴 한편이 서늘해지는 것을 느끼면서 교수에게 다가갔다. 그리고 그의 얼굴을 뚫어져라 바라보던 이반은 그의 얼굴에 어떤 광기의 징후도 없으며, 이전에도 없었다는 것을 확신했다.

"자, 이제 다 털어놓으시지. 당신 대체 누구야?" 이반이 낮은 목소리로 물었다.

외국인은 얼굴을 찌푸리며, 마치 처음 본 사람을 보는 것처럼 시인을 쳐다보았다. 그리고 기분이 상한 듯 대답했다.

"이해 못 합니다…… 러시아 말은……."

"이분은 이해 못 하십니다!" 성가대 지휘자가 벤치에서 일어나 끼어 들었다. 누가 외국인의 말을 설명해달라고 부탁한 것도 아닌데 말이다.

"수작 피우지 마!" 이반은 위협하듯 말했다. 그는 명치끝이 차가워지는 걸 느꼈다. "조금 전까지만 해도 당신은 러시아어를 아주 잘했어. 당신은 독일인도, 교수도 아니야! 당신은 살인자, 스파이야! 신분증 내놔봐!" 분노에 찬 이반이 소리쳤다.

수수께끼의 교수는 혐오스럽다는 듯, 안 그래도 비뚤어진 입을 비쭉 이며 어깨를 들썩거렸다.

"시민!" 역겨운 성가대 지휘자가 다시 끼어들었다. "왜 그렇게 외국 인 여행객을 귀찮게 하시는 겁니까? 자꾸 그러시면 당신에게 엄중한 처벌 이 내려질 겁니다!" 그러는 사이 수상쩍은 교수는 오만한 표정을 지으며 몸을 돌려 이반에게서 멀어져 갔다.

순간 이반은 눈앞이 아득해지는 것을 느꼈다. 그는 숨을 몰아쉬며 성 가대 지휘자에게 말했다.

"이보시오, 시민, 범인을 붙잡게 도와주시오! 당신은 그럴 의무가 있 습니다!"

그러자 성가대 지휘자는 필요 이상으로 생기를 띠며 벌떡 일어나 소 리쳤다.

"어떤 범인 말입니까? 그자가 어디에 있습니까? 외국인 범죄자라고 요?" 성가대 지휘자의 두 눈이 재미있다는 듯 반짝거렸다. "저 사람 말입 니까? 만일 저자가 범인이라면, 먼저 '사람 살려!' 하고 소리를 질러야 됩니다. 안 그러면 도망을 칠 겁니다. 자, 같이 한번 해봅시다! 하나, 둘, 셋!" 그리고 성가대 지휘자는 주둥이를 크게 벌렸다.

당황한 이반은 허풍장이 성가대 지휘자의 말에 따라 소리를 질렀다. "사람 살려!" 하지만 성가대 지휘자는 이반을 부추기기만 하고 자신은 아무 소리도 지르지 않았다.

이반의 목 쉰 외침은 그리 좋은 결과를 가져다주지 않았다. 옆을 지나가던 두 젊은 여자가 그에게서 멀찌감치 비켜섰고, "취했나 봐!" 하는 소리가 들려왔다.

"당신, 저자하고 한 패지?" 있는 대로 화가 난 이반이 소리를 질렀다. "지금 날 갖고 장난치는 거야? 저리 비켜!"

이반이 오른쪽으로 달려 나가려고 하자, 성가대 지휘자도 오른쪽으로 달려 나가려는 듯 몸을 움직였다! 그리고 이반이 왼쪽으로 움직이면, 그 파렴치한도 왼쪽으로 몸을 돌렸다.

"왜 내 길을 막는 거야?" 이반은 거의 짐승처럼 고함을 질렀다. "네 놈도 경찰에 넘겨버릴 테다!"

이반은 그 비열한의 옷소매를 잡으려고 했다. 하지만 팔만 휘저었을 뿐, 이반은 아무것도 잡지 못했다. 땅속으로 꺼지듯 성가대 지휘자가 사라져버린 것이다.

이반의 입에서 '아' 하는 짧은 비명이 터져나왔고, 이어 멀리 떨어진 곳에서 그 혐오스러운 낯선 자가 보였다. 그는 벌써 파트리아르흐 골목으로 나가는 출구 앞에 서 있었다. 게다가 그는 혼자가 아니었다. 의심스럽기 그지없는 성가대 지휘자가 그 낯선 자와 함께 있었던 것이다. 하지만 그게 다가 아니었다. 어디서 나타났는지, 돼지만큼이나 커다란 몸집에, 숯처럼 혹은 까마귀처럼 시커멓고, 용맹한 기병대의 콧수염을 기른 고양이가 일행의 세번째 인물로 합류해 있었다. 삼인조는 파트리아르흐 골목으로 들어서고 있었으며, 고양이는 뒷다리로 서서 걸어가고 있었다.

이반은 열심히 악당들의 뒤를 쫓았다. 하지만 그들을 따라잡는다는 것은 아무래도 불가능해 보였다.

삼인조는 순식간에 골목길을 벗어나 어느새 스피리도놉카[1]에 가 있었다. 이반이 아무리 빨리 걸어도 추격당하는 자들과 이반 사이의 거리는 조금도 좁혀지지 않았다. 한적한 스피리도놉카를 지나 니키츠키예 보로타[2]에 도착했을 때, 그의 상황은 더욱 나빠져 있었다. 그곳은 이미 사람들로 온통 붐비고 있었고, 이반이 지나가던 사람들 중 누군가를 밀치고 뛰어가자 그에게 욕설이 퍼부어졌다. 그뿐만 아니라, 거기서 그 사악한 패거리는 강도들이 즐겨 쓰는 수법, 즉 흩어져 도망치는 수법을 쓰기 시작했다.

성가대 지휘자는 놀라운 민첩함으로 아르바트 광장을 향해 질주하는 버스에 올라타고는, 미꾸라지처럼 빠져나가버렸다. 추격자 중 하나를 잃은 이반은 온 신경을 고양이에 집중시켰다. 그리고 그 이상한 고양이가 정류장에 서 있던 전동차 제일 앞 칸 승강대로 다가가 비명을 지르는 여자를 뻔뻔스럽게 밀쳐내고, 난간에 매달려 환기를 위해 열어놓은 창을 통해 차장에게 십 코페이카[3]짜리 동전을 내려고 하는 것을 보았다.

고양이의 이 같은 행동에 놀란 이반은 식료품 가게 앞 모퉁이에서 돌처럼 굳어버리고 말았다. 하지만 잠시 후 고양이보다도 더 그를 놀라게 한 것은 여자 차장의 행동이었다. 전차로 기어오르는 고양이를 본 여자 차장은 화가 나서 몸서리를 치기까지 하며 소리를 질러댔다.

"고양이는 안 돼! 고양이를 데리고 타면 안 된다니까! 저리 가! 당장 꺼지지 않으면 경찰을 부를 거야!"

차장이나 승객들을 놀라게 한 것은 사건의 본질이 아니었다. 고양이가 전차에 올라탄다는 것은 그만두고라도, 고양이가 차비를 내려고 하고 있는데 말이다!

그 고양이는 차비를 낼 줄 알았을 뿐만 아니라, 규칙도 지킬 줄 아는 짐승임이 분명했다. 차장의 호통에 습격을 중단한 고양이는 승강대에서 내려 십 코페이카 동전으로 콧수염을 가다듬으며 정류장에 주저앉았다. 하지만 차장이 줄을 잡아당기고 전차가 움직이기 시작하자, 고양이는 전차에서 쫓겨났지만 그래도 그 차를 타고 가야만 하는 다른 사람들과 똑같이 행동했다. 고양이는 전차 세 칸을 모두 지나보내고, 마지막 칸 뒷벽의 둥근판 위로 뛰어올라 관처럼 튀어나온 부분을 발바닥으로 꽉 붙잡았고, 그렇게 십 코페이카를 절약한 채로 떠나가버렸다.

뻔뻔스러운 고양이에게 정신을 잃고 있던 이반은 하마터면 셋 중 가장 중요한 인물, 즉 교수를 놓칠 뻔했다. 하지만 다행스럽게도 교수는 아직 빠져나가지 못하고 있었다. 이반은 볼샤야 니키츠카야, 혹은 게르첸 거리라고 부르는 거리⁴의 초입에서 군중들 속에 섞여 있는 회색 베레모를 발견했다. 그리고 눈 깜짝할 사이에 이반도 그곳에 가 있었다. 하지만 이번에도 교수를 붙잡지는 못했다. 시인은 행인들을 밀치며 거의 뛰다시피 쫓아갔지만, 단 일 센티미터도 교수에게 가까이 다가갈 수 없었다.

혼란에 빠져 있는 이반을 끊임없이 놀라게 한 것은 추격의 초자연적인 속도였다. 니키츠키예 보로타를 지난 지 이십 초도 지나지 않아, 이반 니콜라예비치는 벌써 아르바트 광장의 불빛들에 눈이 멀 지경이었다. 거기서 몇 초가 더 지나자, 경사진 보도가 깔린 어두컴컴한 골목길이 나왔고, 그곳에서 이반 니콜라예비치는 넘어져서 무릎이 깨졌다. 그리고 다시 화려한 조명이 켜진 큰 길, 크로폿킨 거리, 그다음엔 골목길, 그다음엔 오스토젠카, 그리고 다시 음울하고 지저분하며 조명이 거의 없는 골목. 그리고 바로 그곳에서 이반 니콜라예비치는 그가 그토록 붙잡고 싶어하던 인물을 결국 놓쳐버렸다. 교수가 사라져버린 것이다.

이반 니콜라예비치는 당황했다. 하지만 그것도 그리 오래가지는 않았다. 교수는 반드시 13번지에 나타나게 되어 있으며, 그것도 47호 아파트에 분명히 있을 것이라는 생각이 갑자기 그의 머릿속에 떠올랐기 때문이었다.

출구를 밀치고 들어간 이반 니콜라예비치는 곧바로 2층으로 뛰어올라가 47호를 찾았고, 다급하게 초인종을 눌러댔다. 잠시 후 다섯 살쯤 되어 보이는 여자아이가 문을 열어주더니 아무것도 묻지 않은 채 어디론가 사라졌다.

시커멓게 먼지가 낀 높은 천장 아래로, 작은 탄소 전구⁵가 커다란 현관을 비추고 있었다. 현관은 오랫동안 아무도 치우지 않아 완전히 방치된 상태였다. 벽에는 바퀴 없는 자전거가 매달려 있고, 커다란 나무 상자에는 쇳조각들이 수북이 쌓여 있었으며, 선반 옷걸이에는 긴 귀를 아래로 늘어뜨리고 있는 겨울용 털모자가 걸려 있었다. 어느 방에선가 라디오에서 흘러나오는 굵직한 남자의 목소리가 화가 난 듯 시구(詩句)를 외치고 있는 것이 들려왔다.

이반 니콜라예비치는 그 낯선 상황에도 전혀 당황하지 않고, '분명히 욕실에 숨어 있을 거야'라고 생각하며 곧장 복도를 따라 걸어갔다. 복도는 어두웠고, 이반은 몇 번인가 벽에 부딪히고 나서야 문틈으로 희미하게 불빛이 새어나오는 것을 보았다. 손잡이를 더듬어 슬쩍 잡아당기자 딸깍 하고 문고리가 벗겨지면서, 이반은 마침내 욕실로 들어갔다. 이반은 자신이 운이 좋다고 생각했다.

하지만 그것은 그가 바라던 그런 운이 아니었다! 축축하고 더운 공기가 훅 하고 밀려오는 가운데 이반은 희미하게 타고 있는 보일러 안의 석탄 불빛을 통해 벽에 걸린 커다란 물통들과 에나멜이 벗겨져 온통 시커먼 얼룩투성이가 된 욕조를 알아볼 수 있었다. 욕조 안에는 나체의 여자 시민이 온몸에 비누칠을 하고, 수세미를 손에 든 채로 서 있었다. 그녀는 근시인 듯 눈을 찡그리며 이반을 쳐다보았고, 그 지옥과도 같은 불빛 속에서 분명 이반을 누군가 다른 사람으로 착각한 듯 작고 유쾌한 음성으로 다음과 같이 말했다.

"키류시카! 무슨 짓이에요! 당신 정신 나갔어요?…… 표도르 이바노비치가 곧 돌아올 거예요. 당장 여기서 나가요!" 그리고 이반을 향해 수세미를 던졌다.

뭔가 착오가 있는 것이 분명했다. 그리고 잘못은 물론 이반 니콜라예비치에게 있었다. 하지만 그는 자신의 잘못을 인정하고 싶지 않았다. 오히려 그는 여자를 비난하며, "방탕한 여자 같으니……!"라고 소리쳤으며, 그 순간 어떻게 된 일인지 그는 부엌으로 가 있었다. 부엌에는 아무도 없었고, 어두침침한 화덕 위에 열 개쯤 되는 불 꺼진 버너[6]가 소리 없이 세워져 있었다. 그리고 달빛 한 줄기가 몇 년 동안 닦지 않은 듯 잔뜩 먼지가 낀 창을 뚫고 들어와 먼지와 거미줄 속에 방치된 채 걸려 있는 성상과 그 뒤로 혼례 양초[7] 두 개가 비어져 나와 있는 한쪽 구석을 희미하게 비추고 있었다. 커다란 성상 아래에는 작은 종이 성상이 핀으로 고정된 채 걸려 있었다.

그때 이반을 사로잡은 생각이 어떤 것이었는지는 아무도 모른다. 분명한 것은 뒷문으로 도망치기 직전 이반이 양초 하나와 종이 성상을 슬쩍 집어 들었다는 것이다. 그는 초와 성상을 들고 뭔가를 중얼거리면서, 조금 전 욕실에서의 일을 생각하며 얼굴을 찌푸리기도 하고, 그 뻔뻔스러운 키류시카라는 작자는 누구일지, 혹시 귀덮개가 달린 흉측한 털모자의 주인은 아닐지 하는 생각들을 하면서, 그 낯선 아파트를 나왔다.

인적 없는 음울한 골목길에서 시인은 도망자를 찾아 주위를 둘러보았다. 하지만 도망자는 어디에도 없었다. 그러자 이반은 확신에 찬 음성으로 스스로에게 말했다.

"분명히 모스크바 강에 있을 거야! 전진, 앞으로!"

교수가 왜 다른 어떤 곳도 아닌 모스크바 강에 있을 것이라고 생각했는지, 누군가 이반 니콜라예비치에게 그 이유를 물어봐야 했지만 안타깝게도 그걸 물어볼 사람은 아무도 없었다. 혐오스러운 골목길은 완전히 텅 비어 있었다.

그리고 얼마 지나지 않아 이반 니콜라예비치는 모스크바 강가 원형 분지의 화강암 계단 앞에 서 있었다.[8]

이반은 옷을 벗어 옆에 앉아 있는 수염이 텁수룩하고 인상이 좋은 사내에게 맡겼다. 궐련을 말아 피우고 있는 그 사내 옆에는 누더기가 된 흰 톨스토이 셔츠[9]와 뒤축이 다 닳아 너덜너덜해진 신발이 놓여 있었다. 이반은 팔을 휘둘러 준비 운동을 한 뒤 제비처럼 물속으로 뛰어들었다. 물은 숨이 막힐 만큼 차가웠고, 어쩌면 다시 물 위로 올라가지 못할지도 모른다는 생각이 이반의 뇌리를 스쳤다. 하지만 이반 니콜라예비치는 물 위로 올라올 수 있었고, 겁에 질려 휘둥그레진 눈으로 거칠게 숨을 몰아쉬면서, 강가의 가로등들이 만들어낸 어지러운 무늬 사이로 석유 냄새가 나는 검은 물속을 헤엄치기 시작했다.

잠시 후 물에 젖은 이반이 몸을 덜덜 떨며 옷을 맡겨둔 텁석부리 사내가 앉아 있던 계단 위로 올라갔다. 하지만 그땐 이미 그의 옷도, 텁석부리 사내도 사라지고 없었다. 옷을 벗어놓았던 자리에는 줄무늬 속바지와 누더기가 된 톨스토이 셔츠, 양초와 성상, 그리고 성냥갑만이 남겨져 있었다. 분풀이할 상대도 없이 잔뜩 화가 난 이반은 멀리 누군가를 향해 주먹질을 해보이고는 남겨진 옷을 입었다.

그리고 그 순간 다음과 같은 생각들이 그를 불안하게 만들었다. 무엇보다도 걱정스러운 것은 마솔리트 회원증이 사라졌다는 것이다. 그는 한 번도 마솔리트 회원증 없이 다닌 적이 없었다. 게다가 이런 꼴로 붙잡히지 않고, 모스크바를 돌아다닐 수 있을까? 그래도 속바지라도 입었으니…… 사실 누가 어떻게 하고 다니든 무슨 상관이란 말인가. 하지만 그래도 괜히 트집을 잡고 놔주지 않을 수도 있다.

이반은 어쩌면 여름 바지처럼 보일 수 있겠다는 생각에 속바지의 복사뼈 옆에 채워져 있던 단추들을 뜯어냈다. 그리고 성화와 양초, 성냥을 집어 들고 그곳을 떠나며 중얼거렸다.

"그리보예도프로 가자! 그는 분명히 거기에 있을 거야."

도시는 이미 저녁의 일상 속으로 들어가 있었다. 철커덕거리는 쇠사슬 소리와 함께 화물차들이 먼지 속을 내달렸고, 화물차 플랫폼에 쌓아둔 포대 위에는 남자들이 배를 드러내고 누워 있었다. 창문들은 모두 열려 있었고, 열려진 창마다 오렌지색 갓을 씌운 램프가 타오르고 있었다. 그리고 모든 창과 문들, 쪽문과 지붕, 다락, 지하실, 정원에서 오페라 「예브게니 오네긴」의 폴로네즈[10]가 거칠게 터져나오고 있었다.

이반 니콜라예비치의 걱정은 완전히 적중했다. 길을 지나던 사람들은 모두 그를 쳐다보았고, 킥킥거리며 돌아보았다. 그래서 이반 니콜라예비치는 큰길을 포기하고 골목길로 가기로 했다. 골목길에서는 사람들이 그렇게 귀찮게 달라붙지도 않고, 좀처럼 바지로 보이고 싶어 하지 않는 속바지에 대해 이것저것 물으며 맨발의 사내에게 다가올 가능성도 훨씬 적었다.

그렇게 이반은 골목길로 향했다. 그는 뭔가 비밀을 감추고 있는 듯 이어진 아르바트의 골목길로 들어가 담벼락에 바짝 붙어 겁에 질린 눈으로 옆을 돌아보고, 수시로 주위를 살피면서, 그리고 때로 현관 아래 몸을 숨기고, 신호등이 달린 교차로와 대사관저의 멋진 문들을 피해가면서 걷기 시작했다.

그 힘든 길을 가는 내내 어디서고 튀어나오는 오케스트라의 선율과 그 반주에 맞춰 타티야나에 대한 자신의 사랑을 노래하는 둔중한 베이스 음성"은 왠지 그를 고통스럽게 했다.

제5장

그리보예도프에서 있었던 일

원형 가로수 길'에 위치한 크림색의 그 오래된 이층집은 조각 장식을 한 주철 울타리가 인도와 분리시켜놓은 초라한 정원 안쪽에 자리 잡고 있었다. 그 집 앞의 작은 뜰에는 아스팔트가 깔려 있었고, 겨울이면 그곳에 삽으로 긁어모은 작은 눈 언덕이 만들어지곤 했으며, 여름이면 차양이 드리워진 근사한 야외 레스토랑으로 모습을 바꾸곤 했다.

사람들은 언젠가 작가 알렉산드르 세르게예비치 그리보예도프[2]의 숙모가 그 집의 주인이었다는 이유로 그 집을 '그리보예도프의 집'이라고 불렀다. 글쎄, 정말로 그 집이 그 숙모의 집이었는지는 잘 모르겠다. 그리보예도프한테 그런 숙모는 없었던 것 같기도 한데…… 어쨌든 사람들은 그 집을 그렇게 불렀다. 그뿐만 아니라, 모스크바의 한 허풍쟁이는 바로 저 2층, 주랑이 늘어선 둥근 홀에서 그 유명한 작가가 소파에 앉아 있는 자신의 숙모에게 『지혜의 슬픔』 중 일부를 읽어주곤 했다고 말하기도 했다. 하긴 누가 알겠는가, 어쩌면 읽어주었는지도 모른다. 그리고 그건 중요한 것이 아니다!

중요한 것은 비운의 미하일 알렉산드로비치 베를리오즈가 파트리아르흐 연못가에 나타나기 전 회장으로 있던 바로 그 마솔리트가 이제 그 집을 소유하고 있다는 것이다.

마솔리트 회원들 중 그 집을 '그리보예도프의 집'이라고 부르는 사람은 없었다. 모두들 그냥 '그리보예도프'라고만 했다. 이를테면, '어제 그리보예도프에서 두 시간쯤 앉아 있다 왔지.' '그래서 일은 잘됐어?' '얄타 한 달 따냈지.' '대단한데!' 혹은 '베를리오즈한테 가봐, 그 사람 오늘 네 시부터 다섯 시까지 그리보예도프에 있을 거야' 뭐 이런 식이었다.

마솔리트는 더할 나위 없이 훌륭하고 안락하게 그리보예도프를 차지하고 있었다. 그리보예도프를 방문한 사람들이 제일 먼저 접하게 되는 것은 각종 스포츠 모임 안내문들과 2층으로 올라가는 계단 벽에 걸려 있는 마솔리트 회원들의 단체 사진 혹은 개인 사진들이었다.

그리고 그 위층 제일 첫번째 방 문 앞에 서면 '낚시별장분과'라는 문구와 함께 낚싯대에 걸린 잉어가 그려진 커다란 팻말이 보일 것이다.

두번째 방 문 앞에는 무슨 뜻인지 잘 이해가 되지 않는 다음과 같은 문구가 적혀 있다. '일일 창작여행 증명서.³ M. V. 포들로지나야에게 문의하시오.'

그다음 방 문 앞에는 짧지만, 이번에는 도무지 이해가 되지 않는 팻말이 걸려 있다. '페렐리기노.'⁴ 우연히 그리보예도프를 찾은 방문자들은 계속해서 숙모 집의 호두나무 방문들을 알록달록 꾸미고 있는 팻말들로 어리둥절해질 것이다. '증명서는 순번대로 포클렙키나에게 신청' '수납계. 촌극 작가 개별 정산'…….

그리고 아래층 수위실에서 시작된 긴 줄을 따라가다 보면, 사람들이 쉴 새 없이 서로 밀치며 들어가고 있는 문 앞에 '주택 문제'라는 팻말이 걸려 있는 것을 볼 수 있을 것이다.

주택 문제를 지나면, 깎아지른 듯한 절벽을 배경으로 부르카⁵를 입고 어깨에 소총을 멘 기수가 가파른 절벽 길을 따라 달려가고 있는 그림이 그려진 화려한 포스터가 나타난다. 그 포스터 아래쪽에는 종려나무들과 발코니가 그려져 있고, 발코니에는 앞머리를 세운 한 젊은 남자가 손에 만년필을 쥐고 너무나도 용감무쌍한 눈빛으로 어딘가 높은 곳을 바라보며 앉아 있다. 그리고 다음과 같은 문구. '본격 창작 휴가, 2주(단편, 노벨라)에서 1년(장편소설, 삼부작)까지. 얄타, 수욱-수, 보로보예, 치힛지리, 마힌자우리,⁶ 레닌그라드(겨울 궁전)⁷.' 이 문 앞에도 물론 줄이 있다. 하지만 그렇게 길지는 않다. 한 백오십 명 정도……

그리고 계속해서 '마솔리트 이사회' '수납계 2, 3, 4, 5번 창구' '편집위원회' '마솔리트 회장실' '당구장' 등등 각종 부서들이 그리보예도프 집의 꼬불꼬불한 복도와 층계참을 따라 이어져 있다. 그리고 마지막으로 숙모가 천재적인 조카의 희극을 감상했다는 주랑이 있는 바로 그 홀이 나타난다.

그리보예도프를 찾은 모든 방문자는(물론 머리가 아주 둔한 사람이 아니라면) 이내 그 행운아들, 즉 마솔리트 회원들이 정말로 멋지게 삶을 즐기고 있다는 것을 알아차리게 되며, 그 즉시 옹졸한 질투심이 그를 괴롭히기 시작한다. 그리고 그는 자신에게 문학적 재능을 선물로 주지 않은 하늘에 대고 씁쓸한 책망의 말을 던진다. 타고난 재능 없이 마솔리트의 회원증(모스크바 사람이라면 고급 가죽 냄새가 나는 갈색 표지에 굵은 금빛 테가 둘러진 그 유명한 회원증을 모르는 사람은 없을 것이다)을 갖는다는 건 상상도 할 수 없기 때문이다.

질투심이 정당한 것이라고 말할 사람이 누가 있겠는가? 그것은 저속

한 범주에 속하는 감정이다. 하지만 방문자의 입장에도 서봐야 한다. 그건 그가 위층에서 본 것이 다가 아니기 때문이다. 그건 정말 일부에 불과하다. 숙모의 저택 아래층은 전체가 레스토랑으로 사용되고 있었다. 그것도 얼마나 멋진 레스토랑인지! 단언컨대, 그 레스토랑은 모스크바 최고의 레스토랑이었다. 그것은 그 레스토랑이 아시리아식 갈기를 단 연보랏빛 말들이 그려진 둥근 천정이 있는 두 개의 커다란 홀을 차지하고 있어서만도, 테이블마다 레이스가 늘어진 갓을 씌운 램프가 놓여 있어서만도, 길을 가다 우연히 그 레스토랑을 처음 본 사람은 거기에 들어갈 수 없어서만도 아니다. 그리보예도프의 레스토랑이 모스크바에서 최고인 것은 음식 재료의 질에 있어 모스크바의 다른 어떤 레스토랑과도 비교할 수 없이 훌륭하며, 그런 음식을 결코 부담 없는, 아주 저렴한 가격으로 내놓고 있기 때문이었다.

그러고 보면 진실하기 그지없는 이 글을 쓰고 있는 작가가 언젠가 그리보예도프의 주철 울타리 옆에서 들은 다음과 같은 대화도 전혀 놀랄 만한 것이 아니다.

"암브로시, 자네 오늘 저녁 어디서 먹을 건가?"

"이봐 포카, 그걸 질문이라고 하나, 당연히 여기서 먹어야지! 아르치발트 아르치발도비치가 오늘 농어 요리, 아 나투렐이 나올 거라고 나한테 귀띔을 해주었거든. 최고의 요리지!"

"암브로시, 자넨 정말 삶을 즐길 줄 아는군!" 비쩍 마르고 궁색한 차림에, 목에 부스럼까지 난 포카가 한숨을 내쉬면서 혈색 좋은 거구의 사나이, 금발에 볼이 포동포동한 시인 암브로시에게 말했다.

"즐길 줄 알고 모르고가 어디 있어," 암브로시가 말을 받았다. "인간답게 살고 싶은 건 아주 기본적인 욕구라고. 포카, 자넨 콜로세움[8]에 가도

농어는 나온다고 말하고 싶겠지. 하지만 콜로세움에서 농어 요리 일인분을 먹으려면 십삼 루블 십오 코페이카는 내야 돼. 하지만 우린 오 루블 오십 코페이카면 되지! 게다가 콜로세움 농어들은 잡은 지 적어도 사흘은 된 것들이야. 어디 그뿐인가, 콜로세움에서는 테아트랄리니 골목에서 난데없이 뛰어 들어온 젊은 놈 때문에 포도송이로 뺨을 얻어맞지 않는다는 보장도 없지. 난 절대로 콜로세움은 반대야!" 미식가 암브로시는 가로수 길 전체가 떠나가도록 소리를 질러댔다. "포카, 날 설득하려고 하지 마!"

"자네를 설득하려는 게 아니야, 암브로시." 포카가 기어들어가는 목소리로 말했다. "난 그저 저녁은 집에서 먹을 수도 있다는 얘기지."

"천만의 말씀." 암브로시는 나팔이라도 불듯 떠들어댔다. "공동 부엌에서 냄비에다 농어 아 나투렐을 만들어보겠다고 기를 쓰고 있는 자네 부인이 떠오르는군! 히-히-히……! 오르부아,⁹ 포카!" 그리고 암브로시는 노래를 흥얼거리며 천막 아래 베란다로 달려갔다.

에흐-호-호…… 그렇다, 그런 일이 있었다. 그런 일이……! 모스크바에 오래 산 사람들은 그 유명한 그리보예도프를 기억할 것이다! 삶은 농어 요리라! 친애하는 암브로시, 그건 제일 싼 음식이었지! 철갑상어는 어떤가, 은으로 된 스튜 냄비에 담긴 철갑상어, 신선한 캐비아와 왕새우 꼬리가 곁들여진 철갑상어 요리 말이다! 작은 접시에 담긴 양송이 퓌레와 달걀 앙 코코트는 또 어떤가? 개똥지빠귀 필레는 마음에 들지 않으셨나? 트뤼프를 곁들인 것도? 제노바식 메추라기 요리는 어떠신가? 구 루블 오십 코페이카면 되는데! 그래, 재즈도 있었지. 서비스는 또 얼마나 좋았던가! 가족들은 모두 별장에 가 있지만, 지체할 수 없는 문학적 과업이 당신을 도시에 묶어두고 있는 칠월, 포도나무 넝쿨 그늘 아래 베란다에서 맛보는 하얀 식탁보 위의 작은 금빛 접시에 담긴 프린타니요르 수프는 어떤가? 기억나나, 암브로시? 그야 당연하겠지! 자네의 그 입술만 봐도 알겠네. 농어, 연어 요리, 정말 훌륭하지! 하지만 황새, 도요새 요리, 계절의 진미 누른도요, 메추라기, 마도요는 또 어떤가? 목젖을 타고 흐르는 나르잔은?! 아, 이제 그만두자, 너무 옆길로 빠진 것 같다! 독자여, 나를 따르라……!

베를리오즈가 파트리아르흐에서 죽은 그날 밤 열 시 반, 그리보예도프 위층에 불이 켜져 있는 방은 단 하나뿐이었다. 그 방에서는 회의를 위해 모인 열두 명의 문인들이 미하일 알렉산드로비치를 기다리며 괴로워하고 있었다.

후덥지근한 공기가 마솔리트 운영위원회 사무실 안의 의자나 책상 위에 앉아 있는 사람들은 물론이고, 창턱에 걸터앉아 있는 사람들까지도 괴롭히고 있었다. 창은 열려 있었지만, 바람 한 점 들어오지 않았다. 하루 종일 아스팔트에 축적한 열기를 모스크바가 다시 내뿜고 있었던 것이다. 그러니 밤이 된다 해도 사정이 나아질 리 없었다. 레스토랑 주방이 자리 잡고 있는 숙모의 집 지하실에서 양파 냄새가 풍겨왔다. 다들 갈증이 났고, 하나같이 신경이 예민해져 있었으며, 잔뜩 화가 나 있었다.

소설가 베스쿠드니코프가(그는 말이 없고, 옷을 잘 차려 입고 다녔으며, 주의력이 깊고, 동시에 속을 알 수 없는 눈을 한 사람이었다) 시계를 꺼냈다. 바늘은 천천히 열한 시로 다가서고 있었다. 베스쿠드니코프는 손가락으로 숫자판을 몇 번 두들기고 나서, 옆에 있는 시인 드부브랏스키에게 시간을 가리켜 보였다. 드부브랏스키는 테이블 위에 앉아 고무창이 달린 노란 덧신 속의 발을 앞뒤로 흔들며 지루함을 달래고 있는 터였다.

"뭐야 이거." 드부브랏스키가 툴툴거렸다.

"클랴지마에 푹 빠져 있는 게 분명해." 나스타시야 루키니시나 네프

레메노바가 허스키한 목소리로 그의 말을 받았다. 그녀는 모스크바 상인의 딸로 어려서 고아가 되었지만, 작가가 되어 '갑판장 조지'라는 필명으로 해양 전쟁 단편을 쓰는 여성 작가였다.

"우리 얘기 좀 합시다!" 인기 있는 촌극(寸劇) 작가 자그리보프가 용기 있게 말을 꺼냈다. "난 이 찜통 속에 이렇게 앉아 있지 말고, 발코니에 나가서 기분 좋게 차라도 마셨으면 좋겠어요. 회의는 열 시에 하기로 되어 있었잖아요?"

"하긴 이맘때면 클랴지마가 끝내주지." 클랴지마 강변에 있는 작가들의 별장촌 페렐리기노가 모두의 약점이라는 것을 아는 갑판장 조지가 사람들을 부추겼다. "지금 이 시간쯤이면 아마 꾀꼬리들이 노래를 부르고 있을걸. 난 항상 도시를 벗어나서 작업할 때가 훨씬 좋더라. 특히 봄에는."

"바세도우씨병을 앓고 있는 아내를 그 천국 같은 곳에 보내주려고 벌써 삼 년째 돈을 들이붓고 있는데, 파도만 치고, 아무것도 볼 수가 없으니." 소설가 이예로님 포프리힌이 씁쓸하고 독기 어린 목소리로 말했다.

"그러니까 운이 좋아야지." 창턱에 앉아 있던 비평가 아밥코프가 태연하게 말했다.

갑판장 조지의 작은 두 눈이 기쁨으로 반짝였다. 그녀는 콘트라 알토의 음성을 부드럽게 낮추면서 말했다.

"동무들, 그걸 질투하면 안 되죠. 별장은 다해야 스물두 개밖에 안 되잖아요. 지금 여섯 채를 더 짓고 있긴 하지만, 우리 마솔리트 회원들은 삼천 명이나 되고."

"삼천 백열한 명입니다." 구석에서 누군가가 끼어들었다.

"그러니까요." 갑판장이 말을 이었다. "그러니 어떻게 하겠어요? 우리 중 제일 재능이 있는 사람들이 별장을 받게 되는 건 당연한 일이라고요……."

"장군님들이라고 해야겠지!" 시나리오 작가 글루하료프가 비꼬듯 말했다.

그러자 베스쿠드니코프가 나오지도 않는 하품을 억지로 하며 방에서 나갔다.

"누구는 페렐리기노에 방을 다섯 개나 차지하고 말이야." 나가는 베스쿠드니코프의 뒤통수에 대고 글루하료프가 말했다.

"라브로비치는 혼자서 방을 여섯 개나 쓰고 있어," 데니스킨이 소리를 질렀다. "거기다 주방은 참나무로 아주 도배를 했더라고!"

"이거 봐요, 지금 그게 문제가 아니에요." 다시 태연하게 아밥코프가 말을 받았다. "문제는 벌써 열한 시 반이라는 거예요."

웅성거리는 소리들이 점점 커졌고, 한바탕 소동이라도 일 기세였다. 누군가 그 빌어먹을 페렐리기노에 전화를 걸어본다는 것이 베를리오즈가 아닌 라브로비치의 별장과 연결되었고, 라브로비치는 강가에 나가고 없다는 것을 알게 되었다. 그리고 그로 인해 사람들은 기분을 완전히 망쳐버렸다. 닥치는 대로 내선 930번을 돌려 예술문학위원회로 전화를 걸어보기도 했지만, 그곳에는 물론 아무도 없었다.

"전화 정도는 해줄 수도 있잖아!" 데니스킨과 글루하료프, 크반트가 소리쳤다.

아, 그들이 소리를 질러대는 것은 정말 공연한 짓이었다. 미하일 알렉산드로비치는 어디로도 전화할 수 없었다. 그리보예도프에서 아주 멀리 떨어진, 천 와트짜리 전구들이 불을 밝히고 있는 거대한 홀 안에 있는 세 개의 아연판 탁자 위에 바로 얼마 전까지만 해도 미하일 알렉산드로비치였던 것들이 놓여 있었다.

첫번째 탁자 위에는 피가 말라붙은 몸뚱아리가 팔이 부러지고, 가슴은 완전히 뭉그러진 채로 놓여 있었고, 두번째 탁자 위에는 앞니가 다 부서지고, 고통에 가득 찬 눈을(그토록 강렬한 불빛도 그 눈을 놀라게 하지는 못했다) 둥그렇게 뜨고 있는 머리가 놓여 있었으며, 마지막 세번째 탁자 위에는 엉겨붙은 피로 뻣뻣해진 넝마 조각들이 쌓여 있었다.

목이 잘려나간 자의 옆에는 법의학 교수와 병리해부학자, 해부실 주임과 조사위원회 대표들, 그리고 병든 아내 옆에 있다 전화로 불려나온, 마솔리트 부회장인 작가 젤디빈이 서 있었다.

젤디빈을 데리러 갔던 자동차는 우선 조사위원회와 함께 그를 고인의 아파트로 데리고 가서(그때가 자정이 다 되어서였다) 그의 서류들을 봉인하고, 거기서 모두 함께 시체 안치소로 왔다.

그리고 이제 고인의 잔해 앞에 선 자들은 어떻게 하는 것이 좋을지 상의를 하고 있었다. 잘린 머리를 목에 꿰매 붙일 것인가, 아니면 그냥 검은 천으로 이마까지 다 가리고 유해를 그리보예도프 홀에 비치할 것인가.

그렇다. 미하일 알렉산드로비치는 어디로도 전화할 수 없었다. 데니스킨과 글루하료프, 크반트와 베스쿠드니코프는 정말로 공연히 흥분을 하고 소리를 지르고 있었던 것이다. 자정이 되자 위층에 있던 열두 명의 문인들은 모두 레스토랑으로 내려갔다. 거기서 사람들은 다시 마음속으로 미하일 알렉산드로비치에게 욕설을 퍼부었다. 테라스의 테이블은 벌써 자리가 다 찼고, 결국 아름답긴 하지만 후텁지근한 홀에서 식사를 해야 했기 때문이었다.

자정이 되자, 제일 큰 홀에서 굉음이 터져나왔고, 그 소리는 사방으로 흩어져 날뛰기 시작했다. 그리고 그 순간 한 남자의 가느다란 목소리가 음악에 맞춰 절망적으로 소리를 지르기 시작했다. "할렐루야!!"[10] 그 유명한 그리보예도프의 재즈 밴드가 연주를 시작한 것이다. 땀으로 흥건해진 얼굴들마다 하나씩 불이 켜지고, 천장에 그려진 말들이 살아난 것처럼 보였으며, 램프의 불빛들도 더 밝아진 것 같았다. 그리고 갑자기, 마치 고삐에서 풀려난 듯, 두 홀이 춤을 추기 시작했고, 그들에 따라 테라스도 춤을 추기 시작했다.

글루하료프는 여성 시인 타마라 폴루메샤츠와 춤을 추기 시작했고, 크반트도 춤을 추었으며, 소설가 주코포프는 노란 드레스를 입은 한 영화배우와 춤을 추었다. 드라군스키와 체르닥치도 춤을 추었고, 키가 작은 데니스킨은 거구의 갑판장 조지와, 미녀 건축가 세메이키나-같은 흰색 아마포 바지를 입은 한 남자에게 바짝 달라붙어 춤을 추었다. 주인들과 초대받은 손님들, 모스크바 사람들과 타지에서 온 사람들, 크론시타트에서 온 작가 요한과 로스토프에서 온 비탸 쿱틱(연출가인 듯한 이 사람은 뺨이 온통 연보랏빛 부스럼투성이었다)도 춤을 추었고, 마솔리트 시(詩) 분과의 가장 뛰어난 대표자들, 그러니까 파비아노프와 보고홀스키, 슬랏키, 시피치킨, 아델피나 부작도 춤을 추었으며, 권투선수처럼 머리를 짧게 자르고 어깨에 잔뜩 솜을 집어넣은 옷을 입고 있는, 직업을 알 수 없는 젊은 사람들도 춤을 추었고, 나이가 지긋하고 구레나룻을 기른 중년의 사내(이자의 수염에는 가는 파뿌리가 박혀 있었다)는 쭈글쭈글한 오렌지색 실크 드레스를 입고 있는 핏기 없는 창백한 얼굴의 비실비실한 여자와 춤을 추었다.[11]

웨이터들은 땀을 뻘뻘 흘리며 사람들의 머리 위로 얼음이 서린 맥주잔들을 나르면서 원망 섞인 목쉰 소리로 외쳐댔다. "시민, 실례하겠습니다!" 어디선가 한 목소리가 확성기에 대고 명령을 내리고 있었다. "카르스키 하나! 주브릭 둘! 플랴키 고스포다르스키예!!"[12] 가느다란 목소리는 이미 노래가 아닌 울부짖음을 토해내고 있었다. "할렐루야!" 재즈밴드의 황금빛 심벌즈의 굉음이 접시닦이들이 경사면을 통해 부엌으로 던져주는 식기들의 굉음을 뒤덮곤 했다. 한마디로 지옥이었다.

그리고 또한 자정이 되면, 그 지옥에 유령이 나타나곤 했다. 뾰족한 턱수염에 연미복을 입은, 검은 눈의 잘생긴 남자가 테라스에 나타나 황제와도 같은 시선으로 자신의 영토를 내려다보았다. 신비주의를 신봉하는 자들의 말에 따르면, 그 미남자가 연미복이 아닌 다른 옷을 입고 다니던 시절이 있었다. 그 시절, 그는 권총을 찔러 넣은 두툼한 가죽 벨트를 차고, 갈까마귀의 깃털처럼 새카만 그 머리에 새빨간 실크 두건을 두르고 다녔으며, 그가 지휘하는 쌍돛대 범선이 해골과 뼈다귀가 그려진 죽음의 깃발을 달고 카리브 해를 누비기도 했다.

하지만, 아니, 그렇지 않다! 그것은 현혹자들, 신비주의자들의 거짓말에 불과하다. 카리브 해 같은 것은 이 세상에 존재하지 않으며, 그 위를 무적의 해적들이 항해한 적도 없고, 군함이 그들의 뒤를 쫓지도, 파도 위에 대포의 연기가 깔리지도 않았다. 그런 것은 지금도, 과거에도 존재하지 않았다! 존재하는 것은 저 말라빠진 보리수와 주철 울타리이며, 그 뒤로 난 가로수 길…… 그리고 작은 물병 속 얼음이 흐물거리고, 옆 테이블에는 피가 홍건한 황소의 눈이 보인다. 끔찍한, 아주 끔찍한 모습으로…… 오, 신들이여, 나의 신들이여, 나에게 독을, 독을……!

갑자기 어느 테이블 뒤에서인가 '베를리오즈!!'라는 말이 튀어나왔다. 누군가 재즈밴드에다 대고 주먹이라도 날린 것처럼, 재즈는 갑자기 힘을 잃고 조용해졌다. "뭐라고? 뭐? 뭐? 그게 무슨 소리야?!" "베를리오즈가!!!" 이어 여기저기서 사람들이 벌떡 일어나 소리를 지르기 시작했다…….

그리고 미하일 알렉산드로비치에 대한 끔찍한 소식과 함께 슬픔의 파도가 몰아쳤다. 어떤 사람은 온갖 수선을 피워대며, 지금 당장 단체로 전보를 작성해서 지체없이 보내야 한다고 소리를 질러댔다.

하지만 여기서 우리는 다음과 같은 질문을 하지 않을 수 없다. 무슨 전보를 어디로 보낸다는 말인가? 또, 왜 전보를 보내야 하는가? 정말이지, 도대체 어디로 전보를 보낸다는 것인가? 고무장갑을 낀 해부실 주임의 손에 의해, 안 그래도 찌그러진 뒤통수가 더 짓눌려지고, 교수가 휘어진 바늘로 꿰매고 있는 목의 주인에게 지금 도대체 무슨 전보가 필요하단 말인가? 그는 죽었고, 그에겐 어떤 전보도 필요하지 않다. 모두 끝난 것이다. 더 이상 전신국 업무를 과중하게 만들지 말자.

그렇다, 그는 죽었다, 그는 이제 끝난 것이다……. 하지만 우리는 이렇게 살아 있지 않은가!

슬픔의 파도가 몰아친 것은 사실이다. 하지만 그 파도는 차츰 누그러지고 잦아들기 시작했으며, 어떤 사람은 벌써 자기 테이블로 돌아가, 처음에는 사람들의 눈에 띄지 않게, 조금 더 지나서는 공공연하게 보드카를 마시고 안주도 집어먹었다. 사실, 치킨 커틀릿 드-볼라유를 다 식어 못 먹게 만들 필요가 있을까? 우리가 미하일 알렉산드로비치를 어떻게 돕겠다는 것인가? 배를 주린 채 남아 있는 것으로? 하지만 우리는 살아 있지 않은가!

물론 사람들은 피아노의 뚜껑을 닫고 열쇠를 채웠으며, 재즈밴드도 흩어졌고, 몇몇 기자들은 추도 기사를 쓰기 위해 각자의 편집국으로 떠났다. 시체안치소에 갔던 젤디빈이 도착했다는 소식도 알려졌다. 젤디빈은 위층 고인의 사무실에 자리를 잡았다. 그러자 그가 베를리오즈를 대신하게 될 거라는 소문이 퍼져나갔다. 젤디빈은 레스토랑에 있던 열두 명의 이사진을 소집했다. 베를리오즈의 사무실에서 긴급 소집된 이사회는 주랑이 있는 그리보예도프 홀을 정리하고, 시체안치소의 유해를 그 홀로 옮기는 문제, 유해 공개 건 등등, 가슴 아픈 이번 사건과 관련된 긴급 사안들을 논의했다.

한편 레스토랑은 평소와 다름없는 밤을 보내고 있었다. 베를리오즈의 죽음에 대한 소식보다도 훨씬 더 크게 레스토랑의 손님들을 놀라게 하고, 결국 그 자리를 뜨게 한 사건이 벌어지지 않았더라면, 그 밤은 레스토랑이 문을 닫을 때까지, 그러니까 새벽 네 시까지 계속되었을 것이다.

제일 먼저 흥분하기 시작한 것은 그리보예도프의 집 앞에 대기하고 있던 마부들[13]이었다. 그중 한 마부가 마부석에서 벌떡 일어나 소리치는 소리가 들렸다.

"세상에! 저것 좀 봐!"

이어 어디서 나타났는지, 주철 담장 위로 작은 불빛이 켜지더니 점점 베란다 쪽으로 다가왔다. 테이블에 앉아 있던 사람들은 몸을 일으켜 살펴보기 시작했다. 그리고 작은 불빛과 함께 희끄무레한 유령이 레스토랑 쪽으로 다가오고 있다는 것을 알아차렸다. 유령이 넝쿨을 말아 올린 격자 울타리 가까이 다가오자, 사람들은 하나같이 철갑상어 조각을 포크에 찍고 눈을 휘둥그렇게 뜬 채 그 자리에서 굳어버렸다. 그때 마침 담배를 피우려고 레스토랑 외투보관실 앞 문을 통해 정원으로 나가 있던 수위가 담배를 밟아 끄고, 유령이 레스토랑으로 접근하는 것을 막기 위해 그 유령에게 달려들었다. 하지만 무슨 이유에서인지 그는 유령 앞에 멈춰 선 채로 바보 같은 미소를 지었다.

그렇게 유령은 아무 제지 없이 넝쿨 담 사이를 지나 베란다로 들어왔다. 그리고 베란다에 있던 사람들은 그것은 절대 유령이 아니며, 유명한 시인, 이반 니콜라예비치 베즈돔니라는 것을 알게 되었다.

그는 맨발에 완전히 넝마가 된 흰 셔츠를 입고, 가슴에는 다 닳아 알아볼 수 없게 된 낯선 성자(聖子)의 모습이 그려진 종이 성상을 핀으로 꽂고 있었으며, 줄이 들어간 하얀 속바지를 입고 있었다. 이반 니콜라예비치의 손에는 불이 밝혀진 혼례 양초가 쥐어져 있었으며, 오른쪽 뺨은 긁힌 자국들로 엉망이 되어 있었다. 그 순간 베란다를 뒤덮은 침묵의 깊이는 가늠하기조차 어려운 것이었다. 한 웨이터가 들고 있던 잔이 기울어지면서 맥주가 바닥으로 흘러내리는 것이 보였다.

시인은 머리 위로 초를 치켜들고 큰 소리로 말했다.

"잘 있었나, 친구들!" 그런 다음 그는 바로 옆 테이블 아래를 들여다보더니, 슬픈 목소리로 탄식을 내뱉었다. "아니야, 여기도 없어!"

순간 두 사람의 목소리가 들려왔다. 먼저 베이스 음성이 냉정하게 말했다.

"갈 데까지 다 갔군. 섬망증이야."

이어 겁에 질린 여자의 목소리가 말했다.

"세상에, 경찰은 어떻게 저런 꼴을 하고 있는 사람을 거리에 돌아다니게 놔둔 거죠?"

이 말을 들은 이반 니콜라예비치가 대답을 했다.

"붙잡으려고 했지요. 그것도 두 번씩이나. 스카테르트니 골목에서 한 번, 그리고 바로 이 앞 브론나야에서. 그래서 담을 뛰어넘다가 여기 이렇게 뺨을 긁힌 겁니다!" 이반 니콜라예비치는 다시 초를 치켜들고 소리를 질렀다. "문학 동지들이여! (그의 쉰 목소리는 단호했고, 점점 더 열정적이 되어갔다.) 모두 제 얘길 들어주십시오! 그가 나타났습니다! 지금 당장 그를 잡아야 합니다. 그렇지 않으면, 상상도 하지 못할 무서운 재난이 벌어질 것입니다!"

"뭐라고? 뭐라고요? 뭐라고 하는 거야? 누가 나타났다고?" 사방에서 목소리들이 터져나왔다.

"자문위원 말입니다!" 이반이 대답했다. "그 자문위원이 지금 파트리아르흐에서 미샤 베를리오즈를 죽였습니다."

그러자 안쪽 홀에 있던 사람들이 베란다로 몰려나와 이반의 불빛 주위로 모여들었다.

"잠깐, 잠깐만. 좀 정확하게 말해봐요." 이반 니콜라예비치의 귀에 조용하고 점잖은 목소리가 들려왔다. "어떻게 죽였다는 겁니까? 누가 말이오?"

"외국에서 온 자문위원입니다. 그자는 교수이고, 스파이입니다!" 계속해서 주위를 둘러보며 이반이 대답했다.

"그렇다면 그자의 이름이 뭐지요?" 이반의 귀에 조용히 묻는 소리들이 들려왔다.

"아, 이름!" 이반은 슬픔에 잠겨 외쳤다. "그 이름을 알아뒀어야 했는데! 그런데 그걸 제대로 보지 못했단 말입니다. 여행증명서에…… 첫 글자가 'ㅂ'으로 시작됐는데, 'ㅂ'으로 시작하는 이름입니다! 'ㅂ'으로 시작하는 이름이 뭐가 있지?" 이반은 손으로 이마를 움켜쥐고 자기 자신에게 물었다. 그러다 갑자기 중얼거렸다. "베, 베, 베…… 바…… 보…… 바그너? 바그너? 바이너? 베그너? 빈터?" 잔뜩 긴장한 이반의 머리카락이 이리저리 휘몰아치기 시작했다.

"불프?" 한 여자가 안타까운 듯 소리쳤다. 그러자 이반은 벌컥 화를 냈다.

"멍청하긴!" 그는 눈으로 여자를 찾으며 소리를 질렀다. "여기서 불프가 왜 나옵니까? 불프는 아무 상관도 없어요! 보, 보…… 안 되겠어!

생각이 안 나요! 어쨌든, 시민 여러분, 지금 당장 경찰에 전화를 걸어서, 기관총을 장착한 모터사이클 다섯 대를 보내 교수를 잡도록 해야 합니다. 두 놈이 더 있다는 것도 꼭 말해야 합니다. 키가 크고 체크무늬에…… 금이 간 코안경…… 그리고 살찐 검은 고양이. 그럼 그동안 난 그리보예도프를 수색하겠습니다…… 느껴집니다, 그자는 지금 여기에 있어요!"

이반은 불안한 듯 주위 사람들을 밀쳐내고, 촛농이 떨어지는 초를 휘두르며 테이블 아래를 들춰보기 시작했다. 그때 "의사를 불러!"라는 말이 들렸고, 이반 앞에 뿔테 안경을 쓰고, 깨끗하게 면도를 한, 건장하고 친절하며 기름기가 도는 누군가의 얼굴이 나타났다.

"베즈돔니 동무," 얼굴은 근엄한 목소리로 입을 열었다. "진정하십시오! 당신은 우리 모두가 사랑하는 미하일 알렉산드로비치…… 아니, 그냥 미샤 베를리오즈라고 합시다, 그의 죽음에 당황하고 계십니다…… 우린 모두 그 점을 충분히 이해하고 있습니다. 당신에겐 안정이 필요합니다. 동지들이 당신을 침대로 모실 겁니다. 가서 모두 잊어버리시고……."

"당신," 이반은 이를 드러내며 그의 말을 가로막았다. "교수를 붙잡아야 된다는 말 못 들었어? 그런데도 나한테 기어와서 그따위 소리를 해! 저능아 같으니!"

"베즈돔니 동무, 이제 그만 하십시오." 빨개진 얼굴이 뒤로 물러서며 말했다. 그는 이 일에 끼어든 것을 벌써 후회하고 있었다.

"아니, 다른 사람이라면 몰라도, 당신한테는 그만두지 못하겠어." 이반 니콜라예비치가 적의 어린 작은 목소리로 말했다.

경련이 그의 얼굴을 일그러뜨렸다. 그는 오른손에 쥐고 있던 초를 재빨리 왼손으로 옮겨 쥐고, 팔을 크게 휘둘러 참견하기 좋아하는 그 얼굴의 귀를 내려쳤다.

사람들은 여기서 이반에게 달려들어야 된다고 생각했고, 실제로 그렇게 했다. 촛불이 꺼졌고, 얼굴에서 튕겨져 나온 안경이 박살이 났다. 이반은 가로수 길까지 울릴 만큼 무시무시하게 큰 소리로 괴성을 질렀고, 자신을 방어하기 시작했다. 테이블에서 접시들이 쨍그랑거리며 떨어졌고, 여자들이 비명을 지르기 시작했다.

한편, 웨이터들이 수건으로 시인을 묶고 있는 동안, 외투보관실에서는 범선 사령관과 수위 사이에 다음과 같은 대화가 오가고 있었다.

"그가 속바지만 입고 있는 걸 보았나?" 해적이 차갑게 물었다.

"하지만 아르치발트 아르치발도비치," 수위가 겁에 질린 목소리로 대답했다. "저분은 마솔리트 회원이신데, 제가 어떻게 막을 수가 있겠습니까?"

"그가 속바지만 입고 있는 걸 보았느냐고?" 해적이 다시 물었다.

"그렇긴 하지만, 아르치발트 아르치발도비치," 수위는 얼굴이 시뻘게지면서 말했다. "제가 어떻게 하겠습니까? 베란다에 부인들이 앉아 계시다는 건 저도 알고 있습니다……."

"이건 부인들 문제가 아니다. 이 일은 부인들하고는 아무 상관도 없어." 해적은 말 그대로 모든 것을 태워버릴 듯한 눈빛으로 수위를 쳐다보며 말했다. "하지만 경찰들한테는 달라! 속옷만 입은 사람이 모스크바 거리를 돌아다니는 것은 경찰과 동행을 하는 경우에만, 그리고 경찰서로 가는 길인 경우에만 가능하다! 자네가 정말 수위라면, 그런 사람을 발견했을 때 어떻게 행동해야 하는지 알고 있어야 했다. 일각의 지체 없이 호루라기를 불었어야 했다는 말이다. 지금 저 소리가 들리나? 베란다에서 무슨 일이 벌어지고 있는지 알고 있나?"

반쯤 정신이 나가 있던 수위는 그제야 베란다에서 흘러나오는 외침들과 그릇 깨지는 소리, 여자들의 비명 소리를 들었다.

"자, 이 일을 어떻게 책임질 텐가?" 해적이 물었다.

수위의 얼굴이 티푸스에 걸린 사람처럼 창백해졌고, 두 눈은 죽은 사람처럼 생기를 잃어갔다. 단정하게 빗어 넘긴 해적의 검은 머리 위로 불꽃처럼 타오르는 실크 두건이 어른거리더니, 풀을 먹인 와이셔츠와 연미복이 사라지고, 가죽 벨트 뒤로 권총 자루가 나타났다. 수위는 가로돛대 앞에 참수당한 자신의 모습, 혀를 빼물고 어깨 위로 머리를 떨구고 있는 자신의 모습을 똑똑히 보았다. 그리고 뱃머리 뒤로 부서지는 파도 소리도 들었다. 수위의 무릎이 아래로 꺾였다. 그러나 그 순간 그를 가엾게 여긴 해적은 날카로운 시선을 거두었다.

"조심해라, 니콜라이! 이번이 마지막이다. 우리 레스토랑에 그런 수위는 필요 없다. 아니면 교회에 가서 문지기 노릇이나 하든가." 이 말과 함께 사령관은 정확하고 분명하고 신속하게 명령을 내렸다. "바에 있는 판텔레이를 불러라. 경찰도 부르고. 조서를 작성하고. 차를 대기시켜라. 정신병원으로 보낸다." 그리고 한 가지 더 덧붙였다. "호루라기를 불어!"

십오 분 후 레스토랑에 있던 사람들뿐만 아니라, 가로수 길에 나와 있던 사람들, 그리고 레스토랑 앞 공원으로 난 건물 창가에 서 있던 사람들은 몹시 놀란 표정을 지으며 다음과 같은 장면, 즉 판텔레이와 문지기, 경관, 웨이터, 시인 류힌이 포대기에 인형을 싸듯 동여맨 젊은 사람을 그리보예도프에서 끌고 나오는 것을 보고 있었다. 그 젊은 사람은 눈물을 흘리며, 정확히 류힌의 얼굴을 맞도록 기를 쓰면서 침을 뱉었다. 그리고 가로수 길 전체가 떠나가도록 외쳤다.

"더러운 놈……! 더러운 놈!"

험상궂게 생긴 트럭 운전사가 시동을 걸었다. 옆에 서 있던 마부가 말에게 화풀이라도 하는 듯 연보랏빛 고삐로 궁둥이를 내려치며 소리쳤다.

"어디 얼마나 빨리 달리나 보자! 정신병원은 내 담당이었는데!"

주위에서는 여전히 사람들이 웅성대며 난생처음 보는 이 사건에 대해 열심히 토론을 하고 있었다. 한마디로 뻔뻔하고 혐오스러우며 추잡한 스캔들이 일어난 것이다. 그리고 그 스캔들은 불쌍한 이반 니콜라예비치와 경관, 판텔레이, 류힌을 태운 트럭이 그리보예도프 정문 밖으로 사라지고 나서야 끝이 났다.

제6장

정신분열증, 이야기가 있었던 그대로

얼마 전 모스크바 외곽 강변에 세워진 그 유명한 정신병원의 진찰실로, 뾰족한 턱수염에 흰 가운을 입은 사람이 들어온 것은 새벽 한 시 반이었다. 그때까지 세 명의 남자 간호사가 침대 위에 앉아 있는 이반 니콜라예비치에게서 눈을 떼지 않고 있었으며, 침대 한쪽에는 이반 니콜라예비치를 묶었던 수건들이 쌓여 있었다. 이반의 손과 발은 이제 자유로웠다.

진찰실로 들어온 의사를 보자 류힌의 얼굴이 창백해졌다. 그는 기침을 하고 나서, 조심스럽게 입을 열었다.

"안녕하십니까, 박사님."

의사는 류힌에게 인사를 했다. 그러나 인사를 하면서도, 그는 류힌이 아닌 이반 니콜라예비치를 쳐다보았다. 이반 니콜라예비치는 악에 받친 얼굴로 눈썹을 치켜세운 채, 의사가 들어오건 말건 상관없다는 듯 꼼짝도 하지 않고 앉아 있었다.

"박사님, 이쪽은……" 류힌은 겁에 잔뜩 질린 눈으로 이반 니콜라예비치를 돌아보며 목소리를 낮춰 말했다. "유명한 시인 이반 베즈돔니입니다…… 보시면 아시겠지만…… 저희는 혹시 섬망증이 아닌지 걱정하고 있습니다."

"술을 많이 마십니까?" 의사는 입을 거의 벌리지 않은 채로 물었다.

"아닙니다. 좀 마시긴 했지만, 이럴 정도는 아니었는데……."

"바퀴벌레나 쥐, 작은 벌레, 도망치는 개들을 쫓아다니지는 않습니까?"

"아닙니다." 류힌은 몸을 흠칫 떨며 대답했다. "어제도 보고, 오늘 아침에도 만났는데 완전히 정상이었습니다."

"그런데 왜 속바지만 입고 있죠? 자고 있던 사람을 데려왔습니까?"

"그러니까 저 상태로 레스토랑에 왔습니다……."

"아하, 아하," 의사는 아주 만족스럽다는 듯 말했다. "저 상처는 어쩌다 생긴 거지요? 누구와 싸웠나요?"

"담장에서 떨어졌다고 합니다. 그리고 레스토랑에서 한 사람을 때리기도 했고…… 또 다른 사람도……."

"그랬군요, 그랬어. 음." 의사는 말했다. 그리고 이반에게 몸을 돌려 그에게 말을 걸었다. "안녕하세요!"

"안녕하시오, 방해분자!" 이반은 적의로 가득한 목소리로 거침없이 대답했다.

류힌은 당황하여 점잖은 의사의 얼굴을 쳐다볼 수도 없었다. 하지만 정작 의사는 조금도 기분 나빠하지 않았으며, 익숙하면서도 민첩한 제스처로 안경을 벗어 가운 자락을 살짝 들어 올리고는 바지 뒷주머니에 안경을 집어넣고, 다시 이반을 향해 물었다.

"나이가 어떻게 되시죠?"

"당신들 모두 꺼져버려. 악마한테나 가보라고!" 이반은 거칠게 소리를 지르고 몸을 돌려버렸다.

"왜 그렇게 화가 나신 거죠? 제가 무슨 기분 나쁜 말이라도 했습니까?"

"스물세 살이오." 이반이 흥분을 하며 했다. "난 당신들 모두에 대해 고발장을 쓸 거요. 특히 너, 이 쓰레기 같은 놈!" 이반은 류힌을 돌아다보았다.

"그런데 무엇에 대해 고발하시려는 거죠?"

"멀쩡한 사람을 잡아다가 강제로 정신병자 수용소에 처넣었잖소!" 분노로 가득 찬 이반이 대답했다.

그 말에 류힌은 이반을 쳐다보았다. 그리고 등골이 오싹해졌다. 정말로 그의 눈에 광기라고는 조금도 보이지 않았다. 그리보예도프에서의 흐리멍덩했던 두 눈은 어느새 평소의 맑은 눈으로 돌아와 있었다.

'오, 세상에!' 류힌은 놀라며 생각했다. '정말 멀쩡한 게 아닐까? 이런 빌어먹을! 어쩌자고 우리가 저 사람을 이런 곳에 끌어다놓은 거지? 정상이야, 정상, 얼굴을 조금 긁힌 것뿐이라고……'

"당신이 지금 와 계신 곳은," 의사가 번쩍거리는 다리가 달리고 등받이가 없는 흰 의자에 앉으면서 침착하게 말했다. "정신병자 수용소가 아니라, 병원입니다. 그리고 만일 당신이 이곳에 계실 이유가 없다면, 당신을 여기에 붙잡아둘 사람은 아무도 없습니다."

이반 니콜라예비치는 여전히 미심쩍은 눈으로 그를 흘깃거렸다. 하지만 그러면서도 다음과 같이 중얼거렸다.

"순 백치 같은 놈들만 보다가 이제야 정신이 똑바로 박힌 사람을 하나 보게 되는군. 그 백치들 중의 백치가 멍청이에, 재능이라고는 눈곱만치도 없는 사시카²지!"

"재능이 없는 사시카라니, 그게 누구죠?" 의사가 물었다.

"류힌, 바로 저 인간이죠!" 이반은 대답을 하며 더러워진 손가락으로 류힌을 가리켰다.

당황한 류힌의 얼굴이 확 붉어졌다.

'자식 고맙다는 소리는 못하고!' 류힌은 씁쓸하게 생각했다. '그래, 저 자식 일에 끼어든 내가 잘못이지! 나쁜 자식!'

"머릿속은 영락없는 부농(富農) 자식이면서," 이반 니콜라예비치는 말을 이었다. 그는 류힌이 어떤 자인지를 몹시도 폭로하고 싶었던 것이 분명했다. "프롤레타리아로 위장하려고 기를 쓰고 있는 부농 자식. 저 위선적인 얼굴을 좀 보십시오. 저자가 5월 1일에 맞춰 시라고 써들고 온 게 어떤 건지 아십니까! 헤-헤-헤…… '하늘 높이 비상하라!' '깃발을 들어 올려라!'…… 하지만 저자의 머릿속을 들여다보고, 무슨 생각을 하고 있는지 안다면…… 아마 깜짝 놀랄 겁니다!" 이반 니콜라예비치는 악의에 찬 웃음을 터뜨렸다.

류힌은 숨을 쉬기가 힘들었다. 그는 얼굴이 시뻘게진 채로, 자신이 가슴속에 뱀 한 마리를 품고 있었다는 생각을 했다. 그가 동정하고 있던 사람이 사악한 적(敵)으로 드러난 것이다. 그런데 문제는 그럼에도 불구하고 아무것도 할 수가 없다는 것이었다. 정신병자에게 욕을 할 수는 없는 노릇이 아닌가!

"그런데 당신을 왜 이곳으로 데려온 것일까요?" 베즈돔니의 폭로를 주의 깊게 듣고 있던 의사가 물었다.

"저 멍청이들 속을 누가 알겠습니까! 한꺼번에 달려들어, 더러운 넝마로 날 묶더니 트럭에 싣고, 이리로 끌고 온 겁니다!"

"한 가지 궁금한 게 있습니다. 당신은 왜 속옷만 입고 레스토랑에 들어가신 거죠?"

"그건 이상할 게 하나도 없어요." 이반이 대답했다. "수영을 좀 하려고 모스크바 강에 갔었습니다. 그런데 어떤 놈이 이 넝마만 남겨놓고 내 옷을 훔쳐가버린 겁니다! 벌거벗고 모스크바를 돌아다닐 수는 없잖습니까! 그래서 이거라도 입은 겁니다. 어떻게든 빨리 레스토랑으로, 그리보예도프로 가야 했으니까요."

의사가 질문을 하듯 류힌을 쳐다보았다. 그러자 류힌은 얼굴을 찌푸리며 중얼거렸다.

"레스토랑 이름이 그리보예도프입니다."

"아하," 의사가 말했다. "그런데 거기엔 왜 그렇게 바삐 가신 거죠? 무슨 모임이라도 있었나요?"

"자문위원을 잡으려고요." 대답을 하며 이반 니콜라예비치는 조심스럽게 주위를 둘러보았다.

"무슨 자문위원을 말씀하시는 거죠?"

"당신, 베를리오즈를 아시오?" 이반이 의미심장한 표정으로 물었다.

"그…… 작곡가 말씀이신가요?"

이반의 얼굴이 일그러졌다.

"여기서 작곡가 얘기가 왜 나옵니까? 아, 그렇지…… 아니, 아닙니다! 그 작곡가는 미샤 베를리오즈와 성(姓)만 같은 겁니다."

류힌은 아무 말도 하고 싶지 않았지만, 설명해주어야 했다.

"마솔리트 회장 베를리오즈가 오늘 저녁 파트리아르흐에서 전차에 치어 죽었습니다."

"거짓말 하지 마. 넌 아무것도 몰라!" 이반은 류힌에게 화를 냈다. "그 자리에 있었던 건 네가 아니라 나였어! 그자는 고의로 베를리오즈를 전차 밑에 떨어뜨린 거였다고!"

"밀었다는 말씀이신가요?"

"밀었냐고요?" 이반은 도무지 말이 안 통하는 것에 화를 내며 소리를 질렀다. "밀고 자시고 할 것도 없어요! 그가 생각을 품기만 하면, 모든 것이 이루어집니다! 그는 베를리오즈가 전차에 깔리게 될 것이라는 것도 다 알고 있었단 말입니다!"

"당신 말고, 그 자문위원을 본 사람이 또 누가 있지요?"

"그게 바로 문제지요, 그를 본 건 나와 베를리오즈밖에 없다는 것이……."

"그렇군요. 그래서 당신은 그 살인자를 붙잡기 위해 어떤 방법을 취하셨지요?" 여기서 의사는 몸을 돌려 책상 뒤에 흰 가운을 입고 앉아 있는 여자에게 눈길을 보냈고, 여자는 종이를 꺼내 빈칸을 채우기 시작했다.

"그러니까 그게 어떤 방법이냐 하면, 우선 부엌에서 양초를 집어 들고……."

"이것 말씀이십니까?" 여자가 앉아 있는 책상 위에 성상과 함께 놓여 있는 찌그러진 초를 가리키며 의사가 물었다.

"맞습니다. 그리고……."

"성상은 왜 가져가신 거죠?"

"그건, 성상이……." 이반의 얼굴이 빨개졌다. "그자들이 성상을 제일 무서워하기 때문입니다." 그는 다시 류힌을 향해 손가락을 밀어 보였다. "그러니까 그 자문위원은, 그자는…… 그러니까…… 부정(不淨)한 힘과 관계를 맺고 있는 자입니다…… 그래서 평범한 방법으로는 그를 잡을 수가 없습니다."

남자 간호사들은 왠지 두 손을 양쪽 바지 봉합선에 내려붙인 채, 이반에게서 눈을 떼지 않고 있었다.

"분명합니다." 이반이 말을 계속했다. "부정한 힘과 관계를 맺고 있어요! 이건 분명한 사실입니다. 그는 본디오 빌라도와 개인적으로 이야기를 나누기도 했다고 했습니다. 왜 날 그런 눈으로 쳐다보시는 겁니까! 거짓말이 아니에요! 그자가 다 봤다고 했어요. 발코니도 종려나무도. 그러니까 그는 본디오 빌라도와 같이 있었던 겁니다. 난 맹세할 수 있어요."

"음, 음……."

"그래서 성상을 가슴에 꽂고 달려간 겁니다……."

그때 갑자기 시계가 두 시를 알렸다.

"뭐야!" 이반은 거의 비명을 지르다시피 하며 의자에서 벌떡 일어났다. "벌써 두 시잖아. 여기 앉아서 시간만 허비하고 있었군! 실례지만, 전화가 어디 있죠?"

"안내해드려." 의사가 간호사들에게 명령했다.

이반은 달려들듯 수화기를 붙잡았고, 그러는 사이 여자가 작은 소리로 류힌에게 물었다.

"저분 결혼은 했나요?"

"아닙니다." 류힌이 놀라며 대답했다.

"직업연맹회원이고요?"

"예."

"경찰서죠?" 이반이 수화기에 대고 소리쳤다. "경찰서죠? 당직 동무, 외국인 자문위원을 체포할 수 있도록, 지금 당장 기관총이 달린 모터사이클 다섯 대를 준비시켜주십시오. 네? 저를 따라오시면 됩니다. 제가 같이 가겠습니다…… 저는 정신병자 수용소에 있는 시인 베즈돔니입니다…… 여기 주소가 어떻게 되지요?" 베즈돔니는 손으로 수화기를 가리고, 의사에게 작은 소리로 물었다. 그리고 잠시 후 수화기에 대고 다시 소리를 질렀다. "여보세요? 여보세요……! 이런 빌어먹을!" 이반은 갑자기 으르렁대며 수화기를 벽에 내동댕이쳤다. 그런 다음 의사 쪽으로 돌아서서 악수를 청하며 마른 목소리로 "또 봅시다"라고 말하고는 밖으로 나가려고 했다.

"실례지만, 지금 어디로 가시려는 거지요?" 의사는 이반의 눈을 들여다보며 말했다. "이 늦은 밤에 속옷만 입으시고…… 몸도 좋지 않아 보이시는데, 그냥 여기 계시지요!"

"비켜주시오." 이반은 문을 지키고 선 간호사들에게 말했다. "비켜줄 거요, 말 거요?" 시인이 무서운 목소리로 외쳤다.

류힌은 몸을 떨었고, 그 순간 여자는 테이블 위에 있는 버튼을 눌렀다. 그러자 유리로 된 테이블 위로 번쩍이는 작은 상자와 납땜이 된 앰풀이 튀어나왔다.

"아, 정말 이렇게 나오기요?!" 이반은 추격당하고 있는 짐승처럼 거칠게 주위를 둘러보며 말했다. "그렇다면 좋소! 잘들 계시오!" 그리고 커튼이 내려진 창문을 향해 달려들었다.

꽤 커다란 굉음이 울렸다. 하지만 커튼 뒤의 유리는 금도 가지 않았으며, 잠시 후 이반 니콜라예비치는 간호사들의 손에 붙잡혀 있었다. 그는 씩씩대며 간호사들을 물어뜯으려고 했고, 악을 쓰며 소리를 질러댔다.

"도대체 무슨 유리를 갖다 끼워놓은 거야……! 봐! 이거 봐……!"

의사의 손에서 주사기가 번쩍거렸다. 여자는 능숙한 솜씨로 셔츠의 위쪽 소매를 찢고 여자의 힘이라고 할 수 없는 강한 힘으로 팔을 눌렀다. 에테르 냄새가 퍼졌고, 네 사람의 손아귀에서 이반은 꼼짝도 하지 못했다. 민첩한 의사는 그 순간을 놓치지 않고, 이반의 팔에 바늘을 꽂았다. 간호사들은 몇 초인가 이반을 더 붙들고 있었고, 잠시 후 그를 의자에 앉혔다.

"이 나쁜 놈들!" 이반은 소리를 지르며 튕기듯 의자에서 일어섰지만, 다시 제자리에 앉혀졌다. 사람들이 그를 놓아주자 다시 일어섰지만, 이번에는 제풀에 주저앉고 말았다. 거칠게 주위를 둘러보며 한동안 아무 말도 하지 않고 있던 그가 갑자기 하품을 하더니, 그의 입가로 악의에 찬 미소가 번져갔다.

"결국 가두고 마는군." 그는 말했다. 그리고 다시 한 번 하품을 하고는 그대로 자리에 드러누워 베개 위에 머리를 올려놓고, 아이처럼 주먹을 뺨 아래로 가져갔다. 그리고 잠에 취한 목소리로 조용히 중얼거렸다. "좋아, 좋다고…… 당신들은 이 모든 일에 대한 대가를 치르게 될 거야. 난 경고했어. 그러니까 이젠 마음대로들 하라고……! 지금 내게 관심 있는 건 본디오 빌라도야…… 빌라도……." 그리고 그는 눈을 감았다.

"목욕시키고, 독방 117호에 넣어. 행동 주시하고." 의사는 안경을 쓰면서 지시사항을 전달했다. 류힌은 다시 몸을 떨었다. 하얀 문이 소리 없이 열리고, 그 뒤로 푸른 야광등이 비치는 복도가 보였다. 그 복도로부터 작은 고무바퀴가 달린 간이침대가 밀려들어왔다. 조용해진 이반이 그 위로 옮겨지자 침대는 다시 복도로 밀려나갔고 문이 닫혔다.

"박사님," 잔뜩 긴장해있던 류힌이 작은 소리로 물었다. "그럼 정말로 아픈 건가요?"

"아, 그렇습니다." 의사가 대답했다.

"왜 저러는 거죠?" 류힌은 조심스럽게 물었다.

피곤해진 의사는 류힌을 한번 바라보고는 시큰둥하게 대답했다.

"운동성과 발화시 흥분…… 착란적 해석…… 아무래도 이 경우는…… 정신분열증으로 봐야 할 것 같습니다. 알코올 중독 증세도 있고……."

류힌은 박사의 말을 하나도 이해하지 못했지만, 이반 니콜라예비치의 상태가 아주 좋지 않다는 것만은 짐작할 수 있었다. 그는 한숨을 내쉬며 다시 물었다.

"계속해서 무슨 자문위원 얘기를 하던데, 그건 뭐죠?"

"누군가를 본 것 같습니다. 그가 환자의 불안정한 상상력을 자극한 것이지요. 환각을 본 것일 수도 있고……."

몇 분 후 트럭은 다시 류힌을 모스크바로 싣고 가고 있었다. 날이 밝아오면서, 아직 꺼지지 않고 남아 있는 고속도로의 가로등 불빛들은 불필요하고 왠지 불쾌한 느낌을 주었다. 운전사는 밤이 끝나버린 것에 대해 화를 냈고, 연신 급회전을 해가며 전속력으로 차를 몰았다.

그렇게 숲은 뒤로 물러나 뒤쪽 어딘가로 사라졌고, 강물 또한 어딘가로 멀어져갔다. 그리고 트럭 앞으로 각양각색의 풍경이 펼쳐졌다. 경비초소가 세워진 울타리와 장작 더미들, 높이 세워진 말뚝과 기둥들, 그 위로 얽어매어진 전선들, 여기저기 쌓여 있는 쇄석 더미들, 운하가 줄무늬를 그리고 있는 대지, 다시 말해 바로 앞에 모스크바가 느껴지고 있었다. 이제 저 모퉁이를 돌아서면 바로 모스크바가 달려들 것이다.

류힌이 깔고 앉은 통나무가 자꾸 그를 흔들고 떠밀며, 그에게서 빠져 도망치려고 하고 있었다. 먼저 버스를 타고 떠난 경찰과 판텔레이가 던져놓은 레스토랑의 수건들이 적재함 안 여기저기서 나뒹굴고 있었다. 류힌은 수건들을 주워 모으려고 애를 쓰다 왠지 울화통이 터지는 걸 느꼈다. '제길, 나도 모르겠다! 저걸 줍겠다고 버둥대는 내가 바보지……!' 류힌은 발로 수건들을 걷어차고, 더 이상 쳐다보지 않았다.

차를 타고 오는 내내 그의 기분은 완전히 엉망이었다. 슬픔의 집을 찾아간 것이 그에게 깊은 인상을 남긴 것이 분명했다. 류힌은 자신을 괴롭히고 있는 것이 무엇인지 알고 싶었다. 아직도 눈에 어른거리는 푸른 등이 켜진 복도 때문일까? 이 세상에서 이성을 잃는 것보다 더 큰 불행은 없다는 생각 때문에? 그래, 그래, 바로 그거야. 하지만 그건 누구나 생각할 수 있는 문제가 아닌가. 뭔가 다른 것이 더 있다. 도대체 그게 뭘까? 수치심, 그건 바로 수치심이었다. 그래, 베즈돔니가 내 얼굴에 대고 뱉은 그 치욕적인 말들 때문이다. 그리고 문제는 그 말들이 치욕적이었다는 데 있는 것이 아니라, 그 속에 진실이 담겨 있다는 데 있었다.

시인은 더 이상 주위를 돌아보지 않고 덜컹거리는 지저분한 바닥을 응시하며, 뭔가를 중얼거리고 계속 투덜대면서 스스로를 괴롭히고 있었다.

그래, 시(詩)…… 그는 서른두 살이다! 앞으로 무엇이 더 있을까? 앞으로도 그는 일 년에 몇 편씩 시를 쓰게 될 것이다. 늙을 때까지? 맞다. 늙어 꼬부라질 때까지. 그래서 그 시들이 그에게 무엇을 가져다줄까? 영광? '헛소리 마라! 적어도 나 자신은 속이지 말자. 그런 엉터리 시를 쓰는 자에게 영광은 절대 오지 않는다. 그런데 그 시들이 왜 엉터리라는 거지? 그렇다, 그는 진실을 말한 것이다!' 류힌은 스스로에게 냉정하게 말했다. '나는 내가 쓴 것을 조금도 믿지 않는다……!'

날카로워진 신경은 급기야 폭발하여 독처럼 온몸으로 퍼져갔고, 시인은 비틀거렸다. 바닥은 더 이상 흔들리지 않고 있었다. 류힌은 고개를 들었다. 그는 벌써 모스크바에 도착해 있었다. 그는 모스크바 위로 밝아오는 새벽과 황금빛을 띤 구름을, 자신이 타고 온 트럭이 가로수 길 앞 교차로에 늘어선 차들에 막혀 멈춰 서 있는 것을 보았다. 그리고 그에게서 멀지 않은 대석(臺石) 위에 서서, 고개를 약간 수그린 채 무심히 가로수 길을 바라보고 있는 철제 인간⁴을 보았다.

병든 시인의 머릿속에 불쑥 이상한 생각들이 터져나오기 시작했다. '여기 진정한 행운의 표본이 있구나……' 류힌은 갑자기 적재함에서 벌떡 일어나 팔을 치켜들고는 아무 죄도 없는 철제 인간을 비난하기 시작했다. '저자의 인생은 한 걸음, 한 걸음 내디딜 때마다 모든 것이 그에게 유리하게 돌아갔다. 모든 것이 그의 영광을 향한 것이 되었다! 하지만 도대체 그가 한 게 뭐란 말인가? 이해할 수 없다……. '눈보라가 안개처럼…….'[5] 여기에 무슨 특별한 것이 있단 말인가? 이해할 수 없다……! 운이 좋았던 것이다, 그저 운이 좋았던 것뿐이다!' 시인은 난데없고 독기 어린 결론을 내렸다. 그리고 그의 발아래 트럭이 움직이는 걸 느꼈다. '그 백위군[6]이 저자를 쏴서 허벅지를 박살내고 불멸을 준 것이다…….'

늘어선 차들이 움직이기 시작했다. 잠시 후 병색이 완연하고, 조금 늙어버리기까지 한 시인은 그리보예도프의 베란다로 들어가고 있었다. 베란다는 이미 텅 비어 있었다. 한쪽 구석에 술로 끝장을 보려는 듯한 몇몇 사람들이 남아 있었고, 그 한가운데에서 낯익은 얼굴의 사회자가 동그란 모자를 쓰고, 아브라우[7] 잔을 들고서 열을 올리고 있었다.

수건을 잔뜩 안고 들어온 류힌을 반갑게 맞아준 것은 아르치발트 아르치발도비치였다. 그리고 그 즉시 류힌은 그 저주스러운 넝마 더미에서 벗어났다. 병원과 트럭 위에서 그처럼 고통을 당하지 않았더라면, 아마도 그는 세세한 이야기를 꾸미고 덧붙여가며 병원에서 있었던 일들을 신나게 이야기하고 있었을 것이다. 하지만 지금 그는 그럴 기분이 아니었다. 그뿐만 아니라, 류힌은 그다지 관찰력이 있는 사람이 아니었음에도, 트럭에서의 고통을 겪은 지금 그는 처음으로 해적을 날카롭게 노려보며, 해적이 베즈돔니에 대한 질문들을 던지면서 '저런, 저런, 저런!' 하고 감탄사를 늘어놓고 있지만, 실제로 베즈돔니의 운명에는 전혀 관심이 없으며, 조금도 그를 불쌍하게 여기지 않는다는 것을 알아차렸다. '똑똑한 놈이야! 사실 베즈돔니가 어떻게 되든 그게 나하고 무슨 상관이란 말인가!' 류힌은 냉소와 자학이 뒤섞인 적의를 품으며 생각했다. 그리고 정신분열증에 대한 얘기를 하다 말고 말했다.

"아르치발트 아르치발도비치, 나 보드카 좀……."

해적은 충분히 이해한다는 표정을 지으며 속삭였다.

"이해합니다…… 잠시만……." 그리고 웨이터에게 손짓을 했다.

십오 분 후 완전히 혼자가 된 류힌은 황어 접시 위에 몸을 웅크리고 앉아 이제 자신의 삶을 바로잡는 것은 불가능하며, 그저 잊어버릴 수 있을 뿐이라는 것을 깨닫고, 또 인정하면서 한 잔, 또 한 잔 보드카를 들이켰다.

남들은 신나게 먹고 마시며 보낸 밤을 시인은 망쳐버렸고, 이제 그 밤을 되돌릴 수 없다는 것을 깨달아야 했다. 그 밤이 돌이킬 수 없이 사라져버렸다는 것을 깨닫기 위해서는 램프에서 고개를 들어 머리 위의 하늘을 쳐다보는 것만으로도 충분했다. 웨이터들이 분주하게 오가며 테이블보를 걷고 있었다. 베란다 옆을 뛰어다니고 있는 고양이들에게서도 아침은 모습을 드러냈다. 또 하루가 저지할 수 없이 시인을 덮친 것이다.

제7장
좋지 않은 아파트

"스툐파! 당장 일어나지 않으면 총살시켜버리겠다!" 만일 그날 아침, 누가 스툐파 리호데예프에게 이렇게 말했다면, 스툐파는 들릴 듯 말 듯 다 죽어가는 목소리로 다음과 같이 말했을 것이다. "쏴라 쏴, 마음대로 하라고, 그래도 난 못 일어난다."

그는 일어나는 것은 고사하고, 눈을 뜰 수조차 없었다. 눈을 뜨면 곧장 번개가 내리쳐 그의 머리를 쪼개버릴 것 같았기 때문이었다. 지금 그의 머릿속에는 커다란 종이 울려대고, 불길처럼 타오르는 초록빛 테를 두른 갈색 반점들이 안구와 감겨진 눈꺼풀 사이로 떠다니고 있었다. 게다가 속이 메스껍기까지 했으며, 그 메스꺼움은 끈질기게 달라붙는 축음기 소리와 왠지 관련이 있는 것 같았다.

스툐파는 뭔가를 기억해내려고 애를 썼다. 하지만 기억나는 것이라고는 어제 어딘지 알 수 없는 곳에서 그가 냅킨을 들고 서서 어떤 부인에게 키스를 하려고 했고, 다음 날 정오에 그녀의 집으로 가겠노라고 약속을 한 것 같다는 것뿐이었다. 그 부인은 거절을 하며 말했다. "안 돼요, 안 돼. 난 내일 집에 없을 거예요!" 하지만 스툐파는 고집을 피웠었다. "아무리 그래도 난 갈 거요!"

그 부인이 누구였는지, 지금이 몇 시인지, 몇 월 몇 일인지 스툐파는 도무지 알 수가 없었다. 더욱 나쁜 것은 자신이 지금 어디에 있는지를 알 수 없다는 것이었다. 스툐파는 이 마지막 것만이라도 알아내려고 애를 썼으며, 그러기 위해 들러붙은 왼쪽 눈꺼풀을 겨우 떼어냈다. 어스름 속에서 뭔가 희미하게 빛을 뿜고 있었다. 스툐파는 그것이 두 창문 사이 벽에 걸린 거울이라는 것을 겨우 알아낼 수 있었고, 자신은 자신의 침대, 다시 말해 침실에 있는 전(前)보석상 부인의 침대 위에 뻗어 있다는 것도 알아냈다.

이제 설명을 좀 해보자. 버라이어티 극장[1]의 극장장 스툐파 리호데예프는 그날 아침 사도바야 거리에 위치한 'ㄷ'자형의 커다란 6층 건물의, 고(故) 베를리오즈와 같이 쓰고 있는 자신의 아파트에서 눈을 떴다.

여기서 다음과 같은 사실을 말해두어야겠다. 그 50호 아파트는 이미 오래전부터, 그러니까 악명까지는 아니라 해도, 어쨌든 좀 이상한 평판을 얻고 있었다. 이 년 전, 그 아파트는 보석상 드 푸제레 미망인의 소유였고, 쉰 살가량의 점잖고 사업 수완이 좋은 안나 프란체브나 드 푸제레 부인은 다섯 개의 방 중 세 개를 두 하숙인, 성(姓)이 벨로무트인가 하는 한 사람과 이젠 사라지고 없는 성[2]을 쓰던 다른 한 사람에게 빌려주고 있었다.

그리고 바로 그 이 년 전부터 아파트에서 이상한 사건들이 벌어지기 시작했다. 그 아파트에서 사람들이 흔적도 없이 사라지기 시작한 것이다.

한번은 어느 휴일엔가 경찰이 그 아파트에 나타나 두번째 하숙인을 불렀다(그의 성은 이제 없어졌다). 그리고 확인할 것이 있으니, 경찰서로 잠

116

시 가주어야겠다고 말했다. 하숙인은 안나 프란체브나의 집에서 오랫동안 일해온 충실한 가정부 안피사에게, 만약 그에게 전화가 오면 십 분 후에 돌아올 거라고 말해달라고 부탁을 했다. 그리고 흰 장갑을 끼고 있는 정중한 태도의 경찰과 함께 나갔다. 하지만 그는 십 분 후에 돌아오지 않았을 뿐만 아니라, 그 뒤로도 영영 돌아오지 않았다. 더욱이 놀라운 것은 그와 함께 그 경찰관도 사라졌다는 것이다.

그러자 신앙심이 깊은, 아니, 사실 그보다는 미신을 잘 믿었던 안피사는 안 그래도 당황하고 있는 안나 프란체브나에게 달려가, 이것은 마술이 분명하며, 자신은 누가 그 하숙인과 경찰을 끌고 간 것인지 분명히 알고 있지만, 밤에는 절대 얘기할 수 없노라고 선언했다.

글쎄, 어쨌든, 잘 알려져 있다시피, 마술이라는 것은 한번 시작되면 무슨 수를 써도 중단시킬 수가 없는 법이다. 두번째 하숙인이 사라진 것은 월요일로 기억된다. 그리고 수요일이 되자 벨로무트가 땅속으로 꺼지듯 사라져버렸다. 사실, 벨로무트의 경우는 상황이 좀 다르긴 했다. 수요일 아침, 여느 때와 다름없이, 차가 와서 그를 태우고 직장까지 모셔갔다. 하지만 차는 그를 다시 집으로 모셔오진 않았으며, 차도 더 이상 나타나지 않았다.

마담 벨로무트의 슬픔과 두려움은 이루 다 말할 수 없는 것이었다. 하지만 그 슬픔도, 두려움도 오래 계속되지는 않았다. 같은 날 밤, 안피사와 함께 별장에서 돌아온 안나 프란체브나(그녀는 무엇 때문인지 황급히 별장으로 떠났었다)는 자신의 아파트에서 더 이상 여시민 벨로무트를 볼 수 없었다. 그뿐만 아니라, 벨로무트 부부가 쓰던 두 방의 문은 모두 봉인이 되어 있었다!

그렇게 이틀이 지나고 사흘째가 되던 날, 그즈음 내내 불면증에 시달리던 안나 프란체브나는 다시 황급히 별장으로 떠났다…….. 그리고 더 말할 것도 없이, 그녀는 돌아오지 않았다!

혼자 남겨진 안피사는 한참을 울다가 새벽 두 시가 다 되어 잠자리에 들었다. 그 후 그녀에게 무슨 일이 일어났는지는 알려져 있지 않다. 다만, 같은 건물 주민들의 말에 따르면, 50호에서 밤새 뭔가 두드리는 소리가 들리는 것 같았고, 새벽까지 온 방에 불이 켜져 있었으며, 아침이 되자 안 피사도 사라지고 말았다!

사라져버린 사람들과 그 저주받은 아파트에 대한 온갖 소문들이 오랫 동안 그 건물에서 끊이지 않고 돌았다. 이를테면, 비쩍 마르고 신앙심이 깊던 안피사가 그 비쩍 마른 가슴에 안나 프란체브나의 소유였던 스물다 섯 개의 커다란 다이아몬드가 들어 있는 영양 가죽 주머니를 품고 나갔으 며, 안나 프란체브나가 황급히 떠났던 바로 그 별장의 땔감을 쌓아두던 창고에서 그와 똑같은 다이아몬드가 셀 수 없이 발견되었고, 그 속에 차 르의 초상화가 그려진 금화도 있었다는 등등의 이야기들이 말이다. 글쎄, 정말로 그런 일이 있었는지는 확실하지 않다.

어찌 되었든, 그 아파트가 봉인된 채 비어 있었던 것은 일주일뿐이었 고, 이후 고인이 된 베를리오즈와 그의 부인, 그리고 앞서 말한 바로 그 스툐파가 역시 자신의 부인과 함께 그 아파트로 이사를 왔다. 그리고 지 극히 자연스럽게도 그 저주받은 아파트에 들어오자마자, 그들에게도 악마 만이 알 수 있는 일들이 벌어지기 시작했다. 한 달 사이에 두 부인이 사라 져버린 것이다. 하지만 사실 그들은 아무 흔적도 없이 사라진 것은 아니 었다. 베를리오즈의 부인에 대해서는 그녀가 하리코프에서 어떤 발레 연 출가와 함께 있는 것을 보았다는 이야기가 돌았고, 스툐파 부인의 경우 보제돔카[3]에서 발견되었다는 이야기가 돌기도 했다. 사람들의 말에 따르면, 그곳에 방을 얻어준 것은 다름 아닌 버라이어티 극장장 자신으로, 다시는 사도바야 거리에 나타나지 않는 조건으로, 자신의 수많은 지인들을 동원하여 아내에게 그 방을 얻어준 것이었다는데…….

어쨌든 스툐파는 신음을 하기 시작했다. 가정부 그루냐를 불러 피라미돈⁴을 갖다달라고 해보려고도 했지만, 아무래도 그루냐가 피라미돈을 챙겨놨을 것 같지가 않았다. 그래서 그는 베를리오즈에게 도움을 청하기 위해 거의 신음에 가까운 소리를 내며 그를 불렀다. "미샤…… 미샤……." 하지만 다들 짐작하시다시피, 스툐파는 아무런 대답을 들을 수 없었다. 아파트는 완전한 정적에 휩싸여 있었다.

발가락을 옴지락거리던 스툐파는 자신이 양말을 신은 채로 누워 있다는 것을 알았다. 바지도 입고 있는지 확인하기 위해 떨리는 손으로 허벅지를 만져보았지만, 그것까지는 분간이 되지 않았다. 마침내 자신은 혼자 내버려졌으며, 도와줄 사람은 아무도 없다는 것을 깨달은 그는 어떻게 해서든 일어나기로 결심을 했다.

스툐파는 풀로 붙여놓은 것 같은 눈꺼풀을 간신히 들어 올렸다. 그리고 두 창문 사이 벽에 걸린 거울 속에서 머리는 사방으로 뻗쳐 있고, 검고 뻣뻣한 털로 뒤덮인 퉁퉁 부은 얼굴에 살에 밀려 쪼그라든 눈을 하고, 깃이 달린 더러운 셔츠에 넥타이를 매고, 속바지에 양말만 신고 있는 사람의 모습을 보았다.

그가 거울 속에서 본 것은 스툐파 자신이었다. 그런데 그 거울 옆으로 다른 사람, 검은 옷에 검은 베레모를 쓰고 있는 웬 낯선 사람의 모습이 또 보였다.

스툐파는 침대 위에 일어나 앉아, 충혈된 눈을 가능한 한 크게 벌려 뜨고 그 낯선 사람을 바라보았다.

먼저 침묵을 깬 것은 그 낯선 사람이었다. 낯선 사람은 외국인의 억양이 섞인 낮고 무거운 목소리로 다음과 같이 말했다.

"안녕하십니까, 친애하는 스테판 보그다노비치!"[5]

잠시 침묵이 흘렀다. 그리고 이번에는 스툐파가 죽을 힘을 다해 입을 열었다.

"무슨 일로 찾아오셨지요?" 스툐파는 깜짝 놀랐다. 자신의 목소리가 이상했던 것이다. '무슨'이라는 단어는 디스칸투스[6]로, '일로'는 베이스로 울렸고, '찾아오셨지요'는 아예 소리가 나지 않았다.

낯선 사람은 친근한 미소를 지으며, 뚜껑에 삼각 다이아몬드가 새겨진 커다란 금시계를 꺼내 열한 번의 종소리를 울리게 하고는 다음과 같이 말했다.

"열한 시입니다! 정확히 한 시간 동안 당신이 깨어나시기를 기다리고 있었습니다. 열 시까지 집으로 오라고 하지 않으셨습니까. 그래서 제가 왔습니다!"

스툐파는 침대 옆 의자 위에 있는 바지를 더듬거리며 작은 소리로 말했다.

"실례합니다만……" 그는 바지를 다 입고 나서 갈라지는 목소리로 물었다. "성함이 어떻게 되시지요?"

스툐파는 말을 하기가 힘들었다. 말 한마디를 할 때마다 누가 옆에서 그의 머리를 바늘로 콕콕 찌르고 있는 것 같았다.

"아니, 뭐라구요? 제 이름까지 잊어버리신 겁니까?" 낯선 사람은 다시 미소를 지었다.

"죄송합니다……." 스툐파는 숙취가 그에게 새로운 증상을 가져다준 것을 느끼며 중얼거렸다. 침대 옆 바닥이 갑자기 어디론가 사라져버리고, 자신은 그대로 고꾸라져 지옥의 악마에게로 떨어져버릴 듯한 기분이 들었다.

"친애하는 스테판 보그다노비치," 방문객은 날카로운 미소를 지으며 말했다. "피라미돈 따위는 절대 도움이 되지 않을 겁니다. '같은 것이 같은 것을 치료한다'는 오래된 지혜의 법칙을 따르십시오. 당신이 정신을 차릴 수 있는 유일한 방법은 맵고 쌉싸래한 안주와 보드카 두 잔일 것입니다."

스툐파는 영리한 사람이었다. 즉, 그는 아무리 몸이 좋지 않다 해도 지금 이런 꼴을 하고서는 모든 것을 인정할 수밖에 없다는 것을 알고 있었다.

"솔직히 말해서," 그는 혀를 겨우 움직이며 입을 열었다. "어제 제가 좀……."

"됐습니다!" 방문자는 이렇게 대답을 하고, 의자에 앉은 채로 몸을 돌렸다.

스툐파는 휘둥그레진 눈으로 작은 탁자 위에 놓인 쟁반을 보았다. 쟁반 위에는 가지런히 썰어놓은 흰 빵과 소금에 절인 캐비아가 담긴 작은 컵, 버터에 살짝 구운 흰 버섯을 담은 접시와 스튜 냄비에 담긴 무언가, 그리고 마지막으로 보석상 부인이 쓰던 커다란 유리병에 담긴 보드카가 놓여 있었다. 그중에서도 제일 스툐파를 놀라게 한 것은 차가운 물방울이 송글송글 맺혀있는 유리병이었다. 얼음을 가득 채운 용기에 보관해두었던 것이 분명했다. 다시 말해서 모든 것이 완벽하게 준비되어 있었다.

낯선 사람은 스툐파의 놀라움이 병적인 단계로 나아가도록 내버려두지 않았다. 그는 능숙한 솜씨로 보드카 반 잔을 따라 스툐파에게 주었다.

"당신은?" 스툐파가 갈라지는 목소리로 말했다.

"물론 같이 마셔야지요!"

스툐파는 떨리는 손으로 잔을 들어 입술에 갖다 댔고, 낯선 사람은

한숨에 술잔을 들이켰다. 이어 캐비아를 오물거리던 스툐파가 한마디 한
마디를 쥐어짜내듯 말했다.

"안주는…… 왜 안 드십니까?"

"감사합니다만, 저는 안주는 먹지 않습니다." 낯선 사람은 대답을 하
고, 두번째 잔을 비웠다. 스튜 냄비가 열렸고, 그 속에 토마토소스가 뿌려
진 소시지가 들어 있는 것이 보였다.

그리고 마침내 스툐파 눈앞의 저주스러운 녹색 풀들이 녹아 사라지고
말이 제대로 나오기 시작했으며, 무엇보다도 기억이 되살아났다. 어제 스
호드냐에서 일이 있었다. 그곳에 단막극 작가 후스토프의 별장이 있는데,
후스토프가 스툐파를 택시에 태워 그리로 데려간 것이다. 그들은 메트로
폴 앞에서 택시를 탔고, 어떤 배우인가가…… 휴대형 축음기를 들고 같
이 타고 있었다는 것도 기억이 났다. 그래, 맞다, 별장이었다! 그 축음기
때문에 개들이 짖어댔던 것도 기억이 난다. 다만 스툐파가 키스를 하려고
했던 여자가 누구였는지는 여전히 기억이 나지 않았다…… 제길, 그게 누
구였더라…… 라디오 방송국에서 일하는 여자였던 것 같기도 하고, 아닌
것 같기도 하고.

이런 식으로 어제 하루가 조금씩 밝혀지기 시작했다. 그러나 지금 스
툐파가 무엇보다도 궁금한 것은 바로 오늘, 그중에서도 보드카와 안주까
지 들고 침실에 나타난 이 낯선 사람이다. 누가 그걸 설명해줄 수 있다면
정말 좋을 텐데!

"자, 어떻습니까, 이제 제 이름이 기억나시겠지요?"

하지만 스툐파는 부끄러운 듯 미소를 지으며 양팔을 벌릴 뿐이었다.

"이런 세상에! 아무래도 보드카에 포트와인까지 드신 모양이로군요!
이런, 이런, 어떻게 그럴 수가 있습니까!"

"그 일은 우리끼리만 아는 걸로 해주셨으면 합니다." 스툐파가 비위를 맞추려는 듯이 말했다.

"그야 물론이지요! 하지만 후스토프에 대해서는 아무래도 약속을 드릴 수가 없을 것 같습니다."

"후스토프를 아십니까?"

"어제 당신 사무실에서 잠깐 보았지요. 얼핏 보기는 했지만, 비열한 싸움꾼에 기회주의자, 아부꾼이라는 걸 알기엔 그것으로도 충분했지요."

'맞다, 맞는 말이다!' 후스토프를 너무나도 정확하고 간단명료하게 정의한 것에 놀라며 스툐파가 생각했다.

그렇게 어제 하루가 조각조각 맞춰지고 있었지만 버라이어티 극장장은 여전히 마음 한구석이 불안했다. 어제 낮의 한 부분이 어두운 심연처럼 검은 입을 쩍 하니 벌리고 있었던 것이다. 하지만 누가 뭐라고 해도, 스툐파는 베레모를 쓴 이 낯선 사내를 어제 사무실에서 본 적이 결단코 없었다.

"검은 마술의 교수 볼란드[7]입니다." 스툐파의 어려움을 간파한 방문객이 진지한 어조로 말했다. 그리고 그는 모든 것을 일목요연하게 설명해주었다.

그는 어제 낮에 외국에서 모스크바로 왔다. 그리고 곧바로 스툐파를 찾아가 버라이어티 극장에서의 객연(客演)을 제안했다. 스툐파는 모스크바 공연위원회와 통화를 한 뒤 객연 건에 동의했으며(스툐파는 얼굴이 창백해졌고, 눈을 껌뻑거리기 시작했다), 볼란드 교수와 일곱 차례의 공연에 대한 계약서에 서명을 하고(스툐파는 입을 벌렸다), 그 외 세부사항들을 확인하기 위해 오늘 아침 열 시에 볼란드가 그를 찾아오기로 약속을 했다…… 그래서 볼란드가 이렇게 온 것이다. 그가 여기 도착했을 때, 그를 맞아준 것은 가정부 그루냐였다. 그루냐는 자기도 지금 막 왔다고 하면서 자신은 출퇴근을 하는 사람이라는 것, 베를리오즈는 집에 없다는 것 등을 설명해주었고, 스테판 보그다노비치를 만나고 싶다면 직접 침실로 들어가보라고 했다. 스테판 보그다노비치가 너무 깊이 잠들어 있어서, 자신은 그를 깨울 수가 없다는 것이다. 스테판 보그다노비치의 상태를 본 예술가는 그루냐를 시켜 가까운 식료품 가게에 가서 보드카와 안주를 사오게 하고, 약국에 가서 얼음도 사오도록 시켰다. 그리고…….

"그럼 그 돈은 제가 드리겠습니다." 스툐파는 완전히 기가 죽어 기어 들어가는 목소리로 말을 하고는 지갑을 찾기 시작했다.

"아닙니다. 무슨 소리를 하시는 겁니까!" 객연가는 펄쩍 뛰며 그 얘긴 더 이상 들으려고도 하지 않았다.

그렇다면 보드카와 안주는 설명이 되었다. 하지만 스툐파의 상태는 여전히 보기에도 영 딱한 것이었다. 그는 계약에 대해서는 정말 아무것도 기억나지 않았고, 죽으면 죽었지, 어제 이 볼란드라는 자를 본 적은 절대로 없었다. 후스토프는 왔다. 사실이다. 하지만 볼란드는 온 적이 없었다.

"계약서를 좀 볼 수 있을까요?" 스툐파가 작은 소리로 부탁했다.

"물론이죠, 물론입니다……."

계약서를 본 스툐파는 돌처럼 굳어져버렸다. 모든 것이 완벽한 계약서였다. 무엇보다도 휘갈겨 쓴 스툐파 자신의 서명이 있었다! 그리고 그 옆에는 볼란드가 보여줄 일곱 차례의 공연에 대한 대가로 예술인 볼란드에게 삼만 오천 루블을 지불할 것이며, 만 루블을 선금으로 내줄 것을 승인하는 경리부장 림스키의 비뚜름한 서명도 있었다. 그뿐만 아니라, 거기에는 그 만 루블을 받았다는 볼란드의 사인까지 들어 있었다!

'도대체 이게 어떻게 된 거지?!' 불쌍한 스툐파의 머리가 빙빙 돌기 시작했다. 빌어먹을 기억력 감퇴가 벌써 시작된 건가?! 하지만 계약서까지 보여달라고 해놓고 계속해서 놀란 표정을 짓고 있다는 건, 더 말할 것도 없이 예의에 벗어나는 짓이다. 스툐파는 손님에게 잠시 자리를 비워도 되겠느냐며 양해를 구한 뒤, 양말만 신은 채로 전화기가 있는 현관으로 달려갔다. 그리고 달려가면서 부엌을 향해 소리쳤다.

"그루냐!"

하지만 아무도 대답을 하지 않았다. 거기서 스툐파는 현관과 나란히 이어진 베를리오즈 서재의 문을 쳐다보았다. 그리고 말 그대로 돌기둥처럼 굳어버렸다. 방문 손잡이에 걸려 있는 어마어마하게 큰 봉랍 인장을 보았던 것이다. '안녕하신가!' 스툐파의 머릿속에서 누군가의 거친 목소리가 울렸다. '이건 시작에 불과하다네!' 그 순간 스툐파의 생각은 두 갈래의 길을 달려가고 있었다. 하지만 파국의 시간에 언제나 그렇듯이, 그는 어느 한 방향도 도무지 종잡을 수가 없었다. 스툐파의 머릿속은 묘사하기도 어려울 만큼 뒤죽박죽이 되어버렸다. 저쪽엔 도무지 알 수 없는 검은 베레모에 차가운 보드카, 믿기 어려운 계약서가 놓여 있고, 그것도 모자라서 여기 문 앞에 봉인까지! 그렇다면 베를리오즈가 뭔가 사고를 쳤다는 말인가? 아니, 그건 당치도 않은 얘기다. 아무도 그 말을 믿지 않을 거다! 하지만 봉인이 이렇게 눈앞에 있지 않은가! 그래…….

바로 그때 스툐파의 머릿속으로 얼마 전 그가 잡지에 실어달라며 미하일 알렉산드로비치에게 억지로 떠맡겼던 논문에 대한 그다지 유쾌하지 못한 기억이 스쳐갔다. 우리끼리 얘기지만, 그 논문은 정말 말도 안 되는 논문이었다! 아무짝에도 쓸모없는, 게다가 돈도 얼마 받지도 못했고…….

논문에 대한 기억에 이어, 그게 4월 24일 저녁이었던가, 한 식당에서 미하일 알렉산드로비치와 저녁을 먹으며 나누었던 다소 께름칙한 대화도 떠올랐다. 사실, 솔직히 말해서, 그 대화는 꺼름칙하다고 할 만한 것도 아니었다(스툐파가 그런 대화를 했을 리도 없다). 하지만 좀 불필요한 주제에 대한 대화였던 것만은 사실이다. 시민들이여, 진정 자유롭게 살고 싶다면, 그런 대화는 아예 시작도 하지 말아야 한다. 물론 봉인이 있기 전까지야, 그 대화가 정말 아무것도 아닌 것으로 여겨질 수 있겠지만, 이렇게 봉인이 붙고 나면…….

'아, 베를리오즈, 베를리오즈!' 스툐파의 머릿속이 부글부글 끓기 시작했다. '정말이지 이렇게 될 줄 누가 알았겠는가!'

하지만 계속해서 슬퍼하고 있을 수만도 없었다. 스툐파는 버라이어티 경리부장 림스키의 사무실로 전화를 걸었다. 스툐파는 매우 조심스럽게 행동해야 했다. 무엇보다도, 계약서까지 다 보고 나서, 스툐파가 또다시 그 계약 건을 확인하려고 한다는 사실을 외국인이 알게 해서는 안된다. 경리부장과 이야기를 나누는 것도 쉬운 일은 아니었다. '내가 어제 검은 마술의 교수와 삼만 오천 루블짜리 계약을 맺었었나?' 이렇게 물어볼 수도 없는 노릇 아닌가. 아니다, 절대 그렇게 물어서는 안 된다!

"여보세요!" 수화기를 통해 림스키의 날카롭고 불쾌한 음성이 들려왔다.

"여보세요. 그리고리 다닐로비치," 스툐파는 조그만 소리로 말하기 시작했다. "나 리호데예프인데, 무슨 일인가 하면…… 흠…… 흠…… 내 방에 지금 그 사람…… 그러니까…… 예술인 볼란드가 와 있는데…… 그래서…… 내가 묻고 싶은 건 말이지, 오늘 저녁 공연 건은 어떻게 잘되어가고 있나……?"

"아, 검은 마술이요?" 수화기에서 림스키가 말했다. "지금 포스터가 나갈 겁니다."

"아하," 스툐파가 힘없는 목소리로 말했다. "그래, 그럼 있다 보지……."

"지금 바로 오시는 겁니까?" 림스키가 물었다.

"삼십 분 후에 갈게." 스툐파가 대답했다. 그리고 수화기를 내려놓고, 완전히 타버릴 것 같은 머리를 두 손으로 움켜쥐었다. 아, 어떻게 이런 끔찍한 일이 벌어질 수가 있단 말인가? 시민 여러분, 도대체 왜 아무것도 기억이 나질 않는 걸까요? 왜?

그러나 더 이상 현관에서 지체하고 있을 수는 없었다. 그래서 스툐파는 재빨리 다음과 같은 계획을 세웠다. 우선 무슨 수를 쓰든 자신의 이 어이없는 건망증은 눈치 채지 못하게 해야 한다. 그리고 지금 당장 외국인에게 교묘한 질문을 던져 그가 오늘 버라이어티에서 보여주려고 하는 것이 무엇인지를 어떻게든 알아내야 한다.

이런 생각을 하며 스툐파는 전화기에서 몸을 돌렸다. 그리고 그 순간, 게으른 그루냐가 오래전부터 닦지 않고 내버려둔 현관 거울 속에서 아주 이상하게 생긴, 그러니까 이파리 없는 줄기처럼 길쭉하고, 거기다 코안경까지 걸치고 있는 웬 기괴한 사람의 모습을 똑똑히 보았다(아, 이반 니콜라예비치가 이 자리에 있었다면! 그가 누군지를 바로 알아봤을 텐데!). 거울 속의 사나이는 이내 사라졌지만, 스툐파는 불안한 표정으로 현관 안쪽을 자세히 들여다보았다. 그리고 거기서 다시 한 번 비틀거렸다. 이번엔 거울 속에 아주 건강해 보이는 검은 고양이가 나타났다가, 그 역시 사라져버린 것이다.

스툐파는 심장이 멎어버린 듯 휘청거렸다.

'이건 또 뭐야?' 그는 생각했다. '이러다 내가 미쳐버리는 게 아닐까? 저것들은 다 어디서 나온 거지?!' 그는 다시 한 번 현관을 둘러보고는 겁에 질린 목소리로 소리쳤다.

"그루냐! 여기 웬 고양이가 어슬렁거리고 있는 거야? 어디서 데려온 거지? 그 사람은 또 누구야?!"

"진정하십시오, 스테판 보그다노비치." 그루냐의 목소리가 아니었다. 그것은 침실 쪽에서 나는 손님의 목소리였다. "그 고양이는 내가 데려왔습니다. 신경 쓰지 마십시오. 그리고 그루냐는 없습니다. 내가 보로네시로 보냈습니다. 당신이 휴가를 주지 않는다고 불평을 하더군요."

이 말들은 너무나도 난데없고, 또 말도 안 되는 것이어서, 스툐파는 자신이 잘못 들은 것이라고 생각했다. 완전히 혼란에 빠진 스툐파는 빠른 걸음으로 침실로 달려갔다. 그리고 다시 문턱에서 몸이 굳어버렸다. 그의 머리카락이 조금씩 흔들리고 있었고, 이마에는 작은 땀방울들이 맺히기 시작했다.

침실에서 그를 기다리고 있던 손님은 이미 혼자가 아니었다. 예의 그 손님이 앉아 있는 안락의자 옆의 또 다른 안락의자에는 현관에서 보았던 바로 그 이상한 자가 손님과 나란히 앉아 있었다. 이번에는 그의 모습을 더 분명하게 볼 수 있었다. 듬성듬성 난 콧수염에 코안경의 한쪽 유리알이 반짝거리고 있었고, 나머지 한쪽은 유리알이 아예 없었다. 하지만 침실 안에는 그보다 더 끔찍한 것도 있었다. 보석상의 부인이 쓰던 낮고 푹신한 긴 의자 위에 지극히 편안한 자세로 세번째의 인물, 그러니까 끔찍한 몸집의 검은 고양이가 한쪽 발로 보드카 잔을 쥐고, 다른 한쪽 발에는 버터에 구운 버섯을 찍은 포크를 쥐고 앉아 있었던 것이다.

안 그래도 희미하던 침실의 불빛이 스툐파의 눈앞에서 까무룩히 꺼져가기 시작했다. '그래, 사람이 이렇게 미치게 되는 거구나!' 그는 이렇게 생각하며 문가의 기둥을 붙잡았다.

"좀 놀라신 것 같군요, 친애하는 스테판 보그다노비치." 이를 덜덜 떨고 있는 스툐파에게 볼란드가 말을 걸었다. "하지만 놀라실 것 없습니다. 이쪽은 제 수행원들입니다."

그 순간 고양이가 보드카를 들이켰고, 스툐파의 손이 기둥을 따라 아래로 미끄러졌다.

"그런데 제 수행원들이 머물 곳이 필요합니다." 계속해서 볼란드가 말했다. "그래서 말인데, 우리 중 여기 이 아파트에 필요없는 사람이 하나 있는 것 같습니다. 그리고 내가 생각하기에 그건 바로 당신인 것 같소!"

"저 사람들, 저 사람들입니다!" 길쭉한 체크무늬 사내가 스툐파를 마치 여럿인 것처럼 가리키면서 염소가 우는 것 같은 소리를 냈다. "요즘 저자들은 아주 더러운 짓들을 하고 있습니다. 매일같이 술만 퍼마시고 자신들의 직위를 이용해 여자들과 관계를 가지면서, 일은 하나도 하지 않고 있습니다. 하긴 맡은 일이라고 해도, 아는 게 하나도 없는데, 무슨 일을 하겠습니까. 당국의 눈이나 속이고 있을 뿐이지!"

"쓸데없이 정부의 차나 몰고 다니고!" 버섯을 우물거리던 고양이가 불만을 터트렸다.

그때 네번째이자 마지막 인물이 아파트에 나타났고, 이미 바닥을 기다시피 하고 있던 스툐파는 힘없는 손으로 문기둥을 더듬거렸다.

창문 사이의 벽에 걸려 있던 거울에서 작은 사내가 튀어나온 것이다. 그의 어깨는 기괴하게 보일 만큼 넓었고, 머리에는 중산모를 쓰고 있었으며, 입 밖으로 튀어나온 송곳니는 안 그래도 흉측한 그의 외모를 더욱 끔찍하게 만들고 있었다. 게다가 그의 머리카락은 활활 타오르는 붉은색이었다.

"난," 새로 등장한 그 인물이 대화에 끼어들었다. "저자가 어떻게 극장장이 되었는지 도대체 이해할 수가 없어." 붉은 머리는 코맹맹이 소리를 더욱 높여가며 말했다. "저자가 극장장이면, 난 주교(主教)겠다!"

"넌 주교같이 생기지는 않았어, 아자젤로."[8] 고양이가 접시에 소시지를 올려놓으며 말했다.

"내 말이 바로 그거야." 붉은 머리는 계속해서 코맹맹이 소리로 말했다. 그리고 볼란드 쪽을 돌아보며 정중하게 덧붙였다. "메시르,[9] 이자를 모스크바에서 완전히 내던져버려도 되겠습니까?"

"던져버려!!" 갑자기 고양이가 털을 곤두세우며 으르렁거렸다.

그 순간 침실이 빙빙 돌기 시작하면서 스툐파는 문기둥에 머리를 세게 부딪쳤다. 그리고 의식을 잃으며, 그는 생각했다. '내가 죽는구나……'

하지만 그는 죽지 않았다. 슬그머니 눈을 떠본 그는 자신이 웬 바위 위에 앉아 있는 것을 보았다. 주위에서 뭔가 스르륵거리는 소리가 들려왔다. 마침내 눈을 제대로 다 뜬 그는 그것이 바다에서 나는 소리였으며, 파도가 그의 발 바로 아래까지 밀려오고 있다는 것을 알아차렸다. 그는 방파제 끝에 앉아 있었던 것이다. 그의 머리 위로 푸른 하늘이 빛나고, 그의 뒤로는 산으로 둘러싸인 백색의 도시가 있었다.

이런 경우 어떻게 행동해야 할지 몰랐던 스툐파는 후들거리는 다리를 일으켜 세우고 방파제를 따라 해안을 걸어갔다.

방파제 위에는 한 남자가 서서 담배를 피우며 바다에 침을 뱉고 있었다. 그는 거친 눈빛으로 스툐파를 돌아보더니 침 뱉기를 멈췄다.

그 순간 스툐파는 정말로 난데없는 행동을 했다. 즉 생전 처음 보는 그 애연가 앞에 무릎을 꿇으며 다음과 같이 말했다.

"제발 말씀해주십시오. 여기가 도대체 어디지요?"

"이건 또 뭐 하는 놈이야!" 냉정한 애연가가 말했다.

"전 술주정뱅이가 아닙니다." 스툐파가 쉰 목소리로 말했다. "저에게 어떤 일이 일어나서…… 전 아픕니다…… 제가 지금 어디에 있는 거죠? 여긴 어떤 도시지요?"

"어디긴 어디야, 얄타지……."

스툐파는 가는 숨소리와 함께 픽 하고 쓰러져 뜨겁게 달구어진 방파제의 돌에 머리를 부딪쳤다. 그는 그렇게 의식을 잃고 말았다.

제8장
시인과 교수의 결투

얄타에서 스툐파의 의식이 사라진 바로 그 시간, 그러니까 오전 열한 시 반경 이반 니콜라예비치 베즈돔니의 의식이 돌아왔다. 깊고 오랜 잠에서 깨어난 그는 잠시 자신이 어떻게 이 낯선 방에 들어오게 되었는지를 생각해보았다. 방은 사방의 벽이 하얗고, 침대 옆에는 뭔가 밝은 색의 금속으로 만들어진 특이한 테이블이 놓여 있었으며, 흰 커튼 뒤로 태양이 느껴졌다.

이반은 머리를 흔들어보았다. 머리는 아프지 않았다. 그는 자신이 병원에 와 있다는 걸 기억해냈다. 그 생각은 이어 베를리오즈의 죽음을 떠오르게 했지만, 오늘은 그 생각도 이반을 그다지 흥분시키지는 않았다. 충분한 수면을 취한 이반 니콜라예비치는 좀더 침착해졌고, 좀더 명확하게 사고할 수 있게 된 것 같았다. 이반은 얼마 동안을 그렇게 깨끗하고 부드러우며 편안한 스프링 침대에 꼼짝도 하지 않고 누워 있다가 문득 옆에 있는 버튼을 쳐다보았다. 쓸데없이 이것저것 만져보는 습관이 있었던 이반은 별생각 없이 그 버튼을 눌렀다. 그는 벨소리가 나거나, 누가 들어올 것이라고 생각했다. 하지만 실제로 벌어진 것은 그와는 전혀 다른 것이었다.

이반이 누워 있는 침대 발치에 있는 불투명한 긴 원통에 불이 들어오면서, '마실 것'이라는 단어가 새겨졌다. 얼마 동안을 그렇게 잠자코 서 있던 원통이 다시 빙글빙글 돌기 시작하더니 '간호사'라는 글씨가 튀어나오면서 다시 멈춰 섰다. 이반이 그 신기한 원통에 놀라고 있는 사이 글씨는 다시 '의사를 부르시오'로 바뀌었다.

"흐음⋯⋯" 이반은 이제 그 원통으로 이제 뭘 어떻게 해야 할지 몰라하며 중얼거렸다. 하지만 운이 따랐는지, '수간호사'라는 단어에서 버튼을 두 번 누르자, 원통이 그에 답하듯 낮은 벨소리를 내며 멈춰 섰고, 불도 꺼졌다. 그리고 하얗고 깨끗한 가운을 입은 뚱뚱하고 인상이 좋은 여자가 방으로 들어와서는 이반에게 인사를 건넸다.

"좋은 아침이죠?"

이반은 대답하지 않았다. 지금 이 상황에 그 인사가 어울리지 않는다고 생각했기 때문이었다. 정말이지 멀쩡한 사람을 병원에 잡아놓고서, 그게 당연한 일인 것처럼 행동들을 하고 있지 않은가!

그래도 여자는 상냥한 표정을 잃지 않았고, 버튼을 눌러 커튼을 올렸다. 그러자 바닥까지 이어진 가벼운 창살 사이로 햇빛이 방 안으로 쏟아져 들어왔다. 창살 뒤로 발코니가 드러났고, 그 뒤로는 굽이진 강 언덕과 건너편 기슭의 상쾌한 소나무 숲이 펼쳐져 있었다.

"좀 씻으시겠어요?" 여자는 두 팔로 한쪽 벽을 가리키며 말했다. 그러자 그녀의 팔 아래로 벽이 갈라져 열리면서, 그 뒤로 욕실과 훌륭한 시설이 갖추어진 화장실이 나타났다.

여자와 이야기를 하지 않기로 작정한 이반이었지만, 번쩍이는 수도꼭지에서 세차게 흘러나오는 욕실의 물을 보자 자신도 모르게 말이 튀어나왔다.

"쳇! 메트로폴에 와 있는 것 같군!"

"아니죠." 여자는 자랑스럽게 대답했다. "그보다 훨씬 낫지요. 이런 시설을 갖춘 곳은 외국에도 없답니다. 학자들과 의사들이 우리 병원을 둘러보기 위해 특별히 방문하기도 하지요. 외국인 관광객들도 매일같이 다녀가신답니다."

외국인 관광객이라는 말에 어제의 그 자문위원이 떠오른 이반은 얼굴을 찌푸리고 눈을 치뜨며 말했다.

"외국인 관광객들이라고…… 외국인 관광객이라면 다들 사족을 못 쓰는군! 그중에는 별의별 인간들이 다 있는데 말이야. 어제 내가 만난 그 작자만 해도 아주 대단하셨지!"

하마터면 이반은 본디오 빌라도 얘기까지 할 뻔했다. 하지만 이 여자에게 그 얘기를 해봐야 아무 소용이 없으며, 어차피 이 여자는 자신을 도와줄 수 없다는 생각에 더 이상 아무 말도 하지 않았다.

이반 니콜라예비치가 씻고 나자 목욕 후 남자에게 필요한 모든 것, 즉 깔끔하게 다려진 속옷 한 벌과 양말이 제공되었다. 그러나 그것으로 끝이 아니었다. 여자는 벽장문을 열고 그 안을 가리키며 물었다.

"뭘 입으시겠어요, 가운? 아니면 파자마?"

자신의 의지와는 상관없이 새로운 환경에 내던져진 이반은 너무나도 천연덕스러운 그 여자의 태도에 손뼉이라도 칠 지경이었다. 하지만 그는 아무 말 없이 진홍빛 플란넬 파자마를 손가락으로 가리켰다.

그런 다음 이반 니콜라예비치는 조용하고 텅 빈 복도를 따라 어마어마하게 큰 방으로 끌려 들어갔다. 놀라운 시설을 갖추고 있는 이 건물의 모든 것에 대해 빈정대기로 작정한 이반은 그 방에 들어서면서 '조리 공장'이라는 이름을 붙여주었다.

그리고 거기에는 그럴 만한 이유가 있었다. 유리장과 선반들(그 안에는 니켈을 입혀 번쩍거리는 기구들이 진열되어 있었다)이 늘어선 그 방에는 아주 복잡하게 생긴 팔걸이의자들과 반짝이는 갓을 씌워놓은 배가 불룩한 램프들, 작고 목이 좁은 유리병, 가스램프와 전선들, 그리고 도무지 그 용도를 알 수 없는 온갖 기구들이 놓여 있었다.

그 방에서 이반을 맞은 것은 두 명의 여자와 한 남자로, 세 사람 모두 흰옷을 입고 있었다. 그들은 우선 이반을 구석의 작은 책상 앞으로 데리고 갔다. 그에게서 뭔가를 캐내려고 하는 것이 분명했다.

이반은 자신이 처한 상황에 대해 생각하기 시작했다. 그의 앞에는 세 갈래의 길이 놓여 있었다. 그리고 그중에서 가장 유혹적인 것은 첫번째 길이었다. 즉, 저 램프들과 복잡하게 생긴 물건들에 달려들어 죄다 깨부숨으로써 아무 이유 없이 그를 붙잡아두고 있는 것에 대한 항의를 표시하는 것이다. 하지만 오늘의 이반은 어제의 이반과는 달랐다. 게다가 첫번째 방법은 아무래도 문제가 있어 보였다. 무엇보다도 그 방법은 저들에게 자신이 난폭한 미치광이라는 생각을 굳히게 할 것이다. 따라서 이반은 첫번째 길을 취하지 않기로 했다. 두번째는 곧바로 자문위원과 본디오 빌라도에 대한 이야기를 시작하는 것이다. 그러나 어제의 경험으로 보건대, 아무도 그 이야기를 믿지 않거나 뭔가 곡해를 할 것임이 분명하다. 따라서 이반은 그 두번째 길도 버리고, 세번째 길을 선택하기로 결심했다. 즉, 오만한 침묵에 잠기는 것이다.

하지만 그 역시 완전하게 실행되지는 못했다. 이반은 그의 의지와 상관없이, 물론 인상을 찌푸리고 짧게 대답하긴 했지만, 결국 모든 질문에 대답을 할 수밖에 없었다. 그뿐만 아니라, 그들은 이반에게서 그의 과거에 대한 모든 것들, 십오 년 전 어떻게 성홍열을 앓았는가 하는 것까지 죄다 알아냈다. 이반에 대한 이야기로 종이 한 장을 다 채우고 나자, 이번에는 흰옷을 입은 여자가 이반의 친척들에 대한 심문을 시작했다. 누가, 언제, 왜 죽었는지, 술을 마시지는 않았는지, 성병을 앓지는 않았는지 등등에 대한 지루하고 따분한 이야기가 계속되었다. 그리고 마지막으로, 어제 파트리아르흐 연못에서 일어났던 일에 대해 말해달라고 했다. 하지만 그들은 그다지 귀찮게 물고 늘어지지도 않았고, 본디오 빌라도에 대한 이야기에 놀라지도 않았다.

그런 다음 여자는 남자에게 이반을 넘겼고, 이반을 넘겨받은 남자는 앞선 여자와는 다른 방식으로 그에 대한 조사에 착수했다. 그는 아무것도 묻지 않은 채, 이반의 체온과 맥박을 재고, 작은 램프 같은 것을 가까이 대며 이반의 눈을 살펴보았다. 그러고 나자 다른 한 여자가 남자를 돕기 위해 다가왔다. 두 사람은 뭔가를 이반의 등에 대고 아프지 않게 찔렀으며, 그의 가슴에 작은 망치 손잡이로 무슨 표식 같은 것을 그리기도 하고, 망치로 무릎을 두드려 이반의 다리가 튀어 오르게 하는가 하면, 손가락을 바늘로 찔러 피를 뽑고, 팔꿈치를 찔러보고, 팔에 무슨 고무 팔찌 같은 것을 끼우기도 하고……

이반은 씁쓸한 미소를 지으며, 어쩌다가 일이 이렇게 어리석고 이상하게 되어버렸는지를 생각했다. 한번 생각을 해보란 말이다! 그는 낯선 자문위원으로 인해 벌어질 위험을 모두에게 미리 알리고 싶었고, 그를 붙잡으려고 했을 뿐이다. 그런데 그가 얻은 것이라고는 이 수수께끼 같은 방에 들어와 볼로그다에서 죽도록 술을 퍼마셨던 표도르 삼촌에 대한 온갖 쓸데없는 얘기만 늘어놓고 있는 것이었다. 정말 참을 수 없이 어리석은 일이다!

마침내 그들은 이반을 풀어주었다. 이반은 다시 자기 방으로 돌려보내졌고, 그곳에서 커피 한 잔과 반숙 계란 두 개, 버터와 흰 빵을 받았다.

제공된 음식을 모두 먹고 난 이반은 이 기관의 책임자가 올 때까지 기다려서 그에게 자신의 말에 대한 경청과 정의를 구하기로 결심했다.

그리고 얼마 지나지 않아 이반은 마침내 그 사람을 만날 수 있었다. 갑자기 이반의 방문이 열리면서, 방 안으로 흰 가운을 입은 한 무리의 사람들이 들어왔다. 그 무리의 제일 앞에는 마치 배우처럼 말끔하게 면도를 하고, 상냥하면서도 날카로운 눈매와 정중한 매너를 지닌 마흔다섯 살가량의 한 남자가 걸어오고 있었다. 수행원들은 하나같이 그에게 존경을 표하면서 그의 말이라면 한마디도 놓치지 않겠다는 표정을 하고 있었고, 그로 인해 그의 등장은 장엄하기까지 했다. 이반은 생각했다. '꼭 본디오 빌라도 같군!'

정말로 그가 책임자인 것이 분명했다. 그는 등받이 없는 의자에 앉았고, 나머지는 모두 서 있었다.

"스트라빈스키 박사입니다." 자리에 앉은 사람은 이반에게 자신을 소개했다. 그리고 친절한 눈빛으로 그를 바라보았다.

"알렉산드르 니콜라예비치, 여기." 깔끔하게 정돈된 짧은 턱수염의 사내가 크지 않은 소리로 이렇게 말하면서 앞서 정리해놓은 이반의 리스트를 책임자에게 전달했다.

'미리 짜놓은 거였어!' 이반은 생각했다. 반면 책임자는 익숙한 눈으로 리스트를 한번 훑어보고는 "흐음, 흐음……" 하고 중얼거릴 뿐이었다. 그리고 그를 둘러싸고 있는 수행원들과 알아들을 수 없는 말로 몇 마디를 주고받았다.

'라틴어로 이야기를 하고 있군, 빌라도처럼…….' 이반은 슬픈 표정을 지으며 생각했다. 그때 한 단어가 그를 흠칫거리게 만들었다. 그것은 '정신분열증,' 어제 그 빌어먹을 외국인이 파트리아르흐 연못에서 말했던 바로 그 단어였다. 그 단어를 오늘 여기서 스트라빈스키 교수가 반복하고 있는 것이다.

'이렇게 될 줄 다 알고 있었던 거야!' 이반은 불안한 표정을 지으며 생각했다.

교수는 주위 사람들이 그에게 무슨 말을 하든, 모든 것에 흔쾌히 동의하며 '좋아, 좋아……' 라고 말하는 습관이 있는 것 같았다.

"좋아!" 스트라빈스키는 누군가에게 리스트를 돌려주며 말을 하고는 이반을 물었다. "시인이시라고요?"

"그렇소." 이반은 우울하게 대답했다. 그리고 그는 난생처음으로 갑자기 시에 대한 설명할 수 없는 그 어떤 혐오감 같은 것을 느꼈으며, 그 순간 그의 머릿속에 떠오른 자신의 시들도 왠지 불쾌하게 여겨졌다.

이번에는 그가 얼굴을 찌푸리며 스트라빈스키에게 물었다.

"당신은 교수입니까?"

스트라빈스키는 이 질문에 대해 친절하고 정중하게 고개를 끄덕여 보였다.

"당신이 이곳 책임자입니까?" 이반은 계속해서 물었다.

스트라빈스키는 이 질문에도 고개를 끄덕여 보였다.

"당신한테 할 얘기가 있습니다." 이반 니콜라예비치는 의미심장하게 말했다.

"그래서 제가 이렇게 온 것입니다." 스트라빈스키가 말을 받았다.

"사람들이," 이반은 자신의 때가 왔음을 느끼면서 말을 시작했다. "나를 정신병자 취급하면서 아무도 내 얘기를 들으려고 하질 않습니다……!"

"오, 그렇지 않습니다. 우리는 당신의 이야기를 아주 주의 깊게 들을 것입니다." 스트라빈스키는 진지하고 침착하게 말했다. "또한 어떤 경우에도 당신을 정신병자로 취급하는 일은 없을 것입니다."

"좋습니다, 그럼 이야기를 하지요. 어제 저녁 파트리아르흐 연못에서 외국인, 아니 어쩌면 외국인도 아니고, 아무튼 정체불명의 인물을 만났습니다. 그는 베를리오즈의 죽음을 미리 알고 있었고, 본디오 빌라도를 직접 만나기도 했다고 했습니다."

수행원들은 아무 말 없이 꼼짝도 하지 않은 채로 시인의 말을 듣고 있었다.

"빌라도라고요? 예수 그리스도 시대에 살았던 그 빌라도 말입니까?" 이반을 향해 눈을 가늘게 뜨며 스트라빈스키가 물었다.

"바로 그 사람입니다."

"아하," 스트라빈스키가 말했다. "그리고 그 베를리오즈라는 사람은 전차에 깔려 죽었고요?"

"어제 바로 제 앞에서, 그러니까 파트리아르흐에서 전차에 치었습니다. 그런데 그 수수께끼 같은 시민이……."

"본디오 빌라도와 알고 지낸다는 그 사람 말입니까?" 스트라빈스키가 물었다. 그는 이해력이 아주 좋은 것이 분명했다.

"그렇습니다." 이반은 계속 스트라빈스키를 관찰하면서 분명하게 말했다. "문제는 안누시카가 해바라기 기름을 쏟았다는 것을 그가 미리 알고 있었다는 겁니다…… 베를리오즈는 안누시카가 해바라기 기름을 쏟은 바로 그 자리에서 미끄러졌고! 정말 굉장하지 않습니까?" 이반은 자신의 이야기가 아주 커다란 효과를 일으킬 것을 기대하면서 의미심장하게 물었다.

하지만 기대한 효과는 나타나지 않았고, 스트라빈스키는 다음과 같이 지극히 단순한 질문을 던졌다.

"안누시카는 누구지요?"

그리고 그 질문에 이반은 당황하고 말았다. 갑자기 그의 얼굴이 경련으로 일그러졌다.

"안누시카는 여기서 전혀 중요한 인물이 아닙니다." 그는 신경질을 내며 말했다. "제길, 그게 누군지 알게 뭡니까. 사도바야에 사는 어떤 멍청한 여자였겠지. 중요한 건, 그 일이 벌어지기 전에, 아시겠습니까, 그자가 해바라기 기름에 대해 벌써 알고 있었다는 겁니다! 내 말을 이해하겠습니까?"

"아주 잘 이해하고 있습니다." 스트라빈스키는 진지하게 대답했다. 그리고 시인의 무릎을 살짝 건드리며 덧붙였다. "흥분하지 말고, 이야기를 계속하십시오."

"좋습니다." 쓰라린 경험을 통해 냉정을 유지하는 것만이 자신에게 도움이 된다는 것을 알고 있었던 이반은 스트라빈스키와 같은 어조로 말하려고 애쓰면서 이야기를 계속했다. "그러니까 그 무서운 자는, 그자는 자기가 자문위원이라고 거짓말을 했습니다, 그 어떤 비상한 힘을 지니고 있었던 겁니다…… 이를테면, 아무리 열심히 쫓아가도 그를 따라잡는다는 것 자체가 불가능했습니다. 그리고 일행이 두 명 더 있었는데, 그자들도 보통이 아니었습니다. 아주 특이했단 말입니다. 다 깨진 안경을 끼고 있는 껑다리와 어마어마하게 큰 고양이, 그 고양이는 혼자서 전차를 타기도 했습니다. 그뿐만 아니라," 누구의 저지도 받지 않은 채 이반은 점점 더 흥분을 하면서 확신에 가득 찬 어조로 이야기를 계속했다. "그자는 본디오 빌라도가 있던 발코니에도 있었습니다. 이 점은 전혀 의심의 여지가 없습니다. 그렇다면 그게 무엇을 뜻하는 것이겠습니까? 당장 그자를 체포해야 합니다. 그렇지 않으면 그자는 정말이지 끔찍한 재앙을 불러일으킬 것입니다."

"그래서 당신이 직접 그를 체포하려고 하시는 거로군요? 제가 제대로 이해하고 있는 겁니까?" 스트라빈스키가 물었다.

'똑똑한 사람이야.' 이반은 생각했다. '드물기는 하지만 인텔리 중에도 똑똑한 사람이 있다는 건 인정해줘야 돼. 그건 부정할 수 없어.'[2] 그리고 이반은 대답했다.

"바로 그겁니다! 당신도 한번 생각해보십시오, 어떻게 그러지 않을 수가 있겠습니까! 그런데 날 강제로 이곳에 붙잡아놓고, 눈에 램프를 들이대고, 목욕탕에 잡아넣고, 표도르 삼촌에 대한 쓸데없는 거나 캐내고……! 그분은 이 세상 사람도 아니라고요! 지금 당장 나를 풀어줄 것을 요구합니다."

"아, 좋아요, 좋습니다!" 스트라빈스키가 대답했다. "이제 모든 것이 분명해졌습니다. 정말이지, 건강한 사람을 병원에 붙잡아두는 것이 무슨 의미가 있겠습니까? 좋습니다. 지금 당장 당신을 여기서 내보내드리도록 하겠습니다. 당신이 저에게, 당신은 정상이라고 말씀만 해주신다면 말입니다. 증명하려고 하지 말고, 말해보십시오. 당신은 정상입니까?"

순간 완벽한 침묵이 흘렀다. 아침에 이반의 시중을 들어주었던 뚱뚱한 여자 간호사가 깊은 존경의 눈빛으로 교수를 쳐다보았고, 이반도 다시 한 번 생각했다. '정말 똑똑한 자야.'

이반은 교수의 제안이 무척 마음에 들었다. 하지만 그는 대답하기에 앞서 이마를 찡그리며 신중하게, 아주 신중하게 생각했다. 그리고 마침내 분명하게 말했다.

"난 정상입니다."

"그렇군요, 좋습니다." 스트라빈스키는 한결 마음이 가벼워진 듯 말했다. "그렇다면 논리적으로 이야기를 해봅시다. 먼저 어제 당신이 한 행동들을 한번 볼까요." 이 말과 함께 그가 고개를 돌리자 수행원들 중 하나가 그에게 이반의 리스트를 건네주었다. "당신은 어제 당신에게 본디오 빌라도와 아는 사이라고 말한 그 낯선 사람을 잡기 위해 다음과 같은 행동들을 하셨습니다." 스트라빈스키는 리스트와 이반을 번갈아 쳐다보면서 긴 손가락을 하나씩 꼽기 시작했다. "당신은 가슴에 작은 성화를 걸었습니다. 그렇지요?"

"그랬습니다." 이반은 음울한 표정을 지으며 동의했다.

"담에서 미끄러져서 얼굴에 상처를 냈고, 그렇죠? 손에 촛불을 들고, 속옷 바람에 레스토랑으로 들어가 그곳에서 누군가를 때렸습니다. 사람들이 당신을 묶어서 이곳으로 데리고 왔고요. 여기 와서 당신은 경찰에 전화를 걸어 기관총을 보내달라고 하셨습니다. 그다음엔 창문으로 뛰어내리려고 하셨고요. 그렇지요? 이제 질문을 드리겠습니다. 이런 식으로 행동하면서, 누군가를 잡거나 체포할 수 있다고 생각하십니까? 만약 당신이 정상이시라면, 당신은 절대 그렇지 않다고 대답하셔야 할 겁니다. 여기서 나가고 싶다고 하셨나요? 좋습니다. 그런데 한 가지 여쭤봐도 될까요? 여기서 나가시면 어디로 가실 건가요?"

"그야 당연히 경찰서로 가야지요." 이반은 대답했다. 하지만 그는 이미 전처럼 확신에 차 있지 않았으며, 교수의 시선 앞에서 조금 당황하고 있었다.

"여기서 나가서 곧장 말씀입니까?"

"그렇죠."

"집에는 들르지 않으시구요?" 스트라빈스키가 재빨리 물었다.

"그럴 시간이 어디 있습니까? 내가 집을 헤매고 있는 동안, 그자가 도망쳐버릴 텐데!"

"그렇군요. 그럼 경찰서에 가서서 제일 먼저 무슨 얘기를 하실 거죠?"

"본디오 빌라도 얘기를 해야지요." 이반 니콜라예비치는 대답했다. 그 순간 그의 두 눈이 음울한 안개로 뒤덮였다.

"아하, 그러시군요 좋습니다!" 어쩔 수 없다는 듯 스트라빈스키가 외쳤다. 그리고 짧은 턱수염을 기른 사람을 향해 다음과 같은 지시를 내렸다. "표도르 바실리예비치, 시민 베즈돔니의 퇴원 서류를 준비해주십시오. 단, 그 방은 비워둬야 합니다. 침대 시트도 바꿀 필요 없습니다. 시민 베즈돔니는 두 시간 후에 다시 이곳으로 오실 테니까. 자," 그는 시인을 돌아보며 말했다. "저는 당신의 성공을 기원하지는 않으려고 합니다. 당신이 성공할 것이라고 전혀 믿지 않으니까요. 그럼 잠시 후에 다시 보지요!" 그가 자리에서 일어났고, 그의 수행원들이 움직이기 시작했다.

"무슨 근거로 내가 다시 여기 들어온다고 말하는 거죠?" 이반이 조심스럽게 물었다.

스트라빈스키는 그 질문을 기다렸다는 듯 다시 자리에 앉으며 말하기 시작했다.

"당신은 속바지만 입고 경찰서로 갈 것이고, 거기서 본디오 빌라도를 개인적으로 알고 있다는 사람과 만났다는 이야기를 하실 테니까요. 당신은 그 즉시 이곳으로 돌려보내질 것입니다. 그리고 바로 이 방에 다시 오시게 될 거구요."

"거기서 왜 속바지 얘기가 나옵니까?" 이반은 불안하게 주위를 둘러보며 물었다.

"문제는 본디오 빌라도지요. 하지만 속바지도 문제가 될 것입니다. 지금 입고 계신 그 옷은 정부의 재산이니, 우리는 그 옷을 돌려받고, 당신의 옷을 드릴 것입니다. 그런데 당신은 속바지만 입고 이곳에 오셨었지요. 집에 들를 생각은 절대 없다고 하셨고. 제가 그렇게 암시를 드렸는데도 말입니다. 그다음엔 빌라도 얘기를 하실 테고…… 그러니 뭐가 더 필요하겠습니까!"

그 순간 이반 니콜라예비치에게 뭔가 이상한 일이 일어났다. 갑자기 그의 의지가 산산조각이 나버리고, 자신은 나약한 인간이며, 따라서 충고가 필요하다는 생각이 든 것이다.

"그럼 어떻게 해야 되죠?" 기어들어가는 듯한 목소리로 그가 물었다.

"그래요, 바로 그겁니다. 아주 좋습니다!" 스트라빈스키가 맞장구를 쳤다. "아주 현명하신 질문입니다. 자, 이제 제가 당신에게 벌어졌던 일을 설명해보겠습니다. 당신은 어제 어떤 사람 때문에 아주 많이 놀라셨습니다. 그는 본디오 빌라도에 대한 이야기와 그 외 여러 가지 이야기들로 당신을 아주 혼란스럽게 만들었습니다. 그래서 잔뜩 신경이 예민해지고, 병적인 흥분 상태에 놓이게 된 당신은 본디오 빌라도에 대한 이야기를 하면서 온 도시를 돌아다녔습니다. 당신을 정신병자로 본 것은 아주 자연스러운 일입니다. 지금 당신을 구해줄 수 있는 것은 단 한 가지, 충분한 안정을 취하는 것밖에는 없습니다. 따라서 당신은 반드시 이곳에 계셔야 합니다."

"하지만 그자를 붙잡아야 합니다!" 이제 거의 애원하듯 이반이 외쳤다.

"좋습니다. 하지만 그렇다고 해서, 왜 당신이 직접 뛰어다녀야 하지요? 당신이 생각하는 그자의 모든 혐의와 죄상을 서면으로 밝히세요. 적절한 곳으로 진정서를 제출하는 것보다 더 간단한 방법은 없습니다. 만일, 당신이 생각하시는 것처럼, 저희가 그 범죄자와 관계하고 있다면, 그것도 다, 아주 빠른 시간 내에 밝혀질 것입니다. 단, 한 가지 조건이 있습니다. 머리에 무리가 가지 않도록 하시고, 가능하면 본디오 빌라도에 대한 생각은 하지 마십시오. 세상에는 온갖 이야기가 있을 수 있습니다! 하지만 그걸 모두 믿어서는 안 되는 겁니다."

"좋습니다!" 이반이 단호하게 말했다. "저에게 종이와 펜을 주십시오."

"종이하고 짧은 연필을 하나 드려요." 스트라빈스키가 뚱뚱한 여자 간호사에게 지시했다. 그리고 이반에게 다음과 같이 말했다. "하지만 오늘은 쓰시지 않는 게 좋을 겁니다."

"아니, 안 됩니다. 오늘, 꼭 오늘 써야 합니다." 이반이 흥분하며 소리쳤다.

"정 그러시다면, 좋습니다. 하지만 뇌를 혹사시키지는 마십시오. 오늘 안 되면, 내일 하면 되니까요."

"그자가 도망친단 말입니다!"

"아니, 그렇지 않습니다." 스트라빈스키가 확신하며 말했다. "그자는 아무 데도 가지 않을 것입니다. 제가 보장합니다. 그리고 여기 이곳에서 저희는 가능한 모든 방법을 동원하여 당신을 도와드릴 것입니다. 그 도움 없이 당신은 아무것도 할 수 없다는 것을 기억하셔야 합니다. 제 목소리가 들리십니까?" 갑작스럽고 의미심장한 이 질문과 함께 스트라빈스키는 이반 니콜라예비치의 두 손을 잡았다. 그는 이반 니콜라예비치의 손을 자신의 손 위에 올려놓고, 이반의 눈을 마주보며 한참 동안 다음과 같은 말을 반복했다. "이곳에서 당신을 도와드릴 겁니다…… 제 말이 들리십니까……? 이곳에서 당신을 도와드릴 겁니다…… 당신은 이제 편안해질 겁니다. 이곳은 조용하고, 모든 것이 편안합니다…… 이곳에서 당신을 도와드릴 겁니다……."

이반 니콜라예비치는 자기도 모르게 하품을 했고, 그의 얼굴 표정이 부드러워졌다.

"예, 그래요." 그는 조용히 말했다.

"그래요, 그겁니다. 아주 좋아요!" 스트라빈스키는 늘 그가 하던 대로 이야기의 결론을 내리고 일어섰다. "그럼, 나중에 봅시다!" 그는 이반의 손을 꼭 잡아주었고, 나가면서 짧은 턱수염을 기른 사람을 향해 말했다. "좋아, 산소 체크하고…… 목욕도 자주 시켜."

잠시 후 이반 앞에는 스트라빈스키도, 수행원들도 없었다. 창살 뒤 건너편 강가에는 즐거운 봄의 숲이 한낮의 태양 속에 아름답게 펼쳐져 있었고, 그 앞으로는 강물이 반짝거리며 흐르고 있었다.

제9장

코로비예프의 장난

고(故) 베를리오즈가 살았던 모스크바 사도바야 거리 302-2번지의 주민 조합장 니카노르 이바노비치 보소이는 수요일에서 목요일로 넘어가는 밤부터 지독하게 바빴다.

우리가 이미 알고 있듯이, 수요일 밤 열두 시, 젤디빈과 위원회가 찾아와 니카노르 이바노비치를 불러내서는 베를리오즈의 죽음을 알리고, 그와 함께 50호로 향했다.

그리고 그곳에서 고인의 원고와 물건들에 대한 봉인 작업이 이루어졌다. 아파트에는 낮에만 오는 가정부 그루냐도, 경박한 스테판 보그다노비치도 없었다. 위원회는 니카노르 이바노비치에게 고인의 원고는 조사를 위해 자신들이 가져갈 것이며, 고인이 쓰던 방 세 개(한때 보석상 부인의 소유였던 서재와 거실, 식당)는 주민 조합 관할로 이관하고, 다른 물건들은 조사반의 지시가 있을 때까지 그대로 놔둘 것을 통보했다.

베를리오즈가 죽었다는 소식은 그야말로 초자연적인 속도로 건물 전체에 퍼져나가, 목요일 아침 일곱 시부터 전화벨이 울려대고, 고인의 거주 면적을 요구하는 신청서를 들고 사람들이 직접 보소이를 찾아오기 시작했다. 그리고 두 시간 동안 니카노르 이바노비치는 그와 같은 신청서 서른두 통을 접수했다.

거기에는 온갖 애원과 협박, 비방, 고발, 수리는 자신의 돈으로 하겠다는 약속, 좁아서 도저히 못 살겠으며 더 이상 강도들과 한집에 살 수 없다는 불평들이 담겨 있었다. 그중에는 기가 막힌 예술적 필력으로 자신이 분명히 잘 싸서 양복 주머니에 넣어두었던 만두가 31호에서 감쪽같이 사라져버린 사건을 묘사한 것도 있었고, 자살로 생을 마치겠다는 두 건의 다짐과 남모르는 임신에 대한 고백도 한 건 들어 있었다.

사람들은 니카노르 이바노비치를 그의 아파트 현관으로 불러내 옷소매를 붙잡고 뭔가를 속삭였으며, 눈을 찡긋거리면서, 대가는 충분히 치러주겠다는 약속을 하기도 했다.

이러한 고통은 니카노르 이바노비치가 자신의 아파트에서 나와 정문 앞 관리실로 도망쳐버린 정오 무렵까지 계속되었다. 하지만 관리실에도 사람들이 죽치고 앉아 그가 나타나기만을 기다리고 있었으므로, 그는 거기서도 도망치지 않을 수 없었다. 아스팔트가 깔린 앞마당을 지나 그의 뒤를 쫓아오던 사람들을 간신히 따돌린 니카노르 이바노비치는 여섯번째 현관으로 숨어들었고, 바로 그 흉흉한 50호가 있는 5층으로 올라갔다.

뚱뚱한 니카노르 이바노비치는 층계참에서 숨을 몰아쉬며 벨을 눌렀다. 하지만 문을 열어주는 사람은 아무도 없었고, 그는 다시 한 번, 또다시 한 번 벨을 눌렀다. 그리고 툴툴거리며 작은 소리로 욕을 하기 시작했다. 하지만 그래도 문은 열리지 않았고, 결국 인내심의 한계에 도달한 니카노르 이바노비치는 주머니에서 주민 조합 소유인 열쇠 꾸러미를 꺼내 당당하게 자기 손으로 문을 열고 들어갔다.

"이봐요!" 니카노르 이바노비치는 어둑어둑한 현관에 서서 소리를 질렀다. "그 가정부 이름이 뭐였더라? 그루냐였나? 거기 아무도 없소?"

하지만 역시 대답을 하는 사람은 아무도 없었다.

그러자 니카노르 이바노비치는 서류가방에서 접이식 자를 꺼내 서재 문 앞에 붙은 봉인을 뜯고 그 안으로 들어갔다. 그리고 그와 동시에 문 앞에서 깜짝 놀라 멈춰 섰으며, 몸을 흠칫 떨기까지 했다.

고인의 책상 앞에 생전 처음 보는 사람, 승마 모자에 코안경을 걸치고 체크무늬 양복을 입은 비쩍 마르고 길쭉한…… 바로 그 시민이 앉아 있었던 것이다.

"시민, 당신은 누구십니까?" 놀란 니카노르 이바노비치가 물었다.

"아! 니카노르 이바노비치!" 난데없이 나타난 그 시민이 끝이 갈라지는 테너 음성으로 소리를 질렀다. 그리고 벌떡 일어나더니, 갑자기, 그것도 반강제로 조합장과 악수를 하며 그를 반겼다. 하지만 니카노르 이바노비치는 그 인사가 조금도 반갑지 않았다.

"실례지만," 그는 여전히 의심스러운 투로 물었다. "당신은 누구십니까? 공무를 맡고 오신 분이십니까?"

"이런, 이런, 니카노르 이바노비치!" 낯선 자는 정말로 안타깝다는 듯 소리를 지르며 말했다. "공무를 맡은 사람과 그렇지 않은 사람, 그게 무슨 의미가 있습니까? 모든 것은 그 대상을 어떤 관점에서 바라보느냐에 달려 있는 것입니다. 다시 말해서, 모든 것은 불안정하고 상대적인 것이라는 거지요. 오늘은 제가 공무를 맡은 사람이 아니지만, 내일은 공무를 맡는 사람이 될지 누가 알겠습니까! 어쩌면 그 반대가 될 수도 있지요. 다 그런 것 아니겠습니까!"

하지만 이러한 논리 역시 주민 조합장을 조금도 만족시키지 못했다.

천성적으로 매사에 의심이 많았던 그는 지금 자기 앞에서 떠벌여대고 있는 이 시민은 공무를 맡고 있는 사람이 절대 아니며, 그저 건달에 불과하다는 결론을 내렸다.

"그래서 대체 누구라는 겁니까? 당신 이름이 뭐야?" 조합장은 점점 더 엄격하게 다그쳤고, 금방이라도 그 낯선 사람에게 달려들 태세였다.

"제 이름은," 낯선 자는 조합장의 단호한 태도에 조금도 당황하지 않으며 대답했다. "글쎄, 코로비예프라고 해두지요.[1] 뭣 좀 드시지 않겠습니까, 니카노르 이바노비치? 격식 따위를 차릴 필요가 뭐가 있겠습니까! 안 그렇습니까?"

"이것 봐요." 이미 화가 날 대로 나 있는 니카노르 이바노비치가 말했다. "지금 여기서 먹는 얘기가 왜 나와! (이런 말을 하는 것이 유쾌한 일은 아니지만, 사실 니카노르 이바노비치는 천성적으로 성격이 좀 난폭한 편이었다) 고인의 방에 이렇게 앉아 있으면 어떻게 해! 지금 여기서 대체 뭘 하고 있는 거야?"

"당신도 좀 앉으시지요, 니카노르 이바노비치." 사내는 조금도 당황하지 않고 계속해서 떠들어댔으며, 조합장에게 의자를 권하며 아부를 떨기까지 했다.

그러자 완전히 폭발 직전이 된 니카노르 이바노비치가 의자를 밀쳐내며 고함을 질렀다.

"당신 도대체 누구냐니까?"

"저는, 그러니까, 이 아파트에 거주하고 계시는 외국인의 통역을 맡고 있는 사람입니다." 코로비예프라는 이름의 사내는 이렇게 자신을 소개하고 나서, 지저분한 빨간 구두의 뒤축을 부딪치며 경례를 붙이기까지 했다.

니카노르 이바노비치는 입이 쩍 벌어졌다. 외국인이 통역관까지 데리고 이 아파트에 와 있었다니, 이건 정말 난데없는 일이 아닐 수 없었다. 그는 설명을 요구했다.

통역관은 기꺼이 설명을 해주었다. 외국에서 온 아티스트 볼란드 씨는 버라이어티 극장장 스테판 보그다노비치 리호데예프로부터 객연 기간 동안, 그러니까 한 일주일 정도 자신의 아파트에서 지내시는 게 어떻겠느냐는 정중한 초대를 받았다. 물론 리호데예프는 이 일과 관련하여 자신이 알타에 다녀오는 동안 그 외국인을 임시로 거주민 장부에 등록해달라는 부탁이 담긴 편지를 이미 니카노르 이바노비치에게 써주었다.

"난 아무것도 받은 게 없는데." 조합장이 놀라며 말했다.

"그 서류가방을 한번 잘 찾아보시지요, 니카노르 이바노비치." 코로비예프가 달짝지근한 목소리로 제안하듯 말했다.

니카노르 이바노비치는 어깨를 으쓱하고는 가방을 열었다. 그리고 그 안에서 리호데예프의 편지를 발견했다.

"내가 왜 이걸 잊어버리고 있었지?" 니카노르 이바노비치는 이미 개봉이 되어 있는 편지봉투를 멍청히 바라보며 중얼거렸다.

"그럴 때가 있죠. 그럴 때가 있습니다, 니카노르 이바노비치!" 코로비예프가 수다스럽게 떠들어대기 시작했다. "어떻게 된 건지 정신이 하나도 없고, 계속 피곤하기만 하고, 혈압도 높아지고 말입니다! 친애하는 나의 벗, 니카노르 이바노비치, 사실 말이지, 저도 도무지 정신을 차릴 수가 없답니다. 술이라도 한잔하면서 제가 살아온 이야기를 한번 들어보신다면, 당신은 아마 배꼽을 잡고 웃으실 겁니다!"

"리호데예프는 얄타에 언제 간다고 합니까?"

"떠났습니다, 벌써 떠났지요!" 통역관은 계속해서 소리를 질러대며 말했다. "아시다시피, 늘 정신없이 돌아다니는 사람이잖습니까! 그가 어디에 있는지는 악마만이 알 겁니다!" 말을 마치고 난 통역관은 마치 풍차 날개를 돌리듯 팔을 휘휘 저었다.

니카노르 이바노비치는 자신이 직접 외국인을 만나봐야겠다는 의사를 밝혔다. 하지만 통역관은 그건 절대로 불가능하다, 고양이를 훈련시키느라 바쁘시다, 라며 거절했다.

"괜찮으시다면, 고양이는 보여드릴 수가 있습니다." 코로비예프가 제안을 했다.

하지만 이번에는 니카노르 이바노비치 쪽에서 거절을 했다. 그러자 통역관은 조합장에게 전혀 예기치 못한, 그러나 매우 흥미로운 제안을 했다.

볼란드씨는 호텔에서 지내는 걸 정말 싫어하신다. 넓은 곳에서 사는데 익숙해져 있기 때문이다. 그래서 말인데, 볼란드가 모스크바에서 객연을 하는 일주일 동안 주민조합에서 그에게 50호를 통째로, 다시 말해서 고인의 방들까지 빌려주면 어떨지?

"그 사람은 벌써 고인이 됐으니 아무 상관없는 일이잖습니까." 코로비예프는 갈라지는 목소리로 소곤거렸다. "지금 그 사람한테, 당신도 동의하시겠지만, 니카노르 이바노비치, 이 아파트가 무슨 소용이 있겠습니까?"

니카노르 이바노비치는 뭔가 석연치 않다는 듯 반박했다. 외국인들은 메트로폴에 묵어야지, 일반 아파트에 있어서는 안 된다…….

"제가 지금 말씀드리지 않았습니까, 성격이 아주 괴팍하다고!" 코로비예프가 소곤거렸다. "그러려고 하질 않아요! 호텔을 싫어한다니까요! 그런데 저놈의 외국인 관광객들이 내 여기에 앉아 있단 말입니다!" 코로비예프는 손가락으로 힘줄이 불거져 나온 자신의 목을 찔러대며 아주 가까운 사람에게 하듯 불평을 해댔다. "아주 죽을 지경이라니까요! 들어오기만 하면…… 세상에 둘도 없는 개자식들처럼 스파이 짓이나 하고 다니질 않나, 온갖 변덕으로 사람을 못살게 굴지를 않나, 그러면서 자기가 아니면 무조건 아니라는 겁니다……! 당신네 조합에도, 니카노르 이바노비치, 명백한 피로팟²이 되는, 다시 말해서 아주 이득이 되는 일일 겁니다. 돈에는 인색하지가 않거든요." 여기서 코로비예프는 주위를 둘러보았고, 그런 다음 조합장의 귀에 대고 속삭였다. "백만장자예요!"

통역관의 제안은 분명히 실질적인 의미를 담고 있었고, 제안도 꽤 믿을 만했다. 하지만 통역관의 말투와 그의 옷차림, 그리고 아무짝에도 쓰지 못할 혐오스러운 코안경에는 뭔가 믿음직스럽지 못한 데가 있었다. 바로 그런 것들로 인해 명확하지 않은 뭔가가 조합장의 마음을 괴롭혔지만, 결국 그는 제안을 받아들이기로 했다. 사실 주민 조합은 상당한 적자에 시달리고 있었다. 가을까지 난방에 필요한 석유를 구입해야 하는데, 어디서 그 돈을 구할지 도무지 방법이 없었던 것이다. 외국인 관광객의 돈이 있으면, 어떻게든 어려운 고비는 넘길 수 있을지도 모른다. 하지만 매사에 신중하고 사무적인 니카노르 이바노비치는 이런 문제는 먼저 외국인 관광객 사무국의 동의를 구해야 함을 밝혔다.

"이해합니다!" 코로비예프가 목소리를 높이며 말했다. "동의 없이 어떻게 일을 하겠습니까! 반드시 그렇게 하셔야죠! 자, 여기 전화가 있습니다. 니카노르 이바노비치, 바로 동의를 구하세요! 돈에 대해서는 아무 걱정도 하지 마시고요." 그는 전화가 있는 현관으로 조합장을 데려가면서 귓속말로 덧붙였다. "누구한테 받아도 저분한테만큼은 절대 받아내지 못할 겁니다! 니스에 있는 저분의 빌라를 보셨어야 했는데! 내년 여름에라도 해외로 나가시게 되거든, 꼭 들르셔서 한번 보십시오. 악 하는 소리가 절로 날 겁니다!"

외국인 관광객 사무국과의 통화는 조합장도 깜짝 놀랄 만큼 빠르게 해결되었다. 그쪽에선 이미 볼란드씨가 리호데예프의 아파트에서 지내려고 한다는 것을 알고 있었고, 거기에 대해 아무런 이의도 제기하지 않은 것이다.

"그것 참 잘됐군요!" 코로비예프는 거의 귀청이 떨어져 나가도록 소리를 질러댔다.

코로비예프가 쉴 새 없이 소리를 질러대는 통에 정신이 멍해진 조합장은 주민조합은 50호 아파트를 일주일 동안 아티스트 볼란드에게 빌려주는 것에 동의함을 밝혔다. 그리고 그 대가로…… 니카노르 이바노비치는 잠시 머뭇거리고 나서 말했다.

"하루에 오백 루블을 받겠습니다."

코로비예프가 결정적으로 조합장을 놀라게 한 것은 바로 여기서부터였다. 몸집이 큰 고양이가 가볍게 점프하는 소리가 들려오는 침실 쪽을 향해 슬그머니 눈을 찡긋하더니, 예의 갈라지는 목소리로 코로비예프가 다음과 같이 말했다.

"그럼 일주일에 삼천 오백이 되는 건가요?"

이어 니카노르 이바노비치는 그가 '이런, 니카노르 이바노비치, 정말 욕심이 많으시군요!'라고 할 줄 알았다. 그런데 코로비예프는 전혀 예상 밖의 말을 했다.

"고작 그걸 값이라고 부르시는 겁니까! 다섯 장을 달라고 하세요. 줄 겁니다."

니카노르 이바노비치는 당황하여 미소를 지었다. 그리고 자신도 모르는 사이에 고인의 책상으로 다가가, 비상한 속도와 민첩함으로 계약서 두 장을 써내려가고 있는 코로비예프의 모습을 지켜보았다. 잠시 후, 코로비예프는 완성된 계약서를 들고 날듯이 침실로 달려갔다 돌아왔으며, 그때 그 두 장의 계약서에는 휘갈겨 쓴 외국인의 서명이 적혀 있었다. 조합장도 계약서에 서명했다. 그러자 코로비예프가 수령증을 요구했다. 그 다섯 장에 대한…….

"니카노르 이바노비치, 숫자가 아니라 글자로 써주세요. 글자로……! 오천 루블이라고……." 그리고 그 진지한 일에 다소 어울리지 않게 "에인, 츠베이, 드레이!!"[3]라는 말과 함께 조합장에게 빳빳한 은행권 다섯 뭉치를 내주었다.

'돈은 한 푼을 받더라도 반드시 확인을 해야 한다'는 둥 '자기 눈으로 확인하기 전에는 아무도 믿지 말라'는 둥, 코로비예프가 늘어놓는 우스꽝스러운 경구들을 들으며 니카노르 이바노비치는 돈을 셌다.

돈을 다 세고 난 조합장은 임시출입증을 만들기 위해 외국인의 여권을 코로비예프에게서 받아 계약서, 돈과 함께 서류가방에 집어넣었다. 그러고는 뭔가 잠시 망설이더니, 쑥스러운 듯 말을 꺼냈다. 혹시 초대권을 얻을 수는 없을지…….

"왜 안 되겠습니까!" 코로비예프가 포효하듯 외쳤다. "몇 장이 필요하십니까, 니카노르 이바노비치, 열두 장? 열다섯 장?"

당황한 조합장은 자신과 자신의 아내 펠라게야 안토노브나의 것 두 장만 있으면 된다고 말했다.

코로비예프는 그 즉시 노트를 꺼내더니, 첫째 줄 두 자리에 대한 초대권을 순식간에 만들었다. 그리고 그 초대권을 왼손으로 니카노르 이바노비치에게 교묘하게 찔러주면서, 오른손으로는 조합장의 다른 한 손에 뭔가 두툼한 꾸러미를 쥐어주었다. 꾸러미를 힐끗 쳐다본 니카노르 이바노비치는 얼굴이 빨개지면서 꾸러미를 밀어내려고 했다.

"이러시면 안 됩니다…….” 그는 어물거렸다.

"그런 말씀 마십시오." 코로비예프가 그의 귀에 대고 속삭였다. "우리는 안 되지만, 외국인들은 다 이렇게 합니다. 안 받으시면 그분을 모욕하시는 게 됩니다. 니카노르 이바노비치, 그러면 안 되지요. 당신이 애를 써주셨는데……."

"절대 안 됩니다." 조합장은 아주 작은 소리로 속삭였다. 그리고 주위를 둘러보았다.

"여기 누가 보는 사람이라도 있습니까?" 코로비예프는 다른 쪽 귀에 대고 속삭였다. "아무도 없지 않습니까? 안 그래요?"

후에 조합장이 주장한 바에 따르면, 바로 그 순간 기적이 일어났다. 그 꾸러미가 저절로 그의 서류가방 안으로 기어 들어간 것이다. 잠시 후 조합장은 왠지 기운이 없고, 거의 초주검 상태가 되어 층계 앞에 서 있었다. 그의 머릿속에는 온갖 생각들이 미친 듯이 소용돌이 치고 있었다. 니스에 있는 별장, 훈련된 고양이, 목격자는 정말로 없었으며, 초대권을 보고 펠라게야 안토노브나가 좋아할 거라는 생각 등등. 그 생각들은 서로 연관이 되는 것들은 아니었지만, 어쨌거나 대체로 기분 좋은 것들이었다. 하지만 그와 동시에 마음속 깊은 곳 어딘가에서 작은 바늘 같은 것이 조합장을 콕콕 찌르고 있었다. 그것은 불안의 바늘이었다. 그뿐만 아니라, 계단으로 나오고 나서야 마치 한 대 얻어맞기라도 한 것처럼, 다음과 같은 생각이 조합장을 사로잡았다. '그런데 그 통역관은 어떻게 서재로 들어간 거지? 문에 봉인이 되어 있었을 텐데! 아, 니카노르 이바노비치, 왜 그걸 물어보지 않았나?' 조합장은 잠시 멍하니 서서 계단을 쳐다보았다. 하지만 잠시 후 그는 괜히 문제를 복잡하게 만들어 성가시게 할 것 없이, 침이나 한번 뱉어주고 말기로 했다…….

그렇게 조합장이 아파트를 떠나자마자, 침실에서 저음의 목소리가 울려왔다.

"난 저 니카노르 이바노비치가 마음에 들지 않아. 저자는 교활한 사기꾼이야. 저자가 더 이상 이곳에 나타나지 않게 할 수 없을까?"

"메시르, 지시만 내려주십시오……!" 어디선가 코로비예프가 대답을 했다. 그때 그의 목소리는 갈라져 덜그럭거림 없이 아주 깨끗하고 낭랑했다.

그리고 그 즉시 그 저주받을 통역관은 현관으로 나와 전화를 돌렸고, 무엇 때문인지 거의 울먹거리는 목소리로 수화기에 대고 말하기 시작했다.

"여보세요! 이 사실을 알려드리는 게 제 의무일 것 같아서요. 사도바야 302-2번지 저희 주민 조합장, 니카노르 이바노비치 보소이가 외환 투기를 하고 있습니다.⁴ 지금 그의 아파트 35호 화장실 환기통에 신문으로 싼 사백 달러가 들어 있습니다. 저는 말씀드린 건물 11호에 사는 주민 티모페이 크바스초프라고 합니다. 하지만 제 이름은 비밀에 부쳐주시기 바랍니다. 앞서 말씀드린 조합장이 복수를 할까 두렵습니다."

그리고 수화기를 내려놓았다. 아, 뻔뻔스러운 인간!

그런 다음 50호 아파트에서 무슨 일이 일어났는지는 알려져 있지 않다. 하지만 그 후 니카노르 이바노비치에게 벌어진 일에 대해서는 아주 잘 알려져 있다. 니카노르 이바노비치는 자기 집 화장실에 들어가 문을 걸어 잠근 후, 서류가방에서 통역관이 싸준 꾸러미를 꺼냈다. 그리고 그 속에 사백 루블이 들어 있는 것을 확인하고는 신문으로 잘 싸서 환기통 입구에 쑤셔 넣었다.

오 분 후 조합장은 자기 집 식탁에 앉아 식사를 하고 있었다. 그의 부인이 파가 송송 뿌려진 청어회 한 접시를 부엌에서 들고 나왔고, 니카노르 이바노비치는 작은 유리잔에 보드카를 따라 한 잔, 그리고 또 한 잔을 따라 마시고, 포크로 청어 세 점을 집었다…… 그리고 바로 그 순간 초인

종이 울렸다. 펠라게야 안토노브나는 김이 모락모락 나는 냄비를 들여오고 있었고, 부글부글 끓는 그 진한 보르시' 속에 세상의 그 어떤 것보다 맛있는 뇌수 요리가 들어 있다는 것을 한눈에 알 수 있었다.

니카노르 이바노비치는 군침을 꿀꺽 삼키며 수캐처럼 짖어댔다.

"빌어먹을! 도대체 뭘 먹을 수가 없다니까. 아무도 들여보내지 마. 나 찾으면 없다고 해. 또 그 아파트 얘기면, 쓸데없는 소린 그만 하라고 하고. 일주일 후에 회의를 열거니까……."

부인은 현관으로 뛰어나갔고, 니카노르 이바노비치는 부글거리는 호수에서 길게 허물어진 뼈를 국자로 건지고 있었다. 바로 그 순간 두 시민과 왠지 몹시 창백해진 펠라게야 안토노브나가 식당으로 들어왔다. 두 시민을 보자마자, 니카노르 이바노비치도 얼굴이 창백해졌고, 그대로 자리에서 일어났다.

"화장실이 어딥니까?" 먼저 들어온 사내가 잔뜩 신경이 곤두선 채로 물었다. 그는 어깨에 옆단추가 달린 흰 셔츠를 입고 있었다.

그때 식탁 위로 뭔가 툭하고 떨어졌다(니카노르 이바노비치가 국자를 떨어뜨린 것이었다).

"여기, 이쪽이에요." 펠라게야 안토노브나가 서둘러 대답했다.

그러자 사내들은 곧바로 복도로 향했다.

"그런데 무슨 일입니까?" 그들을 쫓아가면서 니카노르 이바노비치가 기어 들어가는 소리로 물었다. "우리 집엔 아무것도 없는데…… 실례지만…… 영장은 가지고……."

먼저 들어온 사내가 걸어가면서 니카노르 이바노비치에게 영장을 보여주었고, 뒤에 들어온 사내는 화장실 의자에 올라서서 환기 구멍에 손을 넣고 있었다. 니카노르 이바노비치의 눈앞이 캄캄해졌다. 신문에 싸여진 꾸러미가 나왔다. 그런데 어떻게 된 일인지, 꾸러미 안에서 루블이 아니라, 생전 처음 보는 돈, 파란색이라고 하기도 뭐하고, 초록색이라고 하기도 뭐한 종이에 웬 노인이 그려져 있는 돈이 나왔다. 니카노르 이바노비치는 이 모든 것을 똑똑히 볼 수가 없었다. 그의 눈앞에 무슨 반점 같은 것들이 둥둥 떠다니고 있었던 것이다.

"환기통 속에 달러라……." 첫번째 사내가 생각에 잠겨 말했다. 그리고 니카노르 이바노비치에게 부드럽고 정중하게 물었다. "이거 당신 거지요?"

"아닙니다!" 니카노르 이바노비치가 갑자기 섬뜩한 목소리로 대답했다. "적들이 찔러 넣고 간 겁니다!"

"그럴 수도 있겠지요." 첫번째 사내는 동의했다. 그리고 부드럽게 다음과 같이 덧붙였다. "어쨌든 나머지도 내놓으셔야겠습니다."

"없어요! 정말 없어요. 하느님께 맹세코, 난 저런 건 한번도 손에 쥐어본 적이 없습니다!" 조합장은 절망적으로 소리쳤다.

그는 서랍장 앞으로 달려가 서랍장이 다 부서지도록 요란스럽게 서랍을 열고, 서류가방을 꺼내면서 다음과 같은 서로 연결되지 않는 소리들을 질러댔다.

"여기 계약서가…… 그 더러운 통역관이 찔러놓고 간 겁니다…… 코로비예프…… 코안경을 걸치고!"

그는 서류가방을 열고 그 안을 들여다보았으며, 손을 집어넣고 더듬거려보기도 했다. 그리고 얼굴이 파래져서는 서류가방을 보르시 냄비 위에 떨어뜨리고 말았다. 가방에는 아무것도 없었다. 스툐파의 편지도, 계약서도, 외국인의 여권도, 돈도, 초대권도. 다시 말해, 접이식 자 외에는 아무것도 없었다.

"동무들!" 조합장은 미친듯이 외치기 시작했다. "그자들을 잡아주십시오! 이 건물에 악마가 있습니다!"

그 순간 펠라게야 안토노브나가 무슨 상상을 했는지는 알 수 없다. 다만 분명한 것은 그녀가 두 손을 모으며 다음과 같이 외쳤다는 것이다.

"다 털어놔요, 이바니치! 감형이라도 받을 수 있게!"

니카노르 이바노비치는 눈에 잔뜩 핏발을 세우고는 아내의 머리 위로 주먹을 치켜 올리며 소리쳤다.

"빌어먹을, 멍청한 여편네!"

하지만 곧 그는 맥없이 의자 위에 털썩 주저앉고 말았다. 피할 수 없는 운명에 굴복하기로 한 것이 분명했다.

바로 그 시간 층계참에서는 티모페이 콘드라티예비치 크바스초프가 호기심에 애를 태우며 조합장의 아파트 현관문 열쇠 구멍에 귀와 눈을 바짝 갖다 대고 있었다.

오 분 후 마당에 나와 있던 그 건물의 주민들은 조합장이 예의 그 두 사내와 함께 건물 정문으로 걸어가고 있는 것을 보았다. 사람들의 말에 따르면, 니카노르 이바노비치는 얼굴을 알아볼 수 없을 만큼 사색이 되어 술에 취한 사람처럼 비틀거리며 걸어갔고, 계속해서 뭔가를 중얼거렸다.

그리고 다시 한 시간이 지나고 나서 11호 아파트에 낯선 시민이 나타났다. 티모페이 콘드라티예비치가 숨이 넘어가도록 신이 나서 다른 주민들에게 조합장이 어떻게 체포되었는지를 이야기하고 있던 바로 그때였다. 낯선 시민이 부엌에 있던 티모페이 콘드라티예비치를 손가락으로 불러내 현관에서 그에게 뭔가를 이야기하더니, 그를 데리고 사라졌다.

제10장

얄타에서 온 소식

니카노르 이바노비치에게 불행이 벌어지고 있던 바로 그 시간 302-2번지에서 그리 멀지 않고, 역시 사도바야 거리에 위치한 버라이어티 극장의 경리부장 림스키의 사무실에 두 사람이 앉아 있었다. 바로 림스키와 버라이어티의 총무부장 바레누하였다.

극장 2층에 위치한 그 커다란 사무실에는 두 개의 창이 사도바야로 나 있었고, 다른 하나, 그러니까 책상에 앉아 있는 경리부장 뒤의 창은 야외 뷔페와 사격장, 노천극장이 있는 버라이어티의 여름 정원으로 나 있었다. 사무실에는 책상 외에 벽에 걸려 있던 오래된 포스터 뭉치들과 물이 담긴 유리병이 놓인 작은 테이블, 안락의자 네 개가 있었고, 한쪽 구석의 받침대 위에는 아주 오래전에 만들어진 무대 모형물이 먼지를 뒤집어쓴 채 세워져 있었다. 물론, 이러한 것들 외에도 그의 사무실에는 림스키의 오른쪽, 그러니까 책상 바로 옆에 그렇게 크지 않고, 오래되어 칠이 벗겨진 내화금고도 있었다.

책상 앞에 앉아 있는 림스키는 아침부터 기분이 영 좋지 않았다. 그리고 그와는 반대로 바레누하는 무척 생기를 띤 모습이었으며, 왠지 좀 불안해 보일 만큼 힘이 넘쳐 보였다. 하지만 그 에너지를 배출할 곳이 없었다.

지금 바레누하는 초대권을 구하려는 사람들을 피해 경리부장의 사무실에 숨어 있는 중이었다. 초대권을 좋아하는 사람들은 그의 삶의 독과도 같은 존재들이었다. 특히 프로그램이 변경될 때가 그랬는데, 오늘이 바로 그런 날이었다.

전화가 울리기 무섭게 바레누하는 수화기를 들고 거짓말을 했다.

"누구요? 바레누하? 지금 없습니다. 극장에 안 계세요. 나가셨습니다."

"리호데예프한테 다시 전화해봐." 림스키가 짜증 섞인 목소리로 말했다.

"집에 없다니까요. 제가 벌써 카르포프를 보내봤어요. 아파트엔 아무도 없답니다."

"빌어먹을, 도대체 어떻게 된 거야." 림스키는 주판을 튕기며 거칠게 말을 내뱉었다.

그때 문이 열리고, 객석 보조원이 지금 막 찍어낸 두툼한 추가 포스터 뭉치를 내밀었다. 포스터는 초록 바탕에 빨강색의 굵은 글씨로 다음과 같이 인쇄되어 있었다.

버라이어티 극장 특별 공연

볼란드 교수
검은 마술과 그 완전한 폭로

-오늘부터 매일 공연 합니다-

바레누하는 포스터를 모형물 앞에 세워두고, 멀찌감치 떨어져 포스터를 감상했다. 그리고 객석 보조원에게 얼른 가져가서 다 붙이라고 지시했다.

"좋은데요, 눈에 아주 잘 띄겠어요." 객석 보조원이 나가자 바레누하가 말했다.

"난 이번 일은 정말 마음에 안 들어." 뿔테안경 넘어 왠지 적의가 담긴 눈으로 포스터를 흘깃거리며 림스키가 투덜거렸다. "어떻게 저런 공연을 허락한 건지, 정말 이해할 수가 없어!"

"아니에요, 그리고리 다닐로비치. 그렇지 않죠. 여기엔 아주 날카로운 의미가 들어 있는 겁니다. 그러니까 모든 요점은 바로 폭로에 있는 거지요."

"모르겠어, 정말 모르겠어. 여기엔 요점이고 뭐고 없어. 늘 이따위 짓거리나 생각해내고 있으니! 그 마술사란 작자도 보여주지 않았잖아. 자넨 봤어? 빌어먹을, 어디서 또 그런 작자를 찾아낸 건지."

사실 바레누하도 림스키와 마찬가지로 그 마술사를 보지 못했다. 어제 스툐파는 이미 만들어진 계약서 원본을 들고 (림스키의 표현을 따르자면, '미친 사람처럼') 경리부장의 방으로 뛰어 들어와 그 자리에서 계약서 사본을 만들게 하고 돈을 내놓으라고 했다. 그런데 그 마술사라는 자는 행방도 묘연하고, 스툐파 외에 그를 본 사람은 아무도 없었다.

림스키는 시계를 꺼냈다. 시계는 두 시 오 분을 가리키고 있었다. 림스키는 화가 있는 대로 치밀어 올랐다. 정말 어떻게 된 건가! 리호데예프는 열한 시 쯤 전화를 해서 삼십 분 후에 오겠다고 했다. 그런데 그 시각에 오지 않았을 뿐 아니라, 아파트에서도 사라져버렸다!

"내 일까지 죄다 마비가 되어버렸잖아!" 림스키는 결재를 받지 못한 서류 더미를 손으로 들춰대며 거칠게 소리를 질렀다.

"혹시 베를리오즈처럼 전차에 깔린 건 아니겠죠?" 바레누하는 수화기를 귀에 갖다 대며 말했다. 수화기에선 묵직하게 반복되는, 거의 절망적인 신호음이 들리고 있었다.

"차라리 그랬으면 좋겠다……." 림스키는 이를 악물며 들릴 듯 말 듯한 소리로 중얼거렸다.

바로 그 순간 짧은 제복 상의에 제모를 쓰고, 검은 치마에 단화를 신은 한 여자가 사무실로 들어왔다. 여자는 허리에 차고 있던 작은 가방에서 작고 하얀 정사각형의 봉투와 수첩을 꺼내며 그들에게 물었다.

"어느 쪽이 버라이어티씨죠? 긴급 전보입니다. 서명해주세요."

바레누하는 여자의 수첩에다 뭔가 알아볼 수 없는 글씨를 휘갈겨 썼고, 여자가 문을 닫고 나가자마자 바로 봉투를 뜯었다.

전보를 다 읽은 그는 눈을 껌뻑거리며 림스키에게 종이를 내밀었다.

전보의 내용은 다음과 같았다.

'얄타에서 모스크바 버라이어티에게. 오늘 열한 시 반 수사국에 잠옷바람에 신발도 신지 않은 검은 머리 사내 출현. 정신이상자로 추정. 버라이어티 극장장 리호데예프라고 주장함. 얄타 수사국 앞으로 리호데예프 극장장 위치 급전 요망.'

"빌어먹을, 이건 또 뭐야!" 림스키가 소리를 지르며 말했다. "도대체 정말 가지가지 하는군!"

"'가짜 드미트리'예요." 하고는 바레누하가 수화기에 대고 말했다. "전신국이죠? 긴급 전보 요청합니다. 청구서는 버라이어티로 보내주시고…… 여보세요……? '얄타 수사국…… 극장장 리호데예프 모스크바에 있음. 경리부장 림스키'……."

바레누하는 얄타의 참칭자(僭稱者) 소식에도 아랑곳하지 않고, 다시

164

닥치는 대로 전화를 걸어 스툐파를 찾기 시작했다. 그리고, 당연한 얘기지만, 그 어디에서도 스툐파를 찾을 수가 없었다.

바레누하가 수화기를 들고 또 어디에 전화를 해야 하나 하고 생각하고 있을 때, 앞서 긴급 전보를 가져왔던 여자가 다시 들어와 바레누하에게 또 다른 봉투를 내밀었다. 재빨리 봉투를 뜯어 그 내용을 읽고 난 바레누하가 휘파람을 불었다.

"또 뭐야?" 잔뜩 신경이 날카로워진 림스키가 볼을 씰룩거리며 물었다. 바레누하는 아무 말 없이 그에게 전보를 내밀었고, 경리부장은 거기에 다음과 같은 단어들이 적혀 있는 것을 보았다. '제발 믿어라. 볼란드의 최면술로 얄타에 던져졌다. 동일인 확인하고 수사국으로 긴급 전보 바란다. 리호데예프.'

림스키와 바레누하는 머리를 맞대고 전보를 다시 읽었다. 그리고 둘은 말없이 서로를 쳐다보았다.

"이것 봐요!" 갑자기 여자가 화를 냈다. "서명을 먼저 해주셔야죠. 그러고 나서 침묵을 하든 말든 마음대로 하시고! 난 다른 데도 가봐야 한단 말이에요."

바레누하는 전보에서 눈을 떼지 않은 채 끼적거려 서명을 했고, 여자는 다시 사라졌다.

"열한 시 좀 넘어서 통화했다고 했죠?" 정말 알 수 없다는 듯 총무부장이 물었다.

"어쨌든 이건 말이 안 돼!" 림스키가 날카롭게 소리를 질렀다. "통화를 했든 안 했든, 어떻게 그 사람이 지금 얄타에 가 있을 수가 있어! 말도 안 되는 소리야!"

"술에 취한 거예요……." 바레누하가 말했다.

"누가?" 림스키가 물었다. 그리고 다시 두 사람은 서로의 얼굴을 쳐다보았다.

얄타에서 어떤 참칭자, 혹은 미치광이가 전보를 보낸 것이라는 데에는 의심의 여지가 없었다. 하지만 그래도 이건 뭔가 이상하다. 도대체 얄타에 있는 그 사기꾼이 바로 어제 모스크바에 도착한 볼란드를 어떻게 안단 말인가? 그자가 리호데예프와 볼란드의 관계를 어떻게 알았느냐는 말이다!

"'최면술로……'" 바레누하는 전보에 적힌 단어를 다시 읽었다. "아니 어떻게 볼란드를 알았을까요?" 그는 눈을 껌뻑거렸다. 그러고는 갑자기 단호하게 소리쳤다. "아냐, 아냐, 이건 말도 안 돼. 말도 안 돼. 말도 안 돼!"

"그 사람 숙소가 어디지? 그 빌어먹을 볼란드 말이야." 림스키가 물었다.

그 즉시 외국인 관광객 사무국과 전화를 연결한 바레누하는 놀랍게도 볼란드가 리호데예프의 아파트에 머물고 있다는 사실을 알아냈고, 그 이야기를 들은 림스키는 완전히 경악을 했다. 바레누하는 다시 리호데예프의 아파트로 전화를 걸었고, 수화기 속에서 들려오는 낮은 신호음을 한참 동안 듣고 있었다. 그 뚜뚜거리는 소리 사이로 어딘가 먼 곳에서 길게 늘어지는 음울한 목소리가 '…… 절벽 끝, 나의 안식처……'[2]라고 노래하는 소리가 들려왔다. 바레누하는 라디오에서 나오는 소리가 어딘가에서 합선된 것이라고 생각했다.

"전화를 안 받는데요." 바레누하가 수화기를 내려놓으며 말했다. "나중에 다시 걸어봐야……."

하지만 바레누하는 그 말을 끝까지 하지 못했다. 문가에 다시 그 여

166

자가 나타났고, 두 사람은 그녀를 향해 달려들었다. 여자는 가방에서 이번엔 흰색이 아닌 검은 종이 한 장을 꺼냈다.

"이거 점점 재밌어지는데." 바레누하는 서둘러 나가는 여자를 눈으로 배웅하며 들릴 듯 말 듯 중얼거렸다. 먼저 종이를 잡은 것은 림스키였다.

어두운 인화지 위에 검게 찍힌 글씨가 분명하게 보였다.

'증거. 나의 필적. 내 서명 확인 후 긴급 전보 요망. 볼란드를 비밀리에 감시하라. 리호데예프.'

바레누하는 지난 이십여 년 동안 여러 극장에서 일하면서 온갖 일을 다 겪어본 사람이었다. 하지만 그런 그도 이번에는 어떤 장막 같은 것이 그의 이성을 뒤집어씌우고 있는 듯한 느낌이 들었다. 그는 평범하고, 정말 아무 의미 없는 다음과 같은 구절 이외에는 아무 말도 할 수가 없었다.

"이건 있을 수 없는 일이야!"

하지만 림스키는 달랐다. 그는 자리에서 일어나 문을 열고, 문 앞의 등받이 없는 의자에 앉아 대기하고 있는 급사(急使)에게 소리를 질렀다.

"우편배달부 외에 아무도 들여보내지 마!" 그러고는 문을 잠갔다.

그런 다음 책상에서 서류철을 꺼내 전보의 굵고 비스듬한 글씨들과 스툐파가 결재한 서류의 글씨들, 잔뜩 멋을 부린 그의 서명들을 꼼꼼히 비교해보기 시작했다. 바레누하는 책상에 온몸을 기댄 채로 림스키 뺨에 뜨거운 입김을 내뱉고 있었다.

"이건 그의 필체야." 확인을 마친 경리부장이 단호하게 말했고, 바레누하가 메아리처럼 그의 말을 받았다.

"그의 필체예요."

그리고 나서 림스키의 얼굴을 들여다보던 총무부장은 그의 얼굴에 나타난 변화를 보고 깜짝 놀랐다. 안 그래도 비쩍 마른 경리부장이 그 잠깐 사이에 더 마르고 늙어버린 것 같았으며, 둥근 뿔테 안의 두 눈은 예의 날카로움을 잃은 채, 두려움과 알 수 없는 슬픔을 드러내고 있었다.

바레누하는 사람들이 크게 놀랐을 때 하게 되는 모든 행동들을 했다. 그는 사무실을 이리저리 서성거렸고, 두 번씩이나 십자가에 못 박힌 사람처럼 두 손을 위로 치켜들었으며, 유리병에 있는 누런 물을 컵 가득히 따라 마셨다. 그리고 소리를 질렀다.

"이해할 수 없어! 이해할 수 없어! 이-해-할-수-없어!"

림스키는 창밖을 바라보며 뭔가 골똘히 생각하고 있었다. 경리부장이 처한 상황은 무척 난감한 것이었다. 그는 지금 당장 이 자리에서 이 평범하지 않은 현상들을 평범하게 설명해야 했다.

경리부장은 눈을 찡그리며, 잠옷에 신발도 신지 않은 채로 열한 시 반경 초고속 비행기를 타고 있는 스툐파를, 그리고 역시 열한 시 반에 양말만 신고 얄타 비행장에 서 있는 스툐파를 상상했다…… 빌어먹을, 도대체 어떻게 된 거야!

그럼 오늘 그의 아파트에서 자신과 통화를 한 것은 스툐파가 아니었다는 말인가? 아니다, 분명히 스툐파였다! 그가 스툐파의 목소리를 못 알아들을 리가 있는가! 그리고 만일 오늘 전화 통화를 한 것이 스툐파가 아니었다고 해도, 어제저녁 자기 사무실에서 나온 스툐파가 그 말도 안 되는 계약서를 들고 바로 이 방으로 들어와서 예의 경박함으로 경리부장의 성질을 돋우었던 것만은 분명하다. 그런데 어떻게 극장에 한마디도 없이 얄타에 갈 수가 있단 말인가? 그리고 만약 어제저녁에 떠났다고 하더라도 오늘 정오에 거기에 도착할 수는 없다. 그래도 만약 도착했다면?

"얄타까지 몇 킬로미터나 되지?" 림스키가 물었다.

바레누하는 서성거리던 것을 멈추고 소리쳤다.

"나도 생각해봤어요! 벌써 생각해봤다구요! 세바스토폴까지 철길로 천오백 킬로미터 정도가 되고, 거기서 다시 얄타까지 가려면 팔만 킬로미터는 더 가야 돼요. 물론 하늘로 간다면 덜 걸리겠지만."

흐음…… 그래…… 기차 얘긴 꺼낼 필요도 없다. 그럼 또 뭐가 있지? 전투기? 누가, 대체 어떤 전투기가 신발도 신지 않은 스툐파를 태워주는 말인가? 무엇 때문에? 그럼 얄타에 도착해서 신발을 벗었나? 하지만 또다시 같은 질문. 무엇 때문에? 또 신발을 신고 있었다고 하더라도 그를 전투기에 태워주지는 않을 것이다! 그리고 전투기는 지금 이 일과는 아무 상관도 없다. 분명히 열한 시 반에 수사국에 나타났다고 적혀 있었다. 그런데 모스크바에서 전화 통화를 했다…… 잠깐만…… 그 순간 손목에 차고 있던 시계의 문자판이 림스키의 눈에 들어왔다…… 그리고 스툐파와 통화했을 때의 시곗바늘 위치가 떠올랐다. 세상에! 그건 열한 시 이십 분이었다. 그렇다면 어떻게 된 거지? 스툐파가 전화를 하고, 곧바로 비행장으로 달려가서, 그러니까 오 분 후에 (사실, 이것도 말이 안 된다) 비행기를 탔다고 치자. 그럼 그때 출발한 비행기가 오 분 만에 천 킬로미터 이상을 날아갔다는 이야기가 된다. 그러니까 그 비행기는 시속 이만 킬로미터의 속도로 날아간다는 얘기다! 이건 있을 수 없는 일이다. 다시 말해서 그는 얄타에 있을 수가 없다.

그럼 뭐가 또 남아 있지? 최면술? 사람을 천 킬로미터 밖으로 날려버리는 최면술은 이 세상에 없다! 그렇다면 자기가 얄타에 있다고 착각을 하고 있는 것은 아닐까? 그자라면 그럴 수도 있다. 하지만 그럴 경우 얄타 수사국은 어떻게 된 것인가?! 아니야, 아니야, 그럴 리가 없어……! 그렇다면 전보는 어디서 보낸 거지?

경리부장의 얼굴은 말 그대로 무섭게 변했다. 그리고 그 순간 누군가

밖에서 문손잡이를 돌려 잡아당기고 있는 것이 보였고, 문 앞에 서 있던 급사가 절망적으로 외치는 소리가 들려왔다.

"안 돼요! 들어가시면 안 돼요! 정말 안 돼요! 회의 중이시란 말이에요!"

림스키는 겨우 자신을 추스르고 수화기를 들었다. 그리고 수화기에 대고 말했다.

"얄타에 긴급 통화 요청합니다."

'영리해!' 바레누하는 머릿속으로 탄성을 질렀다.

하지만 얄타와의 대화는 이루어지지 않았다. 림스키는 수화기를 내려놓고 말했다.

"꼭 일부러 그러는 것처럼 연결이 안 되는군."

전화가 연결되지 않는다는 사실은 왠지 그를 몹시 불안하게 했고, 그로 하여금 뭔가 좀더 생각하도록 만든 것 같았다. 그렇게 얼마 동안을 생각에 잠겨 있던 그는 다시 한 손으로 수화기를 잡고, 다른 한 손으로 자신이 수화기에 대고 하는 말을 받아 적기 시작했다.

"긴급 전보 부탁합니다. 버라이어티입니다. 예. 얄타. 수사국. 예. '오늘 열한 시 반경 리호데예프가 모스크바에서 나와 통화했다. 마침표. 그후 사무실에 나타나지 않았고, 전화로도 그를 찾지 못하고 있다. 마침표. 필적은 맞다. 마침표. 언급한 아티스트는 주시하겠다. 경리부장 림스키.'"

'정말 영리해!' 바레누하는 다시 생각했다. 하지만 그 생각은 그리 오래가지 않았다. 그의 머릿속에서는 다음과 같은 단어들이 울리고 있었던 것이다. '멍청하긴! 그 사람이 얄타에 가 있을 리가 없지!'

그러는 사이 림스키는 도착한 전보들과 자신이 보낸 전보의 사본을 모두 챙겨 봉투에 넣고 봉한 다음 그 위에 몇 자를 적고, 바레누하에게 그

봉투를 건네며 말했다.

"이반 사벨리예비치, 지금 이걸 좀 직접 갖다줘야겠어. 그쪽³에서 조사해보도록 하는 게 낫겠어."

'그래, 바로 그거야. 정말 영리하다니까!' 바레누하는 이렇게 생각하면서 봉투를 자신의 서류가방에 넣었다. 그러고 나서 그는 혹시나 하는 마음으로 다시 스툐파의 아파트로 전화를 걸었다. 그리고 잠시 귀를 기울이더니 통화가 됐는지 환한 표정을 지으며 얼굴을 찡긋해 보였다. 림스키는 목을 쭉 내밀었다.

"아티스트 볼란드씨와 통화할 수 있을까요?" 바레누하가 상냥하게 물었다.

"지금 바쁘신데," 수화기가 갈라지는 목소리로 대답했다. "누구시라고 전해드릴까요?"

"버라이어티 총무부장 바레누하입니다."

"이반 사벨리예비치?" 수화기가 반가운 듯 소리를 질렀다. "당신 목소리를 듣게 되다니, 정말, 정말 반갑습니다! 어떻게, 건강하시죠?"

"메르시,"⁴ 바레누하가 놀라며 대답했다. "그런데 누구신지?"

"그분의 조수이자 통역관인 코로비예프라고 합니다." 수화기가 날카로운 쇳소리를 냈다. "늘 당신께 감사드리고 있답니다, 친애하는 이반 사벨리예비치! 필요하실 때, 언제든 불러만 주십시오. 그래주시는 거죠?"

"그런데 스테판 보그다노비치 리호데예프는 지금 댁에 안 계신가요?"

"아, 안 계십니다! 없어요!" 수화기가 소리쳤다. "떠나셨습니다."

"어디로 가셨죠?"

"시외로 드라이브 가셨습니다."

"뭐…… 뭐라고요? 드…… 드라이브요……? 그래서 언제 돌아오신다고 하셨죠?"

"그냥 바람 좀 쐬고 돌아오겠다! 그렇게만 말씀하시던데요."

"그랬군요……." 바레누하가 기가 막혀 하며 말했다. "메르시. 므슈 볼란드께 오늘 공연은 세번째 순서로 잡혀 있다고 전해주십시오."

"알겠습니다. 그렇게…… 반드시…… 지금 바로…… 무슨 일이 있어도…… 전해드리겠습니다." 수화기가 중간중간 끊어지며 소리를 냈다.

"그럼, 안녕히 계십시오." 바레누하가 놀라면서 말했다.

"부디," 수화기는 계속해서 말했다. "저의 이 무한하고 가슴 벅찬 인사와 바람들을! 성공과 행운! 완전한 행복! 모든 기원을! 받아주시기 바랍니다!"

"이것 보라고요! 내가 뭐라고 했습니까!" 총무부장이 흥분하며 소리쳤다. "얄타는 무슨 얄타입니까, 시외로 드라이브 나갔답니다!"

"만약 그게 사실이면," 경리부장은 분노로 얼굴이 창백해지면서 말했다. "이건 정말 입에 담기도 어려운 더러운 짓거리야!"

그 순간 총무부장이 벌떡 일어서더니 림스키가 몸을 흠칫거릴 만큼 큰 소리로 소리쳤다.

"생각났어요! 생각났어! 얼마 전 푸시키노에 '얄타'라는 터키 식당이 새로 생겼어요! 이제 알겠어요! 거기 가서 술을 마시고 전보를 친 거예요!"

"해도 해도 너무하는군." 볼에 가벼운 경련을 일으키며 림스키가 대답했다. 그의 눈에는 감출 수 없는 강한 적의가 불타고 있었다. "이번 나들이 건으로 대가를 톡톡히 치르게 될 거다……!" 그러고는 갑자기 멈칫하더니 다시 중얼거렸다. "그런데 수사국 얘기는 어떻게……."

"다 헛소리예요! 그 사람이 다 지어낸 거라구요." 다혈질인 총무부장은 림스키의 말을 끊어버리고는 다시 물었다. "그래도 이 봉투를 갖다줘야 할까요?"

"반드시 갖다줘야 해." 림스키가 대답했다.

이때 다시 문이 열리고, 예의 그 여자가 들어왔다……. '왔구나!' 무슨 이유에서인지 림스키는 우울한 기분이 되어 생각했다. 그리고 두 사람은 우편배달부를 보며 일어섰다.

이번 전보에는 다음과 같은 말들이 적혀 있었다.

'확인 고맙다. 수사국 내 이름으로 오백 즉시 송금할 것. 내일 모스크바로 출발. 리호데예프.'

"아주 돌았군……." 바레누하가 가느다란 소리로 말했다.

림스키는 그 즉시 내화 금고에서 돈을 꺼내 오백 루블을 세서는 벨을 울려 급사에게 돈을 주고 그를 전신국으로 보냈다.

"저기, 그리고리 다닐로비치," 바레누하는 자기 눈을 믿지 못하겠다는 듯 우물거렸다. "제 생각엔 쓸데없는 짓을 하시는 것 같은데."

"그럼 다시 돌아오겠지." 림스키가 조용히 말했다. "그 인간은 이번 피크닉의 대가를 톡톡히 치르게 될 테고." 그리고 바레누하의 서류가방을 가리키며 덧붙였다. "이반 사벨리예비치, 꾸물대지 말고 어서 가."

바레누하는 가방을 들고 사무실을 나왔다.

그는 아래층으로 내려가 매표소 앞에 길게 꼬리를 물고 늘어선 줄을 보았다. 매표소 직원을 통해 추가로 찍은 포스터를 본 관객들이 말 그대로 파도처럼 몰려들어 한 시간 후면 매진이 될 것이라는 말을 들은 그는 특별석과 일등석 제일 좋은 자리 서른 장을 따로 챙겨놓고, 그건 절대 팔면 안 된다고 매표원에게 당부를 해놓고는 매표소에서 나오자마자 초대권을 달라고 달려드는 사람들을 피해 자신의 사무실로 뛰어 들어갔다. 모자를 가져가기 위해서였다. 바로 그때 전화벨이 울리기 시작했다.

"여보세요!" 바레누하가 소리쳤다.

"이반 사벨리예비치?" 수화기가 아주 기분 나쁜 코맹맹이 소리로 물었다.

"없다니까!" 바레누하는 다시 한 번 소리를 지르려고 했다. 그런데 수화기가 그의 말을 가로막았다.

"이반 사벨리예비치, 멍청한 짓 하지 말고 잘 들어. 그 전보 아무 데도 가져갈 생각하지 마. 누구한테 보여줄 생각도 하지 말고."

"당신 누구야?" 바레누하는 사나운 짐승처럼 으르렁거렸다. "시민, 당신 이런 장난치는 거 아니야! 당신이 누군지 내가 지금 당장 찾아낼 수 있어! 당신 전화번호가 몇 번이야?"

"바레누하," 여전히 기분 나쁜 그 목소리가 대답했다. "너 러시아 말 못 알아들어? 그 전보, 아무 데도 가져가지 말란 말이야."

"뭐야, 한번 해보자는 거야?" 총무부장은 흥분하며 소리쳤다. "당신, 조심해! 내가 가만두지 않을 테니!" 계속해서 뭔가 위협적인 말을 외쳐대던 총무부장이 곧 입을 다물었다. 수화기에서 더 이상 아무도 그의 말을 듣고 있지 않다는 것이 느껴졌기 때문이었다.

그리고 그 순간 갑자기 사무실 안이 어두워지기 시작했다. 바레누하는 서둘러 사무실에서 나와 문을 쾅 닫고 비상 출구를 통해 여름 정원으로 달려 나갔다.

흥분한 탓인지, 총무부장은 힘이 넘쳐나는 것 같았다. 뻔뻔스러운 작자와의 통화 이후 그는 일단의 불량배들이 더러운 장난을 치고 있으며, 그 장난은 리호데예프가 사라진 것과 무관하지 않다는 확신이 들었다. 그 악당들의 정체를 밝히고야 말겠다는 생각으로 그는 숨이 막힐 지경이었고, 좀 이상한 얘기이긴 하지만, 알 수 없는 달콤한 예감 같은 것이 들기도 했다. 누군가에게 아주 굉장한 소식을 전하고, 그렇게 함으로써 주목을 받고 싶어하는 경우, 사람들은 그와 같은 기분이 들곤 한다.

공원으로 나가자 총무부장의 얼굴로 바람이 훅 하고 불어와 마치 그의 길을 막고, 경고하기라도 하듯 그의 눈에 모래를 뿌렸다. 금방이라도 유리창이 떨어져 날아갈 듯 2층에서 창틀이 덜컹거렸고, 단풍나무와 보리수 꼭대기도 불안하게 웅성거렸다. 갑자기 주위가 어두워지는가 싶더니 다시 밝아지기도 했다. 총무부장은 눈을 비벼 씻고, 비를 잔뜩 머금은 먹구름이 모스크바 위로 낮게 내려앉고 있는 것을 보았다. 멀리서 천둥이 낮게 그르렁거리는 소리가 들려왔다.

갈 길이 바쁘긴 했지만, 바레누하는 잠시 여름용 야외 화장실에 들르기로 했다. 가는 길에 전기 기사가 전구에 망을 씌워놓았는지 확인해봐야겠다는 생각이 들었던 것이다.

바레누하는 사격장을 지나 라일락이 우거진 하늘색 화장실 건물 앞으로 달려갔다. 전기 기사는 빈틈이 없는 사람임이 분명했다. 남자 화장실 지붕 아래 달린 전구에 철망이 씌워져 있었다. 하지만 뇌우에 앞선 어둠 속에서도 눈에 띄는 벽의 낙서들은 총무부장의 기분을 상하게 했다.

"도대체 왜들 이러는 건지⋯⋯!" 총무부장이 그렇게 말하는 순간 뒤에서 갑자기 가르릉거리는 소리가 들려왔다.

"이반 사벨리예비치, 당신인가?"

바레누하는 흠칫 몸을 떨고 뒤를 돌아보았다. 그의 앞에는 그다지 덩치가 크지 않고, 어딘지 모르게 고양이처럼 생긴 뚱뚱한 사람이 서 있었다.

"그렇소만." 바레누하는 별로 반갑지 않다는 듯 대꾸했다.

"반갑군, 정말 반가워." 고양이처럼 생긴 뚱보가 가늘고 날카로운 목소리로 대꾸했다. 그러더니 갑자기 몸을 획 돌려 바레누하의 귀를 후려쳤다. 모자가 총무부장의 머리에서 날아가 변기 구멍 속으로 흔적도 없이 사라져버렸다.

뚱보의 공격과 함께 순간적으로 화장실 전체가 번쩍거렸고, 이어 하늘에서 천둥이 울렸다. 잠시 후 다시 한 번 빛이 번쩍하더니 총무부장 앞에 또 다른 사내가 나타났다. 그는 키는 작지만, 운동선수처럼 떡 벌어진 어깨에, 머리는 타오르듯 빨갛고, 한쪽 눈은 백내장에 걸린 듯했으며, 입밖으로 아래 송곳니가 비어져 나와 있었다. 왼손잡이가 분명한 이 두번째 사내가 총무부장의 나머지 한쪽 귀를 후려치자, 그에 대한 응답처럼 다시 하늘에서 천둥이 울렸고, 화장실 목제 지붕 위로 폭우가 쏟아졌다.

"왜 이러시는 겁니까, 동⋯⋯." 거의 실성하다시피 한 총무부장이 기어 들어가는 소리로 중얼거렸다. 그리고 그 와중에도 '동무들'이라는 단어는 공중화장실에서 사람을 덮친 강도들에게는 도저히 어울리지 않는다는 생각에 "시민⋯⋯"이라고 말을 바꿔 중얼거렸다. 그리고 '시민'이라는 단어 역시 저들에게는 어울리지 않는다는 생각을 하는 순간, 세번째 강타(둘 중 누구의 것인지는 알 수 없었다)가 날아왔고, 마침내 그의 코에서 코피가 흘러 셔츠를 적셨다.

"기생충 같은 놈, 그 가방에 뭐가 들었지?" 고양이를 닮은 자가 갈라지는 소리로 외쳤다. "전보? 아무 데도 가져가지 말라고 전화로 경고를 했을 텐데? 경고했어, 안 했어? 내가 묻고 있잖아!"

"경고⋯⋯ 했습니다⋯⋯ 하셨지요⋯⋯." 총무부장은 숨을 헐떡거리며 대답했다.

"그런데 어딜 가져가는 거야? 구역질 나는 놈, 가방 이리 내!" 두번째 사내가 전화에서 들었던 바로 그 코맹맹이 소리로 외쳤다. 그리고 덜덜 떨고 있는 바레누하의 손에서 가방을 낚아챘다.

두 사내는 총무부장을 끌고 정원을 나와 사도바야 거리로 달려 나갔다. 뇌우가 미친 듯이 몰아쳤고, 굉음과 함께 하수구로 빗물이 쏟아져 내렸다. 사방에서 거품이 일고 물줄기가 솟구쳤으며, 홈통을 넘쳐난 물이 지붕에서 쏟아져 내려 거리는 온통 물바다가 되었다. 살아 있는 모든 것이 사도바야에서 씻겨 내려갔고, 이반 사벨리예비치를 구해줄 사람은 아무도 없었다. 강도들은 번쩍이는 번개의 불빛 아래 혼탁한 강들을 뛰어넘어 초주검이 된 총무부장을 눈 깜빡할 사이에 302-2번지까지 끌고 갔으며, 맨발의 두 여자가 신발과 긴 양말을 손에 쥐고 벽에 바짝 기대서 있는 아치문 아래로 날듯이 뛰어 들어갔다. 그들은 여섯번째 현관으로 돌진해, 거의 실성하다시피 한 바레누하를 5층까지 끌어올린 뒤, 그에게도 익숙한 스툐파 리호데예프 아파트의 어두침침한 현관 바닥으로 내동댕이쳤다.

거기서 두 강도는 사라졌고, 대신 실오라기 하나 걸치지 않은 나체의 여자가 현관에 나타났다. 여자의 머리는 온통 붉은색이었고 두 눈에서는 청백색의 불길이 타오르고 있었다.

그 순간 자신에게 벌어진 그 어떤 일보다도 무시무시한 뭔가가 일어나고 있음을 직감한 바레누하는 신음 소리를 내며 벽으로 물러섰다. 여자가 총무부장 앞으로 바짝 다가와 그의 어깨 위에 손을 올려놓았다. 바레누하의 머리카락이 곤두섰다. 흠뻑 젖은 차가운 셔츠 사이로 느껴지는 여자의 손이 얼음장보다도 더 차가웠기 때문이었다.

"키스해드릴게요." 여자는 부드럽게 말했고, 번득이는 그녀의 눈이 그의 눈 바로 앞으로 다가왔다. 그 순간 바레누하는 기절했고, 여자의 키스를 느끼지 못했다.

제11장

이반의 분열

한 시간 전까지만 해도 오월의 태양이 밝게 비추던 강 건너편 소나무 숲이 조금씩 어두워지면서 경계가 흐려지더니, 이네 어둠 속으로 녹아 사라지고 말았다.

창밖에는 물이 거대한 장막처럼 밀어닥치고 있었다. 하늘에서는 가느다란 실들이 끊임없이 불길을 내뿜으며 하늘을 갈라놓았고, 위협하듯 흔들리는 불빛들이 환자의 방을 온통 채우고 있었다.

이반은 거품을 일으키고 있는 탁한 강을 바라보며 침대에 앉은 채로 조용히 울고 있었다. 천둥이 울릴 때마다 그는 안타깝게 비명을 지르며 두 손으로 얼굴을 가렸다. 바닥에는 이반이 쓴 종잇장들이 나뒹굴고 있었다. 뇌우가 시작되면서 방 안으로 들어온 바람이 종잇장들을 흩어놓았던 것이다.

공포의 자문위원에 대한 진술서를 쓰려는 시인의 시도는 무위로 돌아가고 말았다. 프라스코비야 표도로브나라는 이름의 뚱뚱한 여간호사에게 몽당연필과 종이를 받자마자 시인은 익숙한 놀림으로 손을 비비며 서둘러 작은 탁자로 가서 앉았다. 그리고 첫 문장은 비교적 막힘없이 써내려갔다.

'경찰서 귀중. 마솔리트 회원 이반 니콜라예비치 베즈돔니. 진술서. 본인은 어제저녁 고(故) M. A. 베를리오즈와 파트리아르흐 연못에 갔다가……'

하지만 시인은 곧 혼란에 빠졌다. '고(故)'라는 단어 때문이었다. 이건 뭔가 처음부터 말이 안 된다. 고인과 함께 가다니? 죽은 사람이 어떻게 걸어 다닌단 말인가! 이러다간 정말 미치광이 취급을 받게 될 것이다!

이렇게 생각한 이반 니콜라예비치는 문장을 고쳐 다음과 같이 썼다. 'M. A. 베를리오즈, 후에 고인이 된……' 하지만 이 역시 작가를 만족시키지 못했다. 그는 그 문장을 다시 고쳤다. 그런데 이번엔 앞의 두 문장보다 훨씬 더 형편없는 문장이 나오고 말았다. '……전차에 치인 베를리오즈와 함께……' 게다가 그는 전혀 유명하지도 않은 동명의 작곡가가 자꾸 걸려서 다음과 같은 말을 덧붙이기까지 했다. '…… 작곡가가 아닌……'

두 명의 베를리오즈와 한참을 씨름하던 이반은 결국 썼던 것을 다 지워버렸다. 그리고 읽는 사람의 주의를 단번에 끌 수 있는 가장 강력한 장면부터 시작하기로 했다. 그래서 고양이가 전차에 올라타는 장면을 먼저 쓰고, 그다음에 잘려진 머리 이야기로 돌아갔다. 잘려진 머리와 자문위원의 예언은 이반을 본디오 빌라도에 대한 생각으로 이끌었고, 글을 좀더 설득력 있게 하기 위해 이반은 총독이 핏빛 안감을 댄 흰 망토를 입고 헤롯 궁의 주랑으로 나오는 것부터 총독에 대한 이야기를 모두 기술하기로 했다.

이반은 열심히 글을 썼다. 그는 썼던 것을 다시 고치고 새 단어들을 집어넣었으며, 본디오 빌라도와 뒷다리로 서 있는 고양이를 그려보기도 했다. 하지만 그림도 도움이 되지 않았고, 시인의 진술서는 점점 더 혼란스럽고 이해할 수 없는 것이 되어갔다.

그때 멀리서 습기를 잔뜩 머금은 먹구름이 위협하듯 나타나 소나무 숲을 덮어버리고, 바람이 불기 시작했다. 이반은 힘이 빠지면서 자신이 진술서를 제대로 쓰지 못하고 있다는 것을 느꼈다. 그는 바람에 날리는 종잇조각들을 붙잡으려고도 하지 않았다. 이반은 조용히, 그리고 쓰라리게 울기 시작했다.

뇌우가 몰아치자 친절한 간호사 프라스코비야 표도로브나가 시인을 찾아왔다. 시인이 울고 있는 것을 본 그녀는 안쓰러워하며 번개가 환자를 놀라게 하지 않도록 커튼을 내려주고, 바닥에 흩어진 종이들을 주웠으며, 그 종이들을 가지고 의사한테 달려갔다.

의사가 와서 이반의 팔에 주사를 놔주고, 더 이상 울 일은 없을 것이며, 이제 모든 것은 지나가고 변하게 되어 다 잊게 될 것이라고 말해주었다.

의사의 말은 틀리지 않았다. 얼마 지나지 않아 강 건너 소나무 숲은 전과 같아졌다. 전처럼 깨끗해진 짙푸른 하늘 아래로 숲은 아주 작은 나무까지 선명하게 모습을 드러냈고, 강은 고요해졌다. 주사를 맞자마자 이반의 마음속에서 슬픔이 물러갔고, 이제 시인은 편안하게 누워 하늘에 걸린 무지개를 바라보고 있었다.

시인은 무지개가 녹아 사라지는 것도, 하늘이 그 파랗던 빛을 잃고 슬픔을 머금는 것도, 숲이 검게 변하는 것도 눈치 채지 못한 채, 그렇게 저녁까지 누워 있었다.

이반은 뜨거운 우유를 마시고 다시 자리에 누웠다. 그리고 자신의 생각이 바뀐 것에 대해 그 자신도 놀랐다. 그 저주스러운 고양이는 그의 기억 속에서 점차 흐려졌고, 잘린 머리도 더 이상 그를 놀라게 하지 않았다. 이반은 그 머리에 대한 생각을 그만두고, 다음과 같은 생각을 하기 시작했다. 사실, 병원에 있는 것도 그렇게 나쁘지는 않다. 스트라빈스키는 똑똑하고 박식한 사람이며, 그런 사람과 알고 지낸다는 것은 아주 기분 좋은 일이다. 게다가 저녁 공기는 달콤하고, 뇌우가 지나고 나서인지, 기분도 이렇게 상쾌하지 않은가.

슬픔의 집은 잠에 빠져 있었다. 조용한 복도의 흰 전구들은 꺼지고, 그 대신 규정에 따라 약한 빛을 내는 야간용 푸른 전구들이 밝혀졌다. 간간이 문밖에서, 고무 매트를 깔아놓은 복도 위를 간호사들이 조심스럽게 걸어가는 소리가 들려왔다.

이제 이반은 달콤한 나른함에 빠져 누워 있었다. 천장에서 부드러운 빛을 내뿜고 있는, 갓을 씌운 작은 램프를 바라보기도 하고, 검은 숲 뒤로 떠오르고 있는 달을 쳐다보기도 하며, 그는 자기 자신과 대화를 나누었다.

"베를리오즈가 전차에 치인 걸 가지고 내가 왜 그렇게 흥분했던 걸까?" 시인은 가만히 생각해보았다. "그 사람이 전차에 깔려 죽든, 물에 빠져 죽든, 내가 무슨 상관이란 말인가! 나하고는 아무 상관도 없는 사람이 아닌가? 생각해보면 사실 난 고인을 잘 알지도 못한다. 정말이지, 내가 그에 대해 아는 게 뭔가? 대머리였고, 끔찍할 정도로 말을 잘한다는 것 말고는 아무것도 없다. 그리고 또, 시민들이여," 이반은 누군가를 향해 말을 계속했다. "한번 생각해봅시다. 내가 왜 그 수수께끼 같은 자문위원, 마술사, 한쪽 눈이 텅 비고 시커먼 그 교수에 대해 미친 듯이 날뛰었을까요? 도대체 무엇 때문에 그자를 잡겠다고, 속바지에 초까지 집어 들고, 정말 말도 안 되는 추격을 벌이고, 레스토랑에서 그 난동까지 피운 걸까요?"

"아니, 아니야, 아니야." 갑자기 어딘가, 그의 내부도, 머리 위도 아닌, 어딘가에서 예전의 이반이 새로운 이반에게 단호한 어조로 말했다. "그자는 베를리오즈의 머리가 잘려나갈 것이라는 걸 미리 알고 있었어! 그런데 어떻게 흥분하지 않을 수가 있단 말인가?"

"동무, 지금 무슨 얘기를 하고 있는 겁니까?" 새로운 이반이 노쇠한 예전의 이반에게 반박했다. "거기에 뭔가 석연치 않은 점이 있다는 건 삼 척동자도 다 아는 얘깁니다. 그가 비범하고 수수께끼 같은 인물이라는 건 백 퍼센트 확실합니다. 하지만 여기서 중요한 것은 그게 아닙니다! 그는 본디오 빌라도와 개인적으로 알고 있다고 했습니다. 이것보다 더 흥미로 운 얘기가 있을 수 있을 것 같습니까? 파트리아르흐에서 그 바보 같은 소 동을 벌일 게 아니라, 빌라도와 그가 체포한 하-노츠리가 그다음에 어떻 게 되었는지, 정중하게 그걸 물어봤어야 하지 않았을까요? 그런데, 빌어 먹을, 내가 한 짓이란! 물론, 편집장이 깔려 죽은 것도 큰 사건입니다! 하 지만 그렇다고 그 잡지가 폐간되기라도 한답니까? 아니면, 그래서 어떻게 하겠다는 거죠? 모든 인간은 죽게 되어 있습니다. 그가 분명히 말한 것처 럼, 인간은 갑자기 죽기도 합니다. 그렇다면 그의 명복이나 빌어줘야지 요! 곧 새로운 편집장이 나타날 겁니다. 이전 편집장보다 더 말 잘하는 편집장이 나타날지 누가 압니까."

잠시 졸고 있던 새로운 이반이 다시 늙은 이반에게 독살스럽게 물었다.

"그럼 도대체 나라는 인간은 뭐죠?"

"멍청이지!" 어딘가에서 두 이반 중 누구의 목소리도 아닌 베이스 음 성이 분명하게 말했다. 그 목소리는 자문위원의 베이스를 아주 많이 닮은 것이었다.

자신을 '멍청이'라고 부르는데도 이반은 왠지 기분이 전혀 나쁘지 않 았다. 오히려 그는 그 말에 기분 좋게 놀란 표정으로 옅은 미소를 지었고, 말없이 선잠 속으로 빠져들었다. 꿈이 살며시 이반에게 다가왔다. 코끼리 다리처럼 거대한 뿌리를 내린 종려나무가 눈앞에 어른거렸고, 고양이가 그의 옆을 지나가기도 했다. 그 고양이는 무서운 고양이가 아니라, 기분이 좋아지게 하는 그런 고양이었다. 그렇게 이반이 막 꿈속으로 빠져들려고 하는 순간, 갑자기 철창이 소리 없이 열리면서 정체를 알 수 없는 형체가 발코니 앞에 나타났다. 그리고 달빛을 피해 서며, 위협하듯 이반에게 손가락을 흔들어 보였다.

이반은 전혀 놀라는 기색 없이 침대에서 일어나 앉아 발코니에 한 남자가 서 있는 것을 보았다. 그 남자는 손가락을 입술에 갖다 대며 속삭였다.

"쉿!"

제12장
검은 마술과 그 폭로

구멍이 숭숭 뚫린 누런 중산모에 배처럼 생긴 딸기코를 하고, 체크무늬 바지에 반짝거리는 에나멜 구두를 신은 왜소한 체구의 사내가 바퀴가 두 개 달린 평범한 자전거를 타고 버라이어티의 무대로 나왔다. 그는 폭스트롯 반주에 맞춰 무대를 한 바퀴 돌고, "얍" 하는 외침과 함께 자전거를 뒷바퀴로 세웠다. 그리고 계속해서 뒷바퀴 하나로 무대 위를 돌다가 자전거 위에서 물구나무를 서기도 하고, 계속 자전거를 타면서 앞바퀴를 풀어 무대 뒤로 굴려 보내고는 손으로 페달을 돌리면서 바퀴 하나로 무대 위를 돌기도 했다.

이어 몸에 딱 달라붙는 상의에 은빛 별이 촘촘히 박혀 있는 짧은 스커트를 입은 통통한 금발머리 여자가 안장이 높은 외발 자전거를 타고 들어와 원을 그리며 돌기 시작했다. 여자가 들어오자 작은 남자는 그녀를 반기는 외침과 함께 머리에 쓰고 있던 중산모를 발로 벗었다.

마지막으로 여덟 살쯤 되어 보이는 체구에 노인의 얼굴을 한 꼬마가 커다란 자동차 경적이 붙어 있는 작은 두발 자전거를 타고 들어와 어른들 사이를 휘젓고 다녔다.

　무대 위에서 몇 차례인가 원을 그리며 돌던 삼인조가 둥둥거리는 오케스트라의 북소리에 맞춰 무대 앞으로 돌진했고, 객석 제일 앞줄에 앉아 있던 관객들이 비명을 지르며 몸을 뒤로 젖혔다. 삼인조가 자전거와 함께 오케스트라 박스로 굴러 떨어질 것이라고 생각했던 것이다.

　하지만 자전거 기수들은 연주자들의 머리 위로 앞바퀴가 미끄러져 내릴 듯한 바로 그 순간 멈춰 섰다. 기수들은 "얍!" 하는 우렁찬 외침과 함께 자전거에서 뛰어내려 인사를 했다. 금발의 여자는 관객들에게 키스를 날렸고, 꼬마는 경적을 눌러대며 우스꽝스러운 소리를 냈다.

　극장이 떠나가도록 박수가 터져나오는 가운데, 무대 양쪽에서부터 푸른 막이 닫히면서 자전거 기수들은 사라졌다. 문 앞에 '출구'라고 씌어진 팻말에 초록 불빛이 들어왔고, 둥근 천장 아래 거미줄처럼 늘어진 그네 사이로 흰 전구들이 태양처럼 빛을 뿜어대기 시작했다. 마지막 공연에 앞선 휴식 시간이 된 것이다.

　그날 저녁 줄리 가족이 펼치는 자전거 묘기에 유일하게 아무 관심도 보이지 않은 사람은 그리고리 다닐로비치 림스키 한 사람뿐이었다. 그는 아무도 없는 사무실에 혼자 앉아 얇은 입술을 깨물고 있었다. 그의 얼굴에 수시로 경련이 지나갔다. 리호데예프가 이상하게 사라진 데 이어 총무부장 바레누하가 사라졌다. 이건 정말 예상치 못한 일이었다.

　림스키는 바레누하가 어디로 갔는지는 알고 있었다. 그런데 그는 가서…… 돌아오지 않았다! 림스키는 어깨를 흠칫거리며 혼자 중얼거렸다.

　"도대체 왜?!"

　이상한 일은 또 있었다. 다른 때 같았으면, 경리부장은 당장 바레누하가 간 곳으로 전화를 걸어 무슨 일이 생긴 것인지 확인을 해보았을 것이다.

그런데 그는 저녁 열 시가 다 되도록 그 전화를 하지 못하고 있었다.

마침내 열 시가 되자 림스키는 마음을 굳게 먹고 수화기를 들었지만, 이번엔 전화가 불통이었다. 급사의 보고에 따르면, 건물 전체의 전화가 모두 고장이었다. 물론 유쾌한 일은 아니지만, 그렇다고 절대 있을 수 없는 일이라고도 할 수 없는 그 사고는 무엇 때문인지 경리부장의 의지를 결정적으로 꺾어버렸다. 하지만 다른 한편으로 그는 그 사고, 즉 전화가 한꺼번에 불통이 되어버렸다는 사실이 기쁘기도 했다. 반드시 전화를 해야한다는 압박감이 사라졌기 때문이었다.

경리부장의 머리 위로 휴식 시간의 시작을 알려주었던 빨간 전구에 다시 불이 들어와 깜빡이기 시작했을 때, 급사가 들어와서 외국인 아티스트의 도착을 알렸다. 경리부장은 왠지 온몸이 오싹해지는 것을 느끼며, 잔뜩 찌푸린 얼굴을 하고서는 객연 아티스트를 맞기 위해 무대 뒤 분장실로 향했다. 접대를 할 사람이 그 외에는 아무도 없었기 때문이었다.

분장실로 이어지는 복도에서는 이미 공연 시작을 알리는 벨소리가 울리고 있었음에도 불구하고, 호기심 많은 사람들이 이런저런 이유들을 대가며 분장실 안을 기웃거리고 있었다. 그중에는 화려한 긴 가운에 두건을 쓴 마술사들도 있었고, 털실로 짠 짧고 흰 셔츠를 입고 있는 롤러스케이트 선수, 하얗게 분칠을 한 재담꾼과 분장사도 있었다.

마침내 도착한 유명인사는 멋지게 재단된 긴 연미복과 검은 반(半)가면으로 모두를 놀라게 했다. 하지만 무엇보다도 놀라운 것은 검은 마술사의 두 수행원, 즉 금이 간 외눈안경에 체크무늬 양복을 입은 키가 큰 사내와 살찐 검은 고양이였다. 뒷발로 서서 분장실로 들어온 그 고양이는 너무나도 천연덕스럽게 소파에 걸터앉아 눈을 가느다랗게 뜨며 철망을 씌우지 않은 작은 분장용 전구를 뚫어져라 쳐다보았다.

림스키는 얼굴에 미소를 지으려고 애썼지만, 그로 인해 그의 얼굴은 더 어색하고 적의를 품은 것처럼 되어버렸다. 그는 고양이 옆 소파에 말 없이 앉아 있는 마술사에게 인사를 했다. 둘 다 악수는 청하지 않았다. 그 러자 필요 이상으로 거리낌이 없는 체크무늬가 먼저 나서서 '그들의 조수' 라며 경리부장에게 자신을 소개했다. 체크무늬 사내의 등장은 경리부장을 놀라게 했고, 또 기분 나쁘게 하기도 했다. 계약서에 조수에 대한 얘기는 전혀 없었기 때문이었다.

그리고리 다닐로비치는 자신에게 머리를 들이밀고 있는 그 체크무늬에 게 아티스트의 소품은 어디에 있는지를 마지못해 하듯 무뚝뚝하게 물었다.

"천상의 다이아몬드처럼 소중하고, 또 소중하신 우리 부장님," 마술 사의 조수가 갈라지는 목소리로 대답했다. "우리의 소품은 언제나 우리와 함께 있지요. 자, 여기! 에인, 츠베이, 드레이!" 그리고 마디가 굵은 손가 락을 림스키의 눈앞에 대고 흔들더니 난데없이 고양이의 한쪽 귀에서 줄 이 달린 림스키의 금시계를 끄집어냈다. 그 시계는 조금 전까지만 해도 단추가 채워진 경리부장의 양복 조끼 주머니에, 그것도 고리에 줄이 매어 진 채로 들어 있던 것이었다.

림스키는 자기도 모르게 배를 움켜쥐었고, 옆에 있던 사람들의 입에 서 아, 하는 탄성이 흘러나왔으며, 문틈으로 들여다보고 있던 분장사도 탄성을 질렀다.

"당신 시계인가요? 자, 받으시지요." 체크무늬는 천연덕스럽게 미소 를 지으며 말했다. 그리고 더러운 손바닥 위에 놓인 시계를 림스키에게 내밀었다.

"저런 사람하곤 같이 전차에 타면 안 돼." 재담꾼이 재미있다는 듯 작 은 소리로 분장사에게 소곤거렸다.

그러나 남의 시계를 가지고 하는 마술보다 더 기가 막힌 것을 보여준 것은 고양이였다. 고양이가 갑자기 소파에서 일어나 뒷발로 서서 거울 아래 작은 탁자 쪽으로 다가가더니 앞발로 유리병의 코르크 마개를 따서 물을 컵에 따라 마시고는 코르크 마개를 다시 제자리에 막고, 분장용 수건으로 수염을 닦은 것이다.

사람들은 더 이상 탄성을 지르지도 못한 채 입만 벌리고 있을 뿐이었다. 그리고 그때 분장사가 환호하듯 속삭였다.

"야, 최고인데!"

그때 세번째 벨이 울리기 시작했고, 흥미진진한 마술을 미리 맛본 사람들은 흥분을 하며 분장실에서 몰려나갔다.

잠시 후 객석의 불이 꺼지고, 각광에 불이 들어와 막 아래쪽을 붉게 비추었다. 이어 조명을 받은 막의 갈라진 틈 사이로, 말끔하게 면도를 한 얼굴에 구겨진 연미복과 빛바랜 셔츠를 입은 뚱뚱한 남자가 아이처럼 천진한 미소를 지으며 관객들 앞에 나타났다. 그는 모스크바 사람이라면 누구나 아는 사회자 조르주 벵갈스키였다.

"자, 시민 여러분," 벵갈스키는 예의 천진한 미소를 지으며 말했다. "이제 여러분께 소개해드릴 분은……" 여기서 벵갈스키는 갑자기 말을 끊고 말투를 바꾸었다. "3부에는 관객이 더 늘어난 것 같군요. 오늘 우리 극장에 이 도시의 절반은 모이신 것 같습니다! 며칠 전에 한 친구를 만나 제가 말했지요. '자네는 왜 우리 극장에 오지 않나? 어제 이 도시 사람들 중 절반이 우리 극장에 왔었는데.' 그랬더니 그 친구가 그러더군요. '난 그 나머지 반에 속하거든!'" 벵갈스키는 웃음이 터져 나오길 기대하며 잠시 말을 멈추었다. 하지만 아무도 웃지 않았고, 그래서 그는 다시 말을 이었다. "……자, 이제부터 외국에서 오신 유명한 아티스트 므슈 볼란드의

검은 마술 공연이 있겠습니다! 다들 알고 계시겠지만," 여기서 벵갈스키
는 자신이야말로 모든 것을 다 알고 있다는 듯 미소를 지어 보였다. "검은
마술이라는 것은 이 세상에 존재하지 않으며, 미신에 불과한 것입니다.
하지만 마에스트로 볼란드는 고도의 마술 기법을 소유하고 계시며, 그중
에서 가장 흥미로운 부분, 다시 말해서 그 기술의 비밀을 밝혀주실 것입
니다. 자, 이제 우리 모두 검은 마술의 놀라운 기술과 그 비밀이 낱낱이
밝혀지기를 기대하며 볼란드씨를 무대 위로 모시겠습니다!"

이런 쓸데없는 소리를 실컷 늘어놓고 나서, 벵갈스키는 두 손을 모아
잡고, 막의 갈라진 틈을 향해 환영을 표시하듯 모은 두 손을 흔들었다. 그
러자 막이 조용히 스르륵거리며 양쪽으로 갈라졌다.

마술사와 그의 껑다리 조수, 그리고 뒷다리로 서서 들어오는 고양이
의 등장은 순식간에 관객들의 마음을 사로잡았다.

"의자." 볼란드가 낮은 목소리로 지시했다. 그러자 그 순간 어디서 나
타났는지 무대 위에 의자가 나타났고, 마술사는 그 의자에 앉았다. "어떤
가, 친애하는 파곳." 볼란드는 체크무늬 광대에게 물었다. 그 광대에겐 코
로비예프라는 이름 외에 다른 이름이 또 있었던 것 같다. "자네 생각엔,
모스크바 사람들이 많이 변한 것 같은가?"

마술사는 허공에서 나타난 의자에 놀라 숨을 죽이고 있는 객석을 가
만히 바라보았다.

"그렇습니다, 메시르." 파곳-코로비예프가 낮은 목소리로 대답했다.

"그래. 시민들이 많이 변했어…… 난 외적인 것을 말하는 거야. 도시
도 그렇더군. 복장들은 말할 것도 없고, 그…… 그걸 뭐라고 하지……
전차, 자동차……."

"버스." 파곳이 정중하게 알려주었다.

관객들은 그들의 대화가 마술에 앞선 서곡일 것이라고 생각하며, 그 대화를 주의 깊게 듣고 있었다. 무대 양옆으로 배우들과 무대 일꾼들이 모여들었고, 그 사이로 창백하게 굳어 있는 림스키의 얼굴도 보였다.

무대 한쪽에서 휴식을 취하고 있던 벵갈스키가 뭔가 이상하다는 듯한 표정을 짓기 시작한 것은 바로 그때였다. 그는 눈썹을 조금 치켜 올리더니 잠시 대화가 끊긴 틈을 타서 입을 놀리기 시작했다.

"외국에서 오신 아티스트께서 모스크바의 눈부신 기술적 성장과 모스크바 시민들에게 감탄을 표하시고 계십니다." 이 말과 함께 벵갈스키는 일등석과 맨 위층 관람석을 향해 차례로 미소를 지어 보였다.

볼란드와 파곳, 고양이가 사회자 쪽으로 고개를 돌렸다.

"내가 감탄을 표시했었나?" 마술사가 파곳에게 물었다.

"그렇지 않습니다, 메시르. 메시르께서는 전혀 감탄을 표시하지 않으셨습니다." 파곳이 대답했다.

"그런데 저 사람은 무슨 얘기를 하고 있는 거지?"

"거짓말을 한 것입니다!" 체크무늬의 조수는 극장 전체가 울리도록 큰 소리로 말했다. 그리고 벵갈스키 쪽을 돌아보며 덧붙였다. "축하합니다, 시민. 당신은 거짓말을 하셨습니다!"

위층에서 웃음이 터져나왔다. 하지만 벵갈스키는 몸을 흠칫 떨며 두 눈을 동그랗게 떴다.

"물론, 내가 관심이 있는 건 버스나 전화, 그리고……."

"기계장치들!" 체크무늬가 속삭였다.

"그래, 바로 그거야. 고맙네." 마술사는 묵직한 베이스로 천천히 말했다. "버스나 전화, 기계장치들이 아니라, 그보다 훨씬 더 중요한 것, 과연 이 시민들의 내면도 변했을까 하는 문제이지."

"그렇습니다, 주인님. 그것이 가장 중요한 문제입니다."

막 뒤에서 구경하던 사람들이 서로 얼굴을 쳐다보며 어깨를 으쓱거렸고, 벵갈스키는 얼굴이 빨개졌으며, 림스키는 창백해졌다. 하지만 그때 사람들이 불안해하기 시작한 것을 눈치 채기라도 한 듯, 마술사가 다음과 같이 말했다.

"우리가 말을 너무 많이 한 것 같군. 파곳, 관객들이 지루해하고 있어. 뭐 좀 간단한 걸로 한번 시작해보지."

객석에 긴장이 풀리며 웅성거리기 시작했고, 파곳과 고양이가 각광을 따라 양쪽으로 벌려 섰다. 그리고 파곳이 손가락을 튕기며 호쾌하게 소리쳤다.

"셋, 넷!" 그 호쾌한 외침과 함께 허공에서 카드 한 벌을 낚아챈 파곳은 카드를 섞은 뒤 마치 길게 이어진 끈을 날리듯 고양이에게 던져주었다. 그리고 고양이가 그 카드들을 잡아 다시 던져주자, 파곳은 마치 한 마리의 부드러운 비단뱀처럼 펄럭이며 날아오는 카드를 어린 새처럼 입을 벌려 한 장, 한 장 집어삼켰다.

고양이가 오른쪽 뒷발을 빼며 인사를 했고, 우레와 같은 박수가 터져나왔다.

"최고야! 정말 최고야!" 무대 뒤에서도 환호성을 질러댔다.

그때 파곳이 손가락으로 일등석을 가리키며 말했다.

"존경하는 시민 여러분, 지금 카드 한 벌이 일곱번째 줄에 앉아 계신 시민 파르쳅스키의 지갑 속에 들어 있습니다. 좀더 정확히 말씀드리자면, 이혼한 부인인 젤코바 시민에게 지불할 양육비 건으로 법원에서 발부받은 호출장과 삼 루블짜리 지폐 사이에 들어 있지요."

일등석이 웅성거리면서 사람들이 하나둘 몸을 일으키기 시작했다. 그리고 정말로 파르쳅스키라는 이름의 시민이 놀라서 완전히 납빛이 된 얼굴로 지갑에서 카드 한 벌을 꺼내더니 자신이 무슨 짓을 하는지도 모른 채 허공에 대고 카드를 돌리기 시작했다.

"그 카드는 기념으로 간직하십시오!" 파곳이 큰 소리로 말했다. "어제 저녁 식사를 하시면서 포커가 없었다면 모스크바에서의 삶은 정말 견딜 수 없었을 것이라고 하지 않으셨습니까?"

"낡은 수법이야." 맨 위층 객석에서 소리가 들렸다. "저 일등석에 앉아 있는 사람은 한패라고."

"그렇게 생각하십니까?" 소리가 나는 위층 객석을 향해 눈을 가늘게 뜨며 파곳이 소리쳤다. "그렇다면 당신도 우리와 한패시군요. 당신의 주머니에도 카드 한 벌이 들어 있으니까요!"

위층에서 사람들이 들썩이더니 이어 탄성과 함께 떨리는 목소리가 들려왔다.

"정말이야! 이 사람도 있어! 여기, 여기…… 아니, 잠깐! 이건 돈이잖아!"

일등석에 앉아 있던 사람들이 고개를 돌렸다. 위층 객석에서 흥분한 한 시민이 자기 주머니에서 지폐 뭉치를 꺼내들고 있었다. 지폐는 은행에서 바로 나온 것처럼 묶여 있었고, 그 위에는 '천 루블'이라고 적혀 있었다.

옆에 앉아 있던 사람들이 그에게 달려들었고, 그 사람은 놀라서 손톱으로 종잇장을 긁어보았다. 진짜 돈인지, 아니면 그저 마술용 가짜 돈인지 확인하고 싶었던 것이다.

"오, 세상에, 진짜야! 진짜 돈이야!" 위층에서 기쁨에 찬 목소리들이 울려 퍼졌다.

"나도 저런 카드로 게임을 해보고 싶소." 일등석 중간에서 한 뚱뚱한 사람이 유쾌하게 웃으며 요청을 해왔다.

"아베크 플레지르!"² 파곳이 대답했다. "하지만 당신 한 분만 하실 이유는 없지요! 모든 분들이 적극적으로 참여하시게 될 것입니다!" 그리고 구령을 붙였다. "자, 위를 보세요……! 하나!" 그때 그의 손에는 권총이 들려져 있었고, 그는 계속해서 소리쳤다. "둘!" 권총이 위로 치켜 올라갔고, 구령이 다시 한 번 울려퍼졌다. "셋!" 그 순간 번쩍이는 빛과 함께 탕하는 소리가 나더니 둥근 천장에서 하얀 지폐들이 그물을 헤치며 객석 위로 떨어지기 시작했다.

지폐들이 펄럭이며 사방으로 흩어져 맨 위층 객석과 오케스트라 박스, 그리고 무대 위로 떨어졌다. 몇 초 후 돈벼락은 더욱 거세져 의자 바로 앞까지 떨어졌다. 관객들은 돈을 붙잡으려고 손을 뻗치기 시작했다.

수많은 손이 치켜 올라갔고, 관객들은 지폐를 들어 밝은 무대 앞에 대보았으며, 가장 믿을 만하고 틀림없는 투명 표식을 보았다. 냄새도 전혀 의심의 여지가 없었다. 그것은 지금 막 찍어낸 돈에서 나는, 그 어떤 황홀함과도 비교할 수 없는 바로 그 냄새였다. 처음에는 즐거움이, 그리고 잠시 후 놀라움이 온 극장을 사로잡았다. 사방에서 "돈이야, 돈이다" 하는 소리가 울려 퍼졌고, "아, 아!" 하는 탄성과 함께 즐거운 웃음소리가 들려왔다. 어떤 사람은 아예 통로를 기어 다니며 의자 밑을 더듬는가 하면, 제멋대로 이리저리 펄럭이며 떨어지는 지폐들을 잡으려고 의자 위에 올라서 있는 사람들도 많았다.

경찰들의 얼굴에 당황한 기색이 돌기 시작했고, 연기자들은 이제 아무 생각 없이 무대 앞으로 얼굴을 들이밀었다.

그때 2층 특별석에서 누군가 소리쳤다. "지금 뭐 하는 거예요? 그건 내 거예요! 내 쪽으로 날아왔단 말이에요!" 또 다른 목소리도 들려왔다.

"밀지 말아요, 그럼 나도 밀어버릴 거예요!" 그리고 갑자기 철썩하고 따귀를 올려치는 소리가 들리더니, 곧바로 2층 특별석에 경찰의 투구가 나타나 누군가를 끌고 나갔다.

흥분은 점점 더 커져갔다. 만약 파곳이 허공에 대고 휘파람을 불어 돈벼락을 멈추게 하지 않았다면, 이 모든 사태가 어떻게 끝났을지는 아무도 모른다.

의미심장하고 즐거운 시선을 교환한 두 젊은이는 자리에서 일어나 곧장 뷔페로 향했다. 극장 안은 계속해서 소란스러웠고, 모든 관객들의 눈은 흥분으로 반짝거리고 있었다. 정말이지, 벵갈스키가 정신을 차리고 입을 열지 않았다면, 이 모든 것이 어떻게 끝났을지 알 수 없다. 벵갈스키는 어떻게든 정신을 차리려고 애를 쓰면서 평소의 습관처럼 두 손을 비비며 그 어느 때보다도 낭랑한 목소리로 다음과 같이 말했다.

"자, 시민 여러분, 우리는 지금 이른바 집단 최면의 한 예를 보았습니다. 아주 훌륭한 학술적 실험이었습니다. 그 어떤 기적이나 마술도 존재하지 않는다는 것을 이보다 더 훌륭하게 증명해줄 수는 없을 겁니다. 자, 그럼 이제 마에스트로 볼란드에게 이 실험의 비밀을 밝혀주실 것을 부탁해보기로 하죠. 시민 여러분, 이제부터 여러분은 돈처럼 생긴 이 종잇장들이 처음 나타났을 때와 똑같이 사라지게 되는 것을 보시게 될 것입니다."

그리고 벵갈스키는 박수를 치기 시작했다. 하지만 박수를 친 것은 벵갈스키 한 사람뿐이었으며, 그 순간 그는 확신에 찬 미소를 짓고 있었지만 그의 눈에는 아무런 확신도 없었다. 그의 눈에 담긴 것은 오히려 애원에 가까웠다.

관객들은 벵갈스키의 말이 마음에 들지 않았다. 찬물을 끼얹은 듯한 침묵이 찾아왔고, 그 침묵을 깨뜨린 것은 체크무늬 파곳이었다.

194

"저것도 역시, 이른바 거짓말의 한 예입니다." 파곳은 염소의 울음소리처럼 가늘게 떨리는 테너 음으로 소리쳤다. "시민 여러분, 돈은 진짜입니다!"

"브라보!" 객석 위 어딘가에서 베이스 음성이 울렸다.

"그런데 난 저 인간이," 파곳이 벵갈스키를 가리키며 말했다. "정말 지겹군요. 누가 부탁을 한 것도 아닌데, 자꾸 끼어들어 거짓말을 하면서 세앙스³를 망치고 있습니다! 저자를 어떻게 하면 좋을까요?"

"목을 잘라버리시오!" 객석 맨 위층에서 누군가 냉혹하게 말했다.

"지금 뭐라고 하셨지요? 뭐라고요?" 파곳은 그 어이없는 제안에 즉시 반응을 보였다. "목을 잘라버리라고 하셨나요? 좋은 생각입니다! 베혜못!⁴" 그는 고양이에게 소리쳤다. "보여드려! 에인, 츠베이, 드레이!"

그리고 정말로 놀라운 일이 벌어졌다. 검은 고양이가 털을 온통 곤두세우고 소름끼치는 울음소리를 내더니, 다시 몸을 잔뜩 움츠렸다가 마치 표범처럼 곧장 벵갈스키의 가슴을 향해 달려들었다. 그리고 그의 머리 위로 다시 한 번 펄쩍 뛰어 올라가 가르릉 소리와 함께 북실북실한 발로 사회자의 듬성듬성한 머리털을 움켜쥐고 거친 포효와 함께 그의 머리를 두 번 돌려 그 살찐 목에서 뜯어내버렸다.

극장에 있던 이천 오백여 명의 입에서 동시에 비명이 터져나왔다. 목 위로 찢겨 터진 동맥에서 분수처럼 피가 솟구쳐 셔츠의 가슴판과 연미복을 적셨다. 머리가 없는 몸은 잠시 버둥대다가 바닥에 털썩 주저앉았고, 객석에서 여자들의 히스테릭한 비명 소리가 들려왔다. 고양이는 잘린 머리를 파곳에게 넘겼고, 파곳은 그 머리카락을 움켜쥐고 관객들에게 머리를 보여주었다. 그러자 머리는 극장이 떠나가도록 절망적으로 외쳤다.

"의사를 불러줘!"

"또 그런 헛소리를 지껄일 텐가?" 파곳이 울고 있는 머리를 향해 위협하듯 물었다.

"다시는 그러지 않겠습니다!" 머리가 쉬어 갈라지는 소리를 냈다.

"오, 세상에, 그만 하세요!" 갑자기 박스석 쪽에서 터져나온 여자의 목소리가 웅성거리던 소음을 뒤덮었고, 마술사는 그 목소리가 난 쪽으로 고개를 돌렸다.

"그렇다면, 시민 여러분, 이자를 용서해주란 말인가요?" 파곳이 객석을 향해 물었다.

"용서해주세요! 용서해줘요!" 처음에는 한 사람씩 주로 여자들의 목소리가 울려 퍼지기 시작하더니, 잠시 후 그 목소리는 남자들의 목소리와 합쳐져 합창을 이루었다.

"어떻게 할까요, 메시르?" 파곳이 가면을 쓴 사람에게 물었다.

"그래," 그는 생각에 잠긴 채로 대답했다. "저들도 역시 똑같은 인간이야. 돈을 좋아하고, 하긴, 언제나 그랬었지…… 인간이란 종족은 돈을 좋아하지. 그게 무엇으로 만들어진 것이든, 가죽으로 만들어진 것이든, 종이로 만들어진 것이든, 청동, 혹은 금이든. 그래, 생각이 얕은 자들이야…… 하지만…… 때로 그들의 심장에도 동정심이 울리기도 하지…… 평범한 사람들이야…… 예전에도 그랬지…… 주택 문제가 그들을 망쳐놓은 것뿐이야……" 그리고 큰 소리로 명령을 내렸다. "머리를 붙여라."

고양이는 신중하게 조준하여 머리를 목 위에 눌러 붙였고, 머리는 언제 떨어졌었냐는 듯 정확하게 제자리에 얹혀졌다. 무엇보다도 목에는 아무 상처도 남지 않았으며, 고양이가 벵갈스키의 연미복과 풀 먹인 셔츠의 가슴팍을 발로 토닥거리자 핏자국도 감쪽같이 사라졌다. 파곳은 바닥에 주저앉아 있는 벵갈스키를 일으켜 그의 연미복 주머니에 돈다발을 쑤셔 넣고 다음과 같이 말하면서 그를 무대 뒤로 내보냈다.

"자, 이제 그만 사라져주시죠! 당신이 없는 편이 훨씬 더 즐거우니까."

사회자는 정신이 나간 사람처럼 멍하니 주위를 둘러보며 화재경보기 앞까지 걸어갔다. 그리고 그곳에서 그의 상태는 더욱 나빠졌다. 갑자기 고통스럽게 비명을 지르기 시작한 것이다.

"내 머리, 내 머리!"

사람들이 그에게 달려갔고, 그중에는 림스키도 끼어 있었다. 사회자는 눈물을 흘렸고, 허공에 있는 무언가를 부여잡으려는 듯 헛손질을 하면서 중얼거렸다.

"제 머리를 돌려주세요! 제 머리를 돌려주세요! 아파트도 가져가시고, 그림도 다 가져가세요, 머리만, 제 머리만 돌려주세요!"

급사가 의사를 부르러 뛰어가고, 사람들은 벵갈스키를 분장실 소파에 눕혀보려고 했지만, 그는 사람들을 뿌리치며 점점 더 난폭해졌다. 마차를 부르러 보내야 했다. 불행한 사회자가 실려 가고 나서 림스키는 다시 무대 쪽으로 달려갔다. 그때 무대에서는 새로운 기적이 벌어지고 있었다. 같은 시간, 혹은 그보다 조금 앞서, 마술사는 그의 빛바랜 의자와 함께 무대에서 사라지고 없었지만, 관객들은 그러한 사실조차 눈치 채지 못하고 있었다. 무대 위에서 파곳이 펼치고 있는 기상천외한 일들에 정신이 팔려 있었던 것이다.

괴로워하는 사회자를 쫓아버린 파곳은 관객들에게 다음과 같이 선언했다.

"자, 이제 귀찮은 인간도 사라졌으니 숙녀분들을 위한 상점을 개장하겠습니다!"

그 순간 무대 바닥이 페르시아제 양탄자로 덮였고, 양쪽에 초록색 형광등이 달린 거대한 거울들과 그 사이사이에 배치된 진열장들이 무대 위에 나타났다. 관객들은 즐거운 비명을 지르며 진열장 속에 들어 있는, 파리에서 금방 날라온 듯한 색색의 최신 유행 여성복들을 보았다. 하지만 그것이 전부가 아니었다. 옷이 걸린 진열장들 옆으로 작은 깃털이 달린 모자, 깃털 없는 모자, 버클 달린 모자, 버클이 없는 모자 등등 수백 개의 숙녀용 모자들과 검은색, 흰색, 노란색, 갈색, 비단 구두, 양가죽 구두, 끈 달린 구두, 보석 박힌 구두 등등 수백 켤레의 구두가 번쩍거리고 있는 진열장들도 있었다. 구두들 사이에는 각종 향수병들과 영양 가죽, 다룸가죽, 실크로 만든 가방들이 산더미처럼 쌓여 있었고, 금으로 세공을 한 립스틱 케이스들도 무더기로 쌓여 있었다.

갑자기 어디서 나타났는지 검은 이브닝드레스를 입은 빨강 머리의 여인이(목에 난 야릇한 상처만 아니었다면, 그 여자는 정말 완벽했다고 할 수 있다) 진열장 앞에 서서 상점 주인인 양 미소를 짓고 있었다.

이어 파곳이 달콤한 미소를 지으며 낡은 부인복과 구두를 완전 무상으로 파리제 의상과 파리제 구두로 교환해주겠다고 공표했다. 그는 핸드백과 그 외의 물건들도 동일하게 적용된다는 말도 잊지 않았다.

고양이가 뒤축을 붙여 인사하듯 뒷다리를 붙여 모으고, 앞발로는 수위가 문을 열어줄 때 하는 것과 같은 제스처를 취했다.

진열장 앞의 여자가 약간 목이 쉰 듯하면서도 달콤한 목소리로 뭔가를 읊조리기 시작했다. 발음이 분명치 않아 잘 알아들을 수 없긴 했지만, 일등석에 앉은 여자들의 얼굴로 보건대 그 내용은 무척 유혹적인 것 같았다.

"겔랑, 샤넬 넘버 파이브, 미치코, 나르시스 누아르, 야회복, 칵테일 파티복……."

파곳은 무대를 휘젓고 다니고, 고양이는 계속해서 인사를 했으며, 여자는 유리로 된 진열장을 하나하나 열어 보였다.

"자, 어서 오십시오!" 파곳이 큰 소리로 외쳤다. "격식을 차리시거나 조금도 불편하게 생각하실 것 없습니다!"

관객들은 흥분했지만, 선뜻 무대로 나가는 사람은 아무도 없었다. 그러다가 마침내 일등석 열번째 줄에서 한 금발의 여인이 용기를 냈다. 여자는 누가 뭐라고 욕을 하든 자기는 상관없다는 듯 미소를 지으며 객석 옆 통로를 따라 무대 위로 올라갔다.

"브라보!" 파곳이 소리쳤다. "첫번째 고객이 오셨군요. 환영합니다! 베헤못, 의자! 마담, 구두부터 시작하시죠!"

금발의 여자가 의자에 앉자마자, 파곳이 그녀 앞의 양탄자 위로 산더미같이 구두를 쏟아 부었다. 금발의 여자는 신고 있던 오른쪽 구두를 벗고, 라일락 빛 구두를 신었다. 그리고 양탄자 위를 걸어보며 뒤축을 쳐다보았다.

"구두가 좀 조이지 않을까요?" 여자가 골똘히 생각하며 물었다. 그러자 파곳은 모욕이라도 받은 사람처럼 고함을 질러댔다.

"무슨 말씀을, 지금 무슨 말씀을 하시는 겁니까!" 이어 고양이도 모욕을 느꼈는지 그르렁거렸다.

"므슈, 이걸로 하겠어요." 금발의 여자가 나머지 한쪽을 마저 신으며 고상하게 말했다.

금발 머리의 낡은 구두는 막 뒤로 내던져졌고, 빨강 머리 여인과 각기 다른 스타일의 드레스 몇 벌을 옷걸이 채 날라온 파곳과 함께 금발 머리도 막 뒤로 사라졌다. 고양이는 온갖 수선을 떨며 조수 노릇을 하고 있었고, 자신이 얼마나 중요한 존재인지를 보여주기 위해 목에 줄자까지 걸고 있었다.

잠시 후 막 뒤에서 금발 머리 여자가 나오자 일등석 전체에 탄성이 울려 퍼졌다. 놀랄 만큼 아름다워진 그 대담한 여자는 거울 앞에 서서 다 드러난 어깨를 조금씩 움직이며 목덜미의 머리카락을 매만졌고, 허리를 돌려 자신의 뒷모습을 쳐다보기도 했다.

　　"이건 저희 회사에서 기념으로 드리는 선물입니다. 받아주십시오." 파곳은 이 말과 함께 향수병이 든 작은 상자를 금발 머리에게 내밀었다.

　　"메르시." 금발 머리는 거만하게 대답을 하고는 통로를 따라 일등석으로 내려갔다. 그녀가 옆을 지나갈 때마다 관객들은 자리에서 일어나 그 상자를 손으로 만져보았다.

　　그리고 바로 그 순간 억눌려졌던 욕구가 일제히 터져나왔다. 사방에서 여자들이 무대 위로 달려들기 시작한 것이다. 흥분한 목소리, 웃음, 한숨 소리와 함께 다음과 같은 남자들의 목소리가 들려왔다. "어딜 나간다는 거야!" 이어지는 여자의 목소리, "폭군, 소시민 같으니! 팔 부러지겠어요!" 여자들은 막 뒤로 몰려가서 자신들이 입고 있던 옷을 벗어던지고, 새 옷을 입고 나왔다. 금빛으로 번쩍이는 의자들마다 여자들이 줄줄이 앉아 새 구두를 신은 발로 양탄자를 열심히 토닥이고 있었다. 파곳은 아예 무릎을 꿇고 앉아 연신 구두 주걱을 놀리고 있었으며, 고양이는 산더미처럼 쌓인 핸드백과 구두에 깔려 헐떡이며 진열장과 의자 사이를 휘젓고 다녔다. 목에 흉터가 난 여자는 계속해서 나타났다가는 또 어디론가 사라졌으며, 이제 완전히 프랑스어로, 그것도 아주 빨리 말하기 시작했는데, 놀랍게도 여자들은 그녀의 말을 모두 알아들을 수 있었다. 프랑스어라고는 한마디도 모르던 여자들까지도 말이다.

　　여기서 모두를 다시 한 번 놀라게 한 것은 슬그머니 무대 위로 기어올라온 한 남자였다. 그는 자신의 부인이 독감에 걸렸으며, 그래서 자신이 대신해서 그녀에게 줄 뭔가를 받고 싶다고 말했다. 그 시민은 자신이 정말로 결혼한 사람이라는 것을 증명하기 위해 신분증을 제시할 준비까지 되어 있었다. 이 자상한 남편의 청에 극장 안은 웃음바다가 되었고, 파곳은 신분증 같은 건 필요 없다고 큰 소리로 떠들어대면서 실크 스타킹 두 켤레를 그에게 안겨주었다. 고양이는 작은 립스틱을 덤으로 얹어주기도 했다.

뒤늦게 몇몇 여자들이 무대 위로 달려 나갔고, 무대에서는 무도회복이나 용무늬가 그려진 잠옷, 혹은 깔끔한 정장에 한쪽 눈썹 아래로 비스듬히 모자를 눌러 쓴 행복한 표정의 여자들이 계속해서 쏟아져 나왔다.

이제 시간이 다 되었으니, 정확히 일 분 후 상점 문을 닫고 내일 저녁에 다시 열겠다는 파곳의 공지가 있자, 무대 위에는 믿기 어려울 정도의 혼란이 벌어졌다. 여자들은 신어보지도 않고 황급히 구두를 움켜쥐었다. 또 돌풍처럼 막 뒤로 달려 들어가, 입고 있던 옷을 죄다 벗어던지고, 손에 걸리는 대로 커다란 꽃무늬가 그려진 실크 가운과 향수 두 병을 챙긴 여자도 있었다.

정확히 일 분 후 총성이 울리자, 거울들은 사라졌고, 진열장과 등받이 없는 의자들도 꺼져버렸으며, 양탄자는 막과 함께 허공 속으로 연기처럼 사라졌다. 마지막으로 높이 쌓아올려진 낡은 옷과 구두들이 사라지고, 무대는 다시 엄숙해졌고, 벌거벗은 것처럼 텅 비어버렸다.

그리고 바로 그때 새로운 등장인물이 나타났다.

2층 두번째 박스석에서 성량이 풍부하고 울림이 좋으며, 꽤 단호한 어조의 바리톤이 들려왔다.

"아티스트 시민, 이제 당신들이 보여준 마술들, 특히 돈을 가지고 한 그 마술에 대해 어떻게 한 것인지 관객들에게 밝혀주셨으면 하오. 사회자도 다시 무대로 모셔주셨으면 좋겠소. 관객들은 그가 어떻게 되었을지 무척 궁금해하고 있소."

바리톤의 주인은 다름 아닌, 오늘 저녁 공연의 주빈인 모스크바 음향위원회 의장 아르카디 아폴로노비치 셈플레야로프였다.

아르카디 아폴로노비치는 두 여자와 함께 2층 박스석에 자리하고 있었다. 그중 한 여자는 최신 유행의 값비싼 옷을 입은 중년의 부인이었고, 다른 한 여인은 좀더 젊고 예뻤으며, 다소 소박해 보이는 차림을 하고 있었다. 첫번째 여인은 이후 보고서가 작성되면서 바로 밝혀졌듯이 아르카디 아폴로노비치의 부인이었고, 두번째 여인은 그의 먼 친척으로, 얼마 전 사라토프에서 와서 아르카디 아폴로노비치 부부와 한 집에서 살고 있는 촉망받는 신참내기 여배우였다.

"파르동!"⁵ 파곳이 말했다. "실례지만, 지금 여기서 밝힐 것은 아무것도 없습니다. 모든 것이 분명하니까요."

"미안하지만, 그렇지가 않소! 비밀을 반드시 밝혀주셔야겠소. 그렇지 않으면 여러분이 보여준 멋진 공연은 아주 좋지 않은 인상을 남기게 될 것이오. 관객들도 모두 해명을 요구하고 있소."

"관객들은," 무례하기 짝이 없는 광대가 셈플레야로프의 말을 가로막았다. "아무 말씀도 없는 것 같은데요? 하지만 아르카디 아폴로노비치, 존경하는 당신의 제안을 받아들여 제가 비밀을 밝혀드리도록 하겠습니다. 그런데 그 전에 아주 작은 마술을 하나 보여드려도 될까요?"

"물론이오." 아르카디 아폴로노비치는 관대하게 대답했다. "단, 비밀을 반드시 밝혀주셔야 하오!"

"잘 알겠습니다. 자, 그럼, 아르카디 아폴로노비치, 어제저녁 어디에 계셨는지 여쭤봐도 될까요?"

이 난데없고 무례하기까지 한 질문에 아르카디 아폴로노비치의 얼굴색이 변했다. 그것도 아주 심각하게.

"아르카디 아폴로노비치는 어제저녁에 음향위원회 회의가 있어서 거기 다녀오셨어요." 아르카디 아폴로노비치의 아내가 아주 거만하게 밝혔다. "그런데 그게 이 마술과 무슨 상관이 있다는 건지 모르겠군요."

"위, 마담!"⁶ 파곳이 말했다. "당신은 모르시는 게 당연하지요. 그리고 회의 건은 부인께서 완전히 잘못 알고 계신 것입니다. 조금 전에 말씀하신 회의, 사실 어제 그런 회의는 있지도 않았습니다만, 어쨌든 그 회의에 참석하기 위해 나온 아르카디 아폴로노비치는 치스티에 프루디 거리에 있는 음향위원회 건물 앞에서 기사를 돌려보냈습니다. (여기서 극장 전체가 조용해졌다.) 그리고 아르카디 아폴로노비치 자신은 버스를 타고 옐로호프 거리에 있는 지방 순회 극단의 여배우 밀리차 안드레예브나 포코바티코의 집을 방문하여, 그곳에서 네 시간가량을 머무셨습니다."

"아!" 찬물을 끼얹은 듯한 침묵 속에서 누군가의 고통스러운 탄식이 흘러나왔다.

그때 아르카디 아폴로노비치의 젊은 여자 친척이 갑자기 나지막하면서도 섬뜩한 웃음소리를 내기 시작했다.

"바로 그거였군!" 그녀가 소리를 질렀다. "하긴 벌써 감을 잡고 있긴 했지만……. 그 형편없는 여자가 어떻게 루이자⁷ 역을 따낸 건지, 이제 알겠어."

그러더니 갑자기 짧고 두툼한 보라색 양산을 휘둘러 아르카디 아폴로노비치의 머리를 내려쳤다.

그러자 뻔뻔스러운 파곳, 그러니까 코로비예프가 다음과 같이 소리를 질렀다.

"존경하는 시민 여러분, 바로 이것이 아르카디 아폴로노비치가 그처럼 집요하게 밝혀달라고 하신 바로 그 비밀 중의 하나입니다!"

"못된 것, 네가 뭔데 이 사람을 건드리는 거야?" 2층 박스석에서 아르카디 아폴로노비치의 아내가 거대한 몸을 일으키며 무섭게 다그쳤다.

그러자 그 젊은 여자 친척은 다시 한 번 악마 같은 웃음을 터트렸다.

"내가 아니면," 그녀가 깔깔거리며 대답했다. "그럼 누가 건드려도 된다는 거지!" 그러고는 다시 한 번 아르카디 아폴로노비치의 머리에서 튕겨져 나온 양산의 퍽 하는 소리가 울려 퍼졌다.

"경찰을 불러! 이 여자를 당장 체포해요!" 셈플레야로프의 아내는 사람들의 가슴이 서늘해질 만큼 무시무시한 소리로 고함을 쳤다.

그리고 바로 그때 고양이가 각광 쪽으로 펄쩍 뛰어오르더니, 난데없이 온 극장에 대고 사람의 목소리로 소리를 지르기 시작했다.

"세앙스는 끝났습니다! 마에스트로! 행진곡 하나 때려주세요!!"

어리둥절해진 지휘자는 자기가 무엇을 하고 있는지도 모르는 채 지휘봉을 휘둘렀다. 그러자 오케스트라는 난잡하기가 이를 데 없는 괴상한 행진곡을, 연주도, 굉음도 아닌, 저 혐오스러운 고양이의 표현 그대로 때려주었다.

그 순간 언젠가 별이 반짝이는 남쪽 하늘 아래 음악 카페에서 들었던 것 같은, 그 뜻은 도무지 알 수 없었지만, 그래도 호기 넘치던 한 행진곡의 가사가 떠올랐다.

　　각하께서는
　　집에서 기르는 새들을 좋아하셨지
　　예쁜 처녀들도

보살펴주셨고!!!⁸

아니 어쩌면 이런 가사는 존재하지도 않았고, 그 곡에는 아주 고상하지 못한 다른 가사가 붙어 있었는지도 모르겠다. 어쨌든 중요한 것은 그게 아니다. 중요한 것은 이 모든 일이 있은 후 버라이어티에서 바벨탑의 전설과도 같은 일이 벌어지기 시작했다는 것이다. 셈플레야로프가 앉아 있던 2층 박스석으로 경찰이 달려갔고, 호기심이 많은 사람들이 칸막이로 들러붙었으며, 지옥에서 터져나오는 것 같은 웃음소리와 광포한 외침들이 들려왔고, 그 소리들은 다시 오케스트라에서 울리는 심벌즈의 황금빛 울림 속에 묻혔다.

그리고 무대가 갑자기 텅 비어 있는 것이 보였다. 사기꾼 파곳은 뻔뻔스러운 고양이 베헤못과 함께 허공 속으로 녹아 사라져버렸다. 앞서 낡은 의자에 앉아 있던 마술사가 사라졌던 것처럼.

제13장
주인공의 등장

그렇게 그 낯선 사람은 손가락으로 이반을 위협하며 속삭였다. "쉿!"

이반은 침대에서 다리를 내리고 소리가 나는 쪽을 가만히 살펴보았다. 검은 머리에 깨끗하게 면도를 한 남자가 발코니에 서서 조심스럽게 방 안을 둘러보고 있었다. 그는 날카로운 코에 두 눈은 불안해 보이고 이마 위로 머리카락을 늘어뜨리고 있었으며, 나이는 서른여덟쯤 되어 보였다.

이반이 혼자 있음을 확인하고도 잠시 귀를 기울이고 있던 그 비밀스러운 방문자는 마침내 용기를 내어 방으로 들어왔다. 이반은 그제야 그가 환자복을 입고 있다는 것을 알아차렸다. 그는 맨발에 슬리퍼를 신고 있었으며, 어깨에는 갈색 가운이 걸쳐져 있었다.

그는 그렇게 이반의 방으로 들어와 이반에게 눈을 찡긋하고는 열쇠 꾸러미를 주머니에 감추었다. 그리고 속삭이듯 작은 소리로 물었다. "잠깐 앉아도 될까요?" 이반이 고개를 끄덕이자 그는 팔걸이가 있는 의자로 가서 앉았다.

"어떻게 여기 들어온 거죠?" 이반은 바싹 마른 손가락의 위협에 복종

하듯 작은 소리로 물었다. "발코니의 철문이 잠겨 있지 않나요?"

"잠겨 있지요." 손님이 말했다. "프라스코비야 표도로브나는 사람이 아주 좋긴 한데, 부주의한 게 흠이지요. 한 달 전쯤 내가 그녀의 열쇠 꾸러미를 슬쩍했습니다. 그래서 이렇게 모든 발코니를 드나들 수 있게 된 거죠. 2층 전체의 발코니가 둥글게 이어져 있어서 이렇게 이따금씩 이웃을 방문하는 겁니다."

"발코니로 나갈 수 있다면 도망을 칠 수도 있을 텐데…… 아니면 너무 높아서 안 되나요?" 이반이 궁금해했다.

"아니," 손님은 단호하게 대답했다. "내가 여기서 도망칠 수 없는 건 높아서가 아니라 도망칠 곳이 없기 때문입니다." 그리고 잠시 말을 끊었다가 다시 말을 이었다. "어쨌든 같이 좀 앉지 않으시겠습니까?"

"그러죠." 이반은 왠지 몹시 불안해 보이는 낯선 자의 갈색 눈을 들여다보며 대답했다.

"저……" 손님이 갑자기 흥분을 하며 말했다. "그런데 당신은 난폭한 사람은 아니겠죠? 난, 그러니까 시끄러운 소리나 소동, 폭력, 그런 것들을 견디지 못합니다. 특히 난 사람들의 비명 소리가 너무 싫습니다. 고통의 비명이든, 분노나 다른 어떤 비명이든. 제가 진정할 수 있도록 말해주십시오. 당신은 난폭한 사람은 아니겠죠?"

"어제 레스토랑에서 어떤 놈의 상판을 한 대 갈겨주었습니다." 이미 전과 달라진 시인이 용감하게 실토했다.

"이유는?" 손님이 엄격한 목소리로 물었다.

"사실 그럴 만한 이유도 없었습니다." 이반은 얼굴을 찌푸리며 대답했다.

"어떻게 그런 짓을……" 손님이 이반을 책망했다. 그리고 계속해서 말했다. "게다가 그걸 뭐라고 표현하셨죠? 상판을 한 대 갈겼다고 했습니까? 그러니까 당신은 인간에게 있는 것이 상판인지 얼굴인지도 모르고 있는 겁니다. 분명히 얼굴이었을 텐데, 그런데 당신은 주먹으로…… 안 됩니다. 더 이상 그런 짓은 하지 마십시오, 절대로."

그렇게 이반에게 훈계를 하고 나서 다시 손님이 물었다.

"직업은?"

"시인입니다." 이반은 왠지 내키지 않는 듯 대답했다.

방문자는 괴로운 듯 탄성을 질렀다.

"아, 난 왜 이렇게 운이 없는 걸까!" 하지만 곧 진정이 된 듯 미안하다고 말을 하며 다시 물었다. "이름은?"

"베즈돔니."

"이런, 이런……." 손님은 인상을 쓰며 말했다.

"왜 그러시죠? 제 시가 마음에 안 드시나 보죠?" 이반이 호기심에 차서 물었다.

"끔찍할 정도로."

"어떤 시를 읽으셨는데요?"

"난 당신의 시는 한 편도 읽지 않았소!" 방문객이 신경질적으로 소리를 질렀다.

"그런데 어째서 그런 말씀을 하시는 거죠?"

"내가 그것을 읽지 않았다는 것이 그렇게 큰 문제가 됩니까? 아니면…… 어떤 기적이라도 있었단 말인가요? 좋습니다. 그럼 믿어보기로 하지요. 당신이 직접 말해보십시오. 당신의 시는 훌륭합니까?"

"끔찍하지요!" 이반은 갑자기 너무나도 대담하고 솔직하게 대답했다.

"더 이상 쓰지 마십시오!" 방문자는 애원하듯 부탁했다.

"약속합니다. 맹세하겠습니다!" 이반이 엄숙하게 말했다.

두 사람은 악수로 맹세를 확인했다. 그리고 그때 복도에서 부드러운 발소리와 목소리가 들려왔다.

"쉿." 손님은 이렇게 속삭이고 발코니로 뛰어나가 밖에서 철창을 잠갔다.

프라스코비야 표도로브나가 들어와 주위를 살피고는 이반의 기분이 어떤지, 불을 켜놓고 자고 싶은지 아니면 어둡게 하고 자고 싶은지를 물었다. 이반은 불을 그대로 켜놔달라고 말했고, 프라스코비야 표도로브나는 환자에게 잘 자라는 인사와 함께 밖으로 나갔다. 그렇게 사방이 조용해지자 다시 손님이 돌아왔다.

그는 작은 목소리로 119호실에 불그스레한 얼굴의 뚱뚱한 환자가 새로 들어왔으며, 그 신참내기가 끊임없이 환기통에 들어 있는 무슨 지폐에 대해 중얼거리면서 사도바야에 부정한 기운이 침입했다고 주장하고 있음을 이반에게 알려주었다.

"푸시킨에게 온갖 욕을 해대면서 계속해서 '쿠롤레소프, 앙코르, 앙코르!' 하고 소리를 지르고 있습니다." 손님은 불안한 듯 얼굴에 경련을 일으키며 말했다. 하지만 잠시 후 안정을 되찾은 듯 의자에 앉아 "어쨌든 신께서 함께하시기를"라고 말하고는 이반과의 대화를 계속했다. "그런데 당신은 무슨 일로 여기 들어오게 된 거죠?"

"본디오 빌라도 때문입니다." 이반이 음울하게 바닥을 내려다보며 대답했다.

"뭐요?!" 손님이 조심성을 잃고 소리를 질렀다. 그러고는 황급히 손으로 자기 입을 막았다. "어떻게 이런 우연의 일치가! 자세히 얘기해줘요, 제발, 어서!"

이반은 왠지 그 낯선 사람에게 믿음이 가는 것을 느끼며, 처음엔 좀 더듬기도 하고, 부끄러워하기도 했지만, 곧 용기를 내어 어제 파트리아르흐 연못에서 있었던 일을 이야기하기 시작했다. 그리고 이반 니콜라예비치는 그 비밀스러운 열쇠 도둑에게서 진정한 경청자의 모습을 보았다! 손님은 이반을 정신병자로 취급하지 않았고, 그가 하는 말 하나하나에 굉장한 관심을 보였으며, 이야기가 전개됨에 따라 마치 황홀경에 빠져든 듯했다. 흥분한 그는 수시로 다음과 같이 말하며 이반의 말을 중단시켰다.

"그래서, 그래서, 계속해요, 계속. 오, 제발! 하나도 절대, 절대 빠트리지 말아요!"

이반은 아무것도 빠트리지 않았다. 이젠 그도 이야기하는 것이 어렵지 않았다. 이야기는 점차 진행되어 본디오 빌라도가 핏빛 안감을 댄 흰 망토를 입고 발코니로 나오는 순간에 이르렀다.

그러자 손님이 기도를 하는 것처럼 두 손을 모으고 중얼거렸다.

"오, 내가 생각했던 대로야! 오, 모두 내가 생각했던 그대로야!"

베를리오즈의 끔찍한 죽음 이야기를 듣던 그가 갑자기 적의로 불타오르는 눈빛을 하며 수수께끼 같은 말을 했다.

"그 자리에 베를리오즈가 아니라 비평가 라툰스키나, 작가 므스치슬라프 라브로비치가 있었어야 했는데." 그리고 몹시 흥분한 채로, 하지만 거의 들릴 듯 말 듯한 소리로 외쳤다. "계속하시오!"

고양이가 차장에게 돈을 낸 대목에서 손님은 무척 재밌어했다. 자신의 이야기가 성공적으로 진행되는 것에 흥분한 이반은 쭈그리고 앉아 수염 바로 옆에 십 코페이카짜리 동전을 들고 있는 고양이를 흉내 내면서 껑충 뛰었고, 그 모습을 본 손님은 소리가 나지 않게 하려고 애를 쓰며 숨이 넘어갈 듯 웃어댔다.

"그래서 이렇게," 그리보예도프에서 있었던 일을 다 이야기하고 나서 우울해진 이반이 얼굴을 찌푸리며 말을 맺었다. "여기에 오게 된 겁니다."

손님은 안됐다는 듯 불쌍한 시인의 어깨에 손을 올려놓으며 말했다.

"불쌍한 시인! 하지만 모두 당신이 잘못한 것입니다. 그에게 그렇게 무례하게 굴지 말았어야 했습니다. 당신은 그 대가를 치른 것입니다. 그래도 당신은 비교적 가볍게 대가를 치른 것에 감사를 해야 할 것입니다."

"그런데 대체 그자는 누구지요?" 격앙된 이반이 주먹을 흔들며 물었다.

손님은 이반을 가만히 쳐다보았다. 그리고 대답 대신 다음과 같은 질문을 던졌다.

"흥분하지 않을 자신 있습니까? 여기에 있는 우리들은 모두 희망이 없는 사람들입니다…… 의사를 부르고, 주사를 놓고, 온갖 소동을 피우고, 그러지 않으실 수 있습니까?"

"아니요, 절대 그러지 않을 겁니다!" 이반이 소리쳤다. "말해주십시오. 그자는 누구입니까?"

"음, 좋습니다." 손님이 대답했다. 그리고 한마디 한마디에 힘을 주며 말했다. "어제 당신이 파트리아르흐 연못에서 만난 자는 사탄입니다."

이반은 약속한 대로 흥분하지 않았다. 하지만 역시 무척 당혹스러워했다.

"그럴 리가 없어! 사탄은 존재하지 않아!"

"아니요! 다른 사람이라면 몰라도, 당신은 그렇게 말할 수 없지요. 당신은 그자에게 당한 첫번째 사람들 중 하나입니다. 그리고 이렇게 당신은 정신병원에 앉아 있습니다. 그런데도 계속해서 그가 존재하지 않는다고 말을 하고 있으니, 그거야말로 이상한 것 아닙니까!"

혼란에 빠진 이반은 아무 말도 하지 않았다.

"당신이 그자를 묘사하기 시작할 때부터, 나는 당신이 어제 누구와 이야기를 나눈 것인지 바로 알아차릴 수 있었습니다. 하지만 내가 정말 알 수 없는 것은 베를리오즈입니다! 당신이야, 물론, 순진한 사람이니까." 손님은 이야기를 계속했다. "하지만 내가 아는 베를리오즈는 그래도 뭘 좀 읽은 사람인데! 그 교수의 말 첫마디에 내 모든 의심은 사라졌습니다. 아, 어떻게 그를 알아보지 못할 수가 있습니까! 그럼 당신은…… 다시 한 번 실례를 무릅쓰고 말씀드리겠습니다. 내 짐작이 틀리지 않다면, 당신은 아무 교육도 못 받으셨을 거예요, 그렇죠?"

"그렇습니다." 이반은 인정했다. 그는 이제 완전히 다른 사람이 되어 있었다.

"그래요…… 그래서 당신이 말한 얼굴도…… 서로 다른 눈, 눈썹도 못 알아본 거였어요! 실례지만, 혹시 오페라 「파우스트」'도 본 적이 없습니까?"

이반은 왠지 몹시 당황하면서, 빨개진 얼굴로 얄타에 있는 요양소로 여행을 갔던 일에 대해 중얼거리기 시작했다.

"그래요, 그래…… 놀랄 일도 아니죠! 하지만 다시 한 번 말하지만, 내가 놀란 건 베를리오즈입니다…… 그는 책을 많이 읽은 사람일 뿐만 아니라 아주 교활한 사람입니다. 굳이 그를 변호한다면, 볼란드는 그보다 더 교활한 사람의 눈도 속일 수가 있을 겁니다."

"지금 뭐라고 하셨죠?" 이번에는 이반이 소리를 쳤다.

"조용!"

이반은 자기 이마를 손바닥으로 내려치면서 씩씩거렸다.

"맞아요, 맞아. 그자의 명함에 'W'자가 있었어요. 아아, 바로 그거였어!" 충격에 빠진 이반은 한동안 말없이 철창 너머로 떠오르고 있는 달을 가만히 바라보았다. 그리고 다시 말을 이었다. "그렇다면 그가 정말로 본 디오 빌라도의 궁에 있었다는 겁니까? 그러니까 그때 벌써 태어났던 건가요? 그런데도 사람들은 나를 미치광이라고 부르고 있어요!" 흥분한 이반이 문을 가리키며 말했다.

손님의 입가에 쓸쓸한 주름이 만들어졌다.

"진실을 똑바로 봅시다." 손님은 구름 사이로 달아나고 있는 달을 향해 몸을 돌렸다. "당신도 나도 미치광이라는 걸 인정해야 합니다! 그가 당신에게 충격을 주었고, 당신은 혼란에 빠졌습니다. 물론 당신에겐 그럴 만한 이유가 있었죠. 하지만 당신이 이야기한 것은 분명히 현실에서 일어난 일입니다. 그리고 그 일은 스트라빈스키처럼 천재적인 심리학자도 믿지 않을 만큼 비상한 일입니다. 그가 당신을 진찰했죠? (이반이 고개를 끄덕였다.) 당신과 대화를 나누던 자는 빌라도와 함께 있었습니다. 칸트의 저녁 식사에도 같이 있었고, 그리고 이제 그가 모스크바를 찾아온 겁니다."

"그러니까, 빌어먹을, 지금도 뭔가를 꾸미고 있을 거란 말입니다! 어떻게든 그자를 잡아야 하지 않을까요?" 그 목소리는 완전히 확신에 찬 것은 아니었다. 하지만 새로운 이반 속에 아직 완전히 죽지 않은 예전의 이반이 고개를 들이밀고 있었다.

"벌써 해보지 않았습니까, 다시 한다 해도 마찬가지일 겁니다." 손님이 빈정거리듯 말했다. "난 다른 사람들에게도 권하진 않을 겁니다. 그가 뭔가 꾸미고 있다는 것은 분명합니다. 아, 아! 내가 참을 수 없는 건 내가 아닌 당신이 그를 만났다는 것입니다! 모든 것이 다 타버리고 재로 남아버린다고 해도, 그 만남을 위해서라면, 맹세컨대, 난 내 모든 것을, 프라스코비야 표도로브나의 열쇠 꾸러미까지도 내주었을 겁니다. 난 그것 말고는 가지고 있는 것이 아무것도 없으니까. 나는 거지니까!"

"당신한테 그가 왜 그렇게 중요한 거죠?"

손님은 한참 동안을 우울하게 앉아 있었다. 몸을 떨면서. 그리고 마침내 입을 열었다.

"정말 이상한 얘기 같지만, 내가 여기 앉아 있는 것도 당신과 똑같이, 바로 그 본디오 빌라도 때문입니다." 손님은 겁에 질린 눈으로 주위를 둘러보며 말했다. "그러니까 일 년 전 나는 빌라도에 대한 소설을 썼습니다."

"당신도 작가십니까?" 시인이 흥미롭다는 듯 물었다.

손님은 얼굴을 찌푸리며 이반을 향해 주먹을 흔들어 보이고는 말했다. "나는 거장입니다." 그의 표정이 엄숙해졌다. 그는 가운 주머니에서 잔뜩 손때가 묻은 검은 모자를 꺼냈다. 그 모자 위에는 노란 실크로 'M' 자가 수놓아져 있었다. 그는 자신이 거장이라는 사실을 증명하기라도 하듯 그 모자를 쓰고, 이반에게 자신의 옆모습과 정면을 보여주며 비밀스럽게 덧붙였다. "그녀가 직접 내게 만들어준 것입니다."

"그런데 당신 성함이 어떻게 되신다고 했죠?"

"더 이상 나에게 이름은 없습니다." 이상한 방문객은 음울하고 경멸하는 듯한 어조로 대답했다. "나는 이름을 버렸습니다. 삶의 모두를 버린 것처럼. 그 얘긴 그만둡시다."

"그럼 소설 얘기라도 해주십시오." 이반이 정중하게 부탁했다.

"좋습니다. 나의 삶은, 그러니까, 정말 평범하지 않은 것이었습니다." 방문객이 이야기를 시작했다.

……역사학을 전공한 그는 이 년 전까지만 해도 모스크바에 있는 한 박물관에서 일을 하고 있었다. 그는 박물관에서의 일 외에 번역을 하기도 했다……

"어떤 나라 말을?" 궁금해진 이반이 물었다.

"나는 우리말 외에 다섯 가지 언어를 할 줄 압니다." 방문객이 대답했다. "영어, 프랑스어, 독일어, 라틴어, 그리고 그리스어. 이탈리아어도 조금은 읽을 줄 알지요."

"대단하군요!" 이반은 부러운 듯 속삭였다.

역사가는 혼자 살고 있었다. 친척이라곤 한 사람도 없었고, 모스크바에 아는 사람도 거의 없었다. 그런 그가 어느 날 십만 루블이란 돈을 손에 쥐게 되었다.

"난 정말 깜짝 놀랐습니다." 검은 모자를 쓴 방문객이 속삭였다. "빨래 바구니를 뒤적이다 그 속에서 신문에 난 것과 똑같은 번호가 적혀 있는 채권을 본 것입니다!" 그는 설명했다. "박물관에서 받은 채권이었지요."[2]

그렇게 십만 루블을 번 이반의 수수께끼 같은 방문객은 제일 먼저 책을 사고 자신이 살던 먀스니츠카야 거리의 방을 버렸다…….

"우, 정말 끔찍한 곳이었죠!" 그가 거칠게 내뱉었다.

……그리고 아르바트 근처에 사는 한 건축업자로부터 조그만 정원이 딸린 작은 집의 지하 방 두 개를 세냈다. 그런 다음 박물관 일을 그만두고, 본디오 빌라도에 대한 소설을 쓰기 시작했다……

"아, 그때가 정말로 내 인생의 황금기였습니다!" 그가 눈을 반짝이며 속삭였다. "완전한 독채였습니다. 현관도 있었고, 물이 나오는 개수대도 있었습니다." 무엇 때문인지 그는 이 부분을 아주 자랑스럽게 강조했다. "쪽문으로 이어지는 작은 길 위로 난 작은 창문들도 있었습니다. 그 반대편으로 서너 발자국 떨어진 담 아래로는 라일락과 보리수, 단풍나무도 있었지요. 아, 아, 아! 겨울에는 그 작은 창으로 아주 가끔씩 누군가의 검은 발이 보였고, 그 발아래로 눈이 사각거리는 소리가 들리기도 했습니다. 내 방의 페치카에서는 언제나 불길이 타오르고 있었고! 그런데 갑자기 봄이 찾아왔고, 난 흐린 유리창 사이로 처음에는 헐벗은, 하지만 차차 초록을 띠기 시작하는 라일락 가지들을 보았습니다. 그리고 그때, 그러니까 작년 봄에 나에게 그 십만 루블을 얻은 것보다도 훨씬 더 환상적인 일이 벌어졌습니다. 당신도 동의할 겁니다. 십만 루블이 얼마나 큰돈인지!"

"물론이죠." 주의 깊게 듣고 있던 이반이 동의했다.

"난 창문을 열고 작은 방에 앉아 있었습니다. 정말 아주 작은 방이었죠." 손님은 손으로 그 방을 설명하기 시작했다. "여기 이렇게 소파가 있고, 그 맞은편에 소파가 하나가 더 있고, 그 사이에는 작은 탁자가 있었습니다. 그 탁자 위엔 밤에 쓰던 예쁜 램프가 있었고, 창문 가까이로는 책들, 그리고 그 앞에는 작은 책상이 있었습니다. 그리고 큰 방에는, 아, 그 방은 정말 컸습니다. 아마 십사 제곱미터는 되었을 겁니다. 그 큰 방에는 온통 책으로 가득 차 있었습니다. 페치카도 있었지요. 아, 얼마나 멋진 곳이었는지! 그 독특한 라일락 향기! 지쳐 있던 내 머리는 점점 가벼워졌고, 빌라도는 끝을 향해 달려가고 있었습니다⋯⋯."

"붉은 안감을 댄 흰 망토! 알고 있습니다!" 이반이 환호하듯 소리쳤다.

"그래요! 빌라도는 그렇게 결말을 향해 달려가고 있었습니다. 난 소설의 마지막 말이 '유대의 제5대 총독 기사 본디오 빌라도'가 될 것이라는 것을 그때 이미 알고 있었습니다. 물론 난 산책을 하러 나가기도 했습니다. 나에게는 멋진 옷도 있었습니다, 십만 루블은 정말 큰돈이었으니까. 아니면 비싸지 않은 레스토랑으로 저녁을 먹으러 나가기도 했지요. 아르바트에 아주 근사한 레스토랑이 있었는데, 지금도 있는지 모르겠군요."

여기서 손님의 눈이 커졌다. 그리고 달을 바라보면서 작은 소리로 계속 말을 이어갔다.

"그녀는 혐오스럽고 불길한 노란 꽃을 손에 들고 있었어요. 그 꽃 이름이 뭔지는 악마밖에 모를 겁니다. 어쨌든 무슨 이유에서인지 그 꽃은 그렇게 처음으로 모스크바에 나타났습니다. 꽃은 그녀가 입고 있던 검은 봄 외투 위에서 무척 도드라져 보였습니다. 그녀가 노란 꽃을 들고 있었던 겁니다! 좋지 않은 색이죠. 그녀는 트베르스카야에서 골목길로 접어들더니, 거기서 뒤를 돌아보았습니다. 트베르스카야 거리를 아시죠? 트베르스카야에는 수많은 사람들이 걸어 다니고 있었습니다. 하지만 그녀는 나만을 쳐다보았습니다. 그녀는 불안하게, 아니, 어딘가 아픈 것처럼 나를 쳐다보았습니다. 그 순간 나를 놀라게 한 것은 그녀의 아름다움이 아니라, 그녀의 눈 속에 담긴 아주 특별한, 누구도 본 적이 없을 고독이었습니다!

나는 그 노란 신호를 따라 골목길로 들어가 그녀의 뒤를 따랐습니다. 우리는 구불구불 이어진 우울한 골목길을 아무 말 없이 걸었습니다. 나는 이쪽, 그리고 그녀는 다른 한쪽을 따라서. 그리고 골목길에는, 상상해보십시오, 아무도 없었습니다. 나는 괴로웠습니다. 그녀에게 반드시 말을 걸어야 한다고 생각했기 때문이었죠. 말 한마디 붙여보지 못한 채 그녀가 떠나버릴 것 같아서, 그렇게 영영 그녀를 보지 못하게 될 것 같아서 저는 불안했습니다.

그런데, 상상해보십시오, 갑자기 그녀가 말을 걸어온 겁니다.

'제 꽃이 마음에 드시나요?'

나는 지금도 그녀의 목소리를 똑똑히 기억합니다. 아주 낮고 허스키한 목소리였습니다. 바보 같은 얘기지만, 난 그 순간 그녀의 목소리가 온 골목길을 뒤흔들고, 지저분한 누런 벽에 부딪쳐 메아리가 울리는 것만 같았습니다. 나는 재빨리 그녀 곁으로 다가가서 말했습니다.

'아니오.'

그녀는 놀란 눈으로 나를 쳐다보았습니다. 그 순간 나는 갑자기 정말로 예기치 못하던 것을, 그러니까 내가 내 삶의 전부를 다 바쳐 그녀를 사랑하고 있었다는 것을 깨닫게 되었습니다. 우스운 얘기 같죠? 내가 미쳤다고 말하고 싶죠?"

"절대 그렇지 않습니다." 이반이 외쳤다. 그리고 덧붙였다. "제발 계속 이야기해주세요!"

손님은 이야기를 계속했다.

"그녀는 놀란 눈으로 나를 쳐다보았습니다. 그리고 그렇게 한참을 쳐다보다가 물었습니다.

'꽃을 좋아하지 않나 보죠?'

그녀의 목소리에서 적의가 느껴지는 것 같았습니다. 나는 그녀와 발을 맞추려고 애를 쓰면서 그녀와 함께 걸었습니다. 그리고 정말 놀랍게도, 그렇게 걷는 것이 조금도 어색하지가 않았습니다.

'아니요, 좋아합니다. 하지만 그 꽃은 아닙니다.' 내가 말했습니다.

'어떤 꽃을 좋아하시는데요?'

'전 장미를 좋아합니다.'

나는 곧 내가 한 말을 후회했습니다. 그녀가 잘못했다는 듯 미소를 짓고는, 들고 있던 꽃을 길 옆으로 던져버렸기 때문이었죠. 당황한 나는 그 꽃을 주워 그녀에게 돌려주었지만 그녀는 엷은 미소를 지으며 다시 밀어냈습니다. 그래서 결국 그 꽃은 내가 쥐게 되었지요.

그렇게 우리는 한참 동안을 아무 말 없이 걸었습니다. 그녀가 내게서 꽃을 빼앗아 아스팔트 위로 던지고 목이 긴 검은 장갑을 낀 그녀의 손을 내 손에 포갤 때까지, 그렇게 우리는 나란히 걸었습니다."

"그다음엔 어떻게 됐죠?" 이반이 말했다. "한 가지도 빼놓지 말고 다 말해주세요!"

"그다음엔?" 손님이 되물었다. "그다음은 당신도 상상할 수 있을 겁니다." 손님은 순간 흘러내린 눈물을 오른쪽 소매로 닦았다. 그리고 이야기를 계속했다. "사랑은 골목길에서 갑자기 살인자가 튀어나오듯이 우리 앞에 나타나 우리 두 사람에게 달려들었습니다. 번개처럼, 단도처럼! 하긴 후에 그녀는 그런 게 아니었다고 말하기도 했습니다. 그녀는 우리가 서로 모른 채로, 한번도 보지 못하고 살아왔지만, 우리는 아주 오래전부터 서로 사랑하고 있었다고 말했습니다. 그녀가 다른 남자와 사는 동안에도…… 나도 그때 거기서…… 한 여자와……."

"어떤?" 베즈돔니가 물었다.

"그러니까…… 음…… 그 여자는…… 그러니까……." 손님이 손가락을 꺾으며 중얼거렸다.

"아내가 있었군요?"

"그래요, 그래서 내가 이렇게 손가락을 꺾고 있는 겁니다…… 그 여자는…… 바렌카…… 마네치카…… 아니, 바렌카였어요…… 줄무늬가 있는 원피스를 입고, 박물관…… 아니, 기억나지 않아요.

어쨌든 그녀는 말했습니다. 그날 노란 꽃을 들고 나온 건 내가 그녀를 찾게 하기 위해서였다고. 만일 내가 그녀를 알아보지 못했더라면, 독을 마시고 자살을 했을 거라고. 그만큼 그녀의 삶은 공허했다고.

그래요. 사랑이 순식간에 우리를 덮쳐버린 겁니다. 난 그것을 바로 그날 한 시간 후에, 우리도 모르게 강가의 크레믈[3] 성벽에 가 있는 순간 그것을 깨달았습니다.

우리는 마치 어제 헤어졌다 만난 사람들처럼, 아주 오래전부터 서로를 잘 알고 있던 사람들처럼 이야기를 나누었습니다. 우리는 다음 날도 같은 곳에서, 그 모스크바 강가에서 만나기로 약속을 했고, 약속대로 우

리는 만났습니다. 오월의 태양이 우리를 비추고 있었지요. 그리고 곧 그
녀는 아무도 모르는 나의 아내가 되었습니다.

그녀는 매일같이 내게로 왔고, 난 아침부터 그녀를 기다렸습니다. 내
가 탁자 위의 물건들을 이리저리 옮겨놓고 있으면, 그건 그녀를 기다리고
있다는 걸 의미했습니다. 나는 그녀가 오기 십 분 전부터 창가에 앉아 낡
은 쪽문에서 들려오는 소리에 귀를 기울이기 시작합니다. 그녀를 만나기
전에는 우리 마당으로 누가 들어오는 일은 거의 없었습니다. 아니, 아무
도 들어온 적이 없었습니다. 그런데 신기하게도 이젠 온 도시 전체가 그
작은 마당으로 달려들어올 것만 같았습니다. 쪽문이 삐걱거리는 소리에
가슴이 쿵쾅거려 내다보면 내 얼굴 높이로 난 작은 창 너머로 어김없이 누
군가의 더러운 장화가 보이는 겁니다. 한번은 칼 가는 사람이 들어온 거
였더군요. 세상에, 우리 집에 칼 가는 사람이 무슨 소용이 있겠습니까?
뭘 갈겠다고? 무슨 칼을?

그녀가 그 작은 문으로 들어오는 것은 하루에 한 번뿐이었지만, 그때
까지 내 심장은 수십 번도 넘게 뛰었습니다. 난 거짓말을 하는 게 아닙니
다. 또 한번은 그녀가 올 시간이 되어 시곗바늘이 정오를 가리키자 문 두
드리는 소리 없이, 정말로 아무 소리도 없이 버클로 조여진 검은 가죽 리
본이 달린 구두가 창 앞에 나란히 놓일 때까지, 내 심장은 계속해서 쿵쾅
거리기도 했습니다.

그녀는 가끔 장난을 치기도 했습니다. 뒤쪽 창가에 서서 발끝으로 유
리창을 두드리는 거죠. 그러면 나는 당장 그 창문 앞으로 가서 섭니다. 그
땐 벌써 구두는 사라지고 난 후였죠. 빛을 가리던 검은 실크도 사라지고.
그러면 난 그녀에게 문을 열어주러 달려갑니다.

우리의 관계를 알고 있는 사람은 아무도 없었습니다. 어떻게 그럴 수

가 있느냐고 하시겠지만, 그 점에 대해서만큼은 맹세할 수 있습니다. 그녀의 남편도, 그녀가 알고 지내는 다른 사람들도 우리의 관계를 몰랐습니다. 내가 살던 지하의 위층, 그 낡은 집에 사는 사람들은 물론 알고 있었을 겁니다. 어떤 여자가 나를 찾아오는 것을 보기도 했을 테고, 하지만 그녀의 이름을 아는 사람은 아무도 없었습니다."

"그녀의 이름이 뭐였는데요?" 사랑 이야기에 온통 빠져든 이반이 물었다.

손님은 그건 절대 누구에게도 이야기할 수 없다는 듯 손을 내저었다. 그리고 이야기를 계속했다.

이반은 거장과 그 미지의 여인이 절대 헤어질 수 없을 만큼 굳게 서로 사랑하게 되었다는 것을 알게 되었다. 이반은 이제 그 집 지하에 있는 두 개의 방을 선명하게 떠올릴 수 있었다. 라일락과 담장으로 인해 언제나 황혼이 깃들어 있던 방과 붉은빛이 도는 낡은 가구들, 삼십 분마다 시간을 알리던 서재의 시계와 칠을 입힌 마루에서 검게 그을린 천장까지 가득 쌓아올린 책들, 그리고 페치카까지.

이반은 자신의 손님과 그 내연의 처가 처음 만나게 되었던 그 순간부터 자신들을 트베르스카야 모퉁이의 그 골목으로 이끌고 간 것은 운명이었으며, 자신들은 영원히 서로를 위해 창조된 존재라는 결론을 내렸다는 사실을 알게 되었다.

이반은 손님의 이야기를 통해 두 연인이 어떻게 하루를 보냈는지도 알게 되었다. 여인은 집에 오면 제일 먼저 앞치마를 두르고 세면대가 있는 (불쌍한 병자는 왠지 그 세면대를 무척 자랑스러워했다.) 작은 현관의 나무 탁자 위 등잔에 불을 붙였다. 그리고 아침을 준비했고, 큰 방에 있는 둥근 테이블에 아침을 차렸다. 오월의 뇌우가 밀려와 빗줄기가 마지막 은신처를 위협하고, 흐릿한 창을 비껴 요란스럽게 아치 입구 아래로 퍼부으면, 연인들은 페치카에 불을 지피고 감자를 구웠다. 감자에선 김이 모락모락 올라왔고, 시커먼 감자 껍질은 손가락을 숯 검둥이로 만들었다. 지하실에서는 웃음소리가 들렸고, 정원의 나무들은 비와 함께 부러진 작은 가지들과 흰 꽃들을 흩뿌렸다.

뇌우가 끝나자 무더운 여름이 찾아왔고, 꽃병에는 그들이 오랫동안 기다렸던, 두 연인이 그토록 좋아하던 장미가 꽂혀졌다. 자신을 거장이라고 불렀던 그 남자는 열병에라도 걸린 듯 소설을 써내려갔고, 그 소설은 미지의 여인까지도 사로잡아버렸다.

"정말이지 난 가끔씩 그 소설 때문에 그녀에게 질투를 느끼기도 했습니다." 달빛 발코니에서 나타난 밤의 손님이 속삭이듯 이반에게 말했다.

그녀는 손톱을 뾰족하게 다듬은 가느다란 손가락을 머리카락 속에 찔러 넣고 그가 쓴 것을 계속해서 읽고 또 읽었다. 그리고 바로 그 모자에 수를 놓기 시작했다. 그녀는 때로 낮은 책장 앞에 쭈그리고 앉아서, 혹은 높은 책장 앞에 의자를 놓고 올라서서 책 사이에 앉은 먼지들을 걸레로 닦곤 했다. 그녀는 명성에 대한 희망을 불어넣었고, 그를 채근했으며, 마침내 그를 거장이라고 부르기 시작했다. 그녀는 이미 약속한 유대의 제5대 총독에 대한 마지막 말을 조급하게 기다렸고, 마음에 드는 구절이 나오면 한마디 한마디 노래하듯 길게 늘이며 큰 소리로 반복해서 읽곤 했다. 그리고 그 소설 속에 자신의 삶이 들어 있다고 말하곤 했다.

팔월이 되어 소설은 완성되었고, 한 낯선 여자 타자수에게 맡겨졌다. 타자수는 소설 다섯 부를 타자로 쳤다. 그리고 마침내 비밀스러운 은신처를 버리고, 세상으로 나갈 때가 되었다.

"그래서 나는 소설을 손에 쥐고 세상으로 나왔습니다. 그리고 그 순간 나의 삶은 끝났습니다." 거장은 작은 소리로 중얼거리고 고개를 떨구었다. 노란색의 'M'이라는 글자가 새겨진 검고 슬픈 모자가 한참 동안 조용히 흔들렸다. 그는 이야기를 계속했지만, 그의 이야기는 점점 혼란스러워졌다. 한 가지 분명하게 알 수 있었던 점은 이반의 손님에게 어떤 파국과도 같은 일이 벌어졌다는 것이었다.

"문학계에 발을 들여놓은 것은 그때가 처음이었지만, 모든 것이 다 끝나고, 내 파멸이 이렇게 분명한 지금도 그 생각만 하면 치가 떨립니다!" 거장은 비장하게 속삭이면서 한쪽 팔을 치켜들었다. "그래요, 그는 나를 완전히 경악케 했습니다. 아, 정말 끔찍했습니다!"

"그라니요?" 이반은 흥분한 화자의 말을 중단시키지 않을까 걱정하면서 거의 들릴 듯 말 듯 물었다.

"편집장, 난 그 편집장 얘기를 하는 겁니다. 그가 내 소설을 읽은 겁니다. 그는 마치 내 얼굴에 커다란 종기라도 난 것처럼 나를 쳐다보았습니다. 왠지 한쪽 구석을 힐끔거리고, 당황한 사람처럼 소리를 죽여 킥킥거리면서 쓸데없이 원고를 꾸기고 헛기침을 해대기도 했습니다. 그러고는 정말 말도 안 되는 질문들을 해대는 겁니다. 정작 소설에 대해서는 아무 말도 하지 않고, 내가 누구인지, 어디 출신인지, 소설을 쓰기 시작한 지는 얼마나 되었는지, 왜 전에는 나에 대한 이야기를 전혀 듣지 못했는지를 물었습니다. 그리고 내가 생각하기엔 정말 백치 같은 질문을 하기도 했습니다. 나한테 그런 이상한 테마로 소설을 써보라고 한 게 누구냐는 겁니다!

결국 그에게 완전히 질려버린 나는 그래서 소설을 출판해주겠다는 것인지, 말겠다는 것인지 그것만 말해달라고 했습니다.

그러자 그는 갑자기 수선을 피우며 우물거리기 시작했고, 그 문제는 자기 혼자 결정할 수 있는 것이 아니고, 편집위원회의 다른 사람들, 그러니까 비평가 라툰스키와 아리만, 작가 므스치슬라프 라브로비치가 내 작품을 봐야 한다고 말했습니다. 그리고 내게 이 주 후에 다시 오라고 했습니다.

이 주 후에 갔더니 어떤 젊은 여자가 맞아주더군요. 늘 거짓말만 해대느라 눈이 사시가 되어버린 여자였습니다."

"랍숀니코바예요. 편집국 비서지요." 이반이 웃으면서 말했다. 이반은 그의 손님이 그처럼 분노에 차서 묘사하고 있는 세계를 잘 알고 있었다.

"그럴지도 모르지요." 손님이 말을 잘랐다. "어쨌든 그 여자한테서 난 손때가 잔뜩 묻고 완전히 너덜너덜해진 내 소설을 받았습니다. 랍숀니코바는 나와 눈을 마주치지 않으려고 애쓰면서, 편집국은 앞으로 이 년간 출판할 작품들이 밀려 있고, 따라서 내 소설의 출판 문제는 그녀의 표현에 따르면 '물 건너갔음'을 내게 통보해주었습니다."

"그다음에 무슨 일이 있었지?" 거장은 관자놀이를 문지르며 중얼거렸다. "그래, 곁장에 흩어져 있던 빨간 꽃잎들, 그리고 나의 여인의 눈. 그래요, 그 눈을 기억합니다."

이반의 손님의 이야기는 점점 요점을 잃어갔고, 중간중간 끊어지는 부분이 많아졌다. 그는 비스듬히 내리던 비에 대해 뭔가를 얘기했고, 지하 은신처에서의 절망에 대해, 그리고 다시 어디론가 찾아갔었던 일에 대해 이야기했다. 그는 자신을 싸움으로 밀어넣은 그녀를 결코 질책하지 않았다고, 절대, 절대 그녀의 잘못이 아니었다고 속삭이듯 외치기도 했다.

이반이 들은 바에 따르면, 정말 예기치 못한 이상한 일이 벌어진 것은 그다음이었다. 어느 날엔가 신문을 펼친 우리의 주인공이 '돌연한 적(敵)의 출현'이라는 제목이 붙은 비평가 아리만의 기사를 보게 된 것이다. 그 기사에서 아리만은 그가, 그러니까 우리의 주인공이 예수 그리스도를 옹호하는 글을 출판계로 잠입시키려 하고 있다며, 모든 사람들에게 경고를 하고 있었다.

"아, 기억나요, 기억나요!" 이반이 소리 질렀다. "그런데 당신 이름이 뭐였었죠?"

"다시 말하지만, 그 얘기는 그만둡시다. 더 이상 나에게 이름 같은 건 없습니다." 손님이 말했다. "그리고 문제는 그게 아닙니다. 그다음 날 다른 신문에 므스치슬라프 라브로비치의 이름으로 또 다른 기사가 나왔습니다. 거기서 그 기사의 저자는 빌라도주의와 그것을 출판계로 잠입시키려는(그 저주스러운 단어가 또 나왔었습니다!) 엉터리 성상화가를 처단할 것을, 단호히 처단할 것을 제안하고 있었습니다.

생전 처음 들어보는 '빌라도주의'라는 말에 난 온몸이 굳어버리는 것 같았습니다. 그리고 또 다른 신문을 펼쳐보았습니다. 거기에는 두 개의 기사가 실려 있었습니다. 하나는 라툰스키가 쓴 것이었고, 다른 하나는 'M. Z.'라는 이니셜이 적혀 있는 기사였습니다. 분명히 말하지만, 라툰스키가 쓴 것에 비하면 아리만과 라브로비치가 쓴 것은 정말 아무것도 아니었습니다. 라툰스키가 쓴 기사의 제목이 '전투적인 구교도'⁴였다는 것으로도 충분히 짐작이 갈 것입니다. 정신없이 그 기사를 읽고 있던 나는 젖은 우산과 신문을 움켜쥐고 그녀가 내 앞에 서 있는 것도 알아차리지 못했습니다(내가 문 잠그는 것을 잊었던 겁니다). 그녀의 눈은 분노로 타올랐고, 손은 차갑게 떨리고 있었습니다. 그녀는 내게 달려들어 키스를 퍼붓고는, 한 손으로 탁자를 때리면서 쉰 목소리로 말했습니다. 라툰스키를 독살해 버리겠다고."

이반은 당황을 하며 흠흠하고 소리를 낼 뿐 아무 말도 하지 못했다.

"우울한 가을이 시작되었고," 손님은 계속해서 이야기했다. "소설의 끔찍한 실패는 내 영혼의 일부를 도려낸 듯 나를 고통스럽게 했습니다. 난 더 이상 아무것도 할 수 없었습니다. 내가 살아서 할 수 있는 일이라곤 그녀를 만나는 일밖에 없었습니다. 그리고 바로 그 무렵 내게 어떤 변화가 찾아왔습니다. 아마 스트라빈스키였다면 그게 무슨 증상인지 바로 알아차렸을 겁니다. 그러니까 우울증이 나를 덮치고, 어떤 예감 같은 것이 들기 시작한 겁니다. 기사는 그 후로도 끊이지 않고 계속해서 올라왔습니다. 처음에 나는 그 기사들을 보면서 그냥 웃었습니다. 하지만 기사가 계속 늘어나면서 내 태도는 점점 변하게 되었습니다. 두번째 단계는 놀라움이었습니다. 위협적이고 확신에 찬 어조에도 불구하고, 그 기사들의 한 줄 한 줄 속에서 지독한 허위와 불안이 느껴졌던 것입니다. 나는 그 기사를 쓴 사람들이 왠지 정작 그들이 하고 싶은 말을 하지 못하고 있고, 바로 그러한 사실이 그들을 미친 듯한 분노로 끌고 가고 있다는 생각이 들었습니다. 그리고 나는 그 생각에서 벗어날 수가 없었습니다. 그다음 세번째 단계, 공포가 찾아왔습니다. 아니, 그건 그 기사들에 대한 공포가 아니었습니다. 그건 다른 것, 그 기사들이나 소설하고는 아무 상관없는 것들에 대한 두려움이었습니다. 그러니까 이를테면, 나는 어둠을 두려워하기 시작했습니다. 정신 질환의 단계가 온 거죠. 특히 잠이 들 때마다 차갑고 흐물흐물한 문어가 흡반을 눌러붙이면서 내 심장 쪽으로 기어 올라오고 있는 것 같은 느낌이 들곤 했습니다. 나는 불을 켜두지 않고는 잠을 잘 수 없었습니다.

내가 사랑하는 여인도 아주 많이 변했습니다. 물론, 나는 문어 얘기 같은 건 그녀에게 하지 않았습니다. 하지만 그녀는 나에게 뭔가 좋지 않은 일이 벌어지고 있다는 것을 알아차리고 있었습니다. 그녀는 마르고, 얼굴도 더 창백해지고, 더 이상 웃지도 않았습니다. 그녀는 소설의 일부를 출판해보라고 했던 자신을 용서해달라고, 계속해서 그 말만을 반복했습니다. 그리고 모든 걸 버리고 남쪽으로, 흑해로 떠나라고 했습니다. 십만 루블에서 남은 돈을 모두 그 여행에 쓰라고 하면서.

그녀는 정말 집요했습니다. 나는 싸우지 않으려고(그때 뭔가가 나는 절대 흑해로 떠날 수 없을 거라고 속삭이고 있었습니다) 그녀에게 조만간 그렇게 하겠다고 약속했습니다. 하지만 그녀는 자기가 직접 차표를 사오겠다고 했습니다. 그래서 나는 내가 가지고 있는 돈 전부를, 그러니까 거의 십만 루블이 되는 돈을 그녀에게 주었습니다.

'왜 이렇게 많이 줘요?' 그녀는 놀랐습니다.

나는 그냥 여긴 도둑이 들지도 모르니까 내가 떠날 때까지 돈을 좀 맡아달라고 했습니다. 그녀는 돈을 받아서 가방에 넣고 나에게 키스를 하면서 말했습니다. 나를 그런 상태로 혼자 내버려두느니 차라리 자신이 죽는 편이 마음이 편할 거라고, 하지만 자신을 기다리고 있는 사람들이 있고, 그러니까 반드시 내일 다시 오겠다고. 그녀는 나에게 아무것도 두려워하지 말라고, 거의 애원하다시피 당부를 하기도 했습니다.

그때가 시월 중순 황혼 무렵이었습니다. 그녀는 떠났고, 나는 소파에 누워 램프를 켜지 않은 채 잠이 들었습니다. 그러다가 다시 가슴에 문어가 올라와 있는 것을 느끼며 잠에서 깼습니다. 나는 어둠 속을 더듬거리면서 겨우 램프에 불을 붙였습니다. 주머니 속의 시계가 새벽 두 시를 가리키고 있었습니다. 병색을 느끼며 잠든 나는 이미 환자가 되어 있었습니다. 갑자기 가을의 지독한 어둠이 유리창을 부수고 방 안으로 흘러 들어오는 것만 같았고, 나는 잉크병에 빠진 것처럼 그 안에서 숨을 헐떡거렸습니다. 자리에서 겨우 몸을 일으켜 세웠지만, 나는 이미 나 자신을 제어할 능력을 잃고 있었습니다. 나는 소리를 질렀고, 누군가에게로, 위층에

사는 집주인에게라도 도망쳐야 한다고 생각했습니다. 나는 미친 사람처럼 혼자 싸웠습니다. 기다시피 페치카로 다가가 장작에 불을 붙이고, 장작이 갈라지면서 페치카의 작은 문을 두드리는 소리가 나자 마음이 좀 편안해지는 것 같았습니다. 나는 현관으로 달려가서 불을 켜고, 백포도주병을 찾아서는 병째로 들고 마시기 시작했습니다. 그러자 공포가 조금 가라앉는 것 같더군요. 적어도 집주인에게 뛰어가지 않고 페치카 앞으로 돌아가 앉을 만큼은 말입니다. 나는 페치카의 작은 문을 열었습니다. 그러자 열기가 내 얼굴과 손을 덮쳤습니다. 나는 중얼거렸습니다.

'나한테 무서운 일이 벌어진 것 같아…… 어서 와줘, 어서, 어서……!'

하지만 아무도 오지 않았습니다. 페치카에서는 불길이 괴성을 지르고, 창으로는 비가 내리치고 있었습니다. 그리고 그때 마지막 사건이 벌어졌습니다. 나는 서랍에서 두툼한 소설의 사본들과 원고를 꺼내 그것들을 태우기 시작했습니다. 원고를 태우는 것은 정말 어려운 일이었습니다. 작은 글씨들로 채워진 그 종잇장들은 순순히 불에 타려고 하지 않았습니다. 나는 손톱이 다 부러지도록 종이를 갈기갈기 찢어 장작 더미 사이에 올려놓고 꼬챙이로 뒤적였습니다. 재가 나를 향해 달려들고, 불길이 숨을 막히게 했지만, 나는 그 불길과 싸웠습니다. 그리고 완강하게 버티던 소설도 결국 죽어갔습니다. 내가 너무나도 잘 알고 있던 단어들이 내 눈앞에서 어른거렸고, 종이 한 장 한 장을 타고 거침없이 타오르는 노란 불꽃 위까지 기어오르기도 했습니다. 그 단어들은 종이가 시커멓게 변하고, 내가 광포하게 꼬챙이로 그 종이들을 부숴버리고 나서야 사라졌습니다.

그때 누군가 조용히 창가를 스치고 지나가는 소리가 들렸습니다. 심장이 쿵쾅거리기 시작했고, 나는 마지막 종이 한 장을 불길 속에 쑤셔 넣고, 문을 열기 위해 뛰어갔습니다. 벽돌로 된 계단이 지하에서 정원으로 난 문으로 이어져 있었습니다. 나는 비틀거리며 문으로 달려가 작은 소리로 물었습니다.

'누구세요?'

그러자 목소리가, 그녀의 목소리가 나에게 대답했습니다.

'나예요…….'

나는 내가 어떻게 열쇠를 쥐고 문을 열었는지 기억나지 않습니다. 문을 열자마자 그녀가 나에게 달려들었습니다. 온몸이 젖은 채로, 뺨은 눈물로 범벅이 되고 헝클어진 머리를 떨면서 말입니다. 나는 겨우 입을 열었습니다.

'당신이…… 어떻게……?' 내 목소리가 갈라졌습니다. 그리고 우리는 아래층으로 내려갔습니다. 그녀는 현관에서 외투를 벗었고, 우리는 서둘러 큰 방으로 들어갔습니다. 그녀는 낮은 비명을 지르며, 페치카 바닥에 남아 있는 것을, 그러니까 제일 밑에 깔려 있던 종이 뭉치를 맨손으로 꺼냈습니다. 그 순간 연기가 방 안을 가득 채웠습니다. 나는 발로 밟아 불을 껐고, 그녀는 소파 위에 몸을 던지더니 더 이상 참지 못하고 몸을 떨며 울기 시작했습니다.

그녀가 울음을 멈추자 나는 말했습니다.

'난 이 소설을 증오해. 그리고 무서워. 난 병에 걸렸어. 너무 두려워.'

그녀는 몸을 일으키며 말했습니다.

'오, 하느님, 당신이 병에 걸리다니. 도대체 왜, 왜죠? 내가 당신을 구할 거예요, 내가 당신을 구할 거예요. 어떻게 이런 일이 있을 수가 있어요?'

나는 연기와 눈물로 부어오른 그녀의 눈을 보았습니다. 그리고 차가운 손이 내 이마를 쓰다듬는 것을 느꼈습니다.

'내가 당신의 병을 낫게 해줄 거예요. 내가 낫게 할 거예요.' 그녀는 내 어깨에 기대면서 중얼거렸습니다. '당신은 저 소설을 다시 써야 돼요. 왜, 왜 내가 한 부를 따로 보관해두지 않았을까!'

그녀는 분노로 이를 갈며 뭔가 알아들을 수 없는 말을 중얼거렸습니다. 그러고는 입술을 굳게 다물고, 불에 타버린 종잇장들을 모아 정리하기 시작했습니다. 소설의 중간쯤 되는 부분이었는데, 그게 어떤 장이었는지는 기억나지 않습니다. 그녀는 종잇장들을 차곡차곡 모아 종이로 싸고 끈으로 묶었습니다. 이 모든 행동들은 그녀가 뭔가를 결심했으며, 자신을 억누르고 있음을 보여주는 것이었습니다. 그녀는 포도주를 달라고 해서 마신 뒤 사뭇 침착한 모습으로 말했습니다.

'이건 거짓말에 대한 대가예요.' 그녀가 말했습니다. '난 더 이상 거짓말을 하고 싶지 않아요. 지금부터라도 당신과 함께 있을 수 있어요. 하지만 그런 식으론 하고 싶지 않아요. 난 한밤중에 도망친 여자로 그의 기억 속에 남고 싶지 않아요. 그 사람은 나한테 아무런 나쁜 짓도 하지 않았는데…… 갑자기 일이 생겨서 불려나갔어요. 그의 공장에 불이 났대요. 하지만 곧 돌아올 거예요. 내일 아침에 그 사람한테 모든 걸 설명하겠어요. 다른 남자를 사랑하고 있다고 말하겠어요. 그리고 당신한테로 영원히 돌아오겠어요. 혹시 내가 그렇게 하는 걸 원하지 않는다면 원하지 않는다고 말해줘요.'

'불쌍한 사람, 불쌍한 사람.' 나는 그녀에게 말했습니다. '난 당신이 그런 짓을 하도록 내버려둘 수 없어. 나에게 좋지 않은 일이 일어날 거야. 난 당신이 나와 함께 파멸하는 것을 원하지 않아.'

'단지 그것 때문이에요?' 그녀는 내 눈을 들여다보며 물었습니다.

'그뿐이오.'

그녀는 무섭도록 생기를 띠며 내 목을 감고는 나에게 안긴 채로 말했습니다.

'난 당신과 함께 파멸할 거예요. 아침이면 난 당신 집에 있을 거예요.'

현관에서 비춰 들어오던 한 줄기 빛, 그 빛줄기를 감싸고 있던 헝클어진 머리, 그녀의 베레모, 결심으로 가득한 그녀의 두 눈, 그리고 열린 문턱에 서 있던 검은 실루엣과 하얀 꾸러미, 그것이 내가 기억하는 내 삶의 마지막 조각들입니다.

'당신을 바래다줘야 하는데, 난 혼자서는 다시 돌아올 수가 없어. 난 무서워.'

'무서워하지 말아요. 몇 시간만 참으면 돼요. 내일 아침에는 내가 당신 옆에 있을 거예요.'

이것이 내가 들은 그녀의 마지막 말이었습니다…… 쉿!" 병든 사람은 갑자기 자신의 말을 끊고, 손가락을 들어 올렸다. "오늘 밤은 몹시 불안한 달밤이로군요."

그는 발코니로 가서 숨었다. 이반은 복도 위로 바퀴가 굴러가는 소리, 누군가 목이 메어 흐느끼는, 아니 약하게 비명을 지르는 듯한 소리를 들었다.

사방이 조용해지자 손님이 다시 돌아와서 120호실에 새로운 환자가 들어왔음을 알려주었다. 사람들이 누군가를 데려왔는데, 그가 계속해서 자기 머리를 돌려달라고 애원하더라는 것이었다. 두 사람은 불안한 듯 잠시 아무 말도 하지 못했다. 하지만 곧 진정이 되어 끊어졌던 이야기로 다시 돌아갔다. 손님이 입을 열었다. 그러나 손님의 말대로 그날 밤은 매우 불안한 밤이었다. 다시 복도에서 목소리가 들려온 것이다. 그러자 손님은 이반의 귀에 대고 작은 소리로 속삭이기 시작했고, 그로 인해 그가 그때부터 이야기한 것들은 다음 첫 구절을 제외하고는 시인 한 사람에게만 알려지게 되었다.

"그녀가 나를 떠나고 십오 분쯤 지나고 나서 누군가 내 창문을 두드렸습니다……."

환자가 이반의 귀에 대고 속삭인 이야기가 이반을 무척 흥분시킨 것이 분명했다. 그의 얼굴에 계속해서 경련이 일었고, 그의 눈에는 공포와 분노가 어지럽게 떠다녔다. 이반의 손님은 이미 오래전에 발코니에서 멀어져버린 달이 가 있는 어딘가를 손가락으로 가리켰다. 밖에서 나던 모든 소리가 끊기자, 손님은 이반에게서 떨어지면서 큰 소리로 말했다.

"그렇게 해서 일월 중순 어느 밤, 나는 전과 똑같은 그 외투를, 아니 전과 달리 단추는 모두 뜯어져 있었죠,' 어쨌든 나는 그 외투를 걸친 채 추위에 몸을 떨며 내 작은 마당에 웅크리고 있었습니다. 내 뒤로는 라일락 덤불을 덮어버린 눈 더미가 있었고, 발아래로는 커튼을 내려 희미하게 불빛이 새어나오는 내 방의 창이 보였습니다. 나는 그중 제일 앞의 창으로 다가가 귀를 기울였습니다. 내 방에서 축음기 소리가 들려왔습니다. 그 외 다른 소리는 아무것도 들리지 않았고, 안을 들여다볼 수도 없었습니다. 나는 한참 동안을 그렇게 서 있다가 쪽문을 열고 골목으로 나갔습니다. 골목에선 눈보라가 휘날리고 있었습니다. 그때 갑자기 어디서 나타났는지 개 한 마리가 나에게 달려들었고, 놀란 나는 개를 피해 길 반대편으로 도망쳤습니다. 추위, 그리고 내 영원한 동반자가 되어버린 공포가 나를 지독한 흥분 상태로 몰아넣었습니다. 나는 갈 데가 없었습니다. 물론 그 골목 앞 거리에서 튀어나오는 전차에 몸을 던지는 것보다 더 간단한 방법은 없었을 겁니다. 마침 멀리서 환하게 불을 밝히고 달려오는 성에 낀 차량들이 보였고, 차가운 공기를 가르는 그 혐오스러운 쇳소리도 들려왔습니다. 하지만 그 순간에도 공포가 내 몸의 모든 세포를 지배하고 있었고, 나는 개를 보고 그랬듯이, 그 전차가 무서웠습니다. 그래요, 이 건물에서 나보다 더 지독한 병을 앓고 있는 사람은 없을 겁니다. 절대로."

"하지만 그녀에게 연락을 해볼 수도 있었을 텐데." 이반은 불쌍한 병자에게 동정심을 느끼며 말했다. "그리고 그 여자가 당신 돈도 가지고 있잖아요? 그 돈은 그대로 가지고 있겠죠?"

"물론 분명히 그대로 가지고 있을 겁니다. 그런데 당신은 아무래도 내 말을 이해하지 못하는 것 같군요. 아니, 어쩌면, 그래요, 언젠가 나에게 있었던, 뭔가를 묘사하는 능력을 내가 잃어버렸는지도 모르지요. 그래도 상관없어요, 어차피 이제 나한테 그런 건 필요 없으니까. 그녀 앞에," 손님은 경건한 눈빛으로 밤의 짙은 어둠을 바라보며 말했다. "정신병원에서 온 편지가 놓여 있는 것을 생각해보세요. 이런 주소로 편지를 보낼 수 있을 것 같아요? 정신병원에서? 농담이겠죠! 그 여자를 얼마나 더 불행하게 만들려고? 아니, 나는 그럴 수 없어요."

이반은 그의 말에 반박할 수 없었다. 하지만 말이 없어진 이반은 손님을 동정했고, 그의 불행에 가슴 아파했다. 손님은 회상으로 인한 고통으로 검은 모자를 쓴 고개를 떨구었다. 그리고 말했다.

"불쌍한 여자…… 하지만 나한테는 희망이 있어요. 그녀가 나를 잊어버렸을 거라는……."

"당신도 병이 나을 수 있어요……." 이반이 조심스럽게 말했다.

"나는 치료될 수 없습니다." 손님은 침착하게 대답했다. "스트라빈스키는 나를 원래대로 돌려놓겠다고 하지만 나는 그 말을 믿지 않습니다. 그는 인간적인 사람이고, 그래서 나를 위로하고 싶어 하는 겁니다. 물론 지금 내가 그때보다 훨씬 나아졌다는 건 부정하지 않습니다. 그래요, 그런데 내가 어디까지 얘기했죠? 혹독한 추위, 날듯이 달려가는 전차들……
나는 그즈음 이 병원이 문을 열었다는 것을 들어서 알고 있었습니다. 나
는 이 병원으로 오기 위해 걸어서 도시를 가로질렀습니다. 미친 짓이었
죠! 어쩌면 시외에서 얼어 죽었을지도 모릅니다. 그런데 우연이 나를 구
해주었지요. 어디에 고장이 났었는지, 트럭 한 대가 길가에 세워져 있었
던 겁니다. 나는 운전사에게 다가갔습니다. 초소에서 한 사 킬로미터쯤
떨어진 곳이었을 겁니다. 놀랍게도 트럭 기사가 나를 불쌍하게 여겨주었
고, 마침 차도 이곳으로 오던 길이어서 나는 그 차를 얻어 타고 올 수 있
었습니다. 왼쪽 발가락에 동상이 심했는데, 그것도 치료해주더군요. 그렇
게 이곳에서 지낸 것이 벌써 넉 달째입니다. 당신도 아시겠지만, 이곳에
서 지내는 것도 그렇게 나쁘지는 않습니다. 정말이지, 무슨 거대한 계획
같은 걸 세울 필요가 없습니다! 나만 해도 지구 전체를 돌아보고 싶어했
지만, 보시다시피 그럴 운명이 아니었던 겁니다. 그래서 이렇게 이 지구
의 정말 보잘것없는 한 구석만을 바라보고 있는 것이고……. 여기 이렇게
있는 것이 최선이 아니라는 것을 압니다. 그러나 다시 한 번 말하지만, 여
기에 있는 것도 그렇게 나쁘지는 않습니다. 이제 여름이 오면, 프라스코
비야 표도로브나가 약속한 대로 발코니에 담쟁이 넝쿨이 드리워질 겁니다.
열쇠는 내가 갈 수 있는 곳을 넓혀주었습니다. 밤이면 달이 떠오를 테고.
아, 벌써 져버렸군요! 날이 밝고 있습니다. 밤이 자정을 넘어서고 있습니
다. 이제 그만 가봐야겠군요."

"잠깐만, 예슈아와 빌라도는 어떻게 되었는지 얘기해주세요." 이반이
부탁했다. "제발, 정말 알고 싶습니다."

"아, 안 돼요, 그건 안 돼요." 손님은 병적으로 몸에 경련을 일으키며
말했다. "나는 떨지 않고 내 소설을 회상할 수 없습니다. 그건 파트리아르

흐에서 만난 당신의 지인이 나보다 더 잘 얘기해줄 겁니다. 얘기를 나눠 줘서 고맙습니다. 또 만납시다."

그리고 이반이 정신을 차리기도 전에 찰칵하는 작은 소리와 함께 철 창이 닫히고 손님은 사라졌다.

제14장

수탉에게 영광을!

한편, 신경이 있는 대로 날카로워진 림스키는 조서 작성이 끝나기를 기다리지 못하고 자기 사무실로 달려가 책상 앞에 앉았다. 그리고 온통 핏발이 선 눈으로 그 앞에 놓여 있는 마술사의 돈을 바라보았다. 경리부장은 자신의 이성이 점점 마비되어감을 느꼈다. 밖에서 웅성거리는 소리가 들려왔다. 관객들이 썰물처럼 버라이어티 건물 밖으로 빠져나가고 있었다. 그리고 그 순간 극도로 예민해진 경리부장의 귀에 경찰의 호루라기 소리가 날카롭게 들려왔다. 경찰이 기분 좋은 일로 호루라기를 불 리는 없었다. 그런데 그 불길한 호루라기 소리가 다시 한 번 울려왔고, 그에 이어, 마치 앞선 호루라기를 도와주려는 듯 더 위협적이고, 더 길게 울리는 또 다른 호루라기 소리가 들려왔다. 그리고 잠시 후 호루라기 소리에 깔깔대는 웃음소리와 놀려대는 외침까지 합세했다. 경리부장은 거리에서 또 뭔가 혐오스럽고 추잡한 일이 벌어지고 있음을, 그리고 그 일은 그가 아무리 부정하고 싶어 해도 검은 마술사와 그의 조수들이 벌인 그 끔찍한 공연과 긴밀히 연관된 것임을 직감했다. 경리부장의 예감은 조금도 틀리지 않았다.

사도바야로 난 창밖을 내다본 순간 그의 얼굴이 일그러졌고, 그는 악에 받친 듯 씩씩거리며 말했다.

"내 저럴 줄 알았어!"

대낮처럼 환하게 불을 밝히고 있는 가로등 아래 인도에 한 여인이 슬립에 보라색 속바지만 입고 서 있는 것이 보였다. 아니, 사실, 그 여인은 머리에 모자도 쓰고 손에는 양산도 들고 있었다.

당황하여 어쩔 줄을 몰라 하며 주저앉았다가, 다시 도망치려고 하는 그 여인의 주위로 사람들이 잔뜩 모여 깔깔거리고 있었고(그 웃음소리에 경리부장은 등골이 오싹해졌다), 그 여인의 옆으로 여름 외투를 벗다 흥분한 탓인지 팔이 소매에 걸려 버둥거리고 있는 한 시민의 모습이 보였다.

비명 소리와 광포한 웃음소리는 다른 쪽, 그러니까 왼쪽 출구에서도 들려왔다. 그쪽으로 고개를 돌린 그리고리 다닐로비치는 장밋빛 속옷을 입고 있는 또 다른 여인을 보았다. 그 여인은 포장도로에서 인도로 뛰어 올라와 현관에 숨으려고 했지만, 건물에서 쏟아져 나오는 관객들이 그녀의 앞을 가로막았고, 비열한 파곳에게 속은 경박함과 화려한 옷에 대한 욕망의 불쌍한 희생자는 이제 오로지 한 가지만을, 즉 자신이 땅속으로 꺼져버리기만을 바라고 있었다. 호루라기로 허공을 가르며 경관이 그 불쌍한 여자에게 달려갔고, 모자를 쓴 젊은 사람들이 신이 나서 그 경관의 뒤를 따라갔다. 깔깔거리는 웃음과 놀림 소리를 냈던 것은 바로 그들이었다.

비쩍 마르고 콧수염을 기른 마부가 재빨리 벌거벗은 첫번째 여자에게 달려가 채찍을 휘두르며 뼈만 앙상하게 남은 늙은 말을 여자 앞에 세웠다. 콧수염의 얼굴은 기쁨의 미소로 환하게 빛나고 있었다.

림스키는 주먹으로 자신의 머리를 쥐어박고, 침을 뱉고는 창가에서 물러섰다.

그는 거리에서 들려오는 소리에 귀를 기울이며 꼼짝도 하지 않고 책상 앞에 앉아 있었다. 사방에서 울리는 호루라기 소리가 정점에 도달하는가 싶더니, 잠시 후 잠잠해지기 시작했다. 추악한 사건들은 놀랍게도 생각보다 빨리 정리되었다.

이제 움직여야 할 때가 왔다. 책임자로서 쓴 잔을 마셔야 할 때가 온 것이다. 3부 공연이 진행되는 동안 전화는 수리되어 있었다. 전화를 걸어 상황을 보고한 뒤, 도움을 청하고, 적당히 꾸며 모든 책임을 리호데예프에게 뒤집어씌우고, 자신은 어떻게든 빠져나와야만 한다. 그리고 또……아, 빌어먹을!

초조해진 경리부장은 전화기에 손을 올려놓았다 내려놓기를 반복했다. 그런데 그때 쥐 죽은 듯 고요하던 사무실에서 갑자기 전화가, 그것도 경리부장의 바로 코앞에서 울려왔다. 경리부장은 흠칫 몸을 떨었고, 순식간에 그의 온몸에 소름이 돋았다. '내가 정말 신경이 예민해진 모양이군.' 그는 이렇게 생각하며 수화기를 들었다. 하지만 이내 수화기에서 펄쩍 물러났고, 순간 그의 얼굴이 백짓장보다도 더 하얘졌다. 수화기 속에서 애교 섞인 방탕한 여자의 목소리가 나지막이 속삭이고 있었던 것이다.

"림스키, 아무 데도 전화하지 마. 그렇지 않으면 좋지 않은 일이 생길 거야……."

그리고 바로 수화기 속의 목소리는 사라졌다. 경리부장은 등 뒤로 뭔가 스멀스멀 기어가는 것을 느끼면서 수화기를 내려놓았다. 그리고 등 뒤의 창을 돌아보았다. 아직은 옅은 초록빛을 띠고 있는 단풍나무 가지 사이로 투명한 구름을 따라 빠르게 흘러가고 있는 달이 보였다. 림스키는 무엇 때문인지 단풍나무 가지에 시선을 고정시킨 채 그 가지에서 눈을 떼지 못했으며, 그렇게 계속 쳐다보고 있으면 있을수록 점점 더 강한 공포가 그를 사로잡았다.

가까스로 정신을 차린 경리부장은 마침내 달빛이 흘러넘치는 창가에서 몸을 돌려 자리에서 일어났다. 더 이상 어디로 전화를 건다는 것은 생각조차 할 수 없었다. 지금 경리부장은 오로지 한 가지, 어떻게든 빨리 이 극장에서 나가야 한다는 것만을 생각했다.

그는 귀를 기울여보았다. 극장 건물은 쥐 죽은 듯 고요했다. 림스키는 벌써 오래전부터 2층 전체에 남아 있는 사람이라곤 자신밖에 없다는 사실을 알게 되었고, 생각이 여기에 미치자 그는 어린아이처럼 주체할 수 없는 공포에 사로잡혀버렸다. 텅 빈 복도를 지나 혼자 계단을 내려가야 한다는 생각만으로도 그의 몸은 후들거렸다. 그는 열병에라도 걸린 사람처럼 책상 위에 놓여 있는 최면술로 만든 돈을 움켜쥐고는 서류가방에 쑤셔 넣었다. 그리고 조금이라도 용기를 내보려고 헛기침을 했다. 하지만 기침 소리마저도 겁에 질린 듯 약하게 갈라져 나왔다.

사무실 문틈으로 갑자기 썩은 냄새가 나는 습기가 스며들어오는 것 같다는 생각이 든 것은 바로 그때였다. 경리부장의 등으로 냉기가 스쳐지나갔다. 그리고 그 순간 난데없이 벽시계가 자정을 알리기 시작했다. 경리부장은 이제 시계 소리에조차 몸을 떨었다. 하지만 그의 심장이 결정적으로 내려앉은 것은 문의 자물쇠에서 가만히 열쇠 돌아가는 소리가 들렸을 때였다. 식은땀에 축축해진 손으로 서류가방을 부둥켜안은 채로, 경리부장은 만약 자물쇠의 저 삐걱거리는 소리가 조금만 더 계속된다면 더 참지 못하고 비명을 질러버리게 될 것만 같다는 생각을 했다.

마침내 누군가의 강한 힘에 의해 밀려나듯 문이 열리고, 소리 없이 바레누하가 사무실로 들어왔다. 순간 다리에 힘이 풀려버린 림스키는 털썩하고 의자에 주저앉아버렸다. 그리고 숨을 한번 크게 몰아쉬고는 마치 비위를 맞추기라도 하려는 듯 미소를 지으며 작은 소리로 말했다.

"세상에, 내가 얼마나 놀랐는지 알아……."

정말로 그것은 누구라도 깜짝 놀랄 갑작스러운 등장이었다. 하지만 모든 것이 온통 뒤엉켜 있는 이 사건에서 작은 실마리 하나라도 잡게 된 림스키는 그렇게라도 그가 나타나준 것이 너무나도 기뻤다.

"자, 자, 어서 말해봐! 어서! 어서!" 림스키는 그 실마리를 놓치지 않으려는 듯 쉬어 갈라지는 목소리로 물었다. "도대체 어떻게 된 거야?!"

"죄송합니다." 바레누하는 문을 닫으며 겨우 알아들을 수 있을 정도로 낮은 목소리로 대답했다. "전 벌써 나가신 줄 알았습니다."

그러고는 모자를 벗지 않은 채로 책상 맞은편에 있는 안락의자에 가서 앉았다.

바레누하의 대답에는 뭔가 석연치 않은 것이 있었다. 그리고 그것은 예민함에 있어서라면 전 세계 그 어떤 관측소의 지진계와도 겨눌 수 있을 만한 사람인 경리부장에게 곧바로 감지되었다. 그게 무슨 소린가? 벌써 나간 줄 알았다면서, 왜 이 방으로 온 것인가? 자기 방도 있지 않은가? 이상한 점은 또 있었다. 이 건물로 들어오려면 어떤 출구로 들어오든 야간 당직자들 중 한 명은 반드시 만나게 되어 있다. 그리고 그 당직자들은 모두 그리고리 다닐로비치가 아직 자기 사무실에 있다는 것을 알고 있었다.

하지만 경리부장은 이 이상한 점들에 대해 오래 생각하지 않았다. 그는 거기까지 신경 쓸 겨를이 없었다.

"왜 전화를 안 했나? 얄타 건은 어떻게 됐어?"

"그냥 제가 얘기했던 대로예요." 총무부장은 아픈 이가 계속 신경이 쓰이는 사람처럼 입술로 소리를 내면서 대답했다. "푸시키노에 있는 술집에서 찾았대요."

"뭐, 푸시키노?! 거긴 모스크바 근교잖아? 그런데 어떻게 얄타에서 전보가 온 거지?!"

"얄타는 무슨 얄타, 악마한테나 잡혀가라고 해요! 푸시키노 전신국 직원한테 술을 진탕 먹여놓고 둘이서 장난을 친 거예요. 얄타 소인이 찍힌 전보를 보낸 것도 다 거기서 장난질을 친 거예요."

"아하…… 아하…… 그래, 좋아, 좋아……." 림스키는 말을 한다기보다는 마치 노래를 부르고 있는 것 같았다. 그의 두 눈에 노란빛이 번득였고, 그의 머릿속에는 스툐파가 치욕스럽게 직장에서 해고되는 실로 통쾌한 그림이 그려졌다. 이제 해방이다! 경리부장이 그토록 기다리던 해방이 온 것이다! 리호데예프라는 인간과 그로 인한 고생은 이제 다 끝났다! 아니 어쩌면 스테판 보그다노비치는 해임보다도 더 나쁜 어떤 일을 당하게 될지도 모른다…… "좀더 자세히 얘길 해봐!" 림스키는 문진으로 책상을 두드리면서 말했다.

바레누하가 자세한 이야기를 하기 시작했다. 경리부장이 보낸 곳으로 가자마자, 그곳 사람들이 바로 그를 맞아서는 그의 얘기를 아주 주의 깊게 들었다. 물론, 그들 중에도 스툐파가 얄타에 가 있을 것이라고 생각한 사람은 아무도 없었다. 그리고 리호데예프는 푸시키노에 있는 '얄타'에 있을 거라는 바레누하의 의견에 모두가 그 즉시 동의했다.

"그래서 그 사람은 지금 어디에 있지?" 흥분한 경리부장이 총무부장의 말을 끊었다.

"어디긴 어디겠어요." 총무부장이 차갑게 미소를 지으며 대답했다. "당연히 알코올 중독자 요양소지."

"그래, 그거야! 바로 그거야!"

바레누하는 이야기를 계속했다. 그리고 이야기가 계속됨에 따라 리호데예프의 뻔뻔스럽고 추악한 행동들이 너무나도 선명하게 경리부장 앞에 펼쳐졌고, 계속해서 이어지는 이야기는 어김없이 앞의 것보다도 더 추악했다. 푸시키노 전신국 앞 잔디밭에서 방탕한 아코디언 소리에 맞춰 전신국 직원과 부둥켜안고 술에 취해 춤을 추고, 깜짝 놀라 비명을 지르는 시민들을 쫓아 다니고, 레스토랑 알타의 종업원과 싸움을 하려 들고, 레스토랑 알타 바닥에 파를 뿌려 던지고, 백포도주 '아이-다닐' 여덟 병을 깨부수고, 자신을 태우려 하지 않는 택시 기사의 미터기를 고장 내고, 그 모든 난동을 중단시키려고 하는 시민들을 체포해버리겠다고 위협을 하고…… 한마디로 정말 끔찍했다!

스툐파는 모스크바 연극계에서도 유명한 인물이었다. 그가 그다지 훌륭한 사람이 아니라는 것은 모두가 알고 있는 사실이다. 하지만 그렇다고 해도 총무부장이 이야기한 것은, 그게 아무리 스툐파라 해도 지나친 데가 있었다. 맞다, 지나치다. 그것도 아주 많이…….

림스키의 날카로운 눈이 책상 너머 총무부장의 얼굴 속으로 파고드는 듯했다. 그리고 총무부장의 이야기가 계속될수록 그 눈은 점점 더 어두워졌다. 총무부장이 늘어놓고 있는 그 혐오스러운 이야기의 장면 하나하나가 더 생생하고 화려해질수록 경리부장은 그 이야기를 점점 더 믿지 않게 되었다. 그리고 바레누하의 이야기가 스툐파를 모스크바로 불러들이기 위해 보낸 사람들에 대한 온갖 행패에 이르렀을 때, 경리부장은 자정이 다 되어서 돌아온 총무부장이 지금까지 그에게 이야기한 것은 모두 거짓말이라는 것을 확신하게 되었다! 처음부터 끝까지 다 거짓말이다.

바레누하는 푸시키노로 가지 않았으며, 스툐파도 푸시키노에 가지 않았다. 술에 취한 전신국 직원도 없었고, 술집의 유리가 박살나지도 않았으며, 스툐파를 밧줄로 묶지도 않았다…… 그런 일은 전혀 일어나지 않았다.

총무부장이 자신에게 거짓말을 하고 있다는 것을 확신하자, 발끝에서부터 온몸으로 공포가 밀려왔다. 경리부장은 썩은 냄새가 나는 말라리아의 축축한 기운이 바닥을 따라 펴져가는 것을 다시 한 번 느꼈다. 총무부장은 왠지 좀 이상한 모습으로, 그러니까 책상 위의 램프가 만들어내는 푸른 그림자 안에 몸을 숨기려는 듯 램프의 불빛을 신문으로 교묘하게 가리면서 안락의자에 웅크리고 있었으며, 경리부장은 그런 그에게서 단 한 순간도 눈을 떼지 않았다. 그리고 한 가지만을 생각했다. 이 모든 것이 무엇을 뜻하는 것일까? 뒤늦게 돌아온 총무부장이 아무도 없는 이 고요한 건물에서 저렇게 뻔뻔스럽게 거짓말을 하는 이유가 뭘까? 순간 알 수 없는, 그러나 끔찍한 그 어떤 위험에 대한 생각이 경리부장의 머리를 어지럽히기 시작했다. 총무부장의 거짓말과 신문으로 가리는 행동을 모르는 체하면서 경리부장은 그의 얼굴을 주의 깊게 살펴보았다. 그는 이미 바레누하가 떠벌이는 것을 거의 듣고 있지 않았다. 푸시키노에서의 기행들에 대한 알 수 없는 거짓 비방들보다도 더욱 이해하기 어려운 무엇인가가 있었다. 그것은 바로 총무부장의 외모와 태도에 나타난 변화들이었다.

그가 아무리 모자의 챙을 눌러쓰고, 신문으로 얼굴을 가려도, 경리부장은 그의 얼굴 오른쪽 코 바로 옆에 커다란 멍 자국이 있는 것을 볼 수 있었다. 그뿐만 아니라 평상시 그렇게 혈색이 좋던 총부부장의 얼굴이 지금은 백묵처럼 창백했으며, 이렇게 후덥지근한 밤에 무엇 때문인지 줄무늬가 들어간 낡은 스카프를 목에 친친 감고 있었다. 게다가 전에는 없던, 뭔가를 빨아들이듯 입맛을 다시는 혐오스러운 버릇과 낮고 거칠어진 목소리, 교활하면서도 소심한 듯한 눈빛까지, 이반 사벨리예비치 바레누하는 정말 알아볼 수 없을 정도로 변해 있었다.

그리고 경리부장을 극도로 불안하게 하는 무엇인가가 더 있었다. 하지만 아무리 머리를 쥐어짜고, 아무리 주의 깊게 바레누하를 들여다봐도, 경리부장은 그 불안의 정체를 알 수 없었다. 다만 한 가지 분명한 것은 총무부장과 저 익숙한 의자 사이에 왠지 부자연스럽고 알 수 없는 뭔가가 있다는 것이었다.

"그래서 결국 강제로 차에 태웠죠." 바레누하는 멍 자국을 손바닥으로 가리고 신문지 너머를 힐긋거리며 낮은 목소리로 말했다.

그때 림스키가 갑자기 한쪽 팔을 뻗더니, 겉으로는 아무렇지도 않은 듯 손가락으로 책상 위를 토닥거리면서 손바닥으로 슬쩍 비상벨의 단추를 눌렀다. 그리고 그와 동시에 그의 온몸이 굳어져버렸다. 텅 빈 건물에 날카로운 벨소리가 울려 퍼져야 했다. 하지만 벨소리는 울리지 않았고, 단추는 맥없이 책상의 상판 속으로 들어가버렸다. 비상벨이 고장 난 것이다.

경리부장의 술수는 바레누하의 눈을 피해가지 못했다. 바레누하는 얼굴을 찡그리며 물었고, 그 순간 그의 눈에 명백한 적의의 불꽃이 번득였다.

"왜 벨을 누른 거죠?"

"그냥 나도 모르게……." 경리부장은 어물거리듯 대답을 하고 손을 치웠다. 그리고 이번에는 그가 다소 부드러운 목소리로 물었다. "자네 얼굴에 그건 뭔가?"

"차가 갑자기 도는 바람에 차 문 손잡이에 부딪혔어요." 바레누하가 눈을 피하면서 대답했다.

'거짓말이다!' 경리부장은 속으로 소리를 질렀다. 그러다 갑자기 눈을 동그랗게 뜨고 완전히 실성한 사람처럼 안락의자의 등받이를 뚫어져라 쳐다보았다.

안락의자 뒤쪽 바닥에 두 개의 그림자가 엇갈려 있었다. 진하고 검은 것은 안락의자의 등받이 그림자였고, 흐릿한 회색은 끝이 뾰족한 의자 다리의 그림자였다. 그런데 그 그림자 속 등받이 위로 바레누하의 머리가 없었으며, 의자 다리 아래로 총무부장의 다리도 보이지 않았다.

'이자는 그림자가 없다!' 림스키는 머릿속으로 절망적으로 소리를 질렀다. 그의 온몸이 덜덜 떨리기 시작했다.

정신이 나간 듯한 림스키의 시선을 따라 의자 등받이 뒤를 힐끗 쳐다본 바레누하는 자신의 정체가 드러났다는 것을 알아차렸다. 그는 의자에서 일어나(경리부장도 그와 동시에 일어섰다) 서류가방을 움켜쥐며 책상에서 한 걸음 물러섰다.

"빌어먹을, 눈치 챘군! 언제나 머리가 좋았었지." 바레누하가 악의에 찬 미소를 지으며 중얼거렸다. 그러고는 난데없이 펄쩍 뛰어 문 쪽으로 다가가서는 재빨리 자물쇠 버튼을 아래로 돌려 문을 잠갔다. 경리부장은 절망에 빠져 주위를 둘러보며 정원으로 난 창 쪽으로 물러섰다. 그리고 달빛이 넘쳐나는 그 창에서 유리에 얼굴을 바짝 갖다 대고 있는 나체의 여인을 보았다. 그녀는 자신의 맨팔을 창문 위로 나 있는 작은 환기창에 찔러 넣은 채로 아래쪽 빗장을 열려고 기를 쓰고 있었다. 위쪽의 빗장은 이미 열려져 있었다.

림스키는 책상 위의 램프 불빛이 꺼져가고 책상이 기울어지는 것 같다는 생각을 했다. 그리고 그와 동시에 얼음을 뒤집어쓴 듯 그의 온몸이 뻣뻣하게 굳어갔다. 하지만 다행히 그는 정신을 차렸고 기절하지도 않았다. 그는 남은 온 힘을 다해 꺼져가는 목소리로 중얼거리듯 말했다.

"사람 살려……."

바레누하는 문을 막아서며 그 앞에서 펄쩍 뛰어올랐다. 그는 몸을 좌우로 흔들며 한참 동안을 그렇게 허공에 떠 있었다. 그는 갈고리처럼 구부러진 손가락을 림스키 쪽에 대고 흔들면서 쉭쉭거리는 소리를 냈고, 입술로 뭔가를 빨아들이는 듯한 소리를 내며 창 쪽에 있는 여자에게 눈짓을 했다.

그러자 여자는 서두르기 시작했다. 여자는 붉은 머리를 환기창에 들이밀고 손을 있는 대로 뻗었으며, 손톱으로 아래쪽 빗장을 만지작거리며 창틀을 덜컹이기 시작했다. 그녀의 팔이 고무줄처럼 점점 길어졌고, 죽은 송장처럼 초록빛으로 덮여갔다. 그리고 마침내 시체의 초록빛 손가락이 빗장의 꼭지를 움켜쥐고 돌리자 창문이 열리기 시작했다. 림스키는 가느다란 비명을 지르며 벽 쪽으로 붙어 선 채로, 서류가방을 방패처럼 앞으로 내밀었다. 그는 자신의 최후가 왔음을 깨달았다.

마침내 창문이 활짝 열리면서 지하실의 음습한 냄새가 훅 하고 방 안으로 밀려들어왔다. 여자의 시체는 벌써 창턱까지 몸을 들이밀고 있었고, 림스키는 그녀의 가슴께의 썩은 반점을 분명히 보았다.

그리고 바로 그 순간 공원으로부터 전혀 예상치 못했던 기쁨에 찬 수탉의 울음소리가 들려왔다. 서커스에 나오는 새들을 기르는 사격장 뒤의 낮은 건물에서 들려오는 소리였다. 잘 조련되어 목청이 좋은 그 수탉은 나팔을 불듯, 동쪽에서부터 모스크바로 새벽이 다가오고 있음을 알렸다.

여자는 분노로 얼굴을 일그러뜨리며 거칠게 욕설을 퍼부어댔고, 문 앞에 떠 있던 바레누하는 비명을 지르며 바닥으로 내동댕이쳐졌다.

수탉의 울음소리가 다시 한 번 울리자, 여자는 이를 갈았고, 그녀의 붉은 머리카락이 한꺼번에 위로 솟구쳤다. 그리고 세번째로 울리는 수탉의 울음소리와 함께 여자는 몸을 돌려 밖으로 날아갔다. 바닥에 내동댕이쳐졌던 바레누하도 다시 한 번 공중으로 펄쩍 뛰어올라, 마치 하늘을 나는 큐피드처럼 수평으로 몸을 띄우고는 천천히 책상 앞을 지나 창밖으로 날아갔다.

검은 머리라고는 한 올도 없이 눈처럼 하얗게 머리가 센 노인이(그 노인은 바로 얼마 전까지만 해도 림스키였다) 문으로 달려가 자물쇠를 풀고, 문을 열어 캄캄한 복도를 달리기 시작했다. 층계참에 다다른 그는 두려움으로 안타깝게 신음을 하면서 스위치를 더듬어 찾았고, 잠시 후 계단에 불이 환하게 들어왔다. 노인은 온몸을 떨며 비틀비틀 계단을 내려갔고, 그러다 갑자기 계단 한가운데서 고꾸라졌다. 위에서 바레누하가 그를 덮치는 것 같았던 것이다.

마침내 아래층까지 뛰어 내려온 림스키는 매표소 앞 의자에서 자고 있는 경비를 보았다. 림스키는 살금살금 그의 옆을 지나 미끄러지듯 정문을 빠져나갔다. 거리로 나오니 마음이 조금 가벼워졌다. 이제 그는 머리를 움켜쥐고 사무실에 모자를 두고 왔다는 생각을 할 만큼 제정신으로 돌아와 있었다.

하지만 물론 모자 때문에 다시 돌아가지는 않았다. 그는 숨을 헐떡이며 큰길을 건너 불그스름한 불빛이 희미하게 보이는 영화관 앞 모퉁이로 달려갔다. 그리고 잠시 후 그는 벌써 그 불빛 옆에 서 있었다. 차를 뺏어 탈 사람은 아무도 없었다.

"레닌그라드 역으로 갑시다, 빨리. 차비는 넉넉히 드리겠소." 노인은 힘겹게 숨을 몰아쉬며 가슴을 쥐고 말했다.

"이건 차고로 들어가는 차예요." 운전사는 불만스러운 듯 대답을 하고 몸을 돌렸다.

그러자 림스키는 서류가방에서 오백 루블을 꺼내 앞쪽의 열린 차창으로 운전사에게 내밀었다.

    잠시 후 덜덜거리는 자동차 한 대가 사도바야 원형도로를 따라 질풍처럼 달려가고 있었다. 림스키는 뒷자석에 앉아 용수철처럼 들썩거리면서 룸미러를 통해 기분이 좋아진 운전사의 눈과 미친 사람 같은 자신의 눈을 번갈아 바라보았다.

    역에 도착하여 차에서 뛰어내린 림스키는 하얀 에이프런에 배지를 달고 있는 사람을 보자마자 소리쳤다.

    "일등 객실, 한 명, 삼십 루블." 그는 서둘러 말을 끊고, 서류가방에서 지폐를 꺼냈다. "일등석이 없으면, 이등석이라도, 그것도 안 되면 삼등석이라도."

    배지를 단 사람은 번쩍이는 시계를 한번 쳐다보고는 림스키의 손에서 돈을 빼앗았다.

    오 분 후 역의 둥근 유리 천장 아래를 빠져나온 특급열차 한 대가 어둠 속으로 완전히 사라져갔다. 그리고 그 열차와 함께 림스키도 사라져버렸다.

제15장

니카노르 이바노비치의 꿈

쉽게 짐작되듯이, 119호 병실로 들어온 불그스레한 얼굴의 뚱뚱한 남자는 니카노르 이바노비치 보소이였다.

사실 그는 스트라빈스키 교수에게 곧바로 보내지지 않았고, 그 전에 잠시 '다른 장소'에 머물러야 했다.

그 다른 장소에 대한 기억은 니카노르 이바노비치에게 거의 남아 있지 않다. 그는 단지 책상과 책장, 그리고 소파를 기억할 뿐이다.

그곳에서 흥분과 충혈로 인해 눈앞이 다소 흐려져 있는 니카노르 이바노비치와의 대화가 시도되었다. 하지만 그 대화는 어딘지 좀 이상하고 뒤죽박죽으로 진행되었다. 아니 좀더 정확히 말해서, 대화 자체가 이루어지지 않았다.

니카노르 이바노비치가 받은 첫번째 질문은 다음과 같은 것이었다.

"니카노르 이바노비치 보소이, 당신이 사도바야 302-2번지의 주민 조합장입니까?"

이 질문에 니카노르 이바노비치는 섬뜩한 웃음을 터트리며 다음과 같이 대답했다.

"내가 니카노르요, 당연하지, 니카노르! 그런데 빌어먹을, 조합장은 무슨 조합장!"

"그게 무슨 소리죠?" 심문자가 눈을 찡그리며 니카노르 이바노비치에게 물었다.

"그래," 그는 대답했다. "만약 내가 정말 주민 조합장이었다면, 그자가 악마라는 걸 대번에 알아봤어야 했어! 안 그렇소? 코안경엔 금이 가 있고…… 완전히 걸레 같은 걸 입고…… 대체 어떻게 그런 자가 외국인의 통역사가 될 수 있냔 말이오!"

"지금 누구 얘길 하는 겁니까?" 니카노르 이바노비치는 계속해서 질문을 받았다.

"코로비예프!" 니카노르 이바노비치가 소리쳤다. "50호에 그자가 죽치고 앉아 있었어요! 받아쓰세요, 코로비예프. 당장 그자를 체포해야 합니다! 받아쓰세요. 여섯번째 출입구, 거기 그자가 있습니다."

"외화는 어디서 났습니까?" 심문자들은 진지하게 물었다.

"진정한 신께서, 전능하신 신께서," 니카노르 이바노비치는 말했다. "다 보고 계십니다. 그리고 나는 그분께로 갈 겁니다. 난 한번도 외화를 손에 쥐어본 적도 없고, 외화가 대체 어떻게 생긴 건지도 모릅니다! 내 허물은 모두 주께서 심판하실 것입니다." 니카노르 이바노비치는 셔츠를 여몄다 펼쳤다 하고 성호를 긋기도 하면서 간절하게 말했다. "받았습니다, 받았어요! 하지만 내가 받은 건 우리 소비에트의 돈이었습니다! 돈을 받고 서명도 했습니다. 그래요, 인정합니다, 그랬어요. 주민 조합 간사 프롤레즈네프도 대단한 놈이죠. 그놈도 보통이 아니예요! 솔직히 주민 조합에 있는 놈들은 죄다 도둑놈들이지요. 하지만 난 외화는 받지 않았습니다!"

어리석은 짓 하지 말고, 달러가 어떻게 환기통에 들어 있게 되었는지 그것만 얘기하라는 호통 소리에 니카노르 이바노비치는 무릎을 꿇고, 마치 쪽마루 한쪽을 집어삼키기라도 할 듯 입을 벌리며 고개를 절레절레 흔들었다.

"흙이라도 먹으라면," 그리고 도무지 알아들을 수 없는 얘기를 지껄였다. "먹겠습니다, 하지만 난 안 받았습니다! 코로비예프는 악마예요!"

모든 인내에는 한계가 있는 법이다. 테이블 건너편에선 이미 언성이 높아졌고, 알아들을 수 있게 얘기하는 게 좋을 거라며 니카노르 이바노비치에게 넌지시 암시를 주기도 했다.

바로 그때 무릎을 꿇고 있던 니카노르 이바노비치가 벌떡 일어나 소파가 있는 그 방이 떠나가도록 괴성을 질렀다.

"저기 있다! 저기 책장 뒤에! 저기서 낄낄거리고 있어! 저 코안경…… 잡아라! 여기 성수를 뿌려!"

니카노르 이바노비치의 얼굴에서 핏기가 사라졌다. 그는 온몸을 떨면서 허공에 대고 십자가를 그었고, 문으로 달려들었다가 다시 돌아오고, 무슨 기도문 같은 것을 낭송하기도 했으며, 마침내 도저히 알아들을 수 없는 말들을 쏟아내기 시작했다.

니카노르 이바노비치와는 어떤 대화도 불가능하다는 것이 명백해졌다. 그는 끌려 나가 독방으로 보내졌고, 그곳에서 그는 기도를 하며 껄껄거릴 뿐 어느 정도 조용해졌다.

물론 사도바야로 사람들이 보내졌고 50호 아파트에 대한 수색도 이루어졌다. 하지만 50호에서 그 코로비예프라는 자가 발견되지 않았을 뿐만 아니라, 그 건물에서 코로비예프라는 자를 알거나 본 적이 있는 사람조차 만나볼 수 없었다. 고인이 된 베를리오즈와 얄타로 떠난 리호데예프의 아파트는 텅 비어 있었고, 서재에도 아무도 건드리지 않은 봉인들이 책장들마다 얌전히 붙어 있었다. 그렇게 그들은 아무 성과 없이 사도바야를 떠났고, 그들과 함께 겁에 질려 당황하고 있는 주민 조합 간사 프롤레즈네프도 떠났다.

저녁이 되어 니카노르 이바노비치는 스트라빈스키의 병원에 도착했다. 하지만 병원에서도 그는 몹시 불안한 행동을 보였고, 스트라빈스키 처방에 따라 주사를 맞아야 했다. 119호실로 보내진 니카노르 이바노비치는 자정이 넘어서야 잠이 들었고, 간간이 고통스럽고 힘겨운 울음소리를 냈다.

하지만 시간이 지남에 따라 그는 점점 편안하게 잠 속으로 빠져들었다. 몸을 뒤척이거나 신음 소리를 내지 않았고, 호흡 또한 편안하고 고르게 되어 더 이상 사람들이 그를 지켜보고 있지 않아도 되게 되었다.

그렇게 사람들이 떠나고 나자 이번에는 꿈이 니카노르 이바노비치를 찾아왔다. 물론 그 꿈의 토대가 된 것은 그날 그가 겪었던 일들이었다. 꿈 속에서 니카노르 이바노비치는 황금 나팔을 들고 매우 엄숙한 표정을 짓고 있는 사람들의 인도 아래 래커 칠이 된 커다란 문 앞으로 다가갔다. 그 문 앞에서 그와 같이 가던 사람들이 니카노르 이바노비치에게 짧막하게 환영 연주를 해준 것 같았다. 그리고 잠시 후 하늘에서 굵직한 베이스의 유쾌한 음성이 쩌렁쩌렁 울려왔다.

"어서 오십시오, 니카노르 이바노비치! 자, 이제 외화를 내놓으시지요!"

니카노르 이바노비치는 깜짝 놀라 그의 머리 위에 있는 검은 확성기를 바라보았다.

잠시 후 어떻게 된 일인지 그는 황금빛 천장 아래 크리스털 샹들리에가 번쩍이고, 벽마다 켕케 램프[2]가 환하게 불을 밝히고 있는 극장 객석에

앉아 있었다. 규모가 크진 않아도 돈은 많은 극장들이 그렇듯이 그 안에
는 있어야 할 것들은 모두 있었다. 벨벳 막이 드리워진 무대도 있었고, 그
진홍빛 막에는 십 루블짜리 금화들이 별처럼 수놓아져 있었으며, 프롬프
터 박스와 관객들도 있었다.

니카노르 이바노비치는 관객들이 모두 남자들뿐이고, 하나같이 수염
을 기르고 있는 것에 놀랐다. 그뿐만 아니라 객석에 의자가 없고, 관객들
이 모두 번쩍거리는 매끈한 바닥에 앉아 있다는 것도 놀라웠다.

이 새롭고 거대한 군중 속에서 당황하며 잠시 안절부절못하던 니카노
르 이바노비치는 붉은 수염이 덥수룩한 건장한 사내와 창백한 얼굴에 역
시 수염이 길게 자란 한 시민 사이를 비집고 들어가 다른 사람들처럼 쪽마
루에 다리를 접고 앉았다. 앉아 있던 사람들 중 새로 온 관객에게 신경을
쓰는 사람은 아무도 없었다.

그때 부드러운 종소리가 들리더니, 객석의 불이 꺼지고 막이 열리면
서 조명이 켜진 무대가 나타났다. 무대 위에는 안락의자와 황금 종이 놓
인 작은 탁자가 놓여 있었고, 그 뒤로는 검은색의 두툼한 벨벳 배경막이
드리워져 있었다.

이어 무대 뒤에서 턱시도를 입은 아티스트가 한 명 나왔다. 그는 말
끔하게 면도를 하고 가르마를 갈라 머리를 빗은 젊고, 아주 기분 좋은 인
상을 주는 사람이었다. 객석의 관중들이 생기를 띠며 일제히 무대를 바라
보았다. 아티스트는 프롬프터 박스 앞으로 다가와 손을 비볐다.

"다들 앉으셨습니까?" 아티스트가 부드러운 바리톤으로 질문을 던지
며 객석을 향해 미소를 지었다.

"앉았습니다. 앉았습니다." 객석에서 테너와 베이스들이 합창으로 대
답했다.

"흐음……" 아티스트는 뭔가 생각에 잠긴 듯한 표정으로 말을 시작했다. "정말 이해할 수가 없군요. 여러분은 지겹지도 않으십니까? 다른 사람들은 지금 모두 거리를 걸으며 봄의 햇살과 태양의 온기를 즐기고 있는데, 이 답답한 객석 바닥에 죽치고 앉아 계시다니! 공연이 그렇게도 재미있으십니까? 하긴 취향은 모두 다른 법이니까." 아티스트는 철학적으로 말을 맺었다.

그리고 이어 음색과 어조를 바꿔 유쾌하고 낭랑한 목소리로 다음과 같이 공표했다.

"자, 다음 순서는 주민 조합장이시며, 식이요법계의 대표이신 니카노르 이바노비치 보소이입니다. 니카노르 이바노비치를 이 자리로 모시겠습니다!"

아티스트의 소개가 끝나자 일제히 박수가 울려 퍼졌다. 놀란 니카노르 이바노비치의 눈이 휘둥그레졌고, 사회자는 손으로 각광을 가리면서, 눈으로 앉아 있는 사람들 사이에서 그를 찾아내어 무대 위로 올라오라는 표시로 손가락을 살짝 움직였다. 그리고 어떻게 된 것인지, 니카노르 이바노비치는 벌써 무대 위에 올라가 있었다. 오색 각광이 아래에서부터 정면으로 그의 눈을 찔렀고, 그와 동시에 관객들이 앉아 있는 객석은 어둠 속으로 사라졌다.

"자, 니카노르 이바노비치, 우리에게 모범을 한번 보여주시지요." 젊은 아티스트는 진심에서 우러나온 말투로 말을 했다. "외화를 내놓으세요."

정적이 찾아왔다. 니카노르 이바노비치는 숨을 한번 고르고 나서 작은 소리로 말했다.

"신께 맹세코……."

하지만 그는 말을 끝까지 할 수 없었다. 그 순간 객석 전체에서 불만에 찬 고함 소리가 울려 퍼졌기 때문이었다. 니카노르 이바노비치는 당황하며 입을 다물었다.

"제가 보기에," 진행자가 말을 시작했다. "당신은 외화가 없다는 것을 신에게 맹세하려고 하시는 것 같은데, 맞습니까?" 그리고 동정하는 눈빛으로 니카노르 이바노비치를 바라보았다.

"그렇습니다, 난 없습니다." 니카노르 이바노비치가 대답했다.

"그렇군요." 아티스트가 말을 받았다. "그렇다면, 다소 무례한 질문이 될지 모르겠습니다만 당신과 당신의 배우자만 사는 당신의 아파트 화장실에서 발견된 사백 달러는 대체 어떻게 된 거지요?"

"마술이었겠지!" 어두운 객석에서 누군가 빈정대듯 말했다.

"맞습니다, 그건 마술이었습니다." 니카노르 이바노비치는 아티스트도, 어두운 객석도 아닌 어딘가에 대고 부끄러운 듯 대답했다. 그리고 다음과 같이 설명했다. "악마가, 그 체크무늬 통역관이 슬쩍 밀어놓고 간 겁니다."

그러자 다시 객석에서 야유가 터져나왔다. 그리고 잠시 후 객석이 조용해지자 아티스트가 말했다.

"이건 무슨 라퐁텐의 우화¹를 듣고 있는 것 같군요! 사백 달러를 슬쩍 밀어놓고 갔다고요! 자, 여기 계신 분들은 모두 불법 외화 소지자들입니다. 제가 전문가인 여러분께 묻겠습니다. 그게 가능한 일입니까?"

"우린 불법 외화 소지자가 아니오." 극장 여기저기서 모욕감에 찬 목소리들이 울렸다. "하지만 그 일은 말도 안 되는 얘기요."

"전적으로 동의합니다." 아티스트가 단호하게 말했다. "그럼 여러분께 묻겠습니다. 슬쩍 밀어놓고 갈 수 있는 것들은 어떤 것이지요?"

"아이들!" 객석에서 누군가 외쳤다.

"바로 맞추셨습니다." 진행자가 말했다. "아이, 익명의 편지, 선전 전단, 끔찍한 고물 자동차, 바로 그런 것들이지요. 하지만 사백 달러를 슬쩍 밀어 넣고 갈 사람은 아무도 없을 겁니다. 왜냐하면 그런 바보는 세상에 없으니까요." 그리고 니카노르 이바노비치를 바라보며 아티스트는 질책하듯 슬픔에 찬 목소리로 덧붙였다. "니카노르 이바노비치, 당신은 저를 슬프게 만들었습니다! 당신에게 기대를 걸었는데. 어쨌든, 당신의 공연은 실패였습니다."

니카노르 이바노비치를 향한 비난의 휘파람이 객석에 퍼졌다.

"저자는 불법 외화 소지자요!" 객석에서 고함 소리가 울렸다. "저런 인간들 때문에 우리가 아무 죄도 없이 이 고생을 하고 있는 겁니다!"

"그를 욕하지 마십시오." 사회자가 부드럽게 말했다. "그는 참회하게 될 것입니다." 그리고 눈물이 그렁그렁한 파란 눈으로 니카노르 이바노비치를 쳐다보며 덧붙였다. "자, 니카노르 이바노비치, 자리로 돌아가시지요."

그런 다음 아티스트는 작은 종을 울리며 큰 소리로 공표했다.

"휴식 시간입니다, 이 악당들아!"

난데없는 공연 참여로 당황한 니카노르 이바노비치는 어느새 바닥의 자기 자리로 돌아와 있었다. 그리고 그 순간 그는 객석이 완전한 어둠 속으로 빠져들어가고, 사방의 벽에 불길처럼 붉은 글씨가 튀어나오는 것을 보았다. '외화를 내놓으시오!' 잠시 후 다시 막이 열렸고, 사회자의 인사말이 이어졌다.

"자, 이번에는 세르게이 게라르도비치 둔칠을 무대 위로 모시겠습니다."

둔칠은 점잖게 생기긴 했지만 차림은 몹시 궁색해 보이는 오십대가량의 남자였다.

"세르게이 게라르도비치," 사회자가 그에게 말했다. "당신은 당신에게 남아 있는 외화 반납을 거부하시면서, 벌써 한 달 반째 여기 앉아 계십니다. 그 외화는 국가에는 반드시 필요한 것이지만, 당신에겐 아무 소용도 없습니다. 그런데도 당신은 고집을 피우고 계시지요. 당신은 인텔리이고 이 모든 사실을 아주 잘 이해하고 계시면서도, 저희를 찾아오시려 하지 않으셨습니다."

"유감이지만, 내가 할 수 있는 것은 아무것도 없소. 나한텐 더 이상 외화가 없으니까." 둔칠이 침착하게 대답했다.

"그래도 보석은 좀 가지고 계시지 않습니까?" 아티스트가 물었다.

"보석도 없소."

아티스트는 실망스럽다는 듯 고개를 숙였다. 그리고 잠시 뭔가를 생각하는가 싶더니 무대 옆을 바라보며 손뼉을 쳤다. 그러자 무대 옆에서 최신 유행의 의상, 다시 말해 칼라 없는 외투에 작은 모자를 쓴 중년의 한 여인이 무대 앞으로 걸어나왔다. 여인은 불안한 표정을 짓고 있었지만, 둔칠은 눈썹 하나 까딱하지 않은 채로 그녀를 바라보았다.

"이 부인은 누구시죠?" 진행자가 둔칠에게 물었다.

"내 아내요." 둔칠이 거만하게 대답하며 부인의 긴 목을 노려보았다.

"마담 둔칠, 저희가 당신을 이곳까지 오시게 한 것은," 사회자는 부인 쪽을 돌아보며 말했다. "당신께 질문을 한 가지 드리고 싶은 것이 있어서입니다. 혹시 당신의 남편께 외화가 더 있지 않습니까?"

"저 사람은 그때 모두 내놓았어요." 마담 둔칠이 흥분하며 대답했다.

"그렇군요." 아티스트가 말했다. "그렇다고 하시면 그런 거겠지요. 정말 다 내놓으셨다면, 지금 당장이라도 세르게이 게라르도비치를 보내드려야지요, 안 그렇습니까! 세르게이 게라르도비치, 이제 극장에서 나가셔도 좋습니다." 아티스트는 마치 차르처럼 근엄한 포즈를 취했다.

둔칠은 아무렇지도 않은 듯 당당하게 돌아서서 무대 끝으로 걸어 나갔다.

"잠깐만!" 사회자가 그를 불러 세웠다. "작별 인사로 저희 프로그램 중 하나를 더 보여드리고 싶은데요." 그리고 다시 손뼉을 쳤다.

그러자 무대 뒤편에 있던 검은 막이 열리면서 무도회복을 입은 젊은 미녀가 번쩍이는 금빛 쟁반을 들고 무대 앞으로 걸어 나왔다. 그녀가 들고 있는 쟁반 위에는 리본으로 장식한 두툼한 꾸러미와 보석이 박힌 목걸이가 놓여 있었으며, 그 목걸이에서는 푸른빛과 노란빛, 그리고 붉은빛의 불꽃들이 사방으로 퍼져 나왔다.

둔칠은 멈칫하며 한 발자국 뒤로 물러섰고, 순간 그의 얼굴이 백짓장처럼 하얘졌다. 객석은 죽은 것처럼 조용해졌다.

"만 팔천 달러와 순금 사만 달러짜리 목걸이." 아티스트는 승리자처럼 공표했다. "세르게이 게라르도비치가 하리코프에 있는 자신의 정부 이다 헤르쿨라노브나 보르스의 집에 보관하고 있던 것들입니다. 여러분들이 보고 계시는 이분이 바로 이다 헤르쿨라노브나 보르스 양으로, 개인이 소유할 경우 그저 무가치하고 쓸모없을 뿐인 이 보석들의 적발을 친절하게 도와주셨습니다."

미녀가 흰 이를 드러내 보이며 살짝 미소를 짓자 풍성한 그녀의 속눈썹이 떨렸다.

"그 점잖은 가면 아래," 아티스트는 둔칠을 향해 말했다. "탐욕스러운 착취자와 사기협잡꾼, 거짓말쟁이가 감추어져 있었군요. 당신은 한 달 반 동안 그 어리석은 고집으로 우리 모두를 지치게 했습니다. 이제 집으로 돌아가십시오. 당신 부인이 당신에게 만들어줄 지옥이 당신이 받게 될 벌입니다."

둔칠은 비틀거리며 금방이라도 쓰러질 듯했다. 하지만 친절한 누군가의 팔이 튀어나와 그를 붙잡았고, 그와 동시에 무대 앞의 막이 요란스러운 소리와 함께 닫히면서 무대 위에 있던 사람들을 모두 감춰버렸다.

격렬한 박수 소리가 객석이 떠나가도록 울렸고, 니카노르 이바노비치는 그 소리에 샹들리에의 불꽃들이 튀어 오르는 것 같다는 생각을 했다. 그리고 잠시 후 막이 다시 위로 올라갔을 때, 무대 위에는 고독한 아티스트 외엔 아무도 없었다. 그는 다시 한 번 터져나오는 박수갈채를 제지하면서 다음과 같이 말하기 시작했다.

"여러분들은 지금 둔칠이라는 인물을 통해 어리석은 자의 한 전형적인 모습을 보셨습니다. 제가 어제도 말씀드렸다시피 외화를 숨겨두는 것은 무의미한 짓입니다. 다시 한 번 여러분께 분명히 말씀드리지만, 외화는 그어떤 상황에서도, 그 누구도 사용할 수 없습니다. 저 둔칠만 해도 그렇습니다. 그는 어마어마한 봉급을 받고 있지만, 그걸 쓸 곳이라고는 아무 데도 없습니다. 그에게는 훌륭한 아파트와 아내, 그리고 아름다운 애인이 있습니다. 그런데 어떻습니까! 외화와 보석을 내놓고 아무 탈 없이 조용히 평화롭게 살았으면 좋았을 것을, 자신의 탐욕과 어리석음을 만인 앞에 폭로하고 결국 크나큰 가정의 불화까지 겪게 되었습니다. 자, 이제 누가 내놓으시겠습니까? 자원자들 없으십니까? 그렇다면 다음 순서로 우리 프로그램을 위해 특별히 초대되신 천부적인 연극적 재능의 소유자, 쿠롤레소프 사바 포타포비치께서 시인 푸시킨의 「인색한 기사」 중 일부를 상연해주시겠습니다."

곧 이어 소개받은 쿠롤레소프가 무대 위에 등장했다. 건장한 체격의 그 남자는 깨끗이 면도한 얼굴에 연미복을 입고 흰 넥타이를 매고 있었다.

그는 아무런 서두 없이 얼굴에 음울한 표정을 짓고 눈썹을 치켜 올리더니 황금 종을 흘끔거리면서 자연스럽지 않은 목소리로 말을 시작했다.

"젊은 난봉꾼이 교활한 탕녀와의 만남을 기다리듯……."[4]

이어 쿠롤레소프는 자신에 대한 많은 좋지 않은 이야기들을 했고, 니카노르 이바노비치는 어떤 불행한 미망인이 비를 맞으며 그의 집 앞에 무릎을 꿇고 통곡을 하기도 했지만, 그 배우의 무정한 심장을 건드리지 못했다는 쿠롤레소프의 고백을 들었다.

니카노르 이바노비치는 그 꿈을 꾸기 전까지 시인 푸시킨의 작품에 대해서 전혀 아는 바가 없었다. 하지만 푸시킨이라는 시인은 아주 잘 알고 있었으며, 하루에도 몇 번씩 다음과 같은 말을 내뱉곤 했다. '그럼 푸시킨이 집값을 내겠소?' 아니면, '그럼 계단에 있는 전구를 푸시킨이 빼갔다는 말이오?' '그럼 푸시킨이 석유를 사오겠습니까?'

이제 그의 작품 중 하나를 접하게 된 니카노르 이바노비치는 우울해지기 시작했고, 아버지를 잃은 아이들을 데리고, 비를 맞으며 무릎을 꿇고 있는 여자를 상상했다. 그리고 자기도 모르게 다음과 같이 생각했다. '저 쿠롤레소프 정말 못돼먹은 인간이로군!'

한편 쿠롤레소프는 점점 목소리를 높여 참회를 하기 시작하더니 마침내 니카노르 이바노비치를 완전히 혼란에 빠트려버리고 말았다. 갑자기 그가 무대에 없는 누군가를 향해 말을 하기 시작하고, 있지도 않은 그 사람을 대신해서 자기가 대답을 하고, 자신을 '폐하'라고 불렀다가, '남작'이라고 하기도 하고, '아버지'라고 했다가, '당신,' '너'로 부르기도 했기 때문이었다.

결국 니카노르 이바노비치가 이해한 것은 한 가지, 그 배우가 "열쇠! 내 열쇠!"라고 외치며 바닥에 나동그라지더니 거친 숨소리를 내며 조심스럽게 넥타이를 풀고 죽었다는 것뿐이었다.

잠시 후 죽었던 쿠롤레소프가 일어나 연미복 바지에 묻은 먼지를 털어내고 가식적인 미소를 지으며 인사를 했고, 극히 드문 박수 소리를 들으며 무대를 떠났다. 그러자 이번에는 사회자가 말을 시작했다.

"여러분께서는 지금 사바 포타포비치의 훌륭한 공연으로 「인색한 기사」를 감상하셨습니다. 저 기사는 장난꾸러기 요정들이 자신에게로 달려오고, 그 밖에도 더 많은 기분 좋은 일들이 벌어지기를 기대했습니다. 하지만 보시다시피, 그런 일은 전혀 일어나지 않았습니다. 그 어떤 요정도 그에게 달려가지 않았고, 뮤즈들은 그를 경배하지 않았으며, 그는 어떤 궁전도 세우질 못했습니다. 그 반대로 그는 아주 혐오스럽게 생을 마쳤지요. 외화와 보석이 든 궤짝 위에서 심장마비를 일으켜 저세상으로 간 겁니다. 여러분께 경고하겠습니다. 만약 여러분들이 외화를 내놓지 않는다면, 이보다 더 끔찍하진 않더라도, 이와 비슷한 어떤 일이 여러분들에게 일어날 겁니다!"

푸시킨의 시가 강한 인상을 준 것인지, 아니면 사회자의 산문적인 말 때문이었는지, 그 순간 객석에서 갑자기 겁을 먹은 듯한 목소리가 울려왔다.

"외화를 내놓겠습니다."

"무대 위로 나와주시겠습니까?" 어두운 객석을 쳐다보며 사회자가 정중하게 권했다. 이어 키가 작은 금발의 시민이 무대 위로 나타났다. 얼굴로 보아 적어도 삼 주는 면도를 하지 않은 것 같았다.

"실례지만, 성함이 어떻게 되시는지요?" 사회자가 물었다.

"니콜라이 카납킨입니다." 무대에 등장한 사람이 부끄러운 듯 대답했다.

"아! 정말 반갑습니다, 카납킨 시민. 그래 어떻게 하시겠다고요?"

"내놓겠습니다." 카납킨이 작은 소리로 말했다.

"얼마나요?"

"천 달러하고 금화 이백 루블."

"브라보! 그게 가지고 있는 전부인가요?"

진행자는 카납킨의 눈을 똑바로 쳐다보았다. 니카노르 이바노비치는 진행자의 눈에서 어떤 빛이 뿜어져 나와 마치 뢴트겐 광선처럼 카납킨을 투과하는 것 같다는 생각이 들었다. 객석에서는 숨소리조차 들리지 않았다.

"믿겠습니다!" 이윽고 아티스트는 함성을 질렀고, 눈의 불을 껐다. "당신의 말을 믿겠습니다! 그런 눈은 거짓말을 하지 않으니까요. 제가 여러 차례 말씀드린 바 있지만, 여러분들은 종종 인간의 눈이 갖는 의미를 과소평가하는 실수를 범하시곤 하지요. 혀는 진실을 감출 수 있어도, 눈은 절대 그렇지 않다는 것을 아셔야 합니다! 만약 누군가 여러분께 갑작스러운 질문을 던지게 되면, 여러분은 미동도 없이 그 순간 정신을 가다듬으며 진실을 감추기 위해 어떤 말을 해야 할지를 생각하게 됩니다. 그리고 일말의 동요 없이 말을 시작하지요. 여러분의 얼굴에 있는 작은 주름 하나도 흔들리지 않고 말입니다. 하지만 갑작스러운 질문에 놀란 진실은 순간적으로 마음 밑바닥에서부터 두 눈으로 뛰어오르게 됩니다. 그렇게 되면 모든 것이 끝나게 되는 거지요. 진실은 포착되고, 여러분은 간파되고 마는 겁니다!"

너무나도 확신에 찬 그 연설을 열정적으로 끝마치고 나서 아티스트는 다정한 목소리로 카납킨에게 물었다.

"그래서 어디에 감추어두셨죠?"

"프레치스텐카에 있는 포로호브니코바 숙모 댁에……."

"아! 그러니까…… 잠깐만…… 클라브디야 일리이니치나 집에 말입니까?"

"예."

"아하, 그랬군요, 그랬어, 그랬어요! 작은 독립주택이지요? 맞은편에 작은 정원이 있는? 오, 세상에, 알아요, 아는 집입니다! 그런데 그 집 어디에다 두셨지요?"

"지하실에 있는 사탕 상자 속에……."

아티스트는 기가 막힌다는 듯 손뼉을 쳤다.

"세상에 어떻게 그럴 수가?" 그는 슬픈 표정을 지으며 소리를 질렀다. "거기 그렇게 두면 습기가 차고 곰팡이가 생기잖습니까! 어떻게 그런 사람들을 믿고 외화를 맡길 수가 있는 겁니까? 안 그렇습니까? 세상에, 완전히 어린애나 마찬가지로군요!"

카납킨도 자신이 잘못해서 돈을 못쓰게 만들었다는 것을 깨닫고, 부스스한 머리를 떨구었다.

"돈은," 계속해서 아티스트가 말했다. "국가은행에, 다시 말해 특수 건조 시설과 경비 시설이 갖추어진 장소에 보관하셔야 됩니다. 절대로 숙모 댁 지하실 같은 곳에 두면 안 됩니다. 그런 곳에 두면 쥐들이 돈을 못쓰게 만들 수도 있단 말입니다! 카납킨 씨, 정말 부끄러운 줄 아셔야 합니다! 당신은 성인 아닙니까, 성인."

카납킨은 쥐구멍에라도 숨고 싶은 심정이 되어 손가락으로 양복 가장자리를 쥐어뜯고 있었다.

"됐습니다." 아티스트는 조금 부드러워졌다. "다 지난 일을 자꾸 들먹거리는 건……" 그러더니 갑자기 전혀 예기치 못한 말을 덧붙였다. "그건 그렇고…… 한번에 처리하려면…… 그러니까 차가 쓸데없이 왔다 갔다 하지 않도록…… 그 숙모님도 좀 가지고 계시겠죠?"

얘기가 이렇게 돌아가리라고는 전혀 예상치 못했던 카납킨은 몸을 떨었고, 극장에는 침묵이 흘렀다.

"이런, 이런, 카납킨 씨." 사회자는 질책하듯 애교 섞인 말투로 이야기했다. "내가 이 사람을 칭찬했던 것 맞습니까! 한번 시작을 하셨으면 끝장을 보셔야지요! 이게 뭡니까, 카납킨! 제가 조금 전에 눈 얘기를 했었지요. 눈을 보니 숙모님한테도 있는 것이 분명한데, 왜 쓸데없이 우리를 괴롭히시는 겁니까?"

"있습니다!" 카납킨이 용감하게 소리쳤다.

"브라보!" 사회자가 소리쳤다.

"브라보!" 객석에선 굉음이 울려 퍼졌다.

이윽고 객석이 조용해지자 사회자는 카납킨에게 축하의 말을 전하고, 그와 악수를 나누었으며, 차를 타고 시내에 있는 집에 다녀올 것을 권했다. 그리고 무대 뒤에 있는 누군가에게 그 차를 같이 타고 가서 숙모 집에 들러 여성극장의 프로그램에 참석시킬 것을 지시했다.

"그런데 숙모님이 자기 돈을 어디에 숨겼는지는 얘기해주지 않으시던가요?" 카납킨에게 담배를 권하고 친절하게 불까지 붙여주면서 사회자가 물었다. 카납킨은 담배를 피우면서 왠지 우울하게 미소를 지었다.

"알겠습니다. 믿겠습니다." 아티스트는 한숨을 내쉬며 말을 이었다. "그 늙은 구두쇠 할망구는 조카는커녕 악마한테도 말해주지 않을 겁니다. 그래도 인간적인 감정을 각성시켜보도록 해봐야죠. 어쩌면 그 고리대금업자의 영혼 속에 있는 모든 인간적 금선(琴線)이 아직 다 파괴되지는 않았을지도 모르니까. 자, 그럼 안녕히 가십시오, 카납킨 씨!"

그리고 행복한 카납킨은 떠났다. 아티스트는 외화 반납을 원하는 사람이 더 없는지 물었지만, 객석은 찬물을 끼얹은 듯 조용했다.

"정말 이상한 사람들이로군!" 아티스트는 어깨를 으쓱하며 말했고,

그와 동시에 막이 그를 가려버렸다.

램프의 불빛이 꺼지고 잠시 어둠이 이어졌다. 그리고 어둠 속 멀리서 날카롭게 긴장된 테너의 음성이 들려왔다.

'그곳엔 황금이 쌓여 있소, 그 황금은 나의 것이오!'[5]

그리고 잠시 후 어딘가에서 박수 소리가 두 차례 희미하게 들려왔다.

"여성극장에서 누가 외화를 내놓은 모양이군." 난데없이 니카노르 이바노비치 옆에 앉아 있던 붉은 수염의 사내가 말했다. 그리고 한숨을 내쉬며 덧붙였다. "아, 내 거위들만 아니었어도……! 리아노조보에 내 싸움거위들이 있거든요…… 내가 없으면, 걔들이 죽어버릴까 봐 그게 걱정이에요. 싸움도 잘하지만, 여리기도 해서 잘 돌봐줘야 되는데…… 아, 그 거위들만 아니었다면! 난 푸시킨 따위에 겁을 먹진 않는다구요." 그러고는 또 한 번 한숨을 내쉬었다.

그 순간 객석이 환하게 밝아졌다. 그리고 니카노르 이바노비치는 사방의 문이 열리면서 흰 원통형 모자에 국자를 든 요리사들이 객석으로 쏟아져 들어오는 꿈을 꾸기 시작했다. 요리사들의 뒤를 이어 보조 요리사들이 수프가 담긴 커다란 나무통과 얇게 썬 흑빵이 얹어진 식판을 끌고 객석으로 들어왔다. 관객들은 생기를 띠었고, 신이 난 요리사들은 연극광들 사이를 분주히 오가며 대접에 수프를 따라주고 빵을 나누어주었다.

"여러분, 식사하세요." 요리사들이 소리쳤다. "그리고 외화를 내놓으세요! 왜 쓸데없이 여기 앉아 계시는 겁니까? 이 말라빠진 흑빵이 그렇게도 좋습니까! 집에 가서 차도 마시면서 제대로 먹으면 얼마나 좋습니까!"

"이봐요, 당신은 왜 여기 죽치고 앉아 있는 겁니까?" 뚱뚱하고 붉은 뺨을 한 요리사가 양배추 이파리 하나가 덩그러니 떠 있는 대접을 내밀며 니카노르 이바노비치에게 말했다.

"없어요! 없다니까! 난 없어요!" 니카노르 이바노비치가 섬뜩한 목소리로 소리를 질렀다. "난 없단 말입니다!"

"없다고?" 갑자기 요리사가 목소리를 낮게 깔며 질책하듯 소리쳤다. "없다고요?" 이번엔 친절한 여자의 목소리로 물었다. "없어요, 그래요, 없어요." 그를 안심시키려는 듯 중얼거리던 요리사는 어느새 간호사 프라스코비야 표도로브나로 변해 있었다.

프라스코비야 표도로브나는 꿈을 꾸면서 신음 소리를 내고 있는 니카노르 이바노비치의 어깨를 흔들었다. 그러자 요리사들은 흐물거리며 녹아사라지고 막이 드리워진 극장도 어디론가 사라져버렸다. 니카노르 이바노비치는 눈물이 그렁그렁한 눈으로 자신의 병실과 흰 가운을 입은 두 사람을 쳐다보았다. 같은 흰옷을 입긴 했지만, 그들은 사람들에게 말도 안 되는 충고를 늘어놓던 무례한 요리사들이 아니었다. 그 두 사람은 의사와 프라스코비야 표도로브나로, 그녀는 대접이 아닌 작은 접시를 손에 들고 있었으며, 거즈를 깔아놓은 그 접시 위에는 주사기가 놓여 있었다.

"대체 왜 이러는 겁니까." 두 사람이 주사를 놓는 동안 니카노르 이바노비치는 슬픈 목소리로 말했다. "난 정말 없어요, 없다구요! 푸시킨이나 다 내놓으라고 하세요. 난 정말로 없단 말입니다!"

"그래요, 알았어요." 마음 좋은 프라스코비야 표도로브나가 그를 진정시켰다. "없으면 됐어요, 아무도 뭐라고 하지 않을 거예요."

주사를 맞고 나자 니카노르 이바노비치는 마음이 조금 편안해졌다. 그리고 이제 그는 아무 꿈 없는 잠 속으로 빠져들었다.

하지만 그의 고함 소리로 인해 불안은 120호와 118호 병실로 옮겨졌다. 120호의 환자는 잠에서 깨어 자신의 머리를 찾기 시작했고, 118호에서는 미지의 거장이 안정을 잃고 슬픔에 빠진 채 손을 꺾기 시작했으며,

달을 바라보며 그의 생의 그 쓰라린 마지막 가을밤과 지하실 문 아래로 들어오던 한 줄기 빛, 그리고 헝클어진 머리카락을 회상했다.

그리고 불안은 118호를 나와 발코니를 타고 이반에게로 옮겨갔다. 이반은 잠에서 깨어 울기 시작했다.

하지만 의사는 신속하게 불안에 빠진 사람들, 슬픔에 잠긴 모든 이들을 안정시켰고, 그들은 다시 잠 속으로 빠져들었다. 그중 가장 늦게 잠이 든 것은 이반으로, 그가 잠이 들었을 때는 벌써 강 위로 날이 밝아 있었다. 약이 그의 온몸에 퍼지자, 평온이 파도처럼 그를 덮쳤다. 그의 몸은 가벼워졌고, 졸음이 훈풍처럼 그의 머리를 어루만졌다. 그는 잠이 들었다. 그가 잠들기 전 들었던 마지막 소리는 이른 아침의 숲 속에서 새들이 지저귀는 소리였다. 하지만 새들은 곧 조용해졌고, 그는 꿈을 꾸기 시작했다. 태양은 이미 민둥산 너머로 기울었고, 산은 이중 포위선으로 둘러싸여 있었다……

제16장
처 형

태양은 이미 민둥산 너머로 기울고, 산은 이중 포위선으로 둘러싸여 있었다.

정오 무렵 총독의 길을 가로막았던 기병대는 헤브론 성문을 향해 달려가고 있었다. 길은 그들을 위해 미리 정비되어 있었다. 카파도키아 보병대 병사들이 군중들과 나귀, 낙타들을 한쪽으로 밀어붙여두었던 것이다. 기병대는 하늘까지 하얀 먼지 기둥을 피워 올리며 전속력으로 교차로까지 달려갔다. 그곳에서 길은 베들레헴으로 이어지는 남쪽 길과 야파로 이어지는 북서쪽 길로 갈라졌고, 기병대는 북서쪽 길을 따라 달렸다. 카파도키아 병사들이 다시 한 번 길 양끝으로 흩어져 축제를 위해 예르살라임으로 가고 있던 카라반들을 길 한쪽으로 밀어냈다. 순례자들은 줄무늬 임시 천막을 풀밭 위에 그대로 펼쳐놓은 채, 카파도키아 병사들 뒤로 물러섰다. 기병대는 일 킬로미터쯤 지나 번개군단 제2보병대를 추월했고, 거기서 일 킬로미터를 더 달려 민둥산 기슭에 도달했다. 그리고 그곳에서 기병대는 말에서 내렸다. 사령관은 기병대를 분대로 나누었고, 병사들은 야파 길에서 산으로 이어진 비탈길 하나만을 남겨두고, 그 나지막한 언덕의 기슭을 완전히 둘러쌌다.

잠시 후 기병대에 이어 도착한 제2보병대는 한 층 더 올라가 관(冠)처럼 산을 에워쌌다.

마지막으로 쥐잡이꾼 마르크가 지휘하는 백인대(百人隊)가 도착했다. 백인대는 길 양끝으로 줄을 지어 올라갔고, 그 사이로 세 명의 죄수가 비밀경호대의 호송을 받으며 수레에 실려 갔다. 죄수들은 목에 흰 판자를 걸고 있었으며, 그 판자에는 아람 말과 그리스어로 '강도와 반역자'라고 씌어 있었다.

죄수들을 태운 수레 뒤로는 깨끗하게 다듬어지고 가로대가 달린 기둥들과 밧줄, 삽과 물통, 도끼를 실은 수레가 따라가고 있었다. 그 수레에는 여섯 명의 사형 집행인이 타고 있었다. 그리고 그 뒤를 백인대 대장 마르크와 예르샬라임 성전수비대 대장, 궁의 어두운 방에서 빌라도와 잠시 이야기를 나누었던 두건을 쓴 사내가 말을 타고 따라가고 있었다.

행렬은 병사들로 둘러싸여 접근이 불가능했지만, 구경거리를 놓치고 싶지 않았던 이천여 명의 호기심 많은 사람들이 지옥 같은 불더위에도 아랑곳하지 않고 벌써부터 그 뒤를 따라가고 있었다.

도시에서 온 그 호기심 많은 사람들의 무리에 이제 호기심 많은 순례자들까지 합세했다. 병사들이 별다른 저지 없이 그들을 행렬의 끝에 붙여 준 것이다. 그렇게 늘어난 행렬은 종대를 수행하며 정오 무렵 빌라도가 했던 말을 반복하여 외치고 있는 전령관들의 날카로운 고함 소리에 맞춰 조금씩 민둥산으로 움직여갔다.

기병대는 아무 제지 없이 사람들을 산 중턱까지 올라가도록 내버려두었지만, 제2보병대는 그들 중 사형 집행과 관계된 사람들만 위로 올려 보내고, 남은 군중들은 재빨리 언덕 주위로 흩어놓았다. 그렇게 흩어진 군중들은 위쪽의 보병대 포위선과 아래쪽 기병대 포위선 중간에 자리를 잡았고, 이제 보병대의 대열 사이로 사형 집행을 구경해야 했다.

그렇게 행렬이 산 위로 올라가는 데 세 시간이 넘게 걸렸고, 태양은 이미 민둥산 너머로 기울어져 있었다. 하지만 더위는 아직도 참을 수 없을 만큼 지독했고, 이중 포위선을 두르고 있는 병사들은 그 지독한 더위와 지루함으로 괴로워했다. 그리고 세 강도가 가능한 한 빨리 죽기를 진심으로 바라면서 마음속으로 그들을 저주하고 있었다.

언덕 아래 입구에서는 키가 작은 기병대 사령관이 땀으로 온통 홍건해진 이마에 흰 튜닉 아래로 검은 등을 드러내며 수시로 제1분대 앞에 있는 가죽 물통 앞으로 다가가 손으로 물을 떠 마셨고 머리에 쓰고 있는 터번을 물에 적셨다. 그렇게 조금이나마 더위를 식힌 기병대 사령관은 다시 제자리로 돌아와 정상으로 이어진 먼짓길을 앞뒤로 서성거렸다. 그의 긴 칼이 가죽 끈을 두른 신발에 부딪히며 소리를 냈다. 사령관은 자신의 병사들에게 인내의 모범을 보여주고 싶었다. 하지만 병사들이 불쌍해진 그는 땅에 꽂아두었던 창으로 피라미드를 만들게 하고 거기에 흰 망토를 씌워 두르는 것을 허락했다. 시리아인들은 그 임시 막사 아래서 무자비한 태양으로부터 몸을 숨길 수 있었다. 물통들은 순식간에 비어갔고, 병사들은 분대별로 돌아가며 산 아래 골짜기로 물을 길으러 가야 했다. 골짜기의 바싹 마른 뽕나무의 성긴 그늘 아래에는 탁한 개울 하나가 지독한 더위를 견뎌내며 근근이 물줄기를 이어가고 있었다. 또한 그곳에서는 말 심부름꾼들이 변변치 못한 그늘에 의지하며 얌전해진 말을 붙잡고 서서 지루해하고 있었다.

병사들의 고통과 강도들을 향한 그들의 욕설은 이해할 만한 것이었다.

총독은 사형 집행 도중 그가 증오하는 도시 예르샬라임에 소동이 벌어질 것을 우려했지만, 다행히도 그런 일은 일어나지 않았다. 사형 집행이 시작되고 네 시간이 지나자, 모든 예상을 뒤엎고 두 포위선, 즉 정상의 보병대와 산중턱의 기병대 사이에는 단 한 사람도 남아 있지 않았다. 모든 것을 태워버릴 듯 내리쬐는 태양이 군중들을 예르샬라임으로 쫓아 돌려보낸 것이다. 로마 백인대 2개 중대 뒤에 남은 것은 어쩌다 그 언덕까지 오게 되었는지 알 수 없는 두 마리의 주인 없는 개뿐이었다. 하지만 더위는 그 개들까지도 녹초로 만들었다. 개들은 혀를 내밀고 힘겹게 숨을 내쉬며, 태양을 두려워하지 않는 유일한 존재인 푸른 도마뱀들이 뜨겁게 달아오른 바위들과 땅을 휘감고 있는 커다란 가시가 달린 식물들 사이를 휘젓고 다니는 것에도 아랑곳하지 않은 채 누워 있었다.

군대로 넘쳐나는 예르샬라임에서도, 포위선을 두른 이 언덕에서도 사형수 탈취에 대한 시도는 없었고, 군중들은 모두 도시로 돌아갔다. 사실 그 처형에 흥미로울 것이라곤 아무것도 없었으며, 도시에서는 벌써 유월절 대제의 전야를 위한 준비들이 이루어지고 있었기 때문이었다.

한편 산 중턱 위쪽에 있는 로마 보병대는 기병대보다 더 큰 고통을 당하고 있었다. 백인대 대장 쥐잡이꾼이 병사들에게 허락한 것이라고는 단한 가지, 투구를 벗고 물을 적신 흰 두건을 뒤집어쓰는 것뿐이었으며, 창을 손에 쥔 채 흐트러짐 없이 서 있도록 했다. 쥐잡이꾼 역시 다른 병사들처럼 흰 두건을 뒤집어쓰고 있었지만, 그는 물을 적시지 않은 마른 두건을 쓰고 있었고, 은을 입힌 사자의 머리를 상의에서 떼어내지도 않았으며, 정강이받이나 검, 단도도 풀지 않은 채 사형 집행인들 근처를 서성이고 있었다. 태양이 백인대 대장의 머리 위로 곧바로 내리쬐었지만, 그에게는 아무런 해도 입히지 않았다. 하지만 결코 사자의 머리통에 시선을 돌려서는 안 되었다. 만일 그렇게 했다면, 태양빛을 받아 이글거리는 은의 강렬한 빛이 그 두 눈을 태워버렸을 것이다.

흉측한 쥐잡이꾼의 얼굴에는 피곤함도 불만도 드러나지 않았다. 거구의 백인대 대장은 하루 종일, 밤새도록, 그리고 또 그다음 날까지라도, 다시 말해서, 필요하다면 얼마든지 그렇게 걷고 있을 수 있을 것처럼 보였다. 그는 청동 장식이 붙은 무거운 벨트에 손을 얹고, 처형당한 자들이 매달려 있는 기둥과 포위선을 두르고 있는 병사들을 변함없는 엄격한 눈으로 바라보면서, 그리고 보풀이 인 군화의 앞부리로 발에 걸리는 사람의 하얀 뼈를, 혹은 잘게 부서진 규석들을 무덤덤하게 차내면서 계속해서 걷고 있었다.

기둥에서 멀지 않은 곳에는 두건을 쓴 사내가 세발의자에 편안한 모습으로 앉아 있었으며, 지루한 듯 이따금씩 나뭇가지로 모래를 파고 있었다.

군단의 포위선 뒤에 단 한 사람도 없었다고 했던 말이 완전한 사실은 아니었다. 사람들의 눈에 띄지 않았을 뿐, 사실은 그곳에 한 사람이 있기는 했었다. 그는 눈앞에 산으로 오르는 길이 펼쳐져 사형 집행을 구경하기에 좋은 쪽이 아니라, 북쪽에, 경사가 완만하지도 않고, 다가가기도 힘들며, 울퉁불퉁하고, 벼랑과 갈라진 틈이 있는 곳에, 하늘이 저주한 메마른 땅 뒤로 좁은 틈에 매달려 시든 무화과나무가 생명을 잇고자 애쓰고 있는 곳에 자리를 잡고 있었다.

처형의 참여자가 아닌, 그 유일한 관객은 그늘이라고는 전혀 만들지 못하는 그 무화과나무 아래 자리를 잡고 사형 집행의 첫 순간부터, 그러니까 벌써 네 시간째 바위 위에 그렇게 앉아 있었다. 정말이지 그는 사형 집행을 구경하기에 제일 좋은 자리가 아니라, 제일 나쁜 자리를 선택한 것이다. 하지만 그 자리에서도 기둥들은 보였고, 포위선 너머 백인대 대장의 가슴에서 번쩍거리는 반점들도 보였다. 어쩌면 사람들의 눈에 띄지 않고, 누구에게도 방해받고 싶지 않았던 것이 분명한 그에게는 그것으로도 충분했을 것이다.

하지만 네 시간 전, 그러니까 사형 집행이 시작될 무렵의 그는 지금과는 전혀 다르게 행동했었고, 아주 쉽게 눈에 띌 수 있었다. 그가 태도를 바꾸고, 혼자 떨어져 있는 것은 아마도 그 때문일 것이다.

그가 처음으로, 그것도 영락없이 늦은 사람처럼 이곳에 나타난 것은 행렬이 포위선 너머 정상으로 들어섰을 때였다. 그는 숨을 헐떡거리며 계속해서 뛰었고, 사람들을 밀치면서 언덕으로 올라갔다. 그리고 잠시 후 다른 사람들과 마찬가지로 자신 앞에 포위선이 둘러쳐져 있는 것을 본 그는 사람들의 짜증스러운 비명 소리에도 아랑곳하지 않고, 병사들 사이를 뚫고 사형수들이 이미 수레에서 끌어내려지고 있는 처형 장소로 들어가려고 했다. 그 대가로 뭉툭한 창끝으로 가슴팍을 세게 두들겨 맞은 그는 비명을 지르며 병사들에게서 튕겨져 나갔다. 하지만 그가 비명을 지른 것은 아픔이 아닌 절망 때문이었다. 그는 물리적인 아픔을 느끼지 못하는 사람처럼 무감각하고 흐릿한 시선으로 자신을 내리친 로마 병사를 쳐다보았다.

그리고 기침을 하면서 숨을 헐떡이고 가슴을 붙잡으면서 그는 언덕 주위를 뛰어다녔다. 북쪽에서 포위선을 뚫고 들어갈 수 있는 틈을 찾기 위해서였다. 하지만 포위선은 이미 빈틈없이 둘러쳐져 있었다. 사내는 슬픔으로 얼굴을 일그러뜨리며 수레 쪽으로 뚫고 들어가는 것을 포기할 수밖에 없었다. 벌써 기둥까지 다 내려놓은 수레들 쪽으로 달려갔다가는 바로 체포되고 말 것이었다. 하지만 그날 그는 절대로 붙잡혀 있을 수가 없었다.

그래서 그는 비좁은 협곡 사이로 들어간 것이며, 그곳에서 그는 더욱 침착해졌고, 누구의 방해도 받지 않았다.

검은 수염을 기르고, 태양과 불면으로 눈이 짓무른 그 사람은 바위에 앉아 탄식했다. 그는 오랜 방랑 생활로 누더기가 된 탈릿'을 펄럭여 지저분한 땀이 흘러내리고 있는 상처 난 가슴을 드러내며 한숨을 쉬기도 했고, 참을 수 없는 괴로움에 하늘을 올려다보기도 했다. 그리고 곧 벌어질 만찬을 예감하고 벌써부터 하늘 높이 큰 원을 그리며 날고 있는 세 마리의 독수리를 눈으로 쫓았다. 또한 그는 아무 희망 없는 시선을 누런 땅에 고정시키며 반쯤 뭉그러져버린 죽은 개의 머리와 그 주변을 맴돌고 있는 도마뱀들을 바라보기도 했다.

그의 고통은 이따금씩 혼잣말을 중얼거릴 만큼 크고 깊었다.

"아, 난 왜 이렇게 어리석을까!" 마음의 고통에 빠진 그는 바위에 앉아 몸을 흔들고, 손톱으로 검게 그을린 가슴을 할퀴면서 중얼거렸다. "멍청이, 생각이라고는 없는 여자 같은 놈, 겁쟁이! 난 썩은 고깃덩어리야, 인간도 아니야!"

그는 말을 멈추고 고개를 떨구었다. 잠시 후 나무로 만든 물통에서 뜨뜻해진 물을 따라 마시고 다시 기운을 차린 그는 탈릿 안쪽에 감춰둔 칼을 움켜쥐기도 하고, 작은 막대, 먹물이 든 호리병과 함께 앞의 바위 위에 놓여 있는 양피지 조각을 움켜쥐기도 했다.

그 양피지에는 이미 다음과 같은 글귀들이 휘갈겨져 있었다.

'시간이 흐르고 있다. 그리고 나 레위 마태오는 민둥산에 있다. 그러나 아직 죽음은 없다!'

'태양이 기울고 있다. 그러나 죽음은 없다.'

이제 레위 마태오는 아무 희망 없이 뾰족한 막대로 다음과 같이 적었다.

'신이여! 왜 그에게 화를 내시는 겁니까? 그에게 죽음을 주십시오.'

글을 쓰고 난 그는 메마른 눈으로 흐느꼈고, 다시 손톱으로 가슴을 쥐어뜯었다.

레위가 절망한 것은 예슈아와 자신을 덮친 무서운 불운, 그리고 그가 생각하기에, 레위 자신이 저지른 너무나도 큰 실수 때문이었다. 엊그제 저녁 예슈아와 레위는 예르샬라임 근처 베다니에 있었다. 예슈아의 설교를 무척 마음에 들어 했던 한 텃밭지기의 집에 초대를 받았던 것이다. 두 손님은 아침 내내 주인을 도와 텃밭에서 일을 했고, 저녁이 되어 날이 선선해지면 예르샬라임으로 떠날 작정이었다. 그러다 예슈아가 갑자기 몹시 서두르며 도시에서 그가 꼭 해야 할 일이 있다고 말을 하고는 정오 무렵 혼자 떠났다. 바로 여기에 레위 마태오의 첫번째 실수가 있었다. 왜, 왜 그를 혼자 보낸 것일까!

마태오는 저녁에도 예르샬라임으로 갈 수 없었다. 갑자기 뭔가 알 수 없는 무서운 병이 그를 덮친 것이다. 온몸이 덜덜 떨리고 불같은 열이 그의 몸을 감쌌다. 그는 이를 덜덜 떨며, 쉴 새 없이 마실 것을 찾았다. 그는 아무 데도 갈 수 없었다. 그는 텃밭지기의 헛간에 있는 마구 위에 쓰러져, 병이 그를 덮칠 때 그랬던 것처럼 갑자기 레위를 놓아준 금요일 새벽까지 그 위에서 몸을 뒤척였다. 아직 몸이 성치 않았고, 다리는 여전히 떨리고 있었지만, 알 수 없는 불행에 대한 예감으로 불안해하며 그는 주인과 인사를 나누고 예르샬라임으로 향했다. 그리고 거기서 그는 자신의 예감이 틀리지 않았음을 알게 되었다. 불행이 벌어진 것이다. 총독이 광장에서 판결을 선고할 때, 레위는 군중들 속에서 그 소리를 듣고 있었다.

사형수들을 산으로 끌고 가는 동안 레위 마태오는 호기심 많은 군중들 속에 묻힌 채 병사들이 쳐놓은 포위선을 따라 달려가고 있었다. 그는 어떻게든 눈에 띄지 않게 예슈아에게 자신이, 레위가 여기 그와 함께 있다는 것을, 자신은 마지막 길까지 그를 버리지 않았다는 것을, 그리고 죽음이 가능한 한 빨리 예슈아를 덮치게 해달라고 기도하고 있다는 것을 알리고 싶었다. 하지만 예슈아는 자신이 끌려가고 있는 먼 곳을 바라볼 뿐 레위를 보지 않았다.

그렇게 행렬이 오백 미터가량 지나갔을 때, 포위선 앞 군중들 사이를 이리저리 떠밀리고 있던 마태오에게 너무나도 단순하고 기가 막힌 생각이 떠올랐다. 그 순간 흥분을 잘하는 그 성질 그대로 마태오는 그 생각을 좀 더 일찍 하지 못한 자신에게 저주를 퍼붓기도 했다. 병사들은 수비선을 그다지 빽빽하게 치고 있지 않았고, 그들 사이에는 드문드문 간격이 있었다. 몸을 웅크렸다가 아주 재빨리, 그리고 아주 정확하게 두 로마 병사 사이로 뛰어든다면 수레까지 뚫고 들어가 그 위로 올라탈 수 있다. 그러면 예슈아를 고통에서 구할 수 있다.

칼로 예슈아의 등을 찌르는 것은 한순간이면 충분하다. 그리고 그에게 외치는 거다. '예슈아! 내가 당신을 구해주겠습니다. 그리고 당신과 함께 나도 갈 겁니다! 나, 마태오는 당신을 믿는 유일한 제자입니다!'

만일 신께서 한순간을 더 허락하신다면, 그 자신도 기둥에서의 죽음을 면하고 자결을 할 수 있을 것이다. 하지만 이 마지막 것은 전(前)세리 레위에겐 관심이 없었다. 자신이 어떻게 죽든 그런 건 그에게 아무 상관도 없었다. 그는 단 한 가지만을, 살면서 그 누구에게도 아무런 악도 행하지 않았던 예슈아가 잔혹한 고통을 피하게 하는 것, 그 한 가지만을 원했다.

계획은 정말 훌륭했다. 그런데 거기엔 한 가지 문제가 있었다. 레위에게는 칼도, 칼을 살 돈도 없었던 것이다.

레위는 그런 자신에게 있는 대로 화를 내며 군중들을 뚫고 나와 다시 도시로 뛰어 내려갔다. 뜨거워진 그의 머릿속에는 오로지 한 가지 생각만이 불덩이처럼 날뛰고 있었다. 지금 당장 무슨 수를 써서라도 도시에서 칼을 구해 행렬을 따라잡아야 한다.

그는 거머리처럼 도시에 달라붙은 카라반의 북새통을 뚫고 마침내 성문 앞에 도착했다. 그리고 거기서 그의 왼쪽으로 빵을 팔고 있는 작은 가게의 문이 열려 있는 것을 보았다. 뜨겁게 달구어진 길을 달려오느라 숨을 헐떡거리면서도 레위는 정신을 가다듬고 아주 침착하게 가게로 들어갔다. 그리고 좌판 뒤에 서 있는 주인에게 인사를 하고는 선반 제일 위에 있는 둥글고 큰 빵을 꺼내달라고 했다. 그는 왠지 그 빵이 제일 마음에 들었다. 그리고 가게 주인이 몸을 돌린 사이 좌판에서 면도날처럼 날카롭고 긴 빵 칼(그보다 더 훌륭한 것은 없을 듯했다)을 슬쩍 집어 들고는 재빨리 가게에서 도망쳤다.

몇 분 후 그는 다시 야파 길 위에 서 있었다. 하지만 행렬은 이미 보이지 않았다. 그는 달렸다. 그는 수시로 먼지 구덩이에 쓰러져 움직이지도 못하고 그대로 누워 숨을 돌리고 있어야 했다. 그렇게 누워 있는 그는 낙타를 타고, 혹은 걸어서 예르샬라임으로 가고 있는 사람들을 놀라게 했다. 그는 누운 채로 가슴에서뿐만 아니라, 머리에서, 귀에서 그의 심장이 뛰는 소리를 들었다. 그렇게 잠시 숨을 고른 그는 벌떡 일어나 다시 달리기 시작했다. 하지만 그가 달리는 속도는 점점 더 느려졌고, 마침내 그가 멀리 먼지 속에 긴 행렬을 보았을 때, 행렬은 이미 산기슭에 다다라 있었다.

"오, 하느님⋯⋯." 자신이 늦었다는 것을 깨달은 레위의 입에서 신음 소리가 흘러나왔다. 그는 너무 늦게 도착한 것이다.

사형 집행 네 시간째에 이르러 레위의 고통은 정점에 이르렀고, 그는 광포한 분노에 휩싸였다. 그는 바위에서 일어나 이제 아무 소용 없어진 칼을 땅에 내동댕이쳤고, 발로 물통을 짓밟아 자신이 먹을 물을 쏟아버렸으며, 머리에 쓰고 있던 카피에를 벗어던지고 성긴 머리카락을 움켜쥐며 자기 자신을 저주하기 시작했다.

그는 알아들을 수 없는 말을 퍼부으며 스스로를 저주했고, 욕을 하고, 침을 뱉고, 자신을 멍청이로 세상에 낳아놓은 부모를 원망했다.

그리고 욕설과 저주가 아무 효과도 없고, 그렇게 해서는 내리쬐는 저 태양 아래의 그 무엇도 변하지 않는다는 것을 깨달은 그는 비쩍 마른 주먹을 움켜쥐고 두 눈을 꼭 감은 채로 하늘을 향해, 지중해로 빠지기 위해 그림자를 길게 늘이며 조금씩 아래로 기울고 있는 태양을 향해 그 주먹을 치켜 올렸다. 그리고 신에게 지금 당장 기적을 일으켜줄 것을 요구했다. 그는 지금 당장 예슈아에게 죽음을 가져다줄 것을 신에게 요구했다.

눈을 뜬 그는 백인대 대장의 가슴 위에서 타오르고 있던 반점이 사라진 것을 제외하고는 언덕 위의 모든 것이 모두 그대로라는 것을 분명하게 깨달았다. 태양은 예르샬라임으로 얼굴을 돌리고 있는 사형수들의 등에 빛을 던지고 있었다. 그러자 레위는 소리쳤다.

"신이여, 난 당신을 저주하겠어!"

그는 쉬어 갈라진 목소리로 자신은 신의 부당함을 분명히 알았노라고, 이제 더 이상 신을 믿지 않겠노라고 외쳤다.

"당신은 귀머거리야!" 레위는 계속해서 거칠게 소리쳤다. "귀머거리가 아니었다면 내 말을 듣고 당장 그를 죽였을 거야!"

레위는 눈을 질끈 감고 하늘에서 그에게 떨어져 내릴 불길을 기다렸다. 하지만 그런 일은 일어나지 않았고, 레위는 눈을 그렇게 감은 채로 계속해서 하늘에 대고 비난과 독설을 퍼부어댔다. 그는 자신의 지독한 절망에 대해, 세상에는 다른 신과 종교도 있다는 것에 대해 소리쳐 외쳤다. 그렇다, 다른 신이라면, 절대로, 절대로 예슈아와 같은 사람을 저 기둥에서 태양에 타 죽도록 내버려두지는 않을 것이다.

"내가 잘못 알았던 거야!" 완전히 쉬어버린 목소리로 레위가 외쳤다. "당신은 악의 신이야! 사원의 향로에서 나는 연기에 눈이 멀어버린 건가? 당신의 귀는 사제들의 나팔 소리만 듣고, 다른 소리는 듣지 못하는 건가? 당신은 전능한 신이 아니야. 당신은 사악한 신이야. 난 당신을 저주해, 당신은 강도들만 보호하고 지키고 있어. 당신은 강도들의 신이야!"

바로 그때 전 세리의 얼굴을 향해 바람이 훅 하고 불어왔고, 그의 발 아래서 뭔가 흔들리기 시작했다. 다시 한 번 바람이 불어왔고, 이제 눈을 뜬 레위는 그의 저주 때문인지, 아니면 다른 어떤 이유에서인지 눈앞의 모든 것이 변해 있음을 보았다. 태양은 매일 저녁 잠기던 바다까지 도달하지 못한 채 사라졌고, 서쪽 하늘을 따라 뇌우를 품은 먹구름이 태양을 집어삼키며 무섭게 다가오고 있었다. 먹구름의 끄트머리는 이미 흰 거품으로 부글거리고 있었고, 시커먼 습기를 품은 불룩한 배는 누런빛을 띠고 있었다. 먹구름이 그르릉거렸고, 이따금씩 실처럼 가느다란 불길을 내뱉었다. 갑자기 일어난 바람에 몰려온 먼지기둥들이 야파 길과 물이 없는 히놈 계곡 위로, 순례자들의 천막 위로 날아다녔다.

레위는 더 이상 아무 말도 하지 않은 채, 지금 예르샬라임을 뒤덮고 있는 이 뇌우가 불쌍한 예슈아의 운명에 어떤 변화를 가져다줄 수 있을지를 알아내려고 애썼다. 그리고 먹구름을 갈라놓고 있는 가느다란 불길을 바라보면서 번개가 예슈아의 기둥을 내려치게 해달라고 기도했다. 아직 먹구름이 집어삼키지 않은, 독수리들이 뇌우를 피하려고 날아가고 있는 깨끗한 하늘을 바라보면서 레위는 자신이 좀더 기다리지 못하고 미친 듯이 저주를 퍼부은 것을 후회하며 생각했다. 이제 신은 그의 말을 들어주지 않을 것이다.

레위는 언덕 아래로 눈을 돌려 기병대가 산개해 있는 곳을 바라보았다. 그곳에서도 많은 변화가 일어나고 있었다. 높은 곳에 서 있던 레위는 병사들이 허둥대며 땅에 꽂혀 있던 창을 뽑고 망토를 뒤집어쓰는 모습을, 말 심부름꾼들이 검은 말들의 고삐를 잡고 서둘러 길가로 달려가는 것을 똑똑히 볼 수 있었다. 군대가 철수하고 있는 것이 분명했다. 레위는 손으로 얼굴을 때리는 먼지들을 가리고 침을 뱉으면서, 그것이 무엇을 의미하는지를 알아내려고 애썼다. 기병대가 떠나려는 건가? 그는 시선을 좀더 높이 돌렸고, 거기서 붉은 군용 클라미스²를 걸치고 처형장으로 올라가는 사람을 보았다. 그리고 그 순간 행복한 끝에 대한 예감으로 전 세리의 가슴 한켠이 서늘해졌다.

강도들의 고통이 다섯 시간째에 이르는 그 시각, 산으로 올라간 사람은 부관을 대동하고 예르샬라임에서 달려온 보병대 사령관이었다. 쥐잡이꾼의 명령에 따라 군인들은 봉쇄선을 풀었고, 백인대 대장은 호민관에게 경례를 붙였다. 호민관은 쥐잡이꾼을 한쪽으로 데려가 그에게 뭔가 작은 소리로 속삭였다. 백인대 대장은 다시 한 번 경례를 붙였고, 기둥 아래 돌 위에 앉아 있던 사형 집행인들에게로 다가갔다. 호민관은 세발의자에 앉아 있는 자에게로 발걸음을 옮겼고, 앉아 있던 자는 호민관을 맞아 정중하게 몸을 일으켰다. 호민관은 그에게도 크지 않은 소리로 뭔가를 이야기했고, 이어 두 사람은 기둥 쪽으로 걸어갔다. 성전수비대 대장도 그들과 같이 걸어갔다.

쥐잡이꾼은 기둥 옆 바닥에 놓여 있는 더러운 넝마, 얼마 전까지만 해도 죄인들이 입고 있던 옷으로, 사형 집행인들도 가져가기를 거부한 넝마 조각들을 혐오스러운 듯 흘겨보며 사형 집행인들 중 둘을 불러 명령했다.

"따라와!"

제일 앞 기둥에서 목쉰 소리로 부르는, 뜻을 알 수 없는 노래가 들려왔다. 처형 세 시간째에 이르러 파리들과 태양으로 인해 이성을 잃어버린 게스타스가 기둥에 매달린 채 포도나무에 대한 노래를 조용히 부르고 있었다. 그는 노래를 부르면서 이따금씩 두건을 두른 머리를 흔들었으며, 그때마다 파리들은 천천히 그의 얼굴에서 떨어졌다가 다시 그의 얼굴로 내려앉곤 했다.

두번째 기둥에 매달린 디스마스는 다른 두 사람들보다 더 많이 괴로워했다. 의식이 계속해서 그를 붙들고 있기 때문이었다. 그는 귀가 어깨에 가닿도록 자꾸만 고개를 좌우로 흔들어댔다.

예슈아는 앞의 두 사람보다는 행복했다. 처음 한 시간 만에 의식이 끊기기 시작한 그는 얼마 지나지 않아 터번을 풀어헤치고 고개를 떨군 채로 정신을 잃었다. 덕분에 파리와 등에들은 아무 저지 없이 그에게 달려들어, 그의 얼굴이 있던 자리 위로 스멀대는 검은 가면을 만들어놓았고, 어느새 몸집이 커진 등에들이 사타구니와 배, 겨드랑이 아래까지 들러붙어 다 드러난 누런 몸을 빨아먹고 있었다.

두건을 쓴 사람의 지시에 따라 형리 하나가 창을 집어 들었고, 다른 한 형리는 물통과 해면을 들고 기둥 아래로 다가갔다. 첫번째 형리가 창을 들어 기둥의 가로대까지 밧줄로 당겨 묶은 예슈아의 한쪽 팔을, 그리고 잠시 후 나머지 한쪽 팔을 쳤다. 갈비뼈가 튀어나온 몸이 움찔거렸다. 형리가 다시 한 번 창끝으로 배를 긋자 예슈아는 고개를 들었고, 파리들이 웅웅거리며 떨어져나갔다. 그리고 거기 매달린 자의 얼굴, 파리와 등에에 물어 뜯겨 눈을 제대로 뜰 수 없을 만큼 퉁퉁 붓고, 알아볼 수 없게 되어버린 얼굴이 나타났다.

하-노츠리는 겨우 눈꺼풀을 벌려 아래를 쳐다보았다. 언제나 맑았던 그의 눈은 이제 멍하니 흐려져 있었다.

"하-노츠리!" 형리가 말했다.

하-노츠리는 부어오른 입술을 움직여 강도처럼 거친 목소리로 대답했다.

"뭘 원하시오? 나에게 왜 온 거요?"

"마셔라!" 형리는 그렇게 말하고서 물을 적신 해면을 창끝에 걸어 예슈아의 입술에 갖다 댔다. 예슈아의 눈이 기쁨으로 반짝였고, 그는 해면에 달라붙어 게걸스럽게 물기를 빨아먹기 시작했다. 옆의 기둥에서 디스마스의 목소리가 들렸다.

"불공평하다! 나도 저자와 똑같은 강도인데!"

디스마스는 버둥거려보았지만 꼼짝도 할 수 없었다. 횡목에 걸린 밧줄이 그의 팔을 붙잡고 있었던 것이다. 그는 배를 내밀고 손톱으로 횡목 끝을 할퀴었으며 예슈아의 기둥 쪽으로 머리를 돌리기도 했다. 디스마스의 눈에는 적의가 불타고 있었다.

그 순간 검은 먼지 구름이 사형장을 뒤덮으며 순식간에 주위가 어두워졌다. 잠시 후 흙먼지가 걷히자 백인대 대장이 소리쳤다.

"두번째 기둥은 입 닥쳐라!"

디스마스는 입을 다물었다. 예슈아는 해면에서 고개를 돌려 자신의 목소리가 친절하고 분명하게 들리도록 애를 쓰면서, 하지만 결국 그의 의지와 달리 거친 목소리로 형리에게 부탁했다.

"저 사람한테도 주시오."

주위는 점점 더 어두워졌다. 먹구름은 이미 하늘의 절반을 뒤덮고 예루살림을 향해 달려가고 있었으며, 하얀 거품이 이는 구름들이 검은 습기와 먹구름의 불길을 앞질러 질주하고 있었다. 언덕 바로 위에서 섬광이 번쩍이고 천둥이 내리쳤다. 형리는 창에서 해면을 떼어냈다.

"자비로운 헤게몬을 찬미하라!" 형리는 엄숙하게 중얼거리고는 조용히 예슈아의 심장을 창으로 찔렀다. 예슈아는 몸을 움찔거렸고, 작은 소리로 말했다.

"헤게몬……."

피가 그의 복부를 따라 흘러내리고 아래턱이 경련을 일으키듯 떨리더니 그의 고개가 떨구어졌다.

천둥이 두번째로 내려친 순간 형리는 벌써 디스마스에게 입을 축이게 하고 똑같은 말과 함께 그를 죽였다.

"헤게몬을 찬미하라!"

이성을 잃은 게스타스는 형리가 옆에 나타나자 놀라 소리를 질러댔지만, 해면이 그의 입술에 닿자 화가 난 듯 뭐라고 지껄이고는 이빨로 해면을 물어뜯었다. 그리고 잠시 후 그의 몸도 밧줄이 허락하는 만큼 늘어졌다.

두건을 쓴 사람은 형리와 백인대 대장의 뒤를 따라갔고, 그의 뒤에는 성전수비대 대장이 서 있었다. 두건을 쓴 사람은 첫번째 기둥 아래 멈춰서서 피투성이가 된 예슈아를 주의 깊게 살펴보았고, 하얀 손으로 발바닥을 건드려보고는 같이 가던 사람들에게 말했다.

"죽었군."

똑같은 일이 나머지 두 기둥 아래서도 반복되었다.

잠시 후 호민관은 백인대 대장에게 신호를 보낸 뒤, 성전수비대 대장, 두건을 쓴 사람과 함께 언덕 아래로 내려갔다. 어둠이 내려앉고 번개가 검은 하늘을 갈라놓았다. 하늘이 갑자기 불길을 뿜어댔다. '철수하라!'라는 백인대 대장의 고함 소리도 천둥소리에 묻혀버렸다. 병사들은 기다렸다는 듯 투구를 쓰고 언덕에서 뛰어 내려갔다.

어둠이 예르샬라임을 뒤덮었다.

갑자기 퍼붓기 시작한 폭우는 백인대 병사들을 언덕 위의 길 한가운데에 묶어버렸다. 빗물은 무섭게 퍼부어졌고, 병사들이 아래로 뛰어 내려가자, 미친 듯이 날뛰는 물줄기가 그들 뒤로 바짝 따라붙었다. 병사들은 진창이 된 흙길 위에 미끄러져 넘어지면서 서둘러 평평한 길로 달려갔고, 기병대 역시 물에 흠뻑 젖은 채 물보라 속에 거의 보이지 않게 된 길을 따라 예르살라임으로 돌아갔다. 잠시 후 뇌우와 물과 불길이 뒤섞여 연기가 피어오르는 언덕 위에 남아 있는 것은 단 한 사람뿐이었다.

그는 영 쓸모없진 않았던 훔친 칼을 휘둘러 진흙 구덩이들을 헤치고, 무엇이든 잡히는 대로 붙잡고, 때로 기다시피 하면서 열심히 기둥이 있는 곳으로 달려갔다. 그의 모습이 칠흑 같은 어둠 속으로 사라졌다가 번쩍이는 빛과 함께 다시 돌아오곤 했다.

벌써 발목까지 차 오른 물길을 헤쳐가며 기둥 앞에 겨우 도착한 그는 잔뜩 물을 먹어 무거워진 탈릿을 벗어던지고 예슈아의 발밑에 주저앉았다. 그는 종아리에 묶인 밧줄을 풀었고, 아래쪽 횡목 위로 기어 올라가 예슈아를 부둥켜안았다. 그리고 위쪽 횡목에 묶여 있던 팔을 풀었다. 물에 젖은 예슈아의 벌거벗은 몸이 레위를 덮쳐 그를 땅 위로 고꾸라뜨렸다. 레위는 겨우 몸을 일으켜 예수아의 시신을 어깨에 짊어지고 가려다 무슨 생각이 들었는지 멈추어 섰다. 그는 고개가 젖혀지고 팔이 늘어진 몸뚱이를 물이 흥건한 땅 위에 내려놓고, 다시 진창을 허우적거리며 나머지 두 기둥이 있는 곳으로 달려갔다. 그가 그 기둥들 위의 밧줄을 풀자 두 구의 시체가 땅 위로 엎어졌다.

잠시 후 산꼭대기에는 두 구의 시체와 세 개의 텅 빈 기둥들만이 남아 있었다. 계속해서 내려치는 빗물에 그 시체들은 이리저리 뒹굴고 있었다.

그때 산꼭대기에는 레위도 예슈아의 시체도 이미 없었다.

제17장

불안한 하루

금요일 아침, 그러니까 그 저주스러운 세앙스가 있었던 그다음 날 버라이어티에 출근한 경리부 직원 바실리 스테파노비치 라스토치킨과 수납 계원 두 사람, 세 명의 타이피스트와 두 명의 창구 여직원, 급사들과 좌석 안내원들, 청소부들, 다시 말해 극장에 남아 있었던 모든 직원들은 하나같이 제자리에서 일을 하고 있지 않았다. 그들은 모두 사도바야로 난 창턱에 앉아 버라이어티 극장 앞에서 벌어지는 일을 구경하고 있었다. 극장 건물의 외벽을 따라 수천 명이 넘는 사람들이 두 줄로 늘어서 있었으며, 그 꼬리는 쿠드린스카야 광장까지 이어져 있었다. 줄의 제일 앞에는 모스크바 연극계에서도 꽤 유명한 이십여 명의 암표상들이 서 있었다.

줄을 선 사람들은 몹시 흥분한 상태로 전날 있었던 검은 마술 공연에 대해 도저히 믿기지 않는 이야기들을 요란스럽게 떠들어대며, 그 옆을 지나던 시민들의 주의를 끌고 있었다. 그리고 그 이야기들은 전날 공연을 보지 못했던 경리부 직원 바실리 스테파노비치를 지독한 혼란으로 빠뜨려버렸다. 좌석안내원들은 그 유명한 세앙스가 끝나고 몇몇 여자 시민들이 점잖지 못한 차림으로 거리를 뛰어다녔다는 등등의 도무지 말도 안 되는 이야기들을 하고 있었다. 겸손하고 조용한 바실리 스테파노비치는 이 모든 황당한 이야기들을 들으며 눈을 껌뻑거릴 뿐이었고, 자신이 어떤 조치를 취해야 할지 도무지 알 수 없었다. 하지만 그래도 뭔가를 해야만 했다. 이제 그가 버라이어티 직원들 중 최상급자였기 때문이었다.

오전 열 시가 되자 표를 사러 몰려든 사람들의 줄은 그 소문이 경찰에게 알려질 만큼 불어났고, 질서 유지를 위해 보병대와 기마대가 급파되었다. 하지만 일 킬로미터 가까이 뱀처럼 길게 늘어선 줄은 이미 그 자체로 거대한 유혹거리가 되어 사도바야의 시민들을 온통 경악과 흥분 속으로 몰아넣었다.

버라이어티 극장 안의 상황 역시 좋지 않았다. 리호데예프의 사무실과 림스키의 사무실, 경리과, 매표소, 그리고 바레누하의 사무실에 있는 전화기들은 이른 아침부터 계속해서 쉬지 않고 울려댔다. 처음에는 바실리 스테파노비치가 전화를 받다가, 다음에는 매표소의 여직원이, 그리고 다음엔 좌석안내원들이 전화를 받아 우물쭈물 대답을 하기도 했지만, 잠시 후에는 아무도 전화를 받지 않았다. 리호데예프와 바레누하, 림스키가 어디에 있느냐는 질문에 대답할 말이 없었기 때문이었다. '리호데예프는 집에 있다'라는 말로 따돌려보려고도 했지만, 집에 전화했더니 리호데예프가 버라이어티에 있다고 하더라는 말에는 정말이지 할 말이 없었다.

한번은 흥분한 어느 부인이 전화를 걸어와 림스키를 바꿔달라고 해서 림스키 부인에게 전화를 해보라고 했더니, 수화기는 울음을 터뜨리며 자기가 림스키 부인인데 림스키가 어디에 있는지 도무지 찾을 수가 없다고 말했다. 뭔가 말도 안 되는 일이 벌어지기 시작한 것이다. 그러는 사이 청소부는 경리부장의 방에서 본 것, 그러니까 자기가 아침에 청소를 하려고 경리부장의 방에 들어갔더니, 문은 활짝 열려 있고, 불도 다 켜져 있는 데다, 정원으로 난 창문은 박살이 나 있었으며, 안락의자는 바닥에 뒹굴고, 사람은 아무도 없더라는 이야기를 온 극장 사람들에게 떠들고 돌아다녔다.

그리고 열한 시가 되자 림스키 부인이 버라이어티로 쳐들어왔다. 그녀는 팔을 휘두르며 대성통곡을 했고, 당황한 바실리 스테파노비치는 아무 말도 하지 못했다. 그리고 열한 시 반에 경찰이 왔다. 그들이 와서 제일 먼저 던진, 너무나도 이성적인 질문은 다음과 같은 것이었다.

"시민 여러분, 지금 여기서 무슨 일이 일어나고 있는 겁니까? 대체 어떻게 된 겁니까?"

직원들은 얼굴이 하얗게 질려 있는 바실리 스테파노비치를 앞으로 떠밀고 자신들은 뒤로 물러섰다. 모든 것을 있는 그대로 이야기해야 했다. 즉 버라이어티의 관리 책임자들인 극장장과 경리부장, 총무부장이 사라져버렸는데, 어디로 갔는지 도무지 알 수가 없고, 사회자는 어제 그 공연 이후 정신병원으로 보내졌으며, 한마디로 어제의 그 공연은 온갖 추문을 일으킨 끔찍한 공연이었음을 고백해야 했다.

경찰들은 통곡을 하고 있는 림스키 부인을 진정시켜 집으로 돌려보냈다. 그리고 무엇보다도 경리부장의 사무실이 어떤 상태로 발견되었는가에 대한 청소부의 이야기에 큰 관심을 보였다. 직원들에게 모두 자기 자리로 돌아가 일을 하라는 지시가 내려졌다. 그리고 잠시 후 수사반이 뾰족한 귀에 근육이 잘 붙고, 아주 영리해 보이는 눈빛을 가진 잿빛 개 한 마리와 함께 버라이어티 건물에 나타났다. 그러자 바로 버라이어티 직원들 사이에 그 개가 바로 그 유명한 투즈부벤이라는 이야기가 퍼졌고, 실제로 그 개는 투즈부벤이었다. 투즈부벤의 행동은 모두를 놀라게 했다. 투즈부벤은 경리부장의 사무실로 들어가자마자 무시무시한 누런 이빨을 드러내며 짖기 시작했으며, 잠시 웅크리고 있는가 싶더니 우수와 분노가 뒤섞인 듯한 눈빛으로 깨어진 창 쪽으로 기어갔다. 그리고 마침내 공포를 이겨낸 듯 갑자기 창턱으로 뛰어올라가 뾰족한 주둥이를 치켜들고 화가 난 듯 거칠게 짖어대기 시작했다. 투즈부벤은 도무지 창가를 떠나려고 하지 않았다. 개는 계속해서 짖어댔고, 몸을 떨었으며, 창밖으로 뛰어내리려고까지 했다.

사람들이 개를 사무실에서 끌어내 현관에 풀어놓자, 개는 현관 정문을 통해 거리로 달려 나가 자신의 뒤를 따르는 사람들을 택시 정류장으로 끌고 갔다. 거기서 개는 자신이 쫓던 흔적을 놓쳤고, 잠시 후 왔던 곳으로 돌려보내졌다.

수사반은 바레누하의 사무실에 자리를 잡고, 전날 벌어진 사건들의 증인이 될 만한 버라이어티의 직원들을 차례로 호출했다. 수사는 한 걸음 내디딜 때마다 정말이지 예기치 못한 난관에 부딪혔다. 실마리는 매번 손바닥 위에서 빠져나갔다.

포스터 같은 게 있었나? 있었다. 그런데 밤사이 그 위에 새 포스터를 붙여버려서 지금은 한 장도 남아 있지 않다. 단 한 장도! 그 마술사라는 자는 어디서 데려온 것인가? 누가 그걸 알겠는가. 그렇다면, 그 마술사와 계약은 맺은 것인가?

"그랬을 겁니다." 흥분한 바실리 스테파노비치가 대답했다.

"계약을 했다면, 경리과를 거쳐야 하지 않나요?"

"반드시 그래야지요." 바실리 스테파노비치가 흥분하면서 대답했다.

"그럼 그 계약서는 어디 있습니까?"

"그런데 그게 없습니다." 경리부 직원은 더욱 창백해진 얼굴로 팔을 벌리면서 대답했다. 실제로, 경리과의 서류철에도, 경리부장의 사무실에

288

도, 리호데예프의 방에도, 바레누하의 방에도 계약서는 그 흔적도 없었다.

그 마술사의 이름은 뭔가? 바실리 스테파노비치는 이름을 몰랐다. 그는 어제 세앙스를 보지 못했다. 좌석안내원들도 몰랐고, 매표구의 여직원은 이마를 찡그리고, 다시 한 번 찡그리고, 생각하고, 또 생각하더니 마침내 말했다.

"보…… 볼란드인 것 같아요."

그럼 볼란드가 아닐 수도 있다는 말인가? 볼란드가 아닐 수도 있다. 어쩌면 팔란드일지도 모른다.

외국인 사무국에서는 볼란드도, 팔란드도, 그리고 다른 어떤 마술사에 대한 이야기도 들은 바가 없다는 것이 밝혀졌다.

문서전령 카르포프는 그 마술사가 리호데예프의 아파트에 머물고 있는 것 같았다고 말했다. 그 즉시 그 아파트로 수사관들이 보내졌다. 하지만 그곳에 마술사 같은 것은 없었다. 그리고 리호데예프도 없었다. 가정부 그루냐도 없었고, 그녀가 어디로 갔는지 아는 사람도 없었다. 주민 조합장 니카노르 이바노비치도 없고, 프롤레즈네프도 없었다!

정말로 도무지 이해할 수 없는 일이 벌어진 것이다. 극장의 관리 책임자들은 죄다 어디로 사라졌고, 온갖 추문을 일으킨 기괴한 세앙스가 있었는데, 그것을 누가 벌인 것인지, 누구의 권유로 세앙스를 벌인 것인지 도무지 알 수가 없는 것이다.

그러는 사이 정오가 되었고, 매표소를 열어야 했다. 하지만, 물론, 그 얘긴 더 꺼낼 필요도 없었다! 버라이어티의 문마다 다음과 같은 커다란 팻말이 걸렸다. '오늘 공연은 취소되었습니다.' 맨 앞줄에서부터 동요가 일기 시작했다. 하지만 잠시 흥분하던 줄은 곧 흩어지기 시작했고, 한 시간쯤 지나자, 그 줄은 사도바야에서 흔적도 없이 사라졌다. 수사반은 다른 장소에서 일을 계속하기 위해 철수했고, 경비원들만을 남겨놓고 직원들은 모두 집으로 돌려보내졌다. 그리고 버라이어티의 모든 문들이 잠겼다.

경리부 직원 바실리 스테파노비치는 다음 두 가지 사안을 당장 처리해야 했다. 우선, 어제 벌어진 일들에 대한 보고서를 작성하여 경연극 공연위원회에 다녀와야 한다. 그리고 그다음엔 공연 재무국에 가서 어제 공연의 수익금 이만 천칠백십일 루블을 납입해야 한다.

매사에 정확하고 성실했던 바실리 스테파노비치는 돈을 신문지로 싸서 가는 노끈으로 묶고 그 꾸러미를 서류가방에 넣었다. 그리고 업무 규정에 따라 그는 버스나 전차가 아닌 택시 정류장으로 향했다.

불룩한 서류가방을 들고 황급히 정류장으로 오고 있는 손님을 보자, 세 대의 택시 운전사들이 무슨 이유에서인지 하나같이 화가 난 듯 돌아보고는 그의 바로 코앞에서 빈 차로 그냥 가버렸다.

택시 운전사들의 이같은 태도에 놀란 경리부 직원은 한참을 멍하니 서서 도대체 다들 왜 저러는 것일까 하고 생각을 했다.

그리고 삼 분쯤 지나 빈 택시가 다가왔고, 손님을 본 운전사의 얼굴이 또다시 일그러졌다.

"타도 되겠습니까?" 바실리 스테파노비치는 놀라서 기침을 하며 물었다.

"돈을 내놔 봐요." 운전사는 손님은 보지도 않고 화를 내며 말했다.

경리부 직원은 더욱 놀라면서 귀중한 서류가방을 옆구리에 낀 채로 지갑에서 십 루블짜리 지폐를 꺼내 운전수에게 보여주었다.

"안 갑니다!" 운전사는 짧게 말했다.

"실례지만⋯⋯." 경리부 직원이 입을 열었다. 그러나 운전사가 그의 말을 잘랐다.

"삼 루블짜리 없어요?"

어리둥절해진 경리부장이 지갑에서 삼 루블짜리 지폐 두 장을 꺼내 운전사에게 보여주었다.

"타쇼." 운전사는 소리를 지르고는 모자로 미터기를 거의 부서질 정도로 내려쳤다. 그리고 차가 출발했다.

"잔돈이 없어서 그러시는 겁니까?" 경리부 직원이 조심스럽게 물었다.

"주머니에 있는 게 잔돈뿐이오!" 운전사는 있는 대로 고함을 질러댔고, 작은 거울에 핏기가 선 그의 눈이 비쳤다. "오늘만 벌써 세 번이나 당했다구요. 다른 택시들도 마찬가지고. 어떤 개새끼가 십 루블짜리 지폐를 주더라고요. 난 사 루블 오십 코페이카를 거슬러줬고…… 그리고 내렸지요, 망할 자식! 한 오 분쯤 지나서 보니까, 그 십 루블짜리가 돈이 아니라 나르잔 병에 붙어 있던 상표 쪼가리더라고요!" 여기서 운전사는 글로 옮길 수 없는 말을 퍼부어댔다. "그러곤 또 한 놈이 주봅스카야까지 가자고 해서 십 루블짜리 지폐를 받고 삼 루블을 거슬러줬죠. 놈은 튀어버렸고! 돈주머니에 손을 넣는데, 거기서 벌 한 마리가 튀어나와서 손가락을 냅다 쏘는 거예요! 아, 내가 그 놈을 그냥……!" 운전사는 또 적을 수 없는 말을 퍼부어댔다. "십 루블은 온데간데없고. 어제 저 버라이어티에서 (적을 수 없는 말들) 무슨 마술사 새낀지 뭔지가 십 루블짜리 지폐를 가지고 세앙스를 했는데(적을 수 없는 말들)……."

경리부 직원은 몸이 뻣뻣해지면서 움츠러들었고, 마치 버라이어티라는 말을 처음 듣는 듯한 표정을 지으며 속으로 생각했다. '어떻게 이런 일이……!'

목적지에 도착한 경리부 직원은 무사히 택시비를 치르고 건물 안으로 들어가, 담당자의 사무실이 있는 복도로 서두르듯 달려 갔다. 그리고 그 복도를 지나면서 자신이 때를 잘못 맞춰 왔음을 알아차렸다. 무슨 일인지 공연위원회 사무실이 몹시 소란스러웠던 것이다. 스카프가 머리 뒤까지 다 벗겨지고 눈은 휘둥그레진 여자 급사가 경리부 직원 옆을 달려가며 소리쳤다.

"없어요, 없어, 없어. 오, 세상에!" 그녀는 누구를 쳐다보는지도 모르는 채 사람들을 쳐다보며 계속해서 소리를 질렀다. "양복은 그대로 있는데, 그 안에 아무것도 없어요!"

급사는 어느 문인가를 열고 그 안으로 사라졌으며, 그녀가 사라진 문 뒤에서 접시 깨지는 소리가 들려왔다. 이어 비서실에서 경리부 직원과 안면이 있는 위원회 제1분과장이 뛰어 나왔는데, 어떻게 된 일인지 그는 경리부 직원을 알아보지도 못하고 어디론가 사라져버렸다.

경리부 직원은 이 모든 상황에 몹시 당황해하며 위원회 의장실 입구에 있는 비서실 안으로 들어갔다. 그리고 그곳에서 그는 완전히 경악을 하고 말았다.

문이 닫힌 사무실 안쪽에서 위원회 의장, 프로호르 페트로비치의 것임에 틀림없는 목소리가 언성을 높이고 있었다. 당황한 경리부 직원은 '누구한테 저렇게 욕을 해대고 있는 거지?'라고 생각하며 주위를 둘러보았다. 그리고 그곳에서 다음과 같은 광경, 프로호르 페트로비치의 개인 비서인 아름다운 안나 리차르도브나가 가죽 의자 등받이에 머리를 내던진 채 손에는 젖은 손수건을 들고 숨이 넘어가도록 통곡을 하면서 두 다리를 거의 비서실 한가운데까지 뻗고 쓰러져 있는 광경을 목격했다.

안나 리차르도브나의 턱은 온통 립스틱으로 번져 있었고, 복숭아 빛 뺨에는 속눈썹에서 번진 검은 마스카라가 흘러내리고 있었다.

누군가 들어오는 것을 본 안나 리차르도브나는 벌떡 일어나더니 경리부 직원에게 달려가 그의 양복 깃을 움켜쥐고 흔들며 소리를 지르기 시작했다.

"오, 하느님! 이제야 용감한 분이 나타나셨군요! 다들 도망가버렸는데, 모두 배신을 했는데! 저하고 같이 들어가요, 제발 같이 가줘요. 난 어떻게 해야 할지 모르겠어요!" 그리고 계속해서 통곡을 하면서 경리부 직원을 사무실로 끌고 갔다.

경리부 직원은 사무실로 들어서자마자 들고 있던 서류가방을 떨어뜨렸고, 그의 머릿속에서 온갖 생각들이 물구나무를 서듯 일어섰다. 그 이유는 다음과 같았다.

묵직한 잉크병이 놓인 커다란 책상 앞에 속이 텅 빈 양복이 앉아 잉크도 묻히지 않은 마른 펜으로 종이 위에 무언가를 휘갈겨 쓰고 있었다. 양복은 넥타이를 매고 있었고, 양복의 작은 윗주머니에는 만년필이 삐져나와 있었다. 하지만 깃 위에는 목도, 머리도 없었으며, 마찬가지로 소맷부리 아래에도 손목이 보이지 않았다. 양복은 주위에서 벌어지고 있는 소동을 전혀 눈치 채지 못한 듯 일에 몰두하고 있었다. 누가 들어오는 소리가 나자 양복은 의자 뒤로 몸을 젖혔고, 목깃 위에서 경리부 직원이 너무나도 잘 알고 있는 프로호르 페트로비치의 목소리가 울렸다.

"뭔가? 아무도 안 만난다고 문 앞에 써 있을 텐데."

갑자기 아름다운 여비서가 비명을 질렀다. 그리고 손을 꺾으며 소리쳤다.

"보셨죠? 보셨죠?! 그이가 없어요! 없어졌어요! 그이를 돌려주세요, 돌려주세요!"

그때 누군가 사무실 문에 고개를 들이밀더니, '오' 하고 비명을 지르고는 도망쳐버렸다. 경리부 직원은 다리가 떨려오는 것을 느끼며 의자 끄트머리에 주저앉았다. 하지만 그러면서도 그는 서류가방을 집어 드는 것만은 잊지 않았다. 안나 리차르도브나는 발을 동동 구르고 그의 옷을 잡아당기면서 소리쳤다.

"내가 그렇게 그러지 말라고 해도, 저이는 욕을 할 때마다 악마를 들먹였어요! 그러더니 저렇게 악마가 씌인 거예요!" 여기서 아름다운 여인은 책상 앞으로 달려가, 너무 울어 약간 코맹맹이가 된 부드러운 목소리로 노래를 부르듯 소리쳤다. "프로샤!' 당신, 어디 있는 거예요?"

"지금 누구한테 프로샤라고 하는 거지?" 양복은 다시 한 번 의자 뒤로 몸을 크게 젖히며 거만하게 물었다.

"못 알아봐요! 날 못 알아봐요! 무슨 말인지 아시겠어요?" 여비서는 다시 통곡을 하기 시작했다.

"계속해서 그렇게 울려거든 여기서 나가주시오!" 신경질적인 줄무늬 양복이 화를 내며 말했다. 그리고 뭔가 결정 사항을 기입하려는 듯 새 종이 뭉치 쪽으로 소매를 뻗었다.

"안 돼, 난 못 보겠어요. 안 돼, 못 보겠어!" 안나 리차르도브나는 소리를 지르더니 비서실로 뛰어나갔다. 그리고 그녀의 뒤를 쫓아 경리부 직원도 총알처럼 뛰어나갔다.

"글쎄, 내가 여기 이렇게 앉아 있는데," 안나 리차르도브나는 흥분으로 몸을 떨면서 다시 경리부 직원의 소매를 붙잡고 이야기하기 시작했다. "고양이 한 마리가 들어오는 거예요. 시커멓고, 하마처럼 커다란 고양이가. 그래서 난 당연히 '저리 가!' 하고 소리쳤죠. 그랬더니 그냥 나가버렸어요. 그런데 그 대신 꼭 고양이처럼 생긴 어떤 뚱뚱한 남자가 들어오더니, '시민, 당신은 어떻게 손님한테 '저리 가'라고 말을 합니까?' 이러는 거예요. 그러고는 곧장 프로호르 페트로비치한테로 들어가버렸어요. 물론 제가 그 뒤에 대고 '당신 미쳤어요?' 하고 소리를 질렀죠. 그런데도 그 뻔뻔스러운 작자가 곧장 프로호르 페트로비치의 방으로 들어가서 그의 맞은편 의자에 턱 하니 앉는 거예요! 그랬더니 그이가…… 그 사람, 마음씨는 정말 착한 사람이에요, 그런데 좀 신경질적이죠, 그래서 불같이 화를 낸 거예요! 그래요, 사실이에요. 황소같이 일만 할 줄 알지 성질은 정말 고약했어요. 그런 사람이 불같이 화를 내면서 '비서도 통하지 않고, 어딜 기어 들어오는 거야?'라고 하니까 그 철면피 같은 인간이, 세상에, 의자에 있는 대로 퍼질러 앉아서는 웃으면서 '난 당신하고 작은 사업 건으로 상의를 좀 해보려고 왔는데' 이러는 거예요. 프로호르 페트로비치는 다시 불같이 화를 냈죠. '난 바쁜 사람이야!' 그랬더니 그 인간이 글쎄, '바쁘긴 당신이 뭐가 바쁘다는 거야……' 이러는 거예요. 상상이 가세요? 거기서, 물론, 프로호르 페트로비치의 인내심은 폭발했죠. 그이가 소리쳤어요. '이거 뭐야 지금? 이 자를 당장 끌어내, 빌어먹을, 내가 악마한테 잡혀가고 말지!' 그랬더니 글쎄 그 인간이 씩 하고 웃으면서 '악마한테 잡혀가? 그야 어렵지 않지!'라고 하는 거예요. 그리고 갑자기 펑 하더니, 내가 소리를 지를 사이도 없이, 고양이 낯짝을 한 그 인간은 온데간데없이 사라지고, 저렇게…… 앉아 있는 거예요…… 양복만…… 아아아……!" 그 순간 입술 선이 완전히 뭉개져버린 입이 쫘악 하고 퍼지더니 안나 리차르도브나가 다시 통곡을 하기 시작했다.

한참을 그렇게 숨이 넘어가도록 통곡을 하던 안나 리차르도브나가 마침내 숨을 몰아쉬더니, 이젠 아예 말도 안 되는 소리들을 지껄여대기 시작했다.

"그러고는 쓰고, 쓰고, 또 쓰고! 정말 미쳐버리는 줄 알았어요! 전화에 대고 말을 하고! 양복이 말이에요! 다들 놀란 토끼눈을 하고 도망을 쳐버리고!"

경리부 직원은 간신히 버티고 서서 몸을 떨고 있을 뿐 아무 말도 하지 못했다. 그리고 그 순간 운명이 그를 구해주었다. 비서실로 경찰관 두 명이 침착하고 사무적인 걸음걸이로 들어온 것이다. 그들을 본 미녀는 손으로 사무실 문을 가리키며 더 큰 소리로 울기 시작했다.

"자, 시민, 이제 그만 우십시오." 먼저 들어온 경관이 침착하게 말을 했고, 자신은 이제 여기 있을 필요가 없다는 것을 느낀 경리부 직원은 비서실을 뛰쳐나왔다. 그리고 일 분 후 그는 벌써 밖에 나와 있었다. 갑자기 그의 머릿속에 구멍이 뺑 뚫리고, 무슨 통 속에 앉아 있는 것처럼 웅웅거리는 소리가 나기 시작했다. 그리고 그 웅웅거리는 소리 사이로 어제 세앙스에 나왔던 고양이 이야기를 하면서 좌석안내원이 했던 다음과 같은 말이 들려왔다. '에-헤-헤! 그런데 그거 혹시 우리 고양이가 그런 것 아닐까?'

결국 위원회에서 할 일을 처리하지 못한 바실리 스테파노비치는 바간콥스키 골목에 있는 위원회 지부에 잠시 들르기로 결정했다. 그는 조금이라도 자신을 진정시키기 위해 지부까지 걸어갔다.

시 공연지부는 정원 안쪽에 있는, 오랜 세월로 회칠이 벗겨진 저택에 자리 잡고 있었으며, 현관에 있는 반암(班岩) 원주들로 유명한 곳이었다.

하지만 그날 지부 방문객들을 놀라게 한 것은 원주들이 아니라, 그 아래서 일어난 사건이었다.

몇몇 방문객들이 몸이 굳어버린 듯 선 채로 작은 테이블 앞에 앉아 울고 있는 여인을 바라보고 있었다. 그 여인은 바로 그 테이블 위에 놓여 있는 공연 전문서적들을 파는 사람이었다. 그런데 여느 때와 달리 그 여인은 누구에게도 그 어떤 책도 권하지 않았으며, 관심을 보이는 사람들의 질문에도 손을 내젓기만 했다. 그리고 그 순간 건물의 위와 아래, 옆에서, 다시 말해 지부의 모든 부서에서, 적어도 스무 대는 넘는 전화벨 소리가 한꺼번에 울려 퍼졌다.

울고 있던 여인은 갑자기 몸을 부르르 떨며 히스테리를 일으키듯 소리를 질렀다.

"봐요, 또!" 그리고 난데없이 떨리는 소프라노로 노래를 부르기 시작했다.

영광의 바다, 성스러운 바이칼……[2]

그때 계단에 나타난 문서전령이 주먹으로 누군가를 위협하고는 목이 잠긴 듯 둔탁한 바리톤으로 앞선 여인과 함께 노래를 부르기 시작했다.

영광의 함선, 연어 통이여……!

멀리서 들려오는 목소리들이 문서전령의 목소리와 합쳐졌고, 합창 소리는 점점 더 커져, 마침내 지부 구석구석에서 굉음처럼 울려 퍼졌다. 바로 옆 제6호실 회계감사분과에서 들려오는 허스키하면서도 강렬한 저음은 지축을 흔들 듯했으며, 그에 힘을 얻은 듯 더욱 강력해진 전화벨 소리가 반주처럼 터져나왔다. 그리고 다시 계단 위에서 문서전령의 선창이 울려 퍼졌다.

헤이, 바르구진[3]…… 파도를 움직여라!

눈물이 젊은 여인의 얼굴을 따라 흘렀다. 그녀는 이를 악물려고 애를 썼지만, 그녀의 입은 저절로 열렸고, 그녀는 문서전령보다 한 옥타브 높게 노래를 불렀다.

　　용감한 이에겐 멀지 않으리!

　　할 말을 잃고 서 있는 지부 방문객들이 무엇보다도 놀란 것은 사방에 흩어져 있는 합창단원들이 너무나도 정연하게, 마치 합창단 전체가 보이지 않는 지휘자에게서 눈을 떼지 않고 서 있는 것처럼 노래를 부르고 있다는 점이었다.

　　바간콥스키 거리를 지나던 사람들도 지부에서 들려오는 노랫소리에 놀라 정원 울타리 앞에 멈춰 섰다.

　　첫번째 후렴구가 끝나자 노래는 마치 지휘자의 지휘봉에 맞춘 듯 갑자기 조용해졌고, 문서전령은 욕을 있는 대로 퍼부으며 사라졌다.

　　그리고 그때 현관문이 열리고, 그 문 앞에 여름 외투를 입은 한 시민이 나타났다. 그의 여름 외투 아래로는 흰 가운 자락이 삐져나와 있었고, 그 옆에는 경찰이 서 있었다.

　　"박사님, 제발 어떻게 좀 해주세요!" 젊은 여인이 신경질적인 목소리로 소리쳤다.

　　그때 지부의 사무장이 계단을 뛰어내려왔다. 부끄러움과 당혹감으로 열이 올라 벌겋게 된 사무장은 더듬거리며 다음과 같이 말했다.

　　"그러니까, 박사님, 우리가 무슨 집단최면 같은 게 걸려서…… 그러니까 아무리 노래를 안 하려고 해도……." 그는 말을 끝내지 못한 채 마치 단어들이 목에 걸리기라도 한 것처럼 켁켁거리더니 갑자기 테너 음성으로 노래를 부르기 시작했다.

실카와 네르친스크······[4]

"멍청이!" 젊은 여인은 겨우 소리를 지를 수는 있었지만, 누구한테 대고 그렇게 말하는 것인지 설명하지는 못했다. 그 대신 자기도 모르게 롤라드[5]를 붙이며, 그녀도 실카와 네르친스크에 대한 노래를 부르기 시작했다.

"진정하세요! 노래를 멈추세요!" 박사가 사무장을 향해 말했다.

분명 사무장 자신도 노래를 멈추기 위해서라면 무엇이든 다 내놓을 준비가 되어 있었지만, 그래도 역시 노래는 멈출 수가 없었다. 노래를 멈추기는커녕 그는 합창단과 함께·골목을 지나는 사람들에게 다음과 같은 새로운 구절을 들려주었다. '아무리 먹성이 좋은 짐승도 그의 밀림은 건드리지 않았고, 어떤 사수의 탄알도 뚫지 못했다!'

후렴구가 끝나자, 젊은 여인이 제일 먼저 의사에게 신경안정제를 받았다. 그리고 의사는 사무장을 따라 다른 사람들에게로 뛰어가 그들에게도 신경안정제를 마시게 했다.

"실례합니다만, 시민." 갑자기 바실리 스테파노비치가 젊은 여인에게 말을 붙였다. "여기 혹시 검은 고양이가 들르지 않았었나요?"

"고양이요?" 여자가 화를 내며 소리쳤다. "우리 지부에 앉아 있는 건 고양이가 아니라 저 멍청한 당나귀예요, 당나귀!" 그리고 또 덧붙이기를, "들을 테면 다 들으라고 하세요! 난 다 얘기해버릴 테니까." 그리고 정말로 일이 어떻게 된 것인지를 모두 얘기해주었다.

그 이야기에 따르면, 시의 지부장, '시시껄렁한 오락으로 위원회 지부를 아주 난장판을 만들어놓은'(이건 젊은 여인의 말이다) 그 지부장은 온갖 종류의 서클 조직 마니아였다.

"당국의 눈을 완전히 속인 거죠!" 젊은 여인은 악에 받힌 듯 소리를 질렀다.

지부장은 지난 일 년 동안 레르몬토프[6] 연구회, 체스-체커회, 탁구 모임, 승마 서클을 조직했다. 여름이 되면 담수 조정 서클과 알피니스트 서클을 조직할 것이라며 사람들을 위협하기도 했다.

그리고 바로 오늘 점심시간에 그 지부장이 들어왔다…….

"어떤 빌어먹을 놈의 팔을 잡고 들어오더라구요." 젊은 여인이 계속해서 말했다. "어디서 주웠는지 체크무늬 바지에 금이 간 코안경을 쓰고…… 얼굴도 정말 어떻게 그렇게 생겼는지!"

여인의 말에 따르면, 지부장은 지부의 식당에서 점심을 먹고 있던 사람들에게 그를 합창 서클 조직에 관한 한 가장 뛰어난 전문가라고 소개했다.

미래의 알피니스트들의 얼굴은 우울해졌다. 하지만 지부장은 이내 모두의 용기를 북돋웠고, 전문가는 농담을 하기도 하고, 제법 재치 있는 말을 늘어놓기도 하더니, 노래는 정말 시간을 적게 들이고도 차량 한 대분의 이득을 얻을 수 있는 것이라고 장담을 했다.

그러자 물론, 그러니까 젊은 여인의 말에 따르면, 지부에서 가장 유명한 아첨장이 파노프와 코사르추크가 제일 먼저 벌떡 일어나 자신들은 가입하겠노라고 했다. 그 순간 나머지 직원들은 노래를 피할 수 없으며, 그들 역시 서클에 가입해야만 한다는 것을 알게 되었다. 노래는 점심시간에 부르기로 정해졌다. 나머지 시간은 모두 레르몬토프와 체커가 차지하고 있었기 때문이었다. 지부장은 모범을 보이기 위해 자신은 테너 파트를 맡겠다고 나섰다. 그리고 그다음은 모든 것이 그야말로 악몽처럼 진행되었다. 체크무늬의 합창 지휘 전문가가 먼저 귀청이 떠나가도록 소리를 질렀다.

"도—미—솔—도!" 합창 지휘 전문가는 어떻게든 노래하는 것을 피해보려고 책장 뒤에 숨어 있는 소심하기 그지없는 직원들을 끌어냈고, 코사르추크에게는 그가 절대음감을 가지고 있다고 추켜세웠으며, 난데없이 하소연을 하듯 훌쩍거리면서 늙은 노래 애호가인 이 성가대 지휘자를 좀 존중해달라고 부탁을 하기도 하고, 손가락으로 소리굽쇠를 두드리며 「영광의 바다」가 울려 퍼지게 해달라고 거의 애원을 하기도 했다.

그리고 그의 말대로 「영광의 바다」가 울려 퍼졌다. 그것도 아주 영광스럽게. 체크무늬는 정말로 자신이 해야 할 일을 너무나도 잘 알고 있는 사람이었다. 첫번째 후렴구가 끝나자 성가대 지휘자가 "잠시 실례하겠습니다!"라고 양해를 구하고는…… 사라졌다. 사람들은 정말로 그가 잠시 후에 돌아올 거라고 생각했다. 하지만 십 분이 지나도 그는 돌아오지 않았다. 그가 도망쳤다는 생각이 들자 지부 사람들은 너무나도 기뻤다.

그런데 갑자기 어떻게 된 일인지 사람들이 저절로 노래를 부르기 시작했다. 모두가 코사르추크를 따라 불렀다. 분명 절대음감까지는 아니었지만, 그는 꽤 듣기 좋은 고음의 테너였다. 모두가 노래를 불렀다. 성가대 지휘자가 없는데도! 사람들은 각자 자기 자리로 돌아갔지만, 자리에 앉을 수 없었다. 그들의 바람과는 상관없이 또 노래를 부르기 시작한 것이다. 도저히 멈출 수가 없었다. 이삼 분쯤 조용히 앉아 있다가도 다시 노래가 터져나왔다. 그리고 또 조용했다가 다시 터져나오고! 그제야 사람들은 자신들에게 끔찍한 일이 벌어지고 있음을 알아차렸다. 창피해진 지부장은 자기 사무실에 문을 걸고 틀어박혀버렸다.

여기서 젊은 여인의 이야기는 중단되었다. 신경안정제가 아무 소용이 없었던 것이다.

십오 분 후 바간콥스키의 담장 아래로 세 대의 트럭이 도착했고, 지부장을 포함한 지부 직원 전체가 그 트럭에 실렸다.

첫번째 트럭이 정문을 넘어 골목길로 들어섰을 때, 어깨를 맞대고 승강단에 서 있던 직원들이 입을 벌렸고, 골목 안 가득히 노랫소리가 울려퍼졌다. 이어 두번째 트럭이 첫번째 트럭의 노래에 가세했고, 그 뒤를 세번째 트럭이 이었다. 지부의 직원들은 그렇게 모두 트럭을 타고 바간콥스키 골목을 떠났다. 저마다의 일로 분주히 길을 가던 사람들은 그 트럭들을 힐끗 쳐다보고는 전혀 놀라는 기색 없이 시외로 견학을 가고 있는 거라고 생각했다. 그리고 실제로 그들은 시외로 가고 있었는데, 다만 견학이 아니라 스트라빈스키 교수의 병원으로 가는 것이었다.

삼십 분 후 경리부 직원은 완전히 정신이 나간 얼굴로 공연 재무국에 도착해 있었다. 그는 어떻게든 빨리 이 돈다발을 건네주고 의무에서 벗어나고 싶었다. 앞선 사건들로 나름대로 경험이 쌓인 그는 제일 먼저 길쭉하게 생긴 사무실 안을 죽 훑어보았다. 사무실 안에는 금색 명패가 붙은 반투명 유리벽들 뒤로 직원들이 앉아 있었다. 이곳에서는 그 어떤 위험이나 추태의 기미를 찾아볼 수 없었다. 제대로 된 관청이라면 당연히 그래야 하는 것처럼 그곳은 조용했다.

바실리 스테파노비치는 '현금 접수'라고 적힌 작은 창으로 고개를 들이밀었다. 그리고 그 안쪽에 있는 낯선 직원과 인사를 나누고는 수입전표를 한 장 달라고 정중하게 부탁했다.

"당신이 그건 왜요?" 창구 안쪽의 직원이 물었다.

경리부 직원은 당황했다.

"돈을 내려고 하는데요. 전 버라이어티에서 왔습니다."

"잠깐 기다리세요." 직원이 대답했다. 그리고 그 즉시 창구를 격자망으로 가렸다.

'정말 이상하군!' 경리부 직원은 생각했다. 그가 놀란 것은 정말 당연한 일이었다. 살면서 이런 일은 처음이었다. 모두가 익히 알고 있듯이, 돈을 받아내기는 정말 어렵다. 돈을 받아내려면 언제 어디서든 난관에 부딪칠 수가 있다. 하지만 삼십 년 동안 경리부 직원으로 일을 하면서, 어떤 사람이, 그게 법인이든, 개인이든, 돈 받기를 주저하는 것을 본 적은 단한 번도 없었다.

마침내 창구가 열리고, 경리부 직원은 다시 작은 창에 달라붙었다.

"금액이 많은가요?" 직원이 물었다.

"이만 천칠백십일 루블입니다."

"오호!" 왠지 직원은 빈정거리며 대꾸했고, 경리부 직원에게 초록색 용지를 내밀었다.

서식을 익히 알고 있던 경리부 직원은 단숨에 용지를 채우고 가져온 꾸러미의 밧줄을 풀기 시작했다. 꾸러미를 다 풀고 난 그는 눈앞이 아득해지면서 아픈 사람처럼 뭔가 알아들을 수 없는 소리를 중얼거렸다.

그의 눈앞에 외국환들이 어른거리고 있었다. 캐나다 달러 묶음들과 영국 파운드, 네덜란드 길더, 라트비아 라트, 에스토니아 크론……

"저기 버라이어티의 사기꾼이 하나 또 나타났군." 온몸이 굳어버린 경리부 직원의 머리 위로 누군가의 준엄한 목소리가 들려왔다. 그리고 바실리 스테파노비치는 그 자리에서 체포되었다.

제18장
실패만 하는 방문자들

　성실한 경리부 직원이 글을 쓰는 양복과의 어이없는 만남을 위해 택시를 타고 달려가던 바로 그 시간, 모스크바에 도착한 키예프 열차의 침대칸 제6호 차량에서 작은 천 가방을 든 점잖은 승객 한 사람이 내렸다. 그 승객은 다름 아닌 고(故) 베를리오즈의 고모부로, 키예프 인스티투트 거리에서 살고 있는 경제학자이자 생산계획전문가 막시밀리안 안드레예비치 포플랍스키였다. 막시밀리안 안드레예비치가 모스크바에 온 것은 이틀 전 저녁 늦게 다음과 같은 내용의 전보를 받았기 때문이었다.

　방금 파트리아르흐에서 전차에 내 목이 잘렸음. 장례식은 금요일 오후 3시. 참석 바람. 베를리오즈.

　막시밀리안 안드레예비치는 키예프에서 가장 머리가 좋은 사람 중 하나로 꼽혔고, 그건 사실이었다. 하지만 아무리 머리가 좋은 사람이라도 위와 같은 전보를 받고 당황하지 않을 사람은 없을 것이다. 일단 어떤 사람이 자기 목이 잘렸다고 전보를 쳤다는 건 그의 목이 죽을 만큼 잘리지는 않았다는 것을 뜻한다. 그런데 장례식은 또 무슨 소린가? 혹시 자신의 상태가 너무 좋지 않아 죽음을 미리 예감한 것일까? 그럴 수도 있다. 하지만 정말 이상한 것은 그 내용이 너무나도 정확하다는 것이다. 도대체 그는 어떻게 금요일 오후 세 시에 자신의 장례가 치러질 것이라는 것을 알았을까? 정말 놀라지 않을 수 없는 전보다!

하지만 머리가 좋은 사람들은 얽혀 있는 것을 잘 풀기 때문에 머리가 좋다고 하는 것이다. 문제는 아주 간단하다. 뭔가 착오가 있었고, 그로 인해 잘못 기록된 전보가 전달된 것이다. '내'라는 단어는 분명히 다른 전보에서 여기로 잘못 들어온 것이다. 그 자리에는 대신 '베를리오즈의'라는 단어가 들어갔어야 했는데, 그 단어 역시 실수로 소유격인 '의'가 빠진 채 전보 마지막에 잘못 놓인 것이다. 이렇게 바로잡고 보니 전보의 의미는 분명했다. 물론 비극적인 것이긴 했지만 말이다.

막시밀리안 안드레예비치는 아내를 충격으로 몰아넣은 슬픔이 잦아들자마자 바로 모스크바로 떠날 채비를 했다.

여기서 막시밀리안 안드레예비치의 비밀을 하나 밝혀야겠다. 그가 한창 나이에 세상을 떠난 처조카의 죽음을 안타까워했음은 물론이다. 하지만 그는 사무적인 사람이었고, 자신이 그 장례식에 꼭 참석할 필요가 없다는 것도 잘 알고 있었다. 그럼에도 불구하고 막시밀리안 안드레예비치는 무척 서둘러 모스크바로 떠났다. 과연 왜 그랬을까? 답은 한가지, 바로 아파트에 있었다. 모스크바에 있는 아파트! 바로 그것이 문제였던 것이다. 이유는 잘 모르겠지만, 막시밀리안 안드레예비치는 키예프를 좋아하지 않았다. 게다가 요 며칠 동안은 잠도 제대로 자지 못할 만큼 모스크바로 이사를 해야 한다는 생각이 그를 들쑤시고 있던 참이었다.

그는 봄만 되면 강가의 나지막한 섬들을 잠기게 하고, 지평선과 물을 하나로 만드는 드네프르 강의 범람이 싫었다. 블라디미르 대공(大公)¹의 동상 대석에서부터 펼쳐지는, 몸에 전율을 일으킬 만큼 아름다운 경치도 그를 기쁘게 하진 못했다. 봄이면 벽돌을 깔아놓은 블라디미르 언덕의 작은 길 위에서 장난을 치는 태양의 흑점들도 그는 즐겁지가 않았다. 그가 바라는 것은 절대 이런 것들이 아니었다. 그는 단 한 가지, 모스크바로 이사 가는 것만을 바랐다.

키예프 인스티투트 거리에 있는 아파트와 모스크바의 더 작은 아파트를 교환하자는 신문 광고도 내보았지만 허사였다. 원하는 사람이 없었고, 어쩌다가 그런 사람들이 나타난다 해도 그들의 제안은 터무니없는 것이었다.

전보는 막시밀리안 안드레예비치를 몹시 흥분시켰다. 그는 이 기회를 놓치는 것은 죄를 짓는 것이나 마찬가지라고 생각했다. 실리에 밝은 사람들은 역시 그런 기회가 자주 오지 않는다는 것을 잘 알고 있었던 것이다.

다시 말해, 어떤 어려움이 있더라도 사도바야에 있는 조카의 아파트를 상속받아야 했다. 물론, 그것이 쉬운 일은 결코 아니었다. 하지만 무슨 일이 있더라도 그 어려움들을 극복해야 했고, 노련한 막시밀리안 안드레예비치는 그러기 위해 제일 먼저, 그리고 반드시 해야 할 일이 무엇인지를 알고 있었다. 그러니까 그는 잠시 동안만이라도 고인이 된 조카의 방 세 개에 거주 등록을 해야 했다.

금요일 오후 막시밀리안 안드레예비치는 모스크바에 있는 사도바야 거리 302-2번지 주민 조합 사무실의 문을 열고 들어갔다.

그가 들어간 좁은 방의 벽에는 강에 빠진 사람을 구조하는 방법을 그려놓은 낡은 포스터 몇 장이 걸려 있었고, 나무 책상 앞에는 면도를 하지 않은 한 중년의 남자가 불안한 눈빛으로 혼자 앉아 있었다.

"주민 조합장님을 만나뵐 수 있을까요?" 생산계획전문가인 경제학자가 모자를 벗고, 가방을 문지방 앞 의자에 내려놓으며 정중하게 물었다.

지극히 평범한 이 질문에 책상 앞의 사내는 왠지 당황을 했고, 얼굴색이 변하기까지 했다. 그는 불안한 듯 눈을 흘기면서 들릴 듯 말 듯한 소리로 조합장은 없다고 말했다.

"그럼 집에 계신가요?" 포플랍스키가 물었다. "아주 급한 용무가 있는데."

책상 앞의 사내는 또다시 횡설수설하며 알아들을 수 없는 대답을 했다. 그래도 어쨌든 조합장이 집에 없다는 것은 알아차릴 수 있었다.

"그럼 언제 돌아오시죠?"

책상 앞의 사내는 그 질문에 아무 대답도 하지 않았고, 왠지 우울한 눈빛으로 창밖을 바라보았다.

'아하!' 현명한 포플랍스키는 속으로 중얼거리고는, 그럼 조합 간사는 어디에 있느냐고 물어보았다.

그러자 책상 앞에 앉아 있는 그 이상한 사람은 얼굴이 새빨개지도록 긴장하면서, 역시 들릴 듯 말 듯한 목소리로 말했다. 간사도 없다…… 그가 언제 돌아올지 모른다. 그리고…… 간사는 병이 났다…….

'아하!' 포플랍스키는 속으로 말했다. "하지만 그래도 조합에 사람이 있긴 할 것 아닙니까?"

"그게 접니다." 그 사람이 힘없는 목소리로 말했다.

"실은," 포플랍스키는 말 한마디 한마디에 힘을 줘가며 말했다. "저는 고인이 된 베를리오즈, 아시다시피 파트리아르흐에서 죽은 제 조카의 유일한 상속인으로, 법에 따라 우리 아파트 50호에 들어 있는 유산을 상속할 권리가 있습니다……."

"동무, 난 그런 건 잘 모릅니다……." 그 사람이 우울하게 말을 끊었다.

"그렇지만, 들어보십시오." 포플랍스키는 울림이 좋은 목소리로 말했다. "당신은 조합원이니까 책임을……."

그때 사무실로 한 시민이 들어왔고, 그를 보자마자 책상 앞에 있던 사내의 얼굴이 창백해졌다.

"운영위원 퍄트나즈코?" 방문객이 앉아 있는 사람에게 물었다.

"예, 접니다." 그는 겨우 들릴 듯한 소리로 대답했다.

방문객이 앉아 있는 사람에게 뭔가 작은 소리로 말했다. 그러자 앉아 있던 사람은 완전히 사색이 되어 의자에서 일어났고, 잠시 후 포플랍스키는 텅 빈 조합 사무실에 혼자 남게 되었다.

'이것 참, 정말 복잡하게 됐군! 꼭 있어야 될 사람들이, 그것도 어떻게 한꺼번에…….' 포플랍스키는 아스팔트를 깔아놓은 마당을 지나 서둘러 50호로 가면서 씁쓸하게 생각했다.

생산계획전문가가 벨을 누르자마자 문이 열렸고, 막시밀리안 안드레예비치는 어두침침한 현관으로 들어섰다. 그런데 뭔가 좀 이상했다. 누가 문을 열어준 것인지 알 수가 없었던 것이다. 현관에는 의자에 앉아 있는 무지막지하게 큰 검은 고양이 외에는 아무도 없었다.

막시밀리안 안드레예비치가 헛기침을 하고 발소리를 내는 등 기척을 하자, 이윽고 서재의 문이 열리면서 현관으로 코로비예프가 나왔다. 막시밀리안 안드레예비치는 그에게 정중하고 위엄 있는 태도로 인사를 하고 다음과 같이 말했다.

"저는 포플랍스키라고 합니다. 고인이 된……."

하지만 그는 말을 끝까지 하지 못했다. 코로비예프가 주머니에서 더러운 손수건을 꺼내더니 거기에 코를 박고 울기 시작한 것이다.

"······ 베를리오즈의 고모부가 되는······."

"세상에, 세상에," 코로비예프는 얼굴에서 손수건을 떼어내며 말을 끊었다. "전 한눈에 당신을 알아봤습니다!" 그리고 그는 우느라고 몸까지 들썩이며 떠들어대기 시작했다. "그래 얼마나 슬프십니까? 어떻게 이런 일이 벌어질 수가 있습니까? 안 그렇습니까?"

"전차에 치였다고요?" 포플랍스키는 작은 소리로 물었다.

"박살이 났죠!" 코로비예프는 소리를 지르며 말했고, 그의 코안경 아래로 눈물이 하염없이 흘렀다. "완전히! 제가 그 자리에 있었답니다. 정말이지, 순식간에! 머리가 잘려나가고! 오른쪽 다리가 우지직 하면서 두 동강이 나고! 왼쪽 다리도 우지직 하면서 두 동강! 도대체 전차를 어떻게들 모는 건지!" 그리고 더 이상 참을 수 없다는 듯 코로비예프는 거울 옆의 벽에 코를 박고 통곡을 하며 몸을 들썩이기 시작했다.

베를리오즈의 고모부는 생전 처음 보는 그 사람의 행동에 진심으로 감동을 받았다. '저것 좀 봐, 이래도 우리 시대에 따뜻한 가슴을 지닌 사람이 없다고 할 텐가!' 그는 자신도 모르게 눈시울이 뜨거워지는 것을 느끼며 생각했다. 하지만 그와 동시에 언짢은 먹구름이 그의 마음에 드리워졌다. 따뜻한 가슴을 지닌 저 사람이 벌써 고인의 아파트에 거주 등록을 한 것은 아닐까 하는 생각이 순간적으로 떠올랐던 것이다. 실제로 그런 일이 종종 있으니 말이다.

"실례지만, 죽은 우리 미샤의 친구 되십니까?" 그는 소매로 메마른 왼쪽 눈을 닦으면서, 그리고 오른쪽 눈으로는 슬픔에 젖어 있는 코로비예프를 유심히 살펴보면서 물었다. 하지만 코로비예프가 너무나도 슬프게 통곡을 해대는 통에, 반복되는 '우지직, 두 동강!'이라는 말 외에는 아무것도 알아들을 수 없었다. 한참을 그렇게 울어대던 코로비예프는 마침내 벽에서 몸을 일으켜 세우고는 다음과 같이 말했다.

"안 돼, 더 이상은 안 되겠어! 가서 신경안정제 삼백 방울은 먹어야 겠어……!" 그리고 눈물로 범벅이 된 얼굴을 포플랍스키에게 돌리며 덧붙였다. "바로 그 전차들 때문이란 말입니다!"

"실례합니다만, 저에게 전보를 보내신 분이 당신이신가요?" 막시밀리안 안드레예비치는 이 무지막지한 울보가 도대체 누구일지를 괴롭게 생각하며 물었다.

"그건 저쪽입니다!" 코로비예프는 이렇게 대답하고 손가락으로 고양이를 가리켰다. 포플랍스키는 눈을 동그랗게 뜨며 자신이 뭔가 잘못 들은 것이라고 생각했다.

"안 돼, 안 되겠어. 더 이상은 안 되겠어." 코로비예프는 요란스럽게 코를 훌쩍거리며 계속 중얼거렸다. "자꾸 기억이 나. 한쪽 다리에 바퀴가…… 그 바퀴 하나가 백육십 킬로그램은 나갈 텐데…… 우지직! 가서 침대에 좀 누워야지, 자고 나면 다 잊어버릴 거야." 그러고는 현관에서 사라졌다.

그러자 이번에는 고양이가 몸을 살짝 틀어 의자에서 펄쩍 뛰어내리더니, 뒷발로 서서 앞발을 허리에 대고 입을 벌려 말했다.

"그래요, 내가 전보를 쳤습니다. 그게 뭐 어쨌다는 겁니까?"

그 순간 막시밀리안 안드레예비치는 머리가 핑 돌고, 팔다리에 힘이 쭉 빠지면서 고양이의 맞은편에 놓인 의자에 털썩 주저앉고 말았다.

"내가 러시아 말로 물은 것 같은데," 고양이가 차갑게 말했다. "그게 뭐 어쨌다는 거냐고?"

하지만 포플랍스키는 아무 대답도 하지 못했다.

"신분증 내놔봐!" 고양이는 털이 북슬북슬한 발을 내밀며 악다구니를 쳐댔다.

포플랍스키는 정신이 나간 사람처럼 고양이의 눈에서 타오르는 두 개의 불꽃을 바라보며, 재빨리 주머니에서 신분증을 꺼내 마치 단도를 움켜쥐듯 손에 쥐었다. 고양이는 거울 아래 놓인 테이블에서 두툼한 검은 테가 달린 안경을 꺼내 제 주둥이 위에 걸쳐놓고 더욱 근엄한 표정을 지어보이며, 덜덜 떨고 있는 포플랍스키의 손에서 신분증을 낚아챘다.

'어떻게 된 거지, 지금 내가 기절을 한 건가?' 하고 포플랍스키는 생각했다. 멀리서 코로비예프가 흐느껴 우는 소리가 들려왔고, 현관 전체가 에테르와 신경안정제, 그리고 또 뭔가 구역질 나는 역겨운 냄새로 가득 찼다.

"어떤 부서에서 발급한 거지?" 고양이가 신분증을 뚫어져라 바라보며 물었다. 포플랍스키는 아무 대답도 할 수 없었다.

"412과," 고양이는 발로 신분증을 툭툭 치며 혼잣말을 했다. 그는 신분증을 거꾸로 들고 있었다. "내 이럴 줄 알았어! 내가 아는 부서야! 닥치는 대로 신분증을 만들어주는 곳이지! 하지만 나라면, 그러니까 당신 같은 작자한테는 만들어주지 않을 거야! 절대 안 되지! 얼굴만 한번 딱 보면 바로 알 수 있어, 당신이 어떤 인간인지 말이야!" 고양이는 신분증을 바닥에 내동댕이쳐버릴 정도로 화가 나 있었다. "당신의 장례식 참석은 취소되었소." 고양이는 사무적인 목소리로 말했다. "당신이 살던 곳으로 가시오." 그리고 문 쪽을 쳐다보며 소리쳤다. "아자젤로!"

고양이의 호출에 몸에 딱 달라붙는 검은 셔츠를 입은 땅딸막한 사내가 한쪽 다리를 절며 현관으로 뛰어나왔다. 사내는 가죽 벨트 뒤로 칼을 찔러 차고, 빨강 머리에 누런 송곳니를 드러내고 있었으며, 왼쪽 눈은 백내장에 걸린 듯 희뿌옇게 흐려져 있었다.

포플랍스키는 순간 숨이 막혀오는 것을 느끼며 의자에서 일어나 가슴을 움켜쥐고 뒤로 한발 물러섰다.

"아자젤로, 배웅해드려!" 고양이는 명령을 내리고 방으로 들어갔다.

"포플랍스키," 사내가 코맹맹이 소리로 조용히 말했다. "이제 다 이해하셨겠지?"

포플랍스키는 고개를 끄덕였다.

"당장 키예프로 돌아가." 아자젤로가 말했다. "가서 물보다 더 조용히, 풀보다 더 낮게 쭈그리고 앉아 있어. 모스크바의 아파트는 꿈도 꾸지 말고, 알아듣겠나?"

송곳니와 칼, 애꾸눈으로 포플랍스키를 죽을 만큼 무서운 공포로 몰아넣은 그 사내는 경제학자의 어깨에 겨우 닿을 만큼 키가 작았다. 하지만 그의 행동은 강력하고 질서정연하며 체계적이었다.

우선 그는 신분증을 주워 막시밀리안 안드레예비치에게 돌려주었고, 막시밀리안 안드리예비치는 죽은 사람처럼 힘이 하나도 없는 손으로 신분증을 받았다. 그러고 나서 아자젤로라고 불리는 그자는 한 손으로 가방을 들고, 다른 한 손으로는 문을 열고는, 베를리오즈 고모부의 팔을 잡고 그를 층계참까지 끌고 갔다. 포플랍스키는 벽에 바싹 기대섰다. 아자젤로는 열쇠도 없이 가방을 열고, 거기서 잔뜩 기름에 전 신문에 싸여 있는, 한쪽 다리가 없는 커다란 통닭구이를 꺼내 층계참에 내려놓았다. 그런 다음 속옷 두 벌과 면도칼을 가는 가죽, 그리고 뭔가 작은 책 한 권과 상자를 꺼내 그것들을 모두(통닭은 빼고) 발로 차 계단통으로 떨어뜨려버렸다. 텅 빈 여행가방 역시 계단통으로 날아갔다. 아래에서 가방이 떨어져 부딪히는 소리가 들렸고, 그 소리로 보아 가방의 뚜껑이 떨어져나간 것 같았다.

그런 다음 빨강 머리 강도는 닭다리를 잡아 쥐고 포플랍스키의 목을 무섭게 후려쳤다. 통닭의 몸통은 튕겨져 나갔고, 아자젤로의 손에는 닭다리만 남았다. 그리고 그 유명한 작가 레프 톨스토이가 적절하게 표현한 대로 오블론스키의 집은 모든 것이 어지럽게 뒤섞여버렸다.[2] 그러니까 톨스토이라면 이런 경우에 바로 그렇게 표현했을 것이라는 것이다. 정말로 포플랍스키의 눈앞에 있는 모든 것들이 마치 미궁 속으로 빠져들듯 어지럽게 뒤섞여버렸다. 그의 눈앞으로 획 하고 길게 꼬리를 문 불꽃이 지나가는가 싶더니, 어느새 그 불꽃은 음울한 뱀으로 변하여 오월 한낮의 빛을 순식간에 삼켜버렸고, 포플랍스키는 손에 신분증을 움켜쥔 채 계단 아래로 굴러 떨어졌다. 포플랍스키는 그렇게 다음 층계참까지 날아 창문 유리를 발로 차 부수고 비좁은 계단 위에 털썩 주저앉았다. 다리 없는 닭이 그의 옆을 날아 계단통으로 떨어졌다. 아자젤로는 위에 그대로 서서 닭다리를 순식간에 먹어치우고는 남은 뼈를 바싹 달라붙는 셔츠 옆 주머니에 찔러 넣고 아파트로 돌아갔다. 요란한 소리와 함께 문이 닫혔다.

그리고 바로 그때 아래에서 위로 올라오는 사람의 조심스러운 발소리가 들려왔다.

포플랍스키는 계단을 한 층 더 뛰어 내려가 층계참에 있는 나무 의자에 앉아 숨을 가다듬었다.

계단을 올라오던 사람이 포플랍스키 옆에 멈춰 섰다. 왜소한 체구에 나이가 좀 들어 보이는 그 남자는 왠지 이상하리만큼 슬픈 얼굴을 하고 있었으며, 구식 공단 양복에 초록 띠가 둘러진 밀짚모자를 쓰고 있었다.

"시민, 뭣 좀 여쭤봐도 될까요?" 공단 양복을 입은 작은 남자가 슬픈 목소리로 물었다. "50호가 어디지요?"

"저 위요!" 포플랍스키는 날카롭게 대답했다.

"감사합니다, 시민." 작은 남자는 다시 슬픈 목소리로 말을 하고는 위로 올라갔고, 포플랍스키는 의자에서 일어나 아래로 내려갔다.

　여기서 한 가지 의문이 생긴다. 막시밀리안 안드레예비치가 그렇게 서둘러 나간 것은 혹시 백주대낮에 그에게 난폭한 폭력을 행사한 강도들을 경찰에 고발하기 위해서가 아니었을까? 아니, 절대 그렇지 않다. 그건 확실하다. 경찰서에 가서, 그러니까 지금 안경을 쓴 고양이가 내 신분증을 확인하더니, 딱 달라붙은 셔츠에 칼을 꽂은 사람을 불러…… 아니, 그렇지 않다. 막시밀리안 안드레예비치는 정말로 머리가 좋은 사람이었다!

　그는 벌써 아래로 내려와 현관문 앞에 있는 작은 창고로 통하는 문을 바라보고 있었다. 그 문의 유리는 다 깨져 있었다. 포플랍스키는 신분증을 주머니에 넣고 내던져진 물건들을 찾을 수 있으려나 싶은 마음에 주위를 둘러보았다. 그러나 물건들은 흔적도 보이지 않았다. 하지만 포플랍스키 자신도 놀란 것처럼 그러한 사실도 그를 그다지 우울하게 하지는 않았다. 그는 더 흥미롭고 유혹적인 다른 생각에 빠져 있었다. 좀 전의 작은 남자를 따라 그 저주스러운 아파트로 다시 한 번 가보는 거다. 50호가 어디냐고 물은 걸 보면, 그 사람도 이곳이 처음인 것이 분명하다. 그러니까 그는 지금 50호 아파트를 꿰차고 앉은 그 일당의 발아래로 간 것이다. 무엇인가가 그 작은 남자는 이내 그 아파트에서 나올 거라고 포플랍스키에게 속삭였다. 물론 막시밀리안 안드레예비치는 이미 조카의 장례식 따위 안중에도 없었다. 하지만 키예프로 가는 기차 시각까지는 아직 시간이 충분했다. 경제학자는 주위를 한번 둘러보고 창고로 재빨리 들어갔다.

　그때 위쪽에서 문을 닫는 소리가 들려왔다. '들어갔군…….' 포플랍스키는 숨을 멈추고 생각했다. 창고는 서늘했고, 쥐와 장화 냄새가 났다. 막시밀리안 안드레예비치는 작은 나무통 위에 자리를 잡고 앉아 기다리기로 했다. 자리는 편했고, 거기서는 맞은편 여섯번째 현관도 잘 보였다.

그러나 그는 자신이 생각했던 것보다 훨씬 더 많이 기다려야 했다. 웬일인지 계단을 오르내리는 사람이 아무도 없었다. 하지만 덕분에 소리는 아주 잘 들렸다. 그리고 마침내 5층에서 문을 닫는 소리가 났다. 포플랍스키는 온몸이 굳어버리는 것 같았다. 그렇다, 그의 발소리다. '내려온다.' 한 층 아래서 문이 열렸다. 발소리가 멎었다. 여자의 목소리. 우울한 남자의 목소리…… 분명히 그의 목소리다…… "제발, 내버려둬요……." 그 비슷한 소리가 난다. 포플랍스키의 한쪽 귀가 깨진 유리창 밖으로 비어져 나왔다. 그 귀가 여자의 웃음소리를 붙잡았다. 아래로 내려오는 빠르고 단호한 발소리. 그리고 밖으로 여자의 등이 슬쩍 지나갔다. 방수포로 만든 초록색 가방을 든 그 여자는 현관을 벗어나 정원으로 나갔다. 그리고 그 남자의 발소리가 다시 들린다. '이상한데! 다시 아파트로 가고 있잖아! 저자도 그 일당 중 하나였나? 맞아, 다시 돌아가고 있어. 저 봐, 위에서 문을 열잖아. 할 수 없군. 좀더 기다려봐야지.'

하지만 이번에는 오래 기다리지 않아도 되었다. 문소리. 발소리. 그리고 발소리가 멎었다. 절망적인 비명. 고양이가 야옹거리는 소리. 빠르고 비틀거리는 발소리가 아래로, 아래로 내려온다!

포플랍스키는 기다리던 사람을 보았다. 슬픈 표정의 작은 남자가 성호를 그으며, 뭐라고 중얼거리면서 모자도 없이, 완전히 정신 나간 사람 같은 얼굴을 하고, 대머리는 온통 할퀸 자국에, 바지는 다 젖어버린 채로 날듯이 뛰어 내려왔다. 두려움에 사로잡힌 그는 문을 어느 쪽으로 열어야 하는지, 밀어야 하는지도 모르는 채, 출구 손잡이를 잡아 쥐고 어쩔 줄 몰라 했다. 그리고 마침내 문이 열리자 햇빛 가득한 정원으로 뛰어나갔다.

아파트를 시험해보는 것은 끝났다. 막시밀리안 안드레예비치는 더 이상 죽은 조카도, 아파트도 생각하지 않고, 자신이 처했던 위험에 대한 생각으로 몸을 떨며 "이제 됐어! 이제 됐어!"라는 말만을 중얼거리면서 정원으로 뛰어나갔다. 몇 분 후 버스는 생산계획전문가인 경제학자를 태우고 키예프 역으로 향하고 있었다.

경제학자가 아래층 창고에 앉아 있는 동안 그 작은 남자에게는 정말이지 유쾌하지 않은 일이 벌어지고 있었다. 그 작은 남자는 버라이어티의 뷔페에서 일하는 안드레이 포키치 소코프였다. 버라이어티에서 수사가 진행되고 있는 동안 안드레이 포키치는 극장에서 벌어지고 있는 모든 일과 상관없이 자신의 자리를 지키고 있었다. 다만 한 가지 눈에 띄는 것이 있었다면, 그는 평소보다도 훨씬 더 우울해졌다는 것이었다. 그리고 또 한 가지, 그는 문서전령 카르포프에게 그곳에 왔던 마술사가 어디에 머물고 있는지를 물었다.

그렇게 이곳까지 오게 된 뷔페 직원은, 층계참에서 경제학자와 헤어지고 난 후, 5층으로 올라가 50호 아파트의 벨을 눌렀다.

문은 바로 열렸지만, 뷔페 직원은 깜짝 놀라 뒤로 물러섰고, 바로 들어가지 못했다. 그리고 거기엔 그럴 만한 이유가 있었다. 어느 젊은 여자가 문을 열어주었는데, 그 여자가 망사로 된 야한 에이프런과 머리의 흰 장식 핀을 제외하고는 아무것도 입고 있지 않았던 것이다. 아니, 발에 금색 슬리퍼를 신고 있기는 했다. 여자의 몸매는 흠잡을 데가 없었다. 유일하게 흠이 있다면, 목에 난 붉은 상처 정도랄까.

"뭐 하세요. 벨을 눌렀으면 들어오셔야죠!" 여자는 초록빛 음탕한 눈을 뷔페 직원에게 고정시킨 채 말했다.

안드레이 포키치는 아, 하고 짧게 신음을 뱉고는 눈을 아래로 내리깔고 현관 안으로 발을 디디며 모자를 벗었다. 바로 그때 현관에서 전화벨소리가 요란하게 울렸고, 부끄러움을 모르는 하녀는 한쪽 다리를 의자 위에 올려놓으며 벽에 걸려 있던 수화기를 들어 전화를 받았다.

"여보세요!"

뷔페 직원은 눈을 어디에 둘지 몰라 이리저리 발을 굴리면서 생각했다. '외국인들이 데리고 있는 하녀란! 정말 못 봐주겠군!' 그리고 그 못 봐주겠는 것을 피하기 위해 주위를 슬쩍 둘러보았다.

커다랗고 어두침침한 현관은 온통 특이한 물건과 의상들로 가득 차 있었다. 의자 등받이에는 불길처럼 타오르는 안감을 댄 검은 외투가 걸쳐져 있었고, 거울 아래 탁자에는 번쩍거리는 금빛 손잡이가 달린 긴 장검이 놓여 있었다. 다른 한쪽 구석에는 은빛 손잡이가 달린 장검 세 개가 마치 우산이나 지팡이처럼 아무렇게나 세워져 있었고, 사슴뿔로 만든 옷걸이에는 독수리 깃털이 꽂힌 베레모들이 걸려 있었다.

"네." 하녀가 전화에 대고 말했다. "네? 마이겔 남작님이세요? 네, 네! 아티스트님은 오늘 집에 계실 거예요. 그럼요, 남작님이 오시면 무척 반가워하실 거예요. 네, 손님들은…… 연미복이나 검은 정장이요. 네? 밤 열두 시요." 통화를 마친 하녀는 수화기를 걸고 바텐더를 쳐다보았다. "무슨 일로 오셨지요?"

"저는 아티스트님을 꼭 만나야 합니다."

"네? 그러니까 그분을 말인가요?"

"네." 뷔페 직원은 우울하게 대답했다.

"여쭤보지요." 하녀는 망설이듯 말을 하고는 죽은 베를리오즈 서재의 문을 살짝 열고 보고를 했다. "기사(騎士)님, 여기 어떤 작은 사람이 와서 메시르를 꼭 뵈어야겠다고 하는데요."

"들어오시라고 해." 서재에서 코로비예프의 갈라진 목소리가 울려왔다.

"거실로 가시지요." 여자는 마치 자신이 다른 사람들처럼 옷을 입고 있다는 듯 아무렇지도 않게 말을 하면서 거실 문을 열어주고 현관을 떠났다.

안내를 받은 곳으로 들어간 뷔페 직원은 순간 자신이 왜 여기에 왔는지를 잊어버렸다. 그만큼 그가 들어간 방의 모습은 그를 놀라게 했다. 커다란 창의 채색유리(흔적도 없이 사라진 보석상 부인의 작품이다) 사이로 교회에서 볼 수 있는 것과 같은 묘한 빛이 흘러 들어오고 있었다. 무더운 봄날임에도 불구하고 커다란 옛날식 벽난로에는 장작이 타고 있었다. 하지만 방 안은 전혀 덥지 않았고, 오히려 지하실에 들어간 것처럼 축축한 기운이 뷔페 직원을 덮쳐왔다. 벽난로 앞에는 검은 고양이가 호랑이 가죽 위에 앉아 기분이 좋은 듯 눈을 가늘게 뜨고서 불꽃을 바라보고 있었다. 탁자(독실한 뷔페 직원은 그 탁자를 보자마자 흠칫 몸을 떨었다)에는 교회에서 쓰는 수단(繡緞)이 씌워져 있었고, 그 테이블보 위에는 배가 불룩하고 곰팡이에 먼지가 잔뜩 쌓인 술병들이 잔뜩 올려져 있었다. 술병들 사이로 접시 하나가 번쩍거렸다. 순금으로 만든 접시라는 걸 한눈에 알 수 있었다. 벽난로 앞에는 허리에 단검을 찬, 작은 키의 빨강 머리 사내가 긴 강철 검에 끼워진 고기 조각들을 굽고 있었다. 육즙이 불꽃 위로 떨어졌고, 연기는 연기 구멍으로 빠져나갔다. 고기 굽는 냄새와 함께 뭔가 짙은 향과 향료 냄새가 났다. 신문을 통해 베를리오즈의 죽음과 그가 살았던 곳에 대해 알고 있었던 뷔페 직원은 순간적으로 교회식으로 추도식을 하는가 보다 하는 생각이 들기도 했지만, 곧 말도 안 되는 그 생각을 떨쳐버렸다.

그렇게 어쩔 줄을 몰라 하고 있는 뷔페 직원의 귀에 갑자기 묵직한 베이스 음성이 들려왔다.

"그래, 제가 무엇을 도와드리면 되겠습니까?"

뷔페 직원은 그제야 어두침침한 곳에 앉아 있는, 그가 찾던 자를 보왔다.

검은 마술사는 낮고 아주 커다란 소파에 편안하게 몸을 뻗고 앉아 있었으며, 소파에는 쿠션들이 여기저기 흩어져 있었다. 뷔페 직원의 눈에는 아티스트가 검은 속옷만 입고 있으며, 역시 검은색의 뾰족한 슬리퍼를 신고 있는 것처럼 보였다.

"저는," 뷔페 직원은 슬픈 목소리로 말하기 시작했다. "버라이어티 극장의 뷔페 주임입니다……."

아티스트는 뷔페 직원의 입을 막으려는 듯 앞으로 손을 뻗었다. 그 손가락에서는 보석들이 반짝거리고 있었다. 그는 무척 흥분된 어조로 말을 했다.

"아니, 아니, 아니야! 더 이상 한마디도 하지 마십시오! 어떤 경우에도, 절대로! 난 당신의 뷔페에서는 아무것도 입에 대지 않을 것입니다! 어제 잠시 당신의 뷔페 옆을 지나쳤는데, 지금까지도 난 그 철갑상어와 브린자를 잊을 수가 없습니다. 친애하는 뷔페 주임! 브린자는 초록색을 띠지 않습니다, 누군가 당신을 속인 것입니다. 브린자는 흰색이어야 합니다. 게다가 차는 또 어떻지요? 그건 구정물이었습니다! 나는 지저분한 옷을 입은 어떤 여자가 제대로 끓이지도 않은 물을 당신의 그 커다란 사모바르에 따라 붓는 것을 내 눈으로 똑똑히 보았습니다. 그런데도 당신들은 계속해서 차를 따랐지요. 안 됩니다, 그럴 수는 없는 것입니다!"

"죄송합니다만," 갑작스러운 공격에 놀란 안드레이 포키치가 말했다. "저는 그 일로 온 것이 아닙니다. 철갑상어도 이 일과는 아무 상관이 없고요."

"그게 상해 있었는데, 어떻게 아무 상관이 없다는 겁니까!"

"철갑상어는 이급 신선도로 배달된 것입니다." 뷔페 직원이 말했다.

"이것 봐요, 그건 말도 안 됩니다!"

"뭐가 말이 안 된다는 거죠?"

"이급 신선도라니, 그게 말이 안 되는 거지요! 신선도는 단 하나, 일급이 있을 뿐입니다. 그리고 그것이 마지막입니다. 만약 철갑상어가 이급 선도라면, 그건 상했다는 걸 의미하는 겁니다!"

"용서하십시오, 그런데……." 뷔페 직원은 생트집을 잡고 있는 이 아티스트에게서 어떻게 벗어나야 할지 몰라 하며 다시 입을 열었다.

"아니, 용서할 수 없습니다." 그는 단호하게 말했다.

"저는 그 일로 찾아온 것이 아닙니다." 뷔페 직원은 완전히 풀이 죽어서 말했다.

"그 일로 찾아온 게 아니라고요?" 외국인 마술사는 놀랐다. "당신이 나를 찾아올 다른 일이 또 있다는 겁니까? 만약 내 기억이 틀리지 않는다면, 직업상 당신과 가까운 사람들 중 내가 아는 사람이라고는 주보상(酒保商)⁵을 하던 여자 하나밖에 없는데, 그건 당신이 아직 이 세상에 있기도 전인 오래전 일이고…… 어쨌든 반갑습니다. 아자젤로! 뷔페 주임님께 의자를 갖다드려라!"

고기를 굽고 있던 자가 몸을 돌려 송곳니로 뷔페 직원을 놀라게 하더니, 등받이가 없고 짙은 참나무로 만든 나지막한 의자들 중 하나를 그의 앞으로 내밀었다. 그 방에는 모두 그런 의자들밖에 없었다.

"정말 감사합니다." 뷔페 직원은 기어들어갈 듯 작은 소리로 말을 하고는 자리에 앉았다. 하지만 그 순간 의자의 뒷다리가 우지직 소리를 내며 부서졌고, 뷔페 직원은 '앗' 하는 소리와 함께 엉덩이를 아주 세게 바닥에 부딪혔다. 그뿐만 아니라 넘어지면서 한쪽 발로 앞에 있던 다른 의자를 걷어차는 바람에 그 위에 있던 붉은 포도주가 가득 담긴 잔을 바지

위에 쏟기까지 했다.

아티스트는 놀라면서 소리를 질렀다.

"저런, 저런! 괜찮으십니까?"

아자젤로는 뷔페 직원이 일어나는 것을 도와주고, 다른 의자를 가져다주었다. 뷔페 직원은 슬픔에 가득 찬 목소리로 바지를 벗어 불에 말리라는 주인의 제안을 사양했다. 그리고 젖은 속옷과 바지가 거북하다고 느끼면서 조심스럽게 다른 의자로 가서 앉았다.

"나는 낮게 앉는 걸 좋아하지요." 아티스트가 말했다. "낮은 데서는 떨어져도 그렇게 위험하지 않으니까요. 그건 그렇고, 우리가 철갑상어 얘기를 하다 말았나요? 제 말을 들으세요! 신선도, 신선도, 신선도, 바로 이것이 모든 뷔페 직원의 좌우명이 되어야 합니다. 자, 저걸 한번 드셔보십시오⋯⋯."

그 순간 벽난로의 붉은빛을 받은 장검이 뷔페 직원 앞에서 번쩍거렸다. 아자젤로는 황금 접시 위에 지글거리는 고기 한 점을 올려놓고 레몬즙을 뿌리고는 뷔페 직원에게 금으로 된 두 갈래 포크를 내밀었다.

"정말이지⋯⋯ 저는⋯⋯."

"아닙니다. 괜찮아요. 한번 드셔보세요!"

뷔페 직원은 거절하지 못하고 고기조각을 입에 넣었다. 그리고 이내 자신이 정말 아주 신선하고, 무엇보다도 아주 맛있는 뭔가를 씹고 있다는 것을 알았다. 그런데 그 향긋하고 육즙이 풍부한 고기를 씹다 말고 뷔페 직원은 하마터면 고기가 목에 걸려 다시 한 번 넘어질 뻔했다. 옆방에서 시커먼 새 한 마리가 날아와 뷔페 직원의 대머리를 깃털로 슬쩍 건드린 것이었다. 시계 옆 벽난로 선반에 앉은 그 새는 부엉이였다. '오, 하느님!' 모든 뷔페 직원들이 그렇듯이 신경이 예민한 안드레이 포키치가 생각했다.

'정말 이상한 아파트로군!'

"포도주 한잔하시겠습니까? 백포도주, 적포도주? 요즘은 어느 나라 포도주를 최고로 치지요?"

"감사합니다만…… 전 술을 안 마십니다……."

"저런, 저런! 그럼 주사위 놀이는 어떻습니까? 혹시 다른 놀이를 좋아하십니까? 도미노? 카드?"

"전 노름은 하지 않습니다." 이미 초주검이 된 뷔페 직원이 대답했다.

"그건 정말 좋지 않은데요." 주인이 단정적으로 말했다. "물론 당신 마음이긴 하지만, 술과 노름, 멋진 여자들, 그리고 잡담을 피하는 남자들에겐 뭔가 좋지 않은 것이 숨어 있지요. 그런 사람들은 어디가 아주 심각하게 아프거나, 남들 모르게 주위 사람들을 증오하고 있지요. 물론, 예외도 있을 겁니다. 나와 함께 주연을 같이했던 사람들 중에도 때로는 놀랄 정도로 파렴치한 작자들도 있었으니까요! 어쨌든 당신의 용무를 들어보지요."

"어제 당신이 속임수를 써서……."

"내가요?" 마술사는 놀라 흥분하며 말했다. "아니 어떻게 그런 말씀을, 내가 그 정도로밖에 안 보입니까!"

"죄송합니다." 갑작스러운 반응에 당황한 뷔페 직원이 말했다. "그러니까…… 검은 마술 세앙스가……."

"아, 그래요. 알아요. 무슨 말인지 알겠어요! 이봐요! 내가 당신한테 비밀을 한 가지 말씀드리지요. 난 사실 아티스트가 아닙니다. 난 그저 모스크바 사람들을 한꺼번에 보고 싶었던 겁니다. 그러기 위해 극장보다 더 좋은 곳은 없지요. 여기 나의 수행원들이," 그는 머리로 고양이 쪽을 가리켰다. "그 세앙스를 연출했지요. 나는 앉아서 모스크바 사람들을 보았고. 어쨌든 그렇게 얼굴 표정을 바꾸지 마시고, 얘기해보십시오. 그 세앙스의 무엇이 당신을 내게 오게 한 것이지요?"

"그러니까 아시다시피, 그때 천장에서 지폐들이 떨어졌습니다……." 뷔페 직원은 목소리를 낮추고 곤혹스러운 눈빛으로 주위를 둘러보았다. "그리고 사람들이 모두 그 돈을 주웠습니다. 그리고 어떤 젊은 남자가 저희 뷔페에 와서 십 루블짜리 지폐를 내고, 저는 거스름돈으로 팔 루블 오십 코페이카를…… 좀 있다가 또 다른 사람이……."

"역시 젊은 사람이었나요?"

"아닙니다. 중년이었습니다. 또 한 사람, 또 한 사람…… 저는 거스름돈을 모두 내어주었습니다. 그런데 오늘 정산을 하려고 보니까, 돈 대신에 무슨 종이쪼가리들만 들어 있는 겁니다. 뷔페의 손해액이 백구 루블이었습니다."

"저런, 저런!" 아티스트가 안타까운 듯 소리쳤다. "정말 그 사람들은 그게 진짜 돈이라고 생각했나 보지요? 전 그 사람들이 고의로 그런 것이라고 생각하지는 않습니다."

뷔페 직원은 눈을 약간 흘기듯, 그렇지만 여전히 슬픈 눈빛으로 주위를 둘러보았다. 그러나 말은 한마디도 하지 않았다.

"혹시 사기꾼들이?" 마술사는 조심스럽게 손님에게 물었다. "혹시 모스크바 사람들 중에 사기꾼이 있습니까?"

뷔페 직원은 대답 대신 아주 쓸쓸하게 미소를 지었다. 그리고 그것으로 모든 의심은 사라졌다. 그렇다. 모스크바 사람들 중엔 사기꾼들이 있다.

"어떻게 그런 저급한 짓을!" 볼란드는 흥분하며 소리쳤다. "당신처럼 가난한 사람이…… 당신은 가난한 사람이지 않습니까?"

뷔페 직원은 머리를 어깨 속으로 잔뜩 움츠렸다. 그러자 그는 정말로 아주 가난한 사람처럼 보였다.

"그래 저축은 얼마나 해두셨습니까?"

질문은 사뭇 동정적인 어조로 이루어졌다. 하지만 그렇다 하더라도 그와 같은 질문이 예의에서 벗어난 것임은 분명했다. 뷔페 직원은 우물거리기 시작했다.

"다섯 개의 은행에 이십사만 구천 루블." 옆방에서 갈라진 목소리가 외쳤다. "집 마룻바닥 밑에 이천 루블 상당의 금화를 저축해두었지요."

뷔페 직원은 앉아 있던 의자에 찰싹 몸을 붙였다.

"하긴, 물론, 그건 얼마 안 되는 금액이지요." 볼란드는 자신의 손님에게 관대하게 말했다. "사실 그 돈도 당신한텐 필요 없지만 말입니다. 당신은 언제 죽지요?"

뷔페 직원은 갑자기 화가 치밀어오른 듯 말했다.

"그야 모르는 일이지요, 당신들하고는 아무 상관 없는 일이기도 하고."

"하긴, 모르는 일이지요." 또다시 그 역겨운 목소리가 서재에서 들려왔다. "그러나 뉴턴의 이항정리에 따르면 저자는 아홉 달 후인 내년 이월 모스크바 국립대학 제1병원, 제4병동에서 간암으로 사망하게 될 것입니다."

뷔페 직원의 얼굴이 노랗게 변했다.

"아홉 달에," 볼란드는 생각에 잠겨 계산했다. "이십사만 구천…… 나머지를 버리고 계산하면 한 달에 이만 칠천이 되는 건가? 얼마 안 되는군. 하지만 평범하게 사는 사람들에겐 충분한 돈이지…… 게다가 금화도 있고……."

"그건 쓰지 못할 겁니다." 예의 그 목소리가 다시 끼어들었다. 그리고 그 목소리는 뷔페 직원의 심장을 얼어붙게 했다. "안드레이 포키치가 죽자마자 그의 집은 산산조각이 날 것이고, 금화는 국립은행으로 보내질 것입니다."

"하지만 저라면 당신에게 병원에 입원하라고 권하지는 않을 것입니다." 아티스트는 계속해서 말했다. "아무 희망 없는 환자들의 신음과 그 거친 숨소리를 들으며, 병실에서 죽어가는 것이 무슨 의미가 있겠습니까. 그 이만 칠천 루블로 파티를 열고, 독을 마신 후, 현의 선율을 느끼며 술을 좋아하는 미녀들과 호탕한 친구들에게 둘러싸여 저세상으로 가는 게 훨씬 낫지 않을까요?"

뷔페 직원은 꼼짝도 하지 않고 앉아 있었고, 그 잠깐 사이에 그는 폭삭 늙어버렸다. 검은 원이 눈 주위를 둘러쌌고, 뺨은 축 늘어졌으며, 두려움으로 자신도 모르게 입이 벌어졌다.

"어쨌든, 그 얘긴 그쯤 해두고," 주인은 격앙된 소리로 말했다. "이제 본론으로 들어가보지요. 가져오신 종잇조각들을 보여주시겠습니까?"

뷔페 직원은 흥분을 하면서 주머니에 싸가지고 온 것을 꺼내 펼쳤다. 그러고는 돌처럼 굳어버렸다. 찢어진 신문지 안에 십 루블짜리 지폐들이 놓여 있었던 것이다.

"당신은 정말로 몸이 불편하신 것 같군요." 볼란드가 어깨를 으쓱하면서 말했다. 뷔페 직원은 놀라 미소를 지으며 의자에서 일어났다.

"그런데," 그는 더듬거리며 말했다. "만약에 이게 다시……."

"흐음……." 아티스트는 잠시 생각했다. "그렇게 되면, 그때 다시 우리에게 오십시오. 안녕히 가십시오! 만나서 반가웠습니다."

그 말과 동시에 서재에서 코로비예프가 튀어나와 뷔페 직원의 손을 붙잡더니, 모두에게, 안부를 꼭 좀 전해달라고 하면서 안드레이 포키치의 손을 정신없이 흔들어대기 시작했다. 뷔페 직원은 반쯤 정신이 나간 상태로 현관으로 발을 옮겼다.

"헬라, 배웅해드려!" 코로비예프가 소리쳤다.

그리고 다시 그 벌거벗은 빨강 머리 여자가 현관에 나타났다! 뷔페 직원은 간신히 문을 빠져나가 "그럼 또"라고 겨우 말을 하고는 술에 취한 사람처럼 걸어갔다. 그렇게 몇 걸음을 내려가다 말고 그는 다시 계단에 앉아 꾸러미 안을 살펴보았다. 돈은 제자리에 있었다. 그때 층계참 맞은편 아파트에서 초록색 가방을 든 여자가 나왔다. 그녀는 계단에 앉아 멍청한 눈으로 돈을 쳐다보고 있는 사람을 보고는 피식거리며 걱정스럽다는 듯 말했다.

　"정말 대단한 건물이야…… 아침부터 저런 술주정뱅이가 있질 않나. 계단 유리창을 또 박살내셨군!" 그리고 뷔페 직원을 가만히 들여다보고는 이렇게 덧붙였다. "이봐요, 시민, 당신네 닭들은 돈을 안 쪼아 먹나 보네! 어디, 나하고 좀 나눠 갖지 않으시겠수?"

　"제발 날 좀 내버려둬요." 뷔페 직원은 놀라며 재빨리 돈을 감추었다. 여자는 깔깔거렸다.

　"귀신한테나 잡혀가라, 쩨쩨하기는! 농담 좀 한 걸 가지고……." 그리고 여자는 아래로 내려갔다.

　뷔페 직원은 천천히 일어나 모자를 똑바로 쓰려고 팔을 들어 올렸다. 그리고 그제야 모자를 두고 왔다는 사실을 알아차렸다. 그는 정말이지 그곳으로 다시 돌아가고 싶지 않았다. 하지만 모자가 아까웠다. 그는 잠시 망설이다가 다시 되돌아가 벨을 눌렀다.

　"또 뭐죠?" 저주스러운 헬라가 그에게 물었다.

　"내가 모자를 두고 나와서." 뷔페 직원은 자신의 대머리를 손가락으로 가리키며 작은 소리로 말했다. 헬라가 돌아서자 뷔페 직원은 속으로 욕을 하며 침을 뱉고 눈을 감았다. 그가 눈을 뜨자, 헬라가 그의 모자와 검은 손잡이가 달린 긴 칼을 그에게 내밀었다.

"내 것이 아닌데." 뷔페 직원은 작은 소리로 중얼거리며 칼을 한쪽으로 치우고 재빨리 모자를 썼다.

"정말 장검도 없이 오셨단 말이에요?" 헬라는 놀랐다.

뷔페 직원은 뭔가 알아들을 수 없는 말을 중얼거리고는 재빨리 아래로 내려갔다. 그런데 머리가 왠지 불편하고 모자 안이 지나치게 따뜻하다는 생각에 모자를 벗었다. 그리고 공포에 질려 펄쩍 뛰어오르며 낮은 비명을 질렀다. 그의 손에 너덜너덜한 수탉 깃털이 달린 벨벳 베레모가 쥐어져 있었던 것이다. 뷔페 직원은 성호를 그었다. 그 순간 베레모가 야옹하고 울더니 검은 고양이로 변했고, 다시 안드레이 포키치의 머리로 뛰어올라가 발톱으로 그의 벗겨진 머리를 꽉 움켜쥐었다. 뷔페 직원은 절망스러운 비명을 지르며 정신없이 아래로 내달렸다. 그러자 고양이는 머리에서 떨어져 나와 순식간에 계단 위로 사라졌다.

밖으로 뛰쳐나온 뷔페 직원은 있는 힘을 다해 정문으로 뛰어갔다. 그리고 그 악마의 집 302-2번지를 영원히 떠났다.

우리는 그 후 그에게 벌어진 일에 대해서도 아주 잘 알고 있다. 경비실의 저지를 뿌리치고 뛰어나온 뷔페 직원은 마치 무엇을 찾는 것처럼 사납게 주위를 둘러보았다. 그리고 일 분 후 그는 길 맞은편 약국에 들어가 있었다. 그가 "저, 실례합니다만……"이라고 말을 한 순간 진열대 앞에 서 있던 여자가 소리를 질렀다.

"시민! 당신 머리가 다 찢어졌어요……!"

그리고 다시 오 분쯤 지나 그 뷔페 직원은 머리에 붕대를 감고 있었으며, 최고의 간암 전문의는 베르낫스키 교수와 쿠지민 교수라는 것을 알아냈고, 누가 더 가까운 곳에 사는지를 물어보고 있었다. 쿠지민이 정원 바로 뒤에 있는 작고 흰 저택에 산다는 것을 알아낸 그는 기쁨으로 온몸이 타오르는 것 같았다. 그리고 약 이 분 후 그는 그 저택에 가 있었다.

그 작은 건물은 낡았지만, 무척이나 편안한 느낌을 주는 곳이었다. 뷔페 직원은 다음과 같은 장면을 떠올렸다. 벨을 누르면, 늙은 유모가 나타나 그를 반기고 그의 모자를 받아주려고 한다. 그러나 그의 모자가 없는 것을 보고는 이가 하나도 없는 입을 우물거리며 어디론가 사라진다.

하지만 실제로 거울이 걸려 있는 아치 아래에 나타난 것은 유모가 아닌 중년의 여인이었고, 그녀는 19일에나 예약이 가능하며, 더 빨리는 안 된다고 말했다. 뷔페 직원은 어떻게 하면 될지를 곧 알아차렸다. 그는 꺼져가는 눈빛으로 현관으로 보이는 아치 뒤에 세 사람이 서서 기다리고 있는 것을 힐끗 쳐다보고는 작은 소리로 말했다.

"아파서 죽을 것 같습니다…….."

여자는 의심스러운 눈초리로 붕대를 감은 뷔페 직원의 머리를 쳐다보았고, 잠시 망설이다가 말했다.

"그러면……" 그러고는 뷔페 직원을 아치 뒤로 통과시켰다.

그때 맞은편 방의 문이 열리면서 금빛 코안경이 번쩍거리는 것이 보였다. 가운을 입은 여자가 말했다.

"시민 여러분, 이 환자분은 열외로 들어가실 겁니다."

뷔페 직원은 주위를 둘러볼 새도 없이 쿠지민 교수의 진찰실에 들어와 있었다. 길쭉한 그 방에는 무시무시하거나 엄숙한, 혹은 의학적인 분위기를 풍기는 그 어떤 것도 없었다.

"어떻게 오셨죠?" 쿠지민 교수가 친절한 목소리로 물었다. 그리고 다소 걱정스러운 듯 붕대를 감은 머리를 쳐다보았다.

"믿을 만한 사람을 통해 조금 전에 알게 되었는데," 뷔페 직원은 광기 어린 눈으로 유리 뒤의 단체 사진을 보며 대답했다. "제가 내년 이월에 간암으로 죽는답니다. 제발 살려주십시오."

쿠지민 교수는 앉은 채로 고딕식 의자의 높은 가죽 등받이에 몸을 젖혔다.

"죄송합니다만, 무슨 말씀을 하시는 건지…… 그럼 의사에게 가셨던 겁니까? 그 머리의 붕대는 뭐지요?"

"의사요……? 빌어먹을, 의사는 무슨 의사……!" 뷔페 직원은 그렇게 대답하고 나서 갑자기 이를 덜덜 떨기 시작했다. "머리는 신경 쓰지 마십시오, 이건 아무 상관도 없습니다. 빌어먹을, 이 머리통은 아무 상관도 없단 말입니다. 제발 간암을 고쳐주십시오."

"실례지만, 누가 그 얘기를 했죠?"

"그를 믿어야 합니다!" 뷔페 직원이 간절하게 애원했다. "그는 다 알고 있습니다!"

"이해할 수가 없군요." 교수는 어깨를 으쓱하고 의자에 앉은 채로 책상에서 물러서며 말했다. "당신이 언제 죽을지, 그가 어떻게 그걸 알 수 있다는 말이죠? 게다가 그는 의사가 아니라면서요!"

"제4병동에서." 뷔페 직원은 대답했다.

그러자 교수는 자신의 환자, 그러니까 그의 머리와 젖은 바지를 잠시 쳐다보고 생각했다. '이 정도면 더 생각할 필요도 없어! 미친 사람이야!' 그리고 물었다.

"보드카를 드십니까?"

"입에 대본 적도 없습니다." 뷔페 직원이 대답했다.

일 분 후 그는 옷을 벗고 방수포가 씌워진 차가운 간이침대에 누웠고, 교수는 그의 배를 눌러보고 있었다. 그러자 뷔페 직원은 기분이 한결 나아지는 것 같았다. 교수는 지금은, 적어도 지금 이 순간만큼은 간암 증세가 전혀 보이지 않는다고 단호하게 말했다. 하지만 만일 그렇게…… 만일 그렇게 걱정이 되고, 누군지 그 돌팔이가 그를 그렇게 놀라게 했다면, 검사를 제대로 해봐야 한다…….

교수는 진단서를 휘갈겨 쓰고는 어디로 가서 무슨 검사를 받아야 할지를 설명해주었다. 그뿐만 아니라, 신경과 전문의인 부레 교수 앞으로 메모를 써주며 뷔페 직원에게 그의 신경이 아주 불안정하다고 설명해주었다.

"교수님, 얼마를 드려야 하지요?" 뷔페 직원은 두툼한 지갑을 꺼내면서 부드럽고 떨리는 목소리로 물었다.

"내고 싶은 만큼 내고 가시오." 교수는 말을 뚝뚝 끊으며 차갑게 대답했다.

뷔페 직원은 삼십 루블을 꺼내 책상 위에 놓았다. 그리고 그 위로 마치 고양이 발을 움직이듯 슬그머니 신문지로 싼 짤그랑거리는 작은 기둥을 올려놓았다.

"이건 뭐지요?" 콧수염을 배배 꼬며 쿠지민이 물었다.

"거절하지 말아주십시오, 교수님." 뷔페 직원이 작은 소리로 말했다. "제발 부탁드립니다. 제 암을 고쳐주십시오."

"당장 이 금화를 가져가시오." 교수는 말했다. 그리고 그렇게 말하는 자신을 자랑스럽게 생각했다. "당신은 오히려 신경을 조심하셔야 할 것 같습니다. 내일 당장 소변 검사를 받도록 하세요. 차를 많이 마시지 말고, 소금은 절대 금물입니다."

"수프에도 소금을 치면 안 되나요?" 뷔페 직원이 물었다.

"절대 안 됩니다." 쿠지민이 지시했다.

"아아……!" 뷔페 직원은 우울하게 탄식을 했다. 그리고 감동한 듯 교수를 쳐다보면서 금화를 집어 들고 문 쪽으로 뒷걸음질을 쳤다.

그날 저녁 교수에게는 환자가 많지 않았다. 그리고 석양이 질 무렵 마지막 환자도 나갔다. 교수는 가운을 벗으면서 뷔페 직원이 돈을 올려놓았던 곳을 힐끗 돌아보았다. 그런데 거기에 돈은 없고, 그 대신 아브라우 듀르소 포도주 병에서 떼어낸 상표 세 개가 놓여 있었다.

"빌어먹을!" 쿠지민은 중얼거렸다. 그리고 가운 자락을 바닥에 끌며 진단서를 다시 살펴보았다. "그자는 정신병 환자일 뿐 아니라 사기꾼이었어! 대체 나한테서 뭘 가져가고 싶었던 거지? 설마 소변 검사 카드는 아니겠지? 아! 외투를 훔쳐갔을 거야!" 그리고 교수는 현관으로 달려갔다. 그의 한쪽 팔은 그때까지도 가운 속에 끼워져 있었다. "크세니야 니키티시나!" 그는 현관문 앞에 서서 날카로운 목소리로 소리쳤다. "가서 외투가 다 제대로 있나 좀 봐줘!"

외투는 모두 제자리에 있다는 것이 밝혀졌다. 그러나 다시 책상으로 돌아와 마침내 가운을 벗은 교수는 마치 책상 옆쪽 마루에 다리가 박히기라도 한 사람처럼 자신의 책상 앞에 시선을 고정한 채로 멈춰 서버렸다. 상표 딱지가 있던 바로 그 자리에 우유가 담긴 접시와 그 앞에 슬픈 표정을 한 검은 떠돌이 고양이가 앉아 야옹거리고 있었던 것이다.

"이건 또 뭐야?! 이게 어떻게……." 쿠지민은 그의 뒤통수가 차가워지는 걸 느꼈다.

교수의 낮고 고통스러운 비명 소리에 크세니야 니키티시나가 뛰어 들어왔다. 그녀는 이건 분명히 환자들 중 누군가가 고양이를 버리고 간 것이고, 교수들의 집에서는 이런 일이 종종 일어난다고 말하며 그를 진정시켰다.

"아마 가난한 사람들이 그랬을 거예요." 크세니야 니키티시나가 설명했다. "어쩌겠어요, 그래도 우린……."

두 사람은 그렇게 고양이를 버리고 갈 만한 사람이 누군지를 생각해 보았다. 위궤양 때문에 온 노파가 틀림없어 보였다.

"그 사람은 아마," 크세니야 니키티시나가 말했다. "이렇게 생각했을 거예요. '내가 죽는 건 상관없지만, 저 새끼 고양이가 너무 불쌍하다.'"

"아니, 잠깐만!" 쿠지민이 소리쳤다. "그럼 저 우유는?! 우유도 그 노파가 가져온 건가? 접시도?"

"작은 병에 넣어 가지고 와서 여기서 접시에 따랐겠죠." 크세니야 니키티시나가 설명했다.

"어쨌든 고양이하고 접시를 치워줘." 쿠지민은 이렇게 말하고 크세니야 니키티시나를 문 앞까지 배웅했다. 그가 돌아왔을 때, 상황은 다시 변해 있었다.

가운을 옷걸이에 걸고 정원에서 나는 웃음소리에 밖을 내다보던 교수는 갑자기 정신이 멍해져버렸다. 속옷 바람의 한 여인이 정원을 지나 반대편 별채로 뛰어가고 있었던 것이다. 교수는 그녀의 이름도 알고 있었다. '마리야 알렉산드로브나.' 작은 남자아이가 깔깔대고 있었다.

"저게 뭐 하는 짓이야?" 경멸스러운 듯 쿠지민이 말했다.

그때 벽 너머 교수의 딸의 방에서 축음기가 폭스트롯 「할렐루야」를 연주하기 시작했으며, 그 순간 교수의 등 뒤에서 참새가 발을 토닥거리는 소리가 들려왔다. 그는 뒤로 돌아섰고, 자신의 책상 위에서 아주 커다란 참새 한 마리가 푸드덕거리고 있는 것을 보았다.

'으음…… 진정해…….' 교수는 생각했다. '내가 창문에서 돌아섰을 때, 날아 들어온 거야. 아무것도 아니야!' 교수는 자신에게 말했다. 하지만 그는 모든 것이 뒤죽박죽이 되어가고 있으며, 그 주된 이유는 바로 저 참새라는 것을 느끼고 있었다. 그리고 가만히 참새를 관찰하던 교수는 이

내 그 참새가 결코 평범한 참새가 아니라는 것을 확신하게 되었다. 그 혐오스러운 참새는 왼쪽 발을 절룩거리는가 싶더니 온갖 폼을 잡으며, 싱커페이션 박자에 맞춰 다시 왼쪽 다리를 끌어당겼다. 다시 말해서, 그 참새는 축음기에서 나오는 음악에 맞춰 마치 바의 취객처럼 폭스트롯을 추고 있었던 것이다. 참새는 그렇게 온갖 추태를 부리며 뻔뻔스러운 시선으로 교수를 쳐다보기까지 했다.

쿠지민의 손은 벌써 전화기 위에 올려져 있었다. 그는 동창생인 부레에게 전화를 걸어 나이 육십에, 그것도 갑자기 머리가 어지러워지면서 저런 참새들이 보이는 것이 무엇을 뜻하는 것인지를 물어보려고 했다.

그러는 사이 참새는 박사가 선물로 받은 잉크병 위에 앉아 똥을 싸놓고(나는 농담을 하는 게 아니다!) 위로 날아 올라가 잠시 멈춘 채로 허공에 떠 있는가 싶더니, 1894년 대학 졸업 때 찍은 단체 사진이 끼워진 액자를 그 단단한 부리로 냅다 들이받아 유리를 산산조각 내고는 창밖으로 날아가버렸다.

잠시 후 교수는 부레가 아닌 거머리 관리국에 전화를 걸어 자신의 이름을 밝히고는, 지금 당장 그의 집으로 거머리를 보내달라고 부탁했다.

그리고 수화기를 내려놓고 다시 책상 쪽을 돌아본 교수는 자기도 모르게 비명을 지르고 말았다. 책상 앞에 간호사 캡을 쓴 한 여자가 '거머리'라고 적힌 작은 가방을 들고 앉아 있었던 것이다. 교수는 그녀의 입을 유심히 쳐다보면서 다시 한 번 크고 길게 비명을 질렀다. 그것은 귀 바로 아래까지 일그러진 남자의 입이었고, 그 아래로 송곳니가 비어져나와 있었다. 간호사의 눈은 죽은 사람의 눈처럼 텅 비어 있었다.

"이 돈은 내가 치우겠소." 간호사는 저음의 남자 목소리로 말했다. "여기서 뒹굴고 있을 필요는 없으니까." 간호사는 새의 발톱처럼 생긴 손가락으로 상표 딱지들을 긁어모으더니 허공 속으로 흔적도 없이 사라졌다.

두 시간 후 쿠지민 교수는 관자놀이와 양쪽 귀, 목 위에 거머리들을 얹은 채 자신의 침대 위에 누워 있었다. 솜을 넣어 누빈 두툼한 실크 담요를 덮고 있는 쿠지민의 발아래 쪽에는 흰 수염의 부레 교수가 앉아 있었다. 그는 친구의 병을 같이 아파하는 마음으로 쿠지민을 바라보며, 모두 말도 안 되는 소리라고 그를 위로하고 있었다. 창밖은 벌써 밤이었다.

그날 밤 모스크바에서 어떤 이상한 일이 더 일어났는지, 우리는 모른다. 그리고 그것을 밝히려고도 하지 않을 것이다. 이제 우리는 이 진실한 이야기의 제2부로 넘어갈 시간이 되었다. 독자여, 나를 따르라!

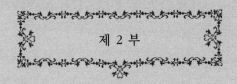

제 2 부

제19장
마르가리타

독자여, 나를 따르라! 누가 당신에게 이 세상에 진정한 사랑, 변하지 않는 영원한 사랑은 없다고 했는가? 그 거짓말쟁이의 더러운 혀는 잘릴 지어다!

나의 독자여, 나를 따르라, 오직 나만을. 내가 그런 사랑을 보여주겠다!

아니다! 밤이 자정을 넘어서던 그 시간, 병원에서 거장이 슬퍼하며 이바누시카'에게 그녀가 자신을 잊었을 것이라고 말한 것은 잘못된 것이었다. 그런 일은 있을 수 없었다. 그녀는 결코 그를 잊지 않았다.

먼저 거장이 이바누시카에게 밝히려고 하지 않았던 비밀에 대해 알아보자. 거장을 사랑한 여인의 이름은 마르가리타 니콜라예브나였다. 거장이 불쌍한 시인에게 말했던 것은 모두 사실이었다. 그는 자신이 사랑하는 여인을 정확하게 묘사했다. 그녀는 아름답고 똑똑했다. 하지만 거기에 한 가지 더 덧붙여야 할 것이 있다. 마르가리타 니콜라예브나는 만약 그녀의 삶과 자신의 삶을 바꿀 수 있다면, 분명 수많은 여자들이 무엇이든 다 내놓았을 그런 삶을 살고 있었다. 자식이 없는 서른 살의 마르가리타는 국가적 의의를 지니는 매우 중요한 발견을 한, 아주 유명한 전문가의 아내였다. 그녀의 남편은 젊고 잘생기고 선량하고 정직했으며 아내를 아꼈다. 마르가리타 니콜라예브나는 아르바트 근처 한 골목에 있는 정원 안쪽 아름다운 저택의 위층 전체를 남편과 둘이서 차지하고 있었다. 얼마나 멋진 곳인지! 이 점은 누구든 확인할 수 있다. 그 정원에 가보고 싶은 사람이 있다면 나에게 오라. 내가 주소를 알려주고 길을 가르쳐주겠다. 그 저택은 아직도 그대로 있으니까.

마르가리타 니콜라예브나는 돈의 부족함을 몰랐다. 마르가리타 니콜라예브나는 마음에 드는 것을 모두 살 수 있었다. 남편의 지인들 중에는 재미있는 사람들도 있었다. 마르가리타 니콜라예브나는 단 한 번도 버너에 손을 대본 적이 없었다. 마르가리타 니콜라예브나는 공동주택에서의 끔찍한 생활을 몰랐다. 그래서…… 그녀가 행복했을까? 아니, 단 한순간도 그렇지 않았다! 열아홉 살에 결혼을 해서 그 저택에 들어간 날부터 그녀는 행복을 몰랐다. 신들이여, 나의 신들이여! 대체 그 여인에게 부족했던 것이 무엇이었을까?! 두 눈에 늘 알 수 없는 불꽃이 타올랐던 그 여인에게 무엇이 필요했던 것일까? 그해 봄, 온통 미모사에 둘러싸여 있던, 한쪽 눈이 약간 사시인 그 마녀에게 무엇이 필요했을까? 모르겠다. 나는 알 수 없다. 어쩌면 그녀가 말한 것이 진실일 것이다. 그녀에게 필요한 것은 그 남자, 거장이었지, 고딕식 저택도, 정원도, 돈도 결코 아니었다. 그녀는 그를 사랑했고, 진실을 말했다.

다음 날 다행스럽게도 남편이 예정대로 돌아오지 않아 아무런 이야기도 나누지 못한 채 거장의 집에 도착한 마르가리타가 거장이 사라져버린 것을 알고 그 심정이 어땠을 것인가를 생각하면, 진실한 서술자라고는 하지만 역시 제삼자인 내 가슴까지 옥죈다. 그녀는 그에게 무슨 일이 생겼는지를 알아내기 위해 할 수 있는 모든 것을 다 했다. 그리고 물론 아무 것도 알아내지 못했다. 그렇게 그녀는 저택으로 돌아갔고, 예전처럼 살기 시작했다.

하지만 길가의 지저분한 눈이 사라지고, 가슴 설레게 하는 눅눅한 봄바람이 창틀로 스며들기 시작하자, 마르가리타 니콜라예브나는 겨울보다도 더 많이 우울해했다. 그녀는 아무도 모르게 오랫동안 쓰라린 눈물을 흘리곤 했다. 그녀는 자신이 살아 있는 사람을 사랑하고 있는 것인지, 아니면 이미 죽어버린 사람을 사랑하고 있는 것인지 알 수 없었다. 절망의 날들이 계속될수록 더욱더 자주, 그리고 특히 황혼이 질 때면, 그녀는 자신이 죽은 사람에게 묶여 있다는 생각이 들곤 했다.

그를 잊든지, 죽음을 택하든지 해야 했다. 그런 식으로 삶을 계속 끌고 갈 수는 없었다. 그럴 수는 없다! 그를 잊어야 한다. 무슨 수를 써서라도 잊어야 한다! 그런데 그는 잊히지 않았고, 슬픔은 바로 거기에 있었다.

"그래, 맞아. 똑같은 실수를 한 거야!" 페치카 앞에 앉아 불꽃을 바라보며 마르가리타가 말했다. 불꽃은 거장이 본디오 빌라도를 쓰고 있을 때 타오르던 그 불꽃을 떠올리게 했다. "그날 밤 내가 왜 그 사람을 떠났을까? 왜? 왜 그런 바보 같은 짓을 했을까! 약속대로 난 다음 날 돌아갔지만, 그땐 이미 늦었던 거야. 그래, 난 불쌍한 레위 마태오처럼 너무 늦게 돌아갔던 거야!"

물론 이 모든 말들은 어리석기 짝이 없는 것들이다. 실제로 그날 밤 그녀가 거장 곁에 남아 있었다고 해서 무엇이 달라졌겠는가? 그녀가 그를 구할 수 있었을까? 말도 안 되는 소리! 우리는 그렇게 소리칠 것이다. 하지만 절망에 빠진 여인 앞에서 그런 말은 하지 말기로 하자.

검은 마술사가 모스크바에 나타나면서 온갖 기괴한 일들이 벌어졌던 그날, 그러니까 베를리오즈의 고모부가 다시 키예프로 쫓겨가고 경리부 직원이 체포되고, 그 밖에 어이없고 이해할 수 없는 수많은 일들이 벌어 졌던 금요일 정오 무렵, 저택의 탑 쪽으로 창이 나 있는 자신의 침실에서 마르가리타가 잠에서 깨어났다.

잠에서 깬 마르가리타는 평소와 달리 울지 않았다. 오늘 드디어 무슨 일인가가 벌어질 것이라는 예감과 함께 잠에서 깨어났기 때문이었다. 일 단 그런 예감이 들자, 마르가리타는 행여 그 예감이 자신을 버리지 않을 까 걱정하면서, 마음속으로 그 예감을 소중히 키우기 시작했다.

"나는 믿어!" 마르가리타는 엄숙하게 속삭였다. "나는 믿어! 뭔가 일 어날 거야! 반드시 일어날 거야. 그렇지 않다면, 나에게 이런 고통이 주 어졌을 리가 없어! 솔직해지자. 나는 거짓말을 했고, 아무도 모르게 비밀 스러운 삶을 살면서 사람들을 속였어. 하지만 그렇다고 해도 이렇게 잔인 하게 벌을 받을 수는 없어. 반드시 무슨 일이 일어나야 돼. 이대로 영원히 끌고 갈 수는 없어. 그리고 내 꿈은 예언적이었어, 분명히."

햇빛을 가득 품은 진홍빛 커튼을 바라보면서 마르가리타 니콜라예브 나는 그렇게 중얼거렸다. 그리고 불안한 듯 옷을 챙겨 입고 삼면경 앞에 앉아 엉킨 짧은 머리를 빗었다.

그날 마르가리타가 꾼 꿈은 정말 평범하지 않은 것이었다. 겨우내 계 속된 고통 속에서도 그녀는 단 한 번도 거장을 꿈에 본 적이 없었다. 밤이 면 그는 그녀를 놓아주었고, 그녀는 낮 시간 동안에만 고통스러워했다. 그런데 그를 꿈에서 본 것이다.

마르가리타는 꿈속에서 낯선 곳, 이른 봄의 찌푸린 하늘 아래 아무 희망도 없는 우울한 곳을 보았다. 조각조각 흩어진 채 떠가는 회색빛 구 름과 그 아래로 소리 없이 날고 있는 까마귀 떼가 보였다. 휘어진 작은 다리와 그 아래로 흐르는 봄의 흐릿한 강, 반쯤 헐벗은 초라하고 음산한 나무들. 외롭게 서 있는 포플러와 그 뒤 나무들 사이로 텃밭 같은 곳을 지나자 통나무로 만든, 별채로 지어놓은 부엌 같기도 하고, 바냐² 같기도 하고, 도대체 뭔지 알 수 없는 작은 건물도 보였다. 주위는 온통 알 수 없는 죽음의 기운에 휩싸여, 다리 옆 포플러에 목을 매고 싶을 만큼 우울한 곳이었다. 바람 한 점 불어오지 않고, 구름조차 이동도 하지 않았으며, 생명체의 흔적이라곤 찾아볼 수 없었다. 한마디로 살아 있는 사람에게는 지옥이 따로 없을 그런 곳이었다!

그런데 바로 그때 그 통나무 집의 문이 활짝 열리더니, 거기서 그가 나타났다. 아주 멀었지만 그래도 그의 모습은 분명하게 보였다. 그의 옷은 다 해져서 뭘 입고 있는 건지 도무지 알아볼 수 없었고, 머리는 온통 헝클어져 있었으며, 면도도 하지 않았고, 아픈 사람처럼 불안한 눈빛을 하고 있었다. 그런 그가 그녀에게 손짓을 하며 부른다. 죽음의 대기 속을 가쁘게 숨을 몰아쉬며, 마르가리타가 울퉁불퉁한 길을 따라 그에게 뛰어갔고, 거기서 그녀는 꿈에서 깼다.

'이 꿈의 의미는 둘 중의 하나야.' 마르가리타 니콜라예브나는 혼자서 결론을 내렸다. '만약 그가 죽어서 나에게 손짓을 한 거라면, 그건 나를 데리러 왔다는 말이고, 그렇다면 나는 곧 죽게 될 거야. 정말 잘된 일이지. 이 고통도 끝이 날 테니까. 그렇지 않고 만약 그가 살아 있다면, 그렇다면 이 꿈이 의미하는 건 한 가지밖에 없어. 그는 나한테 자신을 떠올리게 한 거야! 그는 우리가 다시 만날 수 있다는 말을 하고 싶었던 거야. 그래, 우리는 곧 다시 만나게 될 거야!'

그렇게 온통 흥분한 상태로 마르가리타는 옷을 입었다. 그리고 정말이지 모든 것은 잘되어가고 있다고, 이 순간을 놓치지 말고 반드시 이용해야 한다고 스스로 용기를 북돋웠다. 남편은 사흘 예정으로 출장을 가고 없었다. 그 사흘 동안 그녀는 무엇이든 할 수 있다. 그녀가 무슨 생각을 하든, 어떤 공상을 하든, 그것을 방해하는 사람은 아무도 없을 것이다. 저택의 2층에 있는 방 다섯 개, 모스크바에 있는 수많은 사람들이 부러워하는 그 집 전체를 완전히 그녀 마음대로 할 수 있는 것이다.

하지만 사흘 동안 자유를 부여받은 마르가리타가 그 화려한 집에서 선택한 곳은 결코 좋은 장소가 아니었다. 차를 마시고 나서 그녀가 들어간 곳은 창문도 없는 어두운 방으로, 그 방 안에 있는 두 개의 커다란 벽장 속에는 여행 가방과 이런저런 낡은 물건들이 보관되어 있었다. 그녀는 벽장 앞에 쪼그리고 앉아 서랍을 열고 실크 천 조각 뭉치 밑에 있던, 그녀의 삶에 있어 유일하게 가치가 있는 물건을 꺼내 들었다. 마르가리타의 손에는 거장의 사진이 들어 있는 갈색 가죽으로 된 낡은 앨범과 만 루블이 들어 있는 거장 명의의 통장, 얇은 종잇장들 사이에 끼워진 마른 장미꽃잎들, 타자로 빽빽하게 쳐내려간, 그리고 아래쪽 끝부분이 타버린 원고의 일부가 들려 있었다.

그 소중한 물건들을 들고 침실로 돌아온 마르가리타 니콜라예브나는 삼면경 앞에 사진을 세우고 불길에 엉망이 된 원고를 무릎에 올려놓고는, 불에 타 시작도 끝도 없어져버린 종잇장을 넘기면서 한 시간가량을 꼼짝도 하지 않고 앉아 있었다. '……지중해에서 몰려온 어둠이 총독이 증오하는 도시를 뒤덮었다. 성전과 무시무시한 안토니우스 탑을 연결해주던 구름다리도 사라지고, 하늘에서부터 내려온 심연이 히포드롬 위의 날개 달린 신(神)들과 총안(銃眼)이 있는 하스몬 궁을, 저잣거리와 여관들, 골목과 연못들을 덮어버렸다. 거대한 도시 예르샬라임은 마치 세상에 존재하지 않았던 것처럼 사라져버렸다. 어둠이 예르샬라임과 그 외곽의 모

든 살아 있는 것들을 위협하며 모든 것을 삼켜버린 것이다…….'

마르가리타는 계속 읽고 싶었다. 하지만 그 뒤로는 시커멓게 타다 남은 들쭉날쭉한 귀퉁이 외에는 아무것도 없었다.

마르가리타 니콜라예브나는 눈물을 닦고, 원고 뭉치를 내려놓은 뒤 팔꿈치를 거울 아래 작은 테이블 위에 고였다. 그리고 사진에서 눈을 떼지 않은 채로 한참을 그렇게 앉아 있었다. 그러자 눈물도 말랐다. 마르가리타는 자신의 물건들을 가지런히 모았고, 몇 분 후 그 물건들은 다시 실크 천 조각들 아래 묻혔다. 그리고 찰칵거리는 소리와 함께 컴컴한 방에 자물쇠가 채워졌다.

마르가리타 니콜라예브나는 산책을 나가기 위해 현관에서 외투를 입었다. 그녀의 가정부인 아름다운 나타샤가 식사 준비는 뭘로 할지를 물었다. 이어 아무거나 상관없다는 대답을 들은 나타샤는 기다렸다는 듯 다음과 같은 이야기, 그러니까 어제 한 극장에서 마술사가 아주 기가 막힌 마술을 보여주고, 그 극장에 있던 사람들 모두에게 외제 향수 두 병과 스타킹을 공짜로 나누어주었는데, 글쎄 공연이 끝나고 나서 관객들이 거리로 나와 보니 다들 발가벗고 있더라는 이야기를 아주 신이 난 듯 자신의 여주인에게 해주었다. 마르가리타 니콜라예브나는 현관 거울 아래에 있는 의자에 주저앉아 웃음을 터트렸다.

"나타샤! 너 정말 부끄럽지도 않니?" 마르가리타 니콜라예브나가 말했다. "글도 읽을 줄 알고 똑똑한 아가씨가 어디서 사람들이 떠들어대는 말도 안 되는 소리를 듣고 와서 그걸 그대로 옮겨대다니!"

나타샤는 얼굴이 새빨개지도록 흥분을 하며 이건 절대 거짓말이 아니며, 자기가 오늘 아르바트에 있는 어떤 식료품 가게에서, 들어올 때 분명히 구두를 신고 있던 한 여시민이 계산대 앞에서 돈을 내려고 하는데 갑자기 구두가 사라져서 스타킹만 신고 서 있는 것을 자기 눈으로 똑똑히 봤다고 주장했다. 두 눈이 동그래지고 발뒤꿈치엔 구멍이 나 있었다고! 그러니까 그 구두는 어제 그 공연에서 받은 마술 구두였다고.

"그래서 그렇게 그냥 나갔어?"

"그렇다니까요!" 나타샤는 마르가리타가 자신의 말을 믿지 않고 있다는 생각에 얼굴이 점점 더 빨개지면서 소리쳤다. "정말이에요, 마르가리타 니콜라예브나. 어젯밤에 경찰이 사람들을 백 명이나 잡아갔대요. 그 공연이 끝나고 속바지만 입고 트베르스카야를 뛰어다니는 시민들을 말이에요."

"다 다리야가 해준 얘기겠지." 마르가리타 니콜라예브나가 말했다. "그 여자가 끔찍한 거짓말쟁이라는 거, 난 벌써부터 알고 있었어."

이 우스꽝스러운 대화는 나타샤에게 기분 좋은 선물이 돌아가는 걸로 끝났다. 마르가리타 니콜라예브나는 침실로 가서 스타킹과 오데콜롱 한 병을 들고 나왔다. 마르가리타 니콜라예브나는 자기도 요술을 보여주겠다고 말을 하고는 나타샤에게 스타킹과 향수병을 선물로 주면서, 대신 스타킹만 신고 트베르스카야를 뛰어다니거나 다리야의 말을 귀담아듣는 짓을 절대 하지 말 것을 당부했다. 여주인과 가정부는 키스를 나누고 헤어졌다.

잠시 후 마르가리타 니콜라예브나는 트롤리버스 의자의 편안하고 부드러운 등받이에 기댄 채 혼자 생각에 빠지기도 하고, 그녀 앞에 앉은 두 시민이 속삭이는 소리를 가만히 듣기도 하면서 아르바트를 지나고 있었다.

두 사람은 혹시 누가 자신들의 대화를 듣게 될까 걱정하듯 이따금씩 주위를 살피며 작은 소리로 뭔가 말도 안 되는 이야기를 나누고 있었다. 창가에 앉은 덩치가 크고 매서운 돼지 눈을 한 남자가 옆에 앉은 작은 남자에게 관에 검은 천을 씌워야 하게 되었다고 작은 소리로 말했다.

"말도 안 돼!" 작은 남자가 놀라면서 속삭였다. "어떻게 그런 일이……

그래서 젤디빈은 어떻게 한대?"

트롤리버스의 엔진음 사이로 창 쪽에서 다음과 같은 말이 들려왔다.

"수사국…… 스캔들…… 아, 정말 미스테리야!"

마르가리타 니콜라예브나는 이처럼 조각난 단어들을 겨우 끼워맞춰 다음과 같은 대화의 내용을 짐작할 수 있었다. 그들이 속삭이는 바에 따르면, 오늘 아침 고인의(그들은 그게 누구인지는 말하지 않았다) 관에서 머리를 도둑맞았다! 그래서 그 일 때문에 젤디빈이라는 자가 지금도 아주 흥분을 하고 있다. 그리고 트롤리버스에서 소곤대고 있는 두 남자 역시 머리를 도둑맞은 고인과 모종의 관계가 있다.

"꽃을 사러 갔다 올 시간이 될까?" 작은 남자가 걱정을 했다. "화장이 두 시라고 했지?"

도둑맞은 머리에 대한 밀담을 듣기도 지겨워지던 차에 내릴 때가 되었다는 것을 알고 마르가리타 니콜라예브나는 기뻐했다.

몇 분 후 마르가리타 니콜라예브나는 크레믈 성벽 아래 마네지³가 내려다보이는 벤치에 앉아 있었다.

마르가리타는 눈을 가늘게 뜨고 타오르는 태양을 바라보았다. 그리고 어젯밤 꿈과 정확히 일 년 전 오늘 이 시각, 이 벤치에 그와 나란히 앉아 있었던 것을 생각했다. 그날처럼 지금도 그녀가 앉은 벤치에는 검은 손가방이 놓여 있었다. 지금 그는 옆에 없지만, 그래도 마르가리타 니콜라예브나는 마음속으로 그와 이야기를 나누었다. '유형지로 보내진 거라면, 왜 소식을 전하지 않는 거죠? 다른 사람들은 소식을 전하기라도 하잖아요. 이제 나를 사랑하지 않는 건가요? 아니야, 그건 믿을 수 없어요. 그렇다면 당신은 유형지로 보내져서 죽었다는…… 그렇다면 제발 나를 놔줘요, 이제 나한테도 살아갈 자유를, 숨을 쉴 자유를 주세요!' 마르가리타 니콜라예브나는 그를 대신해서 대답했다. '당신은 자유예요…… 내가 당신을 붙잡고 있다는 겁니까?' 그리고 그녀는 다시 그를 반박했다. '아니, 어떻게 그렇게 말할 수가 있죠? 아니에요, 내 기억에서 떠나주세요. 그래야 나는 자유로워질 거예요.'

사람들이 마르가리타 니콜라예브나 옆을 지나갔다. 그리고 그중 한 남자가 흘끔거리며 그녀를 쳐다보았다. 그는 그녀의 아름다움과 그녀가 옷을 잘 차려입고 혼자 앉아 있다는 사실에 마음이 끌렸던 것이다. 그는 헛기침을 하더니 마르가리타 니콜라예브나가 앉아 있는 벤치 끝에 살짝 엉덩이를 걸쳤다. 그리고 숨을 한번 크게 몰아쉬고 나서 말했다.

"오늘은 확실히 날씨가 아주 좋군요……."

하지만 마르가리타가 어찌나 음울한 눈빛으로 그를 쳐다보았던지, 그는 황급히 일어나 그 자리를 떠나버렸다.

'이것 보라구요.' 마르가리타는 자신을 지배하고 있는 이에게 말했다. '내가 왜 저 남자를 쫓아버렸을까요? 나는 사는 게 지루하고, 저 난봉꾼은 '확실히'라는 바보 같은 말만 빼놓고는 그렇게 나쁘지도 않잖아요? 나는 왜 부엉이처럼 이 성벽 아래 혼자 앉아 있는 거죠? 왜 나는 삶에서 배제된 거죠?'

그녀는 슬픔에 빠져 고개를 숙였다. 그런데 그 순간 갑자기 아침의 바로 그 기대와 흥분의 파도가 그녀의 가슴으로 밀려왔다. '그래, 일어날 거야!' 물결은 다시 한 번 그녀에게로 밀려왔고, 그녀는 그 파도에서 어떤 소리가 나고 있음을 알았다. 도시의 소음 사이로 가까워지는 북소리와 함께 어딘가 음이 맞지 않는 나팔 소리가 점점 더 명료하게 들려왔다.

공원 울타리 옆으로 말을 탄 경관이 앞서 나타났고, 그 뒤를 이어 세 명의 경관이 걸어가고 있었다. 이어 연주자들을 태운 트럭이 천천히 지나갔으며, 그 뒤로 온통 화환으로 뒤덮인 관을 실은 장례용 무개차가 천천히 따라오고 있었다. 그 차의 네 모퉁이 발판 위에는 세 명의 남자와 한 명의 여자가 서 있었다.

마르가리타는 먼 거리에 있긴 했지만, 영구차 위에 서서 고인의 마지막 길을 배웅하고 있는 사람들의 얼굴이 왠지 이상하고 당혹스러운 표정을 짓고 있다는 것을 알아챌 수 있었다. 영구차의 뒤편 왼쪽 모퉁이에 서 있는 여자가 특히 심했다. 그 여자의 투실투실한 양 볼은 마치 뭔가 아주 흥미진진한 비밀로 가득 채워져 있는 것 같았고, 볼살에 밀려 가늘어진 두 눈에는 묘한 불꽃이 뛰놀고 있었다. 마치 금방이라도 참지 못하고 고인에게 눈짓을 하며 '당신 이런 일 본 적 있어요? 정말 미스테리라구요!'라고 말할 것만 같았다. 당혹스러운 얼굴을 하고 있기는 영구차를 따라 천천히 걸어가고 있는 삼백 명 가량의 다른 사람들도 마찬가지였다.

마르가리타는 눈으로 행렬을 쫓으며 멀리서 구슬픈 터키 북이 '둥, 둥, 둥' 하고 한결같은 소리를 내며 잦아드는 것을 가만히 듣고 있었다. 그리고 생각했다. '정말 이상한 장례식이야…… 저 '둥, 둥' 하는 소리에서도 이상한 슬픔이 느껴져! 아, 정말 그이가 살아 있는지 죽었는지, 그것만 알 수만 있다면, 악마에게 내 영혼이라도 맡길 텐데……! 도대체 저렇게 놀란 얼굴을 하고 누구의 장례를 치르는 걸까?'

"베를리오즈 미하일 알렉산드로비치." 옆에서 약간 비음이 섞인 남자의 목소리가 들려왔다. "마솔리트 회장의 장례식이지요."

마르가리타 니콜라예브나가 놀라서 몸을 돌리자, 그녀가 앉아 있는 벤치 끝에 한 시민이 앉아 있는 것이 보였다. 마르가리타가 장례 행렬을 보고 있는 사이에 슬그머니 와서 앉은 것이 분명했다. 그리고 그가 대답한 이유는 그녀가 자기도 모르게 마지막 질문을 소리 내서 말했기 때문이라고 생각할 수밖에 없었다.

그때 장례 행렬이 잠시 멈추었다. 선두가 신호에 걸린 모양이었다.

"그래요." 낯선 시민이 말을 이었다. "저 사람들 기분이 이상할 겁니다. 고인을 옮겨가면서도 생각은 한 가지뿐이지요, 머리는 어디로 간 걸까?"

"머리라니요?" 마르가리타는 갑자기 옆에 나타난 사람을 가만히 쳐다보면서 물었다. 그는 작은 키에 머리는 불꽃처럼 빨갛고, 송곳니 하나가 비어져나와 있었으며, 빳빳하게 풀을 먹인 셔츠에 줄무늬가 들어간 고급 양복을 입고, 에나멜 구두에 중산모를 쓰고 있었다. 넥타이는 야했다. 한가지 놀라운 것은 보통 남자들이 손수건이나 만년필을 꽂고 다니는 양복 윗주머니에 뼈만 남은 닭 뼈다귀가 비어져 나와 있다는 것이었다.

"예. 그러니까," 빨강 머리가 설명했다. "오늘 아침 그리보예도프 홀에 있던 관에서 고인의 머리를 도둑맞았답니다."

"어떻게 그런 일이?" 마르가리타는 자기도 모르게 물었다. 그리고 그와 동시에 트롤리버스에서 수군거리던 남자들의 얘기가 생각났다.

"어떻게 그랬는지는 악마가 알겠지요!" 빨강 머리는 지나치다 싶을 정도로 허물없이 대답을 했다. "베헤못한테 한번 물어보는 것도 나쁘진 않을 겁니다. 정말 놀랄 만큼 교묘하게 뜯어냈으니까요. 이런 스캔들이 또 어디 있겠습니까! 그런데 여기서 중요한 건 그 머리가 누구에게, 왜 필요했는지를 알 수가 없다는 겁니다!"

마르가리타 니콜라예브나가 아무리 자기 생각 속에 빠져 있었다 해도, 낯선 시민이 늘어놓는 그 이상한 이야기는 그녀를 놀라게 하기에 충분했다.

"잠깐만!" 그녀가 갑자기 소리를 질렀다. "어떤 베를리오즈요? 그러니까 오늘 신문에 난…….."

"그렇지요, 그렇습니다…….."

"그럼 저 관 뒤를 따라가고 있는 사람들은 문인들이겠군요?" 마르가리타가 물었다. 그리고 그녀는 갑자기 이를 드러냈다.

"그야 당연히 그렇지요!"

"그럼 당신은 저 사람들 얼굴도 다 알고 있나요?"

"한 사람도 빼놓지 않고." 빨강 머리가 대답했다.

"말해줘요." 마르가리타의 목소리가 낮아졌다. "저 사람들 중에 비평가 라툰스키는 없나요?"

"어떻게 그 사람이 없을 수가 있겠습니까?" 빨강 머리가 대답했다. "저기 끝에서 네번째 줄에 있군요."

"저 금발 머리 말인가요?" 마르가리타는 눈을 가늘게 뜨며 물었다.

"잿빛이죠…… 보세요, 지금 눈을 들어서 하늘을 올려다보고 있군요."

"신부처럼 생긴 저 사람 말인가요?"

"그렇지요!"

마르가리타는 더 이상 아무것도 묻지 않았다. 그녀는 라툰스키를 뚫어지게 바라보고 있었다.

"제가 보기에 당신은," 빨강 머리가 미소를 지으며 입을 열었다. "저 라툰스키라는 자를 몹시 싫어하시는 것 같군요."

"싫어하는 사람이 또 있지요." 마르가리타는 이를 악물며 대답했다. "하지만 그 얘긴 재미없을 거예요."

그사이 행렬은 다시 움직였고, 걸어가는 사람들 뒤로 자동차들이 길게 이어졌다. 차에는 대부분 사람들이 타고 있지 않았다.

"하기야 흥미로울 게 뭐가 있겠습니까, 마르가리타 니콜라예브나!"

마르가리타는 깜짝 놀랐다.

"저를 아세요?"

대답 대신 빨강 머리는 중산모를 벗어 팔을 쭉 펴며 인사를 했다.

'정말 날강도같이 생겼어!' 마르가리타는 난데없이 길에서 이야기를 나누게 된 상대방을 가만히 쳐다보면서 생각했다.

"저는 당신을 모르는데요." 마르가리타는 냉정하게 말했다.

"당신이 어떻게 저를 아시겠습니까? 그건 그렇고, 저는 중요한 일로 당신을 찾아온 것입니다."

마르가리타는 얼굴이 하얘지면서 뒤로 물러섰다.

"그럼 그 얘기부터 했어야지요." 그녀가 말했다. "쓸데없이 잘려진 목이 어쩌니 저쩌니 하지 말고! 나를 체포하려고 온 건가요?"

"그렇지 않습니다." 빨강 머리가 언성을 높였다. "이건 도대체 누가 무슨 말만 하면 죄다 자기를 체포하러 온 줄 알고 있으니! 나는 그저 당신에게 용무가 있을 뿐입니다."

"그게 무슨 소리죠? 용무라니요?"

빨강 머리는 주위를 한번 둘러보더니 비밀스럽게 말했다.

"제가 당신을 찾아온 것은 오늘 저녁 당신을 초대하기 위해서입니다."

"지금 무슨 소리를 하는 거예요, 초대라니요?"

"아주 저명하신 외국인께서 당신을 초대하셨습니다." 빨강 머리는 눈을 찡긋거리며 의미심장하게 말했다.

마르가리타는 화가 있는 대로 치밀어올랐다.

"새로운 족속들이 나타나셨군, 거리의 뚜쟁이라!" 그녀는 일어나 가버리려고 하면서 말했다.

"그런 임무까지 맡겨주시다니 정말 감사하군요!" 빨강 머리가 모욕감에 소리를 질렀다. 그리고 등을 돌리고 가는 마르가리타를 향해 구시렁거렸다. "멍청하긴!"

"협잡꾼!" 그녀가 그렇게 대꾸하고는 다시 돌아서서 가려는데 등 뒤에서 빨강 머리의 목소리가 들려왔다. "지중해에서 몰려온 어둠이 총독이 증오하는 도시를 뒤덮었다. 성전과 무시무시한 안토니우스 탑을 연결해주던 구름다리도 사라지고, 하늘에서부터 내려온 심연이 히포드롬 위의 날개 달린 신들과 총안이 있는 하스몬 궁을, 저잣거리와 여관들, 골목과 연못들을 덮어버렸다. 거대한 도시 예르샬라임은 마치 세상에 존재하지 않았던 것처럼 사라져버렸다. 어둠이 예르샬라임과 그 외곽의 모든 살아 있는 것들을 위협하며 모든 것을 삼켜버린 것이다…… 그래 다 타버린 원고 뭉치에 바싹 마른 장미나 붙들고 어디 한번 잘 살아보라고! 이 벤치에 혼자 앉아서 그 사람에게 당신을 자유롭게 해달라고, 숨을 쉬게 해주고, 기억에서 떠나달라고 애원이나 하면서 말이야!"

마르가리타는 얼굴이 하얗게 되어 벤치로 돌아왔다. 빨강 머리는 눈을 가늘게 뜨며 그녀를 바라보았다.

"이해할 수 없어요." 마르가리타 니콜라예브나가 작은 소리로 말했다. "원고 얘긴 알 수도 있어요…… 몰래 들어와서 뒤져보고 갔을 수도 있으니까…… 나타샤를 매수했나요? 하지만 내 생각을 어떻게 알아낸 거죠?" 그녀는 고통스럽게 얼굴을 일그러뜨리며 말을 이었다. "말해줘요, 당신은 누구시죠? 어떤 기관에서 나온 거죠?"

"정말 지겹군." 빨강 머리가 중얼거렸다. 그리고 큰 소리로 말하기 시작했다. "이것 봐요! 내가 벌써 말했잖습니까, 난 어떤 기관에서 나온 게 아니라고! 좀 앉아봐요."

마르가리타는 무조건 미안하다고 했다. 하지만 앉으면서 그녀는 다시 물었다.

"당신은 누구시죠?"

"좋아요, 좋아. 내 이름은 아자젤로입니다. 하지만 그건 당신한테 아무것도 말해주지 않을 겁니다."

"원고와 내 생각은 어떻게 알아낸 거죠?"

"그 얘긴 하지 않겠습니다." 아자젤로는 냉정하게 대답했다.

"하지만 그 사람에 대해 뭔가 알고 있는 거죠?" 마르가리타는 애원하듯 속삭였다.

"글쎄 알고 있다고 해야겠지요."

"제발, 한 가지만 말해주세요. 살아 있나요? 제발 나를 괴롭히지 말아줘요!"

"글쎄, 살아 있어요, 살아 있지요." 아자젤로는 내키지 않는다는 듯 대답을 해주었다.

"오, 하느님!"

"이것 봐요. 흥분하지 말고 소리 좀 지르지 말고 얘기합시다." 아자젤로가 인상을 찌푸리며 말했다.

"죄송해요, 죄송해요." 이제 고분고분해진 마르가리타가 중얼거렸다. "제가 당신한테 화를 냈었죠. 하지만 길거리에서 여자한테 어디로 초대하겠다고 하는데 어떻게…… 편견 같은 건 없어요. 정말이에요." 마르가리타는 억지로 웃음을 지어 보였다. "하지만 난 외국인은 한번도 본 적이 없고, 외국인들하고 사귀어보고 싶다는 생각은 한번도…… 게다가 제 남편은…… 전 불행하게도 사랑하지 않는 남자와 살고 있어요. 하지만 그의 인생을 망치는 건 좋지 않은 일이라고 생각해요. 그 사람은 나한테 정말 잘해주었는데……."

지루해 죽겠다는 듯한 표정으로 이 두서없는 얘기를 다 듣고 나서 아자젤로가 단호하게 말했다.

352

"제발 가만히 좀 있어봐요."

마르가리타는 얌전히 그의 말대로 했다.

"당신을 초대하신 외국인은 전혀 위험하지 않은 분입니다. 그리고 그 방문에 대해서는 누구도 알지 못할 것입니다. 거기에 대해선 맹세할 수 있습니다."

"그 외국인은 내가 왜 필요한 거죠?" 마르가리타가 조심스럽게 물었다.

"그건 나중에 아시게 될 겁니다."

"그렇군요…… 제가 그 외국인에게 모든 걸 바쳐야 하는 거겠죠." 마르가리타가 생각에 잠기며 말했다.

그러자 아자젤로가 거만하게 '흐음' 하고 소리를 내더니 이렇게 대답했다.

"단언컨대, 그건 세상 모든 여자들이 바라는 걸거요." 옅은 웃음이 아자젤로의 얼굴을 일그러뜨렸다. "그런데 실망시켜드려서 죄송하지만, 그런 일은 없을 겁니다."

"그럼 도대체 어떤 외국인이죠?!" 당황한 마르가리타가 어찌나 큰 소리로 말했던지, 벤치 옆을 지나가던 사람들이 그녀를 돌아보았다. "그 외국인한테 가면 저한테는 어떤 이득이 있는 거죠?"

"글쎄, 아주 큰 이득이 있을 겁니다…… 당신이 기회만 잡는다면……."

"뭐라고요?" 마르가리타가 탄성을 질렀다. 그녀의 두 눈이 동그래졌다. "내가 제대로 이해한 거라면, 그 말은 내가 거기에 가면, 그이에 대한 소식을 알 수 있을 거라는 건가요?"

아자젤로가 조용히 고개를 끄덕였다.

"가겠어요!" 마르가리타는 힘을 주어 외쳤다. 그리고 아자젤로의 팔을 붙잡았다. "어디라도 가겠어요!"

아자젤로는 안도의 한숨을 내쉬며 벤치 등받이로 몸을 젖혀 벤치에 큼직하게 새겨진 '뉴라'라는 이름을 가렸다. 그리고 빈정대듯 말하기 시작했다.

"여자들이란 정말 다루기 어려운 종족이라니까!" 그는 손을 주머니에 찔러 넣고 다리를 앞으로 쭉 뻗었다. "도대체 왜 이런 일에 나를 보낸 거야? 베헤못을 보냈어야 했는데, 베헤못이 매력도 있고⋯⋯."

마르가리타가 씁쓸한 미소로 얼굴을 일그러뜨리며 말했다.

"더 이상 그런 혼란스럽고 수수께끼 같은 말로 나를 괴롭히지 마세요⋯⋯ 나는 불행한 사람이고, 당신은 그걸 이용하고 있어요. 하지만 내가 이렇게 이상한 일로 끌려들어가는 건, 맹세컨대, 당신이 그이에 대한 말로 날 유혹했기 때문이에요! 나는 이 모든 이해할 수 없는 일들로 머리가 어지러울 지경이에요⋯⋯."

"제발 무슨 연극하듯이 그런 식으로 말하지 좀 말아요." 아자젤로가 얼굴을 일그러뜨리며 말했다. "내 입장도 생각을 해줘야지. 총무부장의 낯짝을 갈겨준다든지, 아니면 고모부를 집에서 내쫓는다든지, 그것도 아니면 누굴 암살한다든지, 그런 일이 내 전문이란 말입니다. 사랑에 빠진 여자들하고 얘기하는 건 정말 질색이라고요! 당신을 설득하느라고 벌써 삼십 분째 내가 이러고 있지 않습니까. 한마디만 분명하게 하세요. 그래서 가실 겁니까?"

"가겠어요." 마르가리타 니콜라예브나는 분명하게 대답했다.

"그럼 이걸 받으세요." 아자젤로가 말했다. 그리고 주머니에서 금으로 만든 동그란 상자를 꺼내더니 다음과 같이 말하며 마르가리타에게 내밀었다. "어서 집어넣어요. 지나가는 사람들이 보잖아요. 당신한테 필요할 겁니다. 마르가리타 니콜라예브나, 당신은 최근 반년 동안 슬픔으로 인해 아주 늙어버렸어요." 마르가리타는 얼굴이 달아올랐다. 하지만 그녀는 아무 말도 하지 않았고, 아자젤로는 계속해서 말했다. "오늘 저녁 정확히 아홉 시 반에 옷을 다 벗고, 이 기름을 얼굴과 몸 전체에 바르세요. 그다음엔 하고 싶은 대로 해도 좋아요. 단, 전화기에서 떨어져 있진 마세요. 열 시에 내가 당신한테 전화를 걸어서 필요한 모든 걸 말씀드리겠습니다. 당신이 따로 신경 쓸 것은 아무것도 없습니다. 필요한 건 모두 갖다드릴 테니, 아무 걱정도 하지 마십시오. 무슨 말인지 알겠지요?"

마르가리타는 잠시 아무 말도 하지 않았다. 그리고 대답했다.

"알겠어요. 순금으로 만들어진 거로군요. 묵직한 걸 보면 알 수 있어요. 달리 제가 어떻게 하겠어요. 나도 잘 알아요. 날 매수해서 뭔가 어두운 일에 끌어들이려는 거겠지요. 나는 그 대가로 많이 울게 될 거고."

"뭐야 이건 또," 아자젤로가 씩씩거리기 시작했다. "또 시작이요……?"

"아니에요, 잠깐만요!"

"그 크림 이리 내놔요!"

마르가리타는 손에 든 상자를 꼭 쥐고 계속해서 말했다.

"아니에요, 잠깐만요…… 나는 내가 어디로 가게 되는 건지 알고 있어요. 하지만 내가 그 사람 때문에 그 어떤 길이라도 가려는 건 나에겐 더 이상 아무런 희망도 없기 때문이에요. 하지만 이것만은 당신한테 말하고 싶어요. 만약 당신이 나를 파멸시킨다면, 당신은 부끄러워질 거예요. 그래요, 부끄러워질 거예요! 나는 사랑 때문에 파멸하는 거예요!" 그리고 자신의 가슴을 두드리며 마르가리타는 태양을 올려다보았다.

"이리 내놓으라니까." 잔뜩 화가 난 아자젤로가 소리를 질렀다. "이리 내놔요. 빌어먹을! 베헤못을 보내라고 해!"

"오, 아니에요!" 마르가리타는 지나가는 사람들이 놀랄 정도로 크게 소리를 질렀다. "뭐든 다 하겠어요. 기름을 바르는 코미디도 하고, 어떤 곳이라도 가겠어요! 하지만 이건 돌려줄 수 없어요!"

"앗!" 갑자기 아자젤로가 외쳤다. 그리고 공원의 울타리 쪽을 향해 눈을 커다랗게 뜨고는 손가락으로 어딘가를 가리켰다.

마르가리타는 아자젤로가 가리키는 쪽으로 몸을 돌렸다. 하지만 거기에는 놀랄 만한 것이라곤 아무것도 없었다. 도대체 왜 소리를 지른 건지 물어보려고 아자젤로 쪽을 돌아보았을 때, 그 자리엔 아무도 없었다. 마르가리타 니콜라예브나의 비밀스러운 이야기 상대는 사라졌다.

마르가리타는 재빨리 가방에 손을 집어넣어 사내가 소리를 지르기 전 황급히 숨겼던 상자가 안에 있는지를 확인했다. 마르가리타는 더 이상 아무 생각도 하지 않았고, 도망치듯 서둘러 알렉산드롭스키 공원을 빠져나왔다.

제20장
아자젤로의 크림

맑은 저녁 하늘에 걸린 둥근 보름달이 단풍나무 가지 사이로 보였다. 보리수나무와 아카시아나무들이 그 달빛을 받아 정원 마당에 어지러운 얼룩들을 그려놓았다. 정원으로 난 삼면 퇴창은 열려진 채로 커튼이 내려져 있었으며, 강렬한 전기 불빛을 내뿜고 있었다. 마르가리타 니콜라예브나의 침실에는 불이란 불은 모두 켜져 있었고, 그 불빛들은 정신없이 어질러져 있는 방 안의 모습을 고스란히 드러냈다.

침대 위 담요 위에는 속바지와 스타킹, 속옷이 널려 있었고, 바닥에도 아무렇게나 벗어 뭉쳐놓은 속옷과 홍분으로 구겨놓은 담뱃갑이 뒹굴고 있었다. 침대 옆 탁자에는 슬리퍼와 함께 다 마시지 않은 커피 잔과 재떨이가 놓여 있었으며, 재떨이에서는 꽁초가 아직 연기를 피우고 있었다. 의자 등받이에는 검은 이브닝드레스가 걸려 있었고, 방 안에서는 향수 냄새가 났으며, 어딘가에서 뜨겁게 달구어진 다리미 냄새가 불어오기도 했다.

마르가리타 니콜라예브나는 알몸에 목욕 가운 하나만 걸친 채로 검은 양가죽 슬리퍼를 신고 창문 사이 벽에 걸린 긴 거울 앞에 앉아 있었다. 마르가리타 니콜라예브나 앞에는 아자젤로에게 받은 작은 상자와 작은 시계가 달린 금팔찌가 놓여 있었다. 마르가리타는 시계 판에서 눈을 떼지 않았고, 시계가 고장나서 바늘이 움직이지 않는 것 같다는 생각을 하기도 했다. 그러나 아주 느리기는 했지만 시곗바늘은 움직이고 있었고, 마치 풀로 붙여놓은 것만 같던 긴 바늘이 마침내 9시 29분을 가리켰다. 그러자 마르가르타의 심장이 그 작은 상자를 한번에 잡지 못할 정도로 무섭게 뛰기 시작했다. 마르가리타는 흥분을 억누르며 상자를 열었다. 상자 안에는 기름기가 도는 누런 크림이 들어 있었다. 늪의 개흙 냄새가 나는 것 같았다. 손가락 끝으로 크림을 살짝 떠서 손바닥에 덜자 늪지의 풀과 숲 냄새가 더욱 강하게 풍겼다. 마르가리타는 손바닥의 크림을 이마와 뺨에 문지르기 시작했다.

크림이 너무 잘 스며들어 다 증발된 것이 아닐까 하는 생각이 들기도 했다. 그렇게 몇 번을 더 문지른 뒤 거울을 바라본 마르가리타는 상자를 시계 유리판 위로 떨어뜨렸다. 유리 위에 미세한 금들이 하얗게 뒤덮였다. 마르가리타는 눈을 감았다. 그리고 잠시 후 다시 한 번 거울 속의 자신을 바라보고는 미친 듯이 깔깔거리며 웃기 시작했다.

핀셋으로 가늘게 정리해두었던 눈썹이 짙게 자라, 어느새 초록빛이 된 눈동자 위로 검은 아치를 그리며 누워 있었다. 거장이 사라져버린 시월 생겨난 양미간의 가는 주름은 흔적도 없이 사라졌고, 관자놀이께의 누런 반점들도, 눈 밑으로 살짝 보이던 두 개의 가는 주름도 사라지고 없었다. 뺨은 고른 장밋빛으로 흘러넘쳤고, 이마는 하얗고 깨끗해져 있었으며, 미장원에서 말아 올린 머리는 풀어져 있었다.

거울 속에서 자연스럽게 구불거리는 검은 머리에 스무 살쯤 되어 보이는 여자가 참지 못하겠다는 듯 이를 드러내고 깔깔거리면서 서른 살의 마르가리타를 쳐다보고 있었다.

그렇게 한참을 깔깔거리고 웃던 마르가리타는 가운을 벗어던지고는 가볍고 기름진 그 크림을 한 움큼 떠서, 붓을 휘두르듯 있는 힘껏 온몸에 바르기 시작했다. 그녀의 몸은 순식간에 장밋빛으로 타올랐다. 알렉산드롭스키 공원에서 아자젤로를 만난 이후 저녁 내내 지끈거리던 관자놀이가 마치 머릿속에 박혀 있던 바늘을 뽑아내기라도 한 것처럼 순식간에 맑아졌고, 팔과 다리의 근육이 탄탄해졌으며, 무엇보다도 마르가리타의 몸이 놀랍도록 가벼워졌다.

그녀가 살짝 뛰어오르자 그녀의 몸이 카펫 위 공중으로 떠올랐고, 잠시 후 뭔가 아래로 잡아당기는 느낌과 함께 그녀의 몸이 천천히 바닥으로 내려졌다.

"아, 정말 멋진 크림이야! 정말 멋진 크림이야!" 마르가리타는 안락의자에 몸을 던지며 소리쳤다.

크림은 그녀의 외모만 바꾼 것이 아니었다. 그녀의 몸 구석구석에서 기쁨이 터져나왔고, 그녀는 자신의 몸 전체를 전율시키는 거품과도 같은 그 기쁨을 느꼈다. 마르가리타는 자유로운 자신을, 모든 것으로부터 해방된 자신을 느꼈다. 그뿐만 아니라 그녀는 아침까지만 해도 예감으로만 느껴지던 일들이 마침내 일어났으며, 자신이 이 저택을, 예전의 삶을 영원히 버리게 될 것이라는 사실을 분명히 깨달았다. 하지만 그 와중에도 여전히 그녀의 머릿속을 맴도는 것이 있었다. 그녀를 위로, 허공으로 잡아당기고 있는 뭔가 새롭고 특별한 것을 시작하기에 앞서 마지막 의무를 다해야 한다는 생각이 들었던 것이다. 그녀는 벌거벗은 채 침실에서 곧바로 남편의 서재로 뛰어가 불을 켜고 책상에 앉았다. 그러고는 노트에서 종이 한 장을 찢어 그 위에 연필로 큼지막하게 다음과 같은 메모를 단숨에 써

내려갔다.

저를 용서하세요. 그리고 가능한 한 빨리 잊어주세요. 저는 당신을 영원히 떠납니다. 찾지 마세요. 소용없을 거예요. 저는 저를 덮친 슬픔과 불행으로 마녀가 되었습니다. 이제 가야 할 시간입니다. 안녕.

마르가리타

마르가리타는 이제 홀가분한 마음이 되어 침실로 날아갔고, 바로 그때 옷가지를 잔뜩 부둥켜안고서 나타샤가 침실로 뛰어 들어왔다. 그리고 그 순간 그 모든 옷가지들, 드레스가 걸려 있는 나무 옷걸이와 레이스가 달린 스카프, 십자 틀에 끼워진 파란색 실크 슬리퍼와 벨트가 한꺼번에 바닥에 떨어졌고, 나타샤는 빈손을 들어 올리며 손바닥을 마주쳤다.

"어때, 멋지지?" 마르가리타 니콜라예브나가 쉬어 갈라지는 목소리로 소리쳤다.

"대체 어떻게 된 거예요?" 나타샤는 한 발짝 뒤로 물러서며 조그만 소리로 속삭이듯 말했다. "어떻게 하신 거예요, 마르가리타 니콜라예브나?"

"저 크림! 크림 덕분이지, 크림!" 마르가리타는 거울 앞으로 몸을 돌려 번쩍거리는 황금빛 상자를 가리키며 대답했다.

나타샤는 바닥을 뒹굴고 있는 구겨진 옷가지들도 잊은 채 긴 거울 앞으로 달려가 탐욕스럽게 타오르는 눈으로 남아 있는 크림을 뚫어지게 바라보았다. 그녀의 입술이 무슨 말인가를 속삭이고 있었다. 그녀는 다시 마르가리타 쪽을 돌아보며 마음 깊은 곳에서부터 우러난 존경 어린 목소리로 말했다.

"피부가! 피부가 정말! 마르가리타 니콜라예브나, 피부에서 빛이 나요!" 하지만 그 순간 정신을 차린 그녀는 옷가지가 떨어진 곳으로 뛰어가 옷들을 주워 올리며 먼지를 털어냈다.

"내버려둬! 내버려둬!" 마르가리타가 그녀에게 소리쳤다. "다 악마한 테 던져버려! 아니, 그럴 게 아니라, 그건 네가 기념으로 가져. 이별 선물 이야. 이 방에 있는 건 다 가져도 좋아!"

나타샤는 머리가 멍해진 듯 한동안 꼼짝도 하지 않고 서서 마르가리 타를 쳐다보더니, 갑자기 그녀의 목에 매달려 키스를 하며 소리쳤다.

"비단 같아요! 빛이 나요! 비단처럼! 이 눈썹, 눈썹 좀 보세요!"

"이 지저분한 것들도 다 가져가. 향수도 가져가고. 네 트렁크에다 숨 겨놔." 마르가리타가 소리쳤다. "하지만 보석은 안 돼. 도둑으로 몰릴지 도 모르니까!"

나타샤는 손에 걸리는 대로 옷가지며, 슬리퍼, 스타킹, 속옷을 잔뜩 움켜쥐고 쏜살같이 침실에서 뛰어나갔다.

그때 골목길 반대편 어딘가 열려진 창문에서 멋진 왈츠가 뇌성처럼 터 져 나왔고, 저택 입구에 도착한 자동차의 엔진 소리가 들렸다.

"곧 아자젤로가 전화할 거야!" 골목길을 가득 채우고 있는 왈츠를 들 으면서 마르가리타가 기쁨에 찬 소리를 질렀다. "그가 전화를 할 거야! 외국인은 위험하지 않아. 그래, 난 이제 알겠어. 그는 위험하지 않아!"

입구에서 멀어지는 자동차의 소음이 들려왔고, 이어 정원으로 난 문 이 열리고, 포석을 걷는 발자국 소리가 들렸다.

'니콜라이 이바노비치로군. 발자국 소리만 들어도 알 수 있어.' 마르 가리타는 생각했다. '작별 인사로 재미있는 장난을 좀 쳐야겠다.'

마르가리타는 커튼을 한쪽으로 젖히고 창턱에 옆으로 올라앉아 손으 로 무릎을 감싸 쥐었다. 달빛이 그녀의 오른쪽 몸을 은은하게 비추었다.

마르가리타는 달을 향해 고개를 들고 생각에 잠긴 듯 시적인 표정을 지어 보였다. 발자국 소리가 다시 두 번인가 더 울리더니 갑자기 조용해졌다. 달의 아름다운 모습을 한 번 더 만끽한 후, 짐짓 한숨을 짓고 나서 마르가리타는 정원 쪽으로 고개를 돌려 니콜라이 이바노비치를 똑바로 쳐다보았다. 니콜라이 이바노비치는 그 저택 아래층에 사는 남자였다. 달빛이 니콜라이 이바노비치를 환하게 비추고 있었다. 그는 벤치에 앉아 있었는데, 엉겁결에 주저앉은 것이 분명했다. 그의 얼굴에 걸린 코안경이 약간 비뚤어져 있었고, 두 손으로 서류가방을 꼭 쥐고 있었다.

"아, 안녕하세요, 니콜라이 이바노비치." 마르가리타가 슬픔에 잠긴 듯한 목소리로 말했다. "좋은 밤이네요! 회의에 갔다 오시나 보죠?"

니콜라이 이바노비치는 아무 대답도 하지 못했다.

"저는," 마르가리타는 정원 쪽으로 몸을 더 숙이며 계속해서 말했다. "보시다시피, 이렇게 혼자 앉아서 울적해하고 있어요. 달을 바라보고 왈츠를 들으면서."

마르가리타는 왼손으로 머리카락을 매만지기도 하고 관자놀이를 건드리기도 했다. 그리고 잠시 후 잔뜩 화가 난 목소리로 말했다.

"정말 무례하시군요, 니콜라이 이바노비치! 어쨌든 나도 여잔데! 이렇게 말을 붙이는데 아무 대답도 하지 않으시다니!"

달빛을 받아 회색 조끼의 단추 하나하나까지, 옅은 삼각수염의 한 올한 올까지 모두 환하게 드러낸 니콜라이 이바노비치가 갑자기 음흉한 미소를 짓고는 의자에서 일어났다. 그리고 당황하여 분명 제정신이 아닌 듯, 모자를 벗어 인사를 하는 대신 서류가방을 한쪽으로 흔들면서 마치 펄쩍대며 춤이라도 출 것처럼 다리를 구부렸다.

"아, 정말 당신은 쳐다보기도 지겨운 인간이야, 니콜라이 이바노비치!" 마르가리타는 계속해서 말했다. "하긴 당신은 언제나 날 지루하게 만들었지, 말로 다 표현할 수 없을 정도로. 이렇게 헤어지게 돼서 내가 얼마나 행복한지! 이제 그만 저리 꺼져!"

그때 마르가리타의 등 뒤로 침실에서 전화벨 소리가 울렸다. 마르가리타는 니콜라이 이바노비치는 잊어버린 채로 재빨리 창턱에서 내려와 수화기를 움켜쥐었다.

"아자젤로입니다." 수화기 속 목소리가 말했다.

"오, 다정한 사람, 아자젤로!" 마르가리타가 소리를 질렀다.

"시간이 되었습니다! 날아서 나오세요." 수화기 안에서 아자젤로가 말했다. 그의 말투로 보아 마르가리타의 진심 어린 환호성이 그를 기쁘게 한 것이 틀림없었다. "현관 위를 날아오르실 때 '나는 보이지 않는다!' 하고 외치세요. 그리고 좀 익숙해지도록 도시 위를 날아보세요. 그런 다음 남쪽으로 도시를 빠져나와 곧장 강으로 오시면 됩니다. 기다리고 있겠습니다!"

마르가리타는 수화기를 내려놓았다. 그때 옆방에서 뭔가 둔탁한 나무 같은 것이 문에 부딪히는 소리가 들렸다. 마르가리타가 문을 열자 빗자루가 춤을 추며 침실로 날아 들어왔다. 빗자루는 자루 끝으로 바닥을 튕기며 타박타박 걷더니 창 쪽으로 돌진했다. 마르가리타는 기쁨으로 비명을 지르며 빗자루 위로 뛰어 올라탔다. 그리고 그제야 정신이 없어 옷 입는 걸 잊었다는 생각이 들었다. 그녀는 재빨리 침대 앞으로 달려가 손에 잡히는 대로 하늘색 슬립을 집어 들었다. 그러고는 마치 군기를 휘두르듯 슬립을 휘두르며 창밖으로 날아갔다. 정원 위로 왈츠가 더욱 강하게 터져 나오고 있었다.

창 아래로 미끄러져 나온 마르가리타는 벤치에 앉아 있는 니콜라이 이바노비치를 보았다. 그는 마치 온몸이 굳어버린 사람처럼 완전히 넋을 잃고 앉아, 위층의 불이 밝혀진 침실에서 들려오는 비명과 외침 소리에 귀를 기울이고 있었다.

"잘 있어요, 니콜라이 이바노비치!" 마르가리타는 니콜라이 이바노비치 앞에서 춤을 추며 소리를 질렀다.

니콜라이 이바노비치는 '아' 하는 신음 소리와 함께 의자에서 미끄러졌다. 그는 간신히 양손으로 의자를 붙잡았지만, 그의 서류가방은 바닥에 떨어지고 말았다.

"영원히 작별이에요! 난 떠나요!" 마르가리타는 왈츠가 묻힐 만큼 큰 소리로 말했다. 그리고 이제 슬립 같은 건 아무 쓸모가 없다는 생각이 들자, 그녀는 음흉하게 깔깔거리며 니콜라이 이바노비치의 머리에 슬립을 씌워버렸다. 눈앞이 보이지 않게 된 니콜라이 이바노비치는 포석 위로 쿵 하는 소리와 함께 주저앉았다.

마르가리타는 마지막으로 자신이 그토록 오랫동안 괴로워하며 지냈던 저택을 보기 위해 몸을 돌렸다. 불빛이 타오르는 창가에 놀라움으로 일그러진 나타샤의 얼굴이 보였다.

"잘 있어, 나타샤!" 마르가리타는 그렇게 소리치고 나서 빗자루를 위로 치켜 올렸다. "보이지 않는다! 나는 보이지 않는다!" 그녀는 더욱 크게 소리를 질렀고, 그녀의 얼굴을 할퀴는 단풍나무 가지들 사이를 지나고 대문을 가로질러 골목길로 날아올랐다. 그녀의 뒤를 따라 완전히 광란에 빠진 왈츠도 날아갔다.

제21장

하늘을 날다

보이지 않고, 자유롭다! 보이지 않고, 자유롭다! 집 앞 골목길을 따라 날아오른 마르가리타는 맞은편 모퉁이에서 길을 꺾었다. 헝겊을 덧대 꿰매놓은 듯 구불구불 이어진 그 골목 한쪽으로 가느다란 병에 담긴 기생충 약과 사발로 등유를 파는 기름 가게의 문이 비스듬히 열려 있는 것이 보였다. 마르가리타는 순식간에 그 골목을 가로지르며, 완전히 자유롭고 보이지 않지만 그래도 조금은 정신을 차리고 있어야겠다는 생각을 했다. 기적적으로 속도를 늦추었기에 망정이지 하마터면 모퉁이에 있는 낡고 휘어진 가로등에 그대로 부딪힐 뻔한 것이다. 가로등을 피해 날면서 마르가리타는 빗자루를 더 꽉 잡았고, 인도를 가로질러 걸려 있는 전깃줄과 간판들에 걸리지 않도록 좀더 천천히 날았다.

다음 골목은 곧장 아르바트로 나 있었다. 이제 빗자루를 다루는 것에 완전히 익숙해진 마르가리타는 손이나 발을 아주 조금만 움직여도 빗자루가 따라 움직인다는 것, 그리고 도시 위를 날 때는 아주 조심해야 하며 너무 흥분을 해서는 안 된다는 것을 알게 되었다. 사람들 눈에 그녀가 보이지 않는다는 것도 분명했다. 고개를 들어 '저것 봐, 저것 좀 봐!' 하고 소리치는 사람은 한 사람도 없었으며, 한쪽으로 물러서지도 비명을 지르지도 기절을 하지도 않았고, 낄낄거리며 웃는 사람도 없었다.

마르가리타는 소리 없이 천천히 2층 건물 정도의 높이로 날고 있었다. 하지만 그렇게 천천히 날고 있었음에도 불구하고, 눈이 부시도록 불이 밝혀진 아르바트 초입에서 휘청하고는 바람에 화살이 그려진 둥근 조명판에 어깨를 부딪혔다. 그러자 화가 난 마르가리타는 빗자루를 세우고 옆으로 물러서는가 싶더니, 난데없이 둥근 판으로 달려들어 빗자루 끝부분으로 조명판을 산산조각 내버렸다. 요란한 소리와 함께 부서진 간판의 조각들이 떨어지자 지나가던 사람들이 저만큼씩 물러섰고, 어딘가에서 호루라기 소리가 났으며, 안 해도 될 짓을 하고 난 마르가리타는 깔깔대며 웃었다. '아르바트에서는 좀더 조심해야겠어.' 마르가리타는 생각했다. '여긴 완전히 얽혀 있어서 도무지 분간이 안 되니까.' 그녀는 전깃줄 사이를 절묘하게 헤치며 빠른 속도로 내려갔다. 마르가리타 아래로 트롤리버스와 버스, 자동차들의 지붕들이 떠다니고, 그 옆 인도에는 챙 모자들이 강물처럼 흘러가고 있었다. 그리고 그 강가에서 갈라져나온 작은 물줄기들이 끊임없이 불구덩이 같은 밤의 가게들로 흘러들었다.

'에잇, 정말 난장판이군!' 마르가리타는 화를 내며 생각했다. '여기선 방향을 틀 수가 없겠어.' 그녀는 아르바트를 가로질러 좀더 높이, 4층 정도의 높이로 올라갔다. 그리고 길모퉁이의 극장 건물 위로 번쩍이는 나팔들을 지나 높은 건물들이 늘어선 좁은 골목으로 헤엄쳐 갔다. 그 높은 건물들의 창은 모두 열려 있었고, 창마다 라디오에서 흘러나오는 음악 소리가 들렸다. 호기심이 발동한 마르가리타는 그중 한 창문 안쪽을 들여다보았다. 부엌이 보였다. 조리대 위에서는 버너 두 개가 괴성을 지르고 있었고, 그 옆으로 두 여자가 손에 수저를 든 채로 서로 욕을 하고 있었다.

"펠라게야 페트로브나, 화장실 갈 땐 불을 끄고 가야 한다고 내가 몇 번을 얘기했어요." 뭔가 부글부글 끓고 있는 냄비 앞에 서 있던 여자가 말했다. "계속 이런 식으로 나오면 방을 빼게 될 줄 알아요!"

"잘났어, 정말." 다른 여자가 말했다.

"둘 다 잘났어." 창턱을 넘어 부엌으로 들어간 마르가리타가 큰 소리로 말했다. 싸우고 있던 두 여자는 소리가 난 쪽을 돌아보고는 지저분한 수저를 손에 쥔 채로 굳어버렸다. 마르가리타는 두 사람 사이로 손을 살짝 집어넣어 버너 불을 꺼버렸고, 여자들은 '아' 하고 소리를 지르며 입을 벌렸다. 하지만 벌써 그 부엌에 있는 것이 지겨워진 마르가리타는 골목으로 날아가버렸다.

그리고 그때 골목 끝에 있는 화려한 8층 건물이 그녀의 시선을 끌었다. 지은 지 얼마 안 되는 건물이라는 것을 한눈에 알 수 있었다. 마르가리타는 아래로 내려가 땅에 발을 붙이고, 그 건물을 유심히 바라보았다. 건물의 전면은 검은 대리석으로 덮여 있고, 커다란 현관의 유리문 너머로 금실이 달린 경비의 모자와 단추가 보였다. 그리고 금빛 문 위에는 '드람리트의 집'이라는 명패가 걸려 있었다.

잠시 그 명패를 쏘아보며 '드람리트'가 무슨 뜻일지 생각해보던 마르가리타는 빗자루를 옆구리에 끼고 놀란 경비를 문으로 밀어내며 현관으로 들어섰다. 엘리베이터 옆 벽에 걸린 커다란 검은 판에 흰 글씨로 아파트 호수와 거주자의 이름들이 적혀 있었다. 그리고 그 위로 '극작가와 문인의 집'이라고 적힌 것을 본 마르가리타는 숨이 막힌 듯 거친 울음소리를 냈다. 이어 허공으로 높이 떠오른 그녀는 굶주린 듯 이름들을 읽어내려가기 시작했다. 후스토프, 드부브랏스키, 크반트, 베스쿠드니코프, 라툰스키……

"라툰스키!" 마르가리타가 날카롭게 소리를 질렀다. "라툰스키! 그래, 바로 저자야…… 거장을 파멸시킨 건 바로 저 인간이야!"

문 앞에 서 있던 경비원은 놀라서 눈을 동그랗게 뜨고 펄쩍거리면서 검은 명패를 바라보았다. 그는 도대체 이게 어떻게 된 일인지, 왜 거주자들의 명패가 갑자기 쇳소리를 내기 시작한 것인지 도무지 알 수가 없었다.

그러는 사이 마르가리타는 벌써 계단 위로 미친 듯이 올라가고 있었다. 그녀는 알 수 없는 환희를 느끼면서 다음과 같은 말을 반복하고 있었다.

"라툰스키, 84…… 라툰스키, 84…… ."

자, 여기 왼쪽이 82, 오른쪽은 83, 좀더 올라가서, 왼쪽이 84. 여기다! 저기 명패가 있다. 'O. 라툰스키.'

마르가리타는 빗자루에서 뛰어내렸다. 돌로 된 바닥이 뜨겁게 달아오른 그녀의 발바닥을 차갑게 식혀주었다. 마르가리타는 벨을 눌렀다. 한 번, 또 한 번. 하지만 문을 열어주는 사람은 아무도 없었다. 마르가리타는 좀더 세게 벨을 누르기 시작했고, 텅 빈 집 안에서 울리는 벨소리가 그녀에게까지 다시 들려왔다. 그렇다, 8층 84호의 거주자는 평생을 고인이 된 베를리오즈에게 감사해야 할 것이다. 마솔리트 회장이 전차 밑에 깔린 것에 대해, 장례식이 바로 오늘 저녁이었다는 것에 대해 감사해야 할 것이다. 라툰스키는 행운의 별 아래서 태어난 것이다. 행운의 별이 그 금요일 마녀가 된 마르가리타와의 만남에서 그를 구해준 것이다.

아무도 문을 열어주지 않자 마르가리타는 층수를 세며 재빨리 아래로 내려갔다. 그리고 거리로 나와 위를 쳐다보며 다시 층수를 셌다. 라툰스키 아파트의 창을 정확히 찾아야 했다. 8층 구석의 어두운 창문 다섯 개가 그 집의 창인 게 분명했다. 확인을 마친 마르가리타는 공중으로 날아올랐으며, 몇 초 후 열린 창을 통해 불이 꺼진 방 안으로 들어갔다. 방 안에는 한 줄기 달빛이 길게 은빛으로 빛나고 있었다. 마르가리타는 그 방 안을 뛰어다니며 손을 더듬어 스위치를 찾았다. 그리고 잠시 후 아파트 전체에 불이 들어왔다. 빗자루를 한쪽 구석에 세워놓고 집에 아무도 없다는 것을 다시 한 번 확인한 마르가리타는 계단으로 난 문을 열고 명패를 확인했다. 명패도 틀림이 없었다. 마르가리타는 그녀가 찾던 곳으로 들어온 것이다.

사람들의 말에 따르면, 비평가 라툰스키는 아직도 그 무서운 밤만 생각하면, 얼굴이 창백해지고, 감사와 존경의 마음으로 베를리오즈의 이름을 부르곤 한다. 그가 아니었다면, 그날 저녁 얼마나 참혹하고 끔찍한 사건이 벌어졌을지는 아무도 모르는 일이다. 부엌에서 나온 마르가리타의 손에 묵직한 망치가 들려져 있었으니 말이다.

알몸으로 하늘을 날던 그 보이지 않는 여인은 스스로를 진정시키려고 애썼다. 하지만 그녀의 손은 흥분을 견디지 못하고 떨리고 있었다. 마르가리타는 정확히 목표물을 조준하여 피아노 건반을 내리쳤고, 첫번째 비명이 아파트 전체에 울려 퍼졌다. 아무 죄도 없는 베커 피아노가 절망적으로 비명을 질렀다. 건반은 박살이 났고, 상아로 된 얇은 조각들이 사방으로 튀었다. 악기는 낮고 묵직한 소리로 울부짖었으며, 때로 목이 쉰 것처럼, 때로 종을 치는 듯한 소리를 냈다. 반질반질하게 닦아놓은 공명판은 망치의 공격으로 총소리를 내며 쪼개져나갔다. 마르가리타는 힘겹게 숨을 몰아쉬며, 망치로 현(絃)들을 끊어놓았다. 마침내 턱까지 숨이 차오른 그녀는 망치를 내던지고 소파에 털썩 주저앉아 숨을 가다듬었다.

욕실에서 물이 콸콸거리는 소리가 들려왔다. 부엌에서도 마찬가지였다. '벌써 바닥까지 찬 모양이군…….' 마르가리타는 생각했다. 그리고 소리 내어 말했다.

"이렇게 앉아 있을 때가 아니야."

물은 이미 부엌에서 복도로 쏟아져 나오고 있었다. 마르가리타는 맨발로 물을 첨벙대면서, 물통으로 부엌에서 비평가의 서재로 물을 날라, 책상 서랍에 쏟아 부었다. 그리고 망치로 역시 그 서재에 있던 책장의 유리문을 박살 낸 후 침실로 달려갔다. 거기서 다시 거울이 달린 옷장 문을 박살 내고 비평가의 옷들을 끄집어내 욕조에 처박았다. 그리고 서재에서 집어온 검은 잉크가 가득 담긴 잉크병을 열어 침실에 있는 푹신한 2인용 침대 위에 쏟아 부었다. 이와 같은 행동들은 그녀에게 흥분과 만족을 가져다주었지만, 그래도 계속해서 이 정도로는 부족하다는 생각이 자꾸 들었다. 그래서 그녀는 닥치는 대로 행동하기 시작했다. 그녀는 피아노가 있던 방에 있는 피쿠스 화분들을 박살냈다. 그리고 그 일이 다 끝나기도 전에 침실로 돌아와 부엌칼로 침대 시트를 찢고 액자에 끼워진 사진들을 박살냈다. 온몸에서 땀이 비오듯 쏟아지고 있었지만, 그녀는 전혀 피로를 느끼지 못했다.

같은 시간, 라툰스키 아파트의 아래층인 82호에서는 극작가 크반트의 가정부가 위층에서 들려오는 굉음과 쿵쾅거리며 뛰어다니는 소리, 벨소리를 이상하다고 생각하면서 부엌에서 차를 마시고 있었다. 그러다 고개를 들어 천장을 본 그녀는 그녀의 눈앞에서 흰 천장이 갑자기 푸르죽죽하게 변하는 것을 보았다. 얼룩은 점점 넓게 번져나갔고, 갑자기 거기서 물방울들이 떨어지기 시작했다. 크반트의 가정부는 마침내 천장에서 말 그대로 비가 쏟아져 내리듯 물줄기가 떨어져 바닥을 두드릴 때까지, 눈을 휘둥그레 뜬 채로 천장을 바라보며 앉아 있었다. 이윽고 그녀가 벌떡 일어나 물이 떨어지는 곳에 냄비를 받쳐놓았지만, 그것은 아무 도움도 되지 못했다. 비구름은 점점 넓게 퍼져 가스 불판과 찬장 위까지 비가 퍼붓기 시작했다. 그러자 크반트의 가정부는 비명을 지르며 계단으로 뛰어나갔고, 잠시 후 라툰스키 아파트의 벨이 요란스럽게 울리기 시작했다.

"이런, 누가 왔군…… 갈 때가 됐어." 마르가리타가 말했다. 그녀는 열쇠 구멍에 대고 소리를 질러대는 여자의 목소리를 들으며 빗자루에 올라탔다.

"문 열어, 문 좀 열어! 두샤, 문 열라니까! 너희 집에 무슨 홍수라도 난 거야? 우리 집에까지 다 새고 있단 말이야."

마르가리타는 몸을 살짝 위로 띄워 샹들리에를 내려쳤다. 램프 두 개가 떨어져 나갔고, 그 아래 달려 있던 구슬들이 사방으로 흩어졌다. 열쇠 구멍으로 들리던 외침이 잠잠해지고, 누군가 계단으로 급히 내려가는 소리가 들렸다. 마르가리타는 헤엄을 치듯 창밖으로 빠져나와, 들고 있던 망치로 유리를 내려쳤다. 유리창은 흐느껴 우는 듯한 소리를 냈고, 깨진 유리창의 파편들이 대리석 벽을 따라 아래로 쏟아져 내렸다. 마르가리타는 그다음 창으로 날아갔다. 멀리 아래서 사람들이 보도를 따라 도망치기 시작했고, 현관 앞에 세워져 있던 두 대의 자동차 중 한 대가 시동을 걸더니 떠나버렸다.

라툰스키의 창문들을 다 해치우고 난 마르가리타는 그 옆의 아파트로 날아갔다. 공격은 점점 더 잦아졌고, 골목은 쨍그랑거리는 소리와 굉음으로 가득 찼다. 첫번째 현관에서 뛰어나온 경비가 위를 쳐다보고는 잠시 머뭇거렸다. 자신이 뭘 어떻게 해야 하는지를 곧바로 생각해내지 못한 게 분명했다. 잠시 후 그는 호루라기를 입에 물고 미친 듯이 불어대기 시작했다. 마르가리타는 그 호루라기 소리에 알 수 없는 희열을 느끼며 8층의 남은 유리창들을 박살내고 7층으로 내려와 다시 거기 있는 유리창들을 부수기 시작했다.

출입구에 있는 거울 문 앞에 서서 무료함에 괴로워하던 경비는 호루라기에 온 영혼을 불어넣으며, 마치 마르가리타에게 반주를 맞춰주기라도 하듯이 정확히 마르가리타를 쫓아다녔다. 그녀가 한 창문에서 다른 창문으로 건너가는 사이에는 자신도 숨을 골랐다가, 마르가리타가 다시 유리창을 깨기 시작하면, 그 역시 뺨을 부풀리며 얼굴이 시뻘개져서 하늘 끝까지 가닿도록 밤공기를 가르며 호루라기를 불어댔다.

그의 노력은 광기에 휩싸인 마르가리타의 노력과 결합되어 굉장한 결과를 낳았다. 건물 전체가 순식간에 공포에 사로잡힌 것이다. 아직 깨지지 않은 유리창들이 활짝 열리고 사람들의 머리가 나타났다가 이내 사라졌으며, 열려 있던 창문들은 모두 닫혔다. 맞은편 건물들의 불 켜진 창가에는 지은 지 얼마 되지도 않은 드람리트의 유리가 왜 저렇게 깨지고 있는지를 궁금해하는 사람들의 검은 실루엣들이 나타났다.

골목에 있던 사람들이 드람리트 건물로 몰려갔으며, 건물 안에서는 영문도 모른 채 서로 밀치며 내려가려는 사람들로 계단이 온통 아수라장이 되어 있었다. 크반트의 가정부는 계단을 뛰어 내려가고 있는 사람들에게 물난리가 났다고 소리를 질러댔고, 잠시 후 크반트 아파트 아래층에 있는 80호 아파트에 사는 후스토프의 하녀도 그 외침에 합세했다. 후스토프의 아파트에서도 천장에서부터 부엌과 욕실로 물이 쏟아져 내렸던 것이다. 크반트의 부엌에서는 마침내 천장에서 회칠을 한 거대한 평판이 무너져 내려 이미 더러워진 그릇들을 모두 박살냈고, 뒤 이어 말 그대로 홍수가 퍼부었다. 축축하게 젖어 늘어진 널판지 사이로 마치 물통으로 퍼붓듯 물이 쏟아져 내린 것이다. 그때 첫번째 출구의 계단에서 비명 소리가 들리기 시작했다. 마르가리타는 4층 끝에서 두번째 창 옆을 날다가 그 안을 들여다보았다. 그 창문 안쪽에는 겁에 질린 한 남자가 방독면을 뒤집어쓰고 있었다. 마르가리타가 망치로 유리를 깨부수고 방독면을 쓴 사내를 위협하자 사내는 질겁을 하며 사라졌다.

그렇게 거침없이 계속되던 파괴 행위는 예기치 못한 일로 중단되었다. 미끄러지듯 3층으로 내려간 마르가리타는 짙은 색의 얇은 커튼이 달린 제일 끝의 창을 들여다보았다. 방 안에는 둥근 갓이 씌워진 램프가 희미하게 켜져 있었고, 보호대가 달린 작은 침대에 네 살쯤 된 사내아이가 앉아 놀란 표정으로 밖에서 나는 소리를 듣고 있었다. 방에 어른들은 아무도 없었다. 모두 집에서 도망쳐버린 것이 분명했다.

"자꾸 유리를 깨." 아이가 말했다. 그리고 엄마를 불렀다. "엄마!"

하지만 아무도 대답을 하지 않았고, 그러자 아이가 계속해서 말했다.

"엄마, 나 무서워."

마르가리타는 커튼을 젖히고 창문으로 날아 들어갔다.

"나 무서워." 아이는 같은 말을 반복하며 몸을 떨었다.

"괜찮아, 괜찮아, 아가." 마르가리타는 바람에 거칠어진 자신의 죄 많은 목소리를 부드럽게 하려고 애쓰면서 말했다. "장난꾸러기 녀석들이 유리를 깬 거야."

"새총으로?" 아이가 물었다. 아이는 이제 떨고 있지 않았다.

"그래, 새총으로." 마르가리타는 그렇다고 했다. "그러니까 넌 좀더 자!"

"시트니크가 그랬을 거야." 아이가 말했다. "걔가 새총이 있어."

"그래, 맞아. 걔가 그랬어!"

아이는 뭔가 눈치 챈 듯 한쪽 옆을 바라보며 물었다.

"그런데 아줌마는 어디 있어?"

"나는 없어." 마르가리타가 대답했다. "나는 네 꿈에 나오는 거야."

"나도 그렇게 생각했어." 아이가 말했다.

"자, 이제 누워." 마르가리타가 말했다. "팔을 뺨 아래 대고. 그럼 네 꿈에 내가 보일 거야."

"응, 꿈에 나와야 돼. 꿈에." 아이는 마르가리타의 말대로 자리에 누워 팔을 뺨 밑에 갖다 댔다.

"내가 옛날이야기 하나 해줄까." 마르가리타는 열이 올라 뜨거워진 자신의 손을 짧게 자른 아이의 머리 위에 얹고 이야기를 시작했다. "옛날에 어떤 아줌마가 살았는데, 그 아줌마는 아이도 없고, 행복하지도 않았대. 그래서 그 아줌마는 처음에는 아주 많이 울었대. 그리고 그다음엔 무서운 사람이 되어서……" 마르가리타는 말을 끊고 손을 치웠다. "자는구나."

마르가리타는 망치를 가만히 창턱에 올려놓고 창밖으로 날아갔다. 건물 주변은 완전히 북새통이 되어 있었다. 깨진 유리창으로 뒤덮인 아스팔트 길을 따라 사람들이 뛰어다니며 고래고래 소리를 지르고 있었다. 경찰들도 이미 출동해 있었다. 갑자기 요란한 사이렌 소리가 울리는가 싶더니, 아르바트 쪽에서 사다리가 달린 빨간 불자동차가 골목으로 질주해 들어왔다.

하지만 그다음에 벌어진 일들은 더 이상 마르가리타의 흥미를 끌지 못했다. 전깃줄에 걸리지 않도록 정확하게 방향을 잡고 빗자루를 좀더 세게 잡아 쥐자 그녀는 순식간에 그 불행한 건물보다 더 높이 올라가 있었다. 그녀 아래로 골목길이 비스듬히 휘어지더니 더 이상 보이지 않게 되었다. 그리고 그 골목 대신 마르가리타의 발아래로 휘황찬란한 거리의 불빛들로 인해 이리저리 잘려 보이는 무수한 지붕들이 나타났다. 하지만 이 모든 것들도 갑자기 한쪽으로 밀려났고, 사슬처럼 이어진 불빛들은 번지며 서로 합쳐졌다.

마르가리타는 한 번 더 힘껏 뛰어올랐다. 그러자 모든 지붕들이 땅속으로 꺼지면서, 흔들리는 전기 불빛들로 이루어진 호수가 아래에 나타났다. 갑자기 그 호수가 수직으로 치솟더니, 잠시 후 마르가리타의 머리 위로 불빛 호수가 나타나고, 그녀의 발아래서 달이 반짝거렸다. 자신이 거꾸로 날고 있다는 것을 알아차린 마르가리타는 몸을 똑바로 돌리고 뒤를 돌아보았다. 호수는 이미 사라졌고, 그녀의 뒤로 장밋빛 노을만이 지평선 위에 남아 있었다. 하지만 잠시 후 노을도 사라지고, 마르가리타는 이제 그녀의 왼쪽 위로 날고 있는 달과 단둘이 남게 되었다. 마르가리타의 머리카락은 건초 더미처럼 부스스하게 일어서 있었지만, 그녀의 몸은 마치 자신의 숨결로 그녀의 몸을 씻어주듯 비추고 있는 달빛 속에 부드럽게 빛나고 있었다. 아래로 드문드문 이어지던 두 줄기의 불빛이 길게 이어진 두 개의 불길로 합쳐졌다가 다시 빠른 속도로 사라지는 것을 보며, 마르가리타는 자신이 엄청난 속도로 날고 있다는 것을 알아차렸다. 그리고 자신이 조금도 숨이 가쁘지 않다는 사실에 놀랐다.

몇 초가 더 지나자 아래쪽 멀리 지상의 어둠 속에서 새로운 전기 불빛들의 호수가 확 하고 밝혀지면서 하늘을 날고 있는 여인의 발아래로 다가왔다. 하지만 호수는 이내 빙글거리며 땅속으로 사라졌고, 잠시 후 정확히 똑같은 현상이 일어났다.

"도시다! 도시다!" 마르가리타가 외쳤다.

이어 그녀는 열려진 검은 상자 속에 뉘어진 채 희미하게 빛나고 있는 장검 같은 것을 두세 번쯤 보았다. 그녀는 그것이 강일 것이라고 생각했다.

그렇게 계속해서 하늘을 날던 마르가리타는 문득 고개를 돌려 달을 바라보았다. 달이 마치 실성한 여인처럼 정신없이 모스크바로 되돌아가는 것이 보였다. 그런데 어찌 된 일인지 달은 같은 자리에 그대로 멈춰 서 있는 것처럼 보이기도 했으며, 그렇게 서 있는 달 위로 뭔가 수수께끼 같은 검은 형체(그것은 용 같기도 하고 곱사등이 망아지 같기도 했다)가 버리고 온 도시를 향해 뾰족한 머리를 돌리고 있는 모습이 선명하게 보였다.

그와 동시에 마르가리타는 이처럼 정신없이 속도를 내며 빗자루를 몰 이유가 없다는 생각이 들었다. 주위를 제대로 둘러보며 비행을 만끽할 기회를 이렇게 날려버릴 이유가 없지 않은가. 또한 그녀의 목적지에서는 그녀를 기다리고 있을 것이며, 따라서 그렇게 빠른 속도로 높이 날 필요는 없다고, 누군가 그녀에게 속삭이기도 했다.

마르가리타는 빗자루의 손잡이를 아래로 내려 빗자루 꼬리가 위로 올라가게 하고, 급격히 속도를 낮춰 지상까지 내려갔다. 마치 허공을 가르는 썰매를 타고 미끄러지듯 아래로 내려가면서 그녀는 더 큰 희열을 느꼈다. 대지가 그녀를 향해 올라왔고, 조금 전까지만 해도 형체를 알 수 없는 검은 밀림 속에 숨겨져 있던 대지의 은밀하면서도 매혹적인 모습들이 달빛을 받아 그 정체를 드러냈다. 대지가 그녀에게 다가왔고, 마르가리타는 벌써 푸른 숲의 냄새를 흠뻑 들이마시고 있었다. 마르가리타는 이슬이 내린 초원의 안개와 연못 위를 날았다. 아래쪽에서 개구리들이 합창을 하고 있었고, 어딘가 멀리서 왠지 가슴을 설레게 하는 기차의 기적 소리가 들렸다. 마르가리타는 이내 그 기차를 발견했다. 기차는 허공에 불꽃을 흩트리며 애벌레처럼 천천히 기어가고 있었다. 마르가리타는 그 기차를 따라잡고, 발아래로 또 하나의 달이 떠가고 있는 물 위를 지나 좀더 아래로 내려갔다. 거대한 소나무들의 꼭대기가 발에 거의 부딪힐 듯했다.

그때 갑자기 뒤쪽에서 대기를 가르는 묵직한 소리가 들려왔고, 그 소리는 이내 마르가리타를 뒤쫓기 시작했다. 뭔가 포탄처럼 날아오는 그 소리에 멀리 수십 킬로미터 떨어진 곳까지 들릴 정도로 깔깔대는 여자의 웃음소리가 합쳐졌다. 마르가리타는 고개를 돌려 뭔가 기묘하게 뒤섞인 듯

한 검은 물체가 자신을 따라오고 있는 것을 보았다. 이윽고 마르가리타 가까이까지 날아온 그 물체가 점점 더 분명하게 모습을 드러내면서, 누군 가 뭔가를 타고 날고 있는 것까지 보였다. 그리고 마침내 그 물체는 완전 히 그 모습을 드러냈다. 속도를 서서히 늦추면서 나타샤가 마르가리타를 따라잡은 것이다.

나타샤는 실오라기 하나 걸치지 않은 채 헝클어진 머리카락을 날리면 서 살찐 수퇘지를 타고 날고 있었다. 그 수퇘지는 앞발로 서류가방을 움 켜쥐고 있었으며, 뒷발로는 무섭게 공기를 휘젓고 있었다. 달빛을 받아 이따금씩 빛을 내고, 다시 사라지곤 하는 코안경이 코에서 미끄러진 채 줄에 대롱대롱 매달려 수퇘지와 나란히 날고 있었으며, 모자가 자꾸 수퇘 지의 눈을 덮어씌우기도 했다. 가만히 그 모습을 들여다보던 마르가리타 는 그 수퇘지가 니콜라이 이바노비치라는 것을 알아챘고, 그 순간 그녀의 웃음소리가 나타샤의 웃음소리와 합쳐지면서 숲 위를 쩌렁쩌렁 울렸다.

"나타샤!" 마르가리타가 날카롭게 소리쳤다. "너 크림을 발랐구나?"

"아, 아가씨!" 거친 음성으로 소나무 숲을 깨우면서 나타샤가 대답했 다. "나의 프랑스 여왕님, 제가 이 사람 대머리에도 발랐어요. 바로 여기 에다!"

"공주 마마!" 수퇘지는 여기수를 태우고 질주하며 울음 섞인 소리로 외쳤다.

"마르가리타 니콜라예브나!" 마르가리타 옆으로 뛰어오르며 나타샤 가 소리쳤다. "맞아요. 크림을 발랐어요! 우리도 살고 싶고, 날고 싶었어 요! 용서해주세요, 주인님. 하지만 돌아가진 않을 거예요. 절대로 돌아가 지 않을 거예요! 아, 마르가리타 니콜라예브나, 너무 좋아요……! 저에 게 청혼을 했어요." 나타샤가 당황한 듯 겨우 숨을 내쉬고 있는 수퇘지를 손가락으로 찌르기 시작했다. "청혼을! 너 나를 뭐라고 불렀었지?" 그녀는 수퇘지의 귀에 대고 소리쳤다.

"여신님!" 수퇘지가 꽥꽥댔다. "저는 그렇게 빨리 날 수 없습니다! 중요한 문서를 잃어버릴 수도 있습니다. 나탈리아 프로코피예브나, 저는 항의합니다."

"네 문서 따윈 악마한테나 던져버려!" 나타샤는 거칠게 깔깔대며 소리쳤다.

"지금 무슨 소리를 하시는 겁니까, 나탈리야 프로코피예브나! 누가 들으면 어쩌시려고!" 수퇘지는 애원하듯 목청을 돋우었다.

나타샤는 마르가리타 옆을 나란히 날면서 마르가리타 니콜라예브나가 집을 떠나 날아간 후 저택에서 벌어진 일을 깔깔대며 이야기해주었다.

나타샤에 따르면, 그녀는 선물로 받은 물건들엔 손도 대지 않았다. 대신 그녀는 입고 있던 옷을 벗어던지고 크림이 있던 곳으로 달려가 그 즉시 크림을 온몸에 발랐다. 그러자 그녀에게도 여주인에게 일어났던 것과 똑같은 일이 벌어졌다. 나타샤가 기쁨에 깔깔거리며 거울 앞에 서서 자신의 마법 같은 아름다움에 푹 빠져 있을 때, 나타샤 앞에 니콜라이 이바노비치가 나타났다. 그는 몹시 흥분한 상태였고, 그의 손에는 마르가리타 니콜라예브나의 슬립과 자신의 모자, 서류가방이 쥐어져 있었다. 나타샤를 본 니콜라이 이바노비치는 뻣뻣하게 굳어버렸다. 겨우 흥분을 가라앉힌 그는 바다 가재처럼 온몸이 새빨개진 채로, 속옷을 직접 갖다드리는 것이 자신의 의무라고 생각했다고 밝혔다.

"글쎄, 이 악당이 그러는 거예요!" 나타샤는 첫소리를 내며 깔깔댔다. "그따위 변명을 늘어놓다니! 그러면서 돈을 찔러줬다니까요! 클라브디야 페트로브나는 절대 아무것도 모를 거라고 그러면서. 왜, 내 말이 틀려?"

나타샤가 수퇘지에게 소리쳤다. 그러자 수퇘지는 곤혹스러운 듯 주둥이를 돌렸다.

　침실에서 한바탕 장난을 치고 난 나타샤는 니콜라이 이바노비치에게도 크림을 발라주었다. 그러고는 자신도 깜짝 놀랐다. 점잖은 아래층 남자의 얼굴이 돼지코로 변하고 양팔과 다리에 발굽이 생긴 것이다. 거울 속에 비친 자신의 모습을 본 니콜라이 이바노비치는 절망적으로 거칠게 울부짖었지만 때는 이미 늦은 후였다. 잠시 후 그는 등에 나타샤를 태우고 모스크바를 떠나 어딘지 알 수 없는 곳을 향해 슬프게 울부짖으며 날고 있었다.

　"나를 정상적인 모습으로 돌려놓아줄 것을 요구합니다!" 갑자기 수퇘지가 흥분을 하며, 그리고 반쯤은 애원을 하듯, 쉬어 갈라지는 소리로 꽥꽥대기 시작했다. "저는 불법 집회에 참석할 의사가 절대 없습니다! 마르가리타 니콜라예브나, 당신은 당신의 가정부의 행동을 저지시킬 의무가 있습니다!"

　"뭐야? 이젠 내가 가정부야? 가정부?" 나타샤는 수퇘지의 귀를 찢어져라 잡아당기며 소리를 질렀다. "아까는 여신이라며? 너 아까 날 뭐라고 불렀어?"

　"비너스!" 수퇘지는 울음 섞인 소리로 대답했다. 그리고 바위틈으로 요란스럽게 흘러내리는 개울 위로 날아가다 개암나무 관목에 발굽을 살짝 부딪쳤다.

　"비너스! 비너스!" 나타샤는 한 손을 허리에 대고 다른 한 손은 달을 향해 뻗으면서, 승리자처럼 소리를 질렀다. "마르가리타! 여왕님! 저를 마녀로 남게 해주세요! 여왕님께서 그렇게 하라시면 모두가 따를 거예요. 모든 권력은 여왕님께 있어요!"

그러자 마르가리타가 대답했다.

"좋아, 내가 약속하지."

"감사합니다!" 나타샤가 소리쳤다. 그러고는 더욱 날카로우면서도 왠지 슬픈 목소리로 외치기 시작했다. "이랴! 이랴! 빨리! 더 빨리! 자, 어서, 더 속력을 내란 말이야!" 그녀는 정신없이 달리느라 어느새 홀쭉해진 수퇘지의 옆구리를 발뒤꿈치로 내려쳤다. 그러자 돼지는 튀어나가듯 다시 허공을 가르며 날기 시작했고, 나타샤는 순식간에 멀리 검은 점이 되어 사라져갔다.

마르가리타는 황량하고 낯선 곳을 전과 다름없이 천천히 날고 있었다. 그녀의 아래로 거대한 소나무 군락과 그 사이로 군데군데 흩어져 있는 둥근 바위들이 보였다. 마르가리타는 날면서, 자신은 아마도 모스크바에서 아주 멀리 떨어진 어딘가에 있을 거라고 생각했다. 빗자루는 소나무들의 위가 아닌 그 가지들 사이를 날고 있었고, 그 옆으로 은빛이 짙어진 달이 따라오고 있었다. 달이 다시 마르가리타의 등을 비추자 날아가는 여인의 가벼운 그림자가 대지를 따라 앞으로 미끄러져갔다.

마르가리타는 가까이에 물이 있으며, 목적지가 멀지 않음을 느꼈다. 소나무 숲은 어느새 눈앞에서 사라졌고, 마르가리타는 조용히 허공을 가르며 백묵처럼 하얀 절벽으로 다가갔다. 그 절벽 뒤 아래에는 어둠 속에 강이 흐르고 있었다. 안개가 걸린 관목 아래로는 수직으로 깎아지른 절벽뿐이었지만, 반대편 강가는 낮고 평평했다. 강가에는 가지를 길게 드리운 나무들 몇 그루가 쓸쓸히 서 있었고, 그 아래 모닥불 주위로 사람들이 움직이는 모습도 보였다. 마르가리타는 그곳에서 뭔가 유쾌한 음악이 들려오고 있는 것 같다는 생각을 했다. 눈앞으로 보이는 멀리 은빛 평원에는 집도, 사람들의 흔적도 보이지 않았다.

마르가리타는 절벽 아래로 내달려 빠른 속도로 물 가까이까지 내려갔다. 오랫동안 공중을 날았던 터라 물이 그녀를 유혹했던 것이다. 그녀는 빗자루를 내던지고 달려가 머리부터 물속으로 뛰어들었다. 그녀의 가벼운 몸이 화살처럼 물속에 꽂혔고, 물기둥이 거의 달까지 솟구쳤다. 물은 욕조 안의 물처럼 따뜻했다. 강바닥을 차고 수면 위로 올라온 마르가리타는 아무도 없는 밤의 강물 위를 마음껏 헤엄쳐 다녔다.

마르가리타 옆에는 아무도 없었다. 하지만 관목들 뒤로 좀 떨어진 곳에서 첨벙대며 푸우거리는 소리가 들렸다. 거기서도 누군가 수영을 하고 있었던 것이다.

마르가리타는 강가로 뛰어나왔다. 수영을 하고 난 그녀의 몸이 뜨겁게 타오르는 듯했다. 그녀는 피곤함이라고는 전혀 느끼지 못했고, 젖은 풀밭 위에서 기쁨에 겨워 춤을 추기 시작했다. 그러다 갑자기 그녀는 춤추기를 멈추고 주위를 살펴보았다. 푸우거리는 소리가 점점 가까워지더니, 버드나무 관목 뒤에서 벌거벗은 남자가 실크로 만든 검은 중산모를 뒤로 젖혀 쓴 채 기어 나왔다. 그의 발바닥은 온통 진흙투성이여서, 마치 검은 장화를 신고 헤엄을 친 것처럼 보였다. 숨을 헐떡이며 딸꾹질을 하는 것으로 보아, 술을 꽤 마신 것 같았고, 이는 갑자기 강에서 코냑 냄새가 풍기기 시작한 것으로도 미루어 짐작할 수 있었다.

마르가리타를 본 뚱보가 가만히 그녀를 쳐다보더니 기쁨에 찬 목소리로 외치기 시작했다.

"아니, 이게 누구야? 내가 진정 그 여인을 보고 있는 건가? 클로딘느, 정말 당신이었군. 우울함을 모르는 미망인!² 당신도 여기에 있었소?" 그리고 인사를 하려고 더 가까이 기어왔다.

마르가리타는 뒤로 물러서며 위엄 있는 목소리로 대답했다.

"악마한테나 떨어져라. 클로딘느라니? 누구와 이야기를 하고 있는 건지 똑바로 봐야 할 것 아니야." 그러고는 잠시 생각한 후 여기에 옮겨 적을 수 없는 온갖 욕설을 길게 덧붙였다. 이 모든 것은 경박한 뚱보의 취기를 싹 달아나게 했다.

"세상에!" 그는 작은 소리로 탄성을 지르며 몸을 덜덜 떨었다. "자비로운 마음으로 용서하소서, 마르고 여왕 마마! 제가 그만 다른 사람으로 착각을 했습니다. 이게 다 코냑 때문입니다, 빌어먹을 그 코냑 때문에!" 뚱보는 한쪽 무릎을 꿇고 중산모를 한쪽으로 젖히며 정중하게 인사를 했다. 그리고 프랑스어를 섞어가며 파리에 있는 자기 친구 게사르의 '피의 결혼식'과 코냑에 대해, 안타깝기 그지없는 이 실수로 인해 무척 낙담하고 있다는 것 등 말도 안 되는 얘기들을 앞뒤 없이 늘어놓기 시작했다.

"개새끼, 바지라도 좀 입어라." 한결 부드러워진 마르가리타가 말했다.

뚱보는 마르가리타가 화를 내고 있지 않다는 것을 알고는 좋아서 함박웃음을 지으며, 지금 자신이 바지를 입지 않고 있는 것은 이곳으로 오기 전 헤엄을 치던 예니세이 강에 깜빡하고 바지를 두고 왔기 때문이며, 하지만 다행히도 바로 코앞이니 지금 당장 날아갔다 오겠다고 말했다. 그러고는 베풀지도 않은 호의와 은혜에 혼자 감사하며 뒤로 물러서다 뒤로 미끄러져 물속으로 벌렁 나가 자빠졌다. 하지만 그는 넘어지면서도 엷은 구레나룻이 둘러진 얼굴에 환희와 충성의 미소를 잃지 않았다.

뚱보가 떠나자 마르가리타는 귀청이 찢어질 듯 휘파람을 불어 대기하고 있던 빗자루를 타고 강을 가로질러 건너편 기슭으로 날아갔다. 그곳은 백악의 그림자가 닿지 않은 곳으로, 달빛이 기슭 전체에 흘러넘치고 있었다.

마르가리타가 습기를 먹은 풀을 건드리자, 갯버들 아래에서 들려오던 음악 소리가 한층 크게 울려왔고, 모닥불의 불길 또한 더욱 날렵하게 타올랐다. 달빛에 비춰진 복슬복슬하고 부드러운 털을 흩트리고 있는 갯버들 아래로 볼이 통통한 개구리들이 두 줄로 자리를 잡고 앉아, 마치 고무 풍선을 불듯 볼을 부풀리며 나무 피리로 위풍당당한 행진곡을 연주하고 있었다. 그 연주자들 앞의 부러진 버드나무 가지들 위에서는 썩은 나무의 부스러기들이 빛을 내며 악보를 비추고 있었고, 개구리들의 볼에는 장작불의 흔들리는 불빛이 뛰놀고 있었다.

행진곡은 마르가리타에게 경의를 표하기 위해 연주되고 있는 것이었다. 그녀를 위한 환영식은 그 어디서도 볼 수 없을 만큼 성대했다. 투명한 물의 요정들이 강 위로 원무를 추며 마르가리타를 향해 수초를 흔들었으며, 신음 소리처럼 흘러나오는 그들의 환영 인사는 인적 없는 초록빛 강둑을 지나 아주 멀리까지 퍼져갔다. 갯버들 뒤에서 알몸의 마녀들이 튀어나와 줄을 지어 서더니, 궁정식으로 무릎을 살짝 굽히며 인사를 했다. 산양의 다리를 한 사내가 달려와 그녀의 손에 입을 맞추고, 풀밭 위에 실크 천을 펼치고는 여왕에게 수영은 만족스러우셨는지를 묻고, 잠시 누워 휴식을 취할 것을 권했다.

마르가리타는 그의 말대로 했다. 산양의 다리를 한 사내가 그녀에게 샴페인이 든 술잔을 가져다주었고, 그녀는 그것을 마셨다. 그러자 그녀의 가슴이 이내 뜨거워졌다. 나타샤는 어디에 있느냐고 그녀가 묻자, 나타샤는 벌써 목욕을 마치고, 마르가리타의 도착을 알리고 그녀의 성장 준비를 돕기 위해 제 수퇘지를 타고 먼저 모스크바로 날아갔다고 사내가 대답했다.

갯버들 아래서의 마르가리타의 짧은 휴식은 다음과 같은 에피소드로 더욱 인상적인 것이 되었다. 허공 속에 휘파람 소리가 울려 퍼지더니, 이어 검은 물체가 물속으로 곤두박질을 쳤다. 방향을 잘못 잡은 것이 분명했다. 잠시 후 마르가리타 앞에는 건너편 기슭에서 엉망으로 모습을 드러냈던 바로 그 뚱보 구레나룻이 서 있었다. 연미복을 차려입고 있는 것으로 보아 재빨리 예니세이까지 다녀오는 데 성공한 듯했다. 머리에서 발끝까지 젖어 있기는 했지만 말이다. 문제는 역시 코냑이었다. 착륙하면서, 다시 물속에 빠졌으니…… 하지만 그 슬픈 상황에서도 그는 예의 미소를 잃지 않았으며, 마르가리타는 웃으며 손에 입을 맞추는 것을 허락해주었다.

모두 출발 준비를 하기 시작했다. 물의 요정들은 달빛 속에 춤을 추며 그 속으로 녹아 사라졌다. 산양의 다리를 한 사내가 마르가리타에게 강까지 무엇을 타고 오셨는지 정중히 물었다. 그녀가 빗자루를 타고 왔다고 말하자, 그가 말했다.

"오, 어떻게 그런 일이, 그건 정말 불편하지요." 그러고는 나뭇가지 두 개로 순식간에 왠지 미심쩍어 보이는 전화를 만들더니, 지금 당장 차를 보내라고 누군가에게 지시했다. 그리고 정말이지 눈 깜짝할 사이에 그가 말한 것이 이루어졌다. 검은 무늬가 들어간 옅은 갈색의 오픈카가 섬 위에 나타난 것이다. 다만 운전석에는 평범한 운전사가 아닌, 부리가 긴 검은 갈까마귀가 유포로 만든 모자에 긴 장갑을 끼고 앉아 있었다. 작은 섬은 텅 비어갔다. 마녀들은 타오르는 달빛 속으로 날아 사라졌고, 다 타버린 장작더미 위로 잿빛 재가 앉았다.

구레나룻의 사내와 산양 다리를 한 사내가 마르가리타를 차에 태웠다. 그녀는 넓은 뒷좌석에 몸을 기댔다. 차가 요란한 엔진 소리와 함께 날아올라 단숨에 달 가까이까지 올라가자 섬도, 강도 사라졌다. 그렇게 마르가리타는 모스크바로 날아갔다.

제22장
촛불가에서

대지 위를 높이 날고 있는 자동차의 규칙적인 엔진 소리가 마르가리타에게는 자장가처럼 들려왔다. 달빛이 그녀의 몸을 기분 좋게 덥혀주고 있었다. 그녀는 눈을 감고 바람에 얼굴을 내맡긴 채, 자신이 떠나온 그 신비한 강기슭을 생각하며 왠지 모를 슬픔을 느꼈다. 다시는 그 강을 보지 못할 것이라는 느낌이 들었다. 아자젤로와의 만남과 함께 시작된 그 모든 마법과 기적들을 겪고 난 그녀는 자신이 누구에게 초대받아 가고 있는지 이미 알아차리고 있었다. 하지만 그녀는 놀라지 않았다. 그곳에서 자신의 행복을 다시 찾을 수 있을 것이라는 희망이 그녀를 두려움 없는 여자로 만든 것이다. 하지만 차 안에서 그렇게 다가올 행복을 꿈꾸고 있는 것도 잠시였다. 갈까마귀가 유능한 운전사여서인지, 아니면 자동차가 좋아서인지, 잠시 후 눈을 뜬 마르가리타는 어느새 숲의 어둠이 아닌 모스크바의 흔들리는 불빛 호수가 눈앞에 펼쳐져 있는 것을 보았다. 검은 새 운전사가 날면서 왼쪽 앞바퀴를 풀었고, 잠시 후 도로고밀로프 구역에 있는 어느 인적 없는 공동묘지 앞에서 차를 세웠다.[1]

갈까마귀는 아무것도 묻지 않고 있는 마르가리타를 그녀의 빗자루와 함께 어느 비석 옆에 내려주고는, 차를 묘지 뒤 협곡으로 굴려 보냈다. 차는 요란한 소리와 함께 협곡으로 굴러 떨어져 산산조각이 났다. 갈까마귀는 발뒤꿈치를 붙이며 정중하게 인사를 하고는 남겨두었던 바퀴를 타고 하늘로 날아갔다.

그리고 그 순간 비석 뒤에서 검은 망토가 나타났다. 달빛을 받아 번쩍거리는 송곳니를 보고 마르가리타는 그가 아자젤로라는 것을 알아차렸다. 그는 마르가리타에게 손짓으로 빗자루에 탈 것을 권했으며, 자신은 길고 가느다란 칼에 올라탔다. 둘은 하늘 높이 날아올라, 몇 초 후 아무도 눈치 채지 못하게 사도바야 거리 302-2번지 건물 앞에서 내렸다.

마르가리타와 아자젤로는 겨드랑이에 빗자루와 장검을 끼고 둥근 아치문 아래를 통과했다. 그리고 거기서 마르가리타는 챙 모자에 긴 장화를 신고, 누군가를 기다리다 지친 듯 피곤한 모습으로 서성대고 있는 한 남자를 보았다. 아자젤로와 마르가리타의 발자국 소리가 지극히 가벼웠음에도 불구하고, 사내는 그 소리를 듣고, 누가 내는 소린지 몰라 불안한 듯 몸을 떨었다.

그들은 여섯번째 입구에서 첫번째 사내와 놀랄 만큼 비슷하게 생긴 두번째 사내를 만났다. 그리고 다시 똑같은 일이 반복되었다. 발자국 소리…… 불안하게 뒤를 돌아보며, 얼굴을 찌푸리는 사내. 문이 열렸다 닫히자, 사내는 보이지 않는 출입자들의 뒤를 쫓아가 입구 안쪽을 둘러보았지만, 아무것도 보지 못했다.

두번째 사내와 똑같은, 따라서 첫번째 사내와도 똑같은 세번째 사내가 3층 층계참에서 보초를 서고 있었다. 그가 피우는 독한 담배 연기에 그 옆을 지나던 마르가리타가 기침을 했다. 담배를 피우던 사내는 마치 바늘에 찔리기라도 한 것처럼 의자에서 벌떡 일어나 불안하게 주위를 살펴보았고, 난간으로 다가가 아래를 내려다보기도 했다. 그러는 사이 마르가리타는 자신의 안내자와 함께 벌써 50호 아파트 문 앞에 서 있었다. 벨은 누르지 않았다. 아자젤로가 자신의 열쇠로 조용히 문을 연 것이다.

현관으로 들어선 마르가리타를 제일 먼저 놀라게 한 것은 그녀가 들어간 곳의 짙은 어둠이었다. 그녀가 들어간 곳은 지하 동굴처럼 캄캄했다. 그녀는 발을 헛디디지 않을까 걱정하면서 자기도 모르게 아자젤로의 망토를 붙잡았다. 그 순간 멀리 위쪽에서 무슨 램프 불빛 같은 것이 깜빡거리더니, 그들 쪽으로 다가오기 시작했다. 아자젤로가 걸어가면서 마르가리타가 옆구리에 끼고 있던 빗자루를 빼자, 빗자루는 소리 없이 어둠 속으로 사라졌다. 이어 아자젤로와 마르가리타는 아주 널찍한 계단을 오르기 시작했으며, 마르가리타는 그 계단이 끝나지 않을 것 같다는 생각을 했다. 모스크바의 평범한 아파트 현관에 이처럼 기이하고 눈에 보이지도 않는, 하지만 분명히 느껴지는 끝없이 긴 계단이 있을 수 있다는 것이 그녀를 놀라게 했다. 그러나 계단을 오르는 것도 끝이 났고, 마르가리타는 자신이 층계참에 서 있다는 것을 알았다. 불빛은 더욱 가깝게 다가와 있었고, 마르가리타는 그 불빛에 비춰진 남자의 얼굴을 보았다. 길쭉하고 시커먼 그 남자의 손에는 불빛을 내던 바로 그 램프가 들려 있었다. 물론 최근 며칠 사이 그와 맞닥뜨리는 불행을 겪은 사람이라면 바로 그를 알아보았을 것이다. 그는 파곳으로 불리기도 하는 코로비예프였다.

사실, 코로비예프의 외모는 완전히 달라져 있었다. 흔들리는 불꽃을 반사시키고 있는 것은 벌써 오래전에 쓰레기통에 내던졌어야 할 금이 간 코안경이 아니라, 외눈안경이었다. 역시 금이 간 것이긴 했지만 말이다. 예의 뻔뻔스러운 얼굴에는 기름을 바른 콧수염이 말아 올려져 있었다. 코로비예프가 시커멓게 보였던 것은 그가 연미복을 차려 입고 있었기 때문이었다. 그의 가슴만이 하얗게 보였다.

마술사, 성가대 지휘자, 요술쟁이, 통역사, 혹은 정말로 그가 누구인지는 악마만이 알 수 있을 그자, 다시 말해 코로비예프는 정중하게 인사를 하고는, 허공에 램프를 크게 휘저으며 마르가리타에게 그의 뒤를 따라올 것을 권했다. 아자젤로는 사라졌다.

'정말 이상한 밤이야.' 마르가리타는 생각했다. '모든 걸 각오하고 있었지만, 이건 정말 예상 밖이야! 집에 전기가 나간 건가? 하지만 무엇보다도 놀라운 건 이 장소의 크기야. 어떻게 이 모든 것이 모스크바에 있는 아파트에 들어갈 수가 있는 거지? 정말 있을 수 없는 일이야!'

코로비예프의 램프에서 흘러나오는 빛은 아주 희미했지만, 그 불빛만으로도 마르가리타는 자신이 아주 거대한 홀에 와 있다는 것을 알 수 있었다. 홀에는 주랑도 있었으며, 어둠 속에 보이는 그 주랑은 끝없이 이어져 있을 것만 같았다. 코로비예프가 작은 소파 옆에서 멈춰 서더니, 들고 있던 램프를 소파 앞 받침대 위에 올려놓고 마르가리타에게 앉으라는 손짓을 했다. 그리고 자신은 그림 같은 포즈로 받침대 위에 팔꿈치를 괸 채그 옆에 자리를 잡고 섰다.

"제 소개를 해올리겠습니다." 코로비예프가 쳇소리를 냈다. "저는 코로비예프라고 합니다. 불이 켜져 있지 않아 놀라셨나요? 아마 절약 때문이라고 생각하셨겠죠? 하지만 절대, 절대 그렇지 않습니다! 만일 그게 사실이라면, 오늘 제일 먼저 도착한 형리에게, 그러니까 잠시 후 당신의 무릎 앞에 머리를 조아리게 될 자들 중 하나에게 제 목을 쳐서 이 받침대 위에 올려놓게 하셔도 좋습니다! 그저 메시르께서 전기 불빛을 좋아하지 않으시기 때문입니다. 하지만 마지막 순간에는 전기가 들어올 것입니다. 그

때의 불빛은 결코 부족함이 없을 것입니다. 어쩌면 빛이 좀 약했으면 좋겠다고 생각하실 만큼 말입니다."

마르가리타는 코로비예프가 마음에 들었다. 첫소리로 떠들어대는 그의 수다도 어쩐지 그녀에게 안정감을 주는 것 같았다.

"아니요." 마르가리타가 대답했다. "그보다도 내가 놀란 것은 이 어머어마한 넓이예요." 그녀는 팔을 들어 홀의 거대함을 강조했다.

코로비예프가 만족스러운 표정으로 미소를 지어 보였고, 그로 인해 그의 코 옆으로 살짝 그늘이 졌다.

"그건 제일 간단한 일인걸요!" 그가 대답했다. "오차원에 통달한 사람들에겐 공간을 원하는 대로 늘리는 건 정말 아무것도 아니랍니다. 제가 좀더 말씀드려볼까요. 존경하는 숙녀님, 도대체 한계라는 게 뭡니까! 이를테면," 코로비예프는 계속해서 수다를 떨었다. "제가 알고 있는 어떤 사람들은 말입니다. 오차원은커녕 뭐 하나 제대로 알고 있는 게 없으면서도 자신의 거주 공간을 늘리는 데 있어서는 말 그대로 완벽한 기적을 행하는 사람들이 있답니다. 그러니까 이를테면, 한 시민은, 이건 제가 들은 얘깁니다만, 제믈랸느이 발[2]에 방 세 개짜리 아파트를 얻어가지고는 오차원이나 이성과 분별력 따위와는 아무 상관 없이 칸막이 하나로 방을 순식간에 둘로 쪼개서 방 네 개짜리 아파트로 둔갑시켰지요. 그런 다음 그는 그 아파트를 모스크바의 각각 다른 지역에 있는 아파트 두 채와 바꾸었지요. 하나는 방 세 개짜리였고, 다른 하나는 방 두 개짜리였답니다. 그러니까 이제 모두 합해서 방은 다섯 개가 되었지요. 그리고 다시 방 세 개짜리를 방 두 개짜리 아파트 두 채와 바꾸어서 당신도 아시다시피, 방 여섯 개의 주인이 된 겁니다. 물론 모스크바 전체에 정말이지 아무렇게나 흩어져 있는 것이긴 했지만 말입니다. 하지만 그는 거기서 그치지 않았고, 마지막으로 가장 멋진 일격을 준비했습니다. 모스크바 여러 지역에 있는 그 여섯 개의 방과 제믈랸느이 발에 있는 방 다섯 개짜리 아파트를 교환하겠다고 신문에 광고를 낸 것입니다. 그런데 그때 그의 의지와는 상관없는 어떤 이유로 인해 그의 사업은 중단되었습니다. 아마도 그는 지금도 어떤 방을 얻어가지고 있을 겁니다. 하지만, 분명히 말씀드리지만, 모스크바는 아닙니다. 이쯤 되면 대단한 사기꾼이라고 할 수 있지요. 그런데도 당신은 오차원 이야기를 하고 계시다니!"

마르가리타는 오차원에 대해 아무 말도 하지 않았고, 정작 그 얘기를 꺼낸 것은 코로비예프였지만, 그녀는 아파트 사기꾼의 엽기적인 행각을 들으면서 기분 좋게 웃음을 지었다. 코로비예프는 계속해서 말을 이었다.

"자, 자, 마르가리타 니콜라예브나, 이제 본론으로 들어갑시다. 당신은 아주 현명한 분이시니, 물론 우리 주인이 어떤 분이신지는 벌써 짐작하고 계실 줄 압니다."

마르가리타의 심장이 두근거렸다. 그녀는 고개를 끄덕였다.

"역시, 그러셨군요. 그래요." 코로비예프가 말했다. "우리는 말을 얼버무린다든가, 뭘 감춘다든가 하는 것을 정말 싫어합니다. 메시르께서는 일 년에 한 번씩 무도회를 여십니다. 봄의 만월의 무도회, 혹은 백 명의 왕의 무도회라고도 부르시지요. 사람들이 정말 많이 온답니다⋯⋯!" 여기서 코로비예프는 마치 갑자기 이가 아픈 사람처럼 한쪽 뺨을 부여잡았다. "아무튼 당신도 이 점은 분명히 믿고 계시리라고 생각합니다. 그런데 메시르께서는, 물론 당신도 아시겠지만, 결혼을 하지 않으셨습니다. 그런데 여주인은 필요하고." 코로비예프는 양팔을 벌렸다. "당신도 동의하시겠지요, 여주인 없이⋯⋯."

마르가리타는 코로비예프의 말을 한마디도 놓치지 않으려고 애쓰면서 그의 말을 듣고 있었다. 그녀의 명치끝이 차가워졌고, 행복에 대한 희망이 그녀의 머리를 어지럽게 했다.

"오랫동안 이어져 내려온 전통이 있습니다." 코로비예프는 계속해서 말했다. "무도회의 여주인은, 첫번째로 반드시 마르가리타라는 이름을 가져야 하고, 두번째로 그 지역 출신이어야 한다는 것입니다. 그런데 우리는 보시다시피 여행 중에 있고, 현재 모스크바에 머무르고 있지요. 저희는 모스크바에서 121명의 마르가리타를 찾아냈습니다. 그런데 믿으실지 모르겠습니다만," 여기서 코로비예프는 절망스러운 표정으로 자기 허벅지를 내리쳤다. "단 한 명도 적합하지가 않은 겁니다. 그러나 마침내 행운이……."

코로비예프가 의미심장한 미소를 지으며 몸을 조아리자, 마르가리타의 심장이 다시 서늘해졌다.

"거두절미하고!" 코로비예프가 소리쳤다. "단도직입적으로 묻겠습니다. 이 임무를 거절하진 않으시겠지요?"

"하겠어요." 마르가리타는 단호하게 대답했다.

"됐습니다!" 코로비예프가 말했다. 그리고 램프를 치켜들고 이렇게 덧붙였다. "저를 따라오시지요."

그들은 주랑 사이를 지나 마침내 다른 홀에 도착했다. 그 홀에서는 왠지 짙은 레몬 냄새가 났고, 뭔가 사각거리는 소리가 들려왔으며, 뭔가가 마르가리타의 머리를 스치고 지나갔다. 마르가리타는 몸을 흠칫 떨었다.

"놀라지 마세요." 코로비예프가 마르가리타의 팔을 잡아주며 다정하게 안심시켜주었다. "베헤못이 장난을 친 겁니다. 그뿐이에요. 제가 감히 당신께 충고의 말씀을 드리자면, 마르가리타 니콜라예브나, 절대, 아무것도 두려워하지 마십시오. 그건 현명하지 못한 짓입니다. 멋진 무도회가 될 것입니다. 이건 제가 분명하게 말씀드릴 수 있습니다. 우리는 자신의 시대에 어마어마한 권력을 휘둘렀던 사람들을 만나게 될 것입니다. 사실, 제가 속해 있는 수행원들의 능력과 비교한다면 그들의 권력이라는 것은 정말이지 소소하기 이를 데 없고, 우스울 지경이며, 말하자면 슬프기까지 한 노릇이지만…… 게다가 당신도 왕가의 피가 흐르는 분 아니십니까."

"왕가의 피가 흐르다니요?" 마르가리타가 깜짝 놀라 코로비예프에게 바짝 다가서며 물었다.

"아, 여왕 마마." 코로비예프는 갈라지는 목소리로 장난스럽게 말했다. "혈통이란 것은 이 세상에서 가장 복잡한 문제이지요! 만일 고조할머니 몇 분, 특히 자애로운 분이라는 평판을 얻었던 고조할머니들께 여쭈어보신다면, 정말이지 아주 놀라운 비밀이 밝혀질 것입니다. 마르가리타 니콜라예브나, 이 부분에 대해 말씀드리면서 제가 교묘하게 섞여진 카드 한 벌을 상기하는 것은 절대 죄가 아닐 것입니다. 신분상의 장벽이나 국경조차도 아무런 효력을 발휘하지 못하는 것들이 있습니다. 힌트를 드리자면, 만일 누군가가 16세기 프랑스에 살았던 한 여왕님께 수백 년 후 제가 그분의 아름다운 증증증증손녀딸을 모스크바의 무도회장으로 모시게 될 것이라고 말했다면, 그분은 필시 몹시 놀라셨을 것입니다. 아, 이제 다 왔군요!"

코로비예프가 들고 있던 램프를 훅 하고 불었고, 램프가 그의 손에서 사라졌다. 그리고 마르가리타는 바로 앞의 컴컴한 문 밑으로 한 줄기 빛이 새어나오는 것을 보았다. 코로비예프가 그 문을 조용히 두드렸다. 그 순간 마르가리타는 이가 부딪히고 등골이 오싹해질 정도로 흥분하고 있었다.

문이 열렸다. 방은 그렇게 크지 않았다. 지저분하게 구겨진 시트와 베개들이 뒹굴고 있는 커다란 참나무 침대가 보였다. 침대 앞에는 다리에 조각이 새겨진 참나무 탁자가 놓여 있었고, 그 위에는 새의 발톱처럼 생긴 촛대가 놓여 있었다. 그 황금빛 일곱 개의 가지 위에는 두꺼운 밀랍 양초가 타고 있었다.³ 그 외에도 그 탁자 위에는 말들이 아주 정교하게 만들어진 커다란 체스판이 있었으며, 다 해진 작은 양탄자 위에는 등받이가 없는 나지막한 의자가 세워져 있었다. 탁자는 하나 더 있었는데, 그 위에는 뱀 모양으로 만들어진 촛대와 황금 찻잔이 놓여 있었다. 방에서는 유황과 타르 냄새가 났고, 촛불들의 그림자가 마룻바닥에서 겹쳐지고 있었다.

마르가리타는 방 안에 있는 사람들 사이에서 연미복을 입고 침대 머리맡에 서 있는 아자젤로를 바로 알아보았다. 성장을 한 아자젤로는 알렉산드롭스키 공원에서 마르가리타 앞에 나타났던 강도와는 사뭇 다른 모습으로 아주 정중하게 마르가리타에게 고개를 숙이며 인사를 했다.

점잖은 버라이어티의 뷔페 직원을 당황하게 만들고, 그 유명한 세앙스가 있던 날 밤 천만다행히도 수탉이 쫓아버렸던 벌거벗은 마녀 헬라는 침대 앞 마룻바닥의 양탄자에 앉아 유황 냄새를 풍기며 부글부글 끓고 있는 냄비 안의 뭔가를 젓고 있었다.

방에는 이들 외에도 어마어마하게 큰 검은 고양이가 한 마리 더 있었다. 고양이는 체스 탁자 앞의 높은 스툴 위에 앉아, 오른발로 체스 말을 쥐고 있었다.

헬라가 일어나 마르가리타에게 인사를 했다. 고양이도 의자에서 펄쩍 뛰어내려 인사를 했다. 고양이는 오른쪽 뒷다리를 모아 뒤축을 붙이듯 인사를 했고, 그러다 들고 있던 말을 떨어뜨리는 바람에 말을 쫓아 침대 밑으로 기어 들어갔다.

마르가리타는 흔들리는 촛불들이 만들어내는 교활한 그림자 속에서 이 모든 것들을 겨우 분간해내며 두려움으로 숨이 멎을 것만 같았다. 그녀의 시선이 마치 자석이 끌려가듯 침대 쪽으로 향했다. 그곳에는 바로 며칠 전 파트리아르흐에서 불쌍한 이반이 악마는 존재하지 않는다고 설득

하려 했던 바로 그자가 앉아 있었다. 존재하지 않는 그자가 지금 침대 위에 앉아 있는 것이다.

두 개의 눈동자가 미동도 없이 마르가리타의 얼굴을 뚫어지게 바라보고 있었다. 깊숙이 황금빛 불꽃이 자리하고 있는 오른쪽 눈은 그 앞에 선 사람이 누구이든 그 영혼의 밑바닥까지 꿰뚫 듯했고, 텅 빈 검은 왼쪽 눈은 가느다란 바늘귀처럼, 혹은 모든 어둠과 그림자들의 바닥 없는 우물로 들어가는 입구처럼 보이기도 했다. 볼란드의 얼굴은 한쪽으로 일그러져 입의 왼쪽 끝이 아래로 당겨져 있었고, 머리가 벗겨진 이마에는 날카로운 눈썹과 나란히 깊은 주름이 패어 있었다. 볼란드의 얼굴은 마치 영원히 지워지지 않을 것처럼 태양빛에 검게 그을려 있었다.

볼란드는 침대 위에 몸을 쭉 펴고 걸터앉아 있었으며, 왼쪽 어깨 위로 헝겊을 덧댄 지저분하고 긴 잠옷 하나만 걸치고 있었다. 그는 맨살이 드러난 한쪽 다리를 안으로 접고, 다른 한쪽 다리는 조그마한 의자 위로 뻗고 있었다. 그리고 그 검은 다리의 무릎을 헬라가 김이 나는 기름 같은 것으로 문지르고 있었다.

마르가리타는 볼란드의 털이 없는 가슴 위에 검은 돌로 정교하게 만들어진 딱정벌레가 황금 줄에 걸려 있는 것도 보았다.⁴ 딱정벌레의 등에 뭔가가 적혀 있었다. 침대 위 볼란드 옆에는 마치 살아 있는 것 같은, 그리고 한쪽에서 태양이 비추고 있는 것 같은 아주 특이한 지구의가 묵직한 받침돌 위에 놓여 있었다.

침묵은 몇 초 동안 계속되었다. '나를 관찰하고 있어.' 마르가리타는 생각했다. 그리고 온 힘을 다해 다리가 후들거리지 않게 하려고 애썼다.

마침내 볼란드가 미소를 지으며 입을 열었다. 번득이는 그의 눈에서 확 하고 불길이 일어나는 것 같았다.

"어서 오십시오, 여왕님. 이렇게 실내복 차림으로 있는 것을 용서하시기 바랍니다."

볼란드의 목소리는 중간 중간 갈라져 잠길 정도로 낮았다.

볼란드는 침대 위에 놓여 있던 긴 칼을 집어 들더니 고개를 숙이고 침대 밑으로 칼을 휘저으며 말했다.

"어서 나와! 이번 판은 그만 두자. 손님이 오셨으니까."

"그러지 않으셔도 됩니다." 코로비예프가 마르가리타의 귀에 대고 프롬프터처럼 조심스럽게 소곤거렸다.

"그러지 않으셔도 됩니다……." 마르가리타가 말했다.

"메시르……." 코로비예프가 귀에 대고 속삭였다.

"그러지 않으셔도 됩니다, 메시르." 마르가리타는 흥분을 가라앉히며 작은 소리로, 하지만 분명한 어조로 말했다. 그리고 미소를 지으며 계속해서 다음과 같이 말했다. "게임을 중단하지 마세요. 이 게임의 판권을 위해서라면, 체스 잡지사들도 상당한 액수를 지불할 것이라는 생각이 듭니다."

아자젤로는 아주 훌륭했다는 듯 조용히 '으흠' 하는 소리를 냈고, 볼란드는 가만히 마르가리타를 쳐다보며 혼잣말처럼 다음과 같이 말했다.

"그래, 코로비예프 말이 맞았군. 패가 아주 멋지게 섞이고 있어. 역시 피는 속일 수가 없어!"

그는 팔을 뻗어 마르가리타를 가까이 오도록 했다. 마르가리타가 다가갔다. 그녀는 맨발 아래로 바닥을 느끼지 못했다. 볼란드는 마치 돌처럼 육중하고, 불처럼 뜨거운 손을 마르가리타의 어깨에 얹고는 그녀를 끌어당겨 자기 옆 침대에 앉혔다.

"그래, 당신이 이처럼 매혹적이고 친절하니," 그는 말했다. "하긴 기대하던 바이기도 하지만, 번거로운 절차는 생략하도록 합시다." 그는 다시 침대 끝으로 고개를 돌리며 소리쳤다. "계속 그렇게 침대 밑에서 우스꽝스러운 짓을 할 텐가? 어서 나와, 이 빌어먹을 놈의 한스' 같으니!"

"말을 찾을 수가 없어요." 숨이 넘어갈 듯한 목소리를 꾸며대며, 고양이가 침대 밑에서 대답했다. "어디로 도망쳐버린 건지, 웬 개구리 같은 놈만 걸리고."

"네가 지금 시장판에 나와 있는 줄 알아?" 볼란드가 짐짓 화가 난 듯한 목소리로 물었다. "침대 밑에 무슨 개구리가 있다는 거야! 버라이어티에나 어울릴 그런 싸구려 마술은 그만둬. 지금 당장 나오지 않으면, 우린 네가 항복한 걸로 치겠다. 저주받을 탈주병 같으니."

"말도 안 돼요, 메시르!" 고양이는 잔뜩 볼멘 목소리로 소리를 질러대며 침대 밑에서 기어 나왔다. 그의 발에는 말이 쥐어져 있었다.

"소개해드리지요……." 볼란드는 입을 열었지만, 곧바로 말을 끊었다. "안 되겠어. 나는 저 광대 꼴을 도저히 봐줄 수가 없어. 도대체 침대 밑에서 무슨 짓을 하고 나온 거야!"

그러는 사이 온통 먼지를 뒤집어쓴 고양이는 뒷다리로 서서 마르가리타에게 인사를 하고 있었다. 고양이의 목에는 연미복에 매는 하얀 나비넥타이가 매달려 있었고, 가슴에는 자개로 장식된 부인용 오페라글라스를 걸고 있었다. 그뿐만 아니라, 고양이는 콧수염에 금칠까지 하고 있었다.

"대체 이게 무슨 꼴이야!" 볼란드가 소리를 질렀다. "수염에 왜 금칠은 하고 나온 거지? 빌어먹을, 바지도 안 입고서 넥타이는 또 뭐야?"

"메시르, 고양이한테 바지는 어울리지 않습니다." 고양이는 제법 점잖은 목소리로 대답했다. "그렇다고 설마 저더러 장화를 신으라고 하시진 않으시겠지요? 메시르, 장화 신은 고양이는 동화에나 나오는 것입니다. 하지만 무도회에 넥타이를 안 매고 들어오는 사람을 보신 적 있으십니까?

저는 사람들의 웃음거리가 될 생각도 없고, 멱살을 잡혀 끌려 나갈 위험을 감수할 생각도 없습니다! 모두 자기가 할 수 있는 만큼 자신을 꾸미는 겁니다. 오페라글라스도 마찬가지입니다, 메시르!"

"그럼 콧수염은?"

"이해할 수가 없군요." 불쾌한 듯 고양이가 반박했다. "그럼 아자젤로와 코로비예프는 왜 오늘 면도를 하면서 흰 분을 뿌린 겁니까, 그게 금보다 나을 게 뭐가 있습니까? 저는 수염에 분을 바른 것뿐입니다. 그게 다예요! 만약 제가 면도를 했다면, 그때는 얘기가 달라지겠죠! 면도를 한 고양이, 그건 정말 꼴불견일 겁니다. 그 점은 저도, 수천 번이라도, 기꺼이 인정하겠습니다. 하지만 이건," 여기서 고양이의 목소리는 모욕을 당한 사람처럼 떨리고 있었다. "제가 보기에, 이건 저한테 생트집을 잡으려는 것밖에 되지 않습니다. 아무래도 제 앞에 심각한 문제가 놓여 있는 것 같습니다. 이런 대접을 받으면서까지 과연 내가 무도회에 가야 할 것인가? 메시르, 메시르께서는 이 문제에 대해 제게 뭐라고 하시겠습니까?"

고양이는 모욕감에 곧 폭발이라도 할 것처럼 뚱해져 있었다.

"아, 사기꾼, 이 사기꾼," 볼란드가 머리를 흔들며 말했다. "판이 불리해질 때마다, 형편없는 약장수가 다리 위에서 떠드는 것처럼 얘기를 아예 딴데로 돌려버리는군. 당장 자리에 앉아. 말도 안 되는 소리는 그만 집어치우고."

"앉겠습니다." 고양이는 앉으며 대답했다. "하지만 그 마지막 말씀에 대해서 저는 항의합니다. 제가 하는 말은 절대 말도 안 되는 소리가 아닙니다. 어떻게 숙녀 분 앞에서 그런 말씀을 하실 수가 있으십니까. 섹스투스 엠피리쿠스, 마르티아누스 카펠라⁶ 같은 석학들, 그리고 어쩌면 아리스토텔레스도 인정해줄 만큼 딱 들어맞는 삼단논법을 가지고."

"체크." 볼란드가 말했다.

"좋아요, 좋아." 고양이는 말을 받았다. 그리고 오페라글라스로 체스판을 바라보기 시작했다.

"자, 그럼." 볼란드가 마르가리타에게 말했다. "돈나,[7] 제 수행원들을 소개해드리겠습니다. 바보짓을 하고 있는 이자는 고양이 베헤못입니다. 아자젤로와 코로비예프는 벌써 인사를 나누셨을 테고, 이쪽은 내 하녀 헬라입니다. 무슨 일이든 척척 해내는 민첩하고 눈치가 빠른 아이지요."

아름다운 헬라가 초록빛 눈을 마르가리타에게 돌리며 미소를 지었다. 그러면서도 그녀는 손바닥 가득 연고를 떠서 그의 무릎을 문지르는 것을 멈추지 않았다.

"자, 이들이 전부입니다." 볼란드는 소개를 끝냈다. 그리고 헬라가 그의 무릎을 세게 움켜쥐자 얼굴을 찌푸렸다. "보시다시피, 수도 많지 않고, 잡종에, 술수라곤 모르는 친구들이지요." 그는 말을 멈추고 자기 앞에 있는 지구본을 돌리기 시작했다. 볼란드의 지구본은 그 위에서 푸른 대양이 물결치고, 극지방에는 진짜 같은 얼음과 눈으로 만든 둥근 지붕이 놓여 있을 만큼 아주 정교하게 만들어져 있었다.

그러는 사이 체스판에서는 한바탕 소동이 벌어지고 있었다.[8] 하얀 망토를 걸친 왕이 당황하며 발을 동동 구르면서 절망스럽게 팔을 휘두르고 있었다. 도끼 창을 든 세 명의 흰 졸들은 긴 칼을 휘두르며 적진을 가리키고 있는 장교를 당혹스러운 표정으로 바라보고 있었으며, 그 맞은편 흰 칸과 검은 칸에서는 볼란드의 검은 기사들을 태운 두 필의 말이 금방이라도 달려 나갈 듯 맹렬한 기세로 버둥거리고 있었다.

마르가리타는 체스판의 인물들이 살아 있다는 것이 너무나도 흥미롭고, 놀랍기도 했다.

398

고양이가 오페라글라스를 벗고 슬그머니 자신의 왕의 등을 밀자 왕은 절망하며 손으로 얼굴을 가렸다.

"일이 잘 안 풀리시는 모양이군, 친애하는 베헤못." 코로비예프가 가시 돋친 목소리로 조용히 말했다.

"상황이 아주 좋지 않아. 하지만 절대로 희망이 없는 건 아니야." 베헤못이 대답했다. "무엇보다도 나는 궁극적으로 승리하리라는 것을 굳게 믿고 있어. 상황을 잘 분석해볼 필요가 있어."

그는 그 분석을 아주 이상한 방식으로 행했다. 그러니까 그는 온갖 표정을 지어가며 자기 왕에게 눈짓을 하기 시작했다.

"소용없어." 코로비예프가 지적했다.

"아!" 베헤못이 소리쳤다. "앵무새들이 다 날아가버렸군, 내 이럴 줄 알았다니까!"

정말로 어딘가 멀리서 한 무리의 새들이 날갯짓 하는 소리가 들려왔고, 코로비예프와 아자젤로가 밖으로 뛰어나갔다.

"아, 빌어먹을, 장난은 그만둬!" 지구본에서 눈을 떼지 않은 채로 볼란드가 중얼거렸다.

코로비예프와 아자젤로가 사라지자, 베헤못의 눈짓이 더욱 커졌고, 흰 왕은 그제야 베헤못이 자신에게 뭘 원하는지를 알아차렸다. 그는 갑자기 망토를 끌러 벗어던지고 체스판에서 도망을 쳤다. 장교는 왕이 버리고 간 의상을 제 몸에 두르고 왕의 자리를 차지했다.

그리고 그때 코로비예프와 아자젤로가 돌아왔다.

"거짓말이었어, 언제나 그랬듯이." 아자젤로가 베헤못을 쏘아보며 투덜거렸다.

"이상하다, 내 귀엔 들렸는데." 고양이가 대답했다.

"뭐야, 계속해보자는 건가?" 볼란드가 물었다. "왕은 잡혔어."

"메트르,' 지금 무슨 말씀을 하시는 거죠?" 고양이가 말했다. "없는 왕을 어떻게 잡으시겠다는 겁니까?"

"다시 한 번 말한다. 왕은 잡혔어."

"메시르," 짐짓 조심스러운 목소리로 고양이가 대답했다. "좀 지치신 것 같군요. 왕을 잡을 수가 없다니까요!"

"G 두번째 칸에 왕이 있잖아." 볼란드는 체스판을 돌아보지도 않고 말했다.

"메시르, 제가 경악을 하겠습니다!" 고양이는 제 상통에 그 경악을 드러내며 으르렁거렸다. "그 칸에는 왕이 없다니까요!"

"뭐라고?" 볼란드는 그럴 리가 없다는 듯 물었다. 그리고 체스판을 들여다보기 시작했다. 체스판의 왕의 자리에 서 있던 장교가 얼굴을 돌리며 두 손으로 얼굴을 가렸다.

"아, 이 협잡꾼." 볼란드가 생각에 잠겨 말했다.

"메시르! 여기서 저는 다시 한 번 논리에 대해 말씀을 드리고 싶습니다." 고양이는 양발을 가슴에 대고 말하기 시작했다. "만약 노름꾼이 왕은 잡혔다라고 공표했는데, 이미 왕이 체스판 어디에도 없다면 그 판은 무효가 되는 겁니다."

"항복할 텐가, 말 텐가?" 볼란드가 무서운 목소리로 소리를 질렀다.

"잠시 생각할 시간을 좀 주십시오." 고양이가 한풀 꺾인 목소리로 대답했다. 그리고 팔꿈치를 탁자 위에 올려놓고 양발로 두 귀를 움켜쥐고는 생각하기 시작했다. 그렇게 한참을 생각하더니 드디어 말했다. "항복하겠습니다."

"저런 고집불통은 죽여야 돼." 아자젤로가 중얼거리듯 말했다.

"좋아요, 항복입니다." 고양이가 말했다. "하지만 제가 항복하는 것은 오로지 저를 시샘하는 자들의 박해와 이런 분위기에선 도저히 게임을 할 수 없기 때문입니다!" 고양이가 자리에서 일어났다. 그러자 체스판의 말들이 상자 안으로 기어 들어갔다.

"헬라, 시간이 됐다." 볼란드가 말했다. 그러자 헬라는 방에서 사라졌다. "다리의 통증이 더 심해졌어. 이제 곧 무도회가……." 볼란드가 말을 계속하려고 했다.

"제가 하게 해주세요." 마르가리타가 작은 소리로 부탁했다.

볼란드는 잠시 그녀를 뚫어지게 바라보더니 그녀 앞으로 무릎을 내밀었다.

용암처럼 뜨겁고 진득진득한 액체가 그녀의 손을 태워버릴 것만 같았다. 하지만 마르가리타는 얼굴을 찡그리지 않고, 아프게 하지 않으려고 애를 쓰면서 그 액체로 볼란드의 무릎을 문질렀다.

"내 측근들은 이게 류머티즘이라고 주장하고 있지." 볼란드가 마르가리타에게서 눈을 떼지 않은 채로 말했다. "하지만 나는 이 무릎의 통증을 1571년 브로켄 산의 악마 학술부에서 내가 가깝게 알고 지내던 매혹적인 마녀가 기념으로 내게 남긴 것이 아닐까 생각하고 있지."[10]

"세상에, 어떻게 그럴 수가!" 마르가리타가 말했다.

"말도 안 되는 소리지! 벌써 삼백 년이 다 되어가는데. 나에게 수많은 약을 권했지만, 나는 옛날식으로 우리 할머니들의 방법을 고수하고 있지. 끔찍한 할망구인 내 할머니가 유산으로 아주 놀라운 풀들을 남겨주셨거든! 그건 그렇고, 무슨 괴로운 일이라도 있소? 그러니까 당신의 영혼 속에 독이 퍼지게 하는 어떤 슬픔이나, 우수가 있는 것 아니오?"

"아닙니다, 메시르. 그런 것은 전혀 없습니다." 현명한 마르가리타가 대답했다. "이렇게 메시르와 함께 있으니 마음이 무척 편안합니다."

"피란 위대한 것이야." 볼란드는 무엇 때문인지 유쾌하게 말했다. 그리고 계속해서 말을 이었다. "내가 보기에 당신은 내 지구본에 흥미를 느끼는 것 같은데."

"예, 맞아요. 저는 저런 물건을 한번도 본 적이 없어요."

"훌륭한 물건이지. 솔직히 난 라디오로 뉴스를 듣는 걸 좋아하지 않아. 뉴스를 알려주겠다는 여자들이 하나같이 지명 하나도 제대로 발음하지 못하는 데다, 셋 중 하나는 꼭 코맹맹이 소리를 낸단 말이야. 마치 일부러 그런 여자들만 뽑아놓은 것처럼 말이야. 내 지구본은 훨씬 편하지. 내게 필요한 사건들을 훨씬 더 정확하게 알려주니까. 예를 들어서, 자, 여기, 대양이 육지의 측면을 씻어주고 있는 이 부분이 보이시오? 불길이 뿜어져 나오는 곳 말이오. 저곳에서 전쟁이 시작된 것이오.[11] 눈을 가까이 대면, 세세한 것까지 보일 것이오."

마르가리타가 지구본 위로 몸을 구부리자, 조그만 땅 조각이 점점 넓어지면서 색색이 드러나며 기복(起伏) 지도처럼 변하는 것이 보였다. 끈처럼 가느다란 강물과 그 옆에 있는 마을의 모습도 보였다. 크기가 완두콩만 했던 작은 집이 점점 커져서 성냥갑만 하게 되는가 싶더니, 난데없이 검은 연기 기둥과 함께 그 집의 지붕이 위로 날아가버리고, 벽도 무너져내렸다. 결국 그 2층의 작은 상자에서 남은 것이라고는 초가뿐이었고, 거기서 검은 연기가 피어올랐다. 마르가리타가 눈을 좀더 가까이 갖다 대자, 땅 위에 누워 있는 작은 여자의 모습과 그 옆 피 웅덩이 속에서 팔을 버둥거리고 있는 작은 아이가 보였다.

"이제 끝났군." 볼란드가 미소를 지으며 말했다. "그는 실수를 저지르는 법이 없지. 아바돈[12]의 솜씨는 언제나 나무랄 데가 없어."

402

"저는 그 아바돈이라는 자의 적의 편에 서고 싶지 않아요." 마르가리타가 말했다. "그는 누구의 편이죠?"

"당신과 이야기를 나누면 나눌수록," 볼란드가 호의를 보이며 대답했다. "당신이 무척 현명하다는 생각이 드는군. 당신은 걱정하지 않아도 될 거요. 그는 보기 드물게 편견이 없는 자이고, 전쟁을 벌이는 양측을 모두 동정하곤 하지. 그래서 언제나 양측은 똑같은 결과를 얻게 되고. 아바돈!" 볼란드가 나직한 소리로 불렀다. 그러자 벽에서 검은 안경을 쓴 비쩍 마른 사내의 모습이 나타났다. 그가 쓰고 있는 검은 안경은 마르가리타가 작게 비명을 지르며 볼란드의 한쪽 발에 얼굴을 파묻을 만큼 그녀에게 강한 인상을 불러일으켰다. "자, 그만!" 볼란드가 소리쳤다. "요즘 사람들은 왜 이렇게 흥분을 잘하는지!" 그는 손을 크게 휘둘러 마르가리타의 등을 내리쳤다. 그녀의 몸을 타고 종소리가 지나가는 것 같았다. "자, 봐요. 그는 안경을 쓰고 있는 것뿐이잖소. 게다가 아바돈은 약속된 시간에 앞서 누군가에게 나타나는 일은 결코 없소. 그리고 마지막으로 내가 여기에 있지 않소. 당신은 내 손님이고! 나는 그저 당신에게 그를 한번 보여주고 싶었을 뿐이오."

아바돈은 꼼짝도 하지 않고 서 있었다.

"그럼 안경을 잠깐 벗어보라고 할 수 있나요?" 마르가리타가 볼란드에게 바싹 달라붙으며 물었다. 그녀는 몸을 떨고 있었지만, 그 떨림은 이미 호기심으로 인한 것이었다.

"아니, 그건 안 되오." 볼란드가 굳은 얼굴로 대답했다. 그리고 아바돈에게 팔을 휘두르자, 그가 사라졌다. "아자젤로, 무슨 할 말이라도 있는 건가?"

"메시르," 아자젤로가 대답했다. "말씀드릴 것이 있습니다. 지금 이곳에 외부인 둘이 와 있습니다. 계속 징징대면서 주인 마님 옆에 있게 해달라고 애원하는 미녀와 그리고, 송구하옵니다만, 수퇘지입니다."

"미녀들은 이상한 행동을 한다니까." 볼란드가 말했다.

"나타샤예요, 나타샤!" 마르가리타가 소리를 질렀다.

"좋아, 주인 옆에 두도록 하지. 그리고 수퇘지는 요리사들한테 보내."

"돼지를 잡으시려는 건가요?" 마르가리타가 놀라며 비명을 질렀다. "자비를 베푸세요, 메시르. 그 사람은 아래층에 사는 니콜라이 이바노비치예요. 실수가 좀 있었어요. 그애가, 그러니까 그에게 크림을 발라서……."

"잠깐만." 볼란드가 말했다. "누가 그를 잡는다고 했지? 잠시 요리사들과 앉아 있게 하는 것뿐이오. 그뿐이라고! 돼지를 무도회장에 풀어놓을 수는 없잖소!"

"그리고……" 아자젤로가 계속해서 보고를 했다. "자정이 가까워지고 있습니다, 메시르."

"그래, 좋아." 볼란드가 마르가리타를 쳐다보며 말했다. "자, 그럼, 이제 당신은…… 미리 당신께 감사를 드리겠소. 겁내지 마시오, 아무것도 두려워하지 마시오. 그리고 물 외엔 아무것도 마시지 마시오. 그렇지 않으면 기운이 빠지고 힘들어질 거요. 자, 시간이 되었다!"

마르가리타는 카펫에서 일어났다. 그리고 그 순간 문 앞에 코로비예프가 나타났다.

제23장

사탄의 대무도회

자정이 다가오고 있었다. 서둘러야 했다. 마르가리타는 주위를 분명하게 볼 수 없었다. 촛불들과 보석으로 만들어진 욕조가 기억에 남았다. 마르가리타가 그 욕조 바닥에 서자 헬라와 나타샤가 그녀를 도와 마르가리타에게 뭔가 뜨겁고 끈적거리는 빨간 액체를 쏟아 부었다. 마르가리타는 입술에 짠맛을 느꼈고, 자신을 피로 씻기고 있다는 것을 알아차렸다. 잠시 후 핏빛 망토는 끈적끈적하고 투명한 장밋빛 망토로 바뀌었다. 마르가리타는 장미 기름으로 머리가 어지러워졌다. 그런 다음 그들은 마르가리타를 크리스털 침대에 눕히고, 커다란 초록 잎으로 그녀의 몸에서 빛이 날 때까지 문질렀다. 그때 고양이가 갑자기 나타나 그들을 도와주기 시작했다. 고양이는 마르가리타의 발치에 웅크리고 앉아, 마치 거리의 구두닦이가 하는 것처럼 그녀의 발뒤꿈치를 문질러 닦기 시작했다.

마르가리타는 누가 자신에게 여린 장미꽃잎으로 만든 구두를 신겨주었는지, 그 구두에 어떻게 저절로 황금 고리가 채워졌는지를 기억하지 못했다. 어떤 힘이 마르가리타를 끌어당겨 거울 앞에 세웠다. 그녀의 머리 위에서는 다이아몬드 왕관이 번쩍거렸다. 어디선가 코로비예프가 나타나 둥근 틀 안에 묵직한 검은 복슬개 형상이 달린 무거운 사슬을 마르가리타의 가슴에 걸어주었다.[1] 이 장식물은 여왕을 몹시 고통스럽게 했다. 쇠사슬이 목을 문질러대기 시작했고, 무거운 복슬개 상은 그녀의 몸을 앞으로 숙여지게 만들었다. 하지만 검은 복슬개가 달린 그 사슬이 주는 불편함을 보상해주는 것도 있었다. 그것은 코로비예프와 베헤못이 그녀를 대하면서 보인 존경심이었다.

"괜찮아요, 괜찮아, 괜찮을 겁니다!" 코로비예프가 욕조가 딸린 방의 문 앞에 서서 중얼거렸다. "어쩔 수 없습니다. 해야 돼요, 하고 있으셔야 됩니다…… 여왕님, 마지막 조언을 허락해주십시오. 손님들 중에는 다양한, 오, 정말 다양한 사람들이 있을 겁니다. 하지만 그 누구에게도, 마르고 여왕 마마, 특별한 관심을 보여서는 안 됩니다! 만약 누군가가 마음에 들지 않으신다 해도…… 물론, 여왕님께서는 그걸 얼굴에 드러내지 않으시리라는 걸 잘 알고 있습니다…… 물론이지요, 절대로, 절대 그런 생각을 하시면 안 됩니다! 대번에 눈치를 챌 겁니다, 눈치를 챕니다! 마음에 들지 않는 자도 사랑하셔야 합니다. 사랑하셔야 해요, 여왕 마마! 그렇게만 하신다면 무도회의 여주인께 백 배의 보상이 돌아가게 될 것입니다. 그리고 한 가지만 더. 누구도 그냥 보내서는 안 됩니다! 가벼운 미소라도, 만약 한마디를 던질 시간이 없다면, 고개를 아주 살짝만이라도 돌려주셔야 합니다. 뭐든 원하시는 대로 하십시오, 하지만 무관심만은 절대 안 됩니다. 그들은 당신의 무관심을 견디지 못할 것입니다……."

이윽고 코로비예프와 베헤못의 호위 아래 마르가리타는 욕조가 붙은 방에서 나와 칠흑 같은 어둠 속으로 걸어 들어갔다.

"내가 할 거야, 내가." 고양이가 속삭였다. "내가 신호를 보낼 거야!"

"어서 해!" 어둠 속에서 코로비예프가 대답했다.

"무도회를 시작한다!" 고양이가 날카롭게 첫소리를 냈다. 그 순간 마르가리타는 자신도 모르게 비명을 지르고, 몇 초 동안인가 눈을 감았다. 곧이어 빛으로, 그리고 소리와 향기로 그녀 앞에 무도회가 펼쳐졌다. 코로비예프의 부축을 받고 선 마르가리타는 열대의 숲 속에 서 있는 자신을 보았다. 덩굴 뒤로 빨간 가슴에 꼬리는 초록색인 앵무새들이 줄을 지어 날아다니며 귀가 멍멍해지도록 소리를 질러댔다. "이렇게 만나뵙게 되다니, 정말 기쁩니다!" 하지만 어느새 숲은 끝나고, 곧이어 목욕탕 안에 있는 것 같던 답답함은 원주(圓柱)가 늘어선 무도회장의 냉기로 변해버렸다. 그 원주들은 뭔가 노랗게 번쩍거리는 돌로 만들어져 있었다. 홀은 숲이 그랬었던 것처럼 완전히 텅 비어 있었고, 머리에 은빛 띠를 두른 알몸의 흑인들이 원주 옆에 꼼짝하지 않고 서 있을 뿐이었다. 수행원들과 함께 (어디서 나타났는지 아자젤로도 끼어 있었다) 마르가리타가 홀에 들어서자 흑인들의 얼굴은 흥분으로 흙빛이 되었다. 여기서 코로비예프가 마르가리타의 손을 놓아주며 작은 소리로 말했다.

"곧장 튤립 쪽으로 가세요!"

흰 튤립들의 나지막한 벽이 마르가리타 앞에 나타났다. 마르가리타는 그 벽 뒤로 둥근 갓이 씌워진 수많은 램프와 그 앞의 연미복을 입은 사람들의 흰 가슴과 검은 어깨를 보았다. 마르가리타는 그제야 무도회의 소리가 어디서 흘러나오고 있는 것인지를 알아차렸다. 그녀에게 나팔 소리가 굉음처럼 퍼부어졌고, 그 굉음 아래로 터져 나오는 바이올린들의 강렬한 회오리가 피처럼 그녀의 온몸을 적셨다. 백오십여 명의 오케스트라가 폴로네즈를 연주하고 있었다.

오케스트라 앞 단상에 서 있던 연미복의 사내가 마르가리타를 보았다.

순간 그의 얼굴이 창백해지며 미소를 짓더니, 갑자기 팔을 휘둘러 오케스트라 전체를 일으켜 세웠다. 오케스트라는 한순간도 음악을 중단하지 않은 채로, 일어서서 마르가리타를 향해 소리를 쏟아부었다. 오케스트라 지휘자는 오케스트라에서 몸을 돌려 팔을 크게 벌리며 허리를 굽혀 인사를 했고, 마르가리타는 미소를 지으며 그에게 팔을 흔들어주었다.

"아니, 그걸로는 모자랍니다, 모자라요." 코로비예프가 속삭였다. "밤새 한숨도 자지 못할 겁니다. '왈츠의 왕이여, 당신을 환영합니다!'라고 그에게 외쳐주세요."

마르가리타는 코로비예프가 시키는 대로 했다. 그리고 자신의 목소리가 교회의 종소리처럼 쩌렁쩌렁 울리며 오케스트라의 포효를 뒤덮어버린 것에 놀랐다. 지휘자는 행복에 겨워 몸을 떨며 왼팔을 가슴에 갖다 대었고, 오른팔로는 오케스트라를 향해 하얀 지휘봉을 계속해서 흔들었다.

"부족해요, 부족해." 코로비예프가 속삭였다. "왼쪽, 제1바이올린 쪽을 보세요. 당신이 자신들 모두를, 그 하나하나를 다 알아보고 있다고 생각하도록 고개를 끄덕여주셔야 합니다. 이곳에 있는 연주자들은 모두 세계적으로 유명한 사람들입니다. 저기, 첫번째 악보대 뒤에 있는 사람이 바로 비외탕²입니다. 그렇죠, 아주 좋습니다. 이제 가시지요!"

"저 지휘자는 누구죠?" 자리를 옮기며 마르가리타가 물었다.

"요한 슈트라우스!" 고양이가 소리쳤다. "다른 어떤 무도회에서 저런 오케스트라가 연주하는 것을 보신 적이 있다면, 열대 숲 덩굴에 제 목을 매달아도 좋습니다! 제가 초대했지요! 여기서 주목하실 점은 병이 난 사람은 단 한 사람도 없었고, 단 한 사람도 거절하지 않았다는 것입니다."

이어지는 홀에는 주랑이 없었다. 대신 한쪽에는 붉은 장미와 분홍빛 장미, 우윳빛 흰 장미들의 벽이, 다른 한쪽에는 일본식 겹동백들의 벽이

서 있었다. 그 벽들 사이로 벌써부터 분수들이 쉭쉭거리며 물을 내뿜고 있었고, 세 개의 수영장에서는 샴페인이 부글부글 끓고 있었다. 그중 첫 번째 수영장은 투명한 보랏빛이었고, 두번째 수영장은 루비 빛이었으며, 세번째는 크리스털 빛이었다. 수영장 옆에는 새빨간 끈을 동여맨 흑인들이 분주하게 뛰어다니며, 은 국자로 수영장의 술을 떠서 납작한 잔들을 채우고 있었다. 장미로 만들어진 벽이 갈라지더니, 그 안쪽 단상 위에 제비 꼬리를 단 붉은 연미복을 입고, 불에 덴 것처럼 흥분을 하고 있는 사람이 나타났다. 그 앞에서는 재즈 밴드가 참을 수 없을 만큼 큰 소리로 굉음을 울려대고 있었다. 마르가리타를 보자마자 그 지휘자는 팔이 바닥에 닿도록 고개를 숙여 그녀에게 인사를 했고, 이내 몸을 쫙 펴더니 귀청이 떨어져 나가도록 소리쳤다.

"할렐루야!"

그는 자신의 한쪽 무릎을 탁 치고, 이어 팔을 엇갈리게 하여 다른 한쪽 무릎을 타닥 하고 치더니, 제일 끝에 있던 연주자의 손에서 심벌즈를 빼앗아 원주를 두들겨댔다.

마르가리타는 그곳을 떠나며 그 재즈 밴드의 대가가 마르가리타의 등 뒤에서 불어오는 폴로네즈와 경쟁을 하면서 심벌즈로 재즈 밴드 연주자들의 머리를 때리고, 그에 놀란 연주자들이 우스꽝스러운 모습으로 주저앉는 것을 보았다.

마침내 넓은 단상까지 날아온 마르가리타는 그곳이 바로 코로비예프가 램프를 들고 자신을 맞으러 나왔던 어둠 속 그 장소라는 것을 알게 되었다. 지금 그 단상은 크리스털 포도송이에서 뿜어져 나오는 빛으로 눈이 멀 지경이었다. 마르가리타는 준비된 자리에 세워졌고, 그녀의 왼팔 아래 나지막한 자수정 기둥이 나타났다.

"많이 힘드시면, 팔을 이 위에 올려놓으셔도 됩니다." 코로비예프가 속삭였다.

검은 피부의 누군가가 마르가리타 발아래로 금빛 복슬개가 수놓아진 방석을 내밀었고, 또 다른 누군가의 손에 따라 그녀는 무릎을 굽히고, 그 위에 오른발을 올려놓았다.

마르가리타는 주위를 둘러보았다. 그녀 옆에는 코로비예프와 아자젤로가 정면을 바라보고 서 있었다. 아자젤로 옆에는 세 명의 젊은 사람들이 더 있었는데, 그들은 왠지 마르가리타에게 아바돈을 떠오르게 했다. 등 뒤로 느껴지는 한기에 뒤를 돌아본 마르가리타는 그녀의 뒤쪽으로 대리석 벽에서 포도주가 쉭쉭거리며 뿜어져 나와 이내 차가운 수영장으로 흘러내려가고 있는 것을 보았다. 그녀의 왼발 앞에 뭔가 따뜻하고 복슬복슬한 것이 느껴졌다. 베헤못이었다.

마르가리타는 아주 높은 곳에 있었고, 그녀의 발아래로 카펫이 깔린 어마어마하게 큰 계단이 길게 이어져 있었다. 마르가리타는 그 아래, 마치 오페라글라스를 거꾸로 보고 있는 것처럼 까마득히 먼 곳에 역시 어마어마하게 큰 현관이 있는 것을 보았다. 그 현관에는 크기를 가늠할 수 없을 만큼 커다란 벽난로가 있었으며, 그 차갑고 시커먼 입구는 5톤 트럭도 자유롭게 통과할 수 있을 것 같았다. 눈이 아플 정도로 빛을 쏟아내고 있는 그 현관과 계단에는 아무도 없었다. 그때 멀리서 나팔 소리가 들려왔다. 마르가리타와 그 일행은 그렇게 몇 분을 더, 꼼짝하지 않고 서 있었다.

"손님들은 어디에 있는 거죠?" 마르가리타가 코로비예프에게 물었다.

"올 겁니다, 여왕님. 올 겁니다, 곧 올 것입니다. 손님들은 부족함이 없을 것입니다. 사실 전 이곳 단상에서 그들을 맞이하느니 차라리 어디가서 장작을 패는 편을 택할 것입니다."

"장작을 팬다고?" 수다쟁이 고양이가 때를 놓치지 않고 말을 받았다. "나라면 전차 운전사를 하겠다. 세상에 이보다 더 고약한 일은 없다니까!"

"여왕님, 모든 것이 미리 준비되어 있어야 합니다." 금이 간 외눈안경 뒤로 눈을 번득이며 코로비예프가 설명했다. "첫번째로 도착한 손님이 뭘 해야 할지 몰라 이리저리 서성대고, 그의 합법적인 메가이라³가 자신들이 제일 먼저 도착했다는 이유로 그를 쪼아대는 것보다 더 끔찍한 일은 없거 든요. 그런 무도회는 구정물 통으로 던져버려야 합니다, 여왕님."

"구정물 통에 던져야 하고말고요." 고양이가 두둔했다.

"자정까진 십 초도 남지 않았습니다." 코로비예프가 덧붙였다. "이제 곧 시작될 겁니다."

마르가리타에게는 그 십 초가 너무나도 길게 여겨졌다. 벌써 오래전 에 십 초가 지나간 것 같았지만 아무 일도 일어나지 않았다. 그때 갑자기 아래쪽 커다란 벽난로에서 뭔가 쿵 하는 소리가 나더니, 반은 썩어 문드 러진 시체를 덜렁덜렁 매달고 있는 교수대가 벽난로에서 튀어나왔다. 시 체는 밧줄에서 떨어져 바닥에 부딪혔고, 그 자리에서 연미복에 에나멜 구 두를 신은 흑발의 미남자가 벌떡 일어섰다. 이어 벽난로에서 반쯤 썩은 작은 관이 튀어나왔으며, 그 뚜껑이 떨어져 나가고 거기서 또 다른 시체 가 굴러 떨어졌다. 잘생긴 남자가 매우 정중하게 그 시체 곁으로 다가가 우아하게 팔을 뻗자, 두번째 시체는 검은 구두를 신고 머리에 검은 깃털 을 단, 나체의 침착하지 못한 여인으로 변했다. 그리고 그 남자와 여자는 서둘러 계단을 오르기 시작했다.

"첫번째 손님이십니다!" 코로비예프가 외쳤다. "자크 씨와 그 부인이 십니다. 여왕님, 소개해올리겠습니다, 세상에서 가장 매력적인 남자 중 한 사람이지요. 신념 있는 화폐 위조자, 국가를 배반한 자, 하지만 꽤 실력이 있는 연금술사이기도 하지요." 계속해서 코로비예프가 마르가리타의 귀에 대고 속삭였다. "국왕의 정부를 독살한 것으로 유명하답니다.⁴ 하지만 그것도 아무나 할 수 있는 일은 아니지요! 보십시오. 얼마나 잘생겼습니까!"

얼굴이 창백해진 마르가리타가 입을 벌린 채로 아래를 바라보았다. 현관 앞에서 교수대와 관이 사라지고 있는 것이 보였다.

"어서 오십시오. 이렇게 만나뵙게 되다니 정말 기쁩니다!" 계단을 올라온 자크의 얼굴에 대고 고양이가 소리를 질렀다.

그때 아래쪽 벽난로에서 머리가 없고 한쪽 팔이 잘린 해골이 나타났다. 해골은 바닥으로 내동댕이치듯 떨어지더니 연미복을 입은 남자로 변했다.

자크의 부인은 벌써 마르가리타 앞에 한쪽 무릎을 꿇고 서 있었다. 흥분으로 얼굴이 창백해진 그녀가 마르가리타의 무릎에 입을 맞추었다.

"여왕님……." 자크의 부인이 중얼거렸다.

"여왕님께서 무척 반가워하고 계십니다!" 코로비예프가 소리쳤다.

"여왕님……." 잘생긴 남자 자크가 작은 소리로 말했다.

"이렇게 와주셔서 정말 기쁩니다." 고양이가 가르릉거렸다.

아자젤로와 나란히 선 젊은 남자들이 생기는 없지만 친절한 미소를 지으며, 자크와 부인을 흑인들이 들고 있는 샴페인 잔 쪽으로 밀어냈다. 계단에는 연미복을 입은 사내가 혼자서 뛰어 올라오고 있었다.

"로버트 백작⁵이십니다." 코로비예프가 마르가리타에게 속삭였다. "역시 흥미로운 사람이지요. 한번 들어보세요, 여왕님, 정말 재미있답니다. 이 사람은 반대의 경우지요. 여왕의 정부였고, 자기 아내를 독살했답니다."

412

"반갑습니다, 백작." 베헤못이 소리쳤다.

벽난로에서 관 세 개가 쩍쩍 소리를 내며 갈라지고 부서지면서 줄줄이 튀어나오고, 검은 망토를 입은 누군가에 이어 시커먼 아궁이에서 튀어나온 자가 앞선 자의 등에 칼을 꽂았다. 아래쪽에서 짓눌린 듯한 비명 소리가 들려왔다. 이어 거의 다 썩어서 문드러진 시체가 벽난로에서 튀어나왔다. 마르가리타가 눈을 질끈 감자 누군가 그녀의 코에 흰 소금이 담긴 유리병을 갖다 댔다. 마르가리타는 그것이 나타샤의 손일 거라고 생각했다. 계단은 이미 손님들로 발 디딜 틈 없이 들어차 있었다. 층계마다 멀리서 보기엔 완전히 똑같고, 구두 색깔과 머리에 꽂은 깃털로만 구분되는 연미복의 남자들과 벌거벗은 여자들이 서서 올라오고 있었다.

왼발에 특이한 나무 구두를 신은 한 부인이 다리를 절뚝거리며 마르가리타에게 다가왔다. 수녀처럼 눈을 내리깔고 있는 그 부인은 비쩍 마르고 온순해 보였으며, 무엇 때문인지 목에 넓은 초록색 끈을 두르고 있었다.

"저 초록색은?" 마르가리타는 거의 기계적으로 물었다.

"정말 매혹적이고 존경할 만한 부인이지요." 코로비예프가 속삭였다. "소개해 올리겠습니다. 토파나 부인이십니다.[6] 젊고 매력적인 나폴리 여인들과 팔레르모 여인들 사이에서 아주 인기 있는 분이셨지요, 특히 남편에게 싫증이 난 여성들에게 인기가 좋았답니다. 그러니까, 남편에게 싫증이 날 때가 있지 않습니까……."

"그렇죠." 마르가리타가 들릴 듯 말 듯 작은 소리로 대답했다. 그러면서 그녀는 그녀 앞에 절을 하며 무릎과 손에 입을 맞추는 두 연미복의 사내에게 차례로 미소를 지어 보였다.

"그래서," 코로비예프는 마르가리타에게 속삭이고 재빨리 누군가에게 소리를 쳤다. "공작님! 샴페인 한잔하시죠! 와주셔서 정말 기쁩니

다……! 예, 그러니까 말이죠, 토파나 부인은 그 불쌍한 여인들의 입장
에 서서 거품이 부글부글 끓는 일종의 물을 그들에게 팔았던 겁니다. 아
내는 그 물을 남편의 수프에 넣었고, 남편은 그 수프를 다 먹고 나서 아내
의 친절함에 감사하며, 매우 흡족해했지요. 그리고 몇 시간 후 남편은 지
독한 갈증을 느끼기 시작했고, 잠시 후 잠자리에 누웠습니다. 다음 날 남
편에게 수프를 먹인 그 아름다운 나폴리 여인은 봄바람처럼 자유로운 여
인이 되었지요."

"그런데 저 발에 있는 건 뭐죠?" 마르가리타는 다리를 저는 토파나
부인을 앞질러 온 손님들에게 손을 내밀며 물었다. "목에 저 초록색 천은
또 뭐고? 목이 쭈글쭈글해져서 그런가?"

"공작님, 와주셨군요!" 코로비예프가 소리쳤다. 그리고 곧바로 마르
가리타에게 속삭였다. "목은 아름답지요. 그런데 감옥에서 저 목에 좋지
않은 일이 생겼답니다. 그녀가 발에 차고 있는 것은, 여왕님, 스페인 장
화[7]입니다. 그리고 목의 저 끈은 어찌 된 것인고 하니, 불운한 선택을 당
한 오백여 명의 남편들이 나폴리와 팔레르모에서 영원히 사라졌다는 사실
을 알게 된 간수들이 그만 흥분을 하여 감옥에서 토파나 부인의 목을 조른
것입니다."

"검은 여왕님, 이렇게 높으신 분을 만나뵙게 되다니 정말 기쁩니다."
토파나가 무릎을 구부리려고 애쓰면서 수녀처럼 작은 소리로 말했다. 하
지만 스페인 장화가 방해가 되자, 코로비예프와 베헤못이 토파나가 일어
서는 것을 도와주었다.

"나도 기뻐요." 마르가리타는 그녀에게 대답하면서 다른 사람들에게
손을 내밀었다.

계단을 따라 마치 아래에서부터 위로 급류가 밀려오는 것 같았다. 마

414

르가리타는 이제 현관에서 일어나는 일에는 관심이 없었다. 그녀는 기계적으로 손을 올리고 내리면서 한결같이 이를 드러내 보이며 손님들에게 미소를 지었다. 단상은 웅성거리는 목소리들로 가득 찼고, 마르가리타가 떠나온 무도회장으로부터 마치 파도가 몰아치듯 음악 소리가 들려왔다.

"저 여자는 정말 지긋지긋한 여자지요." 코로비예프는 더 이상 속삭이지 않고 큰 소리로 말했다. 웅성거림 속에서 이제 그의 말을 들을 사람이 없었기 때문이었다. "무도회를 어찌나 좋아하는지, 그것도 다 자기 손수건에 대한 넋두리를 늘어놓으려고 그러는 거지요."

마르가리타의 시선이 계단을 올라오는 사람들의 무리 속에서 코로비예프가 가리키는 여자를 붙잡았다. 그녀는 스무 살가량의 젊은 여인으로, 범상치 않은 미모의 소유자였으며, 그 눈은 어딘지 불안하고 집요해 보이는 데가 있었다.

"손수건이라뇨?" 마르가리타가 물었다.

"저 여자한테 몸종 하나가 달라붙어서," 코로비예프가 설명해주었다. "삼십 년 동안 하루도 빠지지 않고, 밤마다 침대 옆 탁자 위에 손수건을 올려놓고 있거든요. 그러니 잠에서 깨어 일어나보면, 항상 손수건이 그 자리에 있는 거지요. 손수건을 불에 태워버리고, 강물에 떨어뜨려도 보았지만, 아무 소용이 없는 겁니다."

"그게 무슨 손수건인데요?" 마르가리타가 손을 올렸다가 내리면서 물었다.

"파란 줄이 들어가 있는 손수건이지요. 그러니까 일이 어떻게 된 것인고 하니, 저 여자가 한 카페에서 일을 하고 있었는데, 어느 날 그 카페 주인이 무슨 일인지 여자를 창고로 불렀답니다. 그리고 열 달 뒤 아이를 낳은 여자는 그 갓난아이를 숲 속으로 데려가 손수건으로 입을 틀어막고 땅속에 묻어버렸지요. 여자는 재판에서 아이에게 먹일 것이 하나도 없었다고 말했답니다."

"그 카페 주인은 어디서 뭘 하고?" 마르가리타가 물었다.

"여왕님." 갑자기 뒤에서 고양이가 쇳소리를 냈다. "허락하신다면, 제가 한 가지 여쭙겠습니다. 여기서 대체 주인 얘기가 왜 나옵니까? 그 주인이 갓난아이를 숲에서 목 졸라 죽인 것도 아닌데!"

마르가리타는 여전히 미소를 지은 채로 오른손을 흔들면서, 왼손의 뾰족한 손톱으로 베헤못의 귀를 잡아당기며 그에게 속삭였다.

"나쁜 놈, 너 한번만 더 내 얘기에 끼어들어봐……."

그러자 베헤못은 무도회에 어울리지 않는 날카로운 울음소리를 내며 갈라지는 목소리로 말했다.

"여왕님…… 귀가 퉁퉁 붓겠습니다…… 대체 퉁퉁 부은 귀로 무도회를 망치시려는 이유가 뭡니까?…… 제가 말씀드리는 건, 법이 그렇다는 겁니다…… 법률적 견지에서…… 가만 있을게요, 잠자코 있겠습니다…… 이제부터 저는 고양이가 아니라 물고기입니다, 그러니 제발 이 귀 좀 놔주세요."

마르가리타는 귀를 놓아주었다. 그 순간 집요하게 달라붙는 듯한 음울한 눈이 그녀 앞에 나타났다.

"저는 행복합니다, 여왕님. 이렇게 성대한 만월의 무도회에 초대해주시다니."

"나도," 마르가리타가 그녀에게 대답했다. "당신을 만나게 되어서 기뻐요. 무척 기뻐요. 혹시 샴페인 좋아해요?"

"지금 무슨 짓을 하시는 겁니까, 여왕님?!" 코로비예프가 마르가리타의 귀에 대고 절망적으로 속삭였다. "뒤에서 난리가 날 겁니다!"

"좋아합니다." 여자는 애원하듯 말했다. 그리고 갑자기 거의 기계적으로 같은 말을 반복하기 시작했다. "프리다, 프리다, 프리다! 오, 여왕님, 제 이름은 프리다입니다!"[8]

"그래, 오늘은 실컷 마시도록 해요, 프리다, 아무 생각도 하지 말고." 마르가리타가 말했다.

프리다는 마르가리타를 향해 두 손을 뻗었다. 하지만 코로비예프와 베헤못이 재빨리 그녀의 팔을 잡아챘고, 그녀는 군중 속으로 사라졌다.

이제 아래쪽의 군중들은 마치 마르가리타가 서 있는 단상을 습격하기라도 하듯 견고한 벽이 되어 움직이고 있었다. 연미복을 입은 남자들 사이로 벌거벗은 여자들이 계속해서 올라왔다. 가무잡잡한 색, 흰색, 커피콩 색, 그리고 완전히 새까만 몸뚱이들이 마르가리타를 향해 밀려왔다. 빨강 머리, 흑발, 밤색, 아마(亞麻)처럼 밝은 금발 머릿속에 꽂힌 보석들이 흘러넘치는 빛 속에 불꽃들을 퍼트리며 춤을 추듯 뛰놀았다. 또한 줄을 지어 습격하듯 밀려들어오고 있는 남자들의 가슴에서는 누군가 반짝거리는 작은 물방울들을 뿌려놓기라도 한 듯 다이아몬드 단추들이 빛을 뿜어내고 있었다. 이제 마르가리타는 매초마다 무릎에 입술이 닿는 것을 느꼈고, 매초마다 입을 맞추도록 손을 앞으로 내밀었으며, 그녀의 얼굴은 인사를 하는 움직이지 않는 가면처럼 굳어져갔다.

"와주셔서 정말 기쁩니다." 코로비예프는 단조롭게 노래를 했다. "우리 모두 무척 기뻐하고 있습니다…… 여왕님께서도 기뻐하고 계십니다……."

"여왕님께서 기뻐하고 계십니다……." 아자젤로가 등 뒤에서 콧소리로 노래를 불렀다.

"정말 기쁩니다." 고양이가 외쳤다.

"후작 부인……." 코로비예프가 중얼거렸다. "유산 때문에 아버지와 두 오빠, 그리고 두 자매를 독살했지요……[9] 여왕님께서 무척 기뻐하고 계십니다……! 민킨 부인![10]…… 아흐, 정말 아름다우십니다! 좀 신경질적인 여자예요. 도대체 왜 하녀의 얼굴을 머리 지지개로 지진 건지! 그런 경우 당연히 참수형이지요…… 여왕님께서 무척 기뻐하고 계십니다……! 여왕님, 잠시 주목해주십시오! 마법사이며 연금술사이신 루돌프 황제이십니다……[11] 저기 연금술사가 한 분 더 올라오시는군요. 저분은 교수형을 당하셨지요…… 아흐, 저기 그녀가 왔군요! 아흐, 스트라스부르에 있는 그녀의 집은 정말 멋진 사창굴이었죠……! 우리 모두 무척 기뻐하고 있습니다……! 모스크바의 재봉사,[12] 우리 모두 그녀의 무한한 상상력을 사랑했지요…… 아틀리에를 운영하면서 재미있는 장난을 생각해냈답니다. 벽에 동그란 구멍 두 개를 뚫어놓고…….″

″여자들은 그걸 몰랐었나요?″ 마르가리타가 물었다.

″한 사람도 빠짐없이 모두 알고 있었답니다, 여왕님.″ 코로비예프가 대답했다. ″와주셔서 정말 기쁩니다……! 저기 이제 겨우 스무 살밖에 안 된 저 애송이는 어렸을 때부터 비상한 환상을 지닌 특이한 아이였지요, 공상가이자 기인이었습니다. 한 소녀가 그를 사랑했는데, 그는 그녀를 붙잡아 사창굴에 팔아버렸답니다…….″

아래로 강이 흐르고 있었다. 그 강의 끝은 보이지 않았다. 강의 수원인 거대한 벽난로는 계속해서 물을 공급했다. 그렇게 한 시간이 흐르고, 두 시간째가 되자, 마르가리타는 그녀의 목걸이가 전보다도 더 무거워졌음을 느꼈다. 팔에도 뭔가 이상한 일이 일어났다. 이제 팔을 들어 올리기에 앞서 마르가리타는 먼저 얼굴을 찡그려야 했다. 코로비예프의 재미있는 설명도 더 이상 마르가리타의 주의를 끌지 못했다. 눈초리가 치켜 올라간 몽골인의 얼굴과 흰 얼굴, 검은 얼굴들이 알아볼 수 없게 뒤섞여갔고,

그들을 둘러싼 공기가 조금씩 흔들리면서 흐물거리기 시작했다. 갑자기 바늘이 찌르는 것 같은 날카로운 통증이 마르가리타의 오른손을 뚫고 들어왔다. 그녀는 이를 악물며 팔꿈치를 받침대에 올려놓았다. 새들이 벽을 스치며 날아가는 듯 사락거리는 소리가 뒤쪽 홀에서 들려왔다. 미증유의 손님들의 부대가 춤을 추고 있는 것이었다. 마르가리타에게는 그 기괴한 홀의 거대한 대리석과 모자이크, 크리스털 바닥들도 리듬에 맞춰 진동하고 있는 것처럼 여겨졌다.

마르가리타는 이제 가이우스 카이사르 칼리굴라[13]도, 메살리나[14]도 관심 없었으며, 어떤 왕도, 공작도, 기사도, 자살한 자, 독살당한 자, 교수형으로 죽은 자, 간수, 사기 도박꾼, 형리, 밀고자, 배반자, 미치광이, 밀정, 강간범도 그녀의 흥미를 끌지 못했다. 그들 모두의 이름이 머릿속에서 뒤엉켰고, 얼굴들은 하나의 거대한 밀가루 반죽처럼 엉겨 붙었으며, 말 그대로 불길에 휩싸인 듯 붉은 수염을 두르고 있는 말류타 스쿠라토프[15]의 얼굴만이 고통스럽게 기억에 남아 있었다. 마르가리타의 다리가 휘청거렸고, 그녀는 금방이라도 울음을 터트릴 것 같았다. 무엇보다도 그녀를 고통스럽게 한 것은 사람들이 입을 맞추고 있는 오른쪽 무릎이었다. 나타샤의 손이 몇 번인가 그 무릎 옆에 나타나 해면과 향이 나는 다른 뭔가로 문질러주었음에도 불구하고, 부풀어 오른 무릎은 시퍼렇게 멍들어 있었다. 그렇게 세 시간째가 되어갈 무렵 마르가리타는 완전히 절망한 눈빛으로 아래를 내려다보고는 기쁨으로 몸을 떨었다. 손님들의 물줄기가 약해져 있었던 것이다.

"여왕님, 무도회의 법칙은 어디나 같습니다." 코로비예프가 속삭였다. "이제 파도가 가라앉기 시작하고 있습니다. 맹세컨대 이제 몇 분만 참으시면 됩니다. 저기 브로켄 산의 방탕자들이 보이는군요. 저들은 언제나 제일 마지막으로 도착하지요. 예, 그래요. 저기 저자들입니다. 술에 취한 두 뱀파이어…… 이제 다 끝났나? 아, 아니군요, 저기 한 사람이 더 있습니다. 아니, 둘이로군요!"

계단으로 마지막 두 손님[16]이 올라오고 있었다.

"아, 이건 새로운 얼굴인데요." 코로비예프가 안경알 너머로 눈을 가늘게 뜨며 말했다. "아하, 이제 알겠군요. 지난번에 아자젤로가 저 사람을 찾아가서 코냑 대접을 받고, 그 대가로 충고를 하나 해주었었죠. 어떤 사람이 하나 있었는데,[17] 저 사람이 그의 폭로를 아주 두려워하고 있었거든요, 그래서 어떻게 하면 그에게서 벗어날 수 있는가 하는 게 문제였죠. 그래서 저 사람은 그의 말이라면 무엇이든 할 준비가 되어 있는 지인을 시켜 사무실 벽에 독을 뿌려놓게 했지요."

"저 사람은 이름이 뭐죠?" 마르가리타가 물었다.

"아, 사실, 저도 아직 그것까진 모르겠습니다." 코로비예프가 대답했다. "아자젤로한테 물어봐야겠어요."

"같이 있는 저 사람은 누구예요?"

"저 사람이 바로 그 충실한 하수인이지요. 와주셔서 정말 기쁩니다!" 코로비예프가 마지막 두 사람에게 소리쳤다.

그리고 마침내 계단이 텅 비었다. 마르가리타와 코로비예프는 조심스럽게 좀더 기다려보았지만, 더 이상 벽난로에서는 아무도 나오지 않았다.

잠시 후 어떻게 된 일인지, 마르가리타는 욕조가 있는 방으로 돌아와 있었다. 마르가리타는 거기서 팔과 다리의 통증으로 눈물을 흘리며 그대로 바닥에 쓰러졌다. 하지만 헬라와 나타샤가 그녀를 위로하며, 다시 한번 그녀에게 피로 샤워를 시켜주고, 그녀의 몸을 닦아주어, 마르가리타는 다시 생기를 되찾았다.

"한 번만 더, 마르고 여왕님, 한 번만 더" 옆에 나타난 코로비예프가 속삭였다. "점잖은 손님들이 자신들이 버려졌다고 느끼지 않도록 홀을 돌아보셔야 합니다."

그래서 마르가리타는 욕조가 있는 방에서 다시 날아 나왔다. 왈츠의 왕의 오케스트라가 연주를 하고 있던 튤립 뒤의 작은 무대에는 이제 원숭이 재즈 밴드가 광란을 벌이고 있었다. 구레나룻이 북슬북슬한 거구의 고릴라가 손에 트럼펫을 쥐고 무거운 몸을 들썩거리며 지휘를 하고 있었다. 오랑우탄들이 한 줄로 앉아 번쩍거리는 트럼펫을 불고 있었고, 그들의 어깨 위로는 유쾌한 침팬지들이 아코디언을 들고 앉아 있었다. 그 옆으로 사자처럼 갈기가 달린 비비원숭이 두 마리가 피아노를 치고 있었지만, 그들의 피아노 소리는 긴팔원숭이, 개코원숭이, 긴꼬리원숭이가 연주하는 색소폰과 바이올린, 드럼의 굉음, 쇳소리, 단속음들 속에 묻혀 들리지 않았다. 거울을 깔아놓은 듯 바닥이 번쩍거리는 홀에 그 수를 헤아릴 수 없을 만큼 수많은 커플들이 마치 하나가 된 듯 너무나도 민첩하고 깔끔한 동작으로 빙글빙글 돌면서, 그 앞에 있던 모든 장애물들을 위협하며 거대한 벽처럼 나아가고 있었다. 춤을 추고 있는 그 거대한 무리 위로 공단처럼 매끄러운 나비들이 팔랑거리며 날았고, 천장에서 꽃이 뿌려졌다. 전깃불이 희미해질 때마다 원주의 기둥머리에서 반딧불이들이 일제히 불을 밝혔으며, 도깨비불이 허공을 떠다녔다.

잠시 후 마르가리타는 주랑으로 둘러싸인 어마어마하게 큰 수영장 앞에 서 있었다. 검은 거인 넵튠의 입에서 장밋빛 물줄기가 폭포수처럼 쏟아졌고, 머리를 어지럽게 하는 샴페인 향이 수영장에서 피어오르고 있었다. 그곳은 자유분방한 유쾌함이 지배하고 있었다. 여자들은 웃으면서 구두를 벗어던지고, 자신의 기사, 혹은 팔에 수건을 두르고 달려온 흑인에게 핸드백을 맡기고는, 비명을 지르면서 제비처럼 풀로 뛰어들었고, 그와 함께 거품 기둥이 위로 치솟았다. 크리스털로 된 수영장 바닥은 아래서부터 샴페인을 뚫고 올라오는 조명을 받아 빛을 뿜어댔고, 그 속을 헤엄치고 있는 은빛 몸들이 보였다. 수영장에서 나온 사람들은 완전히 술에 취해 있었다. 주랑 아래서 깔깔대는 웃음소리가 터져 나왔고, 목욕탕에서 그렇듯이 그 소리는 굉음처럼 울려 퍼졌다.

이 지독한 북새통 속에서 머릿속에 떠오르는 것이라곤 흐리멍덩하면서도 뭔가 애원하는 듯한 눈빛을 하고 있는 술 취한 여자의 얼굴과 '프리다'라는 단어뿐이었다.

샴페인 향에 마르가리타의 머리가 빙빙 돌기 시작하고, 이제 그만 그곳을 떠나고 싶다는 생각을 하는 순간 수영장에서 고양이가 재미있는 마술을 보여주었다. 베헤못이 넵튠의 입 앞에서 뭔가 주문을 외자, 쉭쉭거리는 요란한 소리와 함께 넘실거리던 샴페인이 수영장에서 모두 빠져나가고, 이어 넵튠이 거품이 일지 않는 차분한 황갈색의 물줄기를 뿜어내기 시작했다. "코냑이다!" 하는 날카로운 쇳소리와 함께 수영장 앞에 있던 여자들이 주랑 뒤로 달려가 숨었다. 잠시 후 수영장은 코냑으로 가득 찼고, 고양이는 허공에서 제비를 세 번 돌며 찰랑거리는 코냑 속으로 뛰어들었다. 고양이가 푸푸거리며 코냑에서 기어 나왔을 때, 그의 넥타이는 물에 젖어 늘어지고, 수염의 금가루도 오페라글라스도 잃어버리고 없었다. 베헤못을 따라 하기로 마음을 먹은 사람은 기지가 넘치는 바로 그 여자 재단사와 그녀의 기사인 젊은 혼혈아뿐이었다. 그 둘은 동시에 코냑 속으로 뛰어들었다. 하지만 그때 코로비예프가 마르가리타의 팔을 잡아당겼고, 그들은 수영하는 사람들을 버리고 그 자리를 떠났다.

마르가리타는 자신이 어딘가를 날아 지나갔으며, 그곳에서 돌로 만든 거대한 연못과 그 안에 수북이 쌓인 조개를 본 것 같다는 생각을 했다. 그리고 잠시 후 그녀는 유리 바닥 아래로 지옥 불처럼 시뻘겋게 타오르고 있는 아궁이와 그 사이로 새하얀 옷을 입은 요리사들이 헤집고 다니고 있는 곳 위를 날고 있었다. 그리고 또 어딘가에서(그녀는 이제 그 무엇에 대해서도 깊이 생각하지 않았다) 컴컴한 지하의 창고들도 보았다. 그중에는 군데군데 등불을 환하게 밝혀놓은 곳도 있었고, 젊은 여자들이 시뻘건 숯불 위에 지글거리는 고기를 식탁 위에 차려놓고 있는 곳도 있었으며, 마르가리타의 건강을 위해 커다란 술잔을 들이키고 있는 곳도 있었다. 그녀는 작은 무대 위에서 아코디언을 연주하며 카마린스키[18]를 추고 있는 백곰들과 벽난로 속에서도 타지 않고 살아 있는 요술쟁이 살라망드르[19]도 보았다…… 그리고 다시 그녀는 힘이 빠져나가는 것을 느꼈다.

"이제 마지막입니다." 코로비예프가 걱정스러운 듯 그녀에게 속삭였다. "곧 끝나게 될 겁니다."

그녀는 코로비예프의 안내를 받으며 다시 무도회장으로 들어갔다. 무도회장에서는 이제 아무도 춤을 추고 있지 않았다. 손님들은 홀 중앙을 비워둔 채, 주랑 사이로 구름 떼처럼 몰려 있었다. 홀의 그 텅 빈 공간 한가운데에는 높은 단상이 세워져 있었고, 마르가리타는 누군가의 도움을 받으며(마르가리타는 그게 누구였는지 기억하지 못했다) 그 위로 올라갔다. 단상 위에 올라선 그녀는 놀랍게도 어디선가 시계가, 그녀의 계산에 따르면, 벌써 오래전에 지났어야 할 자정을 알리는 것을 들었다. 어디서 들려오는 것인지 알 수 없는 그 시계의 마지막 종소리와 함께 몰려든 손님들의 머리 위로 침묵이 내려앉았다.

마르가리타가 다시 볼란드를 본 것은 바로 그때였다. 그는 아바돈과 아자젤로, 그리고 아바돈을 닮은 몇 명의 젊은 흑인들에 둘러싸여 걸어

나왔다. 마르가리타는 그제야 자신이 올라선 단의 반대편에 볼란드를 위한 또 다른 단이 준비되어 있는 것을 보았다. 하지만 그는 그 단을 사용하지 않았다. 여기서 마르가리타를 놀라게 한 것은 이 장엄한 마지막 등장의 순간에 볼란드가 침실에서와 같은 차림으로 나타났다는 것이었다. 그의 어깨에는 예의 지저분하고 헝겊을 덧댄 셔츠가 걸쳐져 있었고, 발은 다 낡아 해진 실내용 슬리퍼를 신은 채였다. 볼란드의 손에는 장검이 쥐여 있었지만, 시퍼런 날을 그대로 드러낸 그 칼을 볼란드는 마치 지팡이처럼 사용하고 있었다.

다리를 절며 볼란드가 자신의 단 옆으로 가서 서자, 아자젤로가 커다란 접시를 들고 그 앞에 나타났다. 마르가리타는 그 접시 위에 앞니가 부러진 사람의 머리가 잘려진 채로 놓여 있는 것을 보았다. 완전한 정적이 이어졌고, 그 정적을 깬 것은 멀리 현관에서 들려온 난데없는 한 차례의 벨소리뿐이었다.

"미하일 알렉산드로비치," 볼란드가 잘린 머리를 보며 낮은 목소리로 이름을 부르자, 죽은 자의 눈꺼풀이 올라갔다. 깜짝 놀란 마르가리타는 몸을 흠칫거리며, 그 죽은 자의 얼굴에서 온갖 생각과 고통으로 가득한 살아 있는 눈을 보았다. "모든 것이 이루어졌군요, 그렇지 않소?" 볼란드는 머리의 눈을 바라보며 계속해서 말을 했다. "머리는 여자에 의해 잘려졌고, 회의는 이루어지지 않았으며, 나는 당신의 아파트에 살고 있습니다. 바로 이것이 사실이라는 것이지요. 이 세상에서 사실만큼 고집스러운 것도 없을 것입니다. 하지만 우리의 흥미를 끄는 것은 이미 벌어진 그 사실이 아니라, 그다음입니다. 당신은 머리가 잘려지게 되면 인간의 삶은 중단되고, 재로 변하여 비존재로 떠나게 된다는 이론을 열심히 선전하고 다니셨지요. 당신에게 이렇게 내 손님들 앞에서, 비록 내 손님들은 당신과는 전혀 다른 이론을 증거하고 있기는 합니다만, 당신의 이론에도 견고하고 날카로운 데가 있다는 것을 알려드릴 수 있게 되어 기쁘게 생각하고 있습니다. 어쨌든 모든 이론은 저마다 가치가 있는 법이니까요. 그중에 이런 것도 있지요. 모든 자는 자기가 믿는 대로 주어지게 될 것이다.[20] 자, 이제 그렇게 될 것이오! 당신은 비존재로 떠나시오, 나는 기꺼이 당신이 변하고 있는 그 잔으로, 존재를 위해 술을 마시겠소!"

볼란드가 칼을 들어 올렸다. 그리고 그 순간 머리의 가죽이 시커멓게 변하며 오므라들더니, 조각조각 허물어 벗겨지고, 눈은 사라졌다. 곧이어 마르가리타는 접시의 황금 받침대 위에 에메랄드 빛 눈과 보석이 박힌 이가 붙어 있는 누런 해골이 놓여 있는 것을 보았다. 해골의 뚜껑이 뒤로 젖혀졌다.

"잠깐만 기다려주십시오, 메시르." 코로비예프가 말했다. 그리고 이유를 묻는 볼란드의 눈빛을 보며 다음과 같이 말했다. "그가 곧 들어올 것입니다. 이 무덤 같은 정적 속에 그의 에나멜 구두가 삐걱거리는 소리를, 그가 이 생의 마지막 샴페인을 마시고 내려놓은 잔이 테이블에 부딪히는 소리를 들었습니다. 저기 그가 오고 있습니다."

그때 새로운 손님이 볼란드를 바라보며 홀 안으로 들어왔다. 그는 겉으로 보기에는 다른 남자 손님들과 전혀 다르지 않았다. 다만 그는 흥분으로 인해 멀리서도 눈에 뜨일 만큼 비틀거리고 있었다. 그의 두 뺨에 붉은 반점들이 피어올랐고, 그의 두 눈은 불안하게 뛰놀고 있었다. 손님은 몹시 놀라 있는 상태였는데, 이는 지극히 당연한 것이었다. 주위의 모든 것이 그를 놀라게 했지만, 그중에서도 가장 그를 놀라게 한 것은 바로 볼란드의 옷차림이었다.

하지만 그 손님은 다른 손님들보다도 더 특별한 환대를 받았다.

"아, 친애하는 마이겔 남작," 볼란드는 환영의 미소를 지으며, 눈을 휘둥그렇게 뜨고 있는 그 손님에게 말을 걸었다. "여러분께," 볼란드는 다른 손님들을 향해 말했다. "존경하는 마이겔 남작님을 소개해드릴 수 있게 된 것을 기쁘게 생각합니다. 이분은 공연위원회에서 외국인들에게 수도의 명소를 안내하는 일을 맡고 계시는 분입니다."

　그 순간 마르가리타는 온몸이 뻣뻣해져왔다. 그 마이겔이라는 남자를 알아본 것이다. 그녀는 그를 모스크바의 여러 극장과 레스토랑에서 몇 번인가 본 적이 있었다. '그렇다면……' 마르가리타가 생각했다. '저 사람도 죽었다는 말인가?' 그 일이 어떻게 된 것인지는 곧 밝혀졌다.

　"남작님은," 볼란드는 기분 좋게 미소를 지으며 말을 이었다. "아주 매력적인 분이셨습니다. 내가 모스크바에 도착했다는 것을 알고는 곧바로 나에게 전화를 걸어 자신의 전문 분야에 대해, 다시 말해 명소의 소개를 제안해오셨지요. 그래서 기쁜 마음으로 제가 이렇게 초대를 한 것입니다."

　그때 마르가리타는 아자젤로가 해골이 담긴 접시를 코로비예프에게 건네는 것을 보았다.

　"그런데 남작님," 갑자기 은근하게 목소리를 낮추면서 볼란드가 말했다. "당신의 그 비상한 호기심과 관련하여 여러 가지 소문들이 돌고 있더군요. 사람들 말로는, 그 호기심이 당신의 놀라운 언변과 결합되어 많은 사람들의 관심을 끌게 되었다고 하더군요. 그뿐만 아니라, 몇몇 험담꾼들은 당신이 고자질쟁이에 스파이라는 말도 흘리고 다니고 있답니다. 또 당신이 한 달 내에 비참한 최후를 맞게 될 것이라는 추측도 있더군요. 그래서 우리가 그 고통스러운 기다림에서 당신을 구하기 위해 당신을 도와드리기로 결정했습니다. 마침 저를 방문하시겠다는, 물론 가능한 한 많은 것을 엿듣고 훔쳐보기 위해서이겠지요, 어쨌든 당신의 그러한 간곡한 부탁도 있고 해서 이 기회를 이용하기로 한 것이지요."

남작의 얼굴이 아바돈보다 더 창백해졌고, 잠시 후 아주 기이한 일이 벌어졌다. 아바돈이 남작 앞으로 나와 서더니, 쓰고 있던 안경을 아주 짧은 순간 벗었다. 그리고 바로 그 순간 아자젤로의 손에서 뭔가가 탕 소리를 내며 불길을 내뿜었고, 그와 동시에 남작은 뒤로 쓰러졌다. 그의 가슴에서 선홍색 피가 터져 나와 빳빳하게 풀을 먹인 셔츠와 조끼를 적셨다. 코로비예프는 그 터져 나오는 피를 잔에 받아 볼란드에게 건넸다. 생명이 없는 남작의 몸은 이미 바닥에 쓰러져 있었다.

"여러분, 여러분들의 건강을 위해 마시겠소." 볼란드가 낮은 소리로 말했다. 그리고 잔을 들어 입술을 갖다 댔다.

그 순간 변모가 일어났다. 헝겊을 덧댄 셔츠와 낡은 슬리퍼는 사라지고, 볼란드는 검은 클라미스에 강철 검을 두르고 있었다. 그는 마르가리타에게 다가와 그녀 앞에 잔을 들고 명령하듯 말했다.

"마셔라!"

마르가리타는 머리가 핑 도는 것을 느끼며, 비틀거렸다. 그러나 잔은 이미 그녀의 입술 앞에 와 있었고, 누군가의 목소리가(그것이 누구의 목소리인지 그녀는 분간할 수 없었다) 양쪽 귀에 대고 속삭이고 있었다.

"두려워하지 마세요, 여왕님…… 두려워하지 마세요, 여왕님, 피는 이미 땅속으로 흘러 들어갔습니다. 그리고 그 피가 흘렀던 곳에는 벌써 포도송이가 자라고 있습니다."

마르가리타는 눈을 감고 잔을 한숨에 들이켰다. 그러자 달콤한 액체가 그녀의 혈관을 따라 퍼져나가면서, 귓가에 종소리가 들리기 시작했다. 귀가 멍해지도록 울어대는 수탉들의 울음소리가 들리는가 하면, 어디선가 행진곡을 연주하고 있는 것 같기도 했다. 수없이 모여들었던 손님들은 그 모습을 잃기 시작했다. 연미복의 사내들도 여자들도 다시 시체가 되어 쓰러졌다. 마르가리타의 눈앞에서 시체가 썩기 시작하면서 그 역한 냄새가 홀 전체를 덮었다. 주랑들은 허물어졌고, 불은 꺼졌으며, 모든 것은 오므라들어 분수도 튤립도 겹동백도 더 이상 없었다. 남은 것은 예의 보석상 부인의 검소한 거실뿐이었고, 그 거실의 빠끔히 열려진 문틈으로 한줄기 빛이 새어나오고 있었다. 마르가리타는 그 문 안으로 들어갔다.

제24장

거장을 빼내다

볼란드의 침실은 모든 것이 무도회가 있기 전 그대로였다. 볼란드는 잠옷 하나를 걸치고 침대에 앉아 있었다. 다만 헬라는 이제 그의 다리를 문지르고 있지 않았으며, 체스를 두던 탁자 위에는 저녁 식사가 차려져 있었다. 코로비예프와 아자젤로는 연미복을 벗고 탁자 앞에 앉아 있었으며, 물론 그들 옆에는 고양이가 자리를 잡고 있었다. 고양이는 자신의 넥타이와 영 헤어지기가 싫었던지 완전히 넝마가 된 넥타이를 그대로 목에 걸고 있었다. 마르가리타는 비틀거리면서 탁자로 다가가 그 앞에 몸을 기댔다. 그러자 볼란드는 전에 그랬던 것처럼 그녀에게 가까이 오라고 손짓을 하고는 옆에 앉도록 했다.

"어떻소, 많이 힘들었지요?" 볼란드가 물었다.

"오, 아닙니다, 메시르." 마르가리타가 대답했다. 하지만 그 소리는 겨우 들릴 만큼 작았다.

"노블레스 오블리주."[1] 고양이는 이렇게 말하며 마르가리타의 포도주 잔에 뭔가 투명한 액체를 따라주었다.

"보드카인가요?" 마르가리타가 작은 소리로 물었다.

고양이는 모욕당한 사람처럼 펄쩍 뛰었다.

"아니, 세상에, 여왕님." 그가 툴툴거리며 말했다. "설마 제가 숙녀분께 보드카를 따라드리겠습니까? 이건 순수 주정(酒精)입니다!"

마르가리타가 미소를 지으며 술잔을 살짝 밀어내려고 했다.

"마셔요. 주저하지 말고." 볼란드가 말했다. 그러자 마르가리타는 곧바로 잔을 손에 쥐었다. "헬라, 앉아라." 볼란드가 명령했다. 그리고 마르가리타에게 설명했다. "만월의 밤은 축제의 밤이지요. 그래서 나는 가까운 사람들, 하인들과 어울려 허물없이 식사를 한답니다. 그건 그렇고, 기분은 어떠시오? 무도회가 지루하지는 않으셨소?"

"최고였습니다!" 코로비예프가 갈라지는 목소리로 말했다. "모두가 넋을 잃고, 감탄을 하며 압도당했습니다! 그 넘치는 재치와 매너, 매력, 매혹들!"

볼란드는 말없이 잔을 들어 마르가리타의 잔과 부딪혔다. 마르가리타는 그 술을 마시면 자신은 죽게 될 것이라는 생각을 하면서도 순순히 잔을 비웠다. 그러나 그녀가 예상했던 일은 일어나지 않았다. 복부를 따라 살아 있는 온기가 흘러 지나갔고, 뭔가가 뒤통수를 살짝 때렸다. 지독한 허기가 느껴진 것을 제외하고는 마치 오랫동안 푹 자고 일어난 것처럼 힘이 났다. 어제 아침부터 아무것도 먹지 않았다는 것을 떠올리자 허기는 더욱 거세졌다. 그녀는 캐비아를 게걸스럽게 삼키기 시작했다.

베헤못은 파인애플을 잘라 소금과 후추를 뿌려 단숨에 먹어치웠다. 그런 다음 멋지게 두번째 잔을 들이켰고, 모두 박수를 쳤다.

마르가리타가 두번째 잔을 마시자 가지 달린 촛대의 촛불들이 더욱 강렬하게 타올랐고, 벽난로의 불꽃도 더 활활 타올랐다. 마르가리타는 전혀 취기를 느끼지 못했다. 흰 이로 고기를 씹으면서 마르가리타는 고기에서 흘러나오는 육즙을 정신없이 삼켰고, 베헤못이 굴에 겨잣가루를 바르는 것을 보았다.

"위에 포도를 좀더 얹어." 헬라가 고양이의 옆구리를 찌르면서 작은 소리로 말했다.

"날 가르치려고 들지 말아줬으면 해." 베헤못이 대답했다. "내가 식탁에 한두 번 앉는 것도 아니고. 걱정 말라고!"

"아, 이렇게 작은 벽난로 앞에 앉아서 가까운 사람들과 소박하게 저녁 식사를 하고 있으니," 코로비예프가 쇳소리를 냈다. "정말 기분이 좋군……."

"아니야, 파곳." 고양이가 반박했다. "정말 멋지고 장대한 건 무도회지."

"멋질 것도, 장대할 것도 없어. 그 멍청한 곰들에, 바에서 호랑이까지 울어대는 통에 난 머리가 깨지는 줄 알았다." 볼란드가 말했다.

"알겠습니다, 메시르." 고양이가 말했다. "메시르께서 장대함이 없었다고 하신다면, 저도 지체 없이 그 의견을 따르도록 하겠습니다."

"너, 조심해!" 볼란드가 말했다.

"농담을 한 겁니다." 고양이가 얌전하게 말했다. "그런데 그 호랑이 말씀인데, 제가 곧 불에 올리라고 하겠습니다."

"호랑이는 못 먹어." 헬라가 말했다.

"그렇게 생각하시나? 그렇다면 내 이야기를 한번 들어보실까." 고양이는 이렇게 말을 하고는 만족스러운 듯 몸을 움츠리며 자신이 황야에서 아홉 날을 돌아다녔던 이야기, 그리고 한번은 뭔가로 배를 채웠는데, 그게 바로 자기가 잡은 호랑이 고기였다는 이야기를 했다. 모두들 그 흥미진진한 이야기를 재미있게 들었다. 하지만 베헤못이 이야기를 마치자 모두가 동시에 소리를 질렀다.

"거짓말!"

"그 거짓말에서 가장 흥미로운 점은," 볼란드가 말했다. "처음부터 끝까지 죄다 거짓말이라는 거지."

"아니 그게 무슨 말씀이십니까? 거짓말이라니요?" 고양이가 소리쳤다. 모두들 그가 항변을 시작할 것이라고 생각했지만 그는 다음과 같이 조용히 말할 뿐이었다. "역사가 우리를 심판할 것입니다."

"그런데," 보드카를 마시고 생기가 돌기 시작한 마르고가 아자젤로에게 말했다. "당신이 그를, 그 전(前) 남작을 쏘신 건가요?"

"당연하지요." 아자젤로가 대답했다. "어떻게 그런 자를 쏘지 않을 수 있겠습니까? 그런 작자는 총살당해 마땅합니다."

"저는 깜짝 놀랐어요!" 마르가리타가 탄성을 질렀다. "너무 갑작스럽게 일어난 일이라서."

"갑작스러울 것은 아무것도 없어요." 아자젤로가 반박했다. 그러자 코로비예프가 짐승처럼 우는 소리를 내며 투덜거렸다.

"어떻게 놀라지 않을 수가 있다는 거지? 내 무릎이 다 후들거렸다고! 빵! 그 한 방에! 남작은 픽!"

"나는 하마터면 히스테리를 일으킬 뻔했다니까." 캐비아가 담긴 스푼을 핥으며 고양이가 말했다.

"그런데 이해가 되지 않는 게 있어요." 마르가리타가 말했다. 그녀의 두 눈 속에 비춰진 크리스털 잔이 황금빛 불꽃이 되어 뛰놀고 있었다. "음악 소리나 무도회의 다른 굉음들이 밖에 들리지 않았을까요?"

"물론, 들리지 않았습니다, 여왕님," 코로비예프가 설명했다. "들리지 않도록 해야 합니다. 그러려면 아주 깔끔한 일처리가 필요하지요."

"그렇군요, 음…… 하지만 계단에 사람이 있었잖아요…… 제가 아자젤로하고 들어오면서 보았는데…… 현관에도 사람이 있었고…… 그 사람이 이 아파트를 감시하고 있는 것 같던데……."

"맞아요, 맞아!" 코로비예프가 소리쳤다. "맞습니다, 친애하는 마르가리타 니콜라예브나! 당신이 제 의심을 확인시켜주시는군요! 그렇습니다, 그는 아파트를 감시하고 있었습니다! 사실 저는 그 사람을 그저 얼이 빠진 강사나, 아니면 사랑에 빠져 계단에서 괴로워하고 있는 사람일 거라고 생각했습니다. 그런데, 아니, 그게 아니었어요! 뭔가 내 심장을 찌르는 게 있었습니다! 아, 그자는 아파트를 감시하고 있었던 겁니다! 현관에 있던 그 사람도 마찬가지이고! 정문 앞에 있던 그자도 그랬습니다!"

"당신들을 체포하러 오면 어쩌죠?" 마르가리타가 물었다.

"분명히 올 겁니다, 매혹적인 여왕님. 틀림없어요!" 코로비예프가 대답했다. "그들이 올 것이라는 것을 제 심장이 느끼고 있습니다. 물론 지금은 아닙니다. 하지만 때가 되면 반드시 올 것입니다. 하지만 제가 생각하기에, 그들이 온다 해도 재미있는 일이라곤 아무것도 없을 겁니다."

"아, 그 남작이 쓰러졌을 때 제가 얼마나 흥분했는지 몰라요." 마르가리타가 말했다. 난생처음 목격한 살해의 장면이 아직도 그녀를 흥분시키고 있는 것이 분명했다. "당신은 총을 잘 쏘시는 것 같던데, 그렇죠?"

"웬만큼은 쏘지요." 아자젤로가 대답했다.

"몇 발자국 떨어진 곳이면……?" 마르가리타는 분명하게 묻지 못하고 끝을 얼버무렸다.

"그야 사정에 따라 다르지요." 아자젤로가 조리 있게 대답했다. "망치로 비평가 라툰스키 집의 창문을 내려치는 것과 그의 심장을 겨누는 일이

다르듯이 말입니다."

"심장이요!" 무엇 때문인지 마르가리타는 자신의 심장을 움켜쥐면서 외쳤다. "심장이요!" 그녀는 거의 들릴 듯 말 듯한 목소리로 같은 말을 되풀이했다.

"비평가 라툰스키라니?" 볼란드가 마르가리타를 향해 눈을 가늘게 뜨며 물었다.

아자젤로와 코로비예프, 베헤못은 뭔가 부끄러운 듯 눈을 내리깔았고, 마르가리타는 얼굴이 빨개져서 대답했다.

"그런 비평가가 있어요. 제가 어제저녁에 그의 아파트를 다 부숴버렸어요."

"정말 당신이 그랬단 말이오? 그런데 왜?"

"메시르, 그가," 마르가리타가 설명했다. "한 거장을 파멸시켰어요."

"그런데 왜 당신이 직접 그런 수고를 한 거요?" 볼란드가 물었다.

"메시르, 제가 하게 해주십시오!" 고양이가 벌떡 일어나서 기쁜 듯 소리쳤다.

"넌 그냥 앉아 있어." 아자젤로가 일어서며 낮은 목소리로 말했다. "내가 지금 당장 갔다 올 테니⋯⋯."

"아니에요!" 마르가리타가 고함을 질렀다. "아니에요, 제발, 메시르. 그럴 필요 없어요!"

"좋을 대로, 좋을 대로 하시오." 볼란드가 대답했고, 아자젤로는 제자리에 앉았다.

"그건 그렇고 우리가 얘기를 어디까지 했지요, 귀하신 여왕님?" 코로비예프가 말했다. "아, 맞아, 심장. 그는 정확히 심장을 맞춘답니다." 코로비예프가 아자젤로 쪽으로 그의 긴 손가락을 뻗었다. "심장의 어떤 심이(心耳)든, 심실(心室)의 어떤 부위든 선택만 하시면 됩니다."

마르가리타는 처음엔 무슨 말인지 알아듣지 못하다가 이내 그 의미를 깨닫고는 탄성을 질렀다.

"하지만 그게 다 보이는 게 아니잖아요!"

"오," 코로비예프가 그르렁거리는 소리로 말했다. "보이지 않는다는, 바로 그 점에 매력이 있는 거지요! 바로 거기에 모든 핵심이 있는 겁니다! 다 보이는 건 누구든 맞출 수 있으니까요!"

코로비예프가 탁자 서랍에서 카드의 스페이드 7을 꺼내 마르가리타에게 손톱으로 네 귀퉁이 중 하나에 표시를 해보라고 했다. 마르가리타는 오른쪽 위의 귀퉁이에 표시를 했다. 헬라가 카드를 베개 밑에 감추고 소리쳤다.

"준비됐어요!"

베개 쪽을 등지고 앉아 있던 아자젤로가 연미복 바지 주머니에서 검은 자동 권총을 꺼내 어깨 위에 총구를 걸쳤다. 그리고 침대 쪽으로 몸을 돌리지 않은 채로, 마르가리타를 기분 좋게 놀라게 하며 총을 쏘았다. 총알이 뚫고 지나간 베개 아래서 카드를 꺼냈다. 마르가리타가 표시를 해둔 귀퉁이가 관통되어 있었다.

"당신이 손에 총을 쥐고 있을 땐 만나지 않는 게 좋겠군요." 마르가리타는 교태 섞인 눈으로 아자젤로를 바라보며 말했다. 그녀는 무슨 일이든 최고의 경지에 오른 모든 사람들에게 강한 열정을 느꼈다.

"소중한 여왕님," 코로비예프가 째지는 듯한 소리를 냈다. "저는 그가 총을 쥐고 있지 않을 때라도, 그와 만나는 것은 절대 권하지 않는답니다! 전(前) 성가대 지휘자이자 합창대 선창자로서 명예를 걸고 말하는데, 그와 만난 사람에게 축하한다고 말할 사람은 아무도 없을 겁니다."

사격 실험이 진행되는 내내 인상을 찌푸리고 앉아 있던 고양이가 갑자기 다음과 같은 선언을 했다.

"내가 그 기록에 도전해보겠어."

그러자 아자젤로는 기가 막힌다는 듯 무슨 말인가를 중얼거렸다. 하지만 고양이는 단호했고, 하나도 아닌 두 자루의 권총을 달라고 했다. 아자젤로는 바지 뒷주머니에서 권총 한 자루를 더 꺼내, 무시하듯 입을 비죽거리며 자신이 먼저 썼던 것과 함께 교만에 찬 고양이에게 내밀었다. 카드 7에는 두 개의 표시가 되었다. 고양이는 베개에서 돌아선 채로 한참을 준비했다. 마르가리타는 손가락으로 귀를 틀어막고 앉아, 벽난로 선반 위에서 졸고 있는 부엉이를 보았다. 고양이는 두 자루의 권총을 발사했다. 그와 동시에 헬라가 비명을 질렀고, 죽은 부엉이가 벽난로에서 떨어졌으며, 시계는 박살이 난 채로 멈춰 섰다. 한 손이 피투성이가 된 헬라가 괴성을 지르며 고양이의 털을 잡아챘고, 고양이는 그에 맞서 그녀의 머리카락을 잡아 쥐었다. 그리고 둘은 동그랗게 엉킨 채로 바닥을 굴렀다. 술잔 하나가 탁자에서 떨어져 깨졌다.

"이 미친 마귀할멈 좀 떼어줘요!" 고양이는 자신을 타고 올라앉은 헬라를 떼어내려고 애쓰면서 으르렁거렸다. 코로비예프가 싸우고 있던 그 둘을 떼어놓고, 총에 맞은 헬라의 손가락을 훅 불자 상처는 흔적도 없이 사라졌다.

"이렇게 옆에서 방해를 하면, 나는 총을 제대로 쏠 수가 없다고!" 베헤못이 소리쳤다. 그리고 등에 한 움큼 털이 뽑혀나간 자리를 가려보려고 애를 썼다.

"내기를 걸어도 좋소." 마르가리타에게 미소를 지으며 볼란드가 말했다. "일부러 이런 소란을 피운 거요. 그의 총 솜씨도 상당하오."

436

헬라와 고양이는 화해를 하고 그 표시로 입을 맞추고는 베개 밑에서 카드를 꺼내 살펴보았다. 아자젤로가 관통시킨 흔적 외에는 아무런 흠집 없이 깨끗했다.

"그럴 리가 없어." 카드를 촛불 아래 가져다 대고 들여다보면서 고양이가 말했다.

즐거운 저녁 식사는 계속되었다. 가지 달린 촛대에서는 초가 녹아내렸고, 벽난로의 건조하고 향기로운 온기가 물결처럼 방 안으로 퍼져갔다. 식사를 마치고 난 마르가리타는 더없이 만족감을 느끼며 아자젤로가 피우는 시가의 회청색 연기의 고리들이 벽난로 안으로 흘러 들어가고, 고양이가 칼끝으로 그 고리들을 붙잡고 있는 것을 바라보았다. 벌써 시간이 꽤된 것 같았지만 그녀는 아무 데도 가고 싶지 않았다. 모든 것으로 미루어 아침 여섯 시는 되었을 것 같았다. 잠시 말이 끊긴 사이, 마르가리타가 볼란드를 보며 조심스럽게 말했다.

"이제 그만 가봐야겠어요······ 시간이 많이 돼서······."

"어디 바삐 가보실 데가 있나 보지요?" 볼란드가 정중하게 물었다. 하지만 그 물음은 냉담한 것이기도 했다. 다른 이들은 아무 말 없이 담배 연기 고리에 정신이 팔려 있는 것처럼 행동했다.

"예, 그만 가봐야겠어요." 그와 같은 반응에 적잖이 당황한 마르가리타가 다시 한 번 말했다. 그리고 망토나 다른 걸칠 것을 찾기라도 하듯 주위를 돌아보았다. 아무것도 입고 있지 않다는 것이 갑자기 창피해진 것이다. 그녀가 자리에서 일어나자, 볼란드는 말없이 침대에 걸려 있던 자신의 낡은 가운을 집어 들었고, 코로비예프가 그것을 마르가리타의 어깨에 덮어주었다.

"감사합니다, 메시르." 마르가리타는 거의 들릴 듯 말 듯한 소리로 말했다. 그리고 뭔가를 묻기라도 하는 듯한 눈빛으로 볼란드를 쳐다보았다. 볼란드는 그에 대한 대답으로 그녀에게 정중하고 냉정한 미소를 지어 보였다. 그 순간 지독한 우수가 마르가리타의 심장을 덮쳤다. 그녀는 자신이 속았음을 느꼈다. 무도회에서 그녀가 그토록 고생한 것에 대한 보상을 누구도 생각하고 있지 않은 것 같았으며, 아무도 그녀를 붙잡지 않았다. 그녀는 여기서 나가면 더 이상 아무 데도 갈 곳이 없다는 것을 너무나도 잘 알고 있었다. 순간 저택으로 돌아가야 한다는 생각이 스치자, 그녀 안에 감추어져 있던 절망이 폭발하는 것 같았다. 알렉산드롭스키 공원에서 아자젤로가 유혹하듯 던졌던 말에 대해 그녀가 다시 물어봐야 하는 걸까? '아니야, 그럴 필요 없어!' 그녀는 자신에게 말했다.

"안녕히 계세요, 메시르." 그녀는 큰 소리로 말했다. 그리고 혼자 생각했다. '여기서 나가면 바로 강으로 가서 물에 빠져 죽는 거야.'

"잠깐 앉아요." 갑자기 볼란드가 명령하듯 말했다.

마르가리타는 얼굴 표정이 바뀌면서 자리에 앉았다.

"그래, 헤어지기 전에 무슨 할 말은 없소?"

"아니요. 아무것도 없습니다, 메시르." 마르가리타는 조금도 자신을 낮추지 않고 말했다. "그보다도 만약 제가 다시 필요하게 된다면, 제가 메시르께 도움이 될 수 있다면, 무엇이든지 기꺼이 하겠습니다. 저는 전혀 힘들지 않았고, 무도회가 무척 즐거웠습니다. 만약 무도회가 더 계속되었더라도 전 기꺼이 제 무릎을 교수형을 당한 수천 명의 악인과 살인자들이 입을 맞출 수 있도록 내놓았을 것입니다." 마르가리타는 엷은 막 사이로 볼란드를 바라보았다. 그녀의 눈은 눈물로 가득 차 있었다.

"그래! 바로 그거야!" 볼란드가 쩌렁쩌렁 울리는 목소리로 무섭게 소리쳤다. "그렇게 해야 하오!"

"그렇게 해야지요!" 볼란드의 수행원들이 메아리처럼 볼란드의 말을 반복했다.

"우리는 당신을 시험해보았소." 볼란드가 말했다. "절대로, 그 무엇도 부탁하지 마시오! 절대로, 그 어떤 것도. 특히 당신보다 더 힘이 있는 사람들에게는 부탁하지 마시오. 그들이 제안을 할 것이오, 그들이 직접 모든 것을 줄 것이오. 앉으시오, 거만한 여인." 볼란드는 마르가리타의 어깨에서 무거운 가운을 벗겨냈다. 그녀는 다시 그의 옆 침대에 나란히 걸터앉았다. "자, 그럼, 마르고," 볼란드가 목소리를 부드럽게 하며 말을 이었다. "오늘 내 여주인이 되어준 것에 대한 대가로 무엇을 원하시오? 알몸으로 무도회를 이끌어준 것에 대한 대가로 무엇을 원하시오? 당신의 무릎은 얼마의 가치가 있소? 당신이 지금 교수형을 당한 악인들이라고 불렀던 나의 손님들로 인해 당신은 얼마만큼의 손실을 입었소? 말해보시오! 내가 제안을 한 것이니 이제 불편해하지 말고 말해보시오."

마르가리타의 심장이 두근거리기 시작했다. 그녀는 힘겹게 숨을 내쉬며 뭔가를 생각하기 시작했다.

"자, 자, 좀더 대담하게!" 볼란드가 용기를 북돋워주었다. "당신의 환상을 깨우고 박차를 가해보시오! 그 교정 불능의 불한당, 남작의 살해 장면을 지켜보았다는 것만으로도 상을 받을 가치가 있소, 그것도 당신과 같은 여자가 말이오. 그래, 뭘 원하시오?"

마르가리타는 숨이 멎는 듯했다. 그리고 가슴속에 소중하게 간직해두었던 말을 막 하려는 순간, 갑자기 그녀의 얼굴이 창백해지면서 입이 벌어지고 눈이 동그랗게 커졌다. '프리다! 프리다! 프리다!' 그녀의 귓가로 끈질기게 달라붙는 누군가의 애절한 목소리가 소리치고 있었다. '제 이름은 프리다예요!' 그리고 마르가리타는 더듬거리며 말하기 시작했다.

"그러니까 제가…… 부탁드릴 수 있는 것은…… 한 가지뿐인 거죠?"

"요구하세요. 요구해봐요, 나의 돈나." 볼란드는 다 이해한다는 듯 미소를 지으며 대답했다. "한 가지를 요구해보세요."

아, 볼란드는 너무나도 교묘하고, 또 너무나도 분명하게 마르가리타의 말을 반복하면서 강조했다. '한 가지'라고!

마르가리타는 다시 한 번 크게 숨을 내쉬고 말했다.

"저는 프리다가 자신의 아이의 목을 졸랐던 그 손수건을 더 이상 그녀 앞에 갖다놓지 않기를 바랍니다."

고양이는 천장을 올려다보며 소리가 나도록 크게 한숨을 쉬었다. 하지만 아무 말도 하지 않았다. 무도회에서 꼬집혔던 귀가 생각났던 것이 분명했다.

"당신이," 볼란드 이해할 수 없다는 듯 미소를 지으며 말했다. "그 멍청한 프리다에게서 뇌물을 받았을 리는 물론 없고, 그건 여왕으로서 당신의 품위와 맞지 않는 일이니까. 그래서 난 어떻게 해야 할지 모르겠소. 한 가지 방법이 있긴 하지. 헝겊 조각들을 가져와서 내 침실에 난 틈들을 모두 막아버려!"

"그게 무슨 말씀이시죠, 메시르?" 도무지 이해할 수 없는 볼란드의 말에 마르가리타가 놀라며 물었다.

"메시르, 저도 전적으로 메시르께 동의합니다." 고양이가 이야기에 끼어들었다. "맞습니다. 헝겊 조각으로 다 막아버려야 합니다!" 그리고 잔뜩 화가 난 듯 발로 탁자를 두들겼다.

"나는 연민에 대해 말하고 있는 것이오." 볼란드는 마르가리타에게서 불같은 시선을 떼지 않은 채로 자신의 말에 대해 설명했다. "그것은 아주 좁은 틈을 뚫고, 때로 아주 갑작스럽게, 그리고 간교하게 기어 들어오지.

그래서 내가 헝겊 조각 얘기를 한 것이오."

"저도 바로 그 얘기를 한 것입니다!" 고양이가 소리를 질렀다. 그러고는 혹시 모를 공격에 대비해 마르가리타에게서 물러서며 분홍색 크림이 잔뜩 묻은 발로 자신의 뾰족한 귀를 가렸다.

"저리 꺼져." 볼란드가 그에게 말했다.

"저는 아직 커피도 안 마셨는데," 고양이가 대답했다. "어떻게 저더러 나가라고 하실 수가 있죠? 메시르, 이렇게 좋은 축제의 밤에 식탁 앞에서 손님을 두 종류로 나누시려고 하시는 겁니까? 하나는 일등급으로, 또 하나는 그 우울하게 생기고 누렇게 뜬 뷔페 직원의 표현처럼 이급 선도로?"

"잠자코 있어." 볼란드가 그에게 명령했다. 그리고 마르가리타를 향해 물었다. "아무래도 당신은 아주 선량한 사람인 것 같은데, 그렇소? 지고한 도덕주의자요?"

"아니요." 마르가리타가 힘주어 대답했다. "당신과 이야기를 나누려면 솔직해야 한다는 것을 저는 알고 있습니다. 그러니 솔직하게 말씀드리겠습니다. 저는 생각이 짧은 사람입니다. 제가 프리다를 위해 부탁드리는 것은, 제가 그녀에게 굳은 희망을 불어넣는 부주의한 행동을 했기 때문입니다. 그녀는 기다리고 있습니다, 메시르. 그녀는 제 힘을 믿고 있습니다. 만일 그녀가 기만당한 채로 남는다면, 저는 끔찍한 상태에 빠지게 될 것입니다. 저는 평생 동안 마음이 편하지 못할 것입니다. 어쩔 수 없어요! 제가 그렇게 만들었으니까."

"그래," 볼란드가 말했다. "이제 이해가 가는군."

"그럼 그렇게 해주시는 건가요?" 마르가리타가 작은 소리로 물었다.

"그건 안 되오." 볼란드가 대답했다. "친애하는 여왕님, 아무래도 뭔가 착오가 있는 것 같소. 모든 기관은 자신의 일을 해야 하오. 우리의 능력이 충분히 크다는 것은 논쟁의 여지가 없소. 우리의 능력은 몇몇, 그러니까 그다지 명민하지 못한 몇몇 자들이 생각하는 것보다 훨씬 크오…….”

“그렇고말구요, 훨씬 더 크지요.” 고양이가 기어이 참지 못하고 끼어들었다. 그는 그 커다란 능력을 아주 자랑스럽게 여기고 있는 것이 분명했다.

“잠자코 있어, 빌어먹을!” 볼란드가 그에게 말했다. 그리고 마르가리타를 향해 말을 이었다. “하지만 내가 이미 말했듯이, 다른 기관에서 하도록 되어 있는 일을 내가 하는 것이 무슨 의미가 있겠소? 그러니 나는 그일을 하지 않을 것이오. 그 대신 그건 당신이 직접 하시오.”

“정말 제가 그걸 할 수 있을까요?”

아자젤로가 빈정거리듯 보이지 않는 한쪽 눈으로 마르가리타를 흘겨보았다. 그러고는 눈에 띄지 않게 붉은 머리를 가로저으며 킬킬거렸다.

“한번 해보라니까. 이것도 정말 못할 노릇이로군.” 볼란드가 중얼거렸다. 그리고 지구의를 돌려 그 위의 한 지점을 가만히 들여다보았다. 그는 마르가리타와 이야기를 나누면서 다른 일도 함께 보고 있는 것 같았다.

“자, 프리다…….” 코로비예프가 작은 소리로 먼저 중얼거려주었다.

“프리다!” 마르가리타가 날카롭게 소리를 질렀다.

그 순간 문이 활짝 열리면서, 한 여자가 몹시 흥분된 눈으로 방으로 뛰어 들어와 마르가리타를 향해 팔을 뻗었다. 여자는 알몸에 머리는 온통 산발을 하고 있었지만, 취기는 보이지 않았다. 마르가리타가 근엄하게 말했다.

“너를 용서한다. 더 이상 손수건을 갖다놓지 않을 것이다.”

프리다의 통곡 소리가 들려왔다. 그녀는 머리를 숙인 채 바닥에 쓰러져 마르가리타 앞에 십자로 몸을 폈다. 볼란드가 손을 흔들자, 프리다는 눈앞에서 사라졌다.

"감사합니다. 그럼 전 이만 가보겠습니다." 마르가리타는 인사를 하고 자리에서 일어섰다.

"어떻게 할까, 베헤못." 볼란드가 말하기 시작했다. "오늘은 축제의 밤이기도 하니 세상 물정에 어두운 사람의 행동은 셈에서 빼주기로 하세." 그는 마르가리타 쪽을 돌아보았다. "자, 이건 계산에 넣지 않겠소. 나는 아무것도 한 일이 없으니까. 이제 당신 자신을 위해 무엇을 원하시오?"

침묵이 찾아왔고, 그 침묵을 깬 것은 마르가리타의 귀에 대고 작은 소리로 말하기 시작한 코로비예프였다.

"다이아몬드와도 같으신 돈나, 이번에는 좀더 현명해지시길 충고드립니다! 그렇지 않으면 행운이 빠져나갈 수도 있습니다."

"저는 제가 사랑하는 사람을, 거장을 지금 당장 제게 돌려주시길 원합니다." 마르가리타가 말했다. 그녀의 얼굴이 경련으로 일그러졌다.

그리고 그때 갑자기 방 안으로 바람이 불어오며 가지 달린 촛대의 불꽃들이 흔들리며 가로눕고, 창의 두툼한 커튼이 젖혀지면서 창문이 열렸다. 멀리 하늘 높이 아침이 아닌 한밤의 보름달이 떠 있는 게 보였다. 창틱에서부터 바닥 위로 푸르스름한 밤의 빛이 스카프처럼 깔리면서,[2] 그 위로 지난 밤 이바누시카를 찾아와 자신을 거장이라고 부르던 그 손님이 나타났다. 그는 병원에서와 마찬가지로, 가운에 슬리퍼를 신고 단 한순간도 그가 떨어지려고 하지 않았던 그 검은 모자를 쓰고 있었다. 면도를 하지 않은 그의 얼굴이 어색한 표정으로 씰룩거렸다. 그는 광기 어린 놀란 눈으로 촛대의 불꽃을 흘겨보았으며, 그런 그의 주위로 달빛이 온통 쏟아져 내리고 있었다.

마르가리타는 이내 그를 알아보고 신음 소리를 내더니, 안타까움에 두 손을 모으며 그에게 달려갔다. 그녀는 그의 이마와 입술에 입을 맞추고, 거칠어진 그의 뺨에 얼굴을 비볐다. 오랫동안 참아왔던 눈물이 그녀의 얼굴을 따라 하염없이 흐르고 있었다. 그녀는 오직 한마디만을 아무 의미 없이 반복할 뿐이었다.

"당신이군요…… 당신이군요…… 당신이군요……."

거장이 그녀를 밀어내며 나지막하게 말했다.

"울지 마, 마르고. 나를 고통스럽게 하지 마. 나는 아주 많이 아파." 그는 마치 창밖으로 뛰어내려 도망치려는 듯 한쪽 팔로 창턱을 붙잡은 채, 앉아 있는 사람들을 가만히 살펴보면서 이를 드러내고 웃었다. 그리고 소리쳤다. "마르고, 무서워! 다시 환각이 시작됐어……."

계속해서 터져 나오는 눈물이 마르가리타를 숨 막히게 했다. 그녀는 자꾸만 목에 걸리는 말 한마디 한마디를 힘겹게 작은 소리로 내뱉었다.

"아니에요, 아니에요, 아니에요…… 아무것도 무서워하지 말아요…… 내가 당신과 있잖아요…… 내가 당신과……."

코로비예프가 민첩하고 눈에 띄지 않게 거장 쪽으로 의자를 밀어주자 거장은 그 위에 주저앉았다. 마르가리타는 무릎을 꿇고 환자 옆에 달라붙어 아무 말도 하지 않고 있었다. 흥분에 빠진 그녀는 자신이 더 이상 알몸이 아니며 어느새 검은 실크 망토를 걸치고 있다는 것도 눈치 채지 못했다. 환자는 고개를 떨구고 음울한 눈빛으로 바닥을 내려다보았다.

"저런." 오랜 침묵 후에 볼란드가 입을 열었다. "사람을 아주 엉망으로 만들어놓았군." 그는 코로비예프에게 명령했다. "기사여, 이 사람에게 마실 것을 좀 주시게."

마르가리타가 떨리는 목소리로 거장을 설득했다.

"마셔요, 마셔봐요! 무서워요? 아니에요, 괜찮아요. 날 믿어요. 저분들이 당신을 도와줄 거예요!"

환자는 잔을 받아 마셨다. 그리고 그 순간 그의 손이 떨리면서 빈 잔이 그의 발밑에서 깨졌다.

"다행입니다! 정말 다행이에요!" 코로비예프가 마르가리타에게 속삭였다. "보세요, 벌써 제정신으로 돌아오고 있습니다."

정말로 환자의 시선은 이제 그렇게 거칠지도 불안해 보이지도 않았다.

"마르고, 정말 당신이야?" 달의 손님이 물었다.

"의심하지 말아요, 저예요." 마르가리타가 대답했다.

"한 잔 더!" 볼란드가 지시했다.

두번째 잔을 비운 거장의 눈에 생기가 돌고, 명료해지기 시작했다.

"자, 이제 됐군." 볼란드가 눈을 가늘게 뜨며 말했다. "이제 이야기를 한번 해봅시다. 당신은 누구시죠?"

"나는 이제 아무도 아닙니다." 거장이 대답했다. 엷은 미소가 그의 입술을 일그러뜨렸다.

"지금 어디서 오신 거지요?"

"슬픔의 집에서. 난 정신병자입니다." 손님이 대답했다.

마르가리타는 그 말을 참지 못하고 다시 울기 시작했다. 그리고 잠시 후 눈물을 훔치며 그녀가 소리쳤다.

"그건 너무 무서운 말이에요! 너무 무서운 말이에요! 메시르, 제가 말씀드리겠어요. 이 사람은 거장이에요! 이 사람의 병을 고쳐주세요. 이 사람은 그럴 가치가 있는 사람이에요!"

"당신이 지금 누구와 말하고 있는 건지," 볼란드가 방문객에게 물었다. "어디에 와 있는 건지 알고 계십니까?"

"알고 있습니다." 거장이 대답했다. "그 젊은 친구, 이반 베즈돔니가 정

제24장 거장을 빼내다 445

신병원의 내 옆방에 있었습니다. 그가 당신 얘기를 나에게 해주었습니다."

"그랬군요, 그랬어." 볼란드가 대꾸했다. "파트리아르흐 연못에서 그 젊은이를 만났었지요. 그가 나에게 내가 존재하지 않는다는 것을 증명해 보이려는 통에 하마터면 내 머리가 돌아버리는 줄 알았답니다! 그런데 당신은 정말로 내가 존재한다고 믿으십니까?"

"지금 이 상황에서는 믿어야 하지 않겠습니까." 이방인이 말했다. "하지만 아무래도 당신을 환각의 산물로 여기는 것이 훨씬 더 편할 것 같습니다. 죄송합니다." 갑자기 뭔가 빠트린 말이 생각난 듯 거장이 덧붙였다.

"글쎄, 그게 더 편하다면, 그렇게 생각하셔도 좋습니다." 볼란드가 정중하게 대답했다.

"아니에요, 그렇지 않아요!" 마르가리타가 놀란 표정으로 거장의 어깨를 잡고 흔들며 말했다. "똑바로 보세요! 당신 앞에 정말로 그가 서 있는 거예요!"

그러자 고양이가 다시 끼어들었다.

"하긴 정말로 나는 환각을 닮은 데가 있긴 하지. 달빛 속의 내 옆모습을 한번 잘 보라고." 고양이는 달빛이 비쳐 들어오는 창가에 섰다. 그리고 뭔가 더 말을 하려고 했지만, 모두 그가 잠자코 있기를 원한다는 것을 눈치 채고, "좋아요, 좋아. 알았다고요. 그럼 이제부터 나는 말이 없는 환각입니다"라고 말하고는 입을 다물었다.

"그런데 왜 마르가리타가 당신을 거장이라고 부르는 건지 설명해주시겠습니까?" 볼란드가 물었다.

그가 엷은 미소를 지으며 말했다.

"그건 용서하실 수 있는 허물일 겁니다. 그녀는 제가 쓴 소설을 지나치게 높게 평가하고 있지요."

"무엇에 대해 쓴 소설이었지요?"

"본디오 빌라도에 대한 소설이었습니다."

그 순간 천둥처럼 울려 퍼지는 볼란드의 웃음소리에 촛불들이 흔들리며 뛰놀기 시작했고, 탁자 위의 그릇들이 덜그럭거렸다. 하지만 그 웃음소리에 놀라거나 겁을 집어먹은 사람은 없었다. 베헤못은 왠지 박수를 치기까지 했다.

"뭐라고요, 뭐라고 하셨죠? 누구에 대한 소설이라고요?" 볼란드는 웃음을 멈추며 말했다. "지금 이런 시대에? 정말 굉장하군요! 다른 테마를 찾을 수는 없었나요? 어디 한번 읽어보게 줘보시오!" 볼란드가 손바닥을 위로 하여 손을 내밀었다.

"유감스럽게도, 그럴 수가 없습니다." 거장이 대답했다. "소설을 페치카에 태워버렸습니다."

"실례지만, 그 말은 못 믿겠소." 볼란드가 대답했다. "그런 일은 있을 수 없으니까. 원고는 불타지 않소." 그는 베헤못을 돌아보며 말했다. "베헤못, 소설을 이리 가져와봐."

볼란드의 말이 떨어지기가 무섭게 고양이가 의자에서 펄쩍하고 뛰어내렸다. 그제야 모두들 그가 두툼한 원고 더미 위에 앉아 있었다는 것을 알게 되었다. 고양이는 제일 위에 있던 원고 한 부를 정중하게 볼란드 앞에 내밀었다. 마르가리타는 몸을 떨며, 다시 울음을 터뜨릴 듯 흥분하면서 외쳤다.

"봐요. 저기 있어요, 원고가! 저기 있어요!"

그녀는 볼란드에게 달려들어 환희에 차서 덧붙였다.

"전능하신 분! 당신은 전능하신 분이에요!"

볼란드는 그에게 건네진 원고를 받아 한 장 한 장 넘겨보고는 한쪽으로 원고를 치우고, 아무 말도, 미소도 없이 가만히 거장을 바라보았다. 거장은 무엇 때문인지 슬픔과 불안에 빠진 얼굴로 의자에서 일어나 두 손을 잡고 비틀었으며, 멀리 달을 쳐다보고는 몸을 떨면서 중얼거리기 시작했다.

"달이 있는 밤에도 나에겐 평온이 없다…… 왜 나를 불안하게 하는 겁니까? 오, 신들이여, 신들이여……."

마르가리타는 환자의 가운을 움켜쥐고 그에게 바싹 달라붙었다. 그리고 그녀 역시 슬픔에 빠져 눈물을 흘리며 중얼거리기 시작했다.

"오. 하느님. 왜 당신에겐 약이 듣지 않는 걸까요?"

"괜찮아요, 괜찮아, 괜찮아." 거장 옆에서 몸을 이리저리 흔들면서 코로비예프가 속삭였다. "괜찮아요, 괜찮아…… 한 잔 더 하시지요. 나도 당신과 함께 마시겠습니다……."

작은 술잔이 뭔가 암시하기라도 하듯 달빛 속에 반짝거렸고, 이번 술잔은 효과가 있었다. 다시 제자리에 앉혀진 환자의 얼굴이 평온한 빛을 띠었다.

"음, 이제 모든 것이 분명해졌소." 볼란드가 말했다. 그리고 긴 손가락으로 원고를 두드렸다.

"아주 분명하지요." 말없는 환각이 되겠다던 약속을 잊고 고양이가 말했다. "이제 이 작품의 중심선이 속속들이 제게 간파되었습니다. 아자젤로, 지금 뭐라고 했지?" 고양이가 잠자코 있는 아자젤로를 돌아보며 말했다.

"너를," 아자젤로가 거친 목소리로 말했다. "물속에 처넣어야 한다고 했다."

"마음을 좀 곱게 먹어라, 아자젤로." 고양이가 그에게 대답했다. "주인님을 그따위 생각으로 몰아가려고 하지 말고. 내가 이렇게 달빛을 받으면서, 저 불쌍한 거장처럼 매일 밤 네 앞에 나타나서, 너한테 고개를 끄덕이고 나를 따라오라고 손짓을 하면 어떻게 할래, 응, 아자젤로?"

"자, 마르가리타." 다시 볼란드가 대화에 끼어들었다. "말해보시오. 이제 무엇이 필요하오?"

갑자기 마르가리타의 눈에 불꽃이 타올랐다. 그녀는 애원하듯 볼란드에게 말했다.

"그와 잠시 이야기를 나눌 수 있게 해주세요."

볼란드가 고개를 끄덕이자 마르가리타는 거장의 귀에 대고 뭔가를 속삭였다. 그가 그녀에게 다음과 같이 말하는 것이 들렸다.

"안 돼, 늦었어. 나는 삶에서 더 이상 아무것도 원하지 않아. 당신을 보는 것 외에는. 하지만 다시 말하지만, 당신은 나를 버리는 게 좋을 거야. 당신은 나와 같이 파멸하게 될 거야."

"안 돼요, 그럴 수는 없어요." 마르가리타가 대답했다. 그러고는 볼란드를 보며 말했다. "우리를 다시 아르바트에 있는 그 골목의 지하로 돌려와 주세요. 램프를 켤 수 있도록, 모든 것이 전처럼 될 수 있도록 해주세요."

그러자 거장은 웃기 시작했다. 그리고 이미 오래전에 풀어 늘어뜨려진 마르가리타의 구불구불한 머리를 쓰다듬으며 말했다.

"아, 이 불쌍한 여인의 말을 듣지 마세요, 메시르. 그 지하에는 벌써 다른 사람이 살고 있습니다. 그리고 모든 것이 전처럼 되는 일은 있을 수 없습니다." 그는 뺨을 자신의 여인의 머리에 가만히 갖다 대고 그녀를 안으며 중얼거렸다. "불쌍한 사람, 불쌍한⋯⋯."

"그런 일은 있을 수 없다고 했소?" 볼란드가 말했다. "맞는 말이오. 하지만 한번 해봅시다." 그리고 그가 말했다. "아자젤로!"

그 순간 천장에서 당황하여 거의 제정신이 아닌 것처럼 보이는 한 시민이 바닥으로 떨어졌다. 속옷 바람의 그 시민은 어떻게 된 일인지 손에는 큰 여행 가방을 들고, 머리에 모자까지 쓰고 있었다. 두려움에 몸을 덜덜 떨고 있던 그 시민은 털썩하고 주저앉았다.

"모가리치?" 아자젤로가 하늘에서 떨어진 자에게 물었다.

"알로이지 모가리치입니다." 그가 떨면서 대답했다.

"이 사람 소설에 대한 라툰스키의 평을 읽고, 불법 문서 소유자를 알고 있다고 고발장을 쓴 게 당신인가?" 아자젤로가 물었다.

새로 등장한 그 시민은 얼굴이 파래져서 참회의 눈물을 흘리기 시작했다.

"그의 방으로 이사를 하고 싶었던 건가?" 아자젤로가 콧소리를 내며 가능한 한 친근한 말투로 물었다.

그 순간 분노에 찬 고양이의 쉭쉭거리는 소리와 함께 마르가리타가 "마녀의 맛 좀 봐라, 맛 좀 봐!"라고 울부짖으며 알로이지 모가리치의 얼굴을 할퀴었다.

한바탕 소동이 일었다.

"지금 무슨 짓을 하는 거요?" 거장이 고통스럽게 소리쳤다. "마르고, 자신을 수치스럽게 하지 마!"

"이의 있습니다, 이건 수치스러운 일이 아닙니다!" 고양이가 가르릉 거렸다.

코로비예프가 마르가리타를 뜯어말렸다.

"저는 욕실도 새로 만들고……" 피투성이가 된 모가리치가 이를 덜덜 떨면서 계속해서 뭔가 알아들을 수 없는 얘기들을 읊어댔다. "흰 페인트 한 통에…… 황산염……."

"그래, 욕실을 만들었다니, 그건 잘했군." 아자젤로가 칭찬을 하며 말했다. "저 사람도 욕실은 필요하니까." 그리고 소리쳤다. "당장 꺼져!"

그 순간 모가리치의 발이 거꾸로 들어 올려지는가 싶더니, 그대로 창밖으로 내동댕이쳐졌다.

거장은 눈이 동그래져서 중얼거렸다.

"이건 이반이 얘기했던 것보다 더 깔끔한데!" 거장은 온통 흥분에 휩싸인 채 주위를 둘러보고는, 고양이에게 다음과 같이 말을 붙이기까지 했다. "실례지만…… 그러니까 너…… 그러니까 당신이……" 그는 고양이에게 어떤 호칭을 써야 할지 몰라 망설였다. "전차를 타고 갔던 그 고양이이신가요?"

"그렇소." 고양이가 만족스러운 듯 사실을 확인해주었다. 그리고 계속해서 다음과 같이 말했다. "고양이에게 그처럼 정중한 호칭을 붙여주시니 듣기가 아주 좋군요. 무슨 이유에서인지 사람들은 보통 고양이에게 '너'라고 말을 하지요. 고양이들이 그 사람들하고 브루데샤프트[3]를 마신 적도 없는데 말입니다."

"왠지 저는 당신이 고양이가 아닌 것 같아서……" 거장은 머뭇거리며 말을 하고는 볼란드를 향해 조심스럽게 덧붙였다. "아무리 그래도 병원에서 날 찾아낼 겁니다."

"아니, 그런 일은 절대 없을 겁니다!" 코로비예프가 안심을 시켰다. 그리고 그때 그의 손에 서류들과 무슨 장부 같은 것이 나타났다. "당신의 병상 기록인가요?"

"그렇소."

코로비예프가 병상 기록을 벽난로 속으로 집어던졌다.

"기록이 없으면 사람도 없는 거지요." 코로비예프가 만족스럽게 말했다. "아, 이건 당신 집주인의 주민 장부인가 보지요?"

"그, 그래요……."

"여기 누가 등록되어 있지? 알로이지 모가리치?" 코로비예프가 주민 장부의 한 페이지를 쳐다보며 훅 불었다. "자, 없지요. 잘 보세요. 전에도 없었습니다. 집주인이 놀라면, 알로이지가 나오는 꿈을 꾼 것이었다고 말해주세요. 모가리치? 모가리치가 대체 누구지요? 모가리치라는 사람은 있지도 않았습니다." 그 순간 코로비예프의 손에서 장부가 사라졌다. "자, 주민 장부는 이제 집주인의 책상 속에 있습니다."

"당신 말이 맞습니다." 코로비예프의 깔끔한 솜씨에 놀라며 거장이 말했다. "기록이 없으면 사람도 없는 겁니다. 바로 그렇기 때문에 나라는 인간은 존재하지 않습니다. 나에겐 신분증이 없으니까요."

"죄송합니다만," 코로비예프가 소리쳤다. "바로 그게 환각이라는 겁니다. 자, 여기 당신 신분증이 있지 않습니까." 코로비예프는 거장에게 신분증을 내밀었다. 그리고 깨진 안경 위로 마르가리타를 쳐다보며 달콤하게 속삭였다. "자, 이건 당신 거지요, 마르가리타 니콜라예브나." 그는 끝이 불에 탄 노트와 마른 장미, 사진, 그리고 예금통장을 특히 조심스럽게 마르가리타에게 건네주었다. "당신이 넣어둔 만 루블입니다, 마르가리타 니콜라예브나. 우린 남의 것은 필요가 없어요."

"남의 것을 건드리느니 차라리 내 발이 굳어버리는 게 낫지." 불운한 소설의 원고들을 가방 속에 쓸어 담는다고 춤을 추듯 펄쩍거리면서, 거만한 목소리로 고양이가 소리쳤다.

"자, 여기 당신 신분증도 있습니다." 코로비예프가 마르가리타에게 신분증을 건네면서 말했다. 그리고 볼란드를 향해 정중하게 보고했다. "다 되었습니다, 메시르!"

"아니, 다는 아니지." 지구의에서 몸을 돌리며 볼란드가 대답했다.

"친애하는 나의 돈나, 당신의 수행원들은 어떻게 할까요? 나에겐 그들이 필요 없습니다."

그때 열려진 문으로 나타샤가 전과 다름없이 알몸으로 뛰어 들어와 두 손을 모으며 마르가리타에게 소리치기 시작했다.

"행복하셔야 돼요, 마르가리타 니콜라예브나!" 그녀는 고개를 숙여 거장에게 인사를 하고, 다시 마르가리타를 보며 말했다. "저는 당신이 어디로 가시는 건지 알고 있어요."

"가정부들은 모르는 게 없다니까." 고양이가 한쪽 발을 의미심장하게 들어 올리며 말했다. "가정부들이 아무것도 모른다고 생각하는 건 정말 오산이라고."

"나타샤, 너 어떻게 할래?" 마르가리타가 물었다. "저택으로 돌아가."

"마르가리타 니콜라예브나." 나타샤가 무릎을 꿇고 애원을 하듯 말했다. "저분들께 부탁해주세요." 그녀는 눈짓으로 볼란드를 가리켰다. "저를 마녀로 남아 있게 해달라고. 저는 다시 그 집으로 돌아가고 싶지 않아요! 저는 기술자나 공학자 같은 사람한테는 시집가지 않을 거예요! 어제 무도회에서 자크 씨가 저에게 청혼을 했어요." 나타샤는 손에 쥐고 있던 금화를 보여주었다.

마르가리타는 그래도 좋을지 묻는 눈빛으로 볼란드를 돌아보았다. 그가 고개를 끄덕이자 나타샤는 마르가리타의 목에 매달려 소리가 나게 입을 맞추고는 승리를 거둔 사람처럼 고함을 지르며 창밖으로 날아갔다.

이어 나타샤가 있던 자리에 니콜라이 이바노비치가 나타났다. 그는 다시 사람의 모습을 하고 있었지만, 왠지 무척 우울하고, 초조해 보이기까지 했다.

"이제 이자를 내보내도 된다니 정말 기쁘군." 볼란드가 역겹다는 듯 니콜라이 이바노비치를 바라보며 말했다. "정말 잘됐어. 이자는 여기서 아무 소용이 없으니까."

"저에게 증명서를 발부해주시기 바랍니다." 거칠게 주위를 돌아보면서 니콜라이 이바노비치가 입을 열었다. 그의 어조는 매우 완강했다. "제가 지난밤을 어디에서 보낸 것인지에 대한 증명서를 써주십시오."

"그건 어디에 쓰려고?" 고양이가 엄격하게 물었다.

"경찰과 아내에게 제출해야 합니다." 니콜라이 이바노비치가 강경하게 말했다.

"우린 증명서 따윈 내주지 않지만," 고양이가 눈을 치켜뜨며 대답했다. "하지만 좋아, 당신에겐 예외를 두기로 하지."

그리고 니콜라이 이바노비치가 정신을 차릴 사이도 없이 알몸의 헬라가 타자기 앞에 앉았고, 고양이가 그녀에게 다음과 같이 불러주었다.

"다음의 사실을 확인함. 이 증명서의 제출자 니콜라이 이바노비치는 사탄의 무도회에 가는 운송 수단으로…… 헬라, 괄호 치고! 괄호 안에 '수퇘지'라고 써 넣어. 운송 수단으로 끌려가 그곳에서 상기 일의 밤을 보냈음. 서명. 베헤못."

"날짜는?" 니콜라이 이바노비치가 기어들어가는 목소리로 말했다.

"우린 날짜는 쓰지 않아. 날짜를 쓰면, 그 서류는 효력이 없어지니까." 고양이는 종이 위에 휘갈겨 서명을 한 후, 어디서 나타났는지 스탬프를 쥐고, 흔히 사람들이 그렇게 하듯 거기에 입김을 훅 하고 불고는 '수납 확인'이라는 단어를 종이 위에 눌러 찍고, 그 종이를 니콜라이 이바노비치에게 내주었다. 그러자 니콜라이 이바노비치는 흔적도 없이 사라졌고, 그가 있던 자리에 갑자기 새로운 사람이 나타났다.

"또 뭐야?" 손으로 촛불의 빛을 가리면서 볼란드가 지겹다는 듯 물었다.

바레누하는 고개를 떨구고 한숨을 내쉬면서 작은 소리로 말했다.

"저를 원래대로 돌려놔주십시오. 뱀파이어로 살 수는 없습니다. 하마터면 그때 헬라와 함께 림스키를 죽일 뻔했습니다! 저는 피에 굶주린 사람이 아닙니다. 절 놓아주십시오."

"이건 또 무슨 헛소리야?" 얼굴을 찡그리며 볼란드가 물었다. "림스키라니? 또 무슨 짓을 한 거야?"

"신경 쓰지 마십시오, 메시르." 아자젤로가 대답을 하고는 바레누하를 향해 말했다. "다시는 전화로 못된 짓 하지 마라. 전화에다 대고 거짓말을 하지도 말고, 알겠나? 또 그런 짓을 하다간 어떻게 되는지 알고 있겠지?"

바레누하의 머릿속은 기쁨으로 완전히 몽롱해졌고, 얼굴에서 빛이 났으며, 그는 자신이 무슨 말을 하는지도 모르는 채 중얼거리기 시작했다.

"정말로…… 그러니까 제가 말하고 싶은 것은, 각하…… 지금 당장 식사를 마치고……." 바레누하는 손을 가슴에 얹고 애원하듯 아자젤로를 바라보았다.

"좋아, 집으로 가." 그가 대답하자 바레누하 역시 흔적도 없이 사라졌다.

"이 두 사람과 할 얘기가 있으니, 잠시 나가들 있어라." 볼란드가 거장과 마르가리타를 가리키며 말했다.

볼란드의 명령은 곧바로 이행되었다. 잠시 침묵을 지키던 볼란드가 거장을 향해 말했다.

"결국 이렇게 아르바트의 지하로 돌아가는 건가? 그럼 이제 누가 글을 쓰는 거지? 상상은, 영감은?"

"나에겐 더 이상 상상도, 영감도 없습니다." 거장이 대답했다. "그 무엇에도 나는 관심이 없습니다. 이 여인을 제외하고는." 그는 다시 손을 마르가리타의 머리 위에 얹었다. "그들이 나를 망가뜨렸습니다. 나도 지겹습니다. 나는 지하로 가고 싶습니다."

"당신의 소설은? 빌라도는?"

"나는 그 소설을 증오합니다." 거장이 대답했다. "그로 인해 너무 많은 것을 겪었습니다."

"제발 부탁이에요." 마르가리타가 고통스러운 듯 부탁했다. "그렇게 말하지 말아요. 왜 저를 괴롭히시려는 거예요? 제가 제 인생 전부를 당신의 소설에 바쳤다는 것을 알고 계시잖아요." 마르가리타는 볼란드를 향해 말했다. "이 사람의 말을 듣지 마세요, 메시르. 이 사람은 너무 많은 고통을 당했어요."

"하지만 그래도 뭔가를 써야 하지 않겠소?" 볼란드가 말했다. "그 총독에 대해 더 할 말이 없다면, 글쎄, 좀전의 그 알로이지 얘기를 한번 써보는 건 어떻겠소."

거장은 미소를 지었다.

"그건 랍슌니코바가 출판해주지도 않을 겁니다. 재미도 없을 거고."

"그럼 무엇으로 먹고살 생각이오? 궁핍한 생활을 해야 될 텐데."

"기꺼이, 기꺼이 그렇게 할 것입니다." 거장은 이렇게 대답을 하고 마르가리타를 끌어당겨 그녀의 어깨를 안았다. 그리고 계속해서 말했다. "정신을 차리게 되면, 이 여인은 나를 떠나게 될 겁니다……."

"나는 그렇게 생각하지 않소." 볼란드는 입을 거의 벌리지 않은 채로 말했다. 그의 말은 계속 이어졌다. "그래, 본디오 빌라도 이야기를 썼던 사람이 지하 골방에 램프 하나 켜놓고 굶어 죽을 작정으로 그곳으로 가겠다는 거요?"

그러자 마르가리타가 거장에게서 떨어져 몹시 흥분하면서 말하기 시작했다.

"저는 제가 할 수 있는 모든 걸 했어요. 저는 그에게 가장 유혹적인 것을 속삭여주었어요. 그런데 그가 그걸 거절했어요."

"당신이 그에게 무엇을 속삭여주었는지 알고 있소." 볼란드가 그녀의 말을 반박했다. "하지만 그것이 가장 유혹적인 것은 아니오. 내가 한 가지 얘기를 해줄까요." 그는 미소를 지었고, 거장을 돌아보며 말했다. "당신의 소설은 당신에게 예기치 못한 일을 더 가져다줄 것이오."

"그건 정말 우울한 일이로군요." 거장이 대답했다.

"아니, 아니, 그렇지 않을 것이오." 볼란드가 말했다. "더 이상 끔찍한 일은 없을 것이오. 자, 마르가리타 니콜라예브나, 이제 다 되었소. 뭔가 마음에 들지 않는 것이라도 있소?"

"아니에요. 오, 그게 무슨 말씀이세요, 메시르!"

"그럼 이걸 가져가시오. 내가 작별 인사로 드리는 것이오." 볼란드가 말했다. 그리고 베개 밑에서 그리 크지 않은 황금 편자를 꺼냈다. 편자에는 다이아몬드가 촘촘히 박혀 있었다.

"아니에요, 아니에요. 안 돼요. 제가 어떻게 이런 걸!"

"나와 논쟁을 하고 싶은 거요?" 볼란드가 미소를 지으며 물었다.

망토에 주머니가 없었던 마르가리타는 편자를 냅킨에 싸서 묶었다. 그리고 그 순간 그녀는 왠지 놀란 표정을 지으며 달이 빛나고 있는 창밖을 바라보았다.

"정말 이해할 수 없어요…… 어떻게 된 거죠? 계속해서 한밤중이니, 벌써 아침이 되었어야 하는 것 아닌가요?"

"축제의 밤을 좀더 붙잡고 있는 것도 나쁘진 않지요." 볼란드가 대답했다. "자, 당신에게 행운이 있기를!"

마르가리타는 기도를 올리는 것처럼 볼란드를 향해 두 손을 뻗었다. 하지만 그에게 가까이 다가가진 못한 채 조용히 외쳤다.

"안녕히! 안녕히 계세요!"

"또 만나기로 합시다." 볼란드가 말했다.

잠시 후 검은 망토를 입은 마르가리타와 환자복을 입은 거장은 보석상 부인의 침실에서 나왔다. 촛불이 밝혀져 있는 복도에서는 볼란드의 수행원들이 그들을 기다리고 있었다. 두 사람이 복도를 다 빠져나올 때쯤 헬라가 고양이와 함께 소설 원고와 마르가리타 니콜라예브나의 물건들이 들어 있는 가방을 들고 나왔다. 코로비예프는 아파트 현관 앞에서 고개를 숙여 인사를 하고 사라졌으며, 나머지는 배웅을 하러 계단까지 따라 나왔다. 계단은 텅 비어 있었다. 3층 층계참을 지날 때, 뭔가 딸깍거리는 소리가 났지만 누구도 거기에 신경을 쓰지는 않았다. 여섯번째 출구 바로 앞에서 아자젤로가 위를 향해 휘파람을 훅 불었다. 달이 비치지 않는 뒤뜰로 나오자 현관 계단 앞에 장화를 신고 모자를 눌러쓴 채로 잠에 곯아떨어진 사내와 라이트를 끈 채 출구 앞에 세워져 있는 커다란 검은 차가 보였다. 차의 앞 유리로 갈까마귀의 옆모습이 희미하게 보이고 있었다.

두 사람이 막 차에 타려고 하는 순간, 마르가리타가 절망적인 목소리로 나직이 외쳤다.

"어쩌면 좋아, 편자를 잃어버렸어요!"

"우선 차에 타십시오." 아자젤로가 말했다. "그리고 잠시만 기다려주십시오. 제가 가서 살펴보고 오겠습니다." 그러고는 출구 쪽으로 되돌아갔다.

그 일은 다음과 같이 된 것이었다. 마르가리타와 거장이 일행들과 함께 아파트를 나오기 얼마 전, 보석상 부인의 아파트 아래층에 위치한 48호에서 비쩍 마른 여자가 손에 함석통과 가방을 들고 계단으로 나왔다. 그 여자는 수요일에 베를리오즈를 슬픔으로 몰아넣은 회전문 앞에서 해바라기 기름을 쏟은 바로 그 안누시카였다.

그 여자가 모스크바에서 무슨 일을 하는지, 어떤 방법으로 살아가고 있는지를 아는 사람은 아무도 없었다. 그녀에 대해 알려져 있는 것이라고는 석유가게나 시장, 혹은 어떤 건물 입구나 층계에서, 그리고 무엇보다도 안누시카가 살고 있는 48호 아파트 부엌에서 매일같이 함석통이나 손가방, 혹은 함석통과 손가방을 같이 들고 있는 그녀를 볼 수 있다는 것뿐이었다. 그 외에 그녀가 어디에 있든, 혹은 어디에 나타나든, 바로 그 곳에서 스캔들이 일어난다는 것, 그리고 그녀가 '역병(疫病)'이라는 별명을 가지고 있다는 것도 잘 알려져 있었다.

역병-안누시카는 무엇 때문인지 아침마다 매우 일찍 일어나곤 했다. 그런데 오늘은 빛도 전혀 없고, 아침노을도 비치지 않은 열두 시가 조금 넘은 시각에 무언가가 그녀를 일으켜 세웠다. 아파트 문을 조심스럽게 연 안누시카는 문틈으로 얼굴만 빼꼼히 내민 채 주위를 살폈다. 그러고는 문을 열고 나와 막 계단을 내려가려는 순간, 위층에서 요란스러운 문소리가 들리더니 누군가 계단을 따라 아래로 굴러 떨어지듯 안누시카를 향해 달려 내려오는 것이었다. 그 바람에 한쪽 구석으로 몸을 피하려던 그녀는 벽에 뒤통수를 부딪히고 말았다.

"염병할, 속옷만 입고 어딜 가는 거야?" 안누시카는 뒤통수를 문지르며 날카롭게 소리를 질렀다. 속옷 바람에 모자를 쓰고 가방까지 들고 있는 그 사람은 눈을 감은 채 잠에 취한 듯 거친 목소리로 안누시카에게 대답했다.

"보일러! 황산염! 회칠하는 데만도 얼마가 들었는데." 그는 눈물을 흘리며 욕을 했다. "저리 꺼져!"

그러고는 아래쪽이 아니라, 다시 위로, 경제학자가 발로 깨버린 유리 창문이 있는 곳으로 달려가 그 창문을 통해 마당으로 곤두박질쳤다. 깜짝 놀란 안누시카는 뒤통수가 아픈 것도 잊어버리고, 창문 쪽으로 달려가 층 계참에 배를 바싹 대고 정원 쪽으로 고개를 내밀었다. 그녀는 가로등이 켜져 있는 아스팔트 위에서 가방과 함께 완전히 박살이 나 있는 사내의 모습을 기대했다. 하지만 마당의 아스팔트 위에는 아무것도 없었다.

잠이 덜 깬 듯한 그 이상한 사람은 아무 흔적도 남기지 않고, 새처럼 날아 그 집을 떠난 것이다. 안누시카는 성호를 그으며 생각했다. '역시 50호야! 사람들 말이 괜한 게 아니라니까……! 정말 대단한 아파트야……!'

그녀가 이런 생각을 하고 있는 사이, 위에서 다시 문소리가 나면서 두번째로 누군가가 아래로 달려 내려왔다. 안누시카는 벽에 바싹 달라붙은 채로, 구레나룻을 기르고 꽤 점잖아 보이는, 하지만 어딘지 수퇘지의 얼굴을 한(안누시카에게는 그렇게 보였다) 시민이 황급히 그녀 옆을 지나, 역시 첫번째 사람과 마찬가지로, 아스팔트 위에 곤두박질칠 거라는 건 생각하지도 않고, 창을 통해 그 건물을 떠나는 것을 보았다. 안누시카는 자신이 밖으로 나온 이유도 잊어버린 채, 계단에 서서 성호를 긋고 가슴을 쓸어내리면서 혼자 중얼거리고 있었다.

잠시 후 세번째 사내, 즉 깨끗하게 면도를 한 동그란 얼굴에 셔츠를 입은 사내가 뛰어내려와, 앞의 사람들과 정확히 똑같은 방식으로 창에 몸을 던졌다.

안누시카의 명예를 위해 다음의 사실을 말해두어야 할 것 같다. 천성적으로 호기심이 많았던 그녀는 또 어떤 기적 같은 일이 벌어질지 모른다는 생각에 그 자리에서 좀더 기다려보기로 했다. 아니나 다를까, 위에서 다시 문이 열리더니 이번에는 여럿이 한꺼번에 내려오기 시작했다. 그들은 좀전의 사내들과는 달리 보통 사람들처럼 평범하게 걸어 내려왔다. 안누시카는 창가에서 떨어져 자신의 아파트 문이 있는 아래쪽으로 내려가 재빨리 문을 열고 그 뒤에 숨었다. 빠끔히 열린 틈으로 호기심에 잔뜩 흥분되어 있는 그녀의 한쪽 눈이 반짝거렸다.

환자인 것 같기도 하고, 아닌 것 같기도 하고, 아무튼 창백한 얼굴에 수염이 텁수룩하고 검은 털모자에 무슨 가운 같은 것을 걸친 이상한 사내가 비틀거리며 아래로 내려갔다. 검은 법의를 입은(어둠 속에서 안누시카에게는 그렇게 보였다) 여인이 조심스럽게 그의 팔을 부축하고 있었다. 그 여인은 맨발인 것 같기도 하고, 올이 다 풀린 무슨 투명한 슬리퍼(외국에서 산 것이 틀림없었다)를 신고 있는 것 같기도 했다. 세상에! 저 슬리퍼 좀 봐! 게다가 옷은 하나도 안 입고! 옷은 홀랑 벗고, 그 위에 법의를 걸치고 있다니! 정말 대단한 아파트라니까! 이 모든 것들을 내일 옆집 사람들에게 얘기할 것을 생각하니, 벌써부터 안누시카의 마음은 흥분으로 가득 찼다.

그 이상한 차림의 여인 뒤에는 실오라기 하나 걸치지 않은 여자가 작은 여행 가방을 들고 따라가고 있었으며, 그 옆으로 커다랗고 시커먼 고양이가 허둥대며 내려오고 있었다. 안누시카는 눈을 비볐고, 하마터면 큰 소리로 비명을 지를 뻔했다.

행렬의 마지막에는 작은 키에 다리를 약간 저는 외눈박이 외국인이 따라오고 있었다. 그는 양복 상의는 입지 않고 하얀 연미복 조끼에 넥타이를 매고 있었다. 일행은 모두 안누시카를 지나 아래로 내려갔고, 그때 층계참에서 뭔가 떨어지는 소리가 났다.

안누시카는 발소리가 점점 작아지는 것을 확인한 후 뱀처럼 문 뒤에서 미끄러져 나와 양철통을 벽 가장자리에 놓고 충계참에 엎드려 바닥을 더듬기 시작했다. 그녀의 손에 뭔가 묵직한 것이 들어 있는 냅킨이 잡혔다. 그리고 그 냅킨을 펼친 순간 안누시카의 눈이 금방이라도 튀어나올 만큼 커졌다. 안누시카는 두 눈을 보석 앞으로 바짝 갖다 댔으며, 그러자 그녀의 눈이 완전히 늑대의 눈처럼 이글거렸다. 안누시카의 머릿속에 회오리가 몰아쳤다.

'나는 아무것도 못 보고, 아무것도 모르는 거야⋯⋯! 조카한테 보낼까? 아니면 쪼개야 되나?⋯⋯ 보석만 파내도 되는데⋯⋯ 그리고 하나씩 처리하는 거야. 하나는 페트롭카로 가져가 팔고, 또 하나는 스몰렌스키로⋯⋯ 그리고 나는 아무것도 못 보고, 아무것도 모르는 거야!'

안누시카는 주운 것을 품속에 감추고 양철통을 집어 들고는 시내로 나가려던 것도 그만두고 다시 집으로 슬그머니 기어 들어가려고 했다. 그런데 그 순간 그녀 앞에, 빌어먹을, 어디서 나타난 것인지, 양복 상의를 입지 않은 하얀 가슴의 바로 그 사내가 나타나 작은 소리로 말했다.

"편자하고 냅킨을 내놔."

"편자하고 냅킨이라니요?" 안누시카는 너무나도 능숙하게 시치미를 떼며 물었다. "냅킨이라니, 나는 그런 거 모르는데요. 이봐요, 시민, 당신 술 취한 거 아녜요?"

하얀 가슴의 사내는 더 이상 아무 말도 하지 않았고, 버스 난간처럼 딱딱하고 차가운 손가락으로 안누시카의 목덜미를 움켜쥐었다. 안누시카는 숨이 턱 하고 막히는 것을 느꼈다. 그녀의 손에서 양철통이 미끄러져 바닥으로 나동그라졌다. 얼마 동안을 숨도 쉬지 못하게 안누시카를 붙잡고 있던 재킷 없는 외국인은 이윽고 그녀를 놓아주었다. 그러자 안누시카는 숨을 헐떡이며 미소를 지었다.

"아, 그 편자요?" 그녀는 말했다. "잠깐만요! 이게 그러니까 당신 거였군요? 제가 보니까, 냅킨에 싸서 떨어져 있던데…… 누가 그냥 집어가 버릴까 봐서, 제가 일부러 잘 간수하고 있었던 거예요, 안 그러면 온데간데없이 사라지거든요!"

편자와 냅킨을 받아든 외국인은 한쪽 발을 뒤로 빼며 안누시카에게 정중히 인사하고는, 그녀의 손을 꽉 잡으며 강한 외국인 억양으로 뜨거운 감사의 말을 전했다.

"당신에게 깊은 마음으로 감사드립니다. 부인. 이 편자는 저에게 추억과도 같은 소중한 물건입니다. 당신이 이 물건을 지켜주신 것에 대한 보답으로 당신에게 이백 루블을 전해드릴 수 있도록 해주시기 바랍니다." 그러고는 조끼 주머니에서 바로 돈을 꺼내 안누시카에게 주었다.

절망한 안누시카는 어색한 미소를 지으며 다음과 같이 외칠 수밖에 없었다.

"아, 정말 감사합니다! 메르시! 메르시!"

인심이 후한 외국인은 한번에 아래층까지 미끄러져 내려갔다. 그러나 그는 완전히 사라지기에 앞서 위를 올려다보며 외국인의 악센트 없이 정확한 발음으로 소리쳤다.

"늙은 마녀 같으니. 앞으로 남의 물건을 줍게 되면 경찰한테 갖다주도록 해. 품고 있지 말고!"

계단에서 일어난 이 모든 사건들로 인해 머릿속에서 종이 쩌렁쩌렁 울리고 온통 뒤죽박죽이 되어버린 안누시카는 자신도 알 수 없는 힘에 이끌려 다음과 같이 한참을 더 소리치고 있었다.

"메르시! 메르시! 메르시!" 하지만 외국인은 벌써 오래전에 사라지고 없었다.

그리고 마당에 자동차도 없었다. 볼란드의 선물을 마르가리타에게 돌려준 아자젤로는 그녀에게 작별 인사를 하고, 자리가 편안한지를 물었으며, 헬라는 마르가리타와 키스를 나누었고, 고양이도 그녀의 손에 입을 맞추었다. 배웅을 나온 이들은 좌석 한쪽 구석에 몸을 파묻고 꼼짝도 하지 않고 생기 없이 앉아 있는 거장과 갈까마귀에게도 손을 흔들어주었다. 그러고는 굳이 계단으로 올라갈 필요가 없다고 느꼈는지, 눈 깜짝할 사이에 공중으로 사라져버렸다. 갈까마귀는 라이트를 켜고 입구 앞에 죽은 듯이 자고 있는 사람을 지나 정문 밖으로 차를 몰았다. 이어 검은 커다란 자동차의 불빛은 밤을 모르는 소란스러운 사도바야의 불빛들 속으로 사라져버렸다.

한 시간 후 마르가리타는 아르바트 골목의 작은 건물 지하의 거실 방에 있는 테이블 앞에 앉아 있었다. 방은 일 년 전, 그 무서운 가을밤이 있기 전과 똑같았다. 테이블에는 벨벳 천이 씌워져 있었고, 그 위에는 갓이 달린 램프와 은방울꽃이 꽂힌 작은 꽃병이 놓여 있었다. 마르가리타는 아직 가라앉지 않은 흥분과 행복감으로 조용히 울고 있었다. 불에 타 못쓰게 된 원고가 그녀 앞에 놓여 있었으며, 그 옆에는 흠 하나 없이 멀쩡한 원고 더미들이 쌓여 있었다. 건물은 조용했고, 옆의 작은 방에는 거장이 환자용 가운을 덮은 채로 안락의자에 누워 깊은 잠에 빠져 있었다. 그는 작은 숨소리조차 내지 않았다.

실컷 울고 난 마르가리타는 아무도 손대지 않은 듯 깨끗한 원고를 집어 들고, 크레믈 성벽 아래서 아자젤로를 만나기 전, 그녀가 몇 번씩 되풀이해서 읽곤 했던 곳을 찾았다. 마르가리타는 자고 싶지 않았다. 그녀는 사랑하는 고양이를 쓰다듬듯 원고를 다정하게 쓰다듬었으며, 손에 쥐고 이리저리 돌려보기도 하고, 한참 동안 겉장을 들여다보고, 마지막 장을 펼쳐보기도 했다. 갑자기 이 모든 것은 마술이며, 원고들은 곧 눈앞에서 사라질 것이고, 그녀는 저택의 침실에 있는 자신을 발견하게 될 것이며, 이 꿈에서 깨어나면 강에 뛰어들어 죽으러 가야 할 것이라는 무서운 생각이 그녀를 사로잡기도 했다. 하지만 그것은 그녀가 겪었던 긴 고통의 마지막 메아리와도 같은 것이었다. 사라진 것은 아무것도 없었으며, 전능한 볼란드는 정말로 전능했다. 그래서 마르가리타는 새벽이 밝아올 때까지 원고를 한 장 한 장 넘기며 살펴보고 입을 맞추고 되풀이해서 읽을 수 있었다.

"지중해에서 몰려온 어둠이 총독이 증오하는 도시를 뒤덮었다……
그렇다, 어둠이……."

제25장

총독은 키리아트의 유다를 어떻게 구하려고 했는가

지중해에서 몰려온 어둠이 총독이 증오하는 도시를 뒤덮었다. 성전과 무시무시한 안토니우스 탑[1]을 연결해주던 구름다리[2]도 사라지고, 하늘에서부터 내려온 심연이 히포드롬 위의 날개 달린 신(神)들과 총안(銃眼)이 있는 하스몬[3] 궁을, 저잣거리와 여관들, 골목과 연못들을 덮어버렸다. 거대한 도시 예르샬라임은 마치 세상에 존재하지 않았던 것처럼 사라져버렸다. 어둠이 예르샬라임과 그 외곽의 모든 살아 있는 것들을 위협하며 모든 것을 삼켜버린 것이다. 바다 쪽에서 범상치 않은 먹구름이 몰려온 것은 춘월 니산 14일의 낮이 끝나갈 무렵이었다.

먹구름은 형리들이 서둘러 사형수들을 찌르고 있는 해골산[4] 위에 무거운 배를 풀어놓고, 예르샬라임 성전 위로 자리를 옮겼으며, 운무가 되어 언덕을 타고 내려와 아래 도시[5]를 덮쳤다. 먹구름은 작은 창 안으로 흘러 들어갔고, 휘어진 거리에 나와 있는 사람들을 집으로 쫓아버렸다. 먹구름은 서둘러 습기를 풀어놓지 않고, 간간이 빛을 돌려주기도 했다. 번개가 검은 운무의 배를 가르자 칠흑 같은 어둠 속으로 비늘 모양의 번쩍이는 덮개를 한 성전의 거대한 돌덩이가 날아올랐다. 하지만 번개는 순식간에 꺼져버렸고, 성전은 이내 어두운 심연 속으로 가라앉았다. 성전은 그렇게 몇 차례 더 심연에서 솟아올랐다가 다시 꺼져갔고, 그때마다 파국의 천둥 소리가 울려 퍼졌다.

흔들리는 섬광들이 성전 맞은편 서쪽 언덕에 있는 헤롯 대왕의 궁전을 심연으로부터 불러내자, 눈 없는 무서운 황금 석상들이 손을 치켜들며 검은 하늘로 날아올랐다. 하지만 하늘의 불길은 다시 모습을 감추었고, 무거운 천둥들은 황금 우상들을 다시 어둠 속으로 쫓아버렸다.

갑자기 폭우가 퍼붓기 시작하고, 뇌우는 순식간에 폭풍우로 변했다. 정오 무렵 총독과 제사장이 대화를 나누던 정원의 대리석 의자 옆에 서 있던 측백나무가 마치 포탄의 공격을 받은 것처럼 꺾여나갔다. 주랑 아래 발코니로 물보라와 거센 빗줄기가 퍼부어졌고, 꺾인 장미와 목련의 잎들을, 작은 나뭇가지와 모래들을 날라왔다. 폭풍이 정원을 갈갈이 찢어놓고 있었다.

그 시간 주랑 아래 나와 있는 것은 총독 한 사람뿐이었다.

이제 그는 의자에 앉아 있지 않았고, 나지막한 테이블 앞에 놓인 침상에 누워 있었다. 테이블 위에는 먹음직스러워 보이는 음식과 손잡이가 달린 긴 술병에 담긴 포도주가 차려져 있었고, 테이블 맞은편에는 빈 침상이 하나 더 있었다. 총독의 발치에는 치우지 않고 내버려둔, 피처럼 붉은 물웅덩이가 고여 있었고, 깨진 술병 조각들이 뒹굴고 있었다. 뇌우가 있기 전 총독을 위해 상을 차렸던 노예는 왠지 총독 앞에서 당황을 하며 비위를 맞추지 못한 채 어쩔 줄 몰라 하고 있었다. 그런 그에게 화가 난 총독은 다음과 같이 말하면서 술병을 모자이크 바닥에 내리쳤다.

"왜 음식을 내오면서 내 얼굴을 보지 않는 거지? 뭘 훔치기라도 했나?"

아프리카인의 검은 얼굴이 흙빛이 되면서, 그의 두 눈에 지독한 공포가 서렸다. 그는 몸을 떨기 시작했고, 하마터면 두번째 술병까지 깨트릴 뻔했다. 하지만 무엇 때문인지 총독의 분노는 폭발할 때와 마찬가지로 바로 사라져버렸다. 아프리카인은 술병 조각들을 치우고 쏟아진 포도주를 닦으려고 했지만, 총독이 손을 내젓자 도망치듯 뛰어나갔다. 붉은 웅덩이는 그대로 남아 있었다.

폭풍이 몰아치고 있는 지금 아프리카인은 머리를 비스듬히 기울이고 있는 흰 나부(裸婦) 상이 세워진 벽감 옆에 숨어 있었다. 그는 적절하지 못한 때에 총독의 눈에 띄게 될까 두려워하는 한편 총독이 그를 부르는 순간을 놓치기라도 할까 봐 온통 마음을 졸이고 있었다.

총독은 뇌우가 몰고 온 어스름 속 침상 위에 누워 있었다. 그는 자기 손으로 잔에 포도주를 따라 천천히 잔을 들이켰고, 때로 빵에 손을 가져가 잘게 부순 후 그 조각들을 삼키고, 굴을 빨고, 레몬을 씹기도 했으며, 그리고 다시 포도주를 마셨다.

빗물의 포효가 아니었다면, 궁의 지붕을 부숴버릴 듯한 천둥 소리가 아니었다면, 발코니의 계단을 두드렸던 빗물 긋는 소리가 아니었다면, 총독이 혼잣말을 하며 뭔가 중얼거리고 있는 것을 들을 수 있었을 것이다. 그리고 하늘의 불길이 그렇게 불안하게 떨리지 않고 지속적인 빛으로 바뀌었다면, 최근 며칠 동안의 불면증과 술로 충혈된 눈을 한 총독의 얼굴에 나타나 있는 초조함을, 총독이 붉은 웅덩이에 가라앉은 두 송이의 흰 장미를 바라보고 있을 뿐 아니라, 계속해서 빗물과 모래가 튀고 있는 정원 쪽으로 얼굴을 돌리며 누군가를 초조하게 기다리고 있다는 것을 알아차릴 수 있었을 것이다.

얼마의 시간이 흘렀고, 총독의 눈앞을 뿌옇게 만들던 빗줄기들이 약해지기 시작했다. 그토록 광포하게 날뛰던 폭풍도 약해졌다. 나뭇가지들은 더 이상 부러지지도, 떨어지지도 않았다. 천둥과 번개가 뜸해지고, 예루샬라임 위에는 이제 하얀 테를 두른 보랏빛 덮개가 아니라, 폭우 뒤에 찾아오는 평범한 잿빛 먹구름이 떠다니고 있었다. 뇌우는 이제 사해(死海)로 밀려갔다.

이제는 홈통을 통해 떨어져 내리는 빗소리와 낮에 사형 선고를 위해 광장으로 나가면서 내려갔던 계단 위로 떨어지는 빗소리도 구별해서 들을 수 있었다. 그때까지 소리를 죽이고 있던 분수도 소리를 내기 시작했고, 주위도 밝아졌으며, 동쪽으로 달아났던 잿빛 장막 속에 푸른 창들도 나타났다.

그때 멀리서 희미한 나팔 소리와 수백 필의 말발굽 소리가 이제는 완전히 약해진 빗소리 사이로 총독의 귀에 들려왔다. 그 소리에 총독은 몸을 움찔거렸고, 왠지 그의 얼굴에 생기가 돌았다. 기병대가 민둥산에서 돌아오고 있었다. 소리로 미루어보건대, 기병대는 형이 선고되었던 바로 그 광장을 가로질러 오는 중이었다.

총독은 마침내 그가 그토록 기다리던 소리, 발코니 앞 정원 위쪽 단상으로 이어지는 계단을 디디는 발자국 소리를 들었다. 총독은 목을 길게 늘이며, 기쁨에 찬 두 눈을 반짝였다.

두 마리의 대리석 사자 상 사이로 두건을 쓴 머리가, 그리고 이어 망토를 두른 채로 흠뻑 젖은 사내의 몸이 나타났다. 그는 사형 선고가 있기 전 궁의 어두운 방에서 총독과 작은 소리로 이야기를 나누고, 사형이 집행되는 동안 막대기를 끼적거리며 등받이가 없는 세발의자에 앉아 있던 바로 그 사내였다.

두건을 쓴 사내는 물웅덩이에는 신경도 쓰지 않고, 정원 앞 단상을 가로질러 발코니의 모자이크 바닥에 발을 디뎠다. 그리고 팔을 들어 올리며 듣기 좋은 높은 목소리로 말했다.

"총독님께 건강과 기쁨이 함께하시길!" 방문객은 라틴어로 말하고 있었다.

"세상에!" 빌라도가 소리쳤다. "다 젖어버렸군! 대단한 폭풍이지? 안 그런가? 바로 나에게 와줄 수 있겠지. 옷을 갈아입고 와서 보고를 하도록 하게."

방문객이 두건을 벗자 흠뻑 젖은 머리카락이 달라붙어 있는 이마가 드러났다. 그는 깨끗하게 면도한 얼굴에 정중한 미소를 짓고는, 이 정도의 비는 아무 상관 없다고 말하며 옷 갈아입기를 사양했다.

"듣고 싶지 않네." 빌라도가 말했다. 그리고 손뼉을 쳐서 숨어 있던 하인들을 불러내서는 손님의 시중을 들어주고, 따뜻한 음식을 바로 내올 것을 명령했다. 손님이 머리를 말리고, 옷을 갈아입고, 신발을 갈아 신고, 그 외 모든 것을 갖추고 총독 앞에 나타나는 데에는 많은 시간이 걸리지 않았다. 그는 얼마 안 있어 마른 샌들에 붉은 군용 망토를 입고, 머리를 단정히 빗어 넘긴 모습으로 발코니에 나타났다.

그 시간 예르살라임 하늘에 다시 모습을 드러낸 태양은 지중해로 떠나기에 앞서 총독이 증오하는 도시에 작별의 빛을 보내며 발코니 계단을 황금색으로 물들이고 있었다. 생기를 되찾은 분수는 한껏 물을 내뿜고 있었고, 비둘기들은 모래판으로 나와 구구거리며 꺾어진 가지들을 뛰어넘으면서 젖은 모래 위에서 뭔가를 쪼아 먹고 있었다. 붉은 웅덩이는 닦여졌고, 깨진 술병 조각들도 치워졌으며, 테이블에는 고기가 김을 내고 있었다.

"총독님, 지시를 내려주십시오." 사내가 테이블 앞으로 다가서며 말했다.

"여기 앉아서 포도주를 한잔하기 전에는 아무 말도 하지 않겠네." 빌라도는 친근한 말투로 대답을 하고는 옆의 침상을 가리켰다.

방문객이 침상에 기대앉자 하인이 그의 잔에 검붉은 포도주를 따랐다. 또 다른 하인 하나가 빌라도의 어깨 위로 조심스럽게 허리를 굽혀 총독의 잔을 채웠다. 그러자 총독은 두 하인에게 그만 물러가라는 손짓을 했다.

방문객이 먹고 마시는 동안 빌라도는 포도주를 홀짝거리면서 가늘게 뜬 눈으로 자신의 손님을 살펴보고 있었다. 빌라도 앞의 사내는 중년쯤 되어 보이는 나이에, 인상이 아주 좋은 둥글고 말쑥한 얼굴과 주먹코를 하고 있었다. 딱히 어떤 색이라고 말하기 어려운 그의 머리카락은 이제 물기가 말라 반짝거리고 있었다. 그의 국적도 판단하기가 어려웠다. 그의 전체적인 인상은 선량했다. 다만, 눈이, 아니, 어쩌면 눈이 아니라, 상대를 바라보는 그의 태도가 그 선량한 표정을 망쳐버렸다. 방문객은 줄곧 자신의 작은 눈을 거의 감다시피 하여, 퉁퉁 부은 것처럼 어딘가 기묘한 눈꺼풀 아래에 감추고 있었다. 그리고 그때 그 가느다란 눈으로 악의 없는 교활함이 빛났다. 총독의 손님은 유머 감각이 있다고 봐야 할 것이다. 하지만 때로 그 가느다란 눈에서 번쩍이는 유머를 완전히 몰아내며, 눈을 크게 뜨고 마치 상대의 코에 난 아주 작은 점을 재빨리 살펴보기라도 하려는 듯, 갑작스럽고 집요하게 상대를 쏘아보기도 했다. 하지만 그러한 순간은 오래가지 않았고, 곧바로 눈꺼풀은 다시 내려졌으며, 가늘어진 눈에서 선량함과 교활한 지혜가 빛을 내기 시작했다.

방문객은 두번째 잔도 거절하지 않았다. 그는 굴 몇 개를 맛있게 먹어 치웠고, 삶은 야채들도 맛보았으며, 고기도 한 조각 먹었다.

충분히 음식을 먹고 난 그는 포도주를 칭찬했다.

"아주 훌륭한 포도주입니다, 총독님, 그런데 팔레르노[6]는 아닌 것 같은데요?"

"체쿠바일세, 삼십 년산이지." 총독은 친절하게 대답해주었다.

손님은 한쪽 손을 가슴에 대며 더 먹기를 사양했다. 그는 배가 부르다고 했다. 그러자 빌라도는 자신의 잔을 채웠고, 손님 또한 자신의 잔을 채웠다. 두 사람은 고기가 담긴 접시 위에 포도주를 나누어 부었고, 총독이 잔을 들어 올리며 큰 소리로 말했다.

"우리를 위하여, 그리고 로마인들의 아버지이며, 이 지상의 그 누구보다도 고결하고 훌륭하신 분, 그대 카이사르를 위하여!"

이어 두 사람은 포도주를 비웠고, 아프리카인들은 테이블 위에 과일과 술병만 남겨놓고 다른 음식들을 치웠다. 총독이 다시 한 번 손짓으로 하인들을 물렸다. 주랑 아래에는 그와 그의 손님 둘만이 남았다.

"그래," 빌라도가 크지 않은 목소리로 말했다. "도시의 분위기는 어떤가?"

그러고는 자신도 모르게 정원의 테라스들 뒤로 어두워진 주랑과 마지막 빛을 받아 황금빛으로 변한 평평한 지붕들이 있는 아래쪽으로 시선을 돌렸다.

"제가 생각하기에, 총독님," 손님이 대답했다. "지금 예르샬라임의 분위기는 나쁘지 않습니다."

"그렇다면 더 이상 폭동이 일어날 가능성은 없다고 확신할 수 있나?"

"이 세상에서 확신할 수 있는 것은," 손님이 부드러운 시선으로 총독을 바라보며 대답했다. "오직 한 가지, 위대한 카이사르의 권력뿐입니다."

"신들께서 카이사르께 만수를," 빌라도는 곧바로 손님의 말을 받았다. "그리고 모든 이들에게 평화를 주시길." 그는 잠시 말을 멈추었다가 다시 말을 이었다. "그래, 자네 생각엔 어떤가? 이제 군대를 철수시켜도 되겠나?"

"번개군단 보병대는 철수시켜도 된다고 생각합니다." 손님이 대답했다. 그리고 덧붙여 말했다. "작별 인사로 시가행진을 하는 것도 좋겠지요."

"좋은 생각이야." 총독이 찬성했다. "내일모레 보병대를 철수하기로 하지. 나도 그때 떠나겠어. 열두 신'의 향연을 걸고 자네에게 맹세하겠네. 라레스°를 걸고 맹세하겠어. 나는 그날이 오늘이 될 수만 있다면, 많은 것을 내놓아도 좋아!"

"총독님께서는 예르살라임을 좋아하지 않으십니까?" 손님이 상냥하게 물었다.

"무슨 말이 필요하겠나." 총독이 미소를 지으며 소리쳤다. "지상에서 이보다 더 끔찍한 곳은 없을 거야. 나는 기후에 대해 말하는 것이 아니야! 이곳으로 와야 할 때마다 병이 나곤 하지. 하지만 괴로운 건 병 때문만은 아니야. 이 축제, 마술사, 마법사, 요술쟁이, 저 순례자들의 무리…… 광신자들, 광신자들! 그자들이 올해 갑자기 기다리기 시작한 그 메시아°보다 더 끔찍한 것은 없을 거야! 쉴 새 없이 끔찍한 유혈의 목격자가 되어야 하고, 계속해서 이리저리 군대를 이동시켜야 하고, 밀고장과 고소장을 읽어야 하고, 그것도 그중의 반은 나에 대한 고소장들을 말이야! 자네도 동의할 거야, 그게 얼마나 지루한 일인지. 오, 황제께서 내리신 임무만 아니었다면……!"

"예, 이곳의 축제는 견디기가 어렵지요." 손님이 동의했다.

"어서 끝나기를 바랄 뿐이지." 빌라도가 힘을 주어 말했다. "그러면 카에사리아로 돌아갈 수도 있고. 헤롯의 망상이 만들어낸 이 건물은," 총독이 길게 이어진 주랑을 손으로 가리켰다. 그가 궁전에 대해 이야기를 하고 있음이 분명했다. "정말이지 내 머리를 돌게 만들고 있어. 나는 이곳에서 밤을 보낼 수가 없어. 이보다 더 해괴한 건축물은 이 세상에 없을 거야……! 그래, 이제 그만 일로 돌아가지. 그 저주스러운 바르-라반이 자네를 위협하진 않았나?"

그러자 손님이 그 특유의 시선으로 총독의 얼굴을 쳐다보았다. 총독은 우울한 눈빛으로 어딘가 먼 곳을 바라보며 혐오스럽다는 듯 얼굴을 찌푸렸다. 그는 자신의 발아래, 초저녁의 어스름 속에 가물거리는 도시를 뚫어지게 바라보고 있었다. 그러는 사이 손님의 시선도 눈꺼풀과 함께 잦아들었다.

"바르는 이제 새끼 양처럼 전혀 위험하지 않다고 봐도 될 것입니다." 손님이 말을 시작하자, 둥근 얼굴에 잔주름이 만들어졌다. "그가 지금 폭동을 일으키진 못할 겁니다."

"너무 유명해져서?" 빌라도가 빈정거리듯 웃으며 물었다.

"총독님께서는 언제나처럼 문제를 정확하게 이해하고 계십니다!"

"하지만 그렇다 해도," 총독은 아무래도 신경이 쓰인다는 듯 말을 하며 검은 보석 반지가 끼워진 가늘고 긴 손가락을 치켜 올렸다. "뭔가 조치를……."

"오, 제가 유대에 있는 한, 미행자 없이 단 한 발자국도 움직이지 못할 것임을 총독님께서는 확신하셔도 될 것입니다."

"이제 안심이 되는군. 하긴, 자네가 이곳에 있으면, 언제나 안심이 되지."

"과찬이십니다!"

"이제 처형 이야기를 해주게." 총독이 말했다.

"총독님께서 궁금하신 부분이 어떤 것인지요?"

"군중들 쪽에서 폭동을 일으키려는 시도는 없었나? 물론, 그것이 가장 중요한 것이지."

"전혀 없었습니다." 손님이 대답했다.

"아주 좋아. 죽은 것을 자네가 확인했나?"

"그 점은 걱정하지 않으셔도 될 것입니다."

"그래…… 기둥에 매달기 전에 그들에게 음료[10]는 주었던가?"

"예. 그런데 그는," 여기서 손님은 눈을 감았다. "마시기를 거부했습니다."

"그라니?" 빌라도가 물었다.

"죄송합니다, 헤게몬!" 손님이 소리쳤다. "제가 말씀드리지 않았나요? 하-노츠리 말입니다."

"미치광이 같으니!" 빌라도는 무엇 때문인지 얼굴을 일그러뜨리며 말했다. 그의 왼쪽 눈 아래 가는 혈관이 씰룩거리고 있었다. "빛에 타서 죽고 싶었던 모양이군! 법이 제공하는 것을 도대체 왜 거절하는 거지? 어떤 표정을 지으며 거절을 하던가?"

"그는," 손님은 다시 눈을 감고 말했다. "감사한다고, 그의 생명을 빼앗은 것에 대해 비난하지 않는다고 말했습니다."

"누구를?" 빌라도가 들릴 듯 말 듯한 음성으로 물었다.

"그것은, 헤게몬, 말하지 않았습니다."

"병사들에게 설교를 하려고 하진 않던가?"

"아닙니다, 헤게몬. 그는 말이 많지 않았습니다. 그가 유일하게 한 말은 '인간의 가장 큰 악덕 중 하나는 비겁함이다' 라는 것이었습니다."

"무슨 뜻으로 그런 소리를 한 거지?" 갑자기 쉬어 갈라진 목소리가 손님의 귓가에 들려왔다.

"그건 알 수 없었습니다. 그는 여느 때와 같이 이상하게 굴었습니다."

"이상하다니?"

"주위에 있는 사람들의 눈을 하나하나 들여다보려고 애를 썼고, 왠지 줄곧 당황한 듯한 미소를 지었습니다."

"그리고 또?" 쉰 목소리가 물었다.

"더는 없습니다."

포도주를 따르는 총독의 손이 가늘게 떨렸다. 잔을 바닥까지 다 비우고 나서 그가 말했다.

"다음과 같은 문제가 있네. 우리가 적어도 지금은 그의 숭배자들, 혹은 그 추종자들을 밝혀낼 수 없지만, 그렇다고 해서 그들이 전혀 없다고 확신할 수는 없어."

손님은 고개를 숙인 채로 주의 깊게 듣고 있었다.

"그러니 혹시 있을지 모르는 뜻밖의 사건들을 피하기 위해," 총독은 말을 이었다. "처형된 그 죄인들의 시체를 지체 없이, 그리고 아무도 눈치채지 못하게 치워버리고, 더 이상 그들에 대한 어떤 이야기도 나오지 않도록 비밀리에, 아주 조용히 그들을 매장시켜주기를 바라네."

"알겠습니다, 헤게몬." 손님이 말했다. 그리고 다음과 같이 말하면서 일어섰다. "복잡하고 중요한 사안인 만큼 지금 당장 일어서도록 하겠습니다."

"아니, 좀더 앉아 있게." 일어서려는 손님을 손짓으로 제지시키며 빌라도가 말했다. "아직 두 가지 문제가 더 남아 있네. 우선, 유대 총독의 비밀 업무를 맡아 모든 어려운 일들을 처리해준 자네의 수고에 대해 로마에 보고할 작정이네."

손님의 얼굴이 장밋빛이 되었다. 그는 일어서서 다음과 같이 말하며 총독 앞에 머리를 숙였다.

"저는 단지 황제 폐하를 위해 맡은 임무를 수행할 뿐입니다."

"하지만 나는," 헤게몬이 계속해서 말했다. "자네에게 진급과 전출 제 안이 들어온다 해도, 그 제안을 거절하고 이곳에 남아달라고 부탁하고 싶 네. 나는 어떤 경우라도 자네와 헤어지고 싶지 않거든. 그래서 자네에게 다른 방법으로 포상을 내려달라고 할 생각이네."

"저도 총독님 밑에서 일하는 것이 행복합니다, 헤게몬."

"그렇다니 잘됐군. 그럼, 두번째 문제로 들어가볼까. 두번째 문제는 그자…… 키리아트에서 온 유다와 관련된 것이네."

여기서 손님은 총독에게 예의 그 시선을 보냈다. 그리고 늘 그랬듯이, 곧바로 그 눈빛을 감추었다.

"사람들 말로는, 그가," 총독이 목소리를 낮추며 말을 이었다. "그 미 치광이 철학자를 자기 집에 초대한 대가로 돈을 받았다고 하더군."

"받을 것입니다." 비밀호위대장이 조용히 빌라도의 말을 정정했다.

"많이 받는다고 하던가?"

"그건 아무도 모르는 일입니다, 헤게몬."

"자네도?" 헤게몬은 놀라움으로 그에 대한 칭찬을 표시하며 말했다.

"예, 저도 모르는 일입니다." 손님은 침착하게 대답했다. "하지만 오 늘 저녁 그가 돈을 받게 될 것이라는 것은 알고 있습니다. 오늘 그를 카이 파의 궁으로 불러들일 것입니다."

"아, 탐욕스러운 키리아트의 늙은이." 총독이 미소를 지으며 말했다. "그는 늙은이겠지?"

"총독님께서는 한번도 실수를 하신 적이 없는데, 이번만은 잘못 아신 것 같습니다." 손님이 상냥하게 대답했다. "그 키리아트인은 젊은 사람입 니다."

"말해보게! 그자가 어떤 자인지 나에게 말해줄 수 있겠나? 광신자인가?"

"오, 아닙니다, 총독님."

"그렇군. 또 뭐가 있지?"

"아주 잘생겼습니다."

"또 다른 것은? 아마도 뭔가 특별히 좋아하는 게 있겠지?"

"이 거대한 도시의 모든 사람들을 그렇게 정확하게 알고 있기는 어렵습니다, 총독님……."

"오, 아니, 아니야, 아프라니우스! 자신의 공로를 너무 낮추지 말게."

"그에게는 한 가지 열정이 있습니다, 총독님." 손님은 잠시 말을 끊었다. "그것은 바로 돈에 대한 열정입니다."

"그는 무슨 일을 하나?"

아프라니우스는 눈을 치켜 올리고 잠시 생각한 후 대답했다.

"친척들이 운영하는 환전상에서 일을 하고 있습니다."

"아, 그랬군, 그랬어. 그래, 그래." 여기서 총독은 말을 끊고, 발코니에 누가 있지는 않은지 둘러보았다. 그리고 작은 소리로 말했다. "일이 어떻게 된 것인가 하면, 오늘 밤 그가 칼에 찔려 죽을 것이라는 정보를 오늘 내가 받았네."

여기서 손님은 예의 시선을 총독에게 던졌을 뿐 아니라, 잠시 그 시선을 고정하기까지 했다. 그리고 대답했다.

"총독님께서 저에게 지나친 칭찬을 하셨던 것 같습니다. 제가 생각하기에, 저는 총독님께서 로마에 보고하실 만한 일을 하지 못했습니다. 저는 그런 정보를 얻지 못했습니다."

"자네는 최고의 포상을 받을 가치가 있어." 총독이 대답했다. "하지만 그런 정보가 있다는 것도 사실이야."

"그 정보를 누구에게 들으셨는지 여쭈어도 될까요?"

"지금은 얘기할 수 없네. 게다가 우연히 나온 확실하지 않은 정보이기도 하고. 하지만 나는 모든 것을 대비해야 할 책임이 있네. 내 임무가 그런 것이니까. 무엇보다도 나는 내 예감을 믿어야 하지. 지금까지 내 예감은 단 한 번도 나를 속인 적이 없었거든. 정보의 내용은 다음과 같네. 그 환전상의 짐승만도 못한 배반에 분노한 하-노츠리의 은밀한 친구 중한 사람이 공모자들과 함께 오늘 밤 그를 죽이고, 배반에 대한 대가로 받은 돈은 '더러운 돈은 돌려주겠다'라고 적은 쪽지와 함께 제사장에게 던져주기로 했네."

비밀호위대장은 더 이상 그의 갑작스러운 시선을 헤게몬에게 던지지 않고, 눈을 가늘게 뜬 채로 계속해서 헤게몬의 말을 들었다. 빌라도는 계속해서 말했다.

"생각해보게. 축제의 밤에 그런 선물을 받고, 과연 제사장의 기분이 좋을까?"

"좋지 않을 뿐만 아니라," 손님은 미소를 지으며 대답했다. "제가 생각기에, 총독님, 그건 굉장한 추문을 일으킬 것입니다."

"나도 같은 생각이네. 바로 그렇기 때문에 내가 자네에게 이 일을 맡아달라고, 그러니까 키리아트의 유다를 보호하기 위한 모든 조치를 취해달라고 부탁하는 것이네."

"헤게몬의 지시대로 이루어질 것입니다." 아프라니우스가 말했다. "헤게몬께서는 걱정하지 않으셔도 됩니다. 악당들의 기도는 수행되기 어려울 것입니다. 왜냐하면," 손님은 뒤를 슬쩍 돌아보고는 계속해서 말을 이었다. "그자의 뒤를 쫓아 칼로 베고, 또 그가 얼마를 받았는지 알아내서, 그 돈을 교묘하게 카이파에게 돌려주어야 하는 것 아닙니까, 그것도 하룻밤에? 오늘 말이지요?"

"어쨌든 그는 오늘 살해될 것이네." 빌라도는 고집스럽게 반복했다. "내 예감이 그렇다고 말하지 않나! 내 예감은 나를 속인 적이 없었어." 여기서 총독의 얼굴에 경련이 일었고, 짧은 순간 그는 두 손을 비볐다.

"알겠습니다." 손님은 공손히 대답을 하고 일어서 몸을 세웠다. 그리고 갑자기 강한 어조로 물었다. "칼로 살해될 것이라고 하셨나요, 헤게몬?"

"그래." 빌라도가 대답했다. "모든 희망은 오직 하나, 모두가 감탄해 마지않는 자네의 능력에 달려 있네."

손님은 망토 밑의 무거운 허리띠를 고쳐 매고 말했다.

"총독님의 건강과 기쁨을 기원하며, 이제 그만 나가보도록 하겠습니다."

"아, 이런," 빌라도가 크지 않은 소리로 외쳤다. "내가 아주 잊어버리고 있었군! 내가 자네에게 빚이 있었지……!"

손님은 당황했다.

"아닙니다, 총독님. 총독님께서는 저에게 빚을 지신 적이 없습니다."

"그게 무슨 소린가! 내가 예르샬라임으로 들어올 때, 기억나나, 한 무리의 걸인들이…… 그들에게 돈을 던져주고 싶었는데, 내가 가지고 있는 것이 없어서 자네에게 빌리지 않았나."

"오, 총독님, 그건 정말 얼마 안 되는 돈이었습니다!"

"얼마 안 되는 것이라도 기억은 하고 있어야지."

그리고 빌라도는 돌아서서 그의 뒤, 의자에 놓여 있는 망토를 들어, 그 안에서 가죽으로 된 작은 주머니를 꺼내 손님에게 내밀었다. 손님은 주머니를 받으며 절을 하고는 주머니를 망토 아래에 감추었다.

"매장에 대한 보고를," 빌라도가 말했다. "기다리고 있겠네. 그리고 오늘 밤 있을 키리아트의 유다 일도. 잘 듣게, 아프라니우스, 오늘 밤이네. 자네가 오면, 바로 나를 깨우도록 호위대에 지시가 내려질 것이네. 그럼 기다리겠네."

"그럼 이만." 비밀호위대장이 말했다. 그리고 돌아서서 발코니를 나왔다. 그가 단상의 축축한 모래 위를 지나며 내는 발소리가 들려왔다. 잠시 후 그의 칼리가가 사자상들 사이의 대리석을 밟는 소리가 들려왔고, 그의 다리와 몸통, 두건이 차례로 눈앞에서 사라졌다. 그제야 총독은 태양이 이미 사라지고, 황혼이 다가와 있음을 보았다.

제26장
매장

총독의 외모가 급격히 변한 것은 어쩌면 그 황혼 때문이었을 것이다. 그는 눈에 띄게 늙고, 등이 굽어버린 것 같았으며, 어딘지 불안해 보이기도 했다. 한번은 주위를 돌아보고, 등받이에 망토가 걸려 있는 텅 빈 의자 쪽으로 시선을 던지더니, 무엇 때문인지 몸을 흠칫 떨기도 했다. 축제의 밤이 다가와 저녁의 그림자들이 뛰노는 것이, 지친 총독의 눈에는 텅 빈 의자에 누군가 앉아 있는 것처럼 보였던 것이다. 불안한 마음을 떨치지 못하고 망토를 흔들어본 총독은 망토를 다시 제자리에 걸어두고 발코니를 서성대기 시작했다. 그렇게 서성이면서, 그는 손을 문지르기도 하고, 탁자 앞으로 다가가 잔을 손에 쥐기도 하고, 멈춰 서서 멍하니 모자이크 바닥을 바라보기도 했다. 마치 그 위에서 어떤 글귀들을 읽어내려고 애를 쓰기라도 하는 것처럼.

우수가 그를 덮친 것이 오늘 하루 벌써 두번째였다. 아침의 지옥 같은 통증이 흐릿하게 남아 있는 관자놀이를 문지르며, 총독은 자신의 마음속 고통의 원인이 무엇인지를 알아내려고 애썼다. 그리고 곧 그 원인을 알아냈지만, 그는 스스로를 속이려고 애썼다. 그는 오늘 낮에 뭔가 되돌릴 수 없는 것을 놓쳐버렸으며, 이제 와서 자신이 놓쳐버린 그것을 뭔가 사소하고 무의미하며, 무엇보다도 뒤늦은 행동으로 되돌리려 하고 있다는 것을 똑똑히 알고 있었다. 총독은 지금, 저녁의 이 행동이 아침의 판결만큼이나 중요하다고 스스로를 설득시키려고 애쓰면서 자기 자신을 속이려고 하고 있었다. 하지만 총독은 자신을 속일 수 없었다.

그렇게 한참을 서성대던 그가 갑자기 멈춰 서서 휘파람을 불었다. 그 휘파람 소리에 답하듯 황혼 속에서 나직이 개 짖는 소리가 울려왔고, 이어 정원에서 뾰족한 귀에, 금빛 장식이 달린 목걸이를 한, 커다란 잿빛 개 한 마리가 발코니로 뛰어 들어왔다.

"반가, 반가." 총독이 힘없이 개의 이름을 불렀다.

개는 뒷발로 서서 앞발을 주인의 어깨 위에 얹고는 주인을 바닥에 쓰러뜨릴 기세로 주인의 뺨을 핥았다. 총독은 의자에 앉았고, 반가는 혀를 내밀고 숨을 몰아쉬며 주인의 발 앞에 엎드렸다. 개의 눈에 나타난 기쁨은 무서움이라고는 모르는 개가 이 세상에서 유일하게 두려워하는 뇌우가 끝났음을, 그리고 이렇게 다시 자신이 사랑하는 사람 옆에 와 있음을 의미했다. 개는 주인을 존경했고, 그를 세상에서 가장 힘이 있는 사람이자, 모든 인간의 통치자로 여겼으며, 그 덕분에 자신도 특권을 지닌, 특별하고 높은 존재로 여겼다. 하지만 발밑에 엎드려 주인이 아닌 어둠 속에 잠겨가는 정원을 바라보고 있으면서도, 개는 자신의 주인에게 불행이 덮쳤음을 알아챘다. 개가 자세를 바꾼 것도 그 때문이었다. 개는 일어서서 주인의 옆으로 다가가, 젖은 모래로 그의 망토 자락을 더럽히며 앞발과 머리를 주인의 무릎에 기댔다. 반가의 행동은 주인을 위로하고, 그와 함께 불행을 맞을 준비가 되어 있음을 말해주는 것 같았다. 반가는 그 마음을 주인을 곁눈질하는 눈길로, 잔뜩 긴장한 듯 쫑긋 세우고 있는 귀로 표현하고 싶어했다. 그 둘, 서로 사랑하는 개와 인간은 그렇게 발코니에서 축제의 밤을 맞이했다.

같은 시간 총독의 손님은 매우 분주한 시간을 보내고 있었다. 발코니 앞 정원의 위쪽 단상을 지나 정원 아래쪽 테라스로 내려온 그는 거기서 오른쪽으로 몸을 돌려 궁전 내지에 자리 잡고 있는 병사(兵舍)로 향했다. 병사에는 축제에 맞춰 총독과 함께 예르샬라임으로 온 2개 백인대와 그 손님의 지휘하에 있는 총독의 비밀호위대가 머물고 있었다. 손님은 병사에서 십 분가량을 머물렀고, 그 사이 병사 뒤뜰에서 참호를 팔 때 쓰는 도구들과 물동이를 실은 수레 세 대가 회색 망토를 두른 열다섯 명의 기병들의 호위를 받으며 병사를 빠져나갔다. 기병들의 호위 속에 뒷문을 통해 궁을 빠져나온 수레들은 서쪽으로 방향을 잡았고, 성문을 통과하여 베들레헴으로 난 좁은 오솔길로 들어섰다. 이어 베들레헴 길을 따라 북쪽으로 올라간 수레들은 헤브론 성문 앞의 교차로에 도착했고, 거기서 다시 낮에 사형수들의 행렬이 지나갔던 야파 길을 따라 움직였다. 때는 이미 어두워져 있었고, 지평선에는 달이 보였다.

수레와 호위대가 출발하고 얼마 지나지 않아, 허름하고 어두운 키톤으로 갈아입은 총독의 손님 역시 말을 타고 궁을 빠져나왔다. 하지만 손님은 도시 외곽이 아닌 시내로 향했고, 잠시 후 북쪽, 대성전 가까이에 있는 안토니우스 요새로 다가가고 있는 그를 볼 수 있었다. 손님은 요새에서도 오래 머무르지 않았으며, 그의 흔적은 잠시 후 아래 도시의 어지럽게 구부러진 거리 곳곳에 나타났다. 그때 손님은 이미 말이 아닌 노새를 타고 있었다.

도시를 훤히 꿰뚫고 있었던 손님은 자신이 가야 할 길을 쉽게 찾아냈

다. 그곳은 몇몇 그리스인들의 가게가 늘어서 있어 그리스 거리라는 이름
이 붙여진 곳으로, 손님은 그중 카펫을 파는 한 가게 앞에 노새를 세우고,
노새에서 내려 문 앞 기둥에 노새를 묶었다. 가게는 이미 닫혀 있었다. 손
님은 가게 입구와 나란히 나 있는 쪽문을 열고 'ㄷ'자로 헛간이 빙 둘러진
그리 크지 않은 정방형의 마당 안으로 들어갔다. 이어 마당의 한쪽 구석
뒤로 돌아 들어간 그 손님은 담쟁이가 휘감겨 있는 살림집의 석조 테라스
앞으로 가서 섰다. 작은 집도, 헛간 안쪽도 이미 어두워져 있었지만, 불은
아직 켜져 있지 않았다. 손님이 작은 소리로 불렀다.

"니자!"

이어 문이 삐걱거리는 소리가 나면서, 저녁의 어스름 속 작은 테라스
에 얼굴을 가리지 않은 젊은 여자가 나타났다. 그녀는 테라스 난간에 몸
을 기대며 누가 온 것인지를 알아보려고 조심스럽게 내려다보았다. 자신
을 찾아온 사람을 알아본 그녀는 반갑게 미소를 짓고, 고개를 끄덕이며
손을 흔들었다.

"혼자 있나?" 아프라니우스는 목소리를 낮춰 그리스어로 물었다.

"혼자예요." 테라스의 여자가 속삭였다. "남편은 아침에 카에사리아
에 갔어요." 그리고 여자는 문 쪽을 돌아다보며 작은 소리로 덧붙였다.
"그런데 집에 하녀가 있어요." 여자는 들어오라는 손짓을 했고, 아프라니
우스는 주위를 한번 둘러본 후 돌계단을 올랐다. 잠시 후 그와 여자는 집
안으로 사라졌다.

아프라니우스가 그 여자의 집에 머문 시간도 아주 잠시, 그러니까 오
분도 채 되지 않았다. 잠시 후 그는 그 집과 테라스를 떠나, 두건을 눈 위
까지 내려쓰고 거리로 나갔다. 이제 집집마다 램프가 밝혀졌고, 축제 전
야의 거리는 더욱 북적댔으며, 노새를 탄 아프라니우스도 행인과 말을 탄

사람들 속에 파묻혀 사라졌다. 이후 그가 어디로 갔는지 아는 사람은 아무도 없었다.

아프라니우스가 니자라고 불렀던 여자는 혼자 남게 되자 서둘러 옷을 갈아입기 시작했다. 어두운 방에서 필요한 물건들을 찾아내기가 아주 어려웠음에도, 그녀는 촛불을 켜지 않았고, 하녀를 부르지도 않았다. 준비를 마치고 난 그녀의 머리 위에는 검은 베일이 둘러져 있었고, 집에서 그녀의 목소리가 들려왔다.

"누가 나 찾으면, 에난타 집에 놀러 갔다고 해."

어둠 속에서 늙은 하녀의 투덜거리는 소리가 들렸다.

"에난타요? 아이고, 또 그 에난타한테 간단 말이에요? 남편 분께서 그 여자한테 가지 말라고 하셨잖아요! 그 여자는 뚜쟁이라고요! 남편 분께 다 말할 거예요……."

"아, 제발, 제발, 그만 좀 해." 니자가 말했다. 그러고는 그림자처럼 집을 빠져나왔다. 니자의 샌들이 뜰의 판돌에 닿아 또각이는 소리를 냈다. 하녀는 투덜거리며 테라스로 난 문을 닫았고, 니자는 집을 떠났다.

같은 시간 아래 도시의 연못들 중 하나로 이어지는 비탈진 골목의 한 허름한 집에서(그 집은 골목 쪽으로는 온통 벽이었고, 창은 뜰 쪽으로만 나 있었다) 젊은 남자가 나왔다. 그는 수염을 깔끔하게 다듬고, 어깨까지 내려오는 흰 케피야를 쓰고 있었으며, 축제를 위해 새로 마련한 술이 달린 푸른 탈릿에 새 샌들을 신고 있었다. 성대한 축일을 위해 한껏 차려입은 그 매부리코의 미남자는 축일 공동 식탁'을 위해 서둘러 집으로 돌아가고 있는 행인들을 앞질러 힘차게 걸어가며 한 집 한 집 불이 켜지는 것을 보았다. 그리고 마침내 시장 골목을 지나 성전 언덕 아래 위치한 제사장 카이파의 궁으로 이어진 길로 들어섰다.

잠시 후 카이파의 뜰로 이어진 문으로 들어가는 그의 모습이, 그리고 다시 얼마 지나지 않아 그 뜰을 나오는 그의 모습이 보였다.

벌써부터 램프와 횃불들을 밝혀놓고, 축제 준비로 분주한 카이파의 궁에서 나온 젊은 남자는 전보다 더 당당하고, 더 즐거운 표정을 짓고서 다시 아래 도시로 서둘러 걷기 시작했다. 눈까지 내려오는 검은 베일을 쓴 여인이 춤추듯 가벼운 걸음으로 그를 앞질러 간 것은 거리가 시장의 광장으로 합쳐지는 골목 어귀의 혼잡한 모퉁이에서였다. 그 여인은 젊은 미남자를 앞지르면서 아주 짧은 순간 베일을 살짝 들어 올려 젊은 남자 쪽으로 시선을 던졌다. 하지만 걸음을 늦추지는 않았으며, 마치 자신이 따라잡은 사람의 눈에 띄지 않기라도 하려는 듯 걸음을 더욱 재촉했다.

젊은 남자는 그 여자를 보았을 뿐 아니라 그녀가 누구인지를 알아보았고, 순간 몸을 흠칫거리며 멈춰 서서 이상하다는 듯 그녀의 등 뒤를 바라보았다. 그리고 곧바로 그녀를 따라가기 시작했다. 젊은 남자는 항아리를 들고 걸어가는 행인을 밀쳐 넘어뜨릴 뻔하면서 여자를 따라잡았고, 흥분으로 힘겨워진 숨을 내쉬며 그녀를 불렀다.

"니자!"

여자는 뒤를 돌아보며 눈을 가늘게 떴고, 여자의 얼굴로 화가 난 듯 차가운 표정이 스쳐 지나갔다. 여자는 그리스어로 냉정하게 대답했다.

"아, 유다, 당신이었어요? 바로 알아보질 못했어요. 하긴, 그건 좋은 일이죠. 사람들이 알아보지 못하면, 부자가 된다는 얘기가 있으니까……."

흥분한 유다의 심장이 검은 막장에 갇힌 새처럼 날뛰었다. 유다는 지나가는 사람들이 듣지 않을까 조심하면서, 작게 끊어지는 소리로 물었다.

"니자, 지금 어디 가는 거야?"

"그건 당신이 알아서 뭐 하게요?" 니자가 대답했다. 그녀는 걸음을 늦추며 거만하게 유다를 쳐다보았다.

그러자 유다의 목소리에서 어딘지 어린아이와 같은 억양이 들려왔다. 그는 절망적으로 속삭였다.

"그게 무슨 소리야……? 우리 만나기로 했었잖아. 당신한테 가려고 했는데. 저녁에 계속 집에 있을 거라고 했잖아……."

"아, 아니, 아니요." 니자는 말을 하면서 변덕스럽게 아랫입술을 앞으로 내밀었다. 그로 인해 유다에게는 그녀의 얼굴, 그가 이제껏 보았던 가장 아름다운 그 얼굴이 더욱 아름답게 보였다. "지겨워졌어요. 당신들은 축제라고 좋아하지만, 난 뭐죠? 앉아서 당신이 테라스에서 한숨 쉬는 소리나 듣고 있으라고요? 그것도 하녀가 남편에게 말하지는 않을까 걱정하면서? 아니, 싫어요. 나는 도시 밖으로 나가서 꾀꼬리 소리를 듣기로 했어요."

"도시 밖이라니?" 당황한 유다가 물었다. "혼자?"

"물론 혼자지요." 니자가 대답했다.

"그럼 내가 같이 가면 안 될까?" 유다가 숨을 헐떡이며 부탁했다. 그의 머릿속이 흐릿해졌다. 그는 세상 모든 것을 잊고 애원하는 눈빛으로 푸르른, 하지만 지금은 검게 보이는 니자의 눈을 바라보았다.

니자는 아무런 대답도 하지 않고 걸음을 재촉했다.

"니자, 왜 아무 말도 안 하는 거야?" 유다는 그녀와 걸음을 맞추며 애처롭게 물었다.

"당신하고 있으면 지루하지 않을까요?" 니자가 물었다. 그러고는 갑자기 걸음을 멈췄다. 그때 유다의 머릿속은 완전히 뒤죽박죽이 되어버렸다.

"음, 좋아요." 마침내 니자가 부드러워졌다. "같이 가요."

"어디로, 어디로 가지?"

"잠깐만…… 저기 뜰 안쪽에 들어가서 잠깐 얘기 좀 해요. 누가 날 알아보고, 내가 거리에서 애인과 있었다고 떠들고 다니면 곤란하니까."

잠시 후 시장 골목에는 니자의 모습도 유다의 모습도 보이지 않았다. 그 둘은 아치문 안쪽에 서서 소곤거리고 있었다.

"올리브 영지로 가요." 베일을 눈 아래까지 끌어당기고, 물통을 들고 입구로 들어오는 사람에게 등을 돌리며 니자가 말했다. "기드론² 뒤 겟세마네로, 알았죠?"

"응, 그래, 그래."

"내가 먼저 갈게요." 계속해서 니자가 말했다. "당신은 내 뒤를 바짝 따라오지 말고, 좀 떨어져서 오세요. 내가 먼저 갈게요…… 개울을 건너면…… 동굴이 어디에 있는지 알죠?"

"알아, 알아……."

"착유기(搾油機)를 지나서 위로 가세요, 거기서 동굴 쪽으로 돌아오면 돼요. 내가 거기 있을게요. 지금 바로 내 뒤를 따라오면 절대 안 돼요. 참고, 여기서 좀 기다려요." 이 말과 함께 니자는 마치 아무 일 없었던 것처럼 아치문 밖으로 빠져나갔다.

유다는 얼마 동안을 그렇게 혼자 선 채로, 이리저리 흩어지는 생각들을 붙잡으려고 애쓰고 있었다. 그 생각들 중 하나는 친척 집에서 같이하기로 한 축일 공동 식탁에 빠지게 된 걸 어떻게 변명하나 하는 것이었다. 유다는 서서 그럴듯한 거짓말을 떠올려보았지만, 흥분한 탓인지 아무 생각도 할 수 없었고, 변명거리를 만들어내지도 못했다. 그리고 자신의 의지와는 상관없이 발이 이끄는 대로 아치문 아래를 빠져나왔다.

이제 그는 가던 길을 바꾸어 아래 도시가 아닌, 카이파의 궁 쪽으로 다시 돌아섰다. 도시는 이미 축제 분위기에 온통 휩싸여 있었다. 유다를 둘러싸고 있는 창문들마다 불빛이 반짝거렸고, 기도문을 읊는 소리들도 들려왔다. 뒤늦게 집으로 돌아가는 사람들은 당나귀를 채찍질하며 소리를 질러대고 있었다. 유다는 두 발이 이끄는 대로 움직였다. 그는 이끼가 긴 안토니우스의 무서운 탑들이 그의 옆을 스쳐 지나가는 것을 눈치 채지 못했고, 굉음처럼 울려 퍼지는 요새의 나팔 소리도 듣지 못했으며, 햇불을 들고 그의 앞길을 심상치 않게 비추고 있는 로마인 순찰대에게도 눈길을 돌리지 않았다.

탑을 지나던 유다가 고개를 돌려 성전 위를 바라보았다. 무시무시한 꼭대기 위에 다섯 개의 가지가 달린 거대한 촛대 두 개가 불을 밝히고 있었다. 하지만, 유다는 그것이 촛대라는 생각은 하지 못했다. 그에게는 그저 열 개의 거대한 램프가 예르샬라임 위로 더 높이 솟아 있는 유일한 램프, 즉 달과 빛을 겨루고 있는 것처럼 보일 뿐이었다.

유다는 지금 그 어떤 것에도 관심이 없었다. 그는 겟세마네 성문을 향해 달려가면서, 조금이라도 더 빨리 도시를 벗어나고 싶다는 생각만을 했다. 이따금씩 그의 앞을 지나는 사람들의 얼굴과 등 사이로 누군가 춤을 추고 있는 듯한 모습이 어른거렸고, 자신이 그에게 끌려가고 있다는 생각이 들기도 했다. 하지만 그것은 착각이었다. 유다는 니자가 그를 훨씬 더 많이 앞질러 가고 있다는 것을 알고 있었다. 유다는 환전 가게들을 지나 마침내 겟세마네 성문에 도착했다. 하지만 그곳에서 그는 초조함에 애를 끓이며 서 있어야 했다. 낙타들이 도시로 들어오고 있었고, 그 뒤를 이어 시리아 순찰대가 들어왔다. 유다는 속으로 그들을 저주했다…….

하지만 모든 일은 끝이 있기 마련이다. 참을성 없는 유다는 어느새 도시의 성벽 뒤에 와 있었다. 유다는 자신의 왼편으로 작은 묘지와 그 옆에 줄무늬가 쳐진 순례자들의 텐트 몇 개가 있는 것을 보았다. 달빛 가득한 먼짓길을 가로질러 유다는 기드론 여울로 달려갔다. 그 여울을 건너야 했다. 물이 유다의 발아래서 조용히 찰랑댔다. 돌을 하나씩 건너뛰던 그는 마침내 건너편 겟세마네 여울가로 올라섰고, 동산 아래쪽 길에 아무도 없는 것을 보고 무척 기뻐했다. 멀지 않은 곳에 반쯤 무너진, 올리브 영지의 문이 보였다.

답답한 도시에서 이제 막 빠져나온 유다에게 정신을 몽롱하게 만드는 봄밤의 향기가 훅 하고 불어왔다. 겟세마네 언덕에서 넘실대며 불어오는 은매화와 아카시아 향기가 텃밭을 지나 동산에까지 흘러넘치고 있었다.

입구에는 아무도 지키고 서 있지 않았고, 문 안쪽에도 아무도 없었다. 잠시 후 유다는 길게 가지를 뻗고 있는 거대한 올리브나무의 비밀스러운 그림자를 밟으며 뛰고 있었다. 길은 산으로 이어졌고, 유다는 힘겹게 숨을 몰아쉬며, 산을 올라갔다. 달빛이 수를 놓은 카펫(유다는 그 카펫을 밟으면서 니자의 남편 가게에서 보았던 카펫을 떠올렸다) 위로 그의 모습이 간간히 드러났다. 잠시 후 유다의 왼편 언덕 위로 돌로 만든 묵직한 바퀴가 달린 올리브 압착기와 수북이 쌓아놓은 둥근 통들이 희미하게 보였다. 언덕 위에는 아무도 없었다. 작업은 해질 무렵에 이미 끝났고, 지금 유다의 머리 위에서는 꾀꼬리들의 합창이 울려 퍼지고 있었다.

바로 앞에 유다의 목적지가 있었다. 그는 어둠 속 오른편 동굴에서 물방울 떨어지는 소리가 들리기 시작하리라는 것을 알고 있었다. 그리고 실제로 그는 동굴 안쪽에서 물이 떨어지는 소리를 들었다. 주위가 점점 더 서늘해졌다.

그는 걸음을 늦추며, 크지 않은 소리로 외쳤다.

"니자!"

그러나 굵은 올리브나무 가지를 젖히며 길 앞으로 튀어나온 것은 니자가 아닌, 다부진 체격의 남자로, 그의 손에서 날카로운 무언가가 번쩍거리고는 순식간에 사라졌다. 유다는 가늘게 비명을 지르며 재빨리 뒤로 돌아섰지만, 또 다른 남자가 그의 길을 막고 서 있었다.

앞에 있는 첫번째 남자가 유다에게 물었다.

"얼마를 받았지? 살고 싶으면, 어서 말해!"

순간 유다의 가슴에 희망이 확 하고 타올랐다. 그는 필사적으로 외쳤다.

"삼십 테트라드라크마!³ 삼십 테트라드라크마입니다! 받은 그대로 다 있습니다. 이게 그 돈입니다! 다 가져가도 좋으니 제발 목숨만 살려주십시오."

그 말이 떨어지기가 무섭게 앞에 있던 사내가 유다의 손에서 돈주머니를 낚아챘다. 그리고 그 순간 유다의 등 뒤에서 번개처럼 날아온 칼이 사랑에 빠진 남자의 어깨뼈 아래를 내리찍었다. 유다는 앞으로 고꾸라지면서 갈고리처럼 꺾인 손가락을 허공으로 내뻗었다. 그러자 앞에 있던 사람이 칼을 쥔 손으로 유다를 붙잡아, 칼자루가 가슴까지 닿도록 유다의 심장 깊숙이 칼을 찔러 넣었다.

"니…… 자……" 유다는 예의 높고 맑은 소리가 아닌, 낮고 탁한 소리로 원망하듯 니자를 소리쳐 불렀다. 그러고는 더 이상 어떤 소리도 내지 못했다. 둔탁한 울림이 느껴질 정도로 세게 그의 몸이 땅에 부딪혔다.

그때 길 위에 세번째 인물이 나타났다. 그는 두건이 달린 망토를 입고 있었다.

"서둘러라." 그가 말했다. 살인자들은 재빨리 돈주머니와 세번째 사내가 건네준 종이쪽지를 가죽으로 싸서 십자 모양으로 밧줄을 동여맸고, 두번째 사내가 그것을 품속에 감추었다. 그런 다음 두 살인자는 길 양쪽으로 흩어져 도망쳤고, 어둠이 올리브나무 사이로 달려가는 살인자들을 삼켜버렸다. 세번째 사내는 죽은 자 옆에 잠시 웅크리고 앉아, 그 얼굴을 가만히 들여다보았다. 어둠 속에서 그 얼굴은 백묵처럼 하얗게 보였으며 아름답게 보이기까지 했다.

　잠시 후 그 길 위에 살아 있는 사람은 단 한 사람도 보이지 않았다. 숨이 끊어진 몸뚱아리는 양팔을 벌린 채 누워 있었고, 달빛을 받은 왼쪽 샌들의 가죽끈 하나하나가 분명하게 보였다. 그 순간 꾀꼬리의 노랫소리가 겟세마네에 울려 퍼졌다. 유다를 죽인 두 사람이 어디로 갔는지, 그것을 아는 사람은 아무도 없었지만, 두건을 쓴 세번째 사내가 어디로 갔는지는 잘 알려져 있다. 작은 길을 버린 그는 우거진 올리브나무 숲을 가로질러 남쪽으로 향했다. 그는 정문에서 멀리 떨어진 동산의 돌담을 기어올라, 돌담의 윗돌들이 나뒹굴고 있는 동산 남쪽의 구석진 곳으로 넘어갔다. 그리고 잠시 후 그는 기드론 여울가에 서 있었다. 그는 물속으로 들어가 물을 휘저으며 한참을 나아갔다. 멀리 두 필의 말과 그 옆에 선 사내의 실루엣이 보였다. 말들 역시 여울 속에 서 있었고, 물이 말의 발굽을 씻어내며 흐르고 있었다. 말몰이꾼이 먼저 세워져 있던 말들 중 하나에 올라탔고, 이어 두건을 쓴 사내가 그 옆의 말에 올라탔다. 그리고 그 둘은 천천히 여울을 지나갔다. 말발굽 아래 자갈들이 부서지는 소리가 들렸다. 잠시 후 두 사내는 물에서 나와 예르샬라임 기슭을 따라 천천히 도시의 벽 아래쪽으로 다가갔다. 거기서 말몰이꾼은 혼자 앞으로 달려나가 눈앞에서 사라졌고, 두건을 쓴 사내는 인적 없는 길 위에 말을 세우고 말에서 내렸다. 그는 망토를 벗어 뒤집고는 그 아래서 깃털을 달지 않은 투구를 꺼내 썼다. 다시 말에 올라탄 그는 이제 군인들이 입는 클라미스에 짧은 칼을 차고 있었다. 그가 고삐를 잡아당기자 성미가 급한 군마는 기수를 흔들며 달리기 시작했다. 그리고 얼마 지나지 않아 기수는 예르샬라임 남문으로 다가서고 있었다.

성문 아치 아래에는 횃불들이 불안하게 펄럭이며 춤을 추고, 그 한쪽 옆에서 번개 군단 제2백인대에서 차출된 보초병들이 돌 벤치에 앉아 주사위 놀이를 하고 있었다. 말을 몰고 다가오는 군인을 본 보초병들은 자리에서 벌떡 일어섰고, 군인은 그들에게 손을 흔들어 보이고는 성 안으로 들어갔다.

도시는 온통 축제의 불빛들로 가득했다. 창문마다 램프의 불꽃들이 뛰놀고 있었고, 사방에서 들려오는 기도문들은 기묘한 합창이 되어가고 있었다. 말을 몰고 가면서 사내는 이따끔씩 거리로 난 창문을 들여다보았다. 축제를 즐기기 위해 양고기와 쓴 풀로 만든 음식들과 포도주로 상을 차리고, 그 주위에 둘러앉은 사람들을 볼 수 있었다. 사내는 조용히 휘파람을 불며 천천히 아래 도시의 텅 빈 거리들을 지나, 때로 성전 위로 타오르고 있는, 이 세상 어디에서도 볼 수 없는 다섯 개의 가지가 달린 촛대를, 혹은 그 위로 더 높이 걸려 있는 달을 바라보면서 안토니우스의 탑 쪽으로 향했다.

헤롯 대왕의 궁은 유월절 밤의 축제에는 전혀 관심이 없는 듯했다. 로마 보병대 장교들과 군단 보좌관이 머물고 있는 아래쪽 임시 숙소에 불이 밝혀져 있고, 그곳에서 약간의 생기와 움직임이 느껴질 뿐이었다. 총독(그는 자신의 의지와는 상관없이 헤롯 대왕전에 머물고 있는 유일한 거주자였다)이 머물고 있는 궁의 정면, 주랑과 황금 석상들이 늘어선 현관은 강렬한 달빛 아래 눈이 멀어버린 듯했다. 궁 안은 짙은 어둠과 정적에 휩싸여 있었다. 총독은 아프라니우스에게 말했던 것처럼 안으로 들어가려고 하지 않았다. 그는 자신이 식사를 하고, 아침에는 심문을 했던 바로 그 발코니에 침상을 준비하라고 시켰다. 총독은 준비된 침상에 누웠다. 하지만 잠은 좀처럼 그에게 다가오려 하지 않았다. 맑은 하늘 높이 휑한 달이 걸려 있었고, 총독은 벌써 몇 시간째 그 달에서 눈을 떼지 않고 있었다.

자정 무렵 마침내 총독을 불쌍히 여긴 잠이 그를 찾아왔다. 총독은 갑자기 하품을 하면서 망토를 끌러 벗어던지고, 셔츠에 두르고 있던 커다란 강철 검이 꽂힌 칼집 허리띠를 풀어 침상 앞 의자 위에 올려놓고는 샌들을 벗고 몸을 쭉 폈다. 그러자 반가가 그의 침대로 올라와 그 옆에 머리를 맞대고 누웠다. 총독은 팔로 개의 목을 감싸며 드디어 눈을 감았다. 그제야 개도 잠이 들었다.

주랑이 달빛을 가려 침상은 어스름 속에 있었지만, 가느다란 달빛 끈이 측면 계단에서부터 침대까지 길게 이어져 있었다. 자신을 둘러싼 현실의 모든 것과 연관을 끊은 총독은 서둘러 환하게 빛나고 있는 길로 들어섰다. 그리고 그 길을 따라 위로, 곧바로 달을 향해 나아갔다. 꿈속에서 그는 행복에 겨워 웃음을 터트리기도 했다. 그만큼 그 투명한 푸른 길 위에서는 모든 것이 더할 나위 없이 아름다웠다. 그는 반가와 함께 걷고 있었고, 그의 옆에는 떠돌이 철학자가 있었다. 그들은 뭔가 아주 복잡하고 중요한 문제에 대해 논쟁을 하고 있었으며, 어느 한쪽도 상대를 설득시키지 못했다. 그들은 어떤 점에서도 서로 일치를 보지 못했으며, 그렇기 때문에 그들의 논쟁은 더욱더 흥미로웠고, 끝이 나지 않았다. 오늘 처형이 있었다는 것은 순전한 착오가 분명했다. 인간은 모두 선하다는, 정말이지 말도 안 되는 생각을 해낸 바로 그 철학자가 이렇게 나란히 걷고 있지 않은가. 그는 살아 있었다. 물론 그와 같은 사람을 처형한다는 것은 정말 생각하기조차 끔찍한 일이다. 처형은 없었다! 없었다! 달빛 계단을 따라 올라가는 그 산책길이 아름다운 것은 바로 그 때문이었다.

시간은 충분했고, 뇌우는 저녁이 되어야 몰려올 것이다. 비겁함은 더 말할 것도 없이 가장 무서운 악덕 중의 하나이다. 예슈아 하-노츠리는 그렇게 말하고 있었다. 아니요, 철학자여, 나는 당신의 말에 동의하지 않소. 그건 가장 무서운 악덕이오!

자, 예를 들어, 지금의 유대 총독, 광폭한 게르만인들이 거인 쥐잡이꾼을 물어뜯을 때, 그때 그 처녀 계곡에 있었던 로마 군단의 전(前) 호민관은 결코 비겁하지 않았소. 하지만, 철학자여, 내 말을 들어보시오! 당신은 정말로 유대 총독이 카이사르에 대한 반역죄를 저지른 자로 인해 자신이 이룬 모든 것을 부숴버릴 것이라고 생각하시오?

"그래, 그렇게 하겠소." 빌라도는 꿈을 꾸며 신음 소리를 냈고 흐느껴 울었다.

분명, 그는 그렇게 할 것이다. 아침에는 그렇게 하지 못했지만, 지금이라면, 모든 것을 다 생각해본 이 밤이라면, 그는 자신의 파멸에 동의했을 것이다. 그는 정말이지 아무 잘못도 저지르지 않은 미치광이 몽상가이자 의사인 그를 처형에서 구하기 위해 모든 것을 감수했을 것이다!

"이제 우리는 영원히 함께 있게 될 것이오." 황금 창을 든 기사 앞에 나타난 남루한 차림의 떠돌이 철학자가 꿈속에서 그에게 말했다. "한 사람이 있으면, 바로 그곳에 다른 한 사람도 있을 것이오! 사람들이 나를 기억할 때마다 당신도 같이 기억하게 될 것이오! 누군지 알 수 없는 부모에게서 난 아들, 버려진 아이인 나와 점성가인 왕과 방앗간 주인의 딸, 아름다운 필라의 아들인 당신을 말이오."

"당신도 잊지 말고, 나, 점성가의 아들을 기억해주시오." 꿈속에서 빌라도가 부탁했다. 그리고 그와 나란히 걷고 있는 엔-사리드'에서 온 걸인이 고개를 끄덕이는 것을 보며 잔혹한 유대 총독은 기쁨으로 눈물을 흘렸고, 꿈속에서 웃음을 지었다.

그 모든 것이 좋았다. 하지만 그렇기 때문에 그 꿈에서 깨어나는 것은 헤게몬에게 더더욱 끔찍한 일이었다. 반가가 달을 보며 짖기 시작하자 총독 앞에 있던 기름칠을 한 듯 매끄러운 푸른 길이 사라졌다. 그는 눈을 떴다. 그리고 제일 먼저 기억해낸 것은 처형이 이미 이루어졌다는 사실이었다. 총독은 익숙한 몸짓으로 반가의 목걸이를 붙잡으며 병색이 완연한 눈으로 달을 찾았다. 옆으로 약간 물러난 달이 은빛을 띠고 있었고, 발코니에서 피어오르는 기분 나쁘고 불안한 불꽃이 그 빛을 가리며 흔들리고 있었다. 백인대 대장 쥐잡이꾼이 들고 있는 횃불이 그을음을 내며 타고 있었던 것이다. 백인대장은 당장이라도 달려들듯 사나운 표정을 짓고 있는 짐승을 공포와 적의 어린 눈빛으로 노려보았다.

"반가, 가만 있어." 총독이 병자 같은 목소리로 말하며 기침을 했다. 그리고 한쪽 손을 들어 불꽃을 가리며 말을 이었다. "밤에도, 달빛 아래서도 나에게 평안은 없다. 오, 신들이여! 마르크, 자네도 고약한 임무를 지고 있군. 병사들을 불구로 만들고……."

마르크는 깜짝 놀라 총독을 쳐다보았다. 총독은 그제야 정신을 차리고, 잠결에 내뱉은 공연한 말을 무마하기 위해 다시 말했다.

"기분 나빠 하지 말게, 백인대 대장. 내 처지는, 다시 말하지만, 더욱 나쁜 것이니까. 그래, 뭔가?"

"비밀호위대장이 와 있습니다." 마르크는 차분하게 보고했다.

"들어오라고 해, 어서 들어오라고 해." 총독은 기침으로 목을 가다듬고 나서 명령했다. 그리고 맨발로 샌들을 찾기 시작했다. 주랑에서 불꽃이 너울거렸고, 백인대 대장의 샌들이 모자이크 바닥을 두들겼다. 백인대 대장은 정원으로 나갔다.

"달빛 아래서도 나에게 평안은 없다." 총독은 이를 갈며 혼잣말을 했다.

발코니에 백인대 대장 대신 두건을 쓴 사내가 나타났다.

"반가, 가만히 있어." 총독은 조용히 말하며 개의 뒷덜미를 눌렀다.

말을 시작하기에 앞서 아프라니우스는 습관처럼 주위를 둘러보고, 그 늘진 곳으로 가서 섰다. 그리고 반가 외에 발코니에 다른 사람이 없다는 것을 확인한 후 조용히 말했다.

"총독님, 저를 재판에 회부시켜주십시오. 총독님께서 옳으셨습니다. 저는 키리아트의 유다를 보호하지 못했습니다. 그는 살해되었습니다. 저를 재판에 처하시고, 해임시켜주십시오."

순간 아프라니우스는 네 개의 눈, 개와 늑대의 눈이 그를 쳐다보고 있다는 생각을 했다.

아프라니우스는 클라미스에서 돈주머니를 꺼냈다. 엉겨 붙은 피로 뻣 뻣해진 주머니 위에는 두 개의 봉인이 붙어 있었다.

"돈이 든 여기 이 주머니를 살인자들이 제사장의 집에 던졌습니다. 이 주머니에 묻은 피는 키리아트 사람 유다의 피입니다."

"얼마나 들어 있던가? 궁금하군." 빌라도가 돈주머니 쪽으로 몸을 숙 이며 물었다.

"삼십 테트라드라크마입니다."

총독은 어이없다는 듯 미소를 지으며 말했다.

"적군."

아프라니우스는 말이 없었다.

"살해된 자는 어디 있지?"

"그것은 저도 알 수 없습니다." 단 한 번도 두건을 벗은 적이 없는 그 사 내는 침착하고 위엄 있게 대답했다. "날이 밝으면 수색을 시작하겠습니다."

총독의 몸이 떨렸다. 그는 좀처럼 묶이지 않는 샌들의 끈을 내버려두었다.

"그런데도 그가 살해되었다고 확신하는 건가?"

이어 총독은 다음과 같은 건조한 답변을 들었다.

"총독님, 저는 유대에서 십오 년을 근무하고 있습니다. 저는 발레리우스 그라투스⁵ 밑에서 일을 시작했습니다. 누군가 살해되었다고 말하기 위해 제가 반드시 시체를 보아야 하는 것은 아닙니다. 그런 제가 총독님께 보고드리는 것입니다. 키리아트 시에서 온 유다라고 불리는 자는 몇 시간 전 칼로 살해되었습니다."

"용서하게, 아프라니우스." 빌라도가 대답했다. "내가 아직 잠이 덜 깬 모양이네. 그래서 그런 말을 한 것 같아. 나는 잠을 제대로 자지 못했어." 총독은 씁쓸하게 미소를 지었다. "꿈속에서도 줄곧 달빛을 보았지. 우습지 않나? 나는 그 빛을 따라 산책을 하고 있는 것 같았어. 그건 그렇고, 그 사건에 대한 자네의 생각을 듣고 싶군. 그를 어디서 찾을 생각이지? 앉게, 비밀호위대장."

아프라니우스는 고개를 숙여 감사를 표하고는, 침상 가까이 의자를 놓고 앉았다. 칼이 의자에 부딪히는 소리가 났다.

"겟세마네 동산에 있는 올리브 착유기에서 멀지 않은 곳에서 그를 찾아볼 생각입니다."

"그래, 그렇군. 그런데 왜 하필이면 그곳이지?"

"헤게몬, 제 생각에, 유다는 예르샬라임이나, 예르샬라임에서 먼 곳에서 살해되지 않았습니다. 그는 예르샬라임 근교에서 살해되었습니다."

"나는 자네가 자신의 일을 아주 잘 알고 있는 사람 중 하나라고 생각하네. 로마에서는 어떤지 모르겠지만, 식민지에서는 자네를 따라올 자가 없을 거야. 자, 이제 설명해보게, 왜 그렇게 생각하는 거지?"

"아무래도," 아프라니우스는 크지 않은 목소리로 말했다. "유다가 도시 안에서 그 어떤 수상한 자들에게 당했다고 생각하기는 어렵습니다. 거리에서 아무도 모르게 칼로 벨 수는 없습니다. 다시 말해서 그를 어느 지하실 같은 곳으로 유인해야 했을 것입니다. 만일 그렇다면, 아래 도시에서 수색을 시작했으니, 분명히 거기서 나올 겁니다. 하지만 도시에는 없습니다. 이 점은 제가 보장합니다. 만일 도시에서 멀리 떨어진 곳에서 살해되었다면, 돈이 든 이 꾸러미를 그렇게 빨리 던져놓지는 못했을 것입니다. 그는 도시 근처에서 살해되었습니다. 누군가 그를 도시 밖으로 유인한 것이 틀림없습니다."

"어떻게 그런 일을 벌일 수 있었는지, 도무지 이해가 가지 않는군."

"그렇습니다, 총독님. 그것이 가장 어려운 문제입니다. 그리고 저조차도 그 문제를 어떻게 풀어야 할지 모르겠습니다."

"정말 수수께끼로군! 축제의 밤에 신자가 유월절 식탁을 내팽개치고 도시 밖으로 나가서 살해되다니. 누가, 어떻게 그를 유인한 걸까? 혹시 여자가 그런 것은 아니었을까?" 갑자기 영감이 떠오른 듯 총독이 물었다.

아프라니우스는 진지하고 침착하게 대답했다.

"그럴 리는 없습니다, 총독님. 그럴 가능성은 전혀 없습니다. 논리적으로 판단하셔야 합니다. 유다가 죽기를 바라는 자들이 누구였겠습니까? 분명 떠돌이 몽상가들이나, 어떤 작은 모임일 텐데, 그런 모임에 여자는 절대 없습니다. 총독님, 결혼을 하려면 돈이 필요합니다. 아이를 낳으려고 해도 역시 돈이 필요합니다. 하지만 여자의 도움을 받아 사람을 죽이려면 훨씬 더 많은 돈이 필요합니다. 부랑자들에게는 그만한 돈이 없습니다. 이 사건에 여자는 끼어들지 않았습니다, 총독님. 또한 이번 살인 사건을 그와 같이 해석하시는 것은 단서를 놓치게 하고, 수사를 방해하며, 저를 혼란스럽게 할 뿐입니다."

"아무래도 자네 말이 맞는 것 같군, 아프라니우스." 빌라도가 말했다. "나는 그저 내 추측을 말해본 것이네."

"하지만 그 추측은 정말 잘못된 것입니다, 총독님."

"그렇다면 도대체 무엇 때문에, 무엇 때문에 그랬을까?" 총독은 호기심에 가득한 눈빛으로 아프라니우스의 얼굴을 살피며 물었다.

"제가 생각하기에, 모든 것은 역시 돈 때문이었습니다."

"훌륭한 생각이야! 그런데 누가, 그리고 무슨 일로, 한밤중에 도시 밖에서 그에게 돈을 전해주려고 했을까?"

"오, 아닙니다, 총독님. 그건 그렇게 된 것이 아닙니다. 제가 생각하고 있는 가정은 한 가지뿐입니다. 만일 그 가정이 틀린 것이라면, 저는 달리 설명할 방도를 찾지 못할 것입니다." 아프라니우스는 총독 쪽으로 더 가까이 몸을 굽히고는 속삭이듯 말했다. "유다는 자신만 아는 한적한 장소에 돈을 숨기고 싶어했습니다."

"참으로 날카로운 설명이야. 분명히 일은 그렇게 된 걸 거야. 이제 알겠네. 사람들이 그를 유인한 것이 아니라, 그 자신의 생각이 그를 유인한 것이라는 말이지. 그래, 그래, 그렇게 된 거였어."

"그렇습니다. 유다는 의심이 많은 자였습니다. 그래서 사람들이 모르는 곳에 돈을 감추려고 했던 것입니다."

"그런데 겟세마네라고 했지. 왜 하필이면 그곳에서 유다를 찾을 것이라고 하는지, 솔직히 그게 나는 이해가 되지 않는군."

"오, 총독님, 그건 아주 간단합니다. 길거리나 훤히 드러난 공터에 돈을 숨길 사람은 없습니다. 유다는 헤브론 길이나, 베다니 길로는 가지 않았습니다. 그는 나무가 우거지고 인적이 드문 곳으로 가야 했습니다. 그건 지극히 당연한 일입니다. 그리고 예루살렘 근교에 그런 장소는 겟세마네 외에는 없습니다. 그는 더 멀리 갈 수 없었습니다."

"완벽한 설명이로군. 자, 그럼 이제 무엇을 해야 하지?"

"저는 지금 당장 도시 밖에서 유다를 추적한 살인자들을 찾기 시작하겠습니다. 그리고 이미 보고 드린 바대로, 재판에 출두할 것입니다."

"그건 어째서지?"

"제 호위대는 저녁에 그가 카이파의 궁을 떠난 이후 장터에서 그를 놓쳤습니다. 어떻게 그런 일이 일어났는지 이해할 수 없습니다. 그런 일은 제 평생에 없던 일입니다. 총독님과 이야기를 나누고, 곧바로 저희는 그를 감시하기 시작했습니다. 그런데 그자가 시장 근처에서 어디론가 급히 되돌아가더니 흔적도 없이 사라지는 교묘한 수를 썼습니다."

"그랬군. 공식적으로 밝히지만, 나는 자네를 재판에 회부할 필요는 없다고 생각하네. 자네는 할 수 있는 모든 것을 했고, 이 세상의 누구도," 여기서 총독은 미소를 지어 보였다. "자네보다 더 훌륭하게 이 일을 처리할 수는 없었을 거야! 유다를 놓친 수색대원들을 처벌하게. 하지만 나는, 미리 말해두지만, 그렇게 엄한 처벌은 원하지 않네. 어쨌든 우리는 그 파렴치한을 배려하기 위해 할 수 있는 모든 일을 했으니까! 아, 내가 물어본다는 것을 잊었군." 총독은 이마를 문질렀다. "그들은 어떻게 그 돈을 카이파에게 던져주었지? 쉽지 않은 일이었을 텐데."

"그건, 총독님…… 그렇게 어려운 일이 아닙니다. 복수를 하려는 자들은 카이파 궁 뒤쪽으로 들어갔습니다. 거기 궁 뒤, 정원 위로 골목길이 하나 있습니다. 그들은 담 너머로 주머니를 던진 것입니다."

"쪽지도 함께?"

"예, 총독님께서 예상하신 대로였습니다. 총독님. 다만……." 아프라

502

니우스는 주머니에서 봉인을 떼어내고, 그 안에 들어 있는 것을 빌라도에게 보여주었다.

"이런, 세상에, 아프라니우스, 자네 지금 무슨 짓을 하는 건가. 그 봉인은 성전에서 만든 걸 텐데!"

"그 점은 총독님께서 걱정하시지 않으셔도 됩니다." 아프라니우스는 주머니를 다시 싸며 대답했다.

"그럼 자네에게 모든 봉인이 다 있다는 소린가?" 웃음을 터뜨리며 빌라도가 물었다.

"그러지 않고는 아무 일도 할 수 없습니다, 총독님." 아프라니우스는 조금도 웃지 않고, 아주 무뚝뚝하게 대답했다.

"카이파 궁에서 무슨 일이 일어났을지 상상이 가는군!"

"그렇습니다, 총독님. 이 일은 아주 커다란 소동을 일으켰습니다. 그들은 즉시 저를 찾아왔습니다."

어스름 속이었음에도 빌라도의 두 눈이 반짝이는 것이 보였다.

"재미있는 일이군, 재미있는 일이야……."

"감히 말씀드리지만, 총독님, 그게 그렇게 재미있는 일은 아니었습니다. 어떤 일보다도 지루하고 괴로운 일이었습니다. 카이파 궁에서는 그 돈을 누구에게 줬냐는 제 질문에 그런 일은 없었다고 단호하게 부정했습니다."

"아, 그래? 글쎄, 그렇다면, 주지 않은 걸 수도 있겠지. 그럼 살인자를 찾아내기가 더욱 힘들어지겠군."

"그렇습니다, 총독님."

"그런데, 아프라니우스, 지금 갑자기 든 생각인데, 그가 자살을 한 것은 아닐까?"

"오, 아닙니다, 총독님." 깜짝 놀라 의자 뒤로 몸을 젖히며 아프라니우스가 대답했다. "죄송합니다, 하지만 그건 절대 있을 수 없는 일입니다!"

"아, 이 도시에서는 무슨 일이든 일어날 수 있어! 내 장담하지만, 그 소문은 순식간에 전 도시에 퍼지게 될 거야."

여기서 아프라니우스는 예의 독특한 시선을 총독에게 던졌다. 그리고 잠시 생각을 하고 나서 대답했다.

"그럴 수도 있을 것입니다, 총독님."

이렇게 모든 일이 이제 명백해졌음에도 불구하고, 총독은 여전히 키리아트 사람의 살해에 대한 문제를 떨쳐버릴 수 없었던 것처럼 보였다. 그리고 뭔가를 상상하는 듯한 표정으로 말했다.

"그들이 그를 죽이는 것을 내가 보았으면 좋았을 텐데."

"그는 보기 드문 솜씨로 살해당했습니다, 총독님." 아프라니우스는 왠지 빈정대는 듯한 표정으로 총독을 바라보며 대답했다.

"자네가 그걸 어떻게 알지?"

"이 주머니를 보십시오, 총독님." 아프라니우스가 대답했다. "저는 유다의 피가 거세게 뿜어져 나왔다는 것을 총독님께 분명히 말씀드릴 수 있습니다. 총독님, 저는 이제껏 살해된 자들을 수없이 보아왔습니다!"

"그렇다면, 물론, 그가 다시 일어나지는 않겠지?"

"아닙니다, 총독님, 그는 일어날 것입니다." 아프라니우스는 철학자처럼 미소를 지으며 대답했다. "이곳 사람들이 기다리는 메시아의 나팔이 그자의 시체 위로 울려 퍼질 때, 그는 일어나게 될 것입니다. 하지만 그 전에는 결코 일어나지 못할 것입니다."

"좋아, 아프라니우스! 그 문제는 됐어. 이제 매장 이야기로 넘어가지."

"처형된 자들은 매장되었습니다, 총독님."

"오, 아프라니우스, 자네를 재판에 회부한다는 것은 범죄가 될 거야. 자넨 최고의 상을 받을 자격이 있어. 그래, 매장은 어떻게 치러졌지?"

아프라니우스는 이야기를 시작했다. 그는 자신이 유다의 일을 처리하고 있는 동안 그의 보좌관이 지휘하는 비밀호위대가 민둥산에 도착했고, 그때는 이미 저녁이 다 되어 있었다고 말했다. 호위대는 그곳에서 한 구의 시체를 찾지 못했다. 빌라도가 흠칫 놀라며 쉰 목소리로 물었다.

"아, 내가 왜 그걸 예상하지 못했을까!"

"걱정하지 마십시오, 총독님." 아프라니우스가 말했다. 그리고 이야기를 계속했다.

맹수들이 눈을 다 파먹어버린 디스마스와 게스타스의 시체를 싣고 나서 곧바로 세번째 시체를 찾기 시작했다. 그리고 얼마 안 있어 시체를 찾을 수 있었다. 어떤 사람이……

"레위 마태오." 질문이라기보다는 확인에 가까운 어조로 빌라도가 말했다.

"그렇습니다, 총독님……."

레위 마태오는 민둥산 북쪽 기슭의 동굴에 숨어 날이 어두워지길 기다리고 있었다. 아무것도 입히지 못한 예슈아 하-노츠리의 시체도 함께였다. 호위대가 횃불을 들고 동굴로 들어가자 레위는 절망과 증오에 휩싸였다. 그는 자신은 아무 죄도 짓지 않았으며, 법에 따라 모든 사람은 원한다면 처형당한 죄인의 장례를 치러줄 권리가 있다고 소리쳤다. 레위 마태오는 그의 시신과 헤어지고 싶지 않다고 말했다. 그는 흥분한 상태로 횡설수설했으며, 간청을 하고, 협박과 저주를 퍼붓기도 했다…….

"그를 체포해야 했나?" 빌라도가 음울하게 물었다.

"아닙니다, 총독님. 그렇지 않습니다." 아프라니우스는 매우 침착하게 대답했다. "시체가 매장될 것이라고 설명을 하자, 그 거친 미치광이는 안정을 찾았습니다."

레위는 곧 말귀를 알아듣고 잠시 생각하더니 조용해졌다. 하지만 자신은 어디로도 가지 않을 것이며, 매장에 참석하고 싶다는 요구를 밝혔다. 그는 자신을 죽인다 해도 그대로는 떠나지 않을 것이라고 말했고, 자신이 가지고 있던 빵 칼을 내놓으며, 자신을 죽이라고 하기까지 했다.

"그를 쫓아냈나?" 짓눌린 목소리로 빌라도가 물었다.

"아닙니다, 총독님. 그렇게 하지 않았습니다. 제 보좌관이 그를 매장에 참석시켰습니다."

"자네의 보좌관 중 누가 그 일을 지휘했지?"

"톨마이입니다." 아프라니우스가 대답했다. 그리고 불안한 듯 덧붙였다. "혹시 그가 실수를 한 것입니까?"

"계속하게." 빌라도가 대답했다. "실수는 없었네. 좀 당황스러워지는 군, 아프라니우스. 절대 실수라곤 모르는 사람과 내가 관계를 하고 있으니 말이네. 그 사람이 바로 자네야."

레위 마태오를 처형된 자들의 시체와 함께 수레에 싣고, 두 시간쯤 지나 예르샬라임 북쪽에 있는 황량한 골짜기에 도착했다. 거기서 분대는 교대로 작업을 하며 한 시간가량 깊은 구덩이를 파고 그 안에 처형당한 자들의 시체 세 구를 모두 매장했다.

"옷을 벗긴 채로?"

"아닙니다, 총독님." 분대는 그에 대비하여 키톤을 가지고 갔었다. 매장된 자들의 손가락에는 반지가 끼워졌다. 예슈아에게는 금을 하나 그은 반지가, 디스마스에게는 둘, 헤스타스에게는 금을 세 개 그은 반지가 끼워졌다. 구덩이를 덮고 돌을 쌓았으며, 톨마이가 알아볼 수 있는 표식을 해두었다.

"아, 내가 왜 미리 그 생각을 하지 못했을까!" 빌라도가 얼굴을 찌푸리며 말했다. "그 레위 마태오라는 자를 만났어야 했는데……."

"그자는 이곳에 와 있습니다, 총독."

빌라도는 눈을 휘둥그레 뜨고 얼마 동안을 그렇게 아프라니우스를 바라보았다. 그리고 다음과 같이 말했다.

"이번 일과 관련하여 행한 모든 것에 대해 자네에게 감사하네. 내일 톨마이를 나에게 보내도록 하게, 내가 만족하고 있다고 미리 전해주고. 그리고 그대, 아프라니우스는," 여기서 총독은 탁자 위에 놓여 있던 허리띠의 주머니에서 반지를 꺼내 비밀호위대장에게 건네주었다. "기념으로 이걸 받아주게."

아프라니우스는 허리를 굽혀 인사를 하고 말했다.

"더없는 영광입니다, 총독님."

"매장을 수행한 대원들에게도 포상을 내리도록 하게. 유다를 놓친 수색대는 문책을 하고. 이제 레위 마태오를 내 앞에 대령시키게. 예슈아 사건과 관련해서 알아볼 게 있으니까."

"알겠습니다, 총독님." 아프라니우스는 대답을 하고 한 발 물러서서 인사를 했다. 총독은 손바닥을 치며 외쳤다.

"거기 누가 없나! 주랑으로 램프를 내와라!"

아프라니우스는 이미 뜰로 나갔고, 빌라도의 등 뒤로 하인들의 손에 벌써 불빛들이 가물거리고 있었다. 총독 앞 탁자에 세 개의 램프가 내어졌다. 그러자 달빛 밤은, 마치 아프라니우스가 함께 데리고 나가기라도 한 것처럼, 뜰로 물러갔다. 아프라니우스가 서 있던 발코니에 작고 마른, 낯선 사내가 거구의 백인대 병사와 함께 나타났다. 총독의 눈빛을 본 백인대 병사는 그 즉시 뜰로 물러가 사라졌다.

총독은 굶주린 듯한, 그리고 다소 놀란 듯한 눈으로 발코니에 선 사내를 바라보았다. 사람들로부터 이야기를 많이 듣고, 혼자서 어떤 사람일지 상상해보곤 했던 사람이 마침내 눈앞에 나타났을 때처럼.

사내는 마흔쯤 되어 보였으며, 가무잡잡하고 다 해진 옷에 말라붙은 진흙을 뒤집어쓴 채로 늑대처럼 의심스러운 눈길로 주위를 힐끔거리고 있었다. 한마디로 그는 아주 인상이 좋지 않았고, 성전 테라스나 시끄럽고 지저분한 아래 도시의 시장 골목을 어슬렁거리는 걸인처럼 보였다.

침묵은 한참 동안 계속되었다. 그리고 그 침묵을 깬 것은 빌라도 앞으로 불려온 사내의 이상한 행동이었다. 그의 얼굴에 뭔가 변화가 일더니, 그가 비틀거렸다. 그 지저분한 팔로 탁자 끝을 붙잡지 않았더라면, 그는 쓰러지고 말았을 것이다.

"무슨 일인가?" 빌라도가 물었다.

"아무것도 아니오." 레위 마태오가 대답했다. 그러고는 마치 뭔가를 집어삼키는 것 같은 동작을 취했다. 비쩍 마르고, 아무것도 걸치지 않은 그의 더러운 목이 부풀려졌다가 다시 가라앉았다.

"무슨 일인지 말하라." 빌라도가 다시 물었다.

"나는 지쳤소." 레위가 대답을 하며 음울한 눈빛으로 바닥을 내려다보았다.

"앉아라." 빌라도가 의자를 가리키며 말했다.

레위는 의심쩍은 눈빛으로 총독을 바라보고, 의자로 다가가 황금 팔걸이를 놀란 눈으로 흘깃거리고는 의자가 아닌, 그 옆 바닥에 앉았다.

"말해보라. 왜 의자에 앉지 않는 것이지?" 빌라도가 물었다.

"나는 더럽소. 의자를 더럽힐 것이오." 레위는 바닥을 보면서 말했다.

"곧 먹을 것을 줄 것이다."

"나는 먹고 싶지 않소." 레위가 대답했다.

"왜 거짓말을 하지?" 빌라도가 조용히 물었다. "너는 하루 종일, 아니 어쩌면 그 이상을 아무것도 먹지 않았을 텐데. 어쨌든, 좋다. 그건 네마음대로 해라. 내가 너를 부른 것은 네가 가지고 있는 칼을 보여달라고 하기 위해서였다."

"그 칼은 군인들이 나를 이리로 데려오면서 빼앗아갔소." 레위가 대답했다. 그리고 음울하게 덧붙였다. "그 칼을 돌려주시오. 주인에게 돌려주어야 하오. 그 칼은 훔친 것이오."

"왜 훔쳤지?"

"밧줄을 풀기 위해서였소." 레위가 대답했다.

"마르크!" 총독이 소리쳤다. 그러자 백인대 대장이 주랑 아래로 들어왔다. "이자의 칼을 가져와라."

백인대 대장은 허리에 찬 두 주머니 중 하나에서 더러워진 빵 칼을 꺼내 총독에게 건넸다. 그러고는 다시 물러갔다.

"그래, 어디서 이 칼을 훔쳤지?"

"헤브론 문 앞에 있는 빵 가게였소. 도시로 들어가서 바로 왼쪽에 있는."

빌라도는 넓은 칼날을 바라보더니, 무엇 때문인지 손가락으로 칼이 날카로운지를 시험해보았다. 그리고 말했다.

"칼에 대해서는 걱정 마라. 칼은 가게에 돌려줄 것이다. 내게 필요한 것이 한 가지 더 있다. 네가 지니고 다니면서 예슈아의 말을 기록한 양피지를 보여달라."

레위는 증오로 가득한 눈으로 빌라도를 쳐다보았다. 그리고 얼굴을 완전히 일그러뜨리며 섬뜩한 미소를 지었다.

"모든 걸 다 가져가고 싶소? 내가 가지고 있는 마지막 것까지?" 그가 물었다.

"나는 달라고 하지 않았다." 빌라도가 대답했다. "나는 보여달라고 했다."

레위는 품속을 뒤적여 말아놓은 양피지를 꺼냈다. 빌라도는 그것을 받아 불빛 사이로 펼쳐보았다. 그리고 눈을 가늘게 뜨며 알아보기 어려운 검은 표식들을 살펴보기 시작했다. 비뚤비뚤한 글줄들의 의미는 쉽게 파악되지 않았고, 빌라도는 인상을 쓰며 양피지 앞으로 몸을 숙여 손가락으로 한 줄 한 줄을 따라가야 했다. 거기에 적힌 것들은 경구와 그것을 기록한 날짜, 양피지 주인의 메모와 시적인 단편들이었다. 빌라도는 연결되지 그 글줄들 속에서 다음과 같은 것을 읽을 수 있었다. '죽음은 없다…… 어제 우리는 단맛이 나는 봄 바쿠로타⁶를 먹었다…….'

빌라도는 긴장으로 얼굴을 찡그리고 눈을 가늘게 뜨면서 계속해서 읽었다. '우리는 맑은 생명수의 강을 보게 될 것이다…… 인류는 투명한 수정(水晶)을 통해 태양을 바라보게 될 것이다…….'

다음 순간 빌라도는 몸을 흠칫거렸다. 양피지 마지막 줄에서 그가 다음과 같은 구절을 읽은 것이다. '…… 가장 큰 악덕은…… 비겁함이다.'

빌라도는 양피지를 말아 거친 동작으로 레위에게 돌려주었다.

"가져가라." 그는 말했다. 그리고 잠시 아무 말이 없다가 다시 말을 이었다. "너는 책을 많이 읽은 사람인 것 같은데, 쓸데없이 혼자서 걸인의 행색을 하고, 집도 없이 떠돌아다니고 있는 것 같구나. 카에사리아에 있는 내 집에 큰 도서관이 있다. 나는 돈이 많고, 너에게 일자리를 주고 싶다. 파피루스를 정리하고 보관하는 일을 하면 된다. 배불리 먹고 옷도 제대로 입을 수 있을 것이다."

레위가 일어서서 대답했다.

"아니, 그러고 싶지 않소."

"어째서지?" 총독의 얼굴이 어두워지며 물었다. "내가 마음에 들지 않나, 아니면 내가 두려운 건가?"

레위는 예의 기분 나쁜 미소로 얼굴을 일그러뜨리며 말했다.

"아니오. 당신이 나를 두려워하게 될 것이기 때문이오. 당신이 그를 죽여놓고, 이제 와서 내 얼굴을 쳐다보는 것은 그렇게 쉬운 일은 아닐 것이오."

"입 닥쳐라." 빌라도가 대답했다. "돈을 가져가라."

레위는 고개를 저었다. 그러자 총독이 말을 계속했다.

"내 보기에 너는 자신이 예슈아의 제자라고 생각하는 것 같은데, 너는 그가 너에게 가르친 것 중 아무것도 받아들이지 못했어. 그렇지 않다면, 너는 내게서 분명히 뭔가를 받았을 거야. 그는 죽기 직전에 누구에게도 죄를 묻지 않는다고 말했거든." 빌라도는 의미심장하게 손가락을 들어 올렸다. 빌라도의 얼굴에 경련이 일고 있었다. "또 만약 그였더라면, 분명히 뭔가를 받았을 거야. 너는 잔인하지만, 그는 잔인하지 않았어. 어디로 갈 텐가?"

레위는 갑자기 탁자 앞으로 다가가 양팔을 탁자에 올리고 이글거리는 눈으로 총독을 바라보면서 그에게 속삭였다.

"헤게몬, 당신이 한 가지 알아둘 것이 있소. 내가 예르샬라임에서 한 인간의 목을 벨 것이오. 당신에게 이 말을 하고 싶었소. 피가 더 흐르게 될 것이오."

"나도 알고 있다. 피는 더 흐를 것이다." 빌라도가 대답했다. "내가 네 말을 듣고 놀랄 것이라고 생각했나? 그래, 너는 내 목을 자르고 싶은 거겠지?"

"내가 당신의 목을 베지는 못할 것이오." 이를 드러내고 미소를 지으며 레위가 말했다. "나는 그런 생각을 할 만큼 어리석지 않소. 나는 키리아트에서 온 유다의 목을 벨 것이오. 나는 그 일에 내 남은 삶을 바칠 것이오."

그 순간 총독의 눈에 기쁨이 떠올랐다. 그는 손가락으로 레위 마태오에게 좀더 가까이 오라는 손짓을 하며 말했다.

"너는 그 일을 할 수 없을 것이다. 하지만 걱정 마라. 유다는 어젯밤에 이미 살해되었으니까."

레위는 탁자에서 펄쩍 물러서 거칠게 주위를 둘러보며 소리쳤다.

"누가 그랬지?"

"질투하지 마라." 빌라도는 이를 드러내며 대답했다. 그리고 양손을 비볐다. "내 생각엔 그에게 너 말고도 숭배자들이 있었던 것 같다."

"누가 했소?" 레위가 작은 소리로 다시 물었다.

빌라도가 그에게 대답했다.

"내가 했다."

레위는 입을 벌리고 총독을 뚫어지게 바라보았다. 총독은 조용히 말했다.

"물론 그게 그렇게 대단한 일은 아니지. 하지만 어쨌든 그 일은 한 것은 나다." 그리고 덧붙였다. "자, 이제 뭔가를 가져갈 텐가?"

레위는 잠시 뭔가 생각하는가 싶더니, 한결 침착해진 모습으로 말했다.

"나에게 깨끗한 양피지를 한 묶음 주라고 하시오."

한 시간 후 레위는 궁을 떠나고 없었다. 지금 새벽의 고요를 깨는 것은 뜰의 보초병들의 조용한 발소리뿐이었다. 달은 빠른 속도로 빛을 잃어 갔고, 반대편 하늘 끝에 희끄무레한 아침별이 보였다. 총독은 침상에 누워 있었다. 그는 뺨 아래 손을 갖다 댄 채 숨소리조차 내지 않고 자고 있었다. 그리고 그의 옆에는 반가가 그와 나란히 누워 자고 있었다.

유대의 제5대 총독 본디오 빌라도는 그렇게 니산 15일 새벽을 맞았다.

제27장

50호 아파트의 최후

마르가리타가 그 장의 마지막 구절, '……유대 제5대 총독 본디오 빌라도는 그렇게 니산 15일 새벽을 맞았다'를 읽었을 때, 아침이 찾아왔다.

뜰의 버드나무와 보리수나무 가지에서 참새들이 즐겁고 흥에 겨운 아침 대화를 나누고 있는 것이 들려왔다.

마르가리타는 의자에서 일어나 기지개를 켰으며, 그제야 온몸이 쑤시고 자고 싶다는 생각이 들었다. 여기서 마르가리타의 영혼은 완전한 평정 상태에 있었다는 것을 말해두어야 할 것 같다. 그녀의 머릿속은 전혀 혼란스럽지 않았고, 이성적으로 도저히 설명할 수 없는 지난밤도 전혀 그녀를 놀라게 하지 않았다. 자신이 사탄의 무도회에 갔었으며, 어떤 기적으로 인해 거장이 자신에게 돌아왔다는 것도, 잿더미 속에서 소설이 되살아나고, 밀고자 알로이지 모가리치가 쫓겨난 골목길 이 지하에 모든 것이 다시 제자리로 돌아와 있다는 사실도 그녀를 흥분시키지 않았다. 다시 말해서 볼란드와의 만남은 그녀에게 어떤 심리적 손상도 가져오지 않았다. 모든 것은 마치 마땅히 그래야 하는 대로 이루어진 것이다.

그녀는 옆방으로 건너가 거장이 평온하고 깊은 잠을 자고 있는 것을 확인하고는 탁자 위에 켜져 있는 램프를 끄고 그녀 자신도 거장의 맞은편에 있는, 다 낡아 해진 천을 씌워놓은 소파 위에 누웠다. 몇 분 후 그녀는 잠이 들었고, 그날 아침 그녀는 아무런 꿈도 꾸지 않았다. 지하의 방들은 고요했고, 건축업자의 작은 집도 모두 고요했으며, 외진 골목길도 조용했다.

그러나 같은 시각, 그러니까 토요일 새벽 동이 틀 무렵 모스크바의 한 관청[1]에서는 한 층 전체가 잠을 자지 않고 있었다. 특수 차량들이 둔탁한 소리를 내며 이리저리 천천히 오가면서 청소를 하고 있는 넓은 아스팔트 광장 쪽으로 난 그 층의 창들은, 떠오르고 있는 태양의 빛을 가릴 만큼 환한 불빛으로 밝혀져 있었다.

그 층 전체가 볼란드 사건을 수사하고 있었으며, 열 개의 사무실에는 밤새도록 램프가 밝혀져 있었다.

사실, 사건의 전모는 버라이어티 극장 직원들의 실종과 전날 있었던 그 유명한 검은 마술 세앙스 도중 벌어진 온갖 추문들로 극장이 문을 닫아야 했던 금요일 낮부터 이미 명백해져 있었다. 그러나 문제는 잠을 모르는 그 층으로 계속해서 새로운 자료들이 쉴 새 없이 도착하고 있었다는 데 있었다.

이제 이 기괴한 사건, 악마의 소행이 분명할 뿐만 아니라, 어떤 최면적 마술과 명백한 형사 사건이 뒤얽혀 있는 이 사건의 수사에 모스크바 곳곳에서 벌어진, 다면적이고 복잡하게 얽혀 있는 모든 사건들을 한 덩어리로 묶어내야 했다.

전깃불이 환하게 밝혀져 있는, 잠이 없는 그곳에 첫번째로 출두해야 했던 사람은 음향위원회 의장 아르카디 아폴로노비치 셈플레야로프였다.

금요일 점심시간이 지나고 카멘니 모스트[2] 근처에 있는 그의 아파트에서 전화벨이 울렸고, 한 남자의 목소리가 아르카디 아폴로노비치를 바꿔달라고 했다. 전화를 받은 아르카디 아폴로노비치의 아내는 아르카디 아폴로노비치가 아파서 자리에 누워 있으며, 전화를 받을 수 없다고 무뚝뚝하게 대답했다. 하지만 아르카디 아폴로노비치는 결국 전화기 앞까지 가야 했다. 누구시냐는 질문에 전화 속 목소리는 아주 짧게 어디라고 대답했다.

"잠깐만요…… 지금…… 바로……" 평상시 무척 거만했던 음향위원회 의장의 아내가 말을 더듬거리더니 아르카디 아폴로노비치(그때 그는 사라토프에서 온 그의 조카딸을 아파트에서 쫓아내게 한 전날 공연과 한밤중의 스캔들 생각에 지옥 같은 고통을 느끼며 침대에 누워 있었다)를 침대에서 일으키기 위해 화살처럼 침실로 날아갔다.

그리고 일 초도, 일 분도 아닌 정확히 십오 초 후, 아르카디 아폴로노비치는 속옷 바람에 왼발에만 실내화를 신은 채로 전화기 앞에 서서 더듬거리고 있었다.

"예, 전화 바꿨습니다…… 예, 예……."

그 순간 그의 아내는 불쌍한 아르카디 아폴로노비치가 벌인 정숙함에 위배되는 모든 혐오스러운 죄상들을 다 잊고, 복도로 난 문으로 겁에 질린 얼굴을 내밀고는 실내화를 던지며 속삭였다.

"슬리퍼 신어요, 슬리퍼…… 발이 차요." 그러자 아르카디 아폴로노비치는 맨발을 들어 아내에게 저리 가라고 휘젓고 거칠게 쏘아보면서, 전화에 대고 중얼거렸다.

"예, 예, 예, 그렇지요, 물론입니다…… 지금 출발하겠습니다……."

그리고 아르카디 아폴로노비치는 수사가 진행되고 있는 그 층에서 그날 밤을 보냈다. 그곳에서의 대화는 괴롭고 몹시 유쾌하지 못한 것이었다.

그 혐오스러운 세앙스와 박스석에서의 싸움에 대해서뿐만 아니라, 정말로 반드시 필요했던 것 이외의 것들, 그러니까 옐로홉스카야 거리의 밀리차 안드레예브나 포코바치코와 사라토프에서 온 조카딸에 대해, 그리고 또 아르카디 아폴로노비치에게 이루 말할 수 없는 고통을 안겨준 다른 많은 것들에 대해 정말로 솔직하게 다 털어놔야 했기 때문이었다.

그 추악한 세앙스의 목격자였고, 지적이고 교양 있는 사람이었던 아르카디 아폴로노비치의 진술, 가면을 쓴 수수께끼의 마술사와 그의 뻔뻔스러운 두 조수를 훌륭하게 묘사해냈으며, 마술사의 이름이 볼란드였다는 것까지도 정확하게 기억하고 있었던 현명하고 경험 많은 그 증인의 진술들은 수사를 상당 부분 진척시켰다. 아르카디 아폴로노비치의 진술과 세앙스가 끝나고 수모를 당한 몇몇 숙녀들(림스키를 놀라게 한 보라색 속옷의 여자와 그 외의 다른 많은 숙녀들), 그리고 사도바야 거리의 50호 아파트로 보내졌던 급사 카르포프를 포함한 수많은 증인들의 진술들에 대한 비교가 이루어졌고, 그러자 이 모든 엽기적인 사건들을 벌인 범인의 은신처가 바로 드러났다.

수차례에 걸쳐 50호 아파트에 사람들이 보내졌고, 아파트 내부를 철저히 수색했을 뿐 아니라, 벽까지 일일이 두드려보았고, 벽난로의 통풍구도 살펴보았으며, 비밀 통로도 찾아보았다. 하지만 이처럼 온갖 방법들을 동원하고도 성과는 아무것도 없었다. 수차례에 걸쳐 그 아파트를 찾아갔지만, 아파트에서는 단 한 사람도 발견할 수 없었다. 하지만 모스크바에 체류 중인 외국인 아티스트들을 담당하고 있는 모든 직원들이 모스크바에 볼란드라는 검은 마술사는 절대 없으며, 있을 수 없다고 단호하게 주장했음에도 불구하고, 그 아파트에 누군가가 있다는 것은 너무나도 분명했다.

볼란드는 도착 당시 어디에도 거주 등록을 하지 않았으며, 신분증이

나 계약서, 협약서와 같은 서류들을 누구에게도 제출하지 않았고, 그에 대한 이야기를 들은 사람조차 없었다! 공연위원회 프로그램국 국장 키타이체프는 사라진 스툐파 리호데예프가 볼란드라는 자의 공연 계획안을 보낸 적도 없으며, 볼란드라는 자의 도착과 관련하여 자신은 단 한 통의 전화도 받지 못했다고 말하면서, 신을 걸고 맹세를 하기까지 했다. 그러니까 키타이체프는 도대체 스툐파가 어떻게 버라이어티에서 그런 세앙스를 하도록 내버려두었는지 도무지 이해할 수가 없다는 것이었다. 아르카디 아폴로노비치가 세앙스에서 두 눈으로 똑똑히 그 마술사를 보았다는 이야기를 해주자, 키타이체프는 팔을 벌리며 하늘을 향해 눈을 들어 올릴 뿐이었다. 그리고 그때 키타이체프의 눈은 분명히 그가 수정처럼 깨끗함을 말해주고 있었다.

중앙공연위원회 의장인 프로호르 페트로비치는……

그의 얘기가 나온 김에 먼저 말해두자면, 프로호르 페트로비치는 경찰이 그의 사무실로 들어선 순간 자신의 양복 속으로 돌아왔는데, 이로 인해 안나 리차르도브나는 미칠 듯이 기뻐했지만, 쓸데없이 긴장을 하며 들이닥친 경찰들에게는 큰 의심을 샀다. 그리고 또 한 가지, 자신의 자리, 그러니까 줄무늬가 있는 회색 양복 안으로 돌아온 프로호르 페트로비치는 그가 잠시 비운 사이 양복이 사인한 모든 결재 사항에 대해 전적으로 인정을 했다.

…… 하지만 그 프로호르 페트로비치도 볼란드라는 자에 대해서는 정말 아무것도 모르고 있었다.

뭔가 상상을 초월한 일이 벌어진 것이다. 수천 명의 관객들과 버라이어티의 전 직원들, 그리고 그 누구보다도 교양 있는 사람인 아르카디 아폴로노비치 셈플레야로프까지 그 마술사와 저주스러운 그의 조수들을 분명히 보았음에도 불구하고, 어디에서도 그를 찾을 수가 없으니 말이다. 그렇다면 과연 어떻게 된 일일까? 그 혐오스러운 세앙스가 끝나자마자 바로 땅속으로 꺼져버리기라도 한 것인가? 아니면 몇몇 사람들의 주장처럼, 그는 애초에 모스크바에 오지 않았던 것은 아닐까? 만일 첫번째의 가정대로라면, 그는 땅속으로 꺼지면서 버라이어티의 책임자들을 모두 데리고 간 것이 틀림없다. 그리고 두번째 가정대로라면, 불행한 극장의 책임자들이 그 전에 뭔가 비열한 짓을 저지르고(사무실의 깨진 유리와 투자부벤의 행동을 생각해보라!) 모스크바에서 종적을 감춰버린 것이다.

어쨌든 그 수사를 지휘한 자의 노고에 대해서는 정당하게 평가를 해줘야 할 것 같다. 사라졌던 림스키가 놀랄 만큼 빠른 시간 안에 발견된 것이다. 극장 옆 택시 정류장에서의 투즈부벤의 행동과 세앙스가 끝난 시간, 거기서 림스키가 사라질 수 있는 시간 등 몇몇 정황들을 대조한 후 그는 곧바로 레닌그라드로 전보를 쳤다. 그리고 한 시간 후(그러니까 금요일 저녁 무렵) 그때 마침 레닌그라드에서 객연 중이었던 한 모스크바 극장의 레퍼토리 담당자가 묵고 있던 객실 바로 옆방인 아스토리야 호텔 4층 412호, 잘 알려져 있듯이, 금으로 장식된 회청색 가구와 아름다운 욕실이 있는 바로 그 객실에서 림스키가 발견되었다는 답장이 왔다.

아스토리야 호텔 412호의 옷장에 숨어 있다가 발견된 림스키는 그 즉시 체포되었고, 레닌그라드에서 조사를 받았다. 그리고 다음과 같은 사실을 알리는 전보가 모스크바에 도착했다. 버라이어티의 경리부장은 자신의 행동에 대해 책임질 수 없는 심리 상태에 있다. 그는 질문에 대해 조리 있는 대답을 하지 못하거나, 그렇게 하기를 원하지 않았고, 다만 한 가지, 자신을 방탄 처리된 특별실에 숨겨주고 무장 경비를 붙여달라는 요구만을 반복했다. 모스크바에서 전보로 림스키에게 경호를 붙여 모스크바로 이송하라는 지시가 내려졌고, 금요일 저녁 림스키는 무장 경호를 받으며 야간 열차를 타고 모스크바로 출발했다.

그뿐만 아니라 금요일 저녁 무렵 리호데예프의 행방도 밝혀졌다. 리호데예프의 행적을 조회하는 전보가 전 도시에 발송되고 얼마 지나지 않아 얄타로부터 리호데예프는 얄타에 있었으며, 이미 비행기를 타고 모스크바로 떠났다는 회신이 들어왔다.

유일하게 그 종적을 알 수 없었던 것은 바레누하였다. 전 모스크바가 다 아는 그 유명한 총무부장이 물속으로 가라앉듯 완전히 사라져버린 것이다.

버라이어티 극장뿐 아니라, 모스크바의 다른 장소들에서 벌어진 사건들도 동시에 처리해야만 했다. '영광의 바다'를 부르는 직원들(참고로 스트라빈스키 교수는 피하주사로 뭔가를 투여한 지 두 시간여 만에 그들을 모두 정상으로 되돌려놓는 데 성공했다)과 정말로 말도 안 되는 종이 쪼가리들을 돈이라고 속이고 다른 사람 혹은 여타 기관에 내민 사람들, 그리고 그로 인해 고통을 당한 사람들과 관련된 기괴한 사건들을 해결해야만 했다.

당연한 얘기겠지만 그 모든 사건들 중 가장 꺼림칙하고, 가장 큰 추문을 일으켰으며, 해결에 어려움을 겪었던 것은 벌건 대낮에 그리보예도프 홀에 있던 관에서 문학인 고(故)베를리오즈의 머리를 도난당한 사건이었다.

수사에 착수한 열두 명의 요원들은 뜨개바늘에 코를 잇듯이, 모스크바 전역에 퍼져 있는 그 복잡한 사건의 저주스러운 매듭들을 이어나갔다.

수사원들 중 하나가 스트라빈스키 교수의 병원에 가서 최근 사흘 동안 그 병원에 들어온 사람들의 명단을 보여달라고 했다. 그렇게 해서 니카노르 이바노비치 보소이와 머리가 떨어져나갔던 불쌍한 사회자가 발견되었다. 하지만 그들에 대해서는 별로 조사할 것이 없었다. 그 두 사람이 그 비밀스러운 마술사가 이끄는 바로 그 일당의 희생자라는 것을 확인하는 것은 너무나도 쉬운 일이었다. 반면 수사관은 이반 니콜라예비치 베즈돔니에게 비상한 관심을 보였다.

금요일 저녁 무렵 이바누시카의 방, 117호의 문이 열리고, 동그란 얼굴에 침착하고 온순해 보이는 젊은 남자가 방으로 들어갔다. 전혀 수사관처럼 보이지 않는 그 사람은 모스크바에서 가장 뛰어난 수사관 중 한 사람이었다. 그는 침대에 누워 있는, 얼굴은 더욱 창백해지고 삐쩍 말라버린 젊은 사람을 보았다. 그의 시선은 주위에서 벌어지고 있는 일들에 무관심해 보였으며, 때로 어딘가 먼 곳, 그를 둘러싸고 있는 현실보다 더 높은 곳을, 때로는 그 젊은이 자신의 내부를 향하고 있었다.

수사관은 상냥하게 자신을 소개하고는 이틀 전 파트리아르흐 연못에서 벌어진 일과 관련하여 몇 가지 이야기를 나누기 위해 이반 니콜라예비치를 찾아온 것이라고 말했다.

아, 그 수사관이 좀더 일찍 그를 찾아왔더라면, 그러니까 이반이 파트리아르흐 연못에서 벌어진 사건에 대한 이야기를 하려고 미친 듯이 날뛰던 목요일 새벽에 나타났더라면, 이반은 정말 기뻐했을 것이다. 드디어 자문위원의 체포를 돕겠다는 그의 꿈이 이루어진 것이다. 이제 그는 누구도 찾아갈 필요가 없다. 바로 그 수요일 저녁의 사건에 대한 이야기를 듣기 위해 이렇게 사람들이 그를 찾아왔으니 말이다.

하지만, 어쩌랴, 이바누시카는 베를리오즈가 죽고 지난 시간 동안 완전히 다른 사람이 되어 있었다. 그는 수사관의 모든 질문에 기꺼이, 그리고 정중하게 대답할 준비가 되어 있었다. 하지만 이반의 시선에도, 그의 말투에도 무관심이 느껴졌다. 베를리오즈의 운명은 더 이상 시인을 흥분시키지 않았다.

수사관이 도착하기 전 이바누시카는 누워서 졸고 있었고, 그런 그의 눈앞으로 몇몇 장면들이 지나갔다. 그는 이상한 도시, 도무지 이해하기 어렵고, 이 세상에 존재하지 않을 것 같은 도시를 보았다. 그는 대리석 덩어리들과 부식이 일어난 주랑들, 태양 빛에 반짝거리는 지붕들과 검고 음울하며 무자비한 안토니우스의 탑, 서쪽 구릉 위로 정원의 열대 나무들 속에 거의 지붕까지 잠겨 있는 궁전과 그 초록빛 위로 석양 속에 타오르고 있는 청동의 동상들을, 그리고 그 고대의 도시 성벽 아래로 갑옷과 투구를 쓰고 걸어가고 있는 로마 백인대 병사들을 보았다.

이어 졸고 있는 이반 앞에 병색이 짙은 누런 얼굴에 깨끗하게 면도를 하고, 의자에 앉은 채로 꼼짝도 하지 않고 있는 사람의 모습이 나타났다. 그는 붉은 안감을 덧댄 하얀 망토를 두르고 있었고, 증오 섞인 눈빛으로 화려하고 낯선 정원을 바라보고 있었다. 이반은 또 풀 한 포기 자라지 않는 누런 언덕과 횡목을 덧댄 텅 빈 기둥들도 보았다.

시인 이반 베즈돔니는 더 이상 파트리아르흐 연못가에서 벌어진 일에 관심이 없었다.

"이반 니콜라예비치, 베를리오즈가 전차 밑으로 미끄러질 때 당신은 회전문에서 많이 떨어진 곳에 계셨습니까?"

눈에 띨 듯 말 듯한 냉소가 이반의 입술을 스쳐갔다. 그는 대답했다.

"네, 떨어져 있었습니다."

"그럼 그 체크무늬 사내는 회전문 바로 옆에 있었나요?"

"아니요, 제 옆의 벤치에 앉아 있었습니다."

"베를리오즈가 넘어질 때, 그자가 회전문 쪽으로 가지 않았다는 것을 분명하게 기억하고 계신 겁니까?"

"기억합니다. 그는 그쪽으로 가지 않았습니다. 그는 벤치 위에 늘어지게 앉아 있었습니다."

이것이 수사관의 마지막 질문이었다. 수사관은 일어서서 이바누시카에게 악수를 청했고, 어서 쾌차하기를 바라며, 조만간 그의 시를 다시 읽을 수 있게 되기를 바란다고 말했다.

"아니오." 이반이 조용히 대답했다. "나는 이제 시를 쓰지 않을 겁니다."

수사관은 정중하게 미소를 지어 보였고, 지금 시인은 일종의 우울증 상태에 있지만, 곧 나아질 것이라고 믿는다고 말했다.

"아니오." 이반은 수사관이 아닌, 멀리 저물어가는 지평선을 바라보며 대답했다. "절대 낫지 않을 것입니다. 내가 썼던 시들은 모두 엉터리였습니다. 나는 이제 그걸 깨달았습니다."

수사관은 이바누시카에게서 매우 중요한 정보를 얻어서 떠났다. 사건의 실마리를 따라 끝에서부터 처음으로 거슬러 올라감으로써 마침내 이 모든 사건이 시작된 근원지에 도달할 수 있었던 것이다. 수사관은 이 모든 사건들이 파트리아르흐에서의 살인 사건으로부터 시작되었다는 것을 조금도 의심하지 않았다. 물론, 이바누시카나 그 체크무늬 사내가 불운한 마솔리트 회장을 전차 밑으로 밀어 넣은 것은 아니었다. 그러니까 물리적으로 그를 바퀴 밑으로 떨어지도록 한 사람은 아무도 없었다. 수사관은 베를리오즈가 어떤 최면 상태에서 전차 아래로 뛰어들었다(혹은 전차 아래로 떨어졌다)고 확신했다.

이처럼 증거는 이미 충분했고, 어디서 누구를 체포해야 하는가도 분명했다. 하지만 그 체포란 것이 도무지 불가능했다. 다시 한 번 말하지만, 그 빌어먹을 50호 아파트의 누군가가 있다는 것은 분명했다. 전화를 걸면, 그 아파트의 누군가가 어떤 때는 갈라지는 목소리로, 또 어떤 때는 콧소리로 전화를 받았고, 이따금씩 아파트의 창이 열려 있었을 뿐 아니라, 축음기 소리가 흘러나오기도 했다. 하지만 정작 그 안에 들어가보면, 거기에는 정말 아무도 없었다. 벌써 몇 번을, 그것도 각각 다른 시각에 들이닥치고, 올가미를 들고 50호 내부 구석구석을 샅샅이 뒤지기까지 했는데도 말이다. 사실 그 아파트는 벌써 오래전부터 혐의를 받고 있었다. 입구를 통해 정원으로 들어가는 길뿐만 아니라, 뒷문에도 경비를 붙이고, 그것도 모자라서 굴뚝 옆 지붕에까지 경비를 세워두었다. 50호 아파트가 장난을 치고 있는 것은 분명했지만, 아무 대책이 없었다.

수사는 그렇게 별다른 진척 없이 계속되었고, 금요일 자정 손님으로 가장한 마이겔 남작이 야회복에 에나멜 구두를 신고, 승리를 다짐하며 50호 아파트로 들어갔다. 남작이 들어가는 소리가 들리고 정확히 십 분 후, 벨도 누르지 않고 수사관들이 아파트로 들이닥쳤다. 하지만 아파트에서는 문제의 거주자들이 발견되지 않았을 뿐 아니라, 어떻게 된 일인지 마이겔 남작까지 흔적도 없이 사라져버렸다.

앞에서도 말했듯이, 그렇게 수사는 별다른 진척 없이 토요일 동이 틀무렵까지 계속되었다. 그리고 그때 새롭고 매우 흥미로운 증거들이 추가되었다. 크림을 출발해 모스크바 공항에 착륙한 6인승 여객기에서 다른 승객들과 함께 기이한 모습의 승객 한 명이 내린 것이다. 그는 젊은 시민으로, 꺼칠한 수염이 텁수룩하고, 사흘은 씻지도 못한 것으로 보였으며, 충혈된 놀란 눈에 아무 짐도 없이 다소 기이한 차림을 하고 있었다. 그 시민은 통이 긴 양털 모자를 쓰고, 파자마 위에 소매가 없는 펠트 외투를 입고 있었으며, 산 지 얼마 안 된 듯한 푸른 가죽 슬리퍼를 신고 있었다. 미리 나와 그를 기다리던 수사관들이 그를 체포했고, 잠시 후 버라이어티의 잊을 수 없는 극장장 스테판 보그다노비치 리호데예프는 조사를 받았다.

그는 많은 새로운 증거들을 던져주었다. 볼란드는 스툐파 리호데예프에게 최면을 걸고 아티스트로 가장하여 버라이어티에 침투했으며, 그런 다음 스툐파를 모스크바에서 정말이지 도저히 믿기지 않는 먼 곳으로 내던져버렸던 것이 분명했다. 이렇듯 증거는 늘어났지만, 그렇다고 해서 일이 수월해지지는 않았으며, 오히려 점점 더 어려워지기까지 했다. 스테판 보그다노비치가 희생양이 된 것과 같은, 그런 술책을 부리는 인물을 통제한다는 것이 그렇게 쉬운 일은 아닐 것이라는 점이 보다 명백해졌기 때문이다. 아무튼 리호데예프는 그의 요청에 따라 안전한 방에 구금되었다. 그리고 아무 소식 없이 이틀 가까이 자리를 비우고는 자신의 아파트로 돌아와 그 자리에서 바로 체포된 바레누하도 심문을 받았다.

아자젤로에게 이제 절대 거짓말은 하지 않겠다고 약속했음에도 불구하고, 총무부장은 처음부터 거짓말을 했다. 하긴 그렇다고 해서 그를 너무 심하게 비난할 수도 없다. 아자젤로가 그에게 금지한 것은 전화로 거짓말을 하거나 못된 짓을 하지 말라는 것이었으며, 이 경우 총무부장은 문제의 전화를 사용하지 않고 이야기했으니 말이다. 이반 사벨리예비치는 눈을 이리저리 굴리며 다음과 같이 주장했다. 목요일 낮 그는 버라이어티 극장에 있는 자기 사무실에서 혼자 고주망태가 되도록 술을 마셨으며, 그런 다음 어디론가로 가서(그는 그게 어딘지는 기억하지 못했다) 거기서 또 스타르카²를 마셨다(그곳이 어딘지도 그는 역시 기억하지 못했다). 총무부장에게 그는 지금 어리석고 무분별한 행동으로 중요한 사건의 수사를 방해하고 있으며, 물론, 그에 대한 대가를 치르게 될 것이라는 말을 하자, 바레누하는 통곡을 하기 시작했고, 주위를 둘러보면서 떨리는 목소리로, 자신이 거짓말을 하는 것은 순전히 무서워서, 그러니까 자신을 손아귀에 쥐고 있었던 볼란드 일당의 복수가 두려워서라고 말하며, 제발 부탁이니 자신을 방탄 처리된 방에 가둬달라고 애원했다.

"이런 빌어먹을! 어떻게 하나같이 방탄실 타령이야!" 수사를 지휘하던 사람들 중 하나가 투덜거렸다.

"그 악당 놈들한테 지독하게 당한 모양입니다." 이바누시카를 찾아갔었던 수사관이 말했다.

수사관들은 그런 방이 아니어도 그를 보호해줄 수 있다고 말하는 등 온갖 방법을 동원하여 바레누하를 안정시켰고, 안정을 찾은 바레누하로부터 다음과 같은 사실이 밝혀졌다. 그는 담장 아래서 스타르카 같은 것은 마시지도 않았다. 그 대신 두 남자에게 두들겨 맞았다. 하나는 송곳니가 비어져 나온 빨강 머리였고, 다른 하나는 뚱뚱하고…….

"아, 고양이를 닮은 사람 말인가요?"

"맞아요, 맞아요, 맞아." 총무부장은 겁에 질린 얼굴로 계속해서 주위를 두리번거리며 중얼거렸다. 그러고는 계속해서 자신이 뱀파이어의 일원이 되어 50호 아파트에서 이틀가량을 지냈던 일과 경리부장 림스키를 하마터면 죽일 뻔했던 일 등에 대해 상세히 진술했다.

그때 레닌그라드에서 열차로 이송된 림스키가 끌려 들어왔다. 그런데 겁에 질려 덜덜 떨고 있는, 심리적으로 매우 불안정해 보이는 백발의 노인은(그 노인에게서 예전의 경리부장을 알아보기는 무척 어려웠다) 그 어떤 진실도 밝히려 하지 않았으며, 그 점에 있어 그는 지독하게 고집스러웠다. 림스키는 한밤중에 사무실 창가에서 헬라 같은 것은 절대 본 적이 없고, 바레누하도 물론 본 적이 없으며, 그저 기분이 좀 안 좋아서 아무 생각 없이 레닌그라드로 갔던 것이라고 주장했다. 그리고 더 말할 것도 없이, 병든 경리부장은 자신을 방탄 처리된 방에 가둬달라는 부탁으로 진술을 마쳤다.

아르바트에 있는 한 슈퍼마켓에서 십 달러짜리 지폐를 계산원에게 내밀려고 했던 안누시카도 그 즉시 체포되었다. 사도바야에 있는 그 건물의 창을 통해 어디론가 날아간 사람들과 말편자(안누시카의 말에 따르면, 그녀는 그 편자를 주워 경찰에 갖다주려고 했었다)에 대한 안누시카의 이야기는 수사관들의 이목을 집중시켰다.

"정말로 그 편자에 금과 다이아몬드가 박혀 있었습니까?" 안누시카에게 물었다.

"내가 다이아몬드도 모르는 줄 알아요?" 안누시카가 대답했다.

"그런데 당신은 그가 십 루블짜리 지폐를 주었다고 하지 않았습니까?"

"내가 십 루블짜리 지폐도 모르는 줄 알아요?" 안누시카가 대답했다.

"그런데 십 루블짜리 지폐가 언제 달러로 바뀐 거지요?"

"나는 몰라요. 달러가 어떻게 생긴 건지도 모르고, 본 적도 없어요." 안누시카는 날카롭게 째지는 목소리로 대답했다. "우리도 그럴 권리쯤은 있다구요! 답례라면서 주길래, 그걸로 천을 좀 사려고 한 것뿐인데……." 그리고 자신은 5층에 부정한 힘을 끌어들인 건물 운영과는 아무런 상관이 없으며, 그 부정한 힘 때문에 편안하게 사는 날이 없다는 둥 쓸데없는 소리를 늘어놓았다.

여기서 수사관은 안누시카를 가리키며 펜을 흔들었다. 그녀는 모두를 완전히 질리게 만들었던 것이다. 수사관은 초록색 종이에 내보내도 좋다는 확인서를 써서 그녀에게 주었고, 그녀가 그 종이를 받아 들고 건물을 빠져나가자 모두들 안도의 한숨을 내쉬었다.

그다음에도 계속해서 사람들이 줄줄이 소환되어 왔다. 그중에는 순전히 질투가 심한 아내의 어리석음으로 체포된 니콜라이 이바노비치도 있었다. 아침이 다 되어 그의 아내가 자신의 남편이 사라졌다고 경찰에 신고를 한 것이다. 니콜라이 이바노비치가 사탄의 무도회에서 시간을 보냈다는 말도 안 되는 증명서를 탁자 위에 내밀었을 때, 수사관들은 그다지 놀라지 않았다. 그의 말에 따르면, 니콜라이 이바노비치는 마르가리타 니콜라예브나의 벌거벗은 하녀를 등에 태우고 어떤 빌어먹을 강가로 수영을 하러 하늘을 날아갔다. 그리고 그 일이 있기 전 마르가리타 니콜라예브나가 알몸으로 창가에 서 있었다는 이야기도 했는데, 여기서 니콜라이 이바노비치는 사실대로 말하지는 않았다. 그러니까 예를 들어, 그는 자신이 마르가리타가 던진 속옷을 들고 그녀의 침실에 들어갔던 얘기나, 자신이 나타샤를 비너스라고 불렀던 일은 얘기할 필요가 없다고 생각했다. 그의 말에 따르면, 나타샤가 창문을 통해 밖으로 날아와서는 그의 등에 올라타고 모스크바에서 먼 곳으로 끌고 갔다…….

"억지로, 하는 수 없이 간 겁니다. 순순히 따를 수밖에 없었습니다." 니콜라이 이바노비치가 말했다. 그리고 그는 지금까지 한 얘기는 절대 아내에게 말하지 말아달라는 부탁과 함께 말도 안 되는 그 이야기를 마쳤다. 그의 부탁은 받아들여졌다.

니콜라이 이바노비치의 진술에 따라 마르가리타 니콜라예브나와 그녀의 하녀 나타샤 역시 흔적도 없이 사라졌다는 사실이 확인되었고, 그 즉시 그들을 찾아내기 위한 조치들이 취해졌다.

이처럼 수사가 단 한순간도 중단되지 않은 채 토요일 아침이 밝아왔고, 그 무렵 도시에서는 말도 안 되는 소문들이 퍼져나가면서 손톱만 한 진실이 엄청난 거짓말로 부풀려지고 있었다. 버라이어티에서 세앙스가 있었는데, 그 세앙스가 끝나자 이천 명의 관객들이 모두 어머니 뱃속에서 나왔을 때와 같은 차림으로 거리로 뛰어나왔고, 사도바야 거리에서 마술을 이용해 위조지폐를 만드는 인쇄소가 적발되었으며, 어떤 패거리들이 오락분과에서 일하는 다섯 명의 관리를 납치했지만 경찰이 지금 그 일당을 모두 찾아냈다는 이야기, 그리고 다시 말을 옮기고 싶지도 않은 수많은 이야기들이 퍼져갔다.

그렇게 시간은 점심때로 가까워졌고, 바로 그때 수사본부 전화벨이 울렸다. 전화는 사도바야에서 걸려온 것으로, 저주스러운 그 아파트에서 다시 무슨 소리가 났음을 알려왔다. 그에 따르면, 아파트 창문이 안쪽에서 열렸고, 거기서 피아노 소리와 노랫소리가 들려왔으며, 창턱에 앉아 햇볕을 쬐고 있는 검은 고양이를 보았다는 것이다.

무더운 오후 네 시경 사도바야 302-2번지에서 멀지 않은 곳에 멈춘 세 대의 자동차에서 사복을 입은 한 무리의 남자들이 내렸다. 거기서 그들은 2개 조로 나뉘어, 첫번째 조는 건물 입구를 통해 곧바로 여섯번째 출구가 보이는 정원으로 들어갔고, 다른 한 개 조는 뒷문으로 이어지는 작은 쪽문을 열었다. 그렇게 두 개 조는 각각 다른 층계를 따라 50호 아파트로 올라갔다.

그때 코로비예프(코로비예프는 이제 연미복이 아닌, 그가 늘 입고 다니던 체크무늬 양복을 입고 있었다)와 아자젤로는 아침 식사를 막 마치고 거실에 앉아 있었다. 볼란드는 평상시와 다름없이 침실에 있었지만, 고양이는 어디에 있는지 알 수가 없었다. 다만 부엌에서 들려오는 냄비 부서지는 소리로 보아, 베헤못은 늘 그렇듯이 부엌에서 사고를 치고 있는 것 같았다.

"계단에 저 발소리는 뭐지?" 블랙커피가 담긴 찻잔을 스푼으로 저으며 코로비예프가 물었다.

"우리를 체포하러 오고 있군." 아자젤로가 대답을 하고는 작은 잔에 담긴 코냑을 들이켰다.

"아, 그래, 그런 것 같군." 코로비예프가 대답했다.

중앙 계단으로 올라간 사람들은 그때 이미 3층 층계참까지 올라와 있었다. 층계참에서는 두 명의 배관공이 증기난방관을 수리하고 있었다. 도착한 사람들은 배관공과 의미심장한 눈짓을 교환했다.

"모두 집에 있습니다." 배관공 중 하나가 망치로 난방관을 두드리며 작은 소리로 말했다.

그러자 제일 앞에 서 있던 사람이 외투 밑에서 검은 모제르 소총을 꺼내 들었고, 그 옆에 있던 사람은 곁쇠를 꺼냈다. 50호 아파트에 도착한 사람들은 거의 모든 장비를 갖추고 있었다. 그들 중 두 사람의 주머니에는 쉽게 펼쳐지는, 실크로 만든 얇은 그물이 들어 있었고, 또 다른 사람의 주머니에는 올가미가, 또 다른 사람의 주머니에는 거즈로 만든 마스크와 클로로포름이 들어 있는 주사기가 들어 있었다.

그 순간 50호의 문이 열리면서, 사복들이 일제히 현관 안으로 들이닥쳤고, 그와 동시에 부엌에서 요란한 문소리가 들렸다. 뒷문으로 들어온 제2조도 제시간에 도착한 것이다.

비록 완전한 성공은 아니라 해도, 이번만큼은 어느 정도 성공한 것이 분명했다. 순식간에 각 방으로 흩어진 사람들은 아무도 찾아내진 못했지만, 식당에서 먹다 만 것으로 보이는 아침 식사의 흔적이 발견되었고, 거실에 있는 벽난로 선반 위의 크리스털 물병 옆에는 어마어마하게 큰 검은 고양이가 앉아 있었다. 그 고양이는 발에 버너를 쥐고 있었다.

침입자들은 꽤 한참 동안을 아무 말 없이 그 고양이를 쳐다보았다.

"음…… 정말 굉장하군." 침입자들 중 하나가 중얼거렸다.

"나는 못된 짓을 하고 있는 게 아니야. 누굴 건드리지도 않았고. 난

530

버너를 고치고 있을 뿐이라고." 불쾌하다는 듯 얼굴을 찡그리며 고양이가 말했다. "그리고 미리 말해두지만, 예로부터 고양이는 함부로 건드려서는 안 되는 동물이라고."

"어떻게 저럴 수가 있지." 침입자들 중 하나가 중얼거렸고, 또 다른 사람이 큰 소리로 다음과 같이 분명하게 말했다.

"좋아, 함부로 건드려서는 안 되는 고양이 복화술사 양반, 이리 좀 와 보시지!"

그 순간 실크 그물이 회오리처럼 펼쳐졌다. 그러나 놀랍게도, 그물을 던진 사람은 허탕을 치고 말았다. 그가 날린 그물은 물병만 덮쳤으며, 그 즉시 쨍그랑 소리와 함께 물병은 박살이 나고 말았다.

"레미스!"[4] 고양이가 소리쳤다. "만세!" 이어 고양이는 재빨리 버너를 옆에 내려놓고 등 뒤에서 브라우닝 권총을 꺼내 맨 앞에 있는 사람을 향해 총을 겨누었다. 하지만 고양이의 총이 발사되기 전에 상대방의 손에서 번쩍하고 불길이 일었고, 모제르 소총에서 총알이 발사됨과 동시에 고양이는 고개를 떨구며, 브라우닝을 떨어뜨리고, 버너도 내던진 채 벽난로 선반에서 바닥으로 떨어졌다.

"다 끝났군." 고양이는 힘없는 목소리로 말을 하며 피가 흥건하게 고인 웅덩이에 고통스럽게 널브러졌다. "잠시 나를 혼자 있게 해주시오. 이 세상과 작별 인사를 할 수 있도록. 오, 나의 친구, 아자젤로여!" 고양이는 피를 쏟으며 신음 소리를 냈다. "너는 어디에 있는 것인가?" 고양이는 꺼져가는 눈빛으로 식당 문 쪽을 바라보았다. "너는 이 대등하지 못한 싸움의 순간에 나를 도우러 오지 않았다. 너는 그 한 잔의 코냑에 이 불쌍한 베헤못을 버렸다! 그래, 훌륭한 술이긴 하지. 하지만 나의 죽음은 너의 양심 위에 얹힐 것이다. 내 브라우닝을 너에게 남겨주겠다……."

"그물, 그물, 그물." 고양이 주위에서 사람들이 흥분을 하며 속삭였다. 그런데 그 그물은, 빌어먹을 어떻게 된 일인지, 누군가의 주머니에 걸려 나오지를 않았다.

"치명적인 부상을 입은 고양이를 구할 수 있는 유일한 것은," 고양이가 말했다. "이 한 모금의 벤진뿐이다⋯⋯." 그리고 사람들이 허둥대는 틈을 타서 버너의 둥근 구멍에 입을 대고 벤진을 마셨다. 그 순간 왼쪽 앞발에서 흐르던 피가 멈추더니, 생기를 되찾은 고양이가 벌떡 일어나 버너를 옆구리에 끼고 다시 벽난로 위로 뛰어오르고는, 거기서 다시 벽지를 할퀴어 찢으며 벽을 타고 올라갔다. 그리고 이 초가량이 지난 후 고양이는 침입자들의 머리 위 높은 곳에 있는 철제 횡목 위에 앉아 있었다.

팔들이 재빨리 커튼을 움켜쥐고, 횡목과 함께 커튼을 뜯어내버렸다. 그로 인해 어두컴컴하던 방 안에 햇볕이 쏟아져 들어왔다. 하지만 거짓말처럼 상처가 나아버린 고양이도, 버너도 아래로 떨어지진 않았다. 고양이는 버너를 몸에서 떼지 않은 채로 절묘하게 허공을 가로지르며 방 한가운데 걸려 있는 샹들리에로 펄쩍 뛰어 올라갔다.

"줄사다리 가져와!" 아래서 사람들이 소리쳤다.

"결투를 신청한다!" 고양이가 흔들리는 샹들리에를 타고 사람들의 머리 위를 날면서 외쳤다. 그때 그의 발에는 다시 브라우닝이 쥐어져 있었고, 버너는 샹들리에 가지 사이에 끼워두고 있었다. 고양이는 조준을 한 뒤, 마치 시계추처럼 침입자들의 머리 위를 날면서 그들을 향해 총탄을 퍼부어댔다. 총성이 아파트를 뒤흔들었다. 샹들리에의 크리스털 조각들이 온통 바닥에 뿌려졌고, 벽난로 위에 있던 거울은 별 모양으로 금이 갔으며, 회반죽 먼지가 날아다니고, 탄피들이 바닥에 튕겨지고, 유리창들이 박살나고, 총알이 관통한 버너에서는 벤진이 뿜어져 나오기 시작했다. 아무래도 고양이를 생포하는 것은 불가능해 보였다. 침입자들은 고양이의 총격에 맞서 고양이의 머리와 배, 가슴 등을 조준하여 미친 듯이 모제르 총을 쏘아댔다. 그 총격 소리는 아파트 앞뜰에 나와 있던 사람들을 온통 공포로 몰아넣었다.

하지만 총격전은 오랫동안 지속되지 않았고, 저절로 잠잠해지기 시작했다. 그리고 무엇보다도 그 총격전은 고양이에게도, 침입자들에게도 아무런 해도 입히지 않았다. 누구도 죽지 않았을 뿐 아니라, 부상을 당하지도 않았다. 고양이를 포함한 모두가 전혀 아무런 상처도 입지 않았다. 침입자들 중 누군가가 그러한 사실을 다시 한 번 확인하기 위해 그 저주스러운 짐승의 머리에 대고 다섯 발의 총탄을 퍼부었고, 고양이 역시 연발탄으로 대담하게 응수했다. 하지만 그 역시 전과 마찬가지로 누구에게도 아무런 해를 입히지 못했다. 고양이는 샹들리에 매달려 좀더 흔들거리더니 차츰 그 폭을 줄여갔다. 그러고는 무엇 때문인지 브라우닝 총구를 훅하고 불더니 자신의 발에 침을 뱉었다. 밑에서 아무 말 없이 서 있던 사람들의 얼굴에 도저히 믿을 수 없다는 표정이 스쳐지나갔다. 무수한 총탄이 퍼부어졌음에도 불구하고 사상자가 단 한 명도 발생하지 않은 유일한 사건, 혹은 유일한 사건들 중 하나가 벌어진 것이다. 물론, 고양이의 브라우닝이 장난감이라고 가정할 수도 있다. 하지만 침입자들의 모제르 소총에 대해서는 절대 그렇게 말할 수가 없다. 고양이가 입었던 최초의 상처는 마술이나 더러운 술책에 불과했음이 이제 의심할 여지 없이 분명해졌다. 벤진을 마신 것 역시 마찬가지였다.

고양이를 체포하려는 시도가 다시 한 번 이루어졌다. 올가미가 던져졌고, 촛대 중 하나에 걸려 샹들리에가 떨어졌다. 그 요란한 소리에 건물 전체가 흔들리는 것 같았지만, 그 역시 아무 소용이 없었다. 침입자들은 깨진 샹들리에 조각을 뒤집어썼지만, 고양이는 다시 공중으로 날아 벽난로 위에 달린 거울의 황금빛 틀 위, 천장 바로 밑에 자리를 잡고 앉았다. 고양이는 도망칠 생각을 하기는커녕, 비교적 안전한 곳에 자리를 잡고는 또 한차례 연설을 늘어놓기 시작했다.

"정말 이해할 수가 없군." 위에서 고양이가 말했다. "왜 나를 이렇게 거칠게 대하는 건지……."

하지만 그 연설은 시작되자마자 어딘지 알 수 없는 곳에서 들려온 묵직하고 낮은 목소리로 인해 중단되었다.

"이 아파트에서 무슨 일이 일어나고 있는 거야? 일을 할 수가 없잖아."

이어 기분 나쁜 코맹맹이 소리가 대답했다.

"물론 베헤못이죠. 빌어먹을 자식!"

갈라져 덜그럭거리는 또 다른 목소리가 말했다.

"메시르! 토요일입니다. 태양이 기울고 있습니다. 떠날 시간이 되었습니다."

"미안하지만, 더 대화를 나눌 수가 없게 되었소." 거울 위에서 고양이가 말했다. "떠날 때가 됐거든." 그는 자신의 브라우닝을 내던져 창문 유리를 박살내고, 남아 있는 벤진을 아래로 쏟아 부었다. 그러자 벤진은 저절로 불이 붙어 천장까지 불길을 뿜어 올렸다.

불길은 아무리 벤진을 부었다고 해도 믿기 어려울 만큼 빠르고 강하게 타올랐다. 벽지들은 이내 연기를 뿜으며 타 들어갔고, 바닥으로 무너진 횡목에도 불이 붙었으며, 깨진 창문의 틀에서도 연기가 피어오르기 시작했다. 고양이는 야옹 하는 소리와 함께 용수철을 단 듯, 거울에서 창턱까지 펄쩍 뛰어내려 자신의 버너와 함께 창턱 뒤로 사라졌다. 그리고 그 순간 밖에서 총성이 울려 퍼졌다. 보석상 부인의 아파트 창과 나란히 나 있는 화재 대피용 철제 계단에서 누군가 고양이를 향해 총알을 퍼부은 것이었다. 예상치 못한 그 총격에 고양이는 창턱에서 창턱으로 날아 옮겨가며 'ㄷ'자로 지어진 건물의 수도관을 향해 갔고, 그 수도관을 따라 지붕으로 기어 올라갔다. 그곳에서 굴뚝 경비를 서고 있던 경비병들이 총탄을 퍼부었지만, 안타깝게도 역시 아무런 해를 입히지 못했으며, 고양이는 도시를 붉게 물들이며 기울고 있는 태양 속으로 사라졌다.

그 시각 아파트 안에서는 침입자들의 발밑에 있던 쪽마루가 갑자기 타오르기 시작했다. 화염 속, 고양이가 부상을 입은 척하면서 뒹굴던 바로 그 자리에서 턱을 치켜들고 유리알 같은 눈을 뜨고 있는 전(前) 남작 마이겔의 시체가 발견되었다. 그를 끌어내는 것은 불가능했다.

거실에 있던 사람들은 불이 붙은 쪽마루 조각들을 건너뛰면서, 그리고 연기가 나는 어깨와 가슴을 손바닥으로 두들기면서 서재와 현관으로 후퇴했다. 식당과 침실에 있던 사람들은 복도를 지나 달려 나갔고, 부엌에 있던 사람들도 뛰어나와 현관으로 달려갔다. 거실은 이미 화염과 연기로 가득했다. 도망치면서 누군가가 가까스로 소방서의 전화번호를 돌리고는 수화기에 대고 다급하게 소리쳤다.

"사도바야, 302-2번지!"

더 이상 지체할 수는 없었다. 불길은 현관까지 터져 나왔고, 숨을 쉬기가 힘들었다.

마법에 걸린 아파트의 깨진 유리창에서 가느다란 첫 연기가 빠져나오는 것과 동시에 뜰에서 사람들의 절망스러운 외침이 들려왔다.

"불이야! 불이야! 다 타고 있어요!"

아파트 건물 안 여기저기서 사람들이 전화기에 대고 소리치기 시작했다.

"사도바야! 사도바야, 302-2번지!"

도시 전역에서 달려온 빨갛고 긴 차량들의 심장을 뛰게 하는 사이렌 소리가 온 사도바야에 울려 퍼져가고 있던 그 시각, 밖으로 나와 이리저리 뛰어다니고 있던 사람들은 5층 창문에서 남자의 것으로 보이는 세 개의 검은 실루엣과 나체의 여자 실루엣 하나가 연기와 함께 밖으로 날아가는 것을 보았다.

제28장

코로비예프와 베헤못의 마지막 모험

　물론, 그 실루엣들이 정말로 있었는지, 아니면 사도바야의 그 불행한 건물에 사는 겁에 질린 주민들의 눈에 그저 그렇게 비친 것인지는 정확하게 말할 수 없다. 만일 정말로 있었다면, 그들은 대체 어디로 떠난 것인지, 그것을 아는 사람도 없었다. 그들이 어디에서 흩어졌는지도 우리는 알 수 없다. 하지만 우리는 사도바야 거리의 화재가 시작된 후 십오 분쯤이 지나고 나서 스몰렌스키 시장에 있는 외국인 상점'의 반짝이는 유리문 앞에 체크무늬 양복을 입은 키가 아주 크고 비쩍 마른 시민과 커다랗고 시커먼 고양이가 나타났다는 것은 알고 있다.

　행인들 사이를 교묘하게 빠져나온 그 시민이 이중으로 된 상점의 바깥문을 열었다. 하지만 거기서 키가 작고 뼈가 앙상하며 지독하게 불친절한 수위가 그의 길을 가로막고 짜증스러운 듯 말했다.

　"고양이는 데리고 들어갈 수 없습니다!"

　"실례지만," 길쭉한 사내가 덜그덕거리는 목소리로 말하면서, 마치 귀가 어두운 사람처럼 마디가 굵은 손을 귀에 갖다 댔다. "고양이라니요?

여기 어디에 고양이가 있다는 거죠?"

수위는 눈을 휘둥그레 떴다. 정말로 고양이가 보이지 않았기 때문이었다. 대신, 그 시민의 어깨 뒤로 다 해진 챙 모자를 쓴, 정말이지 그 상통이 어딘가 고양이를 닮은 뚱뚱한 남자가 고개를 들이밀더니 수위를 밀치고 가게 안으로 들어가려고 했다. 그 뚱뚱한 남자는 손에 버너를 쥐고 있었다.

안 그래도 사람을 별로 좋아하지 않았던 수위에게 그 두 손님은 왠지 마음에 들지 않았다.

"우리 가게는 외환만 취급합니다." 그는 마치 좀벌레가 파먹은 것 같은 눈썹을 찌푸리며 못마땅한 표정으로 말했다.

"이것 봐요." 깨진 코안경 너머로 눈을 반짝이면서 꺽다리가 덜그덕거리는 소리를 냈다. "당신은 왜 나한테 외화가 없다고 생각하시는 거죠? 사람을 옷을 보고 판단하시는 겁니까? 친애하고, 또 친애하는 수위님, 절대로 그래서는 안 됩니다! 당신은 지금 실수를 하고 계시는 겁니다. 그것도 아주 큰 실수를. 그 유명한 칼리프 하룬-알-라쉬드[2]의 이야기라도 다시 한 번 읽어보시는 게 어떻겠습니까. 아니, 하룬-알-라쉬드 이야기는 잠시 한쪽으로 제쳐두고, 당신께 이런 말씀을 드리고 싶습니다. 나는 이곳 책임자에게 당신에 대한 나의 모든 불쾌함을 전달하고, 여기 이 번쩍거리는 유리문 사이, 당신이 차지하고 있는 이 공간이 더 이상 당신의 자리가 되지 않도록 할 생각입니다."

"이 버너 안에 외화가 꽉 차 있을지 누가 알아." 고양이처럼 생긴 뚱뚱한 사내도 흥분을 하며 대화에 끼어들었고, 다시 가게 안으로 들어가려고 했다.

벌써부터 뒤에서 기다리고 있던 사람들이 화를 냈다. 수위는 증오와 의

538

심이 섞인 눈으로 그 이상하기 짝이 없는 두 사내를 쳐다보며 한쪽으로 물러섰고, 우리의 지인들, 그러니까 코로비예프와 베헤못은 가게로 들어갔다. 가게에 들어선 그들은 먼저 주위를 휙 하고 둘러보았다. 그리고 상점에 있는 모든 사람들이 들리도록 낭랑한 목소리로 코로비예프가 선언했다.

"멋진 상점이로군! 아주, 아주 훌륭한 상점이야!"

진열장 앞에 서 있던 사람들이 고개를 돌렸다. 그리고 무엇 때문인지 놀란 눈빛으로 그 말을 한 사람을 쳐다보았다. 그가 상점을 칭찬한 데에는 충분히 그럴 만한 이유가 있었는데도 말이다.

격자로 된 진열장 위에는 형형색색의 최고급 면사 수백 필과 캘리코, 쉬폰, 양복지들이 산더미같이 쌓여 있었다. 층층이 쌓아올린 구두 상자들이 멀리 가게 안쪽까지 늘어서 있었으며, 몇몇 여자 시민들이 낮은 의자에 앉아 왼발엔 다 닳은 낡은 구두를 신은 채, 오른발에 반짝거리는 새 구두를 신고 조심스럽게 카펫을 토닥거려보는 것이 보이기도 했다. 상점 안 구석 어딘가에서 축음기가 돌아가며 노래를 부르고 있었다.

그러나 이 모든 화려한 물건들을 지나 코로비예프와 베헤못이 곧바로 향한 곳은 식품 코너였다. 그곳은 옷감 코너에서처럼 스카프를 하거나 베레모를 쓴 여자 시민들이 판매대 앞에 북적이지도 않고 무척 한가로웠다.

판매대 앞에 키가 작고 몸은 완전히 정사각형에 얼굴은 깔끔하게 면도를 하고, 뿔테 안경과 먼지 하나 묻지 않은 리본이 달린 빳빳한 새 모자를 쓰고, 연보랏빛 외투에 붉은 가죽 장갑까지 낀 남자가 명령하듯 뭔가를 중얼거리고 있는 것이 보였다. 깨끗한 흰색 가운에 파란색 모자를 쓴 판매원이 연보랏빛 외투의 그 고객을 도와주고 있었다. 판매원은 레위 마태오가 훔쳤던 칼과 아주 비슷하게 생긴 날카로운 칼로 아직 팔딱거리고 있는 통통한 장밋빛 연어의 뱀가죽을 닮은 은빛 껍질을 벗겨내고 있었다.

"이 코너도 아주 훌륭하군." 코로비예프가 엄숙하게 인정했다. "외국인의 인상도 좋고." 그는 손가락으로 연보랏빛 외투의 등을 가리키며 호의를 표했다.

"아니야, 파곳, 아니야." 생각에 잠긴 베헤못이 대답했다. "이봐, 친구, 자네가 잘못 봤어. 내 생각엔, 저 연보랏빛 젠틀맨의 얼굴에는 뭔가 부족해."

연보랏빛 외투의 등이 흠칫거렸다. 하지만 아마도 그건 우연이었을 것이다. 외국인이라면 러시아어로 말하고 있는 코로비예프와 그의 친구의 말을 이해하지 못했을 테니 말이다.

"조흔 거지?" 연보랏빛 외투의 손님이 무뚝뚝하게 물었다.

"최상품입니다!" 판매원은 날카로운 칼끝으로 껍질 안을 살짝 건드리며 대답했다.

"조흔 거 좋아, 나쁜 거 안 돼." 외국인이 단호하게 말했다.

"그야 물론이지요!" 판매원은 환호하듯 대답했다.

여기서 우리의 지인들은 연어를 든 외국인에게서 떨어져 과자 코너 쪽으로 갔다.

"오늘은 정말 덥군요." 코로비예프가 볼이 빨간 젊은 여자 판매원을 향해 말했다. 하지만 그녀는 아무런 대꾸도 하지 않았다. "귤은 얼마씩이죠?" 코로비예프가 다시 그녀에게 물었다.

"일 킬로그램에 삼십 코페이카예요." 여자 판매원이 대답했다.

"너무 비싸군." 코로비예프가 한숨을 내쉬며 말했다. "아, 아……" 그는 잠시 더 생각을 하더니 자신의 동행인에게 권했다. "베헤못, 좀 먹어봐."

그러자 뚱뚱한 사내가 버너를 옆구리에 끼고 피라미드처럼 쌓아올린 귤 더미의 제일 꼭대기 귤을 잡아, 껍질째 그대로 먹어치우고는, 두번째 귤을 향해 손을 뻗었다.

순간 여자 판매원은 극심한 공포에 사로잡혔다.

"당신들 미쳤어요!" 빨갛던 여자의 볼이 하얗게 변하며 소리쳤다. "영수증을 먼저 주셔야죠! 영수증을!"[3] 그리고 그녀는 과자를 집는 집게를 떨어뜨렸다.

"이봐요, 귀여운 아가씨," 코로비예프가 판매대 앞으로 몸을 들이밀고 여자 판매원에게 눈을 찡긋하고는 쉰 목소리로 말했다. "오늘은 우리가 돈이 없어요…… 그러니 어떻게 하겠어! 하지만, 내가 맹세하지. 다음번에, 그러니까 월요일 전까지 반드시 현금으로 갖다주지! 우린 여기서 멀지 않은 사도바야에, 그러니까 화재가 난……."

세번째 귤을 먹어치운 베헤못은 절묘하게 쌓아놓은 초콜릿 상자로 발을 뻗어 아래쪽에 있던 초콜릿 하나를 뺐다. 당연한 일이지만, 초콜릿 구조물은 무너졌고, 베헤못은 초콜릿을 금빛 포장지째로 먹어치웠다.

생선 코너 앞의 판매원들이 손에 칼을 쥔 채로 돌처럼 굳어졌고, 연보랏빛 외투의 외국인도 강도들 쪽으로 고개를 돌렸다. 그러자 베헤못의 말이 틀렸음이 드러났다. 연보랏빛 외투의 사내의 얼굴에는 뭔가가 부족한 것이 아니라, 오히려 그 반대로 불필요한 것들, 늘어진 볼과 끊임없이 이리저리 굴리고 있는 두 눈이 있었다.

완전히 사색이 된 여자 판매원은 상점이 떠나가도록 안타깝게 소리를 질렀다.

"팔로시치![4] 팔로시치!"

그 비명 소리에 옷감 코너에 있던 사람들이 몰려왔고, 베헤못은 이제 과자의 유혹에서 벗어나 '케르치'산 최상급 청어'라는 팻말이 붙은 나무통에 앞발을 담그더니 청어 두 마리를 꺼내 한입에 집어삼키고 꼬리를 뱉어냈다.

"팔로시치!" 과자 코너 앞에서 절망적인 외침이 다시 들려왔고, 생선 코너 앞에서 스페인 사람처럼 턱 밑에 삼각 수염을 기른 남자 판매원이 버럭 소리를 질렀다.

"이 새끼, 너 지금 뭐 하는 거야?!"

그때 파벨 이오시포비치가 사건이 벌어진 장소로 급히 달려왔다. 그는 의사처럼 깨끗한 흰 가운을 입은 건장한 남자로, 그의 가운 윗주머니에는 연필이 꽂혀 있었다. 파벨 이오시포비치는 경험이 많은 사람임이 분명했다. 베헤못의 입으로 들어간 세번째 청어의 꼬리를 본 그는 순식간에 상황을 파악했고, 모든 것을 이해했다. 그는 그 철면피한 인간들과는 말도 섞지 않고, 멀리 손을 흔들어 지시했다.

"호루라기를 불어!"

그러자 유리문 앞에 서 있던 수위가 스몰렌스키 시장 골목으로 뛰어나가면서 요란스럽게 호루라기를 불기 시작했다. 사람들이 파렴치한들을 둘러싸기 시작했고, 그때 코로비예프가 사건을 중재하고 나섰다.

"시민 여러분!" 그는 떨리는 가느다란 목소리로 외쳤다. "과연 이게 어떻게 된 일일까요? 네? 여러분께 묻고 싶습니다! 여기 한 가난한 사람이," 코로비예프는 목소리를 떨며, 금방이라도 울음을 터뜨릴 것 같은 표정을 짓고 있는 베헤못을 가리켰다. "한 가난한 사람이 하루 종일 버너를 고치고 있습니다. 그는 며칠 동안 아무것도 먹지 못했습니다…… 그가 대체 어디서 외화를 가져올 수 있겠습니까?"

평소 진중하고 침착하던 파벨 이오시포비치도 이번만큼은 무섭게 고함을 질러댔다.

"그따위 소린 집어치워!" 그러고는 다시 신경질적으로 먼 곳을 향해 손을 흔들었다. 그러자 문가에서 호루라기 소리가 더욱 경쾌하게 울려퍼졌다.

하지만 코로비예프는 파벨 이오시포비치의 발언에도 당황하지 않고 계속해서 말을 했다.

"도대체 어디서 가져오겠습니까? 전 여러분 모두에게 질문을 드리는 겁니다! 그는 굶주림과 갈증에 시달렸습니다. 너무 더웠던 겁니다. 그래서 이 불쌍한 사람이 귤을 먹었습니다. 그 귤, 다해봐야 삼 코페이카밖에 안 됩니다. 그런데 저들은 마치 봄에 숲에서 꾀꼬리가 울어대듯 호루라기를 불고 경찰들을 불안하게 하여 이 사건을 본질에서 벗어나게 하고 있습니다. 그럼 저 사람은 괜찮고요? 그렇습니까?" 여기서 코로비예프는 연보랏빛 외투를 입은 뚱보를 가리켰고, 그 순간 연보랏빛 뚱보의 얼굴에 극도로 불안한 기색이 떠올랐다. "이 사람은 누구일까요? 알고 계십니까? 이 사람은 어디에서 왜 왔을까요? 이 사람이 없으면, 우리가 심심하기라도 하답니까? 아니면 우리가 이 사람을 초대하기라도 했나요? 물론," 전직 성가대 지휘자는 냉소적으로 입을 비죽거리고는 목청이 터져라 소리를 질렀다. "이 사람은 보시다시피 화려한 연보랏빛 양복을 입고 있고, 볼이 터지도록 연어를 먹어댔고, 주머니에 가득한 게 외화입니다. 하지만 우리의 친구는, 우리의 친구는 어떻습니까?! 전 정말 씁쓸합니다! 씁쓸해요! 정말로 씁쓸합니다!" 코로비예프는 마치 옛날 결혼식에서 들러리가 그러는 것처럼 소리를 질러댔다.[6]

이 어리석기 짝이 없고, 요령 없는, 그리고 어쩌면 정치적으로 해롭기까지 한 연설은 파벨 이오시포비치를 분노에 떨게 만들었다. 하지만 몰려든 군중들의 눈빛을 보건대, 그 연설은 꽤 많은 사람들의 동정심을 불러일으키기도 했다! 그뿐만 아니라, 다 떨어진 더러운 소매를 눈가에 가져다 대며 베헤못이 비극적으로, "고맙다, 너는 정말 내 친구야, 고통 받는 사람의 편을 들어주다니!"라고 외쳤을 때, 기적이 일어났다. 남루하지만 깨끗하게 옷을 차려입고, 과자 코너에서 편도 열매가 들어간 파이 세 조각을 산, 아주 점잖고 조용하게 생긴 한 노인이 갑자기 돌변을 한 것이다. 노인은 성난 눈을 부라리며 얼굴을 붉히더니 파이가 든 봉지를 바닥에 내던지며, "옳소!"라고 아이처럼 가느다란 소리로 외쳤다. 이어 베헤못이 망가뜨린 초콜릿 에펠탑의 잔해를 받치고 있던 쟁반을 잡아 빼 사방으로 초콜릿을 흩뜨리고는, 왼손으로 외국인의 모자를 벗겨버리고, 오른손으로 쟁반을 휘둘러 외국인의 벗겨진 머리를 내려쳤다. 흔히 트럭에서 철판을 바닥에 쏟아 내릴 때 나는 것과 같은 요란한 소리가 울려 퍼졌다. 뚱뚱한 남자는 얼굴이 하얗게 질린 채 뒤로 벌렁 넘어져 케르치산 청어가 담긴 커다란 나무통에 주저앉았고, 청어를 절이기 위해 담가놓은 소금물이 분수처럼 솟아올랐다. 그리고 바로 그때 두번째 기적이 일어났다. 나무통 위로 넘어진 연보랏빛 외투의 사내가 완벽한 러시아어로, 아무런 외국인 억양 없이 소리를 지른 것이다.

"사람 살려! 경찰을 불러줘요! 저 강도들이 나를 죽이려고 합니다!" 극심한 충격으로 조금 전까지만 해도 전혀 모르던 언어에 갑자기 능통해진 것이 분명했다.

그때 수위의 호루라기 소리가 멈췄고, 흥분한 손님들의 무리 속에서 경관의 헬맷 두 개가 어른거리며 다가왔다. 그러자 간교한 베헤못이 마치 바냐에서 물통에 받아온 물을 의자 위에 뿌리듯 버너에 들어 있던 벤진을 과자 판매대에 뿌렸고, 벤진은 불씨도 없이 저절로 타올랐다. 불길은 천장을 때리고, 과일 바구니의 알록달록한 종이 리본을 태우면서 판매대를 따라 내달렸다. 여자 판매원들이 비명을 지르며 판매대 뒤에서 튀어나왔고, 그 순간 창에 걸려 있던 아마포 커튼에 불이 붙었으며, 바닥에서는 벤진이 활활 타올랐다. 군중들은 일제히 절망적인 비명을 지르며, 더 이상 필요가 없어진 파벨 이오시포비치를 밀치고 과자 코너에서 밖으로 몰려 나갔다. 생선 코너 뒤에 있던 판매원들은 날카롭게 간 칼을 손에 쥐고 일렬로 뒷문을 향해 달려갔다. 통에서 겨우 빠져나온 연보랏빛 외투의 시민은 온통 청어 국물에 절은 채로 판매대의 연어를 가로질러 도망치는 판매원들의 뒤를 쫓아갔다. 한꺼번에 밀려드는 사람들로 출구의 유리문이 쟁그랑 소리를 내며 산산조각이 났다. 그러는 사이 두 악당, 그러니까 코로비예프와 대식가 베헤못은 어디론가 사라졌다. 그들이 어디로 사라진 것인지는 알 수 없었다. 다만, 후에 스몰렌스키 외국인 상점 화재 사건 당시 그 현장에 있었던 사람들이 전한 바에 따르면, 그 두 훌리건은 천장 아래로 날아올라갔으며, 거기서 마치 아이들이 가지고 노는 풍선처럼 펑 하고 터져버렸다. 물론 정말로 그렇게 되었는지는 심히 의심스러운 일이지만, 우리도 알 수 없는 일이니 뭐라고 할 수도 없다.

하지만 우리는 스몰렌스키에서의 사건이 일어나고 정확히 일 분 후 베헤못과 코로비예프가 다름 아닌 그리보예도프 숙모 집 앞 가로수 길에 나타났다는 것은 알고 있다. 그 울타리 앞에 선 코로비예프는 다음과 같이 말했다.

"아! 이게 바로 그 작가의 집이로군! 이봐, 베헤못, 나는 이 집에 대해 근사하고 매혹적인 얘기를 아주 많이 들었다네. 저 집을 잘 보라고. 저지붕 아래 재능 있는 수많은 작가들이 숨어 자라고 있다는 걸 생각하면 정말 기분이 좋아진단 말이야."

"온실의 파인애플처럼 말이지." 베헤못이 말했다. 그리고 주랑이 있는 크림색 건물을 좀더 깊이 음미하기 위해 주철 울타리의 콘크리트 받침돌 위로 올라갔다.

"바로 그거야." 떨어질 줄을 모르는 단짝, 베헤못의 말에 동의하며 코로비예프가 말했다. "지금 저 집에서 미래의 『돈키호테』나 『파우스트』, 혹은, 악마가 잡아갈 테면 잡아가라지, 『죽은 혼』⁷의 작가가 자라고 있다는 걸 생각하면, 달콤한 전율이 심장을 찌른다니까! 그렇지 않나?"

"생각만 해도 끔찍한 일이지." 베헤못이 맞장구를 쳤다.

"그래." 코로비예프가 말을 이었다. "아무런 이해타산 없이 자신의 삶을 바쳐 멜포메네와 폴리힘니아, 탈리야⁸에게 봉사하기로 결심한 수천 명의 고행자들이 저 지붕 아래서 하나가 되어 있으니, 저 온실에서 나올 정말 놀라운 작품을 기대해도 좋을 거야. 그 고행자들 중 누군가가 첫 작품으로 독자들에게 『검찰관』⁹을 내놓았을 때, 아니면 최소한 『예브게니 오네긴』을 내놓았을 때, 어떤 소동이 벌어질지, 자네 상상이나 할 수 있겠나!"

"그야 물론이지." 베헤못은 다시 한 번 맞장구를 쳤다.

"그래." 코로비예프가 다시 말을 이었다. 그리고 뭔가 걱정스러운 듯 손가락 하나를 치켜들었다. "하지만! 하지만, 나는 이 단어를 다시 한 번 말하겠네, 하지만! 만일 저 부드럽고 따뜻한 식물에 어떤 세균이 떨어져서, 그 뿌리를 갉아먹는다면, 만일 저들이 썩어가고 있다면! 파인애플에도 그런 일이 생기지 않느냐 말이야! 오, 오, 오, 그건 정말 흔히 있는 일이지!"

"잠깐." 울타리에 난 구멍으로 둥근 머리통을 집어넣으며 베헤못이 물었다. "저기 베란다에서 사람들이 지금 뭘 하고 있는 거지?"

"식사를 하고 있군." 코로비예프가 설명해주었다. "한 가지 덧붙이자면, 친구, 저기에 꽤 훌륭하고 음식 값이 비싸지도 않은 레스토랑이 하나 있다네. 그건 그렇고, 먼 여행길을 앞둔 여행객들이 그렇듯이 요기를 하고 차가운 맥주 한잔을 하고 싶다는 생각이 드는군."

"나도 마찬가지야." 베헤못이 대답했다. 그리고 두 악당은 보리수나무 아래로 난 아스팔트 길을 따라, 불행을 전혀 예감하지 못하고 있는 레스토랑의 베란다로 곧장 걸음을 옮겼다.

초록빛 넝쿨로 출구가 만들어져 있는 베란다 입구 앞에는 창백하고 우울한 얼굴의 한 여자 시민이 흰 양말에, 역시 흰 베레모를 쓰고서 비엔나풍 의자에 앉아 있었다. 여시민 앞에 놓인 널찍한 주방용 테이블 위에는 회계 장부처럼 생긴 두툼한 책이 놓여 있었다. 여시민은 무슨 이유에서인지 모르지만, 그 장부에 레스토랑으로 들어가는 사람들의 서명을 받고 있었다. 그리고 바로 그 여시민이 코로비예프와 베헤못을 멈춰 세웠다.

"신분증 좀 보여주시겠어요?" 그녀는 놀란 표정으로 코로비예프의 코안경과 베헤못의 버너, 그리고 너덜너덜한 베헤못 셔츠의 팔꿈치를 쳐다보았다.

"대단히 실례합니다만, 무슨 신분증을 말씀하시는 거지요?" 코로비예프가 놀라며 물었다.

"작가세요?" 이번에는 여시민이 물었다.

"그야 당연하지요." 코로비예프가 위엄 있게 대답했다.

"그럼 신분증은?" 여시민이 다시 물었다.

"매혹적인 아가씨……." 코로비예프가 부드럽게 말했다.

"나는 매혹적인 아가씨가 아니에요." 여시민이 그의 말을 끊었다.

"오, 그것 참 안됐군요." 코로비예프가 실망한 듯 대꾸하고는 계속해서 말했다. "글쎄, 그건 아주 기분 좋은 일일 텐데. 어쨌든 매혹적인 여인이 되는 게 정 싫으시다면, 안 하셔도 됩니다. 그런데 도스토옙스키가 작가라는 사실을 확인하기 위해 그에게 신분증을 보여달라고 할 필요가 있었을까요? 그의 어떤 소설이라도 가져다 펼쳐지는 대로 다섯 페이지만 읽어보십시오. 그럼 신분증 따위가 없어도, 당신은 작가와 만나고 있다는 것을 확신하게 될 것입니다. 게다가 나는 그에게 그런 신분증 같은 건 있지도 않았을 것이라고 생각합니다! 자넨 어떻게 생각하나?" 코로비예프가 베헤못을 보며 물었다.

"없었다는 쪽에 걸겠네." 고양이가 대답했다. 그러고는 장부가 놓여 있는 탁자에 버너를 올려놓고, 한쪽 팔로 시커멓게 된 이마의 땀을 닦았다.

"당신은 도스토옙스키가 아니잖아요." 코로비예프로 인해 혼란스러워진 여시민이 말했다.

"음, 그건 모르는 일이지요. 그걸 어떻게 알겠습니까." 코로비예프가 대답했다.

"도스토옙스키는 죽었잖아요." 여시민이 말했다. 하지만 그녀의 목소리는 왠지 그다지 확신하는 듯한 목소리가 아니었다.

"항의하겠소!" 베헤못이 흥분을 하며 소리 질렀다. "도스토옙스키는 불멸이오!"

"신분증을 보여주세요, 시민." 여시민이 말했다.

"세상에, 어떻게 이런 우스꽝스러운 일이 있을 수가." 코로비예프는 승복하지 않았다. "작가는 절대로 신분증이 아니라, 그가 무엇을 쓰는가에 따라 결정되는 거라고요! 지금 내 머릿속에 어떤 구상이 떠오르고 있는지, 당신이 아십니까? 아니면 이 머릿속은?" 그러면서 그는 베헤못의 머리를 가리켰다. 그러자 고양이는 마치 여시민이 좀더 잘 살펴볼 수 있게 하려는 듯 쓰고 있던 모자를 벗어 보였다.

"좀 비켜주세요." 이미 짜증이 날 대로 난 여시민이 말했다.

코로비예프와 베헤못은 한쪽 옆으로 비켜서서, 회색 양복을 입은 어떤 작가에게 길을 비켜주었다. 그는 넥타이를 매지 않은 채로 흰 여름 셔츠의 깃을 양복 깃 위로 내서 입고, 옆구리에는 신문을 끼고 있었다. 작가는 반가운 얼굴로 여시민에게 고개를 끄덕여 보이고는 장부에 뭔가를 휘갈겨 쓴 뒤 베란다로 들어갔다.

"이런 세상에, 우리는 안 되고, 우리는 안 되고." 코로비예프가 슬픈 목소리로 말하기 시작했다. "저 작자에겐 얼음 잔에 든 맥주가 나오는 거야. 오, 우리, 가련한 방랑자들이 얼마나 맥주를 그리워했는데. 처량하고 고달픈 신세여. 이제 어떻게 해야 할지 모르겠군."

베헤못은 아무 말 없이 비감하게 팔을 휘저으며, 꼭 고양이털처럼 생긴 머리털이 무성하게 자라 있는 둥근 머리에 모자를 썼다. 그리고 바로 그 순간 크지 않은, 그러나 위엄 있는 목소리가 여시민의 머리 위에서 울렸다.

"들여보내드려요, 소피야 파블로브나.[10]"

장부를 들고 있던 여시민은 깜짝 놀랐다. 초록 넝쿨 속에 연미복을 입은 해적의 흰 가슴과 쐐기 모양의 볼수염이 나타난 것이다. 해적은 누더기를 걸친 의심스러운 두 사람을 반갑다는 듯 쳐다보았고, 정중하게 안으로 들어가시라는 몸짓을 하며 고개를 숙이기까지 했다. 레스토랑 책임자로서 아르치발트 아르치발도비치의 권위는 누구도 거스를 수 없는 것이었고, 따라서 소피야 파블로브나는 얌전히 코로비예프에게 물었다.

"성함이 어떻게 되세요?"

"파나예프." 코로비예프가 점잖은 목소리로 대답했다. 여시민은 그 성을 기록하고는 이어 베헤못에게도 질문을 하듯 눈길을 올렸다.

"스카비쳅스키.[11]" 그는 무엇 때문인지 자신의 버너를 가리키며 날카로운 목소리로 말했다. 소피야 파블로브나는 그 성도 기록하고, 이어 방문객들이 서명할 수 있도록 장부를 내밀었다. 그러자 코로비예프는 '파나예프'라는 성 앞에 '스카비쳅스키'라고 썼고, 베헤못은 '스카비쳅스키' 앞에 '파나예프'라고 서명을 했다.

의외의 행동으로 소피야 파블로브나를 깜짝 놀라게 한 아르치발트 아르치발도비치는 아첨하듯 미소를 지으며 손님들을 베란다 안쪽 끝에 있는 제일 좋은 자리로 안내했다. 그 자리에는 그늘이 가장 짙게 드리워져 있었고, 흐드러진 넝쿨 사이로 태양이 즐겁게 뛰놀고 있었다. 소피야 파블로브나는 놀라움으로 얼굴을 찡그리며 난데없는 방문객들이 방명록에 해놓은 이상한 서명을 한참 동안 들여다보고 있었다.

아르치발트 아르치발도비치는 소피야 파블로브나 못지않게 웨이터들도 놀라게 했다. 그는 코로비예프가 자리에 앉도록 자신이 직접 의자를 빼주고는 한 웨이터에게 눈짓을 하고, 또 다른 웨이터에게 무슨 말인가를 속삭여 새로 온 손님들의 시중을 들게 했다. 그리고 그때 그 두 손님 중 하나가 검붉은색이 되어버린 단화 옆 바닥에 버너를 내려놓았다.

누런 얼룩이 있는 낡은 테이블보는 순식간에 사라지고, 베두인족의 부르누스[12]처럼 하얗게 풀을 먹인 새 식탁보가 바스락거리며 허공에 던져졌다. 아르치발트 아르치발도비치는 벌써 코로비예프에 귀에 대고 작지만 매우 의미심장한 목소리로 뭔가를 속삭이고 있었다.

"어떤 걸로 모실까요? 아주 특별한 발리크[13]가 있는데…… 건축인 대회[14]에서 얻어온 것이지요……."

"글쎄…… 음…… 뭐 그냥 간단히 먹을 만한 걸로 주시지요……." 의자 위에 있는 대로 몸을 널브러뜨리고 앉아 있던 코로비예프가 마치 잘 아는 사람을 대하듯 중얼거렸다.

"알겠습니다." 아르치발트 아르치발도비치는 눈을 감으며 의미심장하게 대답했다.

지배인이 지극히 의심스러운 방문객들을 대하는 태도를 본 웨이터들은 모든 의심을 털어버리고 성실하게 일을 하기 시작했다. 베헤못이 주머니에서 담배꽁초를 꺼내 입에 물자 한 웨이터가 재빨리 성냥을 내밀었고, 또 다른 웨이터가 날듯이 다가와 초록빛 유리를 쨍그랑거리며 작은 술잔과 목이 긴 물병, 발이 달린 가느다란 잔들을 테이블 위에 놓았다. 텐트 아래서 그런 잔에 나르잔을 마시면 정말 끝내주는데…… 아니, 아니, 그 잊을 수 없는 그리보예도프의 베란다 텐트 아래서 마시는 나르잔은 정말 끝내줬었다.

"들꿩 필레를 준비하도록 하겠습니다." 노래를 부르듯 작고 부드러운 목소리로 아르치발트 아르치발도비치가 말했다. 깨진 코안경을 쓴 손님은 범선 사령관의 제안에 전적으로 동의를 표하며, 도무지 쓸데라고는 없는 유리알 사이로 호의에 찬 눈길을 그에게 보냈다.

옆 테이블에서 아내(그녀는 돼지고기 에스칼로프[15]를 거의 다 먹어가고 있었다)와 함께 식사를 하고 있던 소설가 페트라코프-수호베이는 작가 특유의 관찰력으로 아르치발트 아르치발도비치가 두 사람의 비위를 맞추는 것을 보며 뭔가 이상하다는 것을 느꼈다. 하지만 매우 존경할 만한 부인인 그의 아내는 코로비예프에 대한 해적의 태도에 그저 질투를 느낄 뿐이었고, 작은 스푼으로 탁자를 두드리기까지 했다. "뭐야 이거, 우리는 이렇게 기다리게 만들어놓고…… 아이스크림이 나올 때가 되었잖아요! 어떻게 된 거예요?"

하지만 아르치발트 아르치발도비치는 매혹적인 미소와 함께 페트라코프 부인에게 웨이터 한 명을 보냈을 뿐, 자신은 그 소중한 손님들을 떠나지 않았다. 아, 아르치발트 아르치발도비치는 정말 영리한 사람이었다!

그뿐 아니라, 그는 어쩌면 작가들 못지않은 관찰력까지 지니고 있는 사람이었다. 아르치발트 아르치발도비치는 버라이어티 극장의 세앙스에 대해 알고 있었으며, 최근 며칠 사이에 벌어졌던 수많은 사건에 대해서도 이미 들어 알고 있었다. 그리고 다른 사람들과 달리 '체크무늬'라는 단어도, '고양이'라는 말도 한 귀로 흘리지 않았다. 그래서 아르치발트 아르치발도비치는 그 손님들이 누구인지 바로 알아차렸던 것이다. 바로 그렇기 때문에 그들과 말싸움을 벌이지 않았던 것이다. 하지만 사실 소피야 파블로브나가 옳았다! 좀더 생각을 해보고, 그 둘이 베란다로 가는 것을 막았어야 했다! 어쨌든 그녀에게 책임을 물을 수만도 없는 일이다.

페트라코프의 부인은 흐물흐물해진 아이스크림에 거만하게 스푼을 찔러 넣으며, 볼품없는 광대처럼 차려입은 두 사내의 테이블에 마치 마술이라도 일어난 것처럼 온갖 진미들이 쌓이는 것을 불만이 가득한 눈으로 바라보았다. 신선한 이크라가 담긴 유리그릇에 반짝반짝 윤이 날 정도로 깨끗하게 씻긴 샐러드 잎들이 비어져나와 있었고…… 특별히 마련된 보조 테이블 위에 물방울이 서린 은제 버킷이 순식간에 나타났다…….

뭔가 부글부글 끓고 있는 뚜껑이 덮인 프라이팬이 웨이터들의 손에 들려 나오고, 모든 것이 훌륭하게 되었다는 것을 확인한 아르치발트 아르치발도비치는 의문의 두 방문자들을 남겨두고 떠났다. 아, 물론 그 전에 그는 방문자들에게 다음과 같이 속삭였다.

"죄송합니다! 잠시만 기다려주십시오! 필레가 어떻게 되고 있는지, 제가 직접 살펴보고 오겠습니다."

그는 테이블을 떠나 레스토랑 안쪽으로 모습을 감추었다. 만일 어떤 관찰자가 있어서 아르치발트 아르치발도비치의 다음 행동들을 추적할 수 있었다면, 분명히 그는 그 행동들이 어딘지 이상하다고 생각했을 것이다.

그는 결코 필레를 살펴보러 주방으로 들어간 것이 아니었다. 그는 레스토랑의 식품 저장실로 향했다. 그는 자신이 가지고 있던 열쇠로 창고를 열고 그 안으로 들어가 얼음이 들어 있는 나무 상자에서 큼직한 발리크 두 개를 커프스가 닿지 않도록 조심조심 꺼내서는 신문지에 싸고 끈으로 꼼꼼하게 묶은 뒤 한쪽에 놓았다. 그런 다음 그 옆방으로 가서 실크로 안감을 댄 자신의 여름 외투와 모자가 제자리에 있는지를 확인했고, 그런 다음에야 손님들에게 해적이 약속한 필레를 요리사가 열심히 뜨고 있는 주방으로 향했다.

여기서 아르치발트 아르치발도비치의 이 모든 행동들에는 이상하거나 수수께끼 같은 것은 전혀 없었으며, 그의 행동을 이상하게 여기는 사람은 단지 피상적인 관찰자일 뿐이라는 것을 말해두어야 하겠다. 아르치발트 아르치발도비치의 행동은 이전에 일어났던 모든 사건들에서 매우 논리적으로 귀결된 것이었다. 최근의 사건들에 대한 지식, 그리고 무엇보다도 아르치발트 아르치발도비치의 비상한 직감은 그리보예도프 레스토랑 지배인에게 그 두 방문객의 식사는 그것이 아무리 푸짐하고 화려하다 해도, 곧 끝나게 될 것임을 말해주고 있었다. 그리고 실제로 단 한 번도 전(前) 해적을 속인 적이 없는 그 직감은 이번에도 그를 곤경에서 구해주었다.

코로비예프와 베헤못이 모스크바식으로 두 번 증류한, 차갑고, 그 맛이 기가 막힌 보드카의 두번째 잔을 막 건배하고 있을 때, 모스크바에서 도대체 모르는 일이 없기로 유명한 사회면 담당 기자 보바 칸다룹스키가 온통 땀에 젖어 흥분한 상태로 베란다에 나타나, 곧바로 페트라코프 부부가 앉아 있는 테이블로 가서 앉았다. 터질 듯한 서류 가방을 테이블에 올려놓은 보바는 페트라코프의 귀에 입술을 갖다 대고 뭔가 아주 흥미로운 이야기를 속삭였다. 호기심을 견디지 못한 페트라코프 부인은 자신의 귀를 보바의 퉁퉁한 입술 옆으로 갖다 댔다. 하지만 보바는 이따금씩 주위를 살피면서 계속해서 작은 소리로 소곤거렸고, 겨우 들을 수 있는 소리라고는 다음과 같이 중간중간 끊어진 단어들뿐이었다.

"내 명예를 걸고 맹세한다니까요! 사도바야, 사도바야에서," 보바는 목소리를 더욱 낮게 깔았다. "총알이 듣지를 않는 거예요! 총알이…… 총알이…… 벤진…… 불이…… 총알이……."

"그런 말도 안 되는 헛소문을 퍼트리는 사람들부터," 마담 페트라코프는 격분을 하며 콘트랄토 음성으로 웅웅거렸다. 그녀의 목소리는 보바가 원했던 것보다 좀 컸다. "당장 잡아다가 심문을 해야 돼요! 글쎄, 그런 사람들부터 정신을 차리게 해야 한다니까! 그런 거짓말들이 얼마나 해로운지 알아요!"

"아니, 거짓말이라니요, 안토니다 포르피리예브나!" 보바는 작가의 아내가 자신의 말을 믿지 않는 것에 흥분하며 소리를 질렀다. 그리고 다시 쫑알거렸다. "정말로 총알이 먹히질 않았다니까요…… 지금 불이 나서…… 그자들은 허공에…… 허공에서……." 보바는 지금 자기가 말하고 있는 사람들이 바로 옆에 앉아서 자기가 쫑알거리고 있는 것을 보고 즐기고 있다는 것을 전혀 짐작도 하지 못한 채 계속해서 쫑알댔다.

하지만 그 즐거움도 곧 중단되고 말았다. 레스토랑 안쪽 입구에서 벨트로 허리를 바짝 조여매고, 가죽 각반에 권총을 든 남자 셋이 베란다로 들이닥친 것이다. 제일 앞에 서 있던 남자가 쩌렁쩌렁 울리는 목소리로 무섭게 소리쳤다.

"꼼짝 마라!" 그리고 세 남자는 정확히 코로비예프와 베헤못의 머리를 향해 총탄을 퍼부었다. 총알 세례를 받은 두 사내는 그 순간 허공 속으로 녹아 사라졌고, 버너에서 치솟은 불기둥이 텐트를 휘어감았다. 시커먼 구멍이 모든 것을 집어삼킬 듯 사방으로 번져갔으며, 그 구멍 사이로 뛰어오른 불길이 그리보예도프의 집 지붕까지 솟아올랐다. 2층 편집국 사무실 창가에 놓여 있던 서류철들이 갑자기 타오르기 시작하더니, 뒤이어 커튼도 잡아채 가버렸다. 불길은 마치 누군가가 바람을 불어넣기라도 한 것처럼 획획거리면서 회오리처럼 숙모의 집 안쪽으로 옮겨갔다.

몇 초 후 가로수 길의 주철 울타리로 난 아스팔트 길, 수요일 저녁 아무도 이해하지 못했던 불행의 첫 보고자 이바누시카가 들어왔던 바로 그 길을 따라 식사를 다 마치지 못한 작가들과 웨이터들, 소피야 파블로브나, 보바, 페트라코프 부인과 페트라코프가 도망치고 있었다.

옆문을 통해 미리 나와 있던 아르치발트 아르치발도비치는 도망을 치지도, 서두르지도 않고, 마치 불에 타고 있는 범선을 마지막까지 지켜보아야 할 의무가 있는 선장처럼 실크 안감을 댄 여름 외투에 발리크 통 두 개를 겨드랑이에 낀 채 침착하게 서 있었다.

제29장
거장과 마르가리타의 운명이 정해지다

태양이 저무는 시각 도시가 한눈에 내려다보이는, 백오십 년 전 세워진 모스크바에서 가장 아름다운 건물 중 하나'의 석조 테라스에 볼란드와 아자젤로가 나타났다. 아래쪽 거리에서는 그들이 보이지 않았다. 석고로 빚은 화병과 꽃으로 장식된 난간이 불필요한 시선들로부터 그들을 가려주었던 것이다. 하지만 그들에게는 도시의 구석구석까지 한눈에 들어왔다.

볼란드는 자신의 검은 수탄²을 입고 등받이가 없는 접이식 의자에 앉아 있었다. 길고 넓은 그의 검이 테라스의 갈라진 두 판돌 사이에 수직으로 꽂혀 해시계가 만들어졌다. 칼의 그림자는 천천히 계속해서 길어져 사탄의 검은 편상화 앞까지 기어들고 있었다. 뾰족한 턱을 주먹 위에 올려놓고 접의자에 몸을 웅크린 채, 한쪽 발을 접고 앉은 볼란드는 시선을 고정한 채로 끝없이 늘어선 궁과 거대한 건물들, 철거될 운명에 있는 작고 허름한 집들³을 바라보고 있었다.

아자젤로는 현대식 복장, 다시 말해 재킷과 중산모, 에나멜 구두를 벗고, 볼란드처럼 검은 옷을 입고 있었으며, 자신의 주인에게서 멀지 않은 곳에 꼼짝도 하지 않고 서서, 역시 주인과 마찬가지로 도시에서 눈을 떼지 않고 서 있었다.

볼란드가 말했다.

"참으로 흥미로운 도시야, 그렇지 않나?"

아자젤로가 몸을 살짝 움직였다. 그리고 정중하게 대답했다.

"메시르, 전 로마가 더 마음에 듭니다."

"그래, 그건 취향의 문제니까." 볼란드가 대답했다.

얼마가 지났을까, 다시 그의 목소리가 울렸다.

"저기 가로수 길에 저 연기는 뭐지?"

"그리보예도프가 불타고 있습니다." 아자젤로가 대답했다.

"떨어질 줄을 모르는 한 쌍, 코로비예프와 베헤못이 저곳에 갔었던 모양이군."

"그 점은 의심할 여지가 없습니다, 메시르."

다시 침묵이 찾아왔다. 테라스 위에서 그 둘은 거대한 건물들의 위층, 서쪽으로 난 창들마다 부서진 태양이 눈을 멀게 할 정도로 이글거리며 타오르고 있는 것을 보았다. 볼란드는 석양을 등지고 있었음에도 불구하고, 그의 한쪽 눈은 그 창들 중 하나와 똑같이 타오르고 있었다.

그런데 그때 무언가가 볼란드로 하여금 도시에서 눈을 돌려 그의 등 뒤 지붕에 있는 둥근 탑 쪽을 바라보게 했다. 탑의 벽 뒤에서 진흙투성이의 다 낡은 키톤에 자기가 만든 듯한 샌들을 신고, 검은 볼수염을 기른 음울한 얼굴의 사내가 나타났다.

"아니, 이게 누군가!" 자신 앞에 나타난 사람을 조롱 섞인 눈으로 바라보며 볼란드가 외쳤다. "자네를 여기서 만나게 되다니! 초대하진 않았지만 찾아올 줄은 알고 있었지. 그래 무슨 일로 오셨나?"

"내가 너, 악의 혼이며, 그림자들의 주권자인 너에게 온 것은," 사내는 혐오스럽다는 듯 치뜬 눈으로 볼란드를 바라보며 대답했다.

"전(前) 세리여, 나를 찾아왔으면, 그동안 잘 지냈는지, 내 안부부터 물어야 할 것 아닌가?" 볼란드가 준엄하게 말했다.

"그건 네가 잘 지내기를 내가 원치 않기 때문이다." 사내는 불손하게 대답했다.

"하지만 그건 네가 감수해야 할 일이지." 볼란드는 반박을 했고, 차가운 웃음이 그의 입을 일그러뜨렸다. "넌 이곳에 나타나자마자 바보 같은 짓을 했어. 그게 뭔지 말해줄까? 문제는 너의 말투야. 너는 마치 그림자들을, 그리고 악을 인정하지 않는다는 투로 말했어. 그렇다면 이런 문제를 한번 생각해보는 건 어떤가. 만일 악이 존재하지 않는다면, 너의 선은 무슨 일을 하게 될까? 또, 만약 이 지상에서 모든 그림자들이 사라진다면, 그때 지상의 모습은 어떻게 될 것 같나? 그림자는 사물과 인간들로부터 만들어지지. 여기 내 검의 그림자처럼. 그림자가 존재하는 것은 나무와 살아 있는 존재들이 있기 때문이야. 그런데 너는 지구 전체를 벗겨버리려고 하고 있어! 벌거벗은 빛을 즐기려는 너의 환상으로 이 지상의 모든 나무와 살아 있는 모든 것들을 벗겨내버리고 싶은 건가? 너는 어리석어."

"늙은 소피스트, 나는 너와 논쟁할 생각이 없다." 레위 마태오가 대답했다.

"너는 나와 논쟁을 할 수 없어. 내가 이미 말했던 바로 그 이유 때문이지. 너는 어리석어." 볼란드가 대답했다. 그리고 물었다. "그래, 피곤하게 하지 말고 짧게 말해라. 여긴 왜 나타난 거지?"

"그분이 나를 보내셨다."

"노예여, 그가 너에게 무엇을 전하라고 하던가?"

"나는 노예가 아니다." 점점 악이 차오르는 것을 느끼며 레위 마태오가 대답했다. "나는 그의 제자다."

"언제나 그렇듯이, 우리는 서로 다른 언어로 이야기를 하고 있군." 볼란드가 대꾸했다. "하지만 그로 인해 우리가 말하는 대상이 바뀌지는 않지. 그래서?"

"그분께서 거장이 쓴 것을 읽으셨다." 레위 마태오가 말했다. "네가 거장을 데려가 그에게 평온을 내려줄 것을 너에게 부탁하고 계신다. 악의 혼이여, 그것이 너에게 어려운 일은 아니겠지?"

"내게 어려운 일은 없다." 볼란드가 대답했다. "그건 너도 잘 알고 있을 텐데." 그는 잠시 아무 말도 하지 않다가 다시 말을 이었다. "그런데, 왜 그를 너희, 빛의 세계로 데려가지 않는 거지?"

"그가 한 일은 빛에 합당한 것이 아니었다. 그가 한 일은 평온에 합당한 것이었다." 레위는 슬픈 목소리로 말했다.

"그대로 될 것이라고 전해라." 볼란드가 대답했다. 그리고 다음과 같이 덧붙였으며, 그 순간 무엇 때문인지 그의 한쪽 눈에 확 하고 불길이 타올랐다. "그리고 당장 내 앞에서 사라져라."

"그분께서는 그를 사랑하고, 그로 인해 괴로워하는 여인도 너희들이 데려가줄 것을 부탁하고 계신다." 레위는 처음으로 애원하듯 볼란드를 바라보았다.

"그건 네가 말하지 않았어도 우리가 알아서 했을 것이다. 가라."

그러자 레위 마태오는 사라졌고, 볼란드는 아자젤로를 가까이 불러 그에게 명령했다.

"그들에게로 가서 모든 일을 처리해라."

아자젤로는 테라스를 떠났고, 볼란드는 혼자 남겨졌다.

하지만 그의 고독은 오래 계속되지 않았다. 테라스의 판돌 위로 발자국 소리와 생기 넘치는 목소리가 들려왔고, 볼란드 앞에 코로비예프와 베헤못이 나타났다. 뚱뚱보는 이제 버너가 아닌 다른 물건들을 잔뜩 짊어지고 있었다. 그의 겨드랑이 밑에는 황금빛 액자에 끼워진 조그만 풍경화가 들려져 있었고, 한쪽 팔에는 반쯤 타버린 요리사의 가운이 걸쳐져 있었으며, 다른 한쪽 손에는 껍질과 꼬리가 온전하게 붙어 있는 연어 한 마리가 쥐어져 있었다. 코로비예프와 베헤못에게서 탄내가 풍겼고, 베헤못의 머리는 그을음투성이에 모자도 반쯤 타버리고 없었다.

"살뤼,⁴ 메시르!" 잠시도 조용히 할 줄 모르는 한 쌍이 소리를 쳤다. 그리고 베헤못은 연어를 휘둘렀다.

"꼴들이 대단하시군." 볼란드가 말했다.

"메시르, 아니, 글쎄," 흥분한 베헤못이 신이 나서 소리쳤다. "사람들이 저를 약탈병으로 보지 뭡니까!"

"네가 들고 있는 물건들을 보니," 풍경화를 바라보며 볼란드가 대답했다. "약탈병이 맞는 것 같은데."

"믿어주십시오, 메시르……." 베헤못은 진심 어린 목소리로 말했다.

"아니, 믿지 않아." 볼란드는 짧게 대답했다.

"메시르, 맹세코, 전 제가 할 수 있는 한, 모든 것을 구하고자 영웅적인 시도를 감행했습니다. 그리하여 지켜낼 수 있었던 것이 바로 이것들입니다."

"그쯤 해두고 말해봐. 왜 그리보예도프가 다 타버린 거지?" 볼란드가 물었다.

그 둘, 코로비예프과 베헤못은 팔을 벌리고 눈을 들어 하늘을 보았다. 이윽고 베헤못이 시끄럽게 떠들어대기 시작했다.

"저도 그걸 모르겠습니다! 우리는 얌전히 앉아서, 정말로 조용히 음식을 먹고 있었을 뿐인데……."

"그때 갑자기, 탕, 탕!" 코로비예프가 말을 이었다. "총알이 날아온 겁니다! 베헤못과 저는 너무 무서워서 정신없이 가로수 길로 뛰어 도망쳤습니다. 추격자들이 계속해서 저희 뒤를 쫓아왔고, 저희는 티미랴제프⁵한테로 달려갔습니다!"

"하지만 의무감이," 베헤못이 끼어들었다. "저희의 수치스러운 공포를 눌러 이겼고, 그래서 저희는 되돌아갔습니다."

"아, 되돌아갔다고?" 볼란드가 말했다. "물론, 그때는 이미 건물이 죄다 타버리고 난 후였겠지."

"죄다!" 코로비예프가 슬픈 목소리로 말했다. "그러니까 메시르께서 정확히 표현하신 그대로, 메시르, 죄다 타버린 겁니다. 남은 거라고는 정말 타다 만 장작개비들뿐이었습니다!"

"저는 회의실로," 베헤못이 이야기했다. "돌진해 들어갔습니다. 주랑이 있는 방이었습니다, 메시르. 뭔가 가치가 있는 것을 건질 수 있을까 생각하면서 말입니다. 아, 메시르, 만약 제게 아내가 있었더라면, 그 여인은 적어도 스무 번은 미망인이 될 뻔했을 겁니다! 하지만 다행스럽게도, 메시르, 저는 결혼을 하지 않았지요. 또한 메시르께 솔직히 말씀드리겠습니다만, 결혼을 하지 않아서 저는 행복합니다. 아, 메시르, 독신의 자유를 어찌 그 고통스러운 속박과 바꿀 수가 있겠습니까!"

"또 쓸데없는 소리가 시작됐군." 볼란드가 핀잔을 주었다.

"알겠습니다. 얘기를 계속하지요." 고양이가 말을 받았다. "예, 바로 이 풍경화입니다. 홀에서 뭘 더 가지고 나온다는 것 자체가 불가능했습니다. 화염이 제 얼굴을 후려쳤지요. 저는 창고로 달려가 연어도 구했습니다. 그런 다음 주방으로 달려 들어가 이 가운도 구했지요. 메시르, 저는 제가 할 수 있는 모든 것을 다 했다고 생각합니다. 그런데 메시르 얼굴의 그 비관적인 표정은 도대체 어떻게 이해해야 할지 모르겠군요."

"네가 강탈을 하고 있는 동안 코로비예프는 뭘 하고 있었지?" 볼란드 가 물었다.

"저는 소방관들을 도와주고 있었습니다." 너덜너덜해진 바지를 가리 키며 코로비예프가 대답했다.

"아, 그렇다면, 아무래도 새 건물을 지어야 하겠군."

"그렇게 될 것입니다, 메시르." 코로비예프가 대답했다. "감히 말씀 드리지만, 그 점은 분명합니다."

"그래, 그렇다면 새 건물이 이전 것보다 낫기를 바랄 수밖에 없겠군." 볼란드가 말했다.

"그것도 역시 그렇게 될 것입니다, 메시르." 코로비예프가 말했다.

"저를 믿어주십시오." 고양이가 덧붙였다. "저는 진정한 예언가입니다."

"어쨌든, 저희는 대령했습니다, 메시르." 코로비예프가 보고하듯 말 했다. "그리고 메시르의 명령을 기다리고 있습니다."

볼란드는 의자에서 일어나 난간 앞으로 다가가서는 자신의 수행원들 에게 등을 돌린 채, 혼자서 한참 동안 말없이 먼 곳을 바라보았다. 그리고 난간에서 물러서 다시 제 의자에 앉으며 말했다.

"어떤 명령도 없을 것이다. 너희들은 할 수 있는 모든 것을 했고, 당 분간 너희들이 해야 할 일은 없다. 쉬어도 좋다. 곧 뇌우가 몰려올 것이 다. 마지막 뇌우가. 끝을 위해 필요한 모든 것은 그 뇌우가 해줄 것이다. 그리고 우리는 출발한다."

"아주 좋습니다, 메시르." 두 광대가 대답했다. 그리고 그 둘은 테라스 한가운데에 있는 둥근 중앙의 탑 뒤 어디론가 사라졌다.

볼란드가 말한 뇌우가 지평선 위로 모여들고 있었다. 서쪽에서 검은 먹구름이 올라왔고, 태양은 벌써 반이 잘려져나가 있었다. 잠시 후 먹구름은 태양을 완전히 가렸고, 테라스 위가 선선해졌다. 그리고 다시 얼마의 시간이 흐르자 주위는 온통 어둠 속에 잠겼다.

서쪽에서 다가온 어둠이 거대한 도시를 덮어버린 것이다. 다리도, 궁전들도 사라졌다. 마치 결코 이 세상에 존재한 적이 없었던 것처럼, 모든 것이 사라졌다. 실처럼 가느다란 섬광이 하늘을 가로지르며 내달렸고, 천둥이 도시를 뒤흔들었다. 그리고 다시 한 번 울리는 천둥과 함께 뇌우가 시작되었다. 그 어둠 속에 볼란드는 더 이상 보이지 않았다.

제30장

떠날 때가 되었다! 떠날 때가 되었다!

"어젯밤에," 마르가리타가 말했다. "당신이 잠들고 나서 어둠에 대해 읽었어요. 지중해에서 몰려온 어둠…… 그리고 그 황금 우상들, 아, 황금 우상들! 왠지 그 황금 우상들은 저에게 평온을 주지 않아요. 곧 비가 올 것 같아요. 선선해지는 것 같지 않아요?"

"다 좋아, 아주." 거장이 대답했다. 그는 담배를 피우며 손으로 연기를 젓고 있었다. "그 우상들도 나는 이제 상관없어…… 그런데 또 무슨 일이 일어날지, 그걸 정말 모르겠어!"

이 대화는 태양이 저무는 시각, 그러니까 테라스 위로 레위 마태오가 볼란드 앞에 나타난 바로 그 시각에 이루어지고 있었다. 지하의 작은 창은 열려 있었다. 누군가 만약 그 안을 들여다보았다면, 이야기를 나누고 있는 사람들의 모습에 깜짝 놀랐을 것이다. 마르가리타는 알몸에 검은 망토 하나만을 걸치고 있었고, 거장은 예의 환자용 가운을 입고 있었다. 마르가리타가 검은 망토만 걸치고 있었던 것은 딱히 입을 옷이 없었기 때문이었다. 그녀의 물건들은 모두 저택에 있었다. 저택이 그리 먼 것은 아니었지만, 그리로 가서 거기에 있는 자기 물건들을 가져온다는 것은, 물론, 있을 수 없는 일이었다. 거장의 경우, 마치 그가 아무 데도 갔다 오지 않은 것처럼 그의 옷이 모두 옷장에 있었지만, 그는 왠지 옷을 갈아입고 싶지 않았고, 마르가리타 앞에 앉은 채로, 이제 곧 뭔가, 아주 이상한 일이 벌어질 것이라는 생각을 계속해서 하고 있었다. 다만, 그는 그 가을밤 이후 처음으로 깨끗하게 면도를 하고 있었다(병원에서는 이발기로 수염을 쳐 주었었다).

기이하기는 방의 모습도 마찬가지였다. 방은 아무것도 분간할 수 없을 만큼 온통 어지럽혀져 있었다. 카펫과 소파 위에는 원고들이 흩어져 있었고, 팔걸이가 달린 의자 위에는 작은 책 하나가 곱사등이처럼 나뒹굴고 있었다. 둥근 탁자 위에는 식사가 차려져 있었으며, 음식이 담긴 접시 사이로 술병도 몇 개 올려져 있었다. 이 모든 음식과 마실 것들이 어디서 나타난 것인지는 마르가리타도 거장도 몰랐다. 잠에서 깨어나 보니, 이 모든 것들이 벌써 탁자에 차려져 있었다.

토요일 황혼 녘까지 실컷 자고 난 거장과 그의 여인은 몸이 완전히 개운해진 것을 느꼈다. 다만, 두 사람 모두 왼쪽 관자놀이가 약간 쑤셔왔고, 그것만이 전날의 기행들을 말해주고 있었다. 물론, 정신적인 면에 있어그 두 사람에게 일어난 변화는 아주 커다란 것이었고, 이 점은 그 지하에서의 대화를 엿들을 수 있는 사람이라면 누구든 확신할 수 있을 것이다. 하지만 그들의 대화를 엿들을 수 있는 사람은 아무도 없었다. 작은 뜰은 언제나처럼 비어 있었고, 그래서 더욱 아름다웠다. 창밖으로 매일같이 초록이 더해가는 푸른 보리수나무와 그 가지들이 봄의 향기를 내뿜고 있었고, 저녁 무렵 일기 시작한 어린 바람이 그 향기를 지하로 실어 나르고 있었다.

"아, 이건 정말 아니야!" 갑자기 거장이 소리를 질렀다. "이건, 아무리 생각해도……" 그는 꽁초를 재떨이에 비벼 끄고 두 손으로 머리를 움켜쥐었다. "아니야, 들어봐. 당신은 현명한 사람이고, 미치광이도 아니었잖아…… 당신은 정말로 어제 우리가 사탄을 만났었다고 믿고 있는 거야?"

"그래요, 나는 확신해요." 마르가리타가 대답했다.

"그래, 그래." 거장이 빈정거리듯 말했다. "그러니까 이제 미치광이가 하나가 아니라, 둘이 된 거로군! 남편과 아내." 그는 양팔을 하늘로 치켜들고, 소리를 지르기 시작했다. "아니야. 이건 정말 악마밖에 모를 일이야. 빌어먹을, 악마밖에 모를 일이라고!"

마르가리타는 대답 대신 소파로 쓰러져 깔깔대며 장난치듯 맨 다리를 동동거렸다. 그러고는 참지 못하겠다는 듯 소리쳤다.

"아, 안 되겠어! 정말 못 참겠어요! 당신 지금 꼴이 어떤지, 좀 봐요!"

거장이 부끄러운 듯 환자복 바지를 치켜 올리는 동안 마르가리타는 계속해서 깔깔거리며 웃어댔다. 그렇게 한참을 웃고 나서 그녀는 진지해졌다.

"지금 당신은 자신도 모르는 사이에 진실을 말했어요." 그녀가 말했다. "악마는 알고 있어요. 그리고 악마가, 내 말을 믿어야 돼요, 모든 일을 벌이고 있는 거예요!" 갑자기 그녀의 눈에서 불길이 확 하고 타올랐다. 그녀는 자리에서 벌떡 일어나 춤을 추면서 소리를 지르기 시작했다. "내가 얼마나 행복한지, 악마와 거래를 하게 되어서, 내가 얼마나 행복한지 알아요? 오, 악마여, 악마여……! 당신은, 당신은 이제 마녀와 살게 됐어요!" 그녀는 거장에게 달려가 그의 목을 붙잡고 입술과 코, 뺨에 키스를 퍼부었다. 헝클어진 검은 머리채가 거장 위에서 넘실거렸고, 그의 뺨과 이마는 입맞춤으로 온통 붉어졌다.

"당신 정말 마녀처럼 되어버렸어."

"나는 부정하지 않아요." 마르가리타가 대답했다. "나는 마녀에요, 그리고 아주 만족해요."

"그래, 훌륭해." 거장이 말했다. "정말 완벽한 마녀야. 아주 좋아, 훌륭해! 나를 병원에서 이렇게 빼내주기도 했고…… 그것도 아주 멋지게! 그리고 이곳으로 돌려보내주었지. 어쩌면 우리를 찾지 못할 거라고…… 그렇게 생각을 해보자고…… 하지만, 그래, 당신이 말해봐. 이제 우린 무엇으로, 어떻게 살아가지? 내가 이런 말을 하는 건 당신이 걱정이 되기 때문이야. 정말이야!"

그 순간 창문 앞에 끝이 뭉툭한 편상화와 줄무늬가 있는 바짓단이 나타났다. 그리고 그 바지의 무릎이 접혀지면서, 누군가의 묵직한 등이 한낮의 빛을 가려버렸다.

"알로이지, 자네 집에 있나?" 창밖의 바지 위, 어딘가에서 목소리가 들려왔다.

"봐, 이제 시작이야." 거장이 말했다.

"알로이지?" 창 앞으로 바짝 다가가면서 마르가리타가 물었다. "그 사람은 어제 체포되었는데…… 당신은 누군데 그 사람을 찾지? 당신 이름이 뭐야?"

그 순간 무릎과 엉덩이가 사라지고, 판돌 부딪히는 소리가 들렸으며, 모든 것은 정상으로 돌아갔다. 마르가리타는 소파에 몸을 던지고 눈물이 나올 정도로 깔깔댔다. 하지만 다시 조용해졌을 때, 그녀의 얼굴은 완전히 달라져 있었다. 그녀는 진지하게 말을 하기 시작했고, 말을 하면서 소파에서 내려와 거장의 무릎 앞으로 다가갔다. 그리고 그의 눈을 바라보면서 그의 머리를 쓰다듬기 시작했다.

"당신은 너무 많은 고통을 당했어요, 너무 많이, 내 불쌍한 사람! 그걸 아는 사람은 나 하나밖에 없을 거예요. 봐요, 당신 머리의 흰 머리카락들, 영원히 사라지지 않을 이 이마의 주름들을! 나의 유일한 사람, 나의 사랑하는 사람, 당신은 아무 생각도 하지 말아요! 당신은 너무 많이 생각해야 했어요. 이젠 내가 당신 대신 생각할 거예요. 그리고 내가 당신한테 약속해요, 약속해요. 모든 것은 눈이 부실만큼 다 잘될 거예요!"

"나는 아무것도 두렵지 않아, 마르고." 갑자기 거장이 그녀에게 대답을 했다. 그리고 고개를 들었다. 지금 그의 모습은 자신이 한번도 보지 못했던, 하지만 분명하게 알고 있었던 것을 쓰고 있을 때의 모습과 같았다. "내가 아무것도 두려워하지 않는 것은 이미 모든 것을 겪었기 때문이야. 나는 너무 많은 공포를 겪었고, 더 이상 그 무엇도 나를 위협하지는 못할 거야. 하지만 나는 당신이 가엾어. 마르고, 문제는 바로 그거야. 내가 계속 같은 얘기를 하는 것도 그 때문이야. 제발 정신 차려! 왜 당신이 가난한 병자와 자신의 삶을 파괴해야 하는 거지? 당신 집으로 돌아가! 당신을 보는 게 마음이 아파. 그래서 이렇게 말하는 거야."

"아, 당신, 당신은," 온통 헝클어진 머리를 흔들며 마르가리타가 작은 소리로 말했다. "아, 당신은 믿음이 적은 사람이에요. 당신은 불행한 사람이에요. 나는 당신 때문에 어젯밤 내내 알몸으로 떨고 있었어요. 나는 나를 잃었고, 다른 존재가 되었어요. 나는 지난 몇 달 동안을 어두운 뒷방에 앉아서 한 가지만을, 예르샬라임 위로 몰아치던 뇌우만을 생각했어요. 나는 눈이 통통 붓도록 울었어요. 그런데 지금, 이렇게 갑자기 행복이 찾아온 지금, 나를 쫓아내겠다는 건가요? 좋아요, 가겠어요, 떠나겠어요. 하지만 이것만은 알아두셔야 돼요, 당신은 잔인한 사람이에요! 그들이 당신의 영혼을 황폐하게 만들었어요!"

568

부드럽고 쓰라린 그 무엇이 거장의 심장으로 올라왔다. 그는 마르가리타의 머리에 얼굴을 묻고 울기 시작했다. 그러자 마르가리타가 울면서 그에게 작은 소리로 말했다. 그녀의 손가락이 거장의 관자놀이를 토닥이고 있었다.

"그래요, 한 올, 한 올…… 내가 보는 앞에서 당신의 머리가 하얗게 뒤덮이고 있어요…… 아, 너무나 많이 고통스러워한 나의, 나의 머리! 봐요, 당신 눈이 지금 어떤지! 황폐함밖에 없어요…… 어깨에는, 이 어깨에는 얼마나 무거운 짐이 얹혀 있는지…… 당신을 불구로 만들었어요, 불구로 만들었어요……." 마르가리타의 말에 두서가 없어졌다. 마르가리타는 울면서 몸을 떨고 있었다.

그때 거장이 눈물을 닦고, 무릎을 꿇고 있던 마르가리타를 일으켜 세웠다. 그리고 자신도 일어나 굳은 어조로 말했다.

"이제 됐어! 당신이 날 부끄럽게 했어. 더 이상 마음을 약하게 먹지 않겠어. 그 문제는 절대 다시 언급하지 않을 거야. 이제 걱정하지 마. 나는 알고 있어. 우리 둘 다 마음의 병을 앓고 있다는 걸. 내가 그 병을 당신에게 옮겼지…… 그래, 이제 같이 견디는 거야."

마르가리타가 거장의 귀에 입술을 가까이 대고 속삭였다.

"당신의 목숨을 걸고 맹세하겠어요, 당신이 생각해낸 점술가의 아들을 걸고 맹세하겠어요. 다 잘될 거예요."

"그래, 좋아, 좋아." 거장이 대답했다. 그리고 웃음을 지으며 덧붙였다. "사람들은 모든 걸 빼앗기고 나면, 당신과 나처럼 이렇게 되면, 저세상의 힘에서 구원을 찾게 되지! 좋아, 나도 거기서 구원을 찾는 데 동의하겠어."

"그래, 그거예요, 그거예요. 이제 당신은 예전처럼 됐어요. 당신이 웃고 있어요." 마르가리타가 대답했다. "학자 같은 말투는 악마한테나 줘버려요. 저세상이든 저세상이 아니든, 그게 무슨 상관이죠? 그리고 나 배고파요."

그녀는 거장의 팔을 끌고 탁자로 다가갔다.

"이 음식이 갑자기 땅 밑으로 꺼지거나 창밖으로 날아가버리는 건 아닌지 모르겠군." 완전히 안정을 되찾은 거장이 말했다.

"그런 일은 없을 거예요!"

바로 그때 창에서 비음 섞인 목소리가 들려왔다.

"당신들에게 평화가 깃들기를."[1]

거장은 몸을 흠칫 떨었다. 하지만 벌써 평범하지 않은 일에 익숙해진 마르가리타는 다음과 같이 소리쳤다.

"아자젤로예요! 아, 정말 잘됐어. 정말 좋아요!" 그리고 거장에게 다음과 같이 속삭이고는 문을 열기 위해 달려갔다. "보세요, 보세요. 우리를 버리지 않았어요!"

"망토를 좀 여미기라도 해." 그녀의 뒤에 대고 거장이 소리쳤다.

"상관없어요." 벌써 현관 앞으로 나가며 마르가리타가 대답했다.

잠시 후 아자젤로가 고개를 숙여 인사하며 거장의 안부를 물었다. 보이지 않는 그의 한쪽 눈이 번쩍거렸고, 마르가리타는 탄성을 질렀다.

"아, 내가 얼마나 기쁜지! 살면서 이렇게 기뻐본 적은 없어요! 제가 알몸인 것을 용서해주세요, 아자젤로!"

아자젤로는 걱정하지 말라고 했다. 그는 자신은 알몸의 여자들뿐만 아니라, 껍질이 완전히 벗겨진 여자들도 보았다고 했다. 그리고 페치카 앞 구석에 짙은 수단(繡緞)으로 싼 꾸러미를 내려놓고는 흔쾌히 식탁 앞으로 가서 앉았다.

마르가리타는 아자젤로에게 코냑을 따라주었고, 아자젤로는 흔쾌히 그것을 받아 마셨다. 거장은 아자젤로에게서 눈을 떼지 않은 채, 이따금씩 탁자 아래로 왼손 끝을 가만히 만지작거리고 있었다. 아자젤로는 허공 속으로 녹아 사라지지 않았다. 그리고 사실, 그럴 필요도 없었다. 작은 키의 그 빨강 머리 사내에게 무시무시한 데라고는 전혀 없었다. 한쪽 눈에 백내장이 걸린 건 사실이었지만, 그건 마술이 아니어도 있을 수 있는 일이었고, 입고 있는 옷(성직자들이 입는 옷, 혹은 망토처럼 생긴)도 평범한 것은 아니었지만, 그 역시 엄격히 따져보자면 전혀 접하지 못할 것도 아니었다. 그는 코냑도 다른 모든 선량한 사람들처럼 정확하게, 작은 잔을 꽉 채워 안주 없이 마셨다. 같은 코냑을 마신 거장의 머릿속이 어지러워졌고, 그는 다음과 같이 생각했다.

'아니야, 마르가리타의 말이 맞아! 내 앞에 앉아 있는 건 악마의 사신이야. 바로 엊그제 밤 이반에게 파트리아르흐에서 그가 만난 것은 사탄이었다고 말해주었던 것이 내가 아니었나. 그런데 이제 와서 그 생각이 나를 놀라게 하고, 최면술사나 환각에 대해 이렇게 중얼거리고 있으니. 최면술사라니, 그따윈 악마한테나 던져버려라!'

그는 아자젤로를 가만히 살펴보기 시작했다. 그리고 그의 눈에 자연스럽지 못한 뭔가가, 정해진 시간까지 감추고 있어야 하는 어떤 생각이 담겨 있다는 것을 확신했다. '아무 일 없이 찾아온 게 아니야. 뭔가 임무를 받아서 온 것이 틀림없어.' 거장은 이렇게 생각했다. 그리고 그의 관찰력은 틀리지 않았다.

세번째 코냑 잔을 다 비운(코냑은 아자젤로에게는 아무런 작용도 일으키지 않는다) 방문객은 다음과 같이 입을 열었다.

"이곳 지하는 정말 편안하군요! 그런데 한 가지 의문이 생깁니다. 여기, 이 작은 지하에서 도대체 뭘 할 수 있을까요?"

"나도 바로 그 문제에 대해 이야기하고 있었습니다." 거장이 웃으며 대답했다.

"아자젤로, 왜 절 불안하게 하시는 거예요?" 마르가리타가 물었다. "어떻게든 될 거예요!"

"이런, 이런!" 아자젤로가 소리쳤다. "저도 당신을 불안하게 할 생각은 없습니다. 제가 말하려고 했던 것도 바로 그겁니다. 어떻게든 될 것입니다. 물론이지요! 아, 하마터면 잊을 뻔했군요…… 메시르께서 안부를 전해달라고 하셨습니다. 그리고 잠시 같이 산책을 하셨으면 한다고, 당신께 전해드리라고 하셨습니다. 물론, 당신이 원하신다면 말입니다. 자, 어떻습니까?"

마르가리타는 탁자 아래로 거장의 발을 찼다.

"기꺼이 그렇게 하지요." 거장은 아자젤로를 주의 깊게 바라보면서 대답했다. 아자젤로가 말을 이었다.

"저희는 마르가리타 니콜라예브나께서도 거절하지 않으시기를 바라고 있는데, 어떠십니까?"

"물론, 저도 같이 가겠어요." 마르가리타가 말했다. 그리고 다시 그녀의 발이 거장의 발을 건드렸다.

"아주 훌륭합니다!" 아자젤로가 탄성을 질렀다. "바로 그거예요! 그렇게 빨리 결정해야 하는 겁니다! 지난번 알렉산드롭스키 공원에서처럼 해서는 곤란하지요."

"아, 아자젤로, 그 얘긴 하지 말아줘요! 그때는 정말 어리석었어요. 하지만 나를 너무 나무라지는 말아줘요. 매일같이 악마와 만나는 건 아니잖아요!"

"그럼 더욱 좋지요." 아자젤로는 좀더 분명히 말해주었다. "매일 만난다면, 더 좋을 거라는 얘깁니다!"

"나도 빠른 게 좋아요." 마르가리타가 흥분하며 말했다. "빠르고, 아무것도 입지 않고…… 모제르총에서 탕 하고 나오는 것처럼! 아, 이분이 총을 얼마나 잘 쏘는지 몰라요!" 마르가리타는 거장을 돌아다보며 소리쳤다. "베개 밑에 카드 7을 넣어놓고, 어떤 점이든 맞추는 거예요!" 마르가리타는 점점 취기가 올랐고, 그로 인해 그녀의 눈이 활활 타오르는 것 같았다.

"아, 잊은 것이 하나 더 있습니다." 아자젤로는 자기 이마를 탁 치며 소리쳤다. "어쩌나 일이 많은지 완전히 지쳐버렸습니다! 메시르께서 당신께 포도주 한 병을," 아자젤로가 거장을 돌아보며 말했다. "선물로 보내셨습니다. 한번 보십시오. 유대 총독이 마셨던 바로 그 포도주입니다. 팔레르노산이지요."

그 희귀한 물건에 마르가리타와 거장이 큰 관심을 보인 것은 지극히 당연한 일이었다. 아자젤로는 관을 덮을 때 사용하는 것과 같은 검은 수단 보자기의 한 귀퉁이에서 곰팡이가 낀 단지를 꺼냈다. 두 사람은 포도주 냄새를 맡아보고, 잔에 따랐으며, 술잔 너머로 뇌우에 앞서 사라지고 있는 창가의 빛을 바라보았다. 모든 것이 핏빛으로 물들어가고 있는 것 같았다.

"볼란드의 건강을 위해서!" 마르가리타가 잔을 들며 소리쳤다.

그리고 셋 모두 술잔을 단숨에 들이켰다. 그 순간 뇌우에 앞선 빛이 거장의 눈앞에서 가물거리기 시작했고, 숨이 막혀왔다. 그는 끝이 오고 있음을 느꼈다. 그는 무섭게 창백해진 마르가리타가 거장을 향해 힘없이 손을 뻗으며 탁자 위로 머리를 떨구고, 잠시 후 바닥으로 미끄러져 쓰러지는 것을 보았다.

"독살자……." 거장은 가까스로 소리를 질렀고, 탁자 위에 놓인 칼을 잡아 아자젤로를 찌르려고 했다. 하지만 그의 손은 힘없이 테이블보 위에서 미끄러졌으며, 거장을 둘러싸고 있는 지하의 모든 것이 검은빛으로 물들었고, 잠시 후 완전히 사라졌다. 그는 고개를 젖히며 쓰러졌고, 넘어지면서 책상 모서리에 부딪혀 관자놀이의 살갗이 찢어졌다.

독살당한 사람들이 조용해지자, 아자젤로는 곧바로 행동을 개시했다. 제일 먼저 창으로 달려 들어간 그는 눈 깜짝할 사이에 마르가리타 니콜라예브나가 살았던 저택에 가 있었다. 늘 정확하고 빈틈이 없었던 아자젤로는 모든 것이 제대로 이루어지고 있는지 확인하고 싶었던 것이다. 모든 것은 완벽하게 이루어지고 있었다. 아자젤로는 남편이 돌아오기를 기다리고 있는 우울한 얼굴의 여인이 침실에서 나오다 갑자기 창백해져서 가슴을 붙잡고 힘없이 소리치는 것을 보았다.

"나타샤! 누가…… 나 좀!" 그녀는 서재까지 가지 못하고 거실 바닥에 쓰러졌다.

"모두 제대로 되었군." 아자젤로가 말했다. 잠시 후 그는 쓰러져 있는 연인들 곁으로 돌아와 있었다. 마르가리타는 얼굴을 카펫에 묻은 채로 누워 있었다. 아자젤로는 강철 같은 손으로 마치 인형을 뒤집듯, 그녀의 몸을 돌려 얼굴을 자신에게 향하게 하고, 가만히 그녀의 얼굴을 바라보았다. 그의 눈앞에서 독살당한 여인의 얼굴이 변하고 있었다. 다가온 뇌우로 인한 어스름 속에서도 마녀처럼 변했던 사팔뜨기 눈과 얼굴선의 잔혹함, 광폭함이 사라지는 것이 보였다. 죽은 여인의 얼굴이 밝아졌고, 마침내 부드러워졌다. 반쯤 벌려진 입은 더 이상 난폭해 보이지 않았고, 그저 고통을 겪은 여인의 입이 되었다. 아자젤로는 그녀의 흰 치아를 벌리고, 그녀를 독살시켰던 그 포도주 몇 방울을 떨어뜨렸다. 그러자 마르가리타는 긴 숨을 몰아쉬며, 아자젤로의 도움 없이 일어나 앉아 가느다란 소리로 물었다.

"왜, 아자젤로, 왜 그런 거죠? 왜 나한테 그런 짓을 한 거죠?"

그녀는 누워 있는 거장을 보며 몸을 떨었다. 그리고 작은 소리로 중얼거렸다.

"이렇게 될 줄은 몰랐어요…… 살인자!"

"아니, 아닙니다." 아자젤로가 대답했다. "이제 곧 일어날 겁니다. 아, 왜 그렇게 신경질적이십니까!"

마르가리타는 그를 믿었다. 그만큼 붉은 머리 악마의 목소리는 확신에 차 있었다. 그녀는 벌떡 일어나(그녀는 어느새 힘과 생기가 넘치고 있었다) 누워 있는 거장에게 포도주를 마시게 하는 것을 도왔다. 잠시 후 눈을 뜬 거장은 어두운 눈빛으로 아자젤로를 바라보며 앞서 했던 증오심 어린 마지막 말을 되풀이했다.

"독살자……."

"이런! 좋은 일에 대한 보상은 언제나 모욕이라니까." 아자젤로가 말했다. "눈이 멀기라도 한 거요? 그게 아니라면 똑바로 좀 보란 말이오!"

그러자 거장은 몸을 일으켜 생기 넘치는 밝은 눈빛으로 주위를 둘러보면서 물었다.

"이 새로운 것은 뭘 뜻하는 거죠?"

"그건," 아자젤로가 대답했다. "우리가 떠날 때가 되었음을 뜻하지요. 벌써 뇌성이 울리고 있습니다. 들리시지요? 어두워지고 있습니다. 말들이 땅을 헤치고 있고, 작은 정원이 떨고 있습니다. 이 지하와 작별 인사를 나누십시오. 어서 인사를 나누세요."

"아, 이제 알겠소." 주위를 둘러보며 거장이 말했다. "당신이 우리를 죽였고, 우리는 죽은 거예요. 아, 정말 머리가 좋군요! 그것도 이렇게 적절한 시간에! 이제 모든 것을 이해했소."

"오, 이런, 세상에." 아자젤로가 대답했다. "내가 지금 누구의 말을 듣고 있는 거죠? 당신의 여인은 당신을 거장이라고 부르더군요, 그런데 당신은 어떻게 자신이 죽을 수 있다고 생각하시는 거죠? 자신이 살아 있다고 여기려면, 꼭 이 지하에 앉아서 셔츠와 환자복 바지를 입고 있어야 하는 겁니까? 정말 우습군요!"

"무슨 말인지 알겠소." 거장이 외쳤다. "이제 그만 하시오! 당신이 백 번, 천 번 옳소!"

"위대한 볼란드," 마르가리타는 거장을 보며 다시 한 번 말했다. "위대한 볼란드! 그는 내가 생각했던 것보다 훨씬 훌륭한 것을 생각해낸 거예요. 하지만 소설은, 소설만은," 그녀가 거장에게 소리쳤다. "당신이 어디로 가든, 소설만은 가져가야 돼요!"

"그럴 필요 없소." 거장이 대답했다. "나는 다 외우고 있소."

"하지만 단어 하나라도…… 단어 하나라도 잊어버리면 어떻게 해요?" 마르가리타는 사랑하는 남자에게 다가가 찢어진 그의 관자놀이의 피를 닦으며 물었다.

"걱정하지 마! 나는 이제 아무것도, 절대 잊지 않을 거야." 그가 대답했다.

"그럼 이제 불을!" 아자젤로가 소리쳤다. "모든 것이 시작되었고, 모든 것을 끝낼 불을!"

"불을!" 마르가리타가 무섭게 소리를 질렀다. 지하의 작은 창이 덜컹거리고, 바람이 불어 들어와 커튼을 한쪽으로 젖혔다. 하늘에서 천둥이 유쾌하고 짧게 울려 퍼졌다. 아자젤로가 손톱을 세운 손을 페치카 안으로 찔러 넣어 연기가 피어오르는 불씨를 꺼내 테이블보에 불을 붙였다. 이어 소파 위의 오래된 신문지 뭉치에, 그리고 원고와 창의 커튼에 불을 붙였다.

거장은 곧 시작될 질주에 벌써 취한 듯 책장에서 책 한 권을 뽑아 탁자 위로 던졌다. 불이 붙은 테이블보 위로 책장들이 펄럭거렸다.

"타라, 타버려라. 예전의 삶이여!"

"타라, 고통이여!" 마르가리타가 외쳤다.

방은 이미 불기둥 속에 흔들리고 있었고, 연기와 함께 문밖으로 달려 나와 돌계단 위로 뛰어 올라간 세 사람은 어느새 작은 마당에 나와 있었다. 그들이 거기서 처음으로 본 것은 땅바닥에 주저앉아 있는 주인집의 여자 요리사였다. 요리사 옆에는 흩어진 감자와 양파 몇 개가 뒹굴고 있었다. 요리사의 상태는 이해할 만했다. 세 필의 검은 말이 창고 앞에서 힝힝거리며 땅을 파헤치고 있었던 것이다. 마르가리타가 제일 먼저 말 위로 뛰어올랐고, 아자젤로가 그 뒤를 이었으며, 거장이 마지막으로 말에 올라탔다. 여자 요리사가 신음 소리를 내며 성호를 긋기 위해 손을 들어 올리려는 순간 말에 타고 있던 아자젤로가 무섭게 소리를 질렀다.

"팔을 잘라버리겠다!" 이어 아자젤로가 휘파람을 불자 말들은 보리수나무 가지를 꺾으며 날아올라 낮게 깔린 검은 구름을 뚫고 들어갔다. 그리고 바로 그때 지하의 작은 창에서 연기가 피어오르며, 아래쪽에서 여자 요리사의 가느다랗고 안타까운 외침이 들려왔다.

"불이야……!"

말들은 벌써 모스크바의 지붕 위를 질주하고 있었다.

"도시와 작별 인사를 나누고 싶소." 거장이 앞에서 달리고 있는 아자젤로에게 소리쳤다.[2] 천둥이 거장의 말끝을 삼켜버렸다. 아자젤로는 고개를 끄덕이고 말의 속도를 줄였다. 하늘을 나는 이들의 맞은편으로 먹구름이 질풍처럼 날아오고 있었지만, 아직 비를 뿌리지는 않고 있었다.

그들은 가로수 길 위를 날면서 조그맣게 보이는 사람들이 비를 피해 이리저리 뛰어가고 있는 것을 보았다. 빗방울이 떨어지기 시작했다. 그들은 연기만 남은 그리보예도프를 지나 어둠 속에 잠긴 도시 위를 날았다. 그들 위에서 번개가 번쩍거렸다. 잠시 후 지붕들은 초록 수풀로 바뀌었고, 비가 퍼붓기 시작했으며, 비는 날고 있는 자들을 물속에 잠긴 세 개의 거대한 거품으로 만들었다.

마르가리타는 비행의 느낌을 익히 알고 있었지만, 거장은 그렇지 못했다. 그래서 그는 그들이 그처럼 빠른 속도로 목적지에, 그가 작별 인사를 나누고 싶어했던 사람 앞에 서게 된 것에 놀랐다. 그에게는 지금 그가 찾아간 사람 이외에는 작별 인사를 나눌 사람이 없었다. 그는 비의 장막 속에서 스트라빈스키 병원의 건물과 강을, 그리고 그가 너무나도 잘 알고 있는 건너편 강기슭의 숲을 알아보았다. 그들은 병원에서 멀지 않은 숲 속 평지로 내려왔다.

"전 여기서 기다리고 있겠습니다." 팔을 방패처럼 가슴에 대고 아자젤로가 소리쳤다. 그의 모습이 번개의 빛 속에 번쩍이다 잿빛 장막 속으로 사라지곤 했다. "인사를 하고 오십시오. 단, 서둘러야 합니다!"

거장과 마르가리타는 안장에서 뛰어내려 달려갔다. 마치 물로 만든 그림자처럼 그들의 모습이 병원 마당을 가로질러 어른거렸다. 잠시 후 거장은 익숙한 손놀림으로 117호실의 발코니 창살을 밀었다. 마르가리타도 그의 뒤를 따랐다. 그들은 천둥과 뇌우의 포효 속에 아무도 눈치 채지 못하게 이바누시카의 방으로 들어갔다. 거장이 침대 옆에 멈춰 섰다.

이바누시카는 그에게 안식을 준 그 집에서 처음 뇌우를 보았던 그때처럼 꼼짝도 하지 않고 누워 있었다. 하지만 그는 그때처럼 울고 있지는 않았다. 발코니에서 갑자기 튀어나와 그의 앞에 선 검은 실루엣이 눈에 들어오자, 그는 몸을 일으켜 팔을 뻗었다. 그리고 반갑게 말했다.

"아, 당신이었군요! 기다리고 있었습니다. 나의 이웃이여, 드디어 이렇게 오셨군요."

이 말에 거장이 대답했다.

"내가 여기 왔소! 하지만 유감스럽게도 더 이상 당신의 이웃이 될 수 없소. 나는 영원히 떠나게 되었소. 작별 인사를 하러 온 것이오."

"알고 있었습니다. 그럴 줄 알고 있었습니다." 이반이 작은 소리로 대답했다. 그리고 물었다. "그를 만났습니까?"

"만났소." 거장이 말했다. "내가 당신과 작별 인사를 하러 온 것은 당신이 내가 최근 이야기를 나눈 유일한 사람이기 때문이오."

이바누시카의 얼굴이 밝아졌다. 그는 말했다.

"이렇게 들러주시다니 정말 감사합니다. 나는 내가 한 맹세를 지킬 겁니다. 더 이상 시 따위는 쓰지 않을 겁니다. 지금 내 흥미를 끄는 것은 다른 것입니다." 이바누시카가 미소를 지었다. 그리고 광기 어린 눈으로 거장의 옆 어딘가를 바라보았다. "나는 다른 것을 쓰고 싶습니다. 이곳에 누워 있으면서 나는 정말 많은 것을 깨달았습니다."

그 말을 들은 거장은 가슴이 벅차오름을 느꼈다. 그는 이바누시카의 침대 끝에 앉으며 다음과 같이 말했다.

"잘됐소, 정말 잘됐소. 당신이 그에 대해 계속 써주시오!"

이바누시카의 두 눈이 갑자기 타올랐다.

"정말로 당신은 쓰지 않으실 건가요?" 그는 고개를 떨구었고, 뭔가 깊은 생각에 잠기며 말을 이었다. "아, 이런…… 내가 지금 뭘 묻고 있는 거지……." 이바누시카는 바닥을 힐끗거렸다. 그의 눈에는 두려움이 가득 차 있었다.

"그렇소." 거장이 말했다. 그의 목소리는 이바누시카에게 낯설고 무겁게 여겨졌다. "나는 이제 더 이상 그에 대해 쓰지 않을 것이오. 나는 다른 일을 할 것이오."

멀리서 휘파람 소리가 뇌우의 소음을 갈라놓았다.

"들리시오?" 거장이 물었다.

"뇌우가 시끄럽게……."

"아니, 저건 날 부르는 소리요. 이제 가야 하오." 거장은 그렇게 설명하며 침대에서 일어섰다.

"잠깐만요! 한 가지만 더." 이반이 다급히 물었다. "그 여인은 찾았나요? 그녀가 당신을 버리지는 않았겠지요?"

"여기 이 사람이오." 거장은 대답을 하며 벽을 가리켰다. 흰 벽에서 검은 마르가리타가 갈라져 나와 침대로 다가갔다. 그녀는 침대에 누워 있는 젊은 사람을 바라보았고, 그녀의 눈 속에 슬픔이 떠올랐다.

"불쌍한 사람, 불쌍한 사람." 마르가리타는 들릴 듯 말 듯 작은 소리로 중얼거렸다. 그리고 침대 쪽으로 몸을 구부렸다.

"정말 아름다워요." 질투가 섞이지 않은, 그러나 슬픔과 연민이 담긴 나지막한 목소리로 이반이 말했다. "당신은 정말 모든 게 잘됐어요. 그런데 나는 그렇지 못하죠." 그는 다시 생각에 잠기며 말을 이었다. "하지만 어쩌면……."

"그래요, 그래." 마르가리타가 속삭였다. 그리고 누워 있는 사람에게로 완전히 몸을 숙였다. "자, 내가 당신 이마에 입을 맞춰드릴게요. 그러면 당신도 모든 것이 다 잘될 거예요…… 내 말을 믿어야 해요. 나는 이미 모든 것을 보았고, 모든 것을 알고 있어요."

누워 있는 청년이 팔로 그녀의 목을 감쌌고, 그녀는 그에게 입을 맞추었다.

"제자여, 잘 있게." 거장의 목소리가 희미하게 울리면서 그의 모습이 허공 속에 녹기 시작했다. 그리고 마침내 그는 사라졌고, 그와 함께 마르가리타도 사라졌다. 발코니의 창살은 이미 닫혀 있었다.

이바누시카는 혼란에 빠졌다. 침대에 앉아 불안하게 주위를 돌아보며 신음 소리를 내던 그는 뭔가 혼잣말을 하면서 다시 자리에서 일어섰다. 뇌우는 점점 더 거세게 몰아치고 있었다. 아무래도 뇌우가 그의 마음을 몹시 불안하게 만든 것 같았다. 문밖에서 들려오는 불안한 발걸음과 낮은 목소리들은 지속되던 고요에 익숙해져 있던 그를 더욱 흥분시켰다. 마침내 그는 발작을 하듯 몸을 떨며 소리쳤다.

"프라스코비야 표도로브나!"

프라스코비야 표도로브나가 방으로 들어와 무엇을 묻는 듯 불안한 눈빛으로 이바누시카를 바라보았다.

"왜 그러세요? 무슨 일이죠?" 그녀가 물었다. "뇌우 때문에 그래요? 자, 괜찮아요, 괜찮아…… 이제 당신을 도와줄 거예요. 지금 의사 선생님을 불러드릴게요."

"아니에요, 프라스코비야 표도로브나. 의사를 부를 필요 없어요." 이바누시카는 불안한 눈빛으로 프라스코비야 표도로브나가 아닌 벽을 바라보며 말했다. "나한텐 아무 일도 없어요. 나는 이제 괜찮아요. 걱정 말아요. 그것보다도, 말해줘요." 진심 어린 목소리로 이반이 물었다. "저기 옆방, 118호실에서 지금 무슨 일이 일어난 거죠?"

"118호요?" 프라스코비야 표도로브나가 다시 물었다. 그녀의 눈은 모든 것을 알고 있었다. "거긴 아무 일도 없는데요." 하지만 그녀의 목소리는 거짓된 것이었다. 이바누시카는 그것을 알아차렸고, 다음과 같이 말했다.

"아, 프라스코비야 표도로브나! 당신은 정직한 사람인 줄 알았는데…… 내가 미쳐 날뛸까 봐 그러는 거예요? 아니요, 프라스코비야 표도로브나, 그런 일은 없을 거예요. 하지만 사실대로 말해줘요. 나는 벽을 통해서 모든 걸 느끼고 있으니까."

"옆방 환자분이 방금 숨을 거두셨어요." 프라스코비야 표도로브나는 결국 천성적인 정직함과 선량함을 이겨내지 못하고 작은 소리로 말했다. 그리고 번쩍이는 번개의 불빛을 받으며 눈을 휘둥그렇게 뜨고서 이바누시카를 쳐다보았다. 하지만 이바누시카에게는 아무런 무서운 일도 일어나지 않았다. 다만 그는 의미심장하게 손가락을 들어 올리며 말했다.

"나는 벌써 알고 있었어요! 내가 확신하는데, 프라스코비야 표도로브나, 지금 도시에서 또 한 사람이 숨을 거두었어요. 나는 그 사람이 누군지도 알고 있어요." 여기서 이바누시카는 비밀스럽게 미소를 지었다. "그 사람은 여자일 겁니다."

제31장
참새 언덕[1] 위에서

뇌우는 흔적도 없이 사라졌다. 하늘에는 오색의 무지개가 아치처럼 모스크바를 가로지르며 모스크바 강의 물을 마시고 있었다. 높은 언덕 위의 숲 사이로 검은 실루엣 세 개가 보였다. 볼란드와 코로비예프, 베헤못이 검은 말의 안장 위에 앉아 강 뒤로 펼쳐진 도시와 서쪽으로 당밀과자를 쌓아놓은 듯한 데비치 수도원[2]의 탑을 향해 난 수천 개의 창 위로 눈부시게 빛나고 있는 부서진 태양을 바라보고 있었다.

허공에 소음이 일고, 아자젤로가 그의 검은 망토 자락 아래로 날고 있는 거장과 마르가리타와 함께 그들을 기다리고 있는 이들 옆으로 내려왔다.

"마르가리타 니콜라예브나, 그리고 거장, 두 분께 걱정을 끼쳐드린 것 같군요." 한동안 아무 말 없던 볼란드가 입을 열었다. "하지만 나에게 불평을 하진 마십시오. 물론, 그러시진 않을 거라고 생각합니다. 자, 그럼," 그는 거장을 돌아보며 말했다. "도시와 작별 인사를 하십시오. 떠날 시간이 되었습니다." 볼란드는 목이 긴 검은 장갑을 낀 손으로 강 건너 무수한 태양들이 유리창을 녹이고 있는 곳을, 그 태양들 위로 안개와 연기, 낮 동안 달구어진 도시의 증기가 피어오르고 있는 곳을 가리켰다.

거장은 안장에서 뛰어내려 말에 탄 이들을 뒤로하고 언덕 끝으로 달려갔다. 검은 망토가 그의 뒤로 땅에 끌렸다. 거장은 도시를 바라보기 시작했고, 처음 얼마 동안은 가슴으로 먹먹한 슬픔이 스며들었다. 하지만 그 슬픔은 이내 달콤한 불안함으로, 떠돌이 집시의 흥분으로 바뀌었다.

"영원히! 이 말의 뜻을 이해해야 해." 거장은 중얼거리며 바싹 말라 갈라진 입술을 적셨다. 그는 자신의 마음속에서 일고 있는 모든 소리에 귀를 기울이며 그 하나하나를 새겨보기 시작했다. 거장은 좀 전의 흥분이 핏빛의 깊은 수치심으로 변해가는 것을 느꼈다. 하지만 그 수치심도 오래 가지 않았고, 사라졌으며, 무엇 때문인지 오만한 냉담으로 바뀌었다. 그 냉담함은 영원한 안식의 전조였다.

기수들은 말없이 거장을 기다리고 있었다. 그들은 벼랑 끝에 선 검고 긴 형체가 마치 도시 전체를 한눈에 다 집어넣고, 그 너머까지도 살펴보려는 듯 고개를 빼 내미는 것을, 그리고 다시 수많은 사람들에게 밟혀 힘없이 쓰러져 있는 발아래의 풀들을 하나하나 살피기라도 하듯 고개를 떨구는 것을 바라보았다.

침묵을 끊은 것은 지루해진 베헤못이었다.

"메트르, 떠나기 전에," 그가 말했다. "작별 인사로 휘파람을 한번 불게 해주십시오."

"숙녀분을 놀라게 할 수도 있어." 볼란드가 대답했다. "그뿐만 아니라 오늘 너의 추행은 이미 끝났다는 걸 잊지 마라."

"아, 아니에요. 괜찮아요, 메시르." 아마존의 여인처럼 손을 허리에 얹고 말 위에 앉아 긴 옷자락을 땅에 드리우고 있던 마르가리타가 말했다.

"허락해주세요. 휘파람을 불게 해주세요. 먼 길을 앞두고 슬픔이 저를 사로잡아버렸어요. 하지만, 메시르, 어쩌면 그게 당연한 일 아닐까요? 이 길의 끝에 행복이 기다리고 있다는 걸 알고 있다고 하더라도 말이에요. 우리가 웃을 수 있도록 해주세요. 이 모든 것이 눈물로 끝나고, 긴 여행을 앞두고 모든 것이 망쳐질까 봐 두려워요!"

볼란드가 베헤못에게 고개를 끄덕여 보이자 신이 난 베헤못은 안장에서 뛰어내려 손가락을 입에 물고 볼을 부풀려 휘파람을 불었다. 마르가리타의 귀에 날카로운 소리가 울렸다. 그녀가 타고 있던 말이 갑자기 뒷발로 일어섰고, 숲의 마른 가지들이 나무에서 후두둑하고 떨어졌다. 까마귀와 참새 떼들이 날아올랐으며, 강가로 먼지 기둥이 일고 선착장을 막 지나온 유람선에 타고 있던 승객들의 모자가 물속으로 빠지는 것이 보였다.

휘파람 소리에 거장이 몸을 흠칫거렸다. 하지만 뒤를 돌아보지는 않았으며, 마치 도시를 위협하기라도 하듯 주먹을 치켜 올리며 더욱 거칠게 휘둘러댔다. 베헤못은 자랑스러운 듯 주위를 둘러보았다.

"좀 부는군. 인정하지." 코로비예프가 별것 아니라는 듯이 말했다. "잘 불었어. 하지만 솔직히 말하면, 그저 중간 정도일 뿐이야!"

"나는 성가대 지휘자가 아니니까." 베헤못은 점잔을 떨며 거만하게 대답했다. 그리고 마르가리타에게 슬쩍 한쪽 눈을 찡긋해 보였다.

"옛날 생각 하면서 내가 한번 불어보지." 코로비예프가 말했다. 그리고 손을 비비고는 손가락에 대고 바람을 후후 불었다.

"조심해." 말 위에서 볼란드의 엄격한 목소리가 들려왔다. "누가 다치지 않도록 조심하란 말이다!"

"메시르, 걱정하지 마십시오." 손을 가슴에 얹으며 코로비예프가 대답했다. "장난을 좀 쳐보려는 겁니다. 그저 장난일 뿐이지요……." 그러고는 갑자기 마치 고무줄이 늘어나듯 몸을 위로 쭉 늘이고는 오른손 손가락으로 뭔가 기묘한 모양을 만들어 나사처럼 비틀더니 순식간에 휙 하고 감았던 것을 풀며 휘파람을 불었다.

마르가리타는 그 휘파람 소리를 듣지 못했다. 다만 흥분한 말과 함께 이십 미터쯤 옆으로 내던져지면서 그 휘파람이 일으킨 것을 눈으로 보았다. 그녀의 옆으로 참나무가 뿌리째 뽑혀져 있었고, 강 바로 앞까지 땅에 온통 금이 가 있었다. 강가의 거대한 지층이 선착장, 레스토랑과 함께 강 속으로 내려앉았다. 이어 강물이 부글부글 끓더니 물기둥이 솟구쳤고, 승객들에게는 조금도 해를 주지 않은 채로 유람선을 강의 반대편, 초록빛 나지막한 기슭 위로 뱉어냈다. 히힝거리는 마르가리타의 말발굽 앞에 파곳의 휘파람으로 죽은 갈까마귀가 내던져졌다.

파곳의 휘파람은 거장도 깜짝 놀라 뒤로 물러서게 만들었다. 그는 머리를 움켜쥐고, 그를 기다리고 있는 동행자들 쪽으로 뛰어갔다.

"그래." 높이 말 위에서 볼란드가 그를 바라보며 말했다. "계산은 다 치렀소? 작별 인사는 끝난 거요?"

"예, 끝났습니다." 거장은 대답을 하며 침착해진 얼굴로 볼란드의 얼굴을 똑바로, 그리고 당당하게 바라보았다.

그때 언덕 위로 볼란드의 무서운 목소리가 나팔 소리처럼 울려 퍼졌다.

"시간이 되었다!" 이어 베헤못의 날카로운 휘파람 소리와 웃음소리가 퍼졌다.

말들이 달리기 시작했고, 그와 함께 기수들도 날아올라 질주하기 시작했다. 마르가리타는 맹렬히 질주하는 그녀의 말이 재갈을 물고 잡아당기는 것을 느꼈다. 볼란드의 망토가 기마대의 머리 위로 나부꼈고, 저물어가는 하늘을 덮어씌우기 시작했다. 그 검은 장막이 잠시 한쪽으로 젖혀진 순간, 마르가리타는 말을 달리며 뒤를 돌아보았다. 그 뒤에는 색색의 탑들도, 그 탑들 위에서 방향을 돌리고 있는 비행체도, 도시도, 이미 오래 전에 사라지고 없었다. 도시는 안개만 남겨둔 채 땅속으로 사라졌다.

제32장
용서와 영원한 안식처

신들이여, 나의 신들이여! 저녁의 지상은 얼마나 우울한 것인지! 늪지의 안개는 얼마나 비밀스러운지! 그 안개 속에서 길을 잃은 사람은, 죽음 앞에서 수많은 고통을 당한 사람은, 힘에 겨운 짐을 지고 그 지상을 날고 있는 사람은 그것을 안다. 지친 사람은 그것을 안다. 그리고 그는 아무 연민 없이 지상의 안개를, 그 습지와 강을 버리고 떠날 것이다. 그는 가벼운 마음으로 죽음의 손에 몸을 맡길 것이다. 그는 알고 있기 때문이다. 오로지 죽음뿐이라는 것을⋯⋯.

마법의 검은 말들도 지쳐갔다. 말은 기수들을 천천히 실어 나르고 있었다. 그리고 피할 수 없는 밤이 그들을 뒤쫓기 시작했다. 등 뒤로 그 밤이 느껴지자 한시도 조용할 줄 모르던 베헤못도 조용해졌다. 그는 발톱으로 안장을 움켜쥐고, 꼬리를 세운 채, 아무 말 없이 진지하게 날고 있었다.

밤이 숲과 언덕을 검은 천으로 뒤덮기 시작했다. 밤은 아래쪽 멀리 어딘가에 슬픈 불빛들을, 이제 마르가리타에게도 거장에게도 흥미를 일으키지 않고, 필요하지도 않은 낯선 불빛들을 피웠다. 그리고 기마대를 앞질러 그들의 머리 위, 슬픔에 잠긴 하늘 여기저기에 하얀 오각의 별을 흩뿌렸다.

밤은 더욱 짙어졌고, 질주하는 자들의 옆을 날며 그들의 망토를 붙잡아 속임수를 감추고 있는 그 망토를 벗겨냈다. 선선한 바람을 맞으며 눈을 뜬 마르가리타는 목적지를 향해 날고 있는 자들의 모습이 변해가고 있는 것을 보았다. 숲의 끝에서 그들을 향해 붉고 둥근 달이 떠오르기 시작하자, 모든 속임수는 사라지고, 견고하지 못한 마법의 옷은 늪으로 떨어져 안개 속에 잠겨버렸다.

누가 지금 거장의 여인 오른쪽, 볼란드 바로 옆에서 날고 있는 자에게서 아무 통역도 필요 없는 비밀스러운 자문위원의 통역관을 자처하던 코로비예프-파곳을 알아볼 수 있을까. 서커스에서나 볼 수 있을 듯한 낡은 옷을 입고 코로비예프-파곳이라는 이름으로 참새 언덕을 떠났던 자의 자리에는 이제 짙은 보랏빛 옷을 입은 기사(騎士)가 지독하게 음울하고, 결코 미소를 짓지 않는 얼굴로 조용히 말고삐의 황금 사슬을 울리면서 날고 있었다. 그는 턱을 가슴 쪽으로 바짝 잡아당긴 채, 달을 바라보지도 않고, 지상의 일에는 아무 관심이 없는 듯한 얼굴로 뭔가 자신의 일에 대해 생각하면서 볼란드 옆을 날고 있었다.

"왜 저렇게 변한 거죠?" 바람이 내는 소리에 맞춰 마르가리타가 조용히 볼란드에게 물었다.

"저 기사는 언젠가 그리 성공적이지 못한 농담을 한 적이 있소." 볼란드가 마르가리타 쪽으로 얼굴을 돌리며 대답했다. 그의 한쪽 눈이 조용히 타오르고 있었다. "어둠과 빛에 대해 이야기하며 그가 지어낸 농담은 썩 훌륭한 것이 아니었소. 그 이후로 저 기사는 그가 예상했던 것보다 좀더 많이, 그리고 더 오랫동안 농담을 해야 했소. 하지만 오늘은 모든 셈이 다

치러지는 밤이오. 저 기사는 자신의 셈을 다 치르고 마감한 것이오!"

밤은 베헤못의 북슬북슬한 꼬리도 떼어내고, 그의 털도 벗겨내, 그 타래를 습지 위로 흩어놓았다. 어둠의 공작을 즐겁게 해주던 고양이였던 자는 이제 여윈 청년, 악마의 시동, 언젠가 이 세상에 존재했던 가장 훌륭한 광대가 되어 있었다. 그 역시 이제 말이 없어졌고, 자신의 젊은 얼굴을 달에서 흘러나오는 빛에 내맡기며 소리 없이 날고 있었다.

그들 옆으로 갑옷의 강철을 번쩍이며 아자젤로가 날고 있었다. 달은 그의 얼굴도 바꾸어놓았다. 흉측하고 기괴한 송곳니는 흔적도 없이 사라졌고, 한쪽 눈이 보이지 않았던 것도 가짜였다는 것이 드러났다. 아자젤로의 두 눈은 똑같이 시커멓게 텅 비어 있었으며, 얼굴은 하얗고 싸늘했다. 그렇게 아자젤로는 자신의 본모습, 물 없는 황야의 악마, 살인마의 모습으로 날고 있었다.

마르가리타는 자신의 모습을 볼 수는 없었지만 변한 거장의 모습은 똑똑히 볼 수 있었다. 달빛을 받아 하얗게 보이는 그의 머리는 뒤에서 하나로 묶인 채 바람에 날리고 있었다. 바람이 거장의 발에서 망토를 불어 젖혔을 때, 마르가리타는 그의 긴 군화 뒤에서 꺼졌다가 다시 불이 붙곤 하는 박차의 작은 별들을 보았다. 젊은 악마처럼, 거장은 달에서 눈을 떼지 않은 채로, 마치 너무나도 잘 알고 사랑하는 사람을 대하듯 달에게 미소를 지었으며, 118호실에서 얻은 습관처럼 혼자서 뭔가를 중얼거리고 있었다.

그리고 마지막으로 볼란드 역시 자신의 진짜 모습으로 날고 있었다. 마르가리타는 그의 말고삐가 무엇으로 만들어진 것인지 알 수 없었다. 어쩌면 그것은 달빛이 이어놓은 사슬이고, 그가 타고 있는 말은 어둠의 덩어리일 뿐이며, 그 말의 갈기는 구름이고, 기수의 박차는 하얀 별들일지도 모른다고 그녀는 생각했다.

그들은 그렇게 오랫동안 아무 말 없이 날았고, 어느새 아래쪽의 모습도 변해가고 있었다. 슬픈 숲은 지상의 암흑 속으로 잠겨버렸고, 강의 희미한 날도 함께 싣고 가버렸다. 아래로 둥근 돌들이 나타나 빛을 내기 시작했고, 그 사이로 달빛이 스며들지 않는 검은 심연들이 드러났다.

　돌무더기로 이루어진 음울하고 평평한 정상에서 볼란드는 말을 세웠고, 그것을 본 기수들은 자신들이 탄 말의 편자가 단단한 돌멩이들을 짓누르는 소리를 들으면서 천천히 나아갔다. 달이 단상을 초록빛으로 환하게 비추었고, 마르가리타는 그 황량한 장소에 놓인 의자와 거기 앉아 있는 사람의 흰 형체를 알아보았다. 그는 귀가 들리지 않거나, 온통 생각에 잠겨 있는 듯했다. 그는 말들이 바닥을 울리는 소리를 듣지 못했고, 기수들은 그를 놀라게 하지 않고 그에게 다가갈 수 있었다.

　달은 마르가리타에게 큰 도움이 되었다. 달이 그 어떤 훌륭한 가로등보다도 더 밝게 빛을 내고 있었던 것이다. 마르가리타는 의자에 앉아 있는 사람이(그는 어느새 장님이 되어버린 것 같았다) 짧게 손을 문지르며 이미 시력을 잃어버린 두 눈으로 달의 둥근 원을 응시하고 있는 것을 보았다. 마르가리타는 달빛에 반짝이는 돌로 된 육중한 의자 옆에 귀가 뾰족한 커다란 개 한 마리가 누워, 그 주인과 마찬가지로 불안하게 달을 바라보고 있는 것도 보았다. 의자에 앉은 사람의 발께에는 깨진 술병 조각이 뒹굴고, 아직 마르지 않은 검붉은 웅덩이가 퍼져 있었다.

　기수들이 말을 세웠다.

　"당신의 소설을 읽었다고 합니다." 거장을 돌아보며 볼란드가 말했다. "한 가지, 유감스러운 것은 그 소설이 끝나지 않은 것이라고 하더군요. 그래서 이렇게 당신의 주인공을 당신에게 보여주고 싶었습니다. 그는 근 이천 년 동안을 이 단상 위에 앉아 자고 있습니다. 하지만 만월이 뜰

때면, 보시다시피, 불면이 그를 괴롭히고 있습니다. 불면은 이 사람뿐만 아니라 그의 충직한 경호원인 개도 괴롭히고 있지요. 비겁함이 가장 큰 악덕이라는 것이 사실이라 해도 개는 아무 죄가 없습니다. 용감한 개가 유일하게 두려워했던 것은 뇌우뿐이었으니까요. 하긴, 사랑을 하는 자는 자신이 사랑하는 이의 운명을 나누어 가져야 하겠지만 말이오."

"저 사람이 무슨 말을 하고 있는 거죠?" 마르가리타가 물었다. 평온하던 그녀의 얼굴이 연민의 엷은 막으로 뒤덮였다.

"그는," 볼란드의 목소리가 울렸다. "언제나 같은 말을 하고 있습니다. 달빛 아래서도 자신에게 평온은 없다고, 자신의 임무는 고약한 것이었다고. 잠을 자지 않을 때는 언제나 그 말만을 반복하고 있지요. 그런데, 잠이 들어도 늘 같은 것을 봅니다. 달빛 길을. 그는 그 길을 따라가서 죄수 하-노츠리와 이야기를 나누고 싶어 하지요. 그가 확신하고 있는 바에 따르면, 오래전 니산 춘월 14일에 미처 다 말하지 못한 것이 있기 때문입니다. 그런데 무엇 때문인지 그는 그 길로 갈 수가 없고, 누구도 그를 찾아오지 않습니다. 그러니 어떻게 하겠습니까. 자기 자신과 이야기를 나눌 수밖에. 그래서 그 지루함을 달래기 위해서인지, 그는 종종 달에 대해 이야기하면서, 자신은 자신의 불멸과 미증유의 명성을 이 세상의 그 무엇보다도 더 증오한다는 말을 덧붙이기도 하지요. 그는 자신의 운명을 누더기를 입은 부랑자 레위 마태오와 기꺼이 바꾸었을 것이라고 주장하고 있습니다."

"그 오래전 달 하나에 대한 대가로 만 이천 개의 달'은 너무 많지 않나요?" 마르가리타가 물었다.

"또 프리다 이야기인가요?" 볼란드가 말했다. "하지만 마르가리타, 이제 걱정하지 말아요. 모든 것은 어긋남 없이 이루어질 것입니다. 세상은 그렇게 만들어졌으니까요."

"그를 이제 그만 놓아주세요!" 마녀였을 때 그랬던 것처럼, 마르가리타가 갑자기 날카롭게 소리를 질렀다. 그 외침 소리에 산 위에서 바위 하나가 굴러 떨어져, 온 산을 굉음으로 뒤흔들며 심연 속으로 굴러 떨어졌다. 마르가리타는 그 소리가 바위가 떨어지면서 나는 굉음인지, 사탄의 웃음소리인지 알 수 없었다. 어쨌든 볼란드는 마르가리타를 보며 웃고 있었고, 잠시 후 다음과 같이 말했다.

"산에서 그렇게 소리를 지르시면 안 되지요. 하긴 그는 산사태에도 익숙해져서 이 정도로는 놀라지도 않을 것입니다. 당신이 그를 위해 부탁할 필요는 없습니다, 마르가리타. 그가 그토록 이야기를 나누고 싶어 하는 이가 그를 위해 이미 부탁을 했기 때문이지요." 여기서 볼란드는 다시 거장을 돌아보며 말했다. "자, 어떻소. 이제 당신의 소설을 한 구절로 끝낼 수 있소!"

거장은 마치 그 말을 기다리고 있었던 사람처럼 꼼짝도 하지 않고 서서 의자에 앉아 있는 총독을 바라보았다. 그는 손을 둥글게 말아 쥐고 소리쳤다. 그리고 그 메아리가 사람도, 숲도 없는 산을 따라 울려 퍼졌다.

"자유다! 자유다! 그가 너를 기다리고 있다!"

산이 거장의 목소리를 뇌성으로 바꾸었고, 그 뇌성이 산을 무너뜨렸다. 저주스러운 절벽들은 무너졌고, 돌 의자가 놓인 단상만이 남았다. 절벽들이 사라져버린 검은 심연 위로 끝없이 펼쳐진 도시와 그 도시를 지배하는 황금빛 우상들이 수천 개의 달이 뜨고 지는 동안 무성하게 자라버린 정원 위로 불길처럼 타올랐다. 그리고 바로 그 정원 위로 총독이 그토록 기다리던 달빛 길이 길게 이어지면서, 그 길을 따라 귀가 뾰족한 개가 먼저 달려나갔다. 의자에서 핏빛 안감을 댄 흰 망토를 입은 사람이 일어나,

쉬어 갈라진 목소리로 무슨 말인가를 외쳤다. 그가 눈물을 흘리고 있는 것인지, 웃고 있는 것인지, 또 뭐라고 소리치고 있는 것인지, 그것은 알 수 없었다. 다만 자신의 충직한 수호자의 뒤를 따라 그 역시 서둘러 달빛 길을 달려가는 것은 볼 수 있었다.

"나도 그를 따라 저곳으로 가야 하나요?" 고삐를 만지며 거장이 불안하게 물었다.

"아니오." 볼란드가 대답했다. "이미 다 끝난 일을 무엇 때문에 쫓으려고 하십니까?"

"그렇다면, 저쪽인가요?" 거장은 이렇게 묻고는 몸을 돌려, 조금 전 버리고 온 도시와 과자를 쌓아 만든 듯한 수도원의 탑들과 유리창 속에 잘게 부서진 태양이 펼쳐져 있는 곳을 가리켰다.

"그곳도 아닙니다." 볼란드가 대답했다. 그의 목소리가 굵게 울리며 절벽 위를 흘러갔다. "낭만적인 거장이여! 당신이 창조한 주인공, 지금 막 당신이 놓아준 그 사람이 그토록 보고 싶어 하던 이가 당신의 소설을 읽었다고 합니다." 여기서 볼란드는 마르가리타를 돌아보았다. "마르가리타 니콜라예브나! 당신은 분명 거장을 위해 가장 훌륭한 미래를 생각해내려고 애썼지만, 아무래도 내가 지금 제안하는 것, 그리고 당신들을 위해 예슈아가 부탁한 것이 좀더 나을 것 같습니다. 저들은 둘이 있도록 내버려둡시다." 볼란드는 자신의 말안장을 거장 쪽으로 기울여 떠나간 총독의 뒤를 가리키며 말했다. "저들을 방해하지 맙시다. 어쩌면 뭔가 결론에 도달하게 될지도 모르지요." 그리고 볼란드는 예르샬라임 쪽으로 팔을 내저었다. 그러자 예르샬라임은 어둠 속으로 사라져버렸다.

"저곳도 마찬가지지요." 볼란드는 멀리 뒤쪽을 가리켰다. "그 좁은 지하에서 뭘 하겠습니까?" 그 순간 유리창에 비춰진 부서진 태양도 꺼져버렸다. "무엇을 위해?" 볼란드의 말투는 단호하면서도 부드러웠다. "오, 너무나도 낭만적인 거장이여, 낮이면 당신의 여인과 함께 꽃망울을 터뜨리는 벚나무 아래를 거닐고, 밤이면 슈베르트의 음악을 듣고 싶지 않소? 촛불 아래 거위 털로 만든 펜으로 글을 쓰고 있노라면 정말 즐겁지 않겠소? 당신은 파우스트가 그랬던 것처럼 새로운 호문쿨루스를 주조해낼 수 있다는 희망을 품으며 증류기 앞에 앉아 있고 싶지 않소?² 저곳으로, 저곳으로 가시오! 그곳에는 벌써 집과 늙은 하인이 당신을 기다리고 있소, 벌써 촛불이 타오르고 있소, 하지만 얼마 안 있어 촛불은 꺼질 것이오. 당신은 곧 새벽을 맞게 될 것이기 때문이오. 거장, 이 길을 따라 가시오, 이 길로! 잘 가시오! 나는 떠날 때가 되었소."

"안녕히!" 마르가리타와 거장이 한목소리로 볼란드에게 답했다. 검은 볼란드는 어떤 길도 돌아보지 않고 낭떠러지로 내달렸고, 그 뒤를 따라 그의 수행원들도 요란한 소리와 함께 달려갔다. 이제 주위에는 절벽도, 단상도, 달빛 길도, 예르샬라임도 없었다. 검은 말들도 사라졌다. 거장과 마르가리타는 약속된 새벽을 보았다. 새벽은 자정의 달이 진 바로 그 자리에서 시작되었다. 거장은 아침을 여는 찬란한 빛을 받으며 자신의 여인과 함께 이끼가 낀 작은 돌다리를 건너고 있었다. 그리고 그들은 마침내 그 다리를 다 건넜다. 서로를 굳게 믿고 있는 연인들 뒤로 개울이 흘렀고, 그들은 모랫길을 따라 걸어갔다.

"이 정적을 들어봐요." 마르가리타가 거장에게 말했다. 아무것도 신지 않은 그녀의 발밑으로 모래가 사각거렸다. "들어봐요. 사는 동안 그 누구도 당신에게 주지 않았던 이 고요함을 마음껏 즐겨요. 봐요. 저기 앞에 당신의 영원한 집이 있어요. 당신에게 상으로 내려준 집이…… 나는 벌써 베네치아풍의 창과 지붕까지 감겨 올라간 포도 넝쿨이 보여요. 당신의 집이에요. 당신의 영원한 집이에요. 나는 알고 있어요. 저녁이면 당신이 사랑하는 사람들, 당신이 관심을 갖고 있는 사람들, 당신을 불안하게 하지 않는 사람들이 당신을 찾아올 거예요. 그들은 당신에게 연주를 해주고, 당신에게 노래를 불러줄 거예요. 당신은 촛불이 타오를 때, 방 안의 불빛이 어떤 것인지를 보게 될 거예요. 당신은 손때 묻은 당신의 영원한 모자를 쓰고 잠이 들 거예요. 당신은 입가에 미소를 지으며 잠이 들 거예요. 잠은 당신을 강하게 만들어주고, 당신은 지혜롭게 판단하게 될 거예요. 이제 당신은 날 쫓아낼 수 없어요. 내가 당신의 잠을 지켜줄 테니까."

거장과 함께 자신들의 영원한 집으로 걸어가면서 마르가리타는 그렇게 말했다. 거장은 마르가리타의 말이 뒤에 두고 온 개울이 졸졸거리며 속삭이는 것처럼 흐르고 있다고 생각했다. 그리고 거장의 기억, 온통 바늘로 쑤셔놓은 듯 불안한 그의 기억이 꺼져가기 시작했다. 누군가 거장을 자유롭게 놓아준 것이다. 조금 전 그가 자신이 창조한 주인공을 놓아주었던 것처럼. 그 주인공은 심연 속으로 떠났다. 일요일로 가는 새벽, 용서를 받은 점성술사인 왕의 아들, 잔인한 유대의 제5대 총독 기사 본디오 빌라도는 그렇게 돌이킬 수 없는 길로 떠났다.

에필로그

그건 그렇고 토요일 저녁 황혼 속에 볼란드가 도시를 버리고, 참새 언덕에서 자신의 수행원들과 함께 사라지고 난 다음 모스크바에는 무슨 일이 벌어졌을까?

오랫동안 수도 전역에 퍼져, 아주 빠른 속도로 멀리 지방의 오지까지 퍼져나간 정말 말도 안 되는 지독한 소문들에 대해 굳이 말할 필요는 없을 것 같다. 그 소문들은 다시 말한다는 것조차 역겨운 그런 것들이었다.

지금 이 진실된 글을 쓰고 있는 나 자신도 페오도시야로 가는 열차 안에서 모스크바에서 이천 명의 사람이 말 그대로 홀딱 벗고 극장에서 뛰어나와 그 모습 그대로 택시를 잡아타고 집으로 흩어졌다는 이야기를 들은 적이 있다.

'부정한 힘이……'라는 수군거림이 우유 가게 앞에 선 줄에서, 전차와 가게, 아파트와 부엌, 별장촌, 그리고 더 먼 지역으로 가는 기차들, 역과 간이역들, 별장과 해변에서 들려왔다.

좀더 성숙하고 교양 있는 사람들은 수도를 방문한 부정한 힘에 대한 이야기에 끼어들지 않고, 그 이야기들을 비웃었으며, 이야기꾼들로 하여금 이성을 찾게 하려고 애를 쓰기도 했다. 하지만 그럼에도 불구하고 사실은 엄연히 사실이어서, 아무 해명도 없이 그 사실을 회피할 수만도 없는 노릇이었다. 누군가가 수도를 다녀갔다. 그리보예도프에 남은 잿더미만 해도, 아니, 그 외에 많은 것들이 너무나도 명백하게 그 사실을 분명히 말해주고 있었다.

교양 있는 사람들은 수사국의 입장을 지지했다. 즉, 기가 막힌 기술을 보유한 최면술사들과 복화술사 일당이 벌인 일이라는 것이었다.

당연한 일이지만, 모스크바와 그 외곽에서 최면술사와 복화술사 일당을 체포하기 위한 즉각적이고 강력한 조치들이 취해졌다. 그러나 대단히 유감스럽게도 그 조치들은 아무런 결과도 가져다주지 않았다. 볼란드를 자처하는 자와 그 앞잡이들은 이미 사라졌고, 그 이후로 모스크바에 돌아오지 않았으며, 다른 어떤 곳에 나타나지도, 그 신분을 드러내지도 않았다. 이런 경우 지극히 자연스러운 얘기로, 그들이 해외로 도피했다는 가정이 나오기도 했지만, 외국 어디에서도 그들은 모습을 드러내지 않았다.

그 사건에 대한 수사는 오랫동안 계속되었다. 그도 그럴 것이, 그 사건은 어마어마하게 큰 사건이었다! 불에 타버린 네 채의 건물과 정신이 이상해져버린 수많은 사람들 얘기는 말할 것도 없고, 살해당한 사람들까지 있었다. 그중 정확하게 말할 수 있는 것은 두 사람, 즉 베를리오즈와 외국인을 위한 모스크바 관광국에서 근무하던 불행한 전 남작 마이겔뿐이었다. 그들은 살해당한 것이 분명했다. 마이겔의 다 타버린 유골은 화재의 진화 직후 사도바야 거리 50호 아파트에서 발견되었다. 그렇게 희생자들이 나온 만큼 조사가 필요했다.

희생자들은 또 있었다. 볼란드가 수도를 떠나고 나서 정말이지 슬프게도 검은 고양이들이 그 희생자가 되었다.

사람을 잘 따르고 온순하며, 사람들에게 도움이 되기도 하는 백여 마리의 고양이가 총살되거나, 또 다른 방법으로 이 나라의 각 지역에서 죽어나갔다. 일례로, 아르마비르라는 지역에서는 아무 죄도 없는 그 짐승들 중 하나가 한 시민에 의해 앞발이 묶인 채 경찰서로 끌려왔다.

그 고양이는 도둑질이라도 하는 것처럼(그런데 고양이가 원래 그렇게 생긴 것을 어떻게 하겠는가? 이건 고양이들이 비도덕적이어서가 아니라, 그들보다 더 강한 존재들 중 누군가, 그러니까 개나 사람들이 그들에게 어떤 해나 수치를 가하지 않을까 두려워하기 때문에 그런 것이다. 이런 경우는 비일비재하다. 하지만 분명히 말하건대, 그건 절대 옳지 않은 행동이다. 절대, 절대로!), 어쨌든, 도둑질이라도 하는 것처럼 그 고양이가 우엉 잎에 달려든 순간, 잠복하고 있던 시민에 의해 체포되었다.

고양이를 덮친 그 시민은 그를 묶기 위해 목에서 넥타이를 풀며, 독살스럽고 위협적인 말투로 다음과 같이 중얼거렸다.

"아하! 최면술사 양반께서 이제 우리 아르마비르에까지 나타나신 건가? 여기서 네놈 따위에 놀랄 사람은 없다. 벙어리인 척하지 마. 우린 네가 어떤 놈인지 다 알고 있다고!"

그 시민은 고양이가 뒷발로 서서 가도록 초록색 넥타이로 동여맨 그 불쌍한 짐승의 앞발을 잡아 끌고 발길질을 해가며, 고양이를 경찰서로 데려갔다.

"당신," 휘파람을 불며 뒤따라온 꼬마아이들까지 대동하고 나타난 그 시민은 소리를 있는 대로 질러댔다. "어리석은 짓 하지 마! 그렇게 호락호락 넘어갈 줄 알아? 다른 사람들처럼 걸으란 말이야!"

하지만 검은 고양이는 수난자처럼 눈을 굴릴 뿐이었다. 자연으로부터 말하는 능력을 부여받지 못한 그 고양이는 아무런 변명도 할 수 없었다. 가련한 짐승은 경찰과 자신의 주인인, 존경할 만한 미망인 노파에게 자신의 운명을 맡길 수밖에 없었다. 고양이가 담당 부서로 이송된 직후, 그곳에서 시민에게 지독한 술 냄새가 난다는 것이 밝혀졌고, 따라서 그의 진술은 그 즉시 의심을 받았다. 그러는 사이, 이웃 사람들로부터 자신의 고양이가 잡혀갔다는 사실을 알게 된 노파는 담당 부서로 달려갔고, 아주 적절한 시간에 도착했다. 노파는 고양이에 대한 온갖 칭찬을 늘어놓으면서, 자신은 그 고양이가 새끼였을 때부터 벌써 오 년이나 그 고양이를 알고 지냈으며, 따라서 그 고양이에 대해서라면 자신의 이름을 걸고 보증할 수 있고, 그 고양이는 어떤 나쁜 짓도 하지 않았으며, 모스크바에 간 적도 절대 없었다고 증언했다. 그 고양이는 아르마비르에서 태어난 후 줄곧 그곳에서 자랐고, 그곳에서 쥐 잡는 법을 배웠다는 것이다.

정말이지 온갖 고통을 맛보고 난 뒤에야 고양이는 풀려나 주인에게 돌아갔다. 단 한 번의 실수와 비방이 어떤 결과를 초래하는지를 몸소 체험한 것이다.

고양이 외에도 몇몇 사람들이 얼마간의 불쾌한 일들을 당했다. 몇몇 사람들이 체포되었고, 또 다른 사람들은 짧은 기간이긴 하지만 구류를 살기도 했다. 레닌그라드에 사는 시민 볼리만과 볼리페르, 사라토프와 키예프, 하리코프에 사는 세 명의 볼로딘과 카잔의 볼로흐, 그리고 펜자에서는 대체 무엇 때문인지 이유도 모르는 채로 화학자 베트친케비치 박사가 붙들려갔다. 하긴 그 베트친케비치라는 자는 키가 아주 크고 짙은 갈색 머리를 하고 있기는 했다.

이외에도 여러 지역에서 아홉 명의 코로빈과 네 명의 코롭킨, 그리고 두 명의 카라바예프가 붙잡혔다.

벨고로드 역에서는 세바스토폴행 기차를 타고 가던 한 시민이 결박당한 채로 연행되었다. 그 시민은 카드 마술로 같이 가던 승객들을 재미있게 해주려고 했었다고 한다.

야로슬라블에서는 마침 점심시간에 한 시민이 손에 버너를 들고 레스토랑에 나타났다. 그는 고장 났던 버너를 고쳐서 가지고 오던 참이었다. 외투보관실에서 그를 본 두 명의 수위는 자신의 임무도 다 내팽개치고 그 자리에서 도망을 쳤으며, 그 둘을 따라 레스토랑에 있던 모든 손님과 종업원들도 도망을 쳐버렸다. 그뿐만 아니라 어떻게 된 일인지 카운터를 보던 여직원과 함께 카운터에 있던 돈도 모두 사라져버렸다.

그리고 또 모두 기억하기조차 어려운 많은 일들이 있었다. 민심의 동요 또한 상당했다.

수사가 정당하게 이루어졌다는 것에 대해서는 다시 한 번, 그리고 또 다시 한 번 인정해주어야 할 것이다. 범인들을 체포하기 위해서뿐만 아니라, 그들이 저지른 모든 것을 해명하기 위해 가능한 모든 조치가 취해졌다. 그리고 모든 것이 해명되었다. 그 해명들이 납득할 만한 것이었고, 논쟁의 여지가 없는 것이었음도 인정해주어야 한다.

수사 요원들과 경험 많은 정신과 전문의들은 범죄를 저지른 일당의 멤버들 모두, 혹은 적어도 그들 중의 하나는(대다수가 그 인물로 코로비예프를 지목했다) 비상한 능력을 지닌 최면술사로, 자신들이 실제로 있는 장소가 아닌 다른 장소에 가상으로 모습을 드러낼 줄 아는 자들임을 밝혀냈다. 그뿐만 아니라, 그들은 그들과 만난 사람들에게 어떤 물건, 혹은 사람들이 실제와는 다른 장소에 있다는 생각을 하게 하고, 그와 정반대로 실제로 일정 시야에 위치한 사람들이나 물건들이 눈앞에서 사라졌다는 생각을 하게 만들기도 했다.

이와 같은 설명에 따라 모든 것이 완전히 밝혀졌다. 시민들을 가장 흥분시켰고, 도무지 설명이 불가능하다고 여겨졌던 사건, 즉 50호 아파트에서 고양이를 체포하려고 했을 때, 그 많은 총알을 맞고도 고양이가 멀쩡했던 것도 해명되었다.

상들리에 위에 고양이 같은 것은 처음부터 없었고, 방어 사격을 하려고 한 자도 없었다. 사람들은 아무것도 없는 허공에 대고 총을 쏘아댄 것이고, 그러는 동안 고양이가 상들리에 위에서 장난을 치고 있다고 믿게 한 코로비예프는 총격전을 벌이고 있는 사람들 뒤에 태연히 자리를 잡고 앉아 짐짓 인상을 써가며 범죄에 이용된 자신의 대단한 최면 능력을 즐기고 있었던 것이다. 물론, 아파트에 벤진을 쏟아 붓고 불을 지른 것도 바로 코로비예프였다.

당연한 얘기지만, 스툐파 리호데예프는 얄타 같은 곳엔 가지도 않았고(그건 아무리 코로비예프라 해도 힘에 부치는 일이다) 거기서 전보를 보낸 일도 없었다. 식초에 절인 버섯을 포크에 찍어 들고 있는 고양이를 보여준 코로비예프의 마술에 놀라 보석상 부인의 아파트에서 기절한 스툐파는 이후 계속해서 그 아파트에 누워 있었다. 그동안 코로비예프는 그에게 장난을 치며 펠트 모자를 씌우기도 했고, 그를 모스크바 비행장으로 보내기도 했으며, 수사국 요원들에게 미리 최면을 걸어 세바스토폴에서 도착한 비행기에서 스툐파가 내릴 것이라고 확신하게 만들었다.

사실, 얄타의 형사수사국은 스툐파가 맨발로 수사국을 찾아왔고, 수사국에서 스툐파와 관련하여 모스크바에 전보를 보냈음을 주장했다. 하지만 조사 결과 그 전보들은 단 한 장도 발견되지 않았으며, 이에 따라 슬픈 얘기긴 하지만 도저히 반박할 수는 없는 결론, 즉 최면술사 일당은 아주 먼 거리에서도, 그것도 특정 인물에 대해서뿐만 아니라, 집단으로 최면을 거는 능력을 지니고 있다는 결론이 내려졌다. 바로 그렇기 때문에 범죄자들은 그 누구보다도 강인한 심리 구조를 지닌 사람들까지도 이성을 잃게 할 수 있었던 것이다.

극장 일등석에 앉아 있던 낯선 사람의 주머니에 든 카드나 부인들의 사라진 옷, 고양이 울음소리를 내는 베레모 등등 시시한 사건들에 대해서는 더 말할 필요도 없다! 그 정도는 어지간한 실력의 최면술사라면 어떤 무대에서든 해낼 수 있는 것들이다. 사회자의 머리를 떼어내는 그리 복잡하지 않은 마술도 마찬가지이며, 말하는 고양이는 그야말로 장난에 불과하다. 사람들에게 그런 고양이를 보여주는 데에는 복화술의 초보적인 원리들을 익히는 것만으로도 충분하며, 코로비예프의 기술이 그런 초보적인 수준을 훨씬 넘어서 있다는 것을 의심할 사람은 물론 없을 것이다.

사실, 문제는 결코 카드 한 벌이나, 니카노르 이바노비치의 서류가방에 들어 있던 위조 서류 따위가 아니었다. 그런 것들은 정말로 사소한 것에 불과했다! 코로비예프는 다름 아닌 베를리오즈를 전차 밑으로 밀어 넣어 피할 수 없는 죽음을 맞게 한 인물이다. 그는 불쌍한 시인, 이반 베즈돔니의 이성을 잃게 하고, 헛것을 보게 했으며, 괴로운 꿈속에서 고대 예르샬라임과 태양에 다 타서 말라버린 민둥산을, 기둥에 매달린 세 명의 사형수들을 보게 한 인물이다. 마르가리타 니콜라예브나와 그녀의 가정부 나타샤가 모스크바에서 사라지게 한 것도 바로 그와 그의 일당이었다. 말이 나온 김에 덧붙이자면, 수사국은 이 두 여인의 실종에 특별한 관심을 기울였다. 그 여인들이 살인자와 방화자 일당에 유괴된 것인지, 아니면 자신들의 의지에 따라 범죄자 일당과 도망을 친 것인지를 밝혀내야 했다. 조사위원회는 니콜라이 이바노비치의 혼란스럽고 말도 안 되는 증언을 기초로, 마르가리타 니콜라예브나가 남편에게 남긴 이상하고 비이성적인 메모, 그러니까 자신은 마녀가 되어 떠난다고 적혀 있는 메모를 주의 깊게 살펴보고, 나타샤가 자신의 소지품들을 모두 그 자리에 두고 사라졌다는 점 등을 고려하여 여주인과 가정부는 다른 많은 사람들과 마찬가지로 최면술에 걸렸고, 그런 상태로 일당에 납치되었다는 결론을 내렸다. 아무래도 두 여인의 미모가 범죄자들을 매혹시킨 것 같다는 아주 그럴듯한 의견이 나오기도 했다.

하지만 그 일당이 자신을 거장이라고 부르는 정신병 환자를 정신병원에서 납치한 동기는 여전히 밝혀지지 않았다. 그 동기는 끝내 확인되지 않았으며, 납치된 환자의 이름도 확인되지 않았다.[1] 그리하여 그는 '제1병동 118호'라는 생명 없는 별명 아래 영원히 사라졌다.

이렇게 거의 모든 것이 밝혀졌고, 모든 일이 그렇듯 조사는 끝이 났다.

그로부터 몇 년이 흘러, 시민들은 볼란드도, 코로비예프도, 그 외 다른 사람들도 잊어가기 시작했다. 볼란드와 그의 앞잡이들로 인해 고통을 당했던 사람들의 삶에도 많은 변화가 일어났다. 사실 그 변화들은 사소하고 별로 중요하지 않은 것들이긴 하지만, 그래도 언급은 하고 넘어가야 할 것 같다.

조르주 벵갈스키는 병원에서 석 달을 보낸 후 정상으로 돌아와 퇴원을 했다. 하지만 버라이어티에서의 일은 그만두어야 했다. 관객들이 표를 사기 위해 몰려들어 제일 바쁜 시간에도 검은 마술과 그 폭로에 대한 기억이 너무나도 생생하게 떠올랐기 때문이었다. 벵갈스키는 버라이어티를 그만두었다. 하나같이 그를 알아보고, 또 어김없이, 저 사람은 머리가 붙어 있는 게 더 나은가 아니면 머리가 없는 게 나은가, 하는 조롱 섞인 질문들을 던지는 이천 명의 관객들 앞에 매일 저녁 나선다는 것은 너무나 고통스러운 일이었기 때문이었다.

그뿐만 아니라 그는 사회자로서 그 직업에 반드시 필요한 유쾌함을 상당 부분 잃어버렸다. 해마다 봄의 만월이 되면 불안에 빠져 갑자기 자신의 목을 움켜쥐고 놀란 눈으로 주위를 둘러보며 눈물을 흘리곤 하는 불쾌하고 고통스러운 습관이 그에게 남겨졌다. 발작은 곧 지나가곤 했지만, 그렇다 해도 그런 상태로 전과 같은 일을 할 수는 없었다. 사회자는 마음의 평안을 위해 떠났고, 저축해두었던 돈으로 살아가기 시작했다. 씀씀이가 워낙 검소하여 그 돈으로 십오 년은 족히 살 수 있었다.

그렇게 그는 극장을 떠났고, 이후 바레누하와는 단 한 번도 만나지 않았다. 바레누하는 극장 총무부장들 사이에서조차 믿기 어려울 정도의 친절과 예의바름으로 대단한 인기와 사랑을 얻게 되었다. 이를테면, 초대장만 찾는 사람들은 언제나 그를 자애로운 아버지 같은 사람이라고 불렀다. 또한 어떤 시간에 누가 버라이어티에 전화를 하더라도 언제나 수화기에서는 부드러운, 하지만 슬픈 듯한 목소리가 들려왔다. "예, 전화 받았습니다." 그리고 바레누하를 바꿔달라고 하면, 예의 그 목소리가 황급히 대답했다. "접니다. 무엇이든 말씀만 하십시오." 하지만 이반 사벨리예비치는 그러한 예의바름으로 인해 고생을 있는 대로 했다!

스툐파 리호데예프는 더 이상 버라이어티에서 전화로 이야기를 나눌 수 없게 되었다. 병원에서 팔 일을 보내고 퇴원하자마자 곧바로 그는 로스토프로 전근을 가게 되었으며, 그곳에서 그는 대형 식품점의 지배인으로 임명되었다. 그가 싸구려 포도주를 완전히 끊고, 까치밥나무 열매의 싹으로 만든 보드카만 마셔서 아주 건강해졌다는 소문이 돌았다. 말이 없어지고, 여자를 멀리하게 되었다는 얘기도 있다.

림스키는 스툐파 보그다노비치가 마침내 버라이어티에서 쫓겨났음에도 불구하고 수년 동안 그가 그토록 꿈꾸어왔던 기쁨을 맛보지 못했다. 병원과 키슬로보츠크를 거친 후 폭삭 늙어버려 머리를 흔들고 다녀야 했던 경리부장은 버라이어티에 사직서를 제출했다. 여기서 흥미로운 것은 그 사직서를 극장에 가져온 것이 림스키의 아내라는 점이다. 그리고리 다닐 로비치는 달빛이 흘러넘치는 창의 금 간 유리와 아래 빗장까지 늘어져 내려온 긴 팔을 보았던 그 건물로는 대낮에도 들어설 용기가 나지 않았던 것이다.

버라이어티에서 나온 경리부장은 자모스크보레치예에 있는 어린이 인형극장에 들어갔다. 그 극장에서는 음향 문제로 존경해 마지않는 아르카디 아폴로노비치 셈플레야로프와 부딪힐 필요가 없었다. 셈플레야로프는 그 사건 직후 브랸스크로 쫓겨나 버섯 조달국 국장으로 임명되었다. 요즘 모스크바 사람들은 소금에 절인 송이버섯과 식초에 담근 흰 송이버섯을 먹으면서 입이 마르도록 그를 칭찬하고 있으며, 극장에서 그를 쫓아내길 정말 잘했다고 생각하고 있다. 다 지난 일이니 하는 말이지만, 음향 업무는 아르카디 아폴로노비치에게 맞지 않았었다. 그가 아무리 음향 효과를 개선시키려고 애를 써도 음향은 언제나 마찬가지였으니 말이다.

아르카디 아폴로노비치 외에 니카노르 이바노비치 보소이도 극장과 완전히 인연을 끊은 사람 중의 하나이다. 사실 초대권을 좋아하는 것 말고는 원래 극장과는 아무 상관이 없는 사람이긴 했지만 말이다. 니카노르 이바노비치는 돈을 내고도, 공짜로도 그 어떤 극장에도 가지 않았을 뿐 아니라 극장과 관련된 이야기가 나오기만 해도 얼굴 표정까지 바뀌었다. 극장 외에도 그는 시인 푸시킨과 재능 있는 배우인 사바 포타포비치 쿠롤레소프를 지나치다 싶을 만큼 싫어했다. 어느 정도였는가 하면, 작년 신문 부고란에서 사바 포타포비치가 그의 경력이 가장 만개한 순간 심장마비로 세상을 떠났다는 기사를 본 니카노르 이바노비치는 하마터면 자신까지 사바 포타포비치의 뒤를 따라 저세상으로 갈 뻔할 정도로 얼굴이 시뻘 개져서 짐승처럼 울부짖었다. "그런 놈은 그래도 싸지!" 그뿐만 아니라, 인기 있는 배우의 죽음으로 수많은 고통스러운 기억들이 되살아난 니카노르 이바노비치는 그날 저녁 사도바야를 비추고 있는 보름달과 벗하며 끔찍할 정도로 취해버렸다. 술을 한 잔씩 마실 때마다 그의 눈앞에 그가 증오하는 저주스러운 인물들이 줄줄이 이어져 나왔고, 그 속에는 세르게이 게라르도비치 둔칠과 아름다운 이다 헤르쿨라노브나, 그리고 싸움 거위의 주인인 빨강 머리 사내와 정직한 사내, 니콜라이 카납킨도 들어 있었다.

그렇다면, 그 사람들에게는 또 무슨 일이 있어났을까? 아니, 그건 아니다! 그 사람들에게는 아무 일도 일어나지 않았고, 일어날 수도 없었다. 그들은 현실에 존재했던 사람들이 아니기 때문이다. 사회를 보던 인상이 좋은 배우도 없었고, 극장도, 지하실에서 외화를 썩히고 있는 늙은 구두쇠 포로호브니코바 숙모도 없었다. 황금 나팔도 물론 없었으며, 뻔뻔스러운 요리사들도 존재한 적이 없었다. 그 모든 것들은 그 빌어먹을 코로비예프로 인해 니카노르 이바노비치가 그저 꿈에서 본 것들일 뿐이었다. 그 꿈으로 날아 들어간 인물 중 유일하게 살아 있는 사람이 바로 사바 포타포비치라는 배우였고, 그가 그 일에 연루된 것은 그저 라디오에 자주 나와서 니카노르 이바노비치의 기억에 남아 있었기 때문이었다. 그는 존재했었다. 하지만 나머지 사람들은 아니었다.

그렇다면 알로이지 모가리치도 존재하지 않았던 것일까? 오, 아니다! 그는 분명히 존재했을 뿐만 아니라, 지금까지도 존재하고 있다. 그것도 림스키가 거절한 바로 그 자리, 그러니까 버라이어티의 경리부장으로 말이다.

볼란드를 방문한 뒤, 이십사 시간가량이 지나고 나서 뱟카 근교 어딘가의 기차 안에서 정신을 차린 알로이지는 무엇 때문인지 자신이 혼미한 상태로 모스크바를 떠나면서 바지 입는 것을 잊었고, 역시 무엇 때문인지 자신에게는 아무 필요도 없는 집주인의 주민 장부를 훔쳐 왔다는 사실을 알게 되었다. 알로이지는 승무원에게 거금의 돈을 쥐어주고, 그의 낡고 기름때가 묻은 바지 한 벌을 얻어 입고는 그 즉시 뱟카에서 돌아왔다. 하지만 그는 집주인의 집을 찾을 수 없었다. 다 쓰러져가던 낡은 집을 불길이 깨끗하게 쓸어가버린 것이었다. 하지만 알로이지는 비상하리만큼 정력적인 사람이었다. 두 주 후 그는 이미 브류소프 거리에 있는 아주 훌륭한 방에서 살고 있었고, 몇 달 후에는 벌써 림스키의 사무실에 앉아 있었다. 그리고 예전에 림스키가 스툐파 때문에 괴로워했듯이, 이제 바레누하는 알로이지 때문에 괴로워했다. 지금 이반 사벨리예비치가 바라는 것은 단 한 가지, 그 알로이지라는 자를 버라이어티에서 내쫓아 어디든 눈에 띄지 않는 곳으로 보내버리는 것뿐이었다. 가까운 사람들과 있는 자리에서 바레누하가 이따금 귓속말로 말하듯이, "그 알로이지만큼 혐오스러운 인간은 아마 죽을 때까지 다시 보지 못할 것이며, 그 알로이지라는 자는 도대체가 못할 짓이라고는 없는 인간"이었기 때문이었다.

하긴 어쩌면 그건 총무부장의 편견일지도 모른다. 알로이지가 어떤 불미스러운 일을 벌였다는 얘기는 없다. 그뿐만 아니라 그는 뷔페 직원 소코프의 자리에 다른 사람을 앉힌 것 말고는 거의 아무 일도 하지 않았다. 안드레이 포키치 소코프는 볼란드가 모스크바에 나타나고 나서 열 달 뒤 모스크바국립대학 제1병원에서 간암으로 죽었다…….

그렇게 몇 년이 흘렀고, 이 책에서 진실되게 묘사한 사건들의 상처는 아물기 시작했으며, 기억 속에서 사라졌다. 하지만 모든 사람들에게 그랬던 것은 결코 아니다!

해마다 봄의 축제의 만월²이 떠오르면, 서른, 혹은 서른이 좀 넘어 보이는 한 사람이 저녁 무렵 파트리아르흐 연못가의 보리수 아래에 나타났다. 머리가 약간 붉고 눈은 초록색이며 검소한 차림을 하고 있는 그 사람은 역사철학연구소 연구원인 이반 니콜라예비치 포니레프 교수였다.

보리수나무 아래로 다가선 그는 언제나 같은 의자, 벌써 오래전에 사람들에게 잊혀진 베를리오즈가 그의 생애 마지막으로 조각조각 부서지고 있는 달을 바라보았던 바로 그 저녁, 자신이 앉아 있었던 의자에 가서 앉았다.

초저녁인 지금 달은 온통 하얗지만, 잠시 후면 검은 경주마, 혹은 용의 모습이 섞인 황금빛이 되어 전(前) 시인, 이반 니콜라예비치의 머리 위로 높이 떠올라 언제나와 같은 자리에 서게 된다.

이반 니콜라예비치는 모든 것을 알고 있었다. 그는 모든 것을 알고, 이해하고 있었다. 젊은 시절 자신이 최면술을 거는 범죄자들의 희생자가 된 적이 있으며, 그 후 치료를 받았고, 완쾌되었다는 것을 그는 알고 있다. 하지만 그는 자신이 극복할 수 없는 다른 무언가가 있다는 것도 알고 있었다. 그가 이겨낼 수 없었던 것은 바로 이 봄의 만월이었다. 봄의 만월이 다가오기 시작하면, 언젠가 다섯 개의 양초가 달린 두 개의 촛대보다 더 높이 걸려 있던 그 달이 높이 떠올라 황금빛을 쏟아 붓기 시작하면, 이반 니콜라예비치는 불안해지기 시작했고, 예민해졌으며, 식욕도 잠도 잃고, 달빛이 무르익기만을 기다렸다. 만월이 다가오기 시작하면, 그 무엇도 이반 니콜라예비치를 집에 붙잡아둘 수 없었다. 저녁이 되면 그는 어느새 집을 빠져나와 파트리아르흐 연못으로 가고 있었다.

벤치에 앉은 이반 니콜라예비치는 이미 주저 없이 자기 자신과 이야기를 나누었고, 담배를 피워 물었으며, 눈을 가늘게 뜨며 달을, 그의 기억에 너무나도 선명히 남아 있는 회전문을 바라보았다.

이반 니콜라예비치는 한두 시간을 그렇게 보내고 난 뒤 텅 빈 눈으로 자리에서 일어나 언제나 똑같은 길을 따라 스피리도높카를 지나 아르바트 골목으로 갔다.

그는 석유 가게를 지나 오래되어 기울어진 가스등이 세워진 곳에서 길을 꺾어 천천히 울타리 쪽으로 다가갔다. 그리고 그 울타리 너머로 잘 손질되어 있지만 아직은 앙상한 가지뿐인 정원과 그 안쪽에 달빛으로 채색된 삼면 내닫이창이 나와 있고, 나머지는 어둠 속에 잠겨 있는 고딕식 저택을 보았다.

교수는 무엇이 그를 그 울타리로 이끈 것인지, 그 집에 누가 사는지 알지 못했다. 하지만 만월이면 자신도 스스로를 어쩔 수 없다는 것만은 알고 있었다. 그리고 또 한 가지, 울타리 너머 정원에서 언제나 같은 장면을 어김없이 보게 될 것이라는 것도 그는 알고 있었다.

그는 수염을 기르고 코안경을 썼으며, 어딘지 돼지를 닮은 데가 있는 중년의 점잖은 남자가 정원 벤치에 앉아 있는 모습을 보았다. 저택의 거주자인 듯한 그 사람은 이반 니콜라예비치가 볼 때마다 똑같은 공상에 잠긴 듯한 자세로 달을 바라보고 있었다. 이반 니콜라예비치는 그가 벤치에 앉은 채로 한참을 그렇게 달을 쳐다보고 난 뒤 어김없이 높이 내닫이창으로 눈을 돌려, 마치 당장이라도 그 창문이 열리고 창가에 뭔가 특이한 것이 나타나기를 기다리기라도 하듯이 그 창을 응시할 것이라는 것도 알고 있었다.

이반 니콜라예비치는 그다음에 일어나는 일들도 모두 외우고 있었다. 여기서부터는 반드시 울타리 안쪽으로 몸을 더 바짝 갖다 붙여야 한다. 이제 저 벤치에 앉아 있는 사람이 불안하게 머리를 휘젓고, 멍한 눈으로 허공에서 무언가를 붙잡으며 기쁨에 겨워 미소를 짓기 시작할 것이다. 그런 다음 그는 갑자기 달콤한 추억에 젖어 손뼉을 치면서, 마치 아무것도 개의치 않는다는 듯 아주 큰 소리로 중얼거릴 것이다.

"비너스여! 비너스여……! 아, 난 정말 멍청한 놈이야……!"

"신들이여, 신들이여!" 이반 니콜라예비치는 울타리 뒤로 몸을 감추고, 그 비밀스러운 낯선 자에게서 타오르는 눈을 떼지 않은 채로 중얼거렸다. "여기 또 한 사람, 달의 희생자가 있다…… 그래, 저 사람은 나와 같은 희생자다."

벤치에 앉은 사람은 계속해서 다음과 같이 말할 것이다.

"아, 나는 정말 멍청한 놈이야! 왜, 왜 내가 그녀와 같이 떠나지 않았을까? 뭘 두려워한 걸까, 늙은 나귀 같으니! 종잇조각 하나 받아가지고 와서! 아, 하지만 이제 어쩌겠어, 늙은 멍청이, 멍청이!"

푸념은 저택의 어두운 쪽에서 창이 삐걱거리고, 거기 뭔가 희끄무레한 것이 나타나 기분 나쁜 여자의 목소리로 다음과 같이 울릴 때까지 계속될 것이다.

"니콜라이 이바노비치, 당신 어디 있어요? 지금 뭐 하고 있는 거예요? 말라리아에라도 걸리고 싶은 거예요? 어서 들어와서 차 드세요!"

그러면 앉아 있던 사람은, 물론, 정신을 차리고, 거짓된 목소리로 대답을 한다.

"공기를, 신선한 공기를 좀 들이마시고 싶어서! 공기가 아주 좋아!"

그러고는 벤치에서 일어나 아래로 닫히는 창에 대고 주먹으로 슬쩍 위협을 하고는 천천히 집으로 들어갈 것이다.

"거짓말이야, 거짓말을 하고 있어! 오, 신들이여, 저 사람은 거짓말을 하고 있는 겁니다!" 울타리에서 물러서면서 이반 니콜라예비치가 중얼거렸다. "그를 정원으로 끌어낸 것은 절대 공기가 아니야. 그는 이 봄의 만월 속에서, 정원과 저 높은 곳에서 뭔가를 보고 있는 거야. 아, 그의 비밀 속으로 들어갈 수 있다면, 그가 잃어버린 비너스, 이제 와서 아무 소용 없이 허공에 손을 허우적대며 붙잡으려고 하는 비너스가 어떤 모습인지 알 수만 있다면, 아무리 비싼 대가라도 치를 텐데!"

그리고 교수는 이제 완전히 병자가 되어 집으로 돌아온다. 그의 아내는 그의 상태를 눈치 채지 못한 것처럼 행동하며 그에게 어서 잠자리에 들라고 말한다. 하지만 정작 그녀 자신은 자리에 눕지 않고 책을 들고 램프 옆에 앉아 슬픈 눈으로 잠든 사람을 바라본다. 새벽이 되면 이반 니콜라예비치가 고통스러운 비명 소리와 함께 잠에서 깨어 울고 몸부림치기 시작할 것이라는 것을 그녀는 알고 있다. 그래서 그녀가 앉아 있는 램프 아래의 탁자에는 미리 알코올에 담가놓은 주사기와 짙은 갈색 액체가 들어 있는 앰풀이 놓여 있는 것이다.

무거운 병을 앓고 있는 사람과 인연을 맺은 불쌍한 여인은 그제야 자유이고, 아무 걱정 없이 잠들 수 있다. 주사를 맞고 나면, 이반 니콜라예비치는 아침까지 행복한 얼굴로 자게 될 것이다. 그리고 그녀가 알 수 없는, 아름답고 행복한 꿈을 꿀 것이다.

만월의 밤에 교수를 깨우고 안타깝게 비명을 지르게 하는 것은 언제나 똑같은 장면이었다. 그는 코가 없고, 어딘지 부자연스러운 모습의 형리가 거친 숨소리를 토해내며 위로 펄쩍 뛰어올라 기둥에 묶인 채 의식을 잃은 게스타스의 심장에 창을 찔러 꽂는 장면을 보았다. 하지만 그 형리보다도 더 무서운 것은 어디선가 먹구름이 몰려와 파국의 시간에나 있을 법한 요란한 소리와 함께 지상을 덮치며 빚어낸 꿈속의 부자연스러운 빛이었다.

주사를 맞고 나면, 잠든 이의 눈앞에 모든 것이 바뀐다. 침대에서 창까지 넓은 달빛 길이 펼쳐지고, 그 길 위에 핏빛 안감을 댄 흰 망토를 입은 사람이 나타나 달을 향해 걷기 시작한다. 그의 옆에는 다 해진 키톤을 입고, 얼굴이 흉측하게 뭉그러진 젊은 사람이 같이 걸어가고 있다. 두 사람은 뭔가에 대해 열심히 이야기를 나누며 논쟁을 하고, 뭔가에 대해 끝까지 이야기하고 싶어했다.

"신들이여, 신들이여!" 망토를 입은 사람이 거만한 얼굴을 자신의 동행인에게 돌리며 말한다. "처형은 정말 속된 것이었소! 하지만 당신이 나에게 말해주시오." 여기서 그의 얼굴은 거만함에서 거의 애원하는 듯한 표정으로 바뀐다. "처형은 없었잖소! 제발 말해주시오. 없었지 않았소?"

"그렇소, 물론이오. 없었소." 동행인이 쉰 목소리로 대답한다. "당신이 본 것은 환각이었소."

"그럼 당신은 그걸 맹세할 수 있소?" 망토를 입은 사람이 비위를 맞추려는 듯한 말투로 부탁한다.

"맹세하오!" 동행인이 대답한다. 그의 눈은 왠지 미소를 짓고 있다.

"나는 이제 더 이상 아무것도 필요하지 않소!" 망토를 입는 사람이 갈라지는 목소리로 소리친다. 그러고는 자신의 동행인을 끌어당기며 달을 향해 점점 더 높이 올라간다. 귀가 뾰족한 커다란 개가 평온하고 당당한 모습으로 그들의 뒤를 따라가고 있다.

그때 달빛 길이 타오르기 시작하며, 그 길에서부터 달빛 강이 넘쳐 사방으로 흐르기 시작한다. 달이 그 빛을 사방으로 퍼트리며 논다. 달이 춤을 추고 장난을 친다. 그때 달빛 여울 속에 너무나도 아름다운 여인이 나타나 놀란 눈으로 주위를 둘러보고 있는 텁수룩한 수염의 사내의 손을 잡고 그를 이반에게 데려간다. 이반 니콜라예비치는 이내 그를 알아본다.

그 사람은 바로 그 118호실, 밤에 그를 찾아왔던 손님이다. 이반 니콜라예비치는 꿈속에서 그에게 손을 내밀며 애타게 묻는다.

"이제 다 끝난 건가요?"

"다 끝났소, 나의 제자여." 118호실이 대답한다. 그리고 여인이 이반에게 다가가 말한다.

"그래요, 이걸로 끝난 거예요. 다 끝났어요, 다 끝나가고 있어요……내가 당신 이마에 입을 맞춰드릴게요. 그러면 당신도 모든 것이 다 잘될 거예요."

그녀는 이반에게로 몸을 숙여 그의 이마에 입을 맞추고 이반은 그녀의 눈을 바라보며 팔을 뻗는데, 그녀가 자꾸 물러서며 자신의 동행인과 함께 달 쪽으로 떠난다……

그 순간 광포해진 달이 이반 앞으로 빛줄기를 쏟아붓고 사방으로 빛을 흩뿌린다. 방에서 달빛 범람이 시작되고, 넘실거리던 빛은 점점 높아져 마침내 침대를 삼켜버린다. 그리고 그때에서야 이반 니콜라예비치는 행복한 얼굴로 잠이 든다.

다음 날 아침 그는 말이 없는, 하지만 완전히 평온하고 건강해진 모습으로 잠에서 깨어난다. 바늘로 찌르는 것 같은 기억도 잠잠해지고, 다음 만월까지는 누구도 교수를 불안하게 하지 않는다. 코가 없는 살인자 게스타스도, 잔인한 유대의 제5대 총독 기사 본디오 빌라도도.

제1장

1 모스크바 시내 북서쪽에 위치한 커다란 연못. '총대주교'를 뜻하는 '파트리아르흐'라는 명칭은 17세기 이곳에 모스크바 총대주교 필라레트의 영지가 있었던 데서 유래한 것으로, 불가코프가 이 소설을 쓸 당시에는 '소년공산단원'을 뜻하는 '피오네르'의 연못으로 개명되어 있었다. 모스크바 지도(636쪽) 참고.

2 호칭으로는 다소 어색한 '시민'이라는 단어를 불가코프는 소설 전반에 걸쳐 반복적으로 사용하고 있다. 실제로 1917년 혁명 이후 러시아에서 '시민'이라는 단어는 과거의 다른 모든 호칭들(예를 들어, 신사, 숙녀와 같은 말들)을 몰아내고 모두가 평등한 소비에트 사회의 일원임을 표시하는 일반적인 호칭으로 사용되었다.
'시민'이라는 호칭은 소비에트에서 자주 사용되던 또 다른 호칭인 '동무tovarishch'와는 다른 뉘앙스를 갖는다. '동무'가 사상적 동지(同志)를 부를 때 쓰는 호칭이라면, '시민'이라는 말은 일반적인 호칭의 의미와 함께 경찰이 사람들을 부를 때("시민, 같이 좀 가주셔야겠습니다!"라는 말은 유명하다)와 같이 소비에트 권력의 입장에 선 목소리로서 위협의 뉘앙스를 담고 있었다. 호칭이 갖는 이러한 미묘한 뉘앙스의 차이는 이 소설에서 매우 중요한 의미를 갖는다. 소설의 등장인물들과 화자는 각 인물이 처한 상황의 변화에 따라 시민에서 동무로, 마담에서 여시민으로 바꾸어 부르기도 하는데, 각각의 상황에서 호칭이 갖는 의미와 그 미묘한 차이들을 음미하면서 읽는 것도 좋을 것이다.

3 앞 챙이 있고, 크라운 부분이 팔각형이나 원형의 부드러운 천으로 된 모자. 케피, 또는 '레닌모자'라고도 불린다.

4 모스크바 사회주의 작가연합Moskovskaia Assotsiatsiia Sotsialisticheskikh Literaturov, 또는 대중문학Massovaia Literatura의 약자로 보인다. 마솔리트는 실제 존재했던 문학협회

의 명칭은 아니다. 혁명 전야인 1910년대 중반부터 1940년대까지 러시아에서는 라프 (러시아 프롤레타리아 작가연합), 마프(모스크바 프롤레타리아 작가연합), 모드피크 (모스크바 극작가, 작가, 작곡가협회), 마스트콤드람(공산주의극작실험실) 등 수많은 약자들이 유행처럼 사용되었었다.

5 이반 니콜라예비치 포니레프의 필명 '베즈돔니'는 러시아어로 '집이 없는 사람'을 뜻한 다. 혁명 이후 소비에트에서는 이와 유사한 필명들, '베지멘스키(이름이 없는 사람)' '베드니(가난한 사람)' '골로드니(굶주린 사람)' '프리블루드니(사생아)' 등 혁명 전 세 계와의 단절을 선언하거나 새로운 프롤레타리아트 계급임을 선언하는 필명들이 자주 사용되었다.

6 모스크바 시내에 있는 고리 모양의 원형 도로. 파트리아르흐 연못은 이 원형 도로의 북 서쪽과 접하고 있다.

7 캅카스 북부에 위치한 휴양지 '키슬로보츠크'에서 생산되던 탄산수.

8 이 문장은 '일이고 뭐고 다 집어치우고' 정도로 해석될 수 있다. 일반적으로 놀라움이 나 불만, 분노 등을 나타내는 문장 속에 들어 있는 '악마'라는 말은 그 뜻을 살리지 않 고 해석하는 것이 관례이지만, 이 소설에서는 악마와 그 일당이 주인공이고, 그들이 때로 그 욕설에 담긴 호명에 답하듯 등장하는 만큼 가능한 그 표현을 살려 번역하기로 한다.

9 1917년 혁명으로 정권을 잡은 소비에트 권력은 무신론 사회의 건설을 그 주된 과제 중 하나로 삼았다. 이에 따라 반종교 선전을 위한 출판사와 잡지들이 만들어졌으며, 이를 통해 수많은 반종교 문학이 발표되었다. 반종교 선전문학들은 특히 부활절과 같 은 정교축일에 맞추어 대량으로 생산되었으며, 베를리오즈가 베즈돔니에게 반종교적 서사시를 주문한 것도 이와 관련된다. 소설의 배경이 되고 있는 오월 보름이 낀 주는 춘분 이후 첫 보름달이 뜨는 주의 일요일로 정해져 있던 정교의 부활절 전주에 해당 된다.

10 필론(B.C. 20~A.D. 54): 알렉산드리아 출신의 철학자, 종교 사상가. 그의 로고스 설 은 후대 종교철학에 큰 영향을 미쳤다.

11 요세푸스 플라비우스(57~100): 예루살렘 태생의 유대 장군, 역사가, 『유대 전쟁』『유 대 고대사』의 저자. 플라비우스가 예수에 대해 한마디도 언급하지 않았다는 베를리오 즈의 말은 사실과 다르다. 『유대 고대사』에는 예수에 대한 많은 이야기들이 담겨 있다. 다만, 유대인들은 그것을 정설로 받아들이지는 않았으며, 많은 부분 사실과 다르게 덧 붙여진 이야기들이라고 여겼다.

12 로마 역사가 타키투스 코르넬리우스(55~120)가 연대기 형식으로 기술한 역사서. 티베 리우스의 황제 등극에서 도미티아누스 황제의 죽음에 이르는 시기(14~66)의 로마사 를 다루고 있다. 예수 장면은 후에 끼워진 것이라는 베를리오즈의 주장 역시 현대 역사 학에서는 신빙성이 없는 것으로 간주되고 있다.

13 독일 철학자 임마누엘 칸트(1724~1804)를 말한다. 칸트는 그의 저서 『순수 이성 비 판』에서 신의 존재에 대한 세 가지 증거, 즉 신학적·우주론적·존재론적 증거를 논박

하고, 이후 『실천 이성 비판』에서는 인간에 내재한 도덕적 법률이 곧 신의 존재와 자유, 불멸성을 의미한다고 주장한 바 있다. 여기서 낯선 사람이 칸트가 신의 존재에 대한 세 가지가 아닌 다섯 가지의 증거를 논박했으며, 여섯번째 증거를 내세웠다고 말하는 것은 그 숫자를 실제와 다르게 말해 베를리오즈를 떠봄으로써 그의 박식함이 허세에 불과함을 드러내기 위한 것이라고 할 수 있다.

14 프리드리히 실러(1759~1805): 독일의 시인, 극작가. 베를리오즈의 언급과 달리 실러는 자신을 칸트 윤리학의 신봉자로 불렀던 사람이다. 1794년 칸트에게 보낸 편지에서 실러는 도덕성에 대한 칸트의 교의가 일반 대중들이 받아들이기에는 어렵고, 그 체계가 지나치게 엄격하여 자신을 순간적으로 칸트의 반대자로 만들기도 했지만, 그것은 칸트의 교의를 대중들에게 받아들여질 수 있는 것으로 만들고자 하는 자신의 열망에서 비롯된 것임을 고백한 바 있다.

15 다비드 슈트라우스(1808~1874): 독일의 신학자. 『예수의 생애』의 저자. 슈트라우스는 예수를 실제로 존재한 역사적 인물, 뛰어난 종교사상가로 보면서, 복음서 저자들이 쓰고 있는 예수에 대한 사실들의 상당 부분을 부정했다. 그는 복음서 저자들이 구약 성서에 나오는 메시아 형상에 따라 무의식적으로 신화를 만든 것이라고 생각했다. 한편, 슈트라우스는 『예수의 생애』에서 칸트에 대해 과학적 방법론의 전기를 이룬 사상가라고 평가하며 커다란 존경심을 드러냈지만, 칸트의 증거에 대한 언급은 전혀 하지 않았다.

16 백해(白海) 솔로베츠키 섬에 있는 수용소를 말한다. 솔로베츠키의 옛 수도원이 있던 자리에 정치범들을 주로 수감하는 이 특별 감옥이 세워진 것은 1920년대 초이며, '슬론 SLON'이라는 약자로 당시 소비에트인들에게 악명 높던 곳이었다.

17 1920년대 모스크바에서 팔던 담배. '나샤 마르카'는 러시아어로 '우리의 상표'를 뜻한다.

18 초기 소비에트에서 '(외국인) 간섭주의자들'이라는 말은 '혁명의 적' '민중의 적' 등의 표현과 함께 혁명으로 탄생한 새로운 체제의 전복을 꾀하는 위험하고 척결되어야 할 대상을 일컫는 말로 자주 사용되었다.

19 미하일의 애칭. 러시아인의 이름은 이름과 부칭(父稱), 성으로 이루어지며, 공식적인 호칭이나 존경을 나타낼 경우에는 이름과 부칭이, 그 외 호칭에서는 이름이나 애칭, 혹은 성이 단독으로 사용된다.

20 지옥의 힘과 연결된 마법을 말한다. 천상의 힘과 연결되어 있는 마법은 '흰 마술'이라고 부른다.

21 오리야크 제르베르(958~1005): 학자, 신학자. 999년 실베스테르 2세라는 이름으로 교황이 되었다. 전설에 따르면, 코르도바, 세빌리아 등 아랍 지역의 대학에서 마법의 기술을 익혀 그의 시대에 마법사, 연금술사로 알려지기도 했다.

22 유대력 일곱번째 달로 태양력의 삼월 말에서 사월 사이에 해당된다. 소설에서 언급되는 니산Nisan 14일 다음 날인 니산 15일은 유대인들의 이집트 탈출을 기념하는 유월절 축제의 첫날이기도 하다.

1 예루살렘의 히브리어 음역 방식 중 하나이다. 불가코프는 이후에도 의도적으로 '예슈아(예수)' '시네드리온(산헤드린)' '키리아트의 유다(가리옷 유다)' 등 일반적으로 사용되는 것과는 다른 음역 방식을 사용하고 있으며, 그 표현들은 대부분 불가코프가 소설을 쓰면서 참고한 슈트라우스의 『예수의 생애』, 르낭의 『예수의 생애』 등 신학서지들과 백과사전, 요세푸스 · 타키투스와 같은 고대 역사가들의 책, 위경(僞經) 등에서 취한 것들이다.

2 두개골의 반쪽을 뜻하는 그리스어 'hemikrania'를 음역한 것이다. 헤미크라니아는 흔히 말하는 편두통의 어원이 된 말로 편두통이라고 옮길 수도 있지만, 러시아어로 편두통은 다른 단어(migren)로 사용된다는 점, 그리고 불가코프가 가능한 고대 로마인들이나 유대인들이 사용하던 표현들은 그대로 살리고자 했다는 점을 고려하여 헤미크라니아라는 말을 그대로 옮기기로 한다.

3 팔레스타인 북부 지방의 지명.

4 기원전 63년 팔레스타인을 속국으로 만든 로마는 팔레스타인을 전체 네 개의 구역으로 나누고 그 각각에 분봉왕을 두어 통치했다. 갈릴리는 그 네 개의 구역 중 하나로, 당시 헤롯 대왕(B.C. 74~A.D. 4)의 아들인 헤롯 안티파스(B.C. 4~A.D. 39)가 분봉왕으로 있었다. 유대 역시 헤롯 대왕의 아들인 아르켈라우스가 군주로 있었으나, 6년 로마는 아르켈라우스를 폐위시키고 로마인 총독을 두어 유대를 직접 통치했다.

5 '평의회'를 뜻하는 그리스어를 음역한 것. 일반적으로 '공회'로 번역되거나 히브리어 음역인 '산헤드린'으로 표기되는 유대인들의 최고 법정을 말한다. 70여 명의 의원으로 구성되며, 예루살렘 성전의 대제사장이 의장을 맡았다.

6 무릎이나 발목까지 내려오는 위아래가 붙은 고대 그리스식 옷.

7 지도자, 사령관, 통치자 등을 뜻하는 그리스어.

8 아람 말로 '구원의 신'을 뜻한다.

9 아람 말로 '나사렛에서 온 사람'을 뜻한다.

10 갈릴리 해(海) 연안에 있는 티베리아 호수 북동쪽의 마을.

11 예루살렘 근교의 마을 이름. 벳바게는 히브리어로 '무화과의 집'을 뜻한다.

12 헤롯 대왕이 로마인들을 모방하여 예루살렘에 세운 원형 경기장을 말한다. 불가코프는 뒤에 한 번 '마상 경기장'이라는 표현을 쓰기도 하지만, 대부분 그리스어를 그대로 전사한 '히포드롬'이라는 표현을 쓰고 있다.

13 예루살렘 동쪽에 있는 산. 헬레오나는 그리스어로 올리브, 기름을 뜻한다. '올리브 산'이나 '감람산'으로 번역되기도 한다. 헬레오나 산기슭에 겟세마네 동산이 있다.

14 예루살렘 동쪽 성벽에 있는 문. '황금 문'이라고도 불린다. 성서에 따르면, 예수는 선지자 스가랴가 예언한 대로 이 문을 통해 나귀를 타고 군중들의 환호를 받으며 예루살렘에 입성했다.

15 바르-라반은 정전 복음서에는 '바라바'(아람 말로 '아버지의 아들'을 뜻한다)로 표기되어 있다. '바르-라반'이라는 표기는 불가코프가 예루살렘 장면을 위해 참고한 자료

중 하나인 르낭의 책『예수의 생애』에서 가져온 것으로, 르낭은 그 책에서 바라바와 바르-라반이라는 표기를 섞어 쓰고 있다. 바르-라반 외에 예수와 함께 처형되는 두 사람의 이름은 위경(僞經)인『니코데모의 복음서』에 언급되어 있다.

16 16년 베저 강가에서 있었던 로마인들과 게르만인들 사이의 전투를 말한다. 타키투스의 『연대기』에 따르면, 이곳에서 로마 장군 게르마니쿠스가 아르마니우스의 군대를 격파했다.

17 빌라도는 앞선 유대 총독들과 마찬가지로 평상시에는 예루살렘이 아닌 지중해 변의 도시 카에사리아에서 살았다. 빌라도가 예루살렘에 나타난 것은 유월절 기간뿐이었다. 축제 기간 중 로마 제국에 반대하는 봉기, 시위를 경계하기 위해 그는 로마 병사들을 이끌고 예루살렘으로 가야 했다.

18 빌라도 앞에 나타난 이 환영의 주인은 당시 로마 황제였던 클라디우스 네로 티베리우스(B.C. 42~A.D. 37)이다. 26년 이후 카프리 섬에 은둔하며 지냈던 티베리우스는 온갖 타락한 열정에 몸을 맡겼고, 병으로 고통을 당했던 것으로 알려져 있다.

19 여기서 카이사르는 티베리우스 황제를 가리킨다. 율리우스 리시우스 카이사르(B.C. 100~B.C. 40)의 성이기도 한 '카이사르'는 아우구스투스 가우누스 옥타비아누스(B.C. 63~A.D. 14) 시대부터 로마 황제의 칭호로 사용되었다.

20 『탈무드』에 따르면, 유대의 율법은 누군가 종교의 순수성을 더럽히는 '유혹'의 죄로 고소된 경우, 두 증인으로 하여금 벽 뒤에 숨어 지켜보게 하고, 그 옆방에 피고인을 들어가게 하여, 피고인이 보지 못하는 상태에서 증인들이 그의 말을 듣게 했다. 그리고 이때 피고인 곁에는 촛불 두 개를 켜두어, 증인들이 피고인의 얼굴을 분명히 알아보도록 했다.

21 고대 로마 군인들이 신던 종아리까지 오는 샌들.

22 골고다를 말한다. 골고다는 히브리어로 '머리뼈(두개골)'를 뜻한다. 성서에는 '해골의 곳'으로 표기되어 있기도 하며, 불가코프는 뒤에 '해골 산'이라는 표현을 쓰기도 한다.

23 성서에는 가야파, 혹은 가야바로 표기되어 있다. 불가코프는 이 이름의 이탈리아어식(Caifa), 혹은 프랑스어식(Caiphe) 음역을 따른 것으로 보인다.

24 유대인들은 이교도인 총독의 관저로 들어가는 일을 부정한 일로 여겼으며, 특히 유월절과 같은 축제 기간에는 이를 엄격히 지켰다.

25 여기서 빌라도가 보는 환영은 물에 빠져 자살했다는 빌라도 자신의 죽음에 대한 전설과 연관된 것으로 지적된다.

26 로마 기사 계급에 속했던 빌라도의 이름(로마식 표기로는 필라투스)는 라틴어로 '창'을 뜻하는 단어 '필룸pilum'에서 유래한 것이다.

27 솔로몬 연못은 예루살렘 남쪽에 있는 인공연못이다. 유대인들의 반대로 성사되지는 못했지만, 빌라도는 물이 부족한 예루살렘의 식수 공급을 위해 솔로몬 연못에서 물을 끌어오는 수로 건설을 계획했었다.

28 빌라도가 예루살렘 관저에 갖다놓은 황제의 봉납 방패는 성스러운 도시를 모독한다는 이유로 유대인들의 격렬한 분노를 샀고, 결국 빌라도는 은 독수리상 등 다른 로마군단

의 장식물들과 함께 그 방패를 자신의 예루살렘 관저에서 치워야 했다.

29 불가코프는 예수 처형에 대한 일반적인 묘사와 달리 이후로도 '십자가'나 '책형'이라는 표현 없이 '기둥에 매달아' 처형시켰다고만 쓰고 있다.

제3장

1 incognito(라틴어): 익명으로, 신분을 숨기고서.

2 모스크바 중심가에 있는 고급 호텔. 1899~1903년에 지어졌고, 1918년 3월부터 '소비에트 제2의 집'으로 사용되다가 1920년대 말부터 다시 호텔로 사용되었다.

3 십자형 가로 막대가 돌아가며 한 사람씩 통과시키는 문. 새로운 전차 노선이 급증하던 당시 모스크바에서는 보행자들의 안전을 위해 시내 중심가의 공원이나 가로수 길 출구 등에 그와 같은 회전문들을 설치해두었었다.

제4장

1 볼샤야 니키츠카야에서 사도바야로 이어지는 거리. 스피리도놉카라는 명칭은 총 대주교 필라레트가 1633~39년에 세운 스피리돈 교회에서 따온 것으로 당시 '알렉세이 톨스토이 거리'로 개명되어 있었다.

2 볼샤야 니키츠카야와 트베르스코이 불바르가 만나는 곳에 위치한 광장. 이 광장의 명칭은 같은 곳에 있었던 니키타 수도원에서 유래한 것으로, 그 수도원은 소비에트 시기에 철거되었다.

3 러시아 화폐 단위. 100코페이카는 1루블이다.

4 볼샤야 니키츠카야는 혁명 이전의 명칭이고, 게르첸 거리는 소비에트 시기에 새로 붙여진 명칭이다. 볼샤야 니키츠카야 역시 앞서 언급한 니키타 수도원에서 그 명칭이 유래한 것이다.

5 텅스텐이 아닌 탄소 필라멘트로 점화되는 전구를 말한다. 빛이 약하긴 했지만 경제적이어서, 당시 공공장소에서 자주 사용되었다.

6 원문에는 당시 사용되던 버너의 상표명 '프리무스'를 그대로 쓰고 있다. 1920년대 초부터 모스크바의 대부분의 가정에서 프리무스 버너가 기존의 화덕을 대체했다. 화덕 위에 여러 개의 버너가 올려져 있는 것은 이 부엌이 여러 가구가 함께 사용하는 공동 부엌임을 말해준다. 혁명 이후 모스크바는 심각한 주택난을 겪었으며, 여러 가구가 한 아파트에 살면서 부엌과 욕실을 공동으로 사용해야 했다.

7 러시아의 오랜 관습 중 하나로, 결혼식에서 신랑신부가 들고 있던 혼례 양초를 결혼식이 끝난 후 집으로 가져와 성상과 함께 방 한쪽 구석에 모셔두곤 했다.

8 이반이 서 있는 곳은 1931년 파괴된 '구세주 그리스도의 성당'의 대석(臺石)이 있던 자리이다. 그 성당에서부터 강으로 이어지는 화강암 계단과 세례반은 세례 요한의 그리스도 세례를 기념하기 위해 만들어진 것으로, 이반이 이곳에서 모스크바 강물에 뛰어

드는 것은 일종의 세례 의식으로 해석된다.
9 허리에 주름을 넣어 만든 길고 품이 넉넉한 남자 상의. 주로 농민들이 입던 이 셔츠에 톨스토이라는 이름이 붙여진 것은 작가 레프 톨스토이(1828~1910)가 자신의 영지 야스나야 폴랴나의 농민들과 함께 생활하기 시작하면서 농민들이 입는 것과 같은 셔츠를 즐겨 입었던 데에 따른 것이다.
10 알렉산드르 푸시킨(1799~1837)의 운문 소설 『예브게니 오네긴』을 토대로 만들어진 표트르 차이콥스키(1840~1893)의 오페라 3막 첫 장면에 나오는 춤곡을 말한다. 모스크바의 저녁 일상을 묘사하는 이 장면에서 폴로네즈가 사방에서 동시에 터져나오는 것은 당시 소비에트가 단일 방송국 시스템 아래 있었다는 것과 라디오를 민중들의 교육과 이데올로기 선전의 유효한 수단으로 보았던 당의 정책에 따라 소비에트 시민들 대부분이 반강제로 라디오를 들어야 했던 당시의 상황과 연관된다.
11 오페라 「예브게니 오네긴」 3막 1장 폴로네즈에 이어지는 유명한 그레민의 아리아를 말한다.

제5장

1 사도바야 원형도로 안쪽으로 또 하나의 작은 원을 그리며 둥글게 이어진 가로수 길을 말한다. 모스크바 지도(636쪽) 참고.
2 알렉산드르 그리보예도프(1795~1829): 희곡 『지혜의 슬픔』으로 유명한 시인, 극작가.
3 당시 소비에트에서는 일정한 주제(예를 들어, '얄타의 혁명가들'과 같은)를 조건으로 작가들에게 창작 여행을 보내주었다. 물론 그 기회가 모든 작가에게 주어진 것은 아니었고, 작가로서의 재능과 함께(혹은 그 재능이 없다 하더라도) 소비에트 정치 이데올로기에 부합하는 작품으로 그 사회적 가치를 인정받은 작가들에게 돌아갔다. 당과 이데올로기의 엄격한 통제하에 있던 당시의 문학 시스템을 보여주는 한 예이기도 한 창작 여행은 여행이 자유롭지 않았던 당시 선택된 작가들에게 주어지던 큰 특혜였다.
4 1934년 스탈린의 지시에 따라 모스크바 외곽에 세워진 작가들의 별장촌 페레델키노를 염두에 두고 있는 것으로 보인다.
5 러시아 남부 캅카스 지역에서 즐겨 입던 남자용 상의. 양털로 만들고, 어깨에 펠트를 덧대 넓고 높게 만든 일종의 망토이다.
6 열거된 지명들은 각각 크림, 카자흐스탄, 캅카스의 휴양지로 유명한 도시들로, 1917년 혁명 직후 있었던 러시아 내전의 주요 격전지이기도 하다.
7 페테르부르크를 말한다. 표트르 대제(1672~1725)가 러시아의 새 수도로 세운 도시 페테르부르크는 혁명가 레닌이 사망한 1924년 이후 레닌그라드로 개칭되었다(1991년 다시 페테르부르크로 개칭). '겨울 궁전'은 페테르부르크에 있는 러시아 황제의 궁전으로, 1917년 2월 혁명 후 임시정부의 거처로 사용되었으며, 같은 해 시월 볼셰비키 혁명군들에 의해 점령됨으로써 소비에트 시대의 시작을 알리게 된 곳이다.
8 호텔 메트르폴을 염두에 두고 있는 것으로 지적된다.

9 Au revoir(프랑스어): 잘 가게, 또 보세.

10 미국 재즈 작곡가 빈센트 유만스의 폭스트롯 「할렐루야」가 연주되고 있는 것이다. 이 곡은 뒤에 사탄의 무도회와 쿠즈민의 진료실에서 다시 울리게 된다.

11 이 장면에 등장하는 작가들의 이름은 아래와 같은 단어에서 파생된 것으로, 그 각각의 의미는 작가들의 무리가 춤추고 있는 모습을 기괴하고 그로테스크한 장면으로 만들고 있다. 글루하료프: 멧닭, 폴루메샤츠: 반달, 크반트: 양자(量子), 주코포프: 딱정벌레, 드라군스키: 용기병(龍騎兵), 체르닥치: 다락방, 세메이키나-갈: 갈리아 족, 파비아노프: 비비원숭이, 보고홀스키: 신을 모독하는, 슬랏키: 단맛이 나는, 시피치킨: 성냥, 부쟉: 소란을 피우다.

12 평범한 레스토랑에서는 맛볼 수 없는 별미를 즐기는 그리보에도프 미식가들의 취향을 드러내는 폴란드식 메뉴이다. '카르스키'는 일종의 샤쉴릭이며, '주브릭'은 폴란드산 보드카, '플랴키'는 소 내장과 뼈, 야채, 치즈를 넣고 요리한 일종의 수프로, '신(神)의, 군주, 주인의 것'을 뜻하는 '고스포다르스키에'라는 말은 그 음식이 매우 귀하고 맛있는 음식임을 말해준다.

13 전차, 자동차의 등장으로 점차 그 사용이 줄기는 했지만, 적어도 1940년경까지 모스크바 사람들은 마차를 교통수단의 하나로 이용했다. 기록에 따르면, 1928년 모스크바에는 5천 명 가량의 마차꾼들이 있었고, 1939년에는 그들 중 57명만이 남았으며, 1925년 등장한 택시는 1935년에는 459대, 1940년에는 4천 대로 증가했다.

제6장

1 베즈돔니가 의사를 '방해분자'라고 부르는 것은 1930년대 소비에트에서 일었던 캠페인, 즉 소비에트 '인민의 적'으로 의심되는 자들을 적발하는 캠페인과 관련이 있다. 앞서 파트리아르흐에서 만난 인물을 '스파이'라고 부르는 것, 이후 류힌을 '부농(富農)의 자식'이라고 부르며 비난을 하는 것도 이와 같은 맥락에 있다.

2 사시카는 알렉산드르의 애칭이다. 즉, 류힌은 성이고, 알렉산드르는 그의 이름이다.

3 의사는 프랑스 작곡가 엑토르 베를리오즈(1803~69)를 생각하는 것이다. 베를리오즈의 대표작 「환상교향곡Symphonie Fantastique」과 「파우스트의 저주La Damnation de Faust」는 이 소설의 에피그라프에서도 인용되었던 괴테의 희곡 『파우스트』에 영향을 받아 씌어진 것으로도 유명하다.

4 트베르스코이 불바르에 있는 푸시킨의 동상을 말한다.

5 푸시킨의 시, 「겨울 밤」의 첫 구절이다.

6 류힌이 말하는 '백위군'은 1836년 푸시킨과 결투를 벌였던 프랑스인 단테스를 말한다. 푸시킨의 아내 나탈리야와 단테스의 추문으로 인해 벌어졌던 이 결투에서 푸시킨은 치명적인 상처를 입고, 결국 세상을 떠나게 된다. 류힌이 단테스를 '백위군'(1917년 혁명 직후 혁명 정부에 반대하여 내전을 벌였던 반혁명군)이라고 부르는 것은 혁명과 반혁명을 과거 역사를 포함한 모든 가치 평가의 기준으로 삼았던 당시 소비에트의 상황을

드러낸다.

7 포도주와 샴페인을 주로 생산하는 노보로시스키 근교의 마을 이름을 딴 포도주.

제7장

1 버라이어티 극장은 실제로 존재했던 극장은 아니며, 당시 니키틴 형제의 서커스로 유명했던 볼샤야 사도바야 18번지의 모스크바 뮤직홀(1926~1936)을 염두에 둔 것으로 지적된다.

2 혁명과 함께 망명하거나 스탈린 시대에 숙청되어 그 일가가 더 이상 소비에트에 남아 있지 않음을 말한다. 이외에도 과거 출신 성분이 드러남으로써 받을 수 있는 정치적 공격을 피하기 위해 스스로 자신의 성을 버리는 사람들도 적지 않았으며, 이런저런 이유들로 초기 소비에트에서는 말 그대로 '사라지고 없는 성(姓)'들이 많았다.

3 모스크바에 있는 거리 이름이다(현재의 도스토옙스키 거리). '보제돔카'는 러시아어로 '신의 작은 집'을 뜻하며, 걸인이나 고아, 혹은 비명횡사한 사람들을 매장하던 장소에 붙여진 것이기도 하다.

4 독일에서 만들어진 진통해열제 아미노필린의 상표 이름이다.

5 스툐파의 이름과 부칭(父稱)이다. 스툐파는 스테판의 애칭이고, 앞서 나왔던 리호데예프는 스툐파의 성이다.

6 중세 성악 기법의 하나. 주로 교회 음악에서 사용되던 사성부 중 가장 높은 성부이다.

7 볼란드는 중세 파우스트 전설에 나오는 악마의 이름이기도 하다. Valand, Woland, Faland, Wieland 등으로 표기되기도 하며, 괴테의 『파우스트』에 나오는 '발푸르기우스의 밤' 장면에서 메피스토펠레스는 자신을 '폴란트 공Junker Voland'이라고 부르기도 한다. 제1장에서 볼란드가 내민 명함에 W로 시작하는 이름이 적혀 있었던 것으로 보아, 불가코프는 볼란드Woland라는 표기를 따른 것으로 보인다.

8 아자젤로는 히브리어로 '산양의 신'을 뜻하는 단어 '아사젤Azazel'을 이탈리아어 발음에 따라 표기한 것이다. 구약 성서 「레위기」(16:8)에 따르면, 아사젤은 인간을 유혹하는 타락한 천사로, 속죄의 날에 이스라엘 백성들의 죄를 대신 짊어지고 광야의 길로 떠난다. 기독교에서는 통상 사탄과 동일시된다.

9 프랑스어 메시르Messire를 소리 나는 대로 전사한 것이다. 메시르는 중세 봉건영주들에 대한 경칭으로, 이후 법률가나 의사, 성직자들의 이름 앞에 붙여 사용하기도 했다. 우리말로는 '나으리'나 '주인님' 정도로 옮길 수 있으며, 제12장에서 코로비예프는 볼란드를 그 러시아식 표현인 'sudar(주인님)'로 부르기도 한다.

제8장

1 이 이름은 유명 러시아 작곡가 이고리 스트라빈스키(1882~1971)를 떠올리게 한다. 혁명기에 미국으로 망명한 스트라빈스키는 현대적이며 그로테스크한 발레곡 「봄의 제전」

으로 유명하며, 악마에 유혹당하는 병사 이야기를 주제로 한 춤곡 「병사 이야기」를 작곡하기도 했다.

2 인텔리겐치아에 대한 이반의 불신과 냉소를 드러내는 이 구절은 혁명 이후 인텔리겐치아에 대한 소비에트 정권의 공식적인 태도와 관련된다. 20세기 초 러시아 인텔리겐치아는 그 대부분이 제정 러시아의 개혁과 혁명을 갈망했고, 실제로 1917년 혁명 과정에서 적극적인 역할을 수행하기도 했지만, 혁명이 성공적으로 완수된 이후 소비에트 권력은 인텔리겐치아를 제정 러시아의 잔재이자 사회적으로 무용한 계층으로 규정했고, 이에 따라 인텔리겐치아 계층은 1930~40년대 스탈린 테러의 주요 희생자들이 되기도 했다. 한편, 인텔리겐치아에 대한 소비에트 권력의 이와 같은 부정적이고 위협적인 태도에도 불구하고 불가코프는 스스로를 러시아 인텔리겐치아로 규정하면서, 전통적으로 러시아 인텔리겐치아가 수행해왔던 정신적·도덕적 지주로서의 역할을 다하고자 노력했다.

제9장

1 코로비예프라는 이름은 도스토옙스키의 소설 『카라마조프 형제들』에서 섬망증에 걸린 이반 카라마조프가 자신을 찾아온 악마와 이야기를 나누며 떠올린 인물인 코롭킨을 연상시키는 것으로 지적된다(『거장과 마르가리타』 에필로그에는 코로비예프를 체포하려는 과정에서 네 명의 코롭킨이 체포되었다는 언급이 나오기도 한다). 도스토옙스키의 소설에서 이반을 찾아온 악마는 『거장과 마르가리타』 첫 장면에서와 유사하게 신과 악마의 존재에 대한 논쟁을 벌이던 도중 "일천조 킬로미터의 암흑" 속을 걸어서 통과해야 하는 형벌이 내려진 한 죄인에 대한 이야기를 들려주는데, 그 이야기를 다 듣고 난 이반은 악마가 들려준 이야기가 다름 아닌, 자신이 오래전 코롭킨이라는 친구에게 들려주었던 것임을 알아차리게 된다.
  코로비예프는 제12장 '검은 마술과 그 폭로'에서 '파곳'이라는 이름으로 불리기도 하는데, 가늘고 긴 모양의 목관악기 이름이기도 한 파곳은 오케스트라의 광대로 불리며, 이태리어로 '볼품없는 사람,' 불어로 '말도 안 되는 헛소리'를 뜻하기도 한다.

2 이익, 손쉬운 벌이 이득을 뜻하는 프랑스어 'profite'을 소리 나는 대로 옮겨 쓴 것이다. 이후로도 코로비예프와 볼란드의 수행원들은 영어, 프랑스어, 독일어 등 외국어를 때로 정확하지 않은 발음으로 자주 사용하곤 한다.

3 독일어로 '하나, 둘, 셋'을 뜻하는 아인스eins, 츠바이zwei, 드라이drei를 원래의 발음과 달리 코로비예프가 제멋대로 읽은 것이다.

4 1920~30년대 소비에트에서는 일반 시민들이 외환을 보유, 유통하는 것이 금지되어 있었다.

5 붉은색이 도는 비트 뿌리와 양배추를 주재료로 하는 러시아식 전통 수프를 말한다.

제10장

1 가짜 드미트리는 17세기 초 이반 4세(1530~1584)의 죽은 아들 드미트리 황태자(드미트리 황태자는 이반 IV세 사후 왕위 계승을 둘러싼 암투 속에서 보리스 고두노프(1552~1605)에 의해 살해당한 것으로 알려져 있다)를 참칭(僭稱)하며, 러시아 황제의 자리를 노렸던 자를 말한다. 여기서는 단순히 '참칭자'의 의미로 쓰이고 있다.
2 오스트리아 작곡가 프란츠 슈베르트(1797~1828)의 가곡집 『백조의 노래』에 수록된 로망스, 「나의 집」의 한 구절이다.
3 소비에트의 비밀경찰을 암시한다. 비밀경찰 기관의 명칭을 구체적으로 밝히지 않은 것은 그 명칭을 입 밖에 내거나 쓰지 않던 당시의 터부와 연관된다.
4 Merci(프랑스어): 감사합니다.

제12장

1 극장에서는 보통 막간 휴식 시간이 끝나감을 알리기 위해 간격을 두고 세 차례 벨을 울리며, 세번째 벨소리가 울리면 곧 연극이 시작된다.
2 avec plaisir(프랑스어): 기꺼이, 그렇게 해드리죠.
3 세앙스séance는 프랑스어로 '공연'을 뜻하며, 강신술사들의 집회, 교령회(交靈會)라는 뜻으로 사용되기도 한다.
4 베헤못은 러시아어로 '하마,' '몸집이 크고 보기 흉하게 살이 찐 사람'을 뜻한다. 중세 악마 전설에서 하마는 악마의 자손으로 여겨졌다. 괴테의 『파우스트』에서 메피스토펠레스를 하마에 비유한 것도 이와 연관된다.
5 Pardon(프랑스어): 죄송합니다!
6 oui, madame!(프랑스어): 그렇지요, 마담!
7 독일 극작가 프리드리히 실러의 희곡 『간계와 사랑』에 나오는 여주인공 루이자 밀러를 말한다. 『간계와 사랑』은 당시 소비에트 극장에서 자주 올려지던 작품 중의 하나였다.
8 이 가사는 러시아 극작가 드미트리 렌스키(1805~1860)의 보드빌, 『레프 구르이치 시니치킨, 혹은 지방의 신참내기 여배우』(1839)의 한 구절을 변형한 것으로 지적된다.

제13장

1 프랑스 작곡가 샤를르 구노(1818~1898)의 오페라 「파우스트」를 말한다. 불가코프는 김나지움과 대학 시절에만 구노의 오페라 「파우스트」를 40차례 이상 관람한 것으로 알려져 있다.
2 거장이 박물관에서 월급 대신 받은 채권을 말하는 것으로 보인다. 당시 소비에트에서는 임금을 채권으로 지불하는 일들이 적지 않았으며, 번호를 추첨하여 지급하는 환급일을 알 수 없는 것이 문제이긴 했지만, 이를 통해 소비에트 시민들은 복권처럼 뜻밖의 큰돈을 벌기도 했다.

3 일반적으로 '크렘린,' 혹은 '크레믈린'이라는 영어식 표기가 주로 사용되지만, 여기서는 러시아어의 발음 그대로 옮기기로 한다.
4 '구교도'는 17세기 중반 러시아의 총 대주교 니콘의 종교개혁에 반대하고, 러시아의 전통적인 전례 양식을 고수한 사람들을 말한다. 여기서 전투적 구교도라는 말은 1917년 혁명과 소비에트 체제를 받아들이지 않고, 그에 대한 전복을 꾀하는 소비에트 인민의 적이라는 말로 이해될 수 있다.
5 거장이 입고 있던 외투의 단추가 다 뜯겨져 나간 것은 마르가리타가 떠나고 창을 두드린 누군가에 의해 거장이 체포되어 석 달여 간 수감되어 있었음을 암시한다. 당시 소비에트의 감옥에서는 죄인들의 옷에서 단추를 모두 떼어냈고, 벨트나 신발끈 등의 사용도 금지되어 있었다.

제15장

1 니카노르 이바노비치가 스트라빈스키의 병원으로 가기 전 보내진 '다른 장소'는 비밀경찰기관으로, 그 기관에서 이루어지는 심문 과정을 묘사함에 있어 불가코프는 문장의 주어 자체를 아예 빼버리는 식으로 그 심문자들의 존재를 모든 문장 안에서 철저하게 감추고 있다. 이는 앞선 제10장에서 나왔던 '그곳'과 마찬가지로 비밀경찰의 업무와 관련된 모든 것을 입에 올리기를 꺼리던 당시의 터부와 관련된다.
2 프랑스인 약사 앙투안 켕케의 이름을 딴 것으로, 주로 벽에 걸어 사용하는 램프들을 말한다.
3 장 드 라퐁텐(1621~1695)은 프랑스 시인, 소설가, 극작가이다. 러시아에서는 주로 우화작가로 알려져 있다. 본문에서 '아티스트'(실질적으로는 심문관)가 말하는 '우화'는 '거짓말'의 의미로 읽을 수 있다.
4 푸시킨의 희곡 「인색한 기사」에 나오는 주인공 '남작'의 첫 대사이다. 이후 니카노르 이바노비치가 쿠롤레소프의 이야기로 혼동을 하고 있는 이야기들은 희곡에 나오는 남작의 이야기로, 지하광의 금궤에 황금과 온갖 보석을 쌓아놓고 사는 냉혹한 고리대금업자인 그는 어느 날 갑자기 자신이 죽고 나면 방탕한 아들이 그 재산을 탕진하게 될 것이라는 걱정에 사로잡혀 아들과 결투를 벌이게 되며, 결투 도중 난데없는 심장마비로 사망하게 된다.
5 푸시킨의 소설을 원작으로 한 차이콥스키의 오페라 「스페이드의 여왕」에 나오는 게르만의 아리아 중 한 구절이다.

제16장

1 남자들이 옷 위에 걸치는 일종의 제의(祭衣). 긴 천이나 숄 모양으로 끝에 푸른색 줄이 들어가 있으며 네 귀에 술이 달려 있다. 유대인들은 기도할 때 탈릿을 반드시 머리에 쓰도록 되어 있다.

2 가슴이나 오른쪽 어깨에서 장식 핀으로 고정시키는 고대 그리스인들의 망토를 말한다. 주로 키톤 위에 걸쳐 입었으며, 옥타비아누스로 시작되는 제정기부터 로마인들도 즐겨 입게 된다. 이 소설 제23장 '사탄의 대무도회'에서 볼란드도 클라미스를 입고 등장한다.

제17장
1 프로샤는 프로호르의 애칭이다.
2 여기서 시 공연지부의 직원들이 부르는 합창곡은 시베리아 유형지의 죄수들이 호수 바이칼을 찬미하며 부르던 노래로, 혁명 이후 널리 알려졌으며, 1920년대 소비에트에서 특히 유행하던 노래이다.
3 바르구진은 시베리아 지역의 북동풍을 일컫는 말이다.
4 바이칼 동쪽에 있는 실카 강 근처의 도시들, 유형지로 알려져 있는 곳이다.
5 성악에서 장식음처럼 삽입되는 신속한 연속음. '급주구(急走句)'라고도 한다.
6 미하일 레르몬토프(1814~1841): 러시아 시인, 소설가, 극작가.

제18장
1 블라디미르 대공(980~1015 제위): 초기 러시아 국가의 토대를 공고히 한 키예프 루시의 대공. 988년 기독교를 수용한 인물이기도 하다.
2 톨스토이의 소설 『안나 카레니나』 첫 구절에 나오는 말로, 이 말은 러시아인들에게 속담처럼 익숙한 것이기도 하다.
3 염소나 산양의 젖으로 만든 하얀 치즈.
4 러시아의 가정에서 물을 끓이는 데 사용하는 주전자.
5 18~19세기 군대에서 음식과 음료 등 병사들의 생필품을 판매하던 상인을 말한다.

제19장
1 이반의 애칭. 보다 일반적으로 사용되는 이반의 애칭 '바냐'와 달리, 『바보 이반』으로 우리에게도 익숙한 러시아 동화의 주인공 이바누시카를 연상시키는 이름이기도 하다.
2 증기를 쐴 수 있도록 만들어진 러시아의 전통적 목욕실.
3 마네지는 마술(馬術), 마술 학교를 뜻하는 프랑스어 'manege'에서 유래한 말로, 1812년 나폴레옹 전쟁 직후 승마 아카데미로 세워졌다가, 이후 연주회장으로 이용되던 건물을 말한다. 혁명 이후 용도가 바뀌어 창고로 사용되었으며, 현재는 다시 복구되어 미술 전시관으로 사용되고 있다.

제21장

1 '드람리트DRAMLIT'는 '극작가dramaturg'와 '문인literator'의 앞글자를 따서 만든 말로, 따라서 드람리트의 집은 '극작가와 문인의 집'을 뜻한다.

2 마르고 여왕이라는 이름으로 더 잘 알려진 앙리 14세의 왕비, 마르그리트(Marguerite de Valois, 1553~1615)의 궁정 여관(女官)이었던 투르농 백작부인을 말하는 것으로 지적된다.

3 1572년 8월 18일 파리에서 있었던 앙리 2세의 딸인 마르그리트 발루아와 나바르의 왕 (후에 앙리 4세가 된다)의 결혼식을 말한다. '마르고'라는 애칭으로 더 잘 알려져 있는 마르그리트의 결혼식은 나바르 신교도들의 학살로 끝났고, '피의 결혼식' 혹은 '바르톨로메오의 밤'이라고도 불린다. 게사르는 1842년 마르그리트 발루아의 편지를 출판한 사람이다.

제22장

1 모스크바 외곽에 위치한 도로고밀로프 구역에는 1772년 모스크바에 역병이 창궐했을 때 죽은 사람들을 매장한 데서 비롯된 공동묘지가 있었다. 도로고밀로프 구역은 1788년 유대인들의 공동묘지가 세워진 곳으로도 유명하며, 이 묘지들은 1935년 모스크바 재건안이 시행되면서 모두 철거되었다. 즉 마르가리타는 대대적인 철거를 앞둔, 혹은 그 철거가 진행 중인 공동묘지 앞에 와 있는 것이다.

2 모스크바 외곽의 거리 이름.

3 일곱 개의 가지가 달린 이 촛대는 교회에서 쓰는 '메노라'라고 불리는 촛대를 연상시킨다. 메노라는 유대인들이 사막을 방랑하던 시기에 만들었던 것(「출애굽기」 25:31~39, 37:17~24)으로, 이후 모든 교회의 제단에 일곱 개의 가지가 달린 촛대가 세워지게 된다.

4 볼란드가 걸고 있는 목걸이는 딱정벌레에 대한 고대 이집트의 이교도적 주술과 관련된다. 고대 이집트에서 딱정벌레는 불멸(해마다 일어나는 나일강의 범람에서 살아남은 것에서 유래)과 선을 잉태한 악의 상징으로 여겨졌다.

5 독일어로 한스는 거위, 바보, 멍청이를 뜻한다. 러시아의 이바누시카처럼, 한스는 독일 구전소설에서 좀 모자라는 데가 있는 셋째 아들로, 마지막에 가서 보물과 공주를 신붓감으로 얻는 인물로 나오곤 한다.

6 섹스투스 엠피리쿠스는 2세기 말, 3세기 초에 살았던 그리스 철학자(회의론의 대표자)로 최초의 논리학자 중의 한 사람이다. 마르티아누스 카펠라는 5세기경의 라틴 작가로 소설 형식으로 씌어진 백과사전, 『머큐리와 필로로지의 결혼』의 저자이다.

7 이탈리아어로 귀부인을 뜻한다.

8 이후 묘사되는 체스판 위의 소동은 1917년 혁명 직후 러시아에서 벌어진 내전의 상황을 재현하고 있다. 흰 왕과 그의 장교, 병졸들은 혁명에 반대했던 백위군을, 볼란드의 검은 말은 볼셰비키 혁명군을 상징한다. 불가코프는 그의 첫 장편소설 『백위군』의 한 장면에서도 이와 유사하게 당시 내전의 상황을 체스판에 비유한 바 있다.

9 프랑스어로 '주인님,' 혹은 '선생님'을 뜻한다. 볼란드는, 대부분의 경우, 그의 수행원들에게 '메시르'로 불려지지만, 이후 제31장에서 역시 베헤못에 의해 다시 한 번 '메트르'라는 칭호가 사용된다.

10 브로켄 산은 북부 독일에 있는 하르츠 산맥의 정상으로, 마녀들이 자신들의 야회의 장소로 즐기던 곳이라는 전설이 있다. 괴테의『파우스트』에서도 "발푸르기스의 밤"(4월 30일에서 5월 1일 사이의 밤 악마가 마녀들을 만나 무도회를 여는) 장면이 브로켄 산에서 진행된다.

11 볼란드가 보여주는 전쟁터의 모습은 스페인 내전(1931~1939)을 염두에 둔 것으로 지적된다. 당시 대부분의 소비에트 인텔리들은 스페인 혁명군, 즉 인민전선 측을 지지하며, 그 희생조차도 영웅적인 그들의 전투와 공적을 기리는 슬로건들을 부르짖었다. 하지만 그들과 달리 불가코프는 러시아 혁명과 내전을 겪으며 그랬듯이, 그 어떤 이데올로기로도 정당화할 수 없는 전쟁의 고통과 유혈의 죄에 주목했으며, 그의 이러한 시각은 이어지는 전쟁 장면의 묘사와 파괴와 죽음의 영(靈), 아바돈에 대한 볼란드의 언급 속에서도 잘 나타난다.

12 아바돈은 파괴, 죽음의 지배, 파멸시키는 자를 뜻하는 히브리어 '아바돈abaddon'에서 유래한 이름으로,『구약성서』(「욥기」 26:6, 28:22;「시편」 88:11)에서는 시올이라고 불리며,『신약성서』(「계시록」 9:11)에는 무저갱의 천사와 같은 독특한 영적 존재로 지시되어 있기도 하다.

제23장

1 검은 복슬개는 제1장에서 볼란드가 처음 나타났을 때, 그가 옆구리에 끼고 있던 지팡이에도 그려 있던 것으로, 볼란드의 상징물인 이 복슬개는,『파우스트』에서 메피스토펠레스가 처음 파우스트 앞에 복슬개의 모습으로 나타났던 것과 연관된다. 한편, 마르가리타가 거장을 구하기 위해 무거운 상징물이 달린 쇠사슬을 목에 걸고 고통을 감내하는 모습은 무서운 십자가가 달린 쇠사슬을 목에 걸고 고행하던 러시아의 유로지비(바보성자)를 연상시키기도 한다.

2 앙리 비외탕(1820~1881)을 말한다. 비외탕은 벨기에 출신의 천재 바이올리니스트로, 열 살의 나이에 파리에서 데뷔했으며, 이후 세계 각지를 여행하며 연주회를 가졌고, 페테르부르크 황실 오케스트라에서 제1바이올리니스트로 활동하기도 했다.

3 그리스 신화에 나오는 복수의 여신 에리니에스 중 하나로, 여기서는 잔소리 많은 아내를 말한다.

4 프랑스 국왕 샤를 7세의 재무상이었던 쟈크 케르(1395~1456)를 말한다. 쟈크 케르는 샤를 7세의 정부(情婦)인 아그네스 소렐의 독살, 위조 주화 제조의 누명을 쓰고 체포되어 삼 년 간 감옥에서 보냈다. 다시 말해서, 쟈크에 대한 코로비예프의 설명은 실제로 쟈크가 벌인 사건이 아닌 그가 누명을 쓰고 감옥으로 보내졌던 죄목들이 되는데, 이처럼 다소 부정확한 코로비예프의 설명은 볼란드의 무도회에 등장하는 다른 몇몇 인물들

의 설명에서도 나타난다.

5 영국 여왕 엘리자베스 1세의 총신이었던 레스터 백작, 로버트 더들리(1532~1588)를 말한다. 로버트 백작은 계단에서 떨어져 죽은 아내를 독살했다는 의심을 받기도 했다.

6 이탈리아 팔레르모 출신의 여인. 독살자로 체포되어 1709년 감옥에서 교살당했다. 후에 그녀의 이름을 따서 붙인 무색무취의 독물 '아쿠아 토파나'는 실제로 15세기부터 사용되던 것으로, 교황 비오 3세와 클레멘스 14세, 루이 14세의 손자인 앙주 공을 포함 6백여 명이 이 독으로 독살되었다.

7 발에 끼우는 고문 기구. 쇠로 만들어지고, 종아리를 압착하는 나사가 달려 있다.

8 프리다의 경우, 그 실제 인물이 누구인지 확실하지 않다. 다만 불가코프가 프리다 형상을 만들면서 스위스 정신과 의사 포렐(1848~1931)의 책『성(性)의 문제. 자연과학적, 심리학적, 위생학적, 사회학적 연구』에 나오는 프리다 켈러의 유사한 이야기를 참고한 것으로 지적되며, 이외에도 파우스트를 사랑하고 그 아이를 갖게 되지만, 그로 인해 자신의 오빠와 어머니가 죽게 되자 그에 대한 죄책감으로 아이를 죽이고, 그 자신도 처형당하게 되는『파우스트』의 여주인공 그레트헨(마르가레테)이 프리다의 원형으로 지적되기도 한다.

9 프랑스인 마리 마들렌 브랑빌리에 후작부인(1630~1676)을 말한다. 자신의 정부(情夫)인 장 바티스트 고댕과 하인 쇼세의 도움을 받아 자신의 아버지와 두 오빠를 독살했다. 여동생과 올케도 독살하려고 했지만 성공하지 못하고 외국으로 도망쳤다가, 1676년 체포되어 파리 그뢰프 광장에서 화형당했다.

10 러시아 황제 알렉산드르 1세의 군 참모였던 아락체예프 공(1769~1834)의 정부, 나스타시아 표도로브나 민킨을 말한다. 잔인하고 타락한 여인으로 악명 높았으며, 1825년 자신의 농노들에게 살해당했다.

11 독일 합스부르크 가의 황제 루돌프 2세(1552~1612)를 가리킨다. 막시밀리안 2세의 아들인 그는 정치보다는 천문학, 연금술에 많은 관심을 보였던 황제로 유명하다.

12 1920년대 중반 모스크바에서 의상실로 위장한 매춘굴을 만들어 운영하다 체포되었던 조야 부얄스카야를 염두에 둔 것으로 보인다. 조야 부얄스카야 사건은 불가코프의 희곡「조야의 아파트」(1926)의 소재가 된 사건이기도 하다.

13 로마 황제 가이우스 카이사르 게르마니쿠스(12~41)를 말한다. 칼리굴라는 그의 별명이다. 잔인하고, 방탕했으며 화려한 생활을 즐긴 것으로 유명하다. 황실 음모로 살해당했다.

14 로마 황제 클라우디우스의 세번째 아내 발레리우스 메살리나(25~48). 방탕했던 여인으로 유명하다. 정부(情夫) 실비우스를 황제의 자리에 올리려다 처형당했다.

15 말류타는 러시아 귀족 그리고리 루키아노비치 스쿠라토프-벨스키(?~1573)의 별명이다. 이반 4세의 측근이자 황실친위대 수장으로, 당시 온갖 고문을 직접 지휘하고 처형에 관여했던 인물이다.

16 이 마지막 손님들은 1930년대 당시 비밀경찰 총장이었던 겐리흐 야고다(1891~1938)와 그의 비서 파벨 불라노프(1895~1938)를 염두에 두고 쓴 것으로 지적된다. 이 두 사

람은 스탈린의 숙청이 한창이던 1938년 '우익-트로츠키 진영'에 대한 재판에서 총살형을 구형받고 처형되었다.

17 이 사람은 1936년 야고다의 해임 이후 비밀경찰 총장직을 맡게 되는 니콜라이 예조프(1895~1940)를 암시하는 것으로 지적된다. 예조프는 스탈린의 살인청부업자로 불리기도 했던 인물로, 1938년 야고다 재판을 실질적으로 조직했던 자이다. 하지만 얼마 지나지 않아 예조프 역시 비밀경찰총장직에서 해임되며 체포, 총살당하게 된다.

18 「카마린스카야」라는 러시아 민요에 맞춰 추는 러시아 민속춤으로, 술 취한 사람의 동작을 연상시키는 춤이다.

19 서유럽 신화에 나오는 괴물로 불 속에서도 죽지 않으며 강한 독을 지니고 있다. 중세의 사람은 도롱뇽을 살라망드르라고 믿기도 했다. '샐러맨더'로 표기하기도 한다.

20 성서에 나오는 그리스도의 말, "너의 신앙에 따라 너에게 이루어질 것이다"(「마태복음」 9:29)을 변형시킨 말이다.

제24장

1 noblesse oblige(프랑스어). 지위에 따른 의무이지요.

2 러시아 구전 소설에서 스카프는 추격당하는 주인공을 돕거나, 이별한 아내, 연인을 만나게 해주는 기적을 일으키는 힘이 있는 것으로 나오곤 한다.

3 브루데샤프트는 독일어로 형제의 관계, 우정이라는 뜻으로, 누군가와 '브루데샤프트를 마신다'라고 하면, 술잔을 들고 팔을 열십자로 해서 술잔을 부딪치며 우정의 잔을 마시는 것을 말한다.

제25장

1 하스몬 왕조의 히르카누스 1세(B.C. 186~104)가 세운 요새로, 헤롯 대왕이 로마 집정관 마르크 안토니우스(B.C. 83~30)의 명예를 기려 그 명칭을 '안토니우스의 요새'로 개명했다. 안토니우스의 탑은 로마 총독이 공식적 업무를 위해 머물던 곳이기도 하다.

2 예루살렘은 높은 구릉들 위에 세워진 도시로, 도시의 몇몇 구역들이 구름다리로 연결되어 있었다. 안토니우스의 탑도 15미터 높이의 절벽에 자리 잡고 있어 모리아 산에 있는 예루살렘 성전과는 구름다리로 연결되어 있었다.

3 B.C. 142년부터 A.D. 37년까지 유대인들을 다스리던 하스몬 왕조는 셀레우코스 제국의 왕인 안티오쿠스 4세에 저항하여 전쟁을 일으켰고, 위에서 총안이 언급되는 것은 이를 염두에 둔 것이다.

4 골고다를 말한다. '해골산'이라는 명칭에 대해서는 제2장 주 22 참고.

5 성벽으로 '위의 도시'와 분리되어 있는 예루살렘 남부 지역을 '아래 도시'라고 불렀다.

6 '팔레르노'는 이탈리아 북부 캄파니아의 한 지명을 딴 포도주로 호라티우스, 베르길리우스 등 로마 시인들과 바추시코프, 푸시킨과 같은 러시아 시인들의 시에도 나오는 유

명한 포도주다. 이탈리아 최고의 포도주로 꼽히는데, 로마 식도락가들에 따르면, 팔레
르노보다 더 훌륭한 포도주는 '체쿠바'밖에 없었다.

7 로마 신화에 나오는 열두 신(神), 주피터, 주노, 넵튠, 불카누스, 아폴로, 다이아나, 케
레스, 비너스, 마르스, 베스타, 머큐리, 미네르바를 말한다.

8 라레스 역시 로마 신화에 나오는 신으로, 초기에는 땅의 선한 영물로, 후에는 조상의
영혼, 사람들이 사는 장소를 보호하는 영으로 받들어졌다.

9 성유(聖油)를 바른 사람을 뜻하는 히브리어 '마시야mashiah'에서 유래한 말로 처음에
는 제사장이나 왕에 대한 호칭으로 사용되었으나, 이후 이사야, 예레미야, 즈가리야 등
이 예언한 유대 민족의 구원자, 유대인들을 다윗의 성스러운 집으로 인도할 신의 사도
로 받아들여졌다. 1세기 초 전 유대인들이 메시아를 기다렸다. 기독교에서 메시아는 예
수 그리스도를 말한다.

10 『예수의 생애』의 저자 르낭에 따르면, 예수 처형 당시 유대인들에게는 마시면 바로 취하
게 되는 향이 강한 포도주를 사형수들에게 마시게 하는 관습이 있었다. 그것은 죄수를
불쌍히 여겨 감각을 잃게 하기 위한 것으로, 흔히 예루살렘의 여인들이 사형수들에게
직접 그 마지막 포도주를 가져다주었으며, 그렇게 하는 여인이 없을 경우에는 공금으로
사주었다. 예수의 경우, 그는 그 술잔에 혀끝을 대보고 마시기를 거부했다. 예수가 음
료를 거부했다는 이야기는 성서(「마태복음」 27:34; 「마가복음」 15:23)에도 나와 있다.

제26장

1 유월절을 기념하여 유대인들이 각 가정에서 거행하는 공동 식사. 일종의 종교적 의식
과도 같은 것으로, '세데르'라고 불린다.

2 기드론은 예루살렘 아래 도시 동쪽 벽과 올리브 산 사이로 흐르는 강으로, 그 계곡은
이후 회교도(계곡의 서쪽)와 유대인들(계곡의 동쪽)을 매장하는 장소가 되며, 전설에
따르면, 바로 그 계곡에서 최후의 심판이 이루어지게 된다.

3 테트라드라크마는 고대 그리스에서부터 사용하던 은화(4드라크마)로, 당시 유대인들
이 사용하던 화폐 1세켈에 해당된다.

4 엔-사리드는 아람어로 나사렛을 뜻한다.

5 빌라도 전임 유대 총독, 15년에서 25년까지 유대의 총독으로 있었다.

6 바쿠로타는 아람 말로 어린 무화과 열매를 말한다.

제27장

1 이 관청과 그 공식, 비공식 요원들은 베를리오즈가 전화를 걸려고 했던 곳에서부터 그
리보예도프의 격투 장면에 이르기까지 여러 차례 암시된다. 하지만 단 한 번도 그 기관
명이나 요원들의 이름이 불려지지 않고 있는데, 이는 앞에서도 밝혔듯이, 비밀경찰기
관과 관련된 구체적인 언급을 피하던 당시의 터부와 관련된다.

2 크렘블에서 가까운 모스크바 강의 다리 이름으로, 1928년에서 1931년 사이 그 근처에 정부 건물이 지어졌고, 그곳에는 당시 주요 국가 관료들이 살았다.

3 알코올, 화이트 포트와인, 코냑, 설탕과 사과, 복숭아 잎을 섞어 만든 칵테일을 말한다.

4 카드 용어로, 정해놓은 베팅 금액에서 돈이 모자람을, 혹은 그에 대한 벌금을 뜻한다.

제28장

1 1930년대 소비에트에서 외국환이나 귀금속, 보석을 받고 물건을 팔던 상점을 말한다. 소비에트 화폐는 받지 않던 이 상점들은 공식적으로는 외국인들과의 거래를 위한 것이 었지만, 그보다도 수차례에 걸친 징발 이후에도 소비에트 주민들이 가지고 있는 보석 들을 수거해내기 위한 것이었다. 외국인 상점들은 궁핍하고 규격화된 소비에트 삶 속 에서 다양한 상품에 대한 소비에트 엘리트층의 수요를 충족시켜주는 곳이기도 했다.

2 하룬-알-라쉬드(?766~809): 아바스 왕조의 칼리프. 알-라쉬드는 '정의로운 자'를 뜻 한다. 『천일야화』에 밤마다 사람들에 눈에 띄지 않게 옷을 갈아입고 자신의 도시를 돌 아보았던 이상적인 인물로 묘사되어 있다.

3 러시아 상점에서는 자신이 살 물건에 대한 돈을 계산대에서 먼저 지불하고, 그 영수증 을 받아 해당 물건이 진열된 판매대 앞의 점원에게 주고 물건을 받아야 한다.

4 파벨 이오시포비치라는 이름을 줄여서 부른 것이다.

5 아조프해 연안에 있는 도시 이름이다.

6 전통적인 러시아 결혼식 피로연에서 들러리의 선창으로 손님들이 신랑, 신부를 향해 '쓰 다'라고 외치는 풍습이 있었다. '(술이) 쓰다'라는 말은 신랑, 신부의 키스를 부추기는 말로, 신랑, 신부의 키스로 술맛을 달게 한다고 생각했다.

7 니콜라이 고골(1809~1852)의 장편소설. 고골은 푸시킨, 도스토옙스키와 함께 불가코 프가 가장 좋아하던 러시아 작가 중 한 사람으로, 1920년대 초 불가코프는『죽은 혼』의 주인공들을 소비에트 모스크바로 옮겨놓은 풍자적 단편「치치코프의 모험」(1922)을 썼으며, 이후『죽은 혼』을 희곡으로 옮기고, 영화 시나리오를 쓰기도 했다.

8 멜포메네, 폴리힘니아, 탈리아는 제우스와 기억의 여신 므네모시에 사이에서 태어난 아홉 뮤즈 중 세 뮤즈로, 각각 비극, 서정시, 희극의 뮤즈로 불린다.

9 고골의 희곡.

10 소피야 파블로브나는 앞서 제5장에서 언급되었던 그리보예도프의 희곡『지혜의 슬픔』 에 나오는 여주인공의 이름이기도 하다.

11 코로비예프와 베헤못이 각각 자신들의 가짜 성으로 대고 있는 파나예프와 스카비쳅스 키는 19세기 삼류 소설가, 비평가로 알려져 있는 러시아 작가들의 성이다.

12 아랍인들이 입는 두건 달린 망토 모양의 겉옷을 말한다.

13 연어나 철갑상어의 등살을 얇게 떠서 소금에 절이거나 훈제한 요리를 말한다.

14 1937년 6월 16일 모스크바 연맹회관에서 열렸던 제1회 소비에트 건축가 대회를 말한다.

15 고기를 얇게 저며서 튀긴 프랑스 요리.

제29장

1 1784~1786년 건축가 바제노프가 세운 표트르 파시코프의 저택을 말한다. 모스크바 시 내 모호바야 거리와 즈나멘카 거리 사이에 있는 이 건물에는 1862년부터 1925년까지 루 만체프 박물관이 들어서 있었으며, 현재는 러시아 국립도서관(레닌도서관) 건물 중 하 나로 사용되고 있다.
2 가톨릭이나 정교회의 성직자가 입는 평상복을 말한다.
3 제4장에서 이반이 헤엄쳤던 강물 앞인 구세주 그리스도의 성당에서 멀지 않은 볼혼카 구역의 집들을 보고 있는 것이다. 1935년 선포된 '모스크바 재건안'에 따라 성당의 자리 에 소비에트 궁이 건설될 예정이었고, 그 반경 내의 수많은 집들이 철거될 운명에 처해 졌었다.
4 Salut(프랑스어). 안녕하세요.
5 클리멘트 티미랴제프(1843~1910)는 러시아의 유명한 식물학자로, 트베르스코이 불바 르에 그의 동상이 세워져 있다.

제30장

1 이 인사말은 유대인들의 인사말, '샬롬 알레이헴'의 뜻을 풀어 옮긴 것이다. 아이러니하 게 악마 아자젤로의 입에서 나오는 이 말은 부활한 그리스도가 자신의 제자들에게 했던 말로(「누가복음」 24:36; 「요한복음」 20:26), 미사나 그 외 종교 의식에서 자주 반복되는 말이기도 하다.
2 1934년에 완성된 초기 판본에서는 이 문장 뒤로 거장이 마지막으로 모스크바의 거리 위 를 나는 장면과 모스크바가 불타고 사람들이 죽어가는 극적인 장면이 이어졌었다. 그러 나 본문에서도 볼 수 있듯이 최종판에서 불가코프는 도시와 작별 인사를 나누는 장면을 뒤(제31장 '참새언덕 위에서')로 미루고, 이바누시카와 작별 인사를 나누는 장면을 집어 넣으면서 불타는 도시 장면은 완전히 삭제했다.

제31장

1 모스크바 강 남서쪽 기슭에 있는 언덕으로, 소비에트 시기에 '레닌의 언덕'으로 불려졌 으나, 1990년대에 이르러 다시 '참새 언덕'으로 개명되었다.
2 참새 언덕에서 모스크바 강 건너편으로 마주 보이는 노보데비치 수도원을 말한다.

제32장

1 '만 이천 개'의 보름달이라는 숫자는 정확히 계산된 것이 아니다. 예수 처형 후 1900년까 지만 계산한다 하더라도, 보름달이 떠오른 날의 수는 2만 일이 넘는다.
2 라틴어로 '작은 인간'을 뜻하는 호문쿨루스는 연금술사들이 실험실에서 만들어내고자

했던 인위적인 인간을 말한다. 괴테의 『파우스트』 2부, 실험실 장면에서 파우스트의 제자인 바그너가 호문쿨루스를 만들어내는 장면이 나온다.

에필로그

1 거장과 마르가리타의 실종에 대한 언급 부분은 앞선 제30장에서의 묘사와 일치하지 않는다. 마르가리타와 거장은 각각 자신의 저택과 스트라빈스키 병원의 118호에서 죽은 것으로 묘사되었었다. 이처럼 앞뒤가 서로 맞지 않는 것은 불가코프의 실수로 지적되기도 하지만, 다른 한편으로 마지막까지 실제와 환상의 경계를 흩트림으로써 독자들을 혼란케 하고, 그 의미를 더욱 깊이 생각하게 하기 위한 작가의 의도적인 속임수로 지적되기도 한다.
2 부활절 축일이 시작되는 춘분 이후 첫 보름달을 말한다.

『거장과 마르가리타』의 모스크바

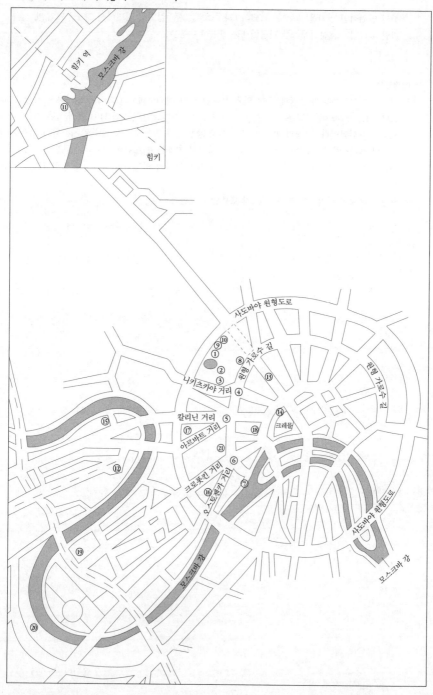

그림 설명

① 파트리아르흐 연못

② 파트리아르흐 골목 (이반의 추격이 시작되는 곳)

③ 스피리도놉카 거리

④ 니키츠키예 보로타 광장

⑤ 아르바트 광장 (이반이 고양이를 놓친 곳)

⑥ 크로폿킨 거리

⑦ 볼란드 추격 도중 이반이 헤엄쳤던 강가

⑧ 그리보예도프의 집

⑨ 사도바야 302-2번지

⑩ 버라이어티 극장

⑪ 스트라빈스키 병원

⑫ 키예프 역 (키예프에서 온 베를리오즈의 고모부가 내린 기차역. 러시아의 기차역은 행선지의 명칭을 역의 명칭으로 한다.)

⑬ 트베르스카야 (거장과 마르가리타가 처음 만난 거리)

⑭ 알렉산드롭스키 공원 (마르가리타가 거장과 산책을 하던 공원. 마르가리타가 아자젤로를 처음 만난 곳이기도 하다.)

⑮ 도로고밀로프 묘지 (갈가마귀가 오픈카에 마르가리타를 태우고 데려다 준 곳. 이곳에서 마르가리타는 아자젤로를 다시 만난다.)

⑯ 거장의 지하

⑰ 스몰렌스키 시장 (코로비예프와 베헤못의 마지막 모험이 시작되는 외국인 상점이 위치한 곳)

⑱ 파시코프 저택 (볼란드가 아자젤로와 함께 모스크바를 떠나기 전 황혼을 바라보고 있던 곳)

⑲ 노보데비치 수도원

⑳ 참새언덕 (볼란드 일행과 모스크바를 떠나기 전 거장이 모스크바와 작별인사를 나누던 곳)

㉑ 푸르마노바 거리 3/5번지 44호. 1934년부터 1940년 세상을 떠날 때까지 불가코프가 살았던 집. 이 건물은 현재 남아 있지 않다.

"원고는 불타지 않는다!"
── 미하일 불가코프의 삶과 그의 마지막 소설 『거장과 마르가리타』

"이 소설은 출판될 수 없다." 1938년 미하일 불가코프(1891~1940)의 마지막 소설에 대한 소식을 듣고 찾아온 한 편집인이 『거장과 마르가리타』를 읽고 나서 했던 말이다. 작가의 오랜 지인이기도 했던 그는, 이유를 묻는 작가에게 아무 설명 없이 한마디만을 반복했다. "안 된다." 사실, 『거장과 마르가리타』가 출판될 수 없으리라는 것을 누구보다 잘 알고 있던 것은 불가코프 자신이었다. 어디선가 나눈 불필요한 대화를 이유로 사람들이 사라져버리던 시대, 민중들에게 유해한 사상을 선전하려고 한다는 이유로 작가들을 체포하고 처형시키던 시대에, 바로 그러한 시대를 그 비밀스럽고 그로테스크한 모습을 그대로 드러내고 있는 작품의 출판을 기대하기는 어려운 일이었다. 그렇기 때문에 불가코프는 자신의 소설을 태워버리기도 하고, 망각의 강으로 빠져버릴지도 모르는 소설로 인해 괴로워하기도 했다. 하지만 그러면서도 그는 삶의 마지막 순간까지도 『거장과 마르가리타』를 놓지 않았다. 시력을 잃고 병마와 싸우면서도, 그는 아내 엘레나 세르게예브나의 도움을 받아 구술로 소설을 교정했고, 책상 서랍

속의 원고가 안전한지를 물었다. 이는 시대가 그를 짓누르는 힘보다도 더 강했던 작품에 대한 그의 열정 때문이었고, '원고는 불타지 않는다'는 볼란드의 주문과도 같은 말에 대한 믿음 때문이었다. 1940년 불가코프가 세상을 떠나고 26년이 지난 후에야 출판된 『거장과 마르가리타』가 오늘날 러시아 현대문학의 고전으로 평가되며 전 세계 수많은 독자들의 사랑을 받고 있는 것은 어둡고 힘겨운 시대를 살았던 작가에게 그의 소설이 돌려주고 있는 '빛'이라고 할 수 있을 것이다.

미하일 아파나시예비치 불가코프는 1891년 5월 15일 키예프에서 태어났다. 불가코프의 아버지 아파나시 이바노비치는 키예프 종교 아카데미에서 종교사를 가르치던 신학자로, 불가코프가 열여섯이 되던 해에 세상을 떠나게 되지만, 훗날 작가의 정신적·도덕적 가치에 대한 신념에 큰 영향을 미치게 된다. 성직자 집안이었던 (작가의 친조부와 외조부 모두 오룔 지방의 사제였다) 불가코프의 가정은 그다지 유복한 편은 아니었다. 불가코프의 아버지는 3남 4녀의 가계를 꾸려나가기 위해 학교에서 학생들을 가르치는 일 외에도 키예프 검열위원회의 일을 맡아야 했고, 불가코프의 가족은 좀더 싸고 편안한 집을 구하기 위해 거의 해마다 이사를 하기도 했다.
김나지움 시절 불가코프는 오페라 가수가 되기를 꿈꾸었을 만큼 오페라를 좋아했고, 초록빛 갓을 씌운 램프가 켜진 책상 앞에 앉아 글을 쓰고 있는 아버지의 모습을, 밤늦도록 계속되던 형제들과의 시끌벅적하고 유쾌한 시간들을 좋아했다. 특히 구노의 오페라 「파우스트」는 김나지움 시절과 대학 시절 동안만 해도 마흔 번도 넘게 보았고, 그의 책상 앞에는 키예프의 유명한 베이스 시비랴코프가 메피스토펠레스로 분한 사진이 '꿈은 때로 현실이 된다'는 의미심장한 구절과 함께 걸려 있기도 했다. 장난기가 많고 상상력이 풍부한 소년이었던 불가코프는 러시아 고전 작가들, 그중에서도 고골과 살티코프-셰드린을 좋아했고, 여름 방학이면 키예프 근교 별장에서 동생들과 준비해 올리던 연극에서 체홉의 단막극 「기념일」의 히린, 「청혼」의 약혼자 같은 코믹한 역할로 가족들을 즐겁게 해주었다.

어릴 적부터 문학과 예술에 관심이 많은 그였지만, 불가코프가 처음 선택한 직업은 의사였다. 1909년 김나지움을 졸업한 불가코프는 키예프 대학 의학부에 입학했고, 제1차 세계대전 중이던 1916년 대학을 마친 그는 적십자의 임지 발령에 따라 러시아 남서부 전선의 야전병원과 지방 소도시들로 옮겨 다니며 의사로 일했다. 혁명이 일어나던 해인 1917년 혁명에 대한 소식이 전해지지 않을 정도로 궁벽한 소도시에서 일하고 있던 불가코프는 환자 치료 도중 얻은 병으로 적십자 복무에서 해제되어 고향 키예프로 돌아간다. 하지만 낯선 도시에서의 고독과 고통 속에서 그토록 그리워하다 돌아온 고향 도시의 모습은 그가 기대했던 것과는 달랐다. 당시 키예프는 제1차 세계대전 막바지에 있던 독일 점령군에서부터 그들의 꼭두각시 행정부, 우크라이나의 독립을 요구하는 우크라이나 민족주의자들과 볼셰비키 혁명군, 제국 러시아로의 복귀를 꿈꾸는 백위군이 뒤엉켜 싸우는 참혹한 전쟁터로 변해 있었고, 자고 일어나면 누구의 초상화를 내걸어야 할지, 언제 누가 적이 될지 알 수 없는 혼란스러운 상황 속에서 사람들은 삶에 대한 감각조차 잃어가고 있었다. 1930년 소비에트 정부에 보낸 편지에서도 밝힌 바 있는 혁명 과정에 대한 불가코프의 심각한 회의는 이 시기 고향 키예프에서의 내전 체험에 따른 것으로, 이후 불가코프는 혁명과 함께 파기된 옛 가치들, 그중에서도 '정신적인 것의 중심'으로서 '집'의 파괴를 아쉬워하게 된다.

한편, 키예프에서의 일 년 남짓한 기간 동안 수차례에 걸친 정권 교체를 체험하고, 각기 다른 군대의 군의관으로 징집되기도 했던 불가코프는 1919년 가을 다시 백위군 군의관으로 징집되어 키예프를 떠난다. 그리고 백위군이 후퇴한 뒤 혼자 남게 된 블라디캅카스에서 결국 의사직을 버리게 된다. 블라디캅카스에서 소비에트 인민계몽위원회 산하 문학 예술지 국장으로 일하던 불가코프가 본격적인 작품 활동을 시작한 것은 1921년 가을부터이다. 전쟁과 함께 시작된 오랜 방랑 생활을 마치고 모스크바에 정착한 불가코프는 『상공통보』『노동자』『기적(汽笛)』『전야(前夜)』 등 신문사의 원고 교정원, 통신원, 문예소품 작가로 일하면서, 「커프스 위의 수기」(1921~22), 「치치코프의 모험」(1922), 「13호. 엘피트와 노동자 코뮌의 집」(1922) 등 풍자적 단편들과 「디아볼리아다」(1923), 「파멸의 알」(1924) 등의 중편들을 발표하며 재능 있는 작가로 인정을 받기 시작한다. 특히, '쌍둥이가 직원을 어떻게 파멸시켰는가에 대한 이야기'라는 부제를 달고 있는 중편 「디아볼리아다」는 작가 자먀틴으로부터 영화의 장면을 연상시키는 구성적 장치와 세태에 뿌리를 둔 환상이 돋보이는 작품이라는 호평을 받았으며, 시인 볼로신은 고향 키예프에서의 내전 체험을 토대로 한 불가코프의 첫 장편소설 『백위군』(1924~25)에 대해 톨스토이와 도스토옙스키의 데뷔를 연상시키는 작품이라며 극찬을 하기도 했다. 하지만 그와 동시에 불가코프의 '불온한' 사상을 비난하는 비평가들도 생겨나게 되는데, 그러한 비판들은 희곡 「투르빈네의 날들」「조야의 아파트」가 무대에 올려진 1926년 이후 더욱 공격적이고, 말 그대로 광포한 것이 되어갔다.

당대 비평가들은 불가코프가 소비에트의 어두운 측면으로 눈을 돌리는 것을, 그리고 내전을 다룬 그의 작품들 속에서 혁명의 반대편에 섰던 사람들을 주인공으로 삼는 것을 마음에 들어 하지 않았다. 그들은 불가코프를 반소비에트·반혁명적 작가로 낙인찍었고, 그의 작품들을 '혁명에 대한 악의에 찬 비방문,' '엉터리 성상화가'가 그린 '백위군 순교자들의 성화'라고 부르며 '불가코프주의를 처단'할 것을 요구했다. 『거장과 마르가리타』에서 거장의 소설에 퍼부어진 비난을 연상시키는 위와 같은 비판들은 거장이 그랬듯이, 불가코프를 극심한 정신적 고통과 심리적 불안 상태로 빠뜨렸다. 특히, 1928년 말 소비에트 극장의 검열 문제를 풍자한 희곡 「적자색 섬」 초연과 함께 시작된 대대적인 불가코프 공격과 그에 이은 그의 모든 희곡들의 상연을 금지한다는 레퍼토리 총국의 통보는 자먀틴 등 그의 친구들로 하여금 불가코프의 신경증 증세를 걱정하게 할 만큼 불가코프를 괴롭혔다. 불가코프는 당시 '검은 마술사'라는 제목으로 쓰고 있던 『거장과 마르가리타』의 첫 원고를 태워버렸고, 당 서기장 스탈린과 정치국 중앙위원회 의장 칼리닌, 예술국 의장 스비데르스키, 작가 고리키에게 편지를 보내 자신을 소비에트 밖으로 추방시켜줄 것을 요청했다. 하지만 이러한 청원 역시 받아들여지지 않았다. 소비에트 정부는 불가코프를 묶어둔 채 단지 극장의 문학자문위원으로, 다른 작가들의 소설을 각색하는 각색자, 번역자로 일하는 것만을 허용했다. 1931년 스탈린에게 보낸 다음 편지에서도 쓰고 있듯이, 이러한 상태는 그에게 작가로서 파멸을 의미했다.

사람들은 나를 늑대를 대하듯 했다. 사람들은 몇 년 동안 사냥물을 몰듯 나를 몰아댔다. 나는 원한 같은 것은 없다. 하지만 나는 무척 지쳤다. 짐승도 지칠 수가 있기 때문이다.

그 짐승은 이미 더 이상 늑대도, 작가도 아님을 선언했다. 그 짐승은 이제 자신의 직업을 포기하고, 침묵하고 있다. 침묵하는 작가는 없다. 만약 그가 침묵하고 있다면, 그는 진정한 작가가 아니다. 만일 진정한 작가가 침묵하고 있다면, 그는 죽어가고 있는 것이다.

사실 위와 같은 호소 이후 불가코프는 작품을 쓸 기회를 얻기도 했다. 1931년 불가코프는 '미래의 전쟁'을 테마로 한 희곡을 주문받고 희곡 「아담과 이브」를 쓰기 시작했으며, 앞서 상연이 금지되었던 희곡 「위선자들의 밀교」의 상연 허가 결정이 내려졌고, 위인들의 생애 편집국으로부터 몰리에르의 전기 집필 의뢰를 받기도 했다. 이러한 일련의 사건들의 배후에 있었던 것은 당 서기장 스탈린으로, 1932년 모스크바 예술극장을 찾은 그는 "왜 「투르빈네의 날들」은 무대에 올리지 않는가?"라는 한마디 말로 「투르빈네의 날들」을 다시 무대에 올리도록 만들기도 했다. 그리고 이러한 스탈린의 호의는 불가코프에게 어쩌면 그 잔혹한 권력자와의 대화가 가능할 것이라는, 자신의 작품들이 소비에트에서 인정을 받고, 소비에트에 도움이 되는 작가가 될 수 있을 것이라는 헛된 희망을 품게 했다. 하지만 「투르빈네의 날들」은 이미 불가코프의 작품이라고 보기 어려울 만큼 수정된 상태였고, 1936년 '몰리에르'라는 제목으로 수정되어 무대에 올려진 「위선자들의 밀교」는 몰리에르의 생애를 저급하게 날조한 희곡이라는 비판을 받으며 8회 공연을 끝으로 무대에서 내려졌다. 또한 수많은 자료들을 참고하며 자신이 17세기 파리에 살고 있다는 착각을 일으킬 만큼 몰두해서 쓴 몰리에르의 전기 『드 몰리에르 씨의 생애』도, 「아담과 이브」 「이반 바실리예비치」 「알렉산드르 푸시킨」 등 이후 그가 쓴 희곡들도 모두 결국 받아들여지지 않았다. 불가코프가 써온 원고를 읽은 극장들은 이내 공연 계약을 취소하거나, 연습 도중 돌연 공연 계획이 취소되었고, 몰리에르 전기도 마르크시즘적 역사관에 배치된다는 지적과 함께 원고를 돌려받고 출판을 포기해야 했다. 이러한 과정들은 불가코프를 더욱 지치고 고통스럽게 했다.

이처럼 불운한 날들 속에서 불가코프에게 가장 큰 위로가 되었던 것은 『거장과 마르가리타』였다. 끝없이 반복되는 비판과 공연 취소로 이어지는 절망의 날들 속에서 『거장과 마르가리타』는 작가의 안식처였고, 소설을 쓰면서 불가코프는 자신을 추스를 수 있었다. 주위에서 작가들이 체포되는 것을 보며 원고를 태우고, 언제 자신에게 닥칠지 모르는 체포의 위협에 혼자 거리를 다니지 못할 정도로 두려움 속에 살면서도, 자신의 희곡들의 무덤이 되어버린 극장에서 강제 노역과도 같은 일을 하면서도, 그는 계속해서 소설을 쓰고 고쳤다. 이 소설은 출판될 수 없을 것이라는 말을 들으면서도, 불가코프는 소설의 타자본을 만들고 다시 수정을 계속했다. 1939년 봄 에필로그가 씌어졌고, 이후 급격히 시력이 떨어진 불가코프는 아내 엘레나 세르게예브나의 도움을 받으면서 구술로 계속해서 원고를 교정했다. 1940년 2월 13일 병상에 누운 채로 아내가 읽어주는 소설을 들으며 마지막 교정을 했고, 한 달 뒤인 3월 10일 불가코프는 세상을 떠났다.

『거장과 마르가리타』가 처음 세상의 빛을 본 것은 1966/67년 잡지 『모스크바』를 통해서였다. 스탈린 사후 형성된 해빙의 기운 속에서 책상 서랍 속에 감추어두었던 작가들의 작품이 하나둘씩 출판되기 시작하면서 불가코프의 소설도 세상의 빛을 보게 된 것이다. 사실 그때까지도 불가코프에 대한 경계를 늦추지 않았던 소비에트 검열로 인해 소설은 일정 부분 삭제된 상태로 출판되었음에도 불구하고(삭제된 부분은 주로 소비에트 비밀경찰 관련 부분과 고대 예르샬라임과 모스크바가 유사하게 묘사되는 부분들이었다), 소설은 출판 즉시 소비에트 독자들에게 큰 반향을 일으켰다. 『거장과 마르가리타』가 실린 잡지는 구하기 어려운 귀중본이 되었고, 사람들은 지하 출판을 통해 검열이 삭제한 부분을 찾아 읽었다. 불가코프는 '거장'으로 불리기 시작했고, "원고는 불타지 않는다," "비겁함은 인간의 가장 큰 악덕 중 하나이다" 등 소설 속 구절들은 소설을 읽지 않은 사람들에게도 익숙한 경구가 되었다. 불가코프와 『거장과 마르가리타』에 대한 관심은 소비에트에만 국한된 것은 아니었다. 1967년 파리에서 검열의 삭제가 없는 완본이 출간된 이후 영국, 헝가리, 독일, 이태리 등지에서 오랫동안 베일에 감추어져 있던 작가 불가코프에 대한 소개와 함께 그의 마지막 소설이 번역, 출간되었다. 그리고 몇몇 비평가들이 그 열기를 일시적인 현상으로 지적했던 것과 달리 『거장과 마르가리타』는 지금까지도 러시아뿐만 아니라 전 세계적으로 가장 많이 읽히는 20세기 러시아 문학 작품으로 사랑을 받고 있다.

『거장과 마르가리타』가 이처럼 꾸준히 독자들의 사랑을 받는 것은 말 그대로 거장의 면모를 보여주는 흥미로운 구성과 인물들, 그리고 그 속에 담긴 작가 사고의 깊이 때문일 것이다. 소설은 불가코프가 하루 중 가장 의미심장한 시간이라고 불렀던 황혼의 시간에 시작된다. 한낮을 지배하던 무자비한 태양이 사라지는 시간, 모든 것이 빛을 잃고 뒤섞이는 그 시간은 악마 볼란드의 검은 마술이 시작되는 시간으로, 볼란드는, 처음 나타났을 때와 같은 황혼의 시간, 수천 개의 창에 부서지고 있는 태양을 바라보며 모스크바를 떠난다. 이처럼 소설의 시작과 끝을 장식하는 두 황혼 사이의 시간은 길지 않다. 볼란드는 만월이 낀 오월의 어느 수요일 황혼이 퍼지는 시간에 파트리아르흐 연못에 나타나며, 사흘 후인 토요일 황혼이 질 무렵 모스크바를 떠난다. 그 사이에 베를리오즈가 전차에 깔려 죽게 되고(수요일), 버라이어티 극장에서 볼란드의 검은 마술 세앙스가 있게 되며(목요일), 사탄의 대무도회가 열리고(금요일), 코로비예프와 베헤못의 마지막 모험(토요일)을 끝으로 볼란드 일행은 거장과 마르가리타와 함께 모스크바를 떠난다. 하지만 소설 속 시간은 누구보다 '진실한 작가'임을 자처하는 화자의 이야기와 볼란드, 거장이 들려주는 이야기들을 통해 무한히 확장된다. 특히, 천 년의 시간도 웃음이 나올 만큼 짧은 시간이라고 말하는 볼란드는 소설의 시간을 예슈아가 살았던 이천여 년 전까지 확장시키며, 로마 황제 칼리굴라에서부터 중세 이탈리아의 유명한 독약 제조사 토파나와 중세 프랑스, 영국의 독살자들, 위조지폐범, 그리고 소비에트의 비밀경찰대장에 이르는 세기의 악명 높은 인사들을 자신의 만월 무도회에 초대하기도 한다.

이처럼 무한한 시간의 확장과 병치는 코로비예프가 마르가리타에게 설명하던 '오차원,' 다시 말해 모든 이성적 논리를 뛰어넘는 환상의 법칙에 따른 것이다. 그 환상의 세계를 더욱 흥미롭고 의미심장하게 만들어주는 것은 악마 볼란드와 그의 수행원들이다. 예슈아의 처형이 결정되던 순간 그 자리에 있었으며, 칸트와 아침 식사를 같이 하기도 했다는 악마 볼란드, 깨진 코안경을 걸쳐 쓰고 끊임없는 수다를 늘어놓는 코로비예프와 그의 영원한 단짝 베헤못, 눈에 보이지 않는 표적조차 실수 없이 관통해내고 마는 명사수 아자젤로와 미녀 흡혈귀 헬라라는 기괴한 외모, 번득이는 기지와 유머, 거침없는 단호함으로 독자들을 사로잡는다. 물론 볼란드와 그의 수행원들이 벌이는 행동들은 때로 섬뜩하고 잔인하기도 하다. 베를리오즈의 죽음과 이후 사탄의 무도회에서 죽은 베를리오즈를 검으로 내리쳐 영원한 비존재로 보내는 장면은 그 대표적인 예이다. 하지만 그 섬뜩함에도 불구하고 볼란드와 그 일당이 벌이는 행동들은 단순한 악행으로 규정짓기 어렵다. 오히려 소설의 배경이 되고 있는 1930년대 소비에트 사회의 부조리와 결함들을 폭로하고 있다는 점에서, 그리고 무엇보다도 그 시대 독단적 이데올로기의 희생자인 거장과 그의 연인 마르가리타에게 평온과 영원한 안식처를 제공해준다는 점에서, 그들은 소설의 제사에 나오는 말처럼 궁극적으로 '선을 행하는 힘의 일부'라고 할 수 있다.

삶의 모든 것을 버리면서 자신의 이름도 버렸다는 거장은 부조리하고 그로테스크한 소비에트 현실 밖에 존재하는 인물이다. 역사가였던 그는 소비에트 사람들의 "대다수가 이미 오래전부터 의식적으로 믿지 않고 있다는 신에 대한 전설"에 빠져 본디오 빌라도에 대한 소설을 쓴다. 그리고 그는 스스로 그토록 자랑스럽게 여기는 아르바트의 지하에서, 그를 위해서라면 기꺼이 자신을 파멸시킬 준비가 되어 있는 여인과 함께 '황금의 세기'를 보낸다. 하지만 볼란드의 말대로 "너무나도 낭만적인" 거장의 이야기는 소설의 끔찍한 실패와 함께 불행한 결말로 끝난다. 거장은 출판조차도 거부당한 그 소설로 인해 "예수 그리스도를 옹호하려는 글을 출판계로 잠입시키려 하는" "전투적인 구교도"라는 비판을 받게 되고, 불법 문서를 은닉하고 있다는 이유로 체포되기도 하며 결국 정신병원으로 들어가게 된다.

거장의 소설은 볼란드의 이야기에 대해 베를리오즈가 지적한 대로 복음서의 내용과는 다르다. 예르샬라임(예루살렘), 예슈아(예수), 카이파(가야파), 키리아트의 유다(가리옷 유다) 등 이름과 지명들도 복음서와는 다르며, 예슈아는 베들레헴에서 태어나지도 않았고, 그에겐 열두 제자도 없다. 그리고 마태오가 자신을 따라다니며 양피지에 적은 것들에 대해 예슈아는 자신이 말한 것과는 완전히 다른 것이었다고 말하기까지 한다. 거장의 소설을 비난하던 비평가들이 거장을 "엉터리 성상화가"라고 불렀던 것은 바로 이와 같은 차이점들 때문이라고 할 수 있다. 하지만 그것이 거장의 소설이 출판될 수 없었던 이유는 아니다. 거장의 소설이 출판될 수 없었던 것은 그의 소설 속에서 예슈아가 실제로 언젠가 존재했을 것 같은 생생한 모습으로 그려지고 있으며(이것은 베를리오즈가 이반에게 그의 반종교적 서사시를 처음부터 다시 써야 한다고 했던 이유이기도 하다), 그런 그의 진심 어린 말들이 그 말을 듣는 사람들의 마음을 움직이게 하기 때문이다.

"문제는 당신이 너무나도 폐쇄적이고, 인간에 대한 믿음을 완전히 잃었다는 데 있습니다. 당신도 동의하시겠지만, 모든 애착을 개 한 마리에 바쳐서는 안 됩니다. 헤게몬, 당신의 삶은 가난합니다."

예르샬라임 사람들이 모두 광포한 괴물이라고 쑤군대는 잔인한 유대 총독 본디오 빌라도는, 등 뒤로 손이 묶인 채 구타로 일그러진 얼굴로 자신 앞에 선 예슈아의 위와 같은 스스럼없고, 또 진실이 담긴 말에 마음을 움직인다. 그래서 그는 예슈아와 좀더 이야기를 나누고 싶어 하고, 그를 풀어주고 싶어 한다. 하지만 빌라도는 그렇게 하지 못한다. 예슈아의 말처럼 인간에 대한 폭력에 다름 아닌 권력으로부터 자유롭지 못하기 때문이다.

"저는," 죄수는 이야기했다. "모든 권력은 인간에 대한 폭력이며, 카이사르들의 권력도, 그 외의 다른 어떤 권력도 존재하지 않는 시간이 올 것이고, 그때가 되면, 인간은 그 어떤 권력도 필요 없는 진리와 정의의 왕국으로 들어서게 될 것이라고 말했습니다."

위의 말은 빌라도와 예슈아의 운명뿐 아니라, 거장의 운명을 결정한 말이라고도 할 수 있다. "모든 권력은 인간에 대한 폭력이다"라는 말은 거장이 속한 시대의 권력에도 해당되는 말이기 때문이다. 더욱이 빌라도가 예슈아의 위의 말에 반박하며 "티베리우스의 권력보다 더 위대하고 아름다운 권력은 없으며, 앞으로도 없을 것이다"라고 했던 말(이 문장은 1966년 『거장과 마르가리타』 첫 출판 당시 검열에 의해 삭제되었던 것 중 하나이다)과 빌라도가 증오하는 예르샬라임의 광신자들, 자신의 신앙만이 민중을 보호할 수 있다고 믿으며, 그 신앙을 지키기 위해 다른 어떤 진리의 말도 듣지 않는 제사장 카이파의 모습이 소비에트 권력에 대한 수사들과 당대 모스크바 이데올로그들의 모습과 겹쳐지는 것은 예슈아의 말을 더욱 위협적인 것으로 만든다. 결국 카이파의 분노가 그랬듯이, 라툰스키, 아리만 등 비평가들이 거장의 소설에서 '돌연한 적'과 '전투적인 구교도'의 모습을 발견하고 분노에 휩싸였던 것이 아무 이유가 없는 것은 아니었다.

이와 같은 맥락에서 예르샬라임 장면들과 모스크바 장면들 간의 연관성은 좀더 눈여겨볼 필요가 있다. 이천여 년에 가까운 시공간의 차이에도 불구하고 고대 예르샬라임 장면들은 교묘하게 모스크바 장면들과 겹쳐진다. 우선 두 도시에서 벌어지는 일들은 모두 러시아어로 '파스하пасха'로 표기되는 종교 축일, 유월절과 부활절 전야에 일어난다. 모스크바 장면에서 부활절 전주라는 말이 명시되어 있지는 않지만, 정교의 부활절이 춘분 이후 첫 보름달이 뜨는 일요일이었고, 소비에트 시기 대부분의 반종교 선전문들이 정교 축일에 맞추어 씌어졌던 것을 고려해볼 때, 베를리오즈가 베즈돔니에게 반종교적 서사시를 주문한 것도 부활절에 맞춘 것으로 볼 수 있다. 한낮의 지독한 더위와 갑작스러운 폭우, 황혼, 달에 대한 묘사도 두 도시에서 유사하게 나타난다. 특히 제25장 '총독은 키리아트의 유다를 어떻게 구하려고 했는가' 첫 장면에서 뇌우에 앞선 어둠이 예르샬라임을 덮어버리는 모습은 제29장 '거장과 마르가리타의 운명이 정해지다' 마지막 장면에서 어둠이 모스크바를 삼켜버리는 모습과 그 구체적인 표현까지 거의 유사하게 반복된다.

지중해에서 몰려온 어둠이 총독이 증오하는 도시를 뒤덮었다. 성전과 무시무시한 안토니우스 탑을 연결해주던 구름다리도 사라지고, 하늘에서부터 내려온 심연이 히포드롬 위의 날개 달린 신(神)들과 총안(銃眼)이 있는 하스몬 궁을, 저잣거리와 여관들, 골목과 연못들을 덮어버렸다. 거대한 도시 예르샬라임은 마치 세상에 존재하지 않았던 것처럼 사라져버렸다.

서쪽에서 다가온 어둠이 거대한 도시를 덮어버린 것이다. 다리도, 궁전들도 사라졌다. 마치 결코 이 세상에 존재한 적이 없었던 것처럼, 모든 것이 사라졌다. 실처럼 가느다란 섬광이 하늘을 가로지르며 내달렸고 천둥이 도시를 뒤흔들었다. 그리고 다시 한 번 울리는 천둥과 함께 뇌우가 시작되었다.

예르샬라임 장면과 모스크바 장면의 유사성은 주요 인물들에게서도 나타난다. 예슈아와 거장은 둘 다 그 시대 민중을 현혹하고, 신앙과 권력을 위협한다는 이유로 비판을 받으며, 제자가 한 사람씩 있고(마태오, 베즈돔니), 밀고자(유다, 모가리치)에 의해 체포되는 것도 같다. 또한 보기 드문 칼솜씨로 유다를 살해한 두 남자와 그들 모두를 지휘하는 비밀호위대장 아프라니우스는 모스크바 장면에 나오는 또 다른 밀고자인 마이겔 남작을 처단하는 볼란드와 그의 수행원들을 연상시키기도 한다. 베를리오즈의 경우, 그를 기다리고 있던 문인들이 열두 명이었다는 점, 그리고 무엇보다도 그의 죽음 소식을 접하게 된 마솔리트 회원들의 머릿속에 떠오른 생각('그는 죽었다…… 하지만 우리는 이렇게 살아 있지 않은가!')은 예슈아의 처형이 결정된 순간 빌라도의 머릿속에 떠오른 생각('끝났다! 다 끝난 것이다!')을 연상시키며, 사탄의 무도회 마지막 장면에서 베를리오즈가 볼란드의 검 아래서 영원한 비존재로 떠나게 되는 것 역시 죽음과 함께 불멸의 존재로 남게 되는 예슈아의 운명과 교차되며 더욱 의미심장하게 다가오게 된다.

이처럼 서로 겹쳐지면서 그 의미를 되새기게 하는 것은 소설 속 두 도시의 일만은 아닐 것이다. 원형적 도시 예르샬라임 속에도, 볼란드가 "참으로 흥미로운 도시"라고 말했던 모스크바 속에도 오늘날 우리의 모습을 거울처럼 비추는 장면들이 많다. 1930년대 소비에트 사회에 대한 특별한 고려 없이도 『거장과 마르가리타』가 흥미롭고, 소설 속 주인공들의 모습과 그들의 말들이 오랫동안 기억에 남는 것도 바로 그 때문일 것이다. "진실을 말하는 것은 쉽고 기분 좋은 일이다." "절대, 그 무엇도 부탁하지 마라! 특히 당신보다 더 힘이 있는 사람들에게는." "원고는 불타지 않는다." "비겁함은 인간의 가장 큰 악덕 중 하나이다." "사랑하는 사람은 자신이 사랑하는 이의 운명을 함께 나누어야 한다." "모든 것은 바르게 이루어질 것입니다. 세상은 그렇게 되도록 만들어져 있으니까."

처음 번역을 시작하고 많은 시간이 흘렀다. 중간 중간 다른 일들에 매달려 있어야 하는 시간들도 많았고, 무엇보다도 역자의 느림 탓이었지만, 불가코프가 오랫동안 『거장과 마르가리타』를 고치고 다시 쓰면서 했을 생각들과 불가코프 고유의 문체를 가능한 가깝게 전달하고 싶은 욕심이 번역을 더 느리게 했다. 교정을 볼 때마다 고쳐야 할 부분들이 나왔으니, 아직 남아 있는 것들도 있을 것이다. 그 부분들은 기회가 되는 대로 다시 교정할 수 있기를 바란다. 부족한 원고를 읽고 교정하는 데 도움을 주신 분들과 느린 역자의 책을 기다리고 격려해주신 모든 분들께 감사의 말씀을 전하고 싶다. 번역은 1990년 모스크바 후도제스트벤나야 리테라투라에서 출간된 불가코프 전집 5권에 실린 『거장과 마르가리타』(М. А. Булгаков. Собрание сочинений в пяти томах. Т. 5. Москва: Художественная литература)를 번역 대본으로 삼았고, 주석은 같은 책에 실린 레스키스 주석과 2007년에 출간된 벨로브롭체바의 주석서(Ирина Белобровцева. Светлана Кульюс. Роман М. Булгакова. Мастер и Маргарита. Комментарий. Москва: Книжный клуб, 2007)를 참조했다.

작가 연보

1891   5월 15일(러시아 구력으로 5월 3일), 키예프에서 신학자인 아파나시
         이바노비치 불가코프와 그의 부인 바르바라 미하일로브나의 3남 4녀
         중 맏아들로 태어남.

1900   키예프 제2김나지움 예비 학교에 입학.

1901   키예프 제2김나지움 예비 학교를 마치고, 키예프 제1김나지움에 입학.

1907   아버지 아파나시 이바노비치가 신장 경화로 세상을 떠남.

1908   여름 사라토프에서 온 열다섯의 소녀 타티야나 라파를 만남.

1909   김나지움을 졸업하고, 키예프 대학 의학부에 입학.

1913   4월, 타티야나 라파와 결혼.

1914   제1차 세계대전이 시작된 이해 여름 아내의 고향 사라토프를 방문, 부
         상자들을 치료하면서 첫 의료 활동을 시작함.
         가을, 대학에서 학업을 마치기 위해 키예프로 돌아옴.

1915   4월 말, 해군성 복무를 지원하지만 건강상의 이유로 받아들여지지 않
         고, 5월 중순부터 학장의 승인하에 키예프 적십자 군병원에서 일하기
         시작함.

1916	3월, 졸업 시험을 우수한 성적으로 통과하고 임시 졸업증명서를 받아 카메네츠-포돌스키, 체르노비츠 등 전선의 야전병원에서 일함.

1916   3월, 졸업 시험을 우수한 성적으로 통과하고 임시 졸업증명서를 받아
카메네츠-포돌스키, 체르노비츠 등 전선의 야전병원에서 일함.
9월 말, 적십자의 임지 발령에 따라 스몰렌스크 지방의 소도시 니콜스
코예로 떠남.

1917   9월, 모스크바 근교 소도시 뱌지마로 전근, 니콜스코예에서의 체험을
토대로 한 자전적 단편들을 쓰기 시작함.

1918   2월, 적십자 복무에서 해제되어 아내와 함께 고향 키예프로 돌아감.
당시 키예프는 볼셰비키(붉은 군대) 권력하에 있었으며, 이후 독일군,
우크라이나 민족주의자, 백위군이 뒤얽혀 싸우는 참혹한 전쟁터로 변
하게 됨.

1919   2월, 붉은 군대의 습격으로 키예프에서 퇴각하는 우크라이나 인민공화
국 군대의 군의관으로 징집되었다 탈영함.
여름에서 초가을 사이, 뱌지마에서 쓴 단편들을 토대로 「현(顯)의사의
습작 Наброски земского врача」과 단편 「병 Недуга」 「개화 Первый
цвет」 집필.
8월, 백위군에 의해 퇴각하는 붉은 군대 군의관으로 징집되어 키예프를
떠났다가 10월 중순, 붉은 군대와 함께 다시 키예프로 돌아옴. 시가전
도중 백위군 측으로 넘어가(혹은, 포로로 잡혀) 백위군 군의관이 됨.
11월, 백위군과 함께 키예프를 떠나 러시아 남부 캅카스로 향함. 첫 출
판물인 에세이 「미래의 전망 Грядущие перспективы」이 신문 『그로즈
니』에 실림.
11월 말, 혹은 12월 초 블라디캅카스에 도착하여 군병원에서 일함.
12월 말, 병원 일을 그만두고 블라디캅카스 지역 신문의 기자로 일하
기 시작.

1920   1~2월, 블라디캅카스 지역 신문에 문예소품 「카페에서 В кафэ」 「환희
의 대가 Дань восхищения」가 실림.

2월 말(혹은 3월 초), 티푸스에 걸려 심하게 앓음. 이 무렵 백위군은 블라디캅카스 지역에서 퇴각하고, 불가코프는 소비에트 권력 하의 블라디캅카스에 남겨지게 됨.

4월 초부터 블라디캅카스 혁명위원회 인민교육부 예술지국에서 일하기 시작. 문학의 밤, 강연회, 콘서트, 공연 기획에 참여하고, 「자기방어 Самооборона」「투르빈 형제들 Братья Турбины」 등 희곡을 써서 블라디캅카스 제1소비에트 극장의 무대에 올림.

11월, 예술지국활동 조사위원회로부터 부르주아적 · 반혁명적 시각을 가졌다는 비판을 받고 예술지국에서 해고됨.

1921 1월 말에서 2월 초, 희곡 「파리 코뮌니스트들 Парижские коммунары」 집필. 앞서 발표한 두 희곡과 함께 모스크바 공산주의 드라마 작업실로 보내지만, 아무런 통보도 받지 못함.

5월 말, 블라디캅카스를 떠나 바쿠를 거쳐 티플리스로 향함.

6월, 티플리스에 머물며 희곡을 티플리스 지방 극장의 무대에 올리려고 시도하지만 성사되지 못함.

7월 말, 다시 흑해 연안 도시 바툼으로 떠나 이후 망명을 시도하지만 실패하고 9월 초 고향 키예프로 돌아감.

9월 말, 오랜 방랑생활을 마치고 본격적인 작가활동을 위해 모스크바로 떠남.

10월, 모스크바 인민계몽위원회 문학지국에서 한 달여간 근무하다 문학지국이 해체되면서 일자리를 잃음. 볼샤야 사도바야 10번지 50호의 방한 칸을 빌려 이사. 모스크바 정착 초기 가장 힘든 시기를 보냈던 이 집은 이후 『거장과 마르가리타 Мастер и Маргарита』에 나오는 '좋지 않은 아파트'의 모델이 되며, 현재 불가코프 기념관이 자리하고 있음.

11월, 주간지 『상공통보』 편집국에 취직. 블라디캅카스에서의 문학 활동을 토대로 한 자전적 단편 「커프스 위에 쓴 수기 Записки на манжетах」 집필.

1922   1월, 『상공통보』의 폐간으로 아내와 거의 굶다시피 하며 일자리를 찾아다님.

2월 1일, 어머니 바르바라 미하일로브나가 세상을 떠남.

2~3월, 군아카데미 과학기술위원회 출판부, 신문 『노동자』 르포타주 기자로 일함.

4월, 신문 『기적(汽笛)』에 르포타주 「쿠르스크 사람들 У курян」 발표. 이후 신문에 120여 편의 르포, 인상기, 문예소품들을 발표하게 됨.

5월, 베를린에서 발행되던 러시아 신문 『전야』의 통신원으로 일하기 시작. 「어느 젊은 의사 수기 Записки молодого врача」 「커프스 위에 쓴 수기」 「치치코프의 모험 Похождения Чичикова」 「붉은 관 Красная корона」 「서류철 속의 수도 Столица в блокноте」 등 단편 발표.

12월, 단편 「제13호. 엘피트와 노동자 코뮌의 집 № 13 - Дом Эльпит-Рабкоммуна」 「숙명의 잔 Чаша жизни」 발표.

1923   1~2월, 고향 키예프에서의 내전 체험을 토대로 한 장편 소설 『백위군』을 집필하기 시작.

4월, 신문 『전야』의 통신원으로 키예프에 출장. 이때 어머니의 묘지를 다녀오고, 아버지의 유품들을 정리함.

5월, 모스크바로 돌아와 낮에는 『기적』 『전야』지(紙) 편집국에서 르포, 문예소품들을 쓰고, 밤에는 장편 『백위군』과 중편 「디아볼리아다 Дьяволиада」를 집필함.

6월에서 7월 사이, 풍속기 「다락방의 새들 Птицы в мансарде」 「코마로프 사건 Комаровское дело」 「도시 키예프 Киев-город」 풍자적 소품 「천연의 일상 Самоцветный быт」 「밀주 Самогонное озеро」 등이 잡지 『계몽 노동자의 목소리』 『전야』에 실림.

8월 말, 「디아볼리아다」, 『백위군』 초고 완성.

1924   1월, 『전야』 편집국 신년 모임에서 두번째 아내가 될 류보비 예브게니예브나 벨로제르스카야를 처음 만남.

2월, 중편 「디아볼리아다」와 단편 「한의 불길 Ханский огонь」 발표.

4월, 타티야나 니콜라예브나와 이혼. 단편 「적자색 섬 Багровый остров」 발표.

11월, 중편 「파멸의 알 Роковые яйца」 집필.

12월, 잡지 『러시아』에 『백위군』 1부가 실리고, 시인 볼로신으로부터 톨스토이와 도스토옙스키의 데뷔를 떠올리게 하는 작품이라는 극찬을 받음.

1925   1~2월, 중편 「개의 심장 Собачье сердце」 집필.

4월, 모스크바 예술극장으로부터 소설 『백위군』 각색 제의를 받음.

4월 말, 『백위군』 제2부가 잡지 『러시아』에 실림.

4월 30일, 류보비 예브게니예브나와 재혼.

6월, 볼로신의 초대로 남부 휴양지 콕테벨 방문.

7월, 앞서 출간된 중단편들과 신작 「중국인 이야기 Китайская история」 「파멸의 알」을 모은 첫 작품집 『디아볼리아다』 출간. 이즈음부터 소비에트 사회에 적대적인 시각을 지닌 위험한 작가라는 비판을 받기 시작함.

8월, 『백위군』 3부를 『러시아』지(紙)에 전달하지만, 잡지사의 폐간으로 출간되지 못함.

9월, 소설 『백위군』을 각색한 희곡 「백위군」 첫 원고를 완성하여 모스크바 예술극장에 전달, 상연에 적합하지 않다는 이유로 수정 요구를 받고 두번째 판본을 집필.

11~12월, 희곡 「백위군」과 「조야의 아파트 Зойкина квартира」 집필. 타이로프 극장의 의뢰를 받아 새 희곡을 구상함.

1926   2월, 소비에트 연방 회관에서 열린 '러시아 문학' 토론회 참여. "정치

가 아닌, 인간에 대해" 말하고, "문학을 협소한 실용주의적 관점에서 보기를 중단할 것을 요구"한 발언 내용이 국가보안국에 보고됨.

3월, 모스크바 예술극장과 중편 「개의 심장」을 각색하여 무대에 올리기로 계약함. 소설 『백위군』 원고를 최종적으로 수정.

4월, 레닌그라드 볼쇼이 드라마 극장과 「백위군」, 「조야의 아파트」 공연 계약을 맺음. 작품집 『디아볼리아다』 제2판 출간.

5월 7일, 국가보안국의 가택수색을 받고, 「개의 심장」 원고와 일기 등을 압수당함.

5월 10일, 레닌그라드(현 페테르부르크)에서 열린 문학 예술인의 밤에 참가. 이곳에서 조셴코, 자먀틴, 아흐마토바 등의 작가들을 만나게 되며, 자먀틴, 아흐마토바와는 이후 지속적으로 관계를 갖게 됨.

6월, 레퍼토리 총국으로부터 희곡 「백위군」은 철두철미한 반혁명적 희곡으로, 절대 상연을 허가할 수 없다는 통보를 받음.

8월, 희곡 「백위군」의 제목을 「투르빈네의 날들Дни турбиных」로 바꾸고, 그 외 상연 허가를 얻어내기 위한 예술극장의 희곡 수정에 동의함.

8월 22일, 국가보안국에 소환되어 심문을 받음.

10월, 오랜 논쟁과 수정, 심의 끝에 「투르빈네의 날들」과 「조야의 아파트」가 각각 모스크바 예술극장, 바흐탄고프 극장의 무대에 올려짐. 초연과 함께 불가코프에 대한 대대적인 공격 시작. 부르주아, 반동, 속물, 반혁명가, 동반작가, 범죄자, 인민의 적(敵)으로 불리기 시작함.

11월 18일, 국가보안국에 재차 소환되어 심문을 받음.

1927 2월 7일, 메이에르홀트 극장에서 열린 「투르빈네의 날들」 토론회에 참가, 루나차르스키, 오를린스키 등 비평가들의 비판에 반박함.

3~4월, 희곡 「질주Бег」 집필. 가택 수색으로 압수된 「개의 심장」 각색을 대신하여 「질주」를 예술극장에 올리기로 함. 희곡 「적자색 섬」을 모스크바 카메르니 극장에 전달함.

9월, 「투르빈네의 날들」이 레퍼토리에서 삭제될 것이라는 소식을 들음.

10월, 「투르빈네의 날들」이 다시 모스크바 예술극장에 올려짐.

11월, 「조야의 아파트」가 바흐탄고프 극장 레퍼토리에서 삭제됨.

12월, 파리 콩코드 사에서 소설 『백위군』 제1권이 출간됨(2권은 1929년에 출간).

1928   1월, 자먀틴, 쿠겔이 기획한 극작가연합 문예연감에 실을 논문 「초연Премьера」 집필.

3월, 희곡 「질주」를 완성하여 모스크바 예술극장에 전달.

4월, 희곡 「질주」 상연 계약을 위해 레닌그라드를 방문. 불가코프의 동의 없이 수정된 「조야의 아파트」가 바흐탄고프 극장에 다시 올려짐.

5월, 레퍼토리 총국이 희곡 「질주」 상연 금지 결정을 내림.

6월, 레퍼토리 총국이 「투르빈네의 날들」과 「조야의 아파트」의 상연 금지 결정을 내림.

9월 11일, 모스크바 예술극장에서 「투르빈네의 날들」 200회 공연이 올려짐.

9월 26일, 레퍼토리 총국이 희곡 「적자색 섬」의 상연을 허가함. 자먀틴에게 보낸 편지에서 쓰고 있듯이 불가사의와도 같은 이 결정은 불가코프에 대한 또 한 차례의 거센 비판의 빌미가 됨.

10월, 고리키의 참석하에 희곡 「질주」에 대한 회의가 열림. 고리키가 그동안의 레퍼토리 총국의 활동을 비판하고, 「질주」의 예술성을 높이 평가함으로써 「질주」 상연 허가가 내려지고, 모스크바 예술극장과 레닌그라드 볼쇼이 극장에서 연습이 시작됨. 하지만 고리키가 모스크바를 떠나고 얼마 지나지 않아 레퍼토리 총국은 다시 「질주」의 상연을 금지함.

12월, 모스크바 카메르니 극장에서 「적자색 섬」 초연. 시인 베지멘스키, 마야콥스키, 보고류보프 등이 불가코프와 그의 작품들을 규탄하는 논문, 시, 희곡들을 발표하고, 극작가 빌-벨로체르콥스키, 피켈 등이 당 중앙위원회 정치국과 서기장 스탈린 앞으로 불가코프의 반혁명적, 반소비에트적 죄를 고발하는 편지를 보냄. 『거장과 마르가리타』의 첫 원고를 쓰기 시작.

1929   2월, 스탈린이 빌-벨로체르콥스키에게 편지를 보내 "「질주」가 반소비에트적 현상인 것은 분명하지만 희곡 마지막에 몇 장면만 덧붙인다면 상연을 반대할 이유는 없으며, 「투르빈네의 날들」의 경우도 궁극적으로는 이득이 더 많은 작품"이라는 의견을 밝힘.

2월 12일, 우크라이나 작가 대표단이 스탈린과 면담을 갖고 「투르빈네의 날들」의 상연 금지를 강력히 요구. 스탈린이 대표단에게 양보했다는 소문이 퍼짐.

2월 28일, 마지막 아내가 될 엘레나 세르게예브나를 만남. 국가보안국에 불가코프가 쓰고 있는 새 소설(『거장과 마르가리타』의 초고)에 대해 첫 보고가 들어감.

3월 6일, 레퍼토리 총국으로부터 상연중인 그의 모든 희곡들을 레퍼토리에서 삭제한다는 통지를 받음.

5월 8일, K. 투카이라는 가명으로 『거장과 마르가리타』 초고 중 일부를 출판사 네드라에 보내지만 출판은 이루어지지 않음.

7월, 당 서기장 스탈린과 당 중앙위원회 의장 칼리닌, 예술국 의장 스비데르스키, 작가 고리키 앞으로 편지를 보내 망명을 요청함.

9월, 자전적 소설 「비밀 친구에게Тайному другу」 집필.

10월, 모스크바 예술극장이 「질주」 공연 계약시 받았던 선금반환을 요구함.

10~12월, 희곡 「위선자들의 밀교Кабала святош」 집필.

1930   1월 말~2월 초, 작가 자먀틴, 필냐과 만남.

3월 18일, 레퍼토리 총국으로부터 「위선자들의 밀교」 상연 금지 통보를 받고, 『거장과 마르가리타』 초고를 태워버림.

3월 28일, 소비에트 정부 앞으로 장문의 편지를 보내 자신을 소비에트 밖으로 내보내 줄 것을 거듭 요청.

4월 3일, 노동청년극장에서 문학자문위원으로 일하기 시작.

4월 18일, 스탈린의 전화를 받음. "정말로 외국으로 나가고 싶은 것인가? 우리가 그렇게 지겨운가?"라는 스탈린의 물음에 "러시아 작가가 조국을 떠나 살 수 있을지 다시 생각해보았다. 그런데 아무래도 안 될 것 같다"고 대답하고, 이에 스탈린은 모스크바 예술극장의 조연출 자리를 약속함.

5월, 모스크바 예술극장에 연출가로 등록됨. 이후 불가코프는 모스크바 예술극장의 조연출가로 일하면서 모스크바 예술극장을 위해 고골의 『죽은 혼Мертвые души』과 톨스토이의 『전쟁과 평화Война и мир』 등 소설을 각색하고, 「수전노」 「서민귀족」(불가코프 번역본의 제목은 「미치광이 쥬르뎅Полоумный Журден」) 등 몰리에르 희곡들을 번역하며, 디킨스의 소설을 각색한 「피크윅 클럽의 기록Записки Пиквикского клуба」에 배우로 출현하기도 함.

1931   1~2월, 「죽은 혼」 공연 연습 진행.

3월, 노동청년극장 자문위원 일을 그만둠.

4월, 모스크바 위생계몽순회극장의 연출을 맡음.

5월, 스탈린에게 편지를 보내 잠시라도 러시아를 떠나 "어딘가 먼 곳에서" 바라볼 수 있도록 기회를 달라고 요청하지만, 아무 답도 받지 못함. 이 무렵 불가코프는 앞서 태워버렸던 소설(『거장과 마르가리타』)을 다시 쓰기 시작함.

7월, 레닌그라드 붉은 극장의 의뢰를 받아 희곡 「아담과 이브Адам и Ева」 집필.

9월, 「아담과 이브」를 완성하여 붉은 극장에 전달하지만, 상연은 이루어지지 않음. 고리키의 제안에 따라 제목과 내용을 일부 수정한 희곡 「몰리에르」(「위선자들의 밀교」)를 고리키에게 보냄.

10월, 레퍼토리 총국이 희곡 「몰리에르」의 상연을 허가함.

1932   1월, 모스크바 예술극장으로부터 소비에트 당국이 「투르빈네의 날들」의 공연 재개를 결정했다는 통보를 받음.

2월 18일, 「투르빈네의 날들」이 다시 모스크바 예술극장의 무대에 올려짐. 이후 「투르빈네의 날들」은 제2차 세계대전으로 공연이 중단되는 1941년까지 모스크바 예술극장에서 상연됨.

3월 말, 「몰리에르」 공연 연습 시작.

7월, '위인들의 생애' 시리즈 편집국으로부터 극작가 몰리에르의 전기 집필 의뢰를 받고 『드 몰리에르 씨의 생애Жизнь господина де Мольера』를 쓰기 시작함.

10월, 류보비 예브게니예브나와 이혼하고 엘레나 세르게예브나와 결혼. 『거장과 마르가리타』를 다시 쓰기 시작함.

1933   3월, 몰리에르 전기를 완성하여 편집국에 전달, 흥미로운 전기이기는 하지만 마르크시즘적 역사관에 부합되지 않는다는 이유로 편집국으로부터 수정 요구를 받음. 불가코프는 수정을 거절하고, 『드 몰리에르 씨의 생애』는 결국 출판되지 못함.

5월, 레닌그라드 뮤직홀로부터 의뢰를 받고 희곡 「지극한 행복Блаженство」 집필.

여름에서 가을, 소설(『거장과 마르가리타』) 집필.

12월, 모스크바 예술극장의 공연 「피크윅 클럽의 기록」에 배우로 참여.

1934   1월, 소설(『거장과 마르가리타』) 집필. 여전히 소설의 제목은 정해지지 않은 상태였으며, 이 무렵 거장이 새로운 주인공으로 들어가게 됨.

5월, 고골의 소설을 각색한 희곡 「죽은 혼」을 토대로 시나리오 「치치코프의 모험, 혹은 죽은 혼」 집필.

6월, 당국에 해외여행증명서 발급을 요청하지만 거부됨.

7월, 소설(『거장과 마르가리타』) 작업.

8월, 모스크바 영화제작소 소유즈 필름이 불가코프의 시나리오로 영화
「죽은 혼」 제작을 결정하고, 키예프 영화스튜디오 우크라이나 필름과
고골의 희곡 「검찰관 Ревизор」을 토대로 한 시나리오 계약을 맺음.

9월, 소설(『거장과 마르가리타』) 작업.

10월, 작가 베레사예프에게 푸시킨에 대한 희곡의 공동 창작을 제안,
베레사예프가 이를 받아들임.

10월 말, 전체 37장으로 이루어진 소설(『거장과 마르가리타』)의 1차
원고 완성. 11월, 「질주」의 결말을 다시 쓰고 상연을 다시 시도하지만,
레퍼토리 총국으로부터 상연 금지 통보를 받음. 소유즈 필름이 「죽은
혼」 시나리오를 되돌려줌.

1935   2월 중반, 「몰리에르」 공연 연습에 연출가 스타니슬랍스키 참여. 몰리
에르 형상의 해석을 놓고 스타니슬랍스키와 충돌.

4월, 아흐마토바, 파스테르나크와 만남.

4월 말, 「몰리에르」에 대한 극장 측의 수정 요구를 거부하는 편지를
보냄.

5월, 희곡 「조야의 아파트」 새 판본 집필.

9월, 희곡 「알렉산드르 푸시킨 Александр Пушкин」 집필, 레퍼토리 총
국으로부터 상연 허가 통보를 받음. 희곡 「이반 바실리예비치 Иван
Васильевич」 집필.

10월 3일, 작곡가 프로코피예프가 희곡 「알렉산드르 푸시킨」을 토대로
오페라 제작을 제안함.

10월 29일, 레퍼토리 총국으로부터 희곡 「이반 바실리예비치」의 상연
허가 통보를 받음.

10월 30일, 아흐바토바가 체포된 남편 푸닌과 아들 구밀료프에 대한

청원을 위해 모스크바를 방문. 스탈린에게 보낼 청원서 작성을 도와주고, 얼마 지나지 않아 푸닌과 구밀료프는 석방됨.

11월, 스타니슬랍스키가 빠진 채로「몰리에르」연습이 재개됨.

12월, 베레사예프가 희곡「알렉산드르 푸시킨」의 공동 작가에서 자신의 이름을 빼줄 것을 요구함.

1936 1월 초, 볼쇼이 극장의 지휘자들과 작곡가 쇼스타코비치에게 희곡「알렉산드르 푸시킨」을 읽어줌. 쇼스타코비치와「알렉산드르 푸시킨」을 토대로 한 오페라 제작 논의가 오고가지만, 오페라「므첸스크 현의 레이디 맥베스」로 쇼스타코비치가 격렬한 비판의 대상이 되면서 푸시킨에 대한 오페라 제작은 더 이상 추진되지 못함.

2월, 모스크바 예술극장에서「몰리에르」가 초연되지만, 거센 비판을 받으며 8회 공연 후 무대에서 내려짐.

3월, 초등학교 역사교과서 응모에 참여하기 위해「소비에트 역사Курс истории СССР」를 집필.

3월 말에서 4월 초, 바흐탄고프 극장에서 연습 중인「알렉산드르 푸시킨」에 대해 언론의 공격들이 퍼부어짐.

5월, 모스크바 풍자극장에서 연습이 진행 중인 희곡「이반 바실리예비치」에 대한 상연 금지 명령이 내려짐. 모스크바 예술극장과 셰익스피어의 희곡「윈저의 즐거운 아낙네들」번역 계약을 맺고 번역 작업에 착수.

6월, 작곡가 아사피예프로부터 오페라「미닌과 포자르스키Минин и Пожарский」의 리브레토 집필 의뢰를 받음.

6월 말에서 7월,『거장과 마르가리타』집필(이 시기 원고에는 '어둠의 공작Князь тьмы'이라는 제목이 붙어 있음).「미닌과 포자르스키」리브레토 집필.

8월,「윈저의 즐거운 아낙네들」번역.

9월, 볼쇼이 극장의 예술 감독으로부터 내전을 소재로 한 오페라 리브레토 집필 제안을 받음. 모스크바 예술극장에서 나와 볼쇼이 극장의 리브레토 작가, 문학 자문위원으로 일함.

11월, 자전적 소설 「극장Театральный роман」 집필.

12월 작곡가 아사피예프로부터 표트르 대제에 대한 오페라를 만들고 싶다는 내용이 담긴 편지를 받음.

1937   2월, 레퍼토리 총국이 바흐탄고프 극장에서 진행되고 있는 「알렉산드르 푸시킨」 연습을 중단시킴.

3월, 리브레토 「흑해Черное море」를 완성하여 볼쇼이 극장에 전달. 「미닌과 포자르스키」 리브레토 집필.

4월, 희곡 「알렉산드르 푸시킨」과 리브레토 「미닌과 포자르스키」 문제로 당 중앙위원회에 소환됨.

6월, 바흐탄고프 극장의 제안을 받아 세르반테스의 소설 『돈키호테』를 각색함.

6~8월, 오페라 「표트르 대제Петр Великий」 리브레토 집필.

9월, 예술위원회 의장 케르젠체프로부터 「표트르 대제」 리브레토를 다시 써야 할 것이라는 통보를 받음.

10월, 앞서 각색한 희곡 「전쟁과 평화」를 토대로 한 오페라 「1812년」의 리브레토 제의를 받고 작업을 시작하지만, 초기 단계에서 중단됨.

11월, 『거장과 마르가리타』 집필. 이 무렵 소설의 제목이 최종적으로 결정됨.

12월, 예술위원회 의장 케르젠체프에게 소환되어 「미닌과 포자르스키」에 대한 수정 요구와 함께 희곡 「돈키호테」는 (스페인 내전 상황을 염두에 두고) 현대의 스페인이 느껴지도록 써야 할 것이라는 말을 들음.

1938   1월 29일, 모스크바 음악원에서 열린 쇼스타코비치의 교향곡 제5번 첫 연주회에 아내와 함께 참석함.

2월, 모스크바 거주가 금지된 극작가 에르드만을 위해 스탈린에게 편지를 씀.

2~6월, 『거장과 마르가리타』 집필, 최종 판본 완성. 편집인 안가르스
키로부터 출판은 불가능할 것이라는 말을 듣지만, 타자본을 만들고 수
정을 계속함.

7월, 희곡 「돈키호테」 집필. 세르반테스의 소설을 원본으로 읽기 위해
스페인어를 공부함.

8월, 모스크바 예술극장에 스탈린에 대한 희곡 상연을 제안함. 작곡가
두나옙스키로부터 모파상의 단편 「마드무아젤 피피」를 토대로 한 오페
라 리브레토 제안을 받고 집필을 시작(이 리브레토는 이후 「라쉘
Рашель」이라는 제목으로 완성됨).

가을에서 겨울, 희곡 「돈키호테」 집필, 『거장과 마르가리타』 수정 작업.

1939   4월까지, 계속해서 『거장과 마르가리타』를 수정함.

4월 초, 「돈키호테」의 상연 허가 결정이 내려지고 바흐탄고프 극장에
서 연습이 시작되지만, 연습은 곧 중단됨.

6~7월, 젊은 시절 스탈린을 주인공으로 하는 희곡 「바툼Батум」을 집
필함.

8월, 「바툼」 추가 작업을 위해 모스크바 예술극장 공연기획단과 함께
스탈린의 고향 그루지야로 출발하지만, 여행 도중 (「바툼」의 상연 금
지 명령이 내려져) "갈 필요가 없어졌다. 모스크바로 돌아오라."는 전
보를 받고, 모스크바로 다시 돌아감. 이때 신장 경화의 첫 징후인 급격
한 시력 약화를 느끼게 됨.

9월, 아내와 레닌그라드에 다녀옴. 다시 한 번 시력에 이상이 나타나
는 등 고혈압과 신장 경화 증세를 보임.

10월, 아내의 도움을 받으며 구술로 『거장과 마르가리타』의 교정을 계
속함.

11월 중순부터 12월까지, 모스크바 근교의 바르비흐 요양원에서 치료

를 받고, 일시적으로 건강이 좋아지면서 시력도 어느 정도 회복됨.

1940 1월, 희곡 「리처드 1세Ричард I」의 집필을 구상하지만, 병세가 다시 악화되면서 작업이 중단됨.

2월, 『거장과 마르가리타』 교정을 계속함. 이때부터 친구들과 친척들이 침상을 지킴.

2월 15일, 소비에트 작가협회 의장 파데예프가 찾아와 치료를 위해 불가코프를 이탈리아로 보내주기로 결정했음을 전하지만, 이미 자리에서 일어날 수 없게 된 불가코프는 그가 그토록 원하던 소비에트 밖으로의 여행을 떠나지 못함.

3월 10일, 세상을 떠남.

3월 11일, 소비에트 작가협회회관에서 시민장이 치러짐.

3월 12일, 불가코프의 유해가 모스크바 노보데비치 수도원의 묘지에 안장됨.

'대산세계문학총서'를 펴내며

근대문학 100년을 넘어 새로운 세기가 펼쳐지고 있지만, 이 땅의 '세계문학'은 아직 너무도 초라하다. 몇몇 의미 있었던 시도에도 불구하고, 전체적으로는 나태하고 편협한 지적 풍토와 빈곤한 번역 소개 여건 및 출판 역량으로 인해, 늘 읽어온 '간판' 작품들이 쓸데없이 중간되거나 천박한 '상업주의적' 작품들만이 신간 되는 등, 세계문학의 수용이 답보 상태에 머물러 있었음을 부인하기 힘들다. 분명한 자각과 사명감이 절실한 단계에 이른 것이다.

세계문학의 수용 문제는, 그 올바른 이해와 향유 없이, 다시 말해 세계문학과의 참다운 교류 없이 한국문학의 세계 시민화가 불가능하다는 의미에서, 보다 근본적으로, 우리의 문화적 시야 및 터전의 확대와 그 질적 성숙에 관련되어 있다. 요컨대 이것은, 후미에 갇힌 우리의 좁은 인식론적 전망의 틀을 깨고 세계 전체를 통찰하는 눈으로 진정한 '문화적 이종 교배'의 토양을 가꾸는 작업이며, 그럼으로써 인간 그 자체를 더 깊게 탐색하기 위해 '미로의 실타래'를 풀며 존재의 심연으로 침잠하는 작업이라 할 수 있다.

우리의 현실을 둘러볼 때, 그 실천을 위한 인문학적 토대는 어느 정도

갖추어진 듯이 보인다. 다양한 언어권의 다양한 영역에서 문학 전공자들이 고루 등장하여 굳은 전통이나 헛된 유행에 기대지 않고 나름의 가치 있는 작가와 작품을 파고들고 있으며, 독자들 또한 진부한 도식을 벗어나 풍요로운 문학적 체험을 원하고 있다. 새롭게 변화한 한국어의 질감 속에서 그 체험이 이루어지기를 바라는 요청 역시 크다. 그러므로 필요한 것은 어쩌면 물적 토대뿐일지도 모른다는 판단이 우리를 안타깝게 해왔다.

이러한 시점에서, 대산문화재단의 과감한 지원 사업과 문학과지성사의 신뢰성 높은 출간을 통해 그 현실화의 첫발을 내딛게 된 것은 우리 문화계의 큰 즐거움이 아닐 수 없다. 오늘의 문학적 지성에 주어진 이 과제가 충실한 결실을 맺을 수 있도록, 우리는 모든 성실을 기울일 것이다.

'대산세계문학총서' 기획위원회

대 산 세 계 문 학 총 서